KB093215

정인택
작품집

정인택
작품집

이혜진 편역

현대문학

〈한국문학의 재발견－작고문인선집〉을 펴내며

한국현대문학은 지난 백여 년 동안 상당한 문학적 축적을 이루었다. 한국의 근대사는 새로운 문학의 씨가 싹을 틔워 성장하고 좋은 결실을 맺기에는 너무나 가혹한 난세였지만, 한국현대문학은 많은 꽃을 피웠고 괄목할 만한 결실을 축적했다. 뿐만 아니라 스스로의 힘으로 시대정신과 문화의 중심에 서서 한편으로 시대의 어둠에 항거했고 또 한편으로는 시대의 아픔을 위무해왔다.

이제 한국현대문학사는 한눈으로 대중할 수 없는 당당하고 커다란 흐름이 되었다. 백여 년의 세월은 그것을 뒤돌아보는 것조차 점점 어렵게 만들며, 엄청난 양적인 팽창은 보존과 기억의 영역 밖으로 넘쳐나고 있다. 그리하여 문학사의 주류를 형성하는 일부 시인 · 작가들의 작품을 제외한 나머지 많은 문학적 유산은 자칫 일실의 위험에 처해 있는 것처럼 보인다.

물론 문학사적 선택의 폭은 세월이 흐르면서 점점 좁아질 수밖에 없고, 보편적 의의를 지니지 못한 작품들은 망각의 뒤편으로 사라지는 것이 순리다. 그러나 아주 없어져서는 안 된다. 그것들은 그것들 나름대로 소중한 문학적 유물이다. 그것들은 미래의 새로운 문학의 씨앗을 품고 있을 수도 있고, 새로운 창조의 촉매 기능을 숨기고 있을 수도 있다. 단지 유의미한 과거라는 차원에서 그것들은 잘 정리되고 보존되어야 한다. 월북 작가들의 작품도 마찬가지다. 기존 문학사에서 상대적으로 소외된 작가들을 주목하다 보니 자연히 월북 작가들이 다수 포함되었다. 그러나 월북 작가들의 월북 후 작품들은 그것을 산출한 특수한 시대적 상황의 고려 위에서 분별 있게 이해되어야 할 것이다.

이러한 당위적 인식이, 2006년 한국문화예술위원회의 문학소위원회에서 정식으로 논의되었다. 그 결과, 한국의 문화예술의 바탕을 공고히 하기 위한 공적 작업의 일환으로, 문학사의 변두리에 방치되어 있다시피 한 한국문학의 유산들을 체계적으로 정리, 보존하기로 결정되었다. 그리고 작업의 과정에서 새로운 의미나 새로운 자료가 재발견될 가능성도 예측되었다. 그러나 방대한 문학적 유산을 정리하고 보존하는 것은 시간과 경비와 품이 많이 드는 어려운 일이다. 최초로 이 선집을 구상하고 기획하고 실천에 옮겼던 한국문화예술위원회의 위원들과 담당자들, 그리고 문학적 안목과 학문적 성실성을 갖고 참여해준 연구자들, 또 문학출판의 권위와 경륜을 바탕으로 출판을 맡아준 현대문학사가 있었기에 이 어려운 일이 가능하게 되었다. 이런 사업을 해낼 수 있을 만큼 우리의 문화적 역량이 성장했다는 뿌듯함도 느낀다.

〈한국문학의 재발견-작고문인선집〉은 한국현대문학의 내일을 위해서 한국현대문학의 어제를 잘 보관해둘 수 있는 공간으로서 마련된 것이다. 문인이나 문학연구자들뿐만 아니라 더 많은 사람이 이 공간에서 시대를 달리하며 새로운 의미와 가치를 발견하기를 기대해본다.

2010년 1월

출판위원 염무웅, 이남호, 강진호, 방민호

| 책 머리에 |

정인택(鄭人澤, 1909~1953)은 작품 활동 기간에 비해 비교적 작품의 양이 많은 편에 속하는 작가다. 그럼에도 한국문학사에서 그 중요도는 다소 벗어나 있는 작가이기도 하다. 정인택은 1930년대 중반에 본격적인 작품 활동을 시작하여 1941년 태평양전쟁을 기점으로 보다 많은 작품을 생산한바, 그의 초기작들이 뚜렷한 개성이 없는 아류작에 불과하다는 잇따른 평가들에 비해 일제 말기의 작품들은 체제 협력 차원에서 비교적 적극적인 평가를 받았다. 그리하여 김용제의 『아세아시집亞細亞詩集』과 최재서의 『전환기의 조선문학轉換期の朝鮮文學』 이후 세 번째로 '국어문학 총독상'을 수상하는 기념비적인 작가로 자리매김되기도 하였다. 그러나 지금까지 정인택의 전체 작품을 아우른 본격적인 학술 논문은 다소 빈약한 편이며, 그의 연보조차 제대로 작성되어 있지 않았다. 이런 점을 고려하여 이 선집에서는 정인택의 상세 연보를 작성하고, 그의 작품을 전체적으로 아우를 수 있는 글들을 선택하였다. 따라서 룸펜 인텔리의 자의식과 심리를 묘사한 그의 초중기작을 대부분 망라하는 데 주력하였고 지금까지 번역되지 않은 일본어 소설과 산문을 수록하였다.

당시 일제가 대부분의 신문에 '국어(일본어)란'을 신설하고 '조선어' 잡지들을 통폐합하면서 '국어' 창작을 도모할 때, 정인택은 '국어' 창작의 선두적인 역할을 하였다. 또한 총독부 기관지인 《매일신보每日新報》 기자를 역임하고 조선문인협회 간사를 지냈으며 '국어' 창작 현상 공모 심사위원을 담당하는 등 체제 협력에 깊이 관여함과 동시에 그 의지를 소설과 산문에 직접적으로 묘사했다는 점에서 그의 작품은 일제 말 조선문인들의 행보를 엿볼 수 있는 자료의 성격을 지니기도 한다. 따라서 이 선집은 전체적인 균형을 해치지 않는 선에서 일제 말 체제 협력적 성격의 작품들로 구성하였다. 이것은 초기작과 후기작이라는 작품의 질을 문제로 삼는 것이 아니라 일제 말에 발표한 작품이 훨씬 많고 강렬한 성격을 띠고 있기 때문이다. 또한 그의 산문은 일제에 대한 체제 협력적 성격의 선동을 의도하는 글이자 조선문인협회의 행사에 맞춰 쓰인 것들이 대부분인 때문이다.

그 밖에 산문에서는 '유미에'에 대해 수줍게 사랑을 고백하는 순수한 청년으로서의 정인택, 수암水癌으로 죽어가는 아들을 애처롭게 바라보는 아버지로서의 정인택, 그리고 돌아가신 아버지를 따뜻하게 회상하는 아들로서의 정인택의 사사로운 면모를 엿볼 수 있다는 점에서 새로운 재미를 선사한다.

이 작품집을 위한 작업을 진행하면서 유독 동경에서 극심하게 방황했던 정인택의 모습에 눈길이 갔다. 경성제대를 중도 포기하면서까지 감행했던 동경행이 좀처럼 그의 기대에 못 미쳤던 모양인지 동경 시절 그의 글들은 절망의 밑바닥을 그려내고 있었다. 절친했던 친우 이상李箱이 그러했듯이, 동경에 와보니 별것 아니더라 하는 심정이었을까. 방황을 거듭하던 나의 동경 생활에서 이 작업은 유일한 위로가 되었다. 마지막으로 이 작품집을 출간할 수 있도록 힘써주신 현대문학에 깊은 감사를 드린다.

2010년 1월 동경에서

이혜진

* 일러두기

1. 이 작품집은 정인택의 글이 실렸던 당시의 신문과 잡지를 저본으로 삼았다.
2. 가능한 한 원문을 살리되 원문을 훼손하지 않는 수준에서 현대어 표기로 바꾸었고, 한자를 병기하지 않아도 독해가 가능한 부분은 한자를 삭제했으며 탈락된 문자는 ○로 표시하였다.
3. 현대어 표기는 국립국어원의 표준국어대사전을 기준으로 하였다.
4. 원문의 대사 표기인 『 』는 " "로, 강조나 외국어 표기인 「 」는 ' '로 표시하였다.
5. 낯선 내용이나 한자 구절, 외국어 등은 각주에서 설명하였다.
6. 수록 순서는 발표 연도에 의거하였다.

차례

제1부_ 소설

제2부_ 산문

제1부 소설

촉루*

1

가슴이 닿을락 말락 한 '니시아라이바시西新井橋' 난간에 기대서서 나는 버스가 퍼치고 간 먼지를 피하여 후— 참았던 숨을 한숨 비슷이 강 위에 내뿜으며 안심한 듯 뒤를 돌아보고 그리고 똘똘 말아 왼쪽에 쥐었던 봉투를 무슨 보배나 같이—보배에는 틀림없었으나 땀 배인 손으로 조심조심 펴본다.

그러나 약간 상기된 얼굴에 강바람이 시원할 제 나는 급하게 두 소매로 이마에 비친 땀을 씻고 천한 웃음을 가만히 억제하며 다시 한 번 시선을 백 칸통이 넘는 다리 위로 굴려 나를 감시하는 듯한 파출소와 순사를 곁눈질한 후,

— 흥, 훔친 건 아니다.

스스로 비웃어보나, 이유 없이 그들이 두렵고 불안하고— 그러나 다리 건너 순사의 얼굴은 이미 나와 백 칸통의 거리를 가졌고, 폭양 아래를

* 해골.

걷는 행인이란 젖먹이를 들쳐 업은 아낙네 둘, 셋— 버스가 날리고 간 자옥했던 먼지는 여지없이 바람에 흩어지며, 흐르며,

— 거지짓 헌 건 아니니까…… 주니께 받었을 뿐이지.

꼬깃꼬깃 구겨진 봉투의 주름살을 찢으려다 말고 하나하나 펴보며,

— 이까짓 돈을…….

그러나 천한 웃음이 뒤를 이어 치받히고 이상하게 가슴이 울렁거리고— 나는 봉투를 펴 든 채 잠깐 망설이며 딸랑 하는 금속의 음향을 엿듣고 감각하고, 거의 울음 지도록 몸서리치고 만다.

오십 전짜리 은화 네 개— 땀 배인 손바닥에 차디찬 감촉이 아지못게* 섭섭한 쾌감을 던져줄 때 나는 문득,

"겨우 이 원!"

입 밖에 내어 뇌이고, 그러나 고개를 흔들며,

— 허긴 벌써 세 번째니까…….

주는 것만 고맙지, 그에게 돈을 달랠 권리는 나에게 없다. — 나는 봉투를 조각조각으로 찢고 또 찢어 힘없이 한 장 두 장 흐름 위로 나리며 — 그러나 다음 순간 두 손이 비었을 때 나는 급속하게 아무것도 생각 않고 걷기를 시작한다.

길거리로 즐비하게 늘어선 '야타이미세屋台店'**의 '야키다이후쿠焼大福', 토모에야키巴焼, '후카시이모ふかし芋', '야키토리焼鳥—다리를 건너기 전 그렇게도 먹고 싶다 생각하던 이런 것들을 나는 흥— 코웃음 치며 바라보고,

— '아사쿠사浅草'에 가서 '우나기鰻'를 두 그릇만 먹이리라,

* 알지 못하게, 알 수 없이.
** 행상이나 노점상 등 이동할 수 있게 만든 지붕이 달린 판매대.

이렇게 결심하면서도—

그러나, 무의식중에 어느덧 나는 '이모야芋屋' 앞에 서서 목 쉬인 소리로,

"오 전어치만 주우."

이렇게 말하고 만다.

배가 고팠을까, 아니, 다만 거리를 거닐며 사람들 눈을 피하여 품속에 숨겨 가진 고구마를 씹는 맛—그 맛을 잊지 못함에 틀림없었다. 하숙을 쫓겨난 후 한 달— 잘 데와 먹을 것을 못 가진 나는 몇 번이나 그렇게 거리를 거닐면 고구마를 씹어서 요기를 하였던고. 하루 종일 까맣게 굶고 이 전 혹은 삼 전으로 살 수 있는 최대량의 양식— 질은 문제가 아니다. 언제든 양, 양만이 모든 영양 가치를 결정하여줄 수 있는 고구마— 동경 시중에 그렇게도 군데군데 산재되어 있는 작은 공원을 찾아갈 사이조차 찾지 못하고 나는 길을 걸으며 입안에서 고구마를 껍질까지 오물오물 씹었다. 그것이 지금에는 한 개의 습관이다. 광주리 속에 담겨 있는 김 나는 고구마— 금방 식당에서 배불리 먹고 나온 나연만, 나는 언제든 불 일듯 하는 식욕을 감당치 못했었다. 먹음직스럽다— 나는 맹렬한 기세로 광주리 앞에 돌진하여 "고구마 오 전!" ……커다란 법열法悅을 되씹으며 이렇게 외쳤었다. "고구마 오 전!"— 그만하면 족하다. 수중에 가진 돈이 오 전이든, 십 전이든, 일 원이든, 판에 박은 듯이 "고구마 오 전!"— 그만하면 굶주린 배라도 채일 수 있다…… 그리고 나는 내가 지닌 제일 큰 화폐의 하나를 그들 앞에 내밀었다. 그들에게 나의 소지금所持金을 자랑하려는 가여운 심사— 일찍이 육 전어치의 고구마를 산 기억을 갖지 못한 나였다.

나는 문득 이런 것을 생각하고, 여윈 핏기 없는 손을 내려다보고, 그리고 가만히 자신을 모멸하며 먼지 앉은 무성한 잔디—강 둔덕 위를 향

하여 단숨에 뛰어오른다.

오늘, 내일, 적어도 이틀 동안은 굶지 않고 살 수 있다. 아니, 사람답게 살 수 있다. 그뿐만 아니라 이것을 토대로 다시 한 번 내 생활을 바로 세워야 하고…… 힘 있게 해야 하고…… 물속에 비친 초가을의 하늘—

나는 고구마를 씹어서 순간 엄습하려는 조고마한 애수를 잊으려 노력하며 물끄러미 다리 아래로 흐르는 배와 구름의 그림자를 바라보고 만다.

오늘, 내일, 적어도 이틀 동안은…… 그것만을 생각하면 족하고, 그것만을 생각할 수 있었고— 그날그날만이 나의 전 생애인지도 이미 오랬다. 나는 번개같이 지난날의 한 달 남짓한 말라빠진 생활을 상기해보고 스스로 그 무기력한 과거에 몸서리치며,

— 거리보다 무엇이 나을고.

그러나 과거는 오히려 비탄, 자조에서 끝막을 수 있어도 내일의 생활 앞날의 생활을 꿈꾸어보는 것은 공포조차 뒤섞여 쇠약한 심신을 절망에까지 쫓고 만다. 일자리— 직업— 그런 것은 '하나님'보다도 허무한 존재요, 종교보다도 기괴한 사상이다.

— 오히려 그것이 생활이라면…….

그러나 나에게는 자존과 교양과 허영이 남아 있다. 나는 고개를 높이 들고, 배를 내밀고 나를 믿고 사랑하는 몇 사람의 동무를 차례로 찾아서 속였고, 이용했고, 순간순간의 내 생활을 지탱해오며 기적을 기다렸다. 동경 최하의 주민, '빠타야屋拾ヒ'*를 위하야 일생을 바쳐온 '카오루' 부인도 그들의 한 사람이다. 모든 동무에게 일신으로는 감당 못할 죄를 짓고

* '屋拾ヒ'는 '拾ヒ屋(ひろいや)'의 오식인 듯하다. '拾ヒ屋'는 금속류를 모아 생계를 유지하는 사람들을 일컫는데 당시 그들을 '파타야ばたや'라고도 불렀다 한다.

만 나는 드디어 죽은 동무의 어머니, 늙은 크리스천 '카오루' 부인까지 세 번씩이나 이용하고 말았다.

이틀 전, 역시 오늘같이 새파랗게 개인 날, 나는 염치를 무릅쓰고 세 번째 '카오루' 부인을 찾았다. 부인은 땀과 먼지에 겨른 내 주제를 놀라서 바라보며,

그러나 전과 같이 반가이 맞아주고,

"입때 계실 자리 못 구하셨군요."

"네— 어디— 마땅헌 데가—"

"어서 올러오세요."

나는 부인의 부드러운 목소리 속에 휩싸여 어머니 같은 애정 가운데서 급속하게 울음 지려 하고 얼굴을 돌이키며,

"발을 좀 씻어야— 웬 먼지가 그리 심헌지……."

얼굴을 돌이키며 너털웃음을 쳤다. 청명한 초가을의 하늘— 그러나 햇볕은 여름같이 뜨거웠고 '오쓰카大塚'에서 '니시아라이'까지 삼십 리나 되는 길을 아침도 안 먹고 걸어온 나는 두 손을 차디찬 우물물 속에 담글 제, 문득 가벼운 뇌빈혈을 깨닫고,

— 공연히 왔다. 굶더라도 길거리에서 죽더라도…….

그러나 순간이나마 휴식을 얻을 수 있다 생각할 제 나는 얼굴을 대야 속에 파묻고 아무 생각 없이 커다랗게 두 눈을 부릅떠본다.

세수를 마친 나에게 부인은 쓸쓸하게 웃고 유카타를 꺼내주며,

"이발허구, 목욕허구, 천천히 저녁 잡수시지."

"괜찮어요. 그버덤 좀 잤으면……."

나는 말을 못 맺고 얼굴을 붉히며 가늘게 몸을 떤다. 저윽이 내 자신이 부끄럽고, 하늘이 두렵고— 그러나, 아아, 나는 그대로 옆방에서 쓰러져 잤다.

부인이 손수 지은 저녁을 마친 후 나는 부인 앞에 공손히 꿇어앉아 낮은 목소리로,

"내일 아침엔 일찍 가봐야겠습니다."

이렇게 말했다.

"가시다니……."

"……."

"가실 데가 있세요."

"네— 신문배달을 헐까 허는데…… 그것두…… 그저…… 그래서 오늘은 하직 겸……."

— 수건으로 얼굴을 동이고 '빠타야'나 될까, '즈케殘飯'도 먹고, '오캉露宿'도 해보고…… 도리어 그것이 생활일지도 모른다.

순간 이런 생각이 머리를 스쳤으나, 그러나 나는 이를 악물고 고개를 들어본다.

"동경에 와서 고생만 허시구— 부모님이 계시다면 오죽이나 허겠세요. 모두가……."

"……."

"모두가 누구의 탓인지— 긴상 이렇게 고생허시면서두 고향에 가실 생각은 없세요."

"뭘 바라고 갑니까. 뭐 기대리고 있겠습니까. 차라리 타국에서 죽든, 살든……."

부인은 눈물에 젖은 얼굴을 들고 가만히 한 손을 나의 어깨에 얹으며,

"그럼 가셨다가두 고생살이 되거던 도루 오세요. 같이 가세두 좋지만……."

모든 사람이 나에게 친절했다. 그중에서 특별히 '카오루' 부인은 자

기 아들에게도 못 지게 나를 사랑했다. 나는 부인이 쥐어주는 봉투를 받아 들고, 순간, 사람들의 두려운 정의를 절실히 온몸으로 하나하나 느끼며 탄식하고, 눈물지고 매질하고,

—위선 생활을 세워서 이 곤경을 벗어나리라. 그리하야 그들에게, 조선에게, 사회에게 갚음이 있어야 하겠고, 내 자신을 비약시켜야 하겠고……."

아— 아, 나는 잔디 위에 엎더져 침울을 깨뜨리려 기다랗게 하품하며,

—열한 시 안에 가야 '와리비키割引'지. 십 전짜리 레뷰-나 보리라, 그래서 위선 숨을 좀 돌리고—

나는 고개를 흔들고 가벼운 마음으로 뛰쳐 일어나 고구마를 씹으며 먼지 날리는 거리를 걸어본다.

2

최후로 손에 남은 오 전짜리 한 푼— 그것으로 차디찬 저녁을 마치고 나는 정처 없이 거리를 걷고 있다.

동무들의 신뢰를 저버리지 않으면, 혹은 내가 가진 자존을 죽여 없애지 않으면 나는 이미 한 사람의 찾을 동무도 갖지 않았다. 가장 사랑하던 동무 앞에까지 나는 지금 애걸, 비루— 이 밖에는 가지고 갈 것이 없다.

그렇게만 한다면 나는 그 대상으로 제일 큰 모멸과 그에 부속된 한 줌의 밥, 또는 하룻밤의 잠자리를 가질 수 있다.

그러나 나를 간접으로 자살에서 구한 몇 사람의 동무를 가만히 생각할 제, 나는 그것을 무거운 짐이라 생각하고,

— 흥, 그놈들은 별수 있든.

일찍이 사람을 사랑할 줄만 알던 나는 지금 악마와 같은 증오, 의심, 이런 것만을 느끼고— 나는 문득 발을 멈추고 문패를 쳐다본다. '모리'

—흥, 여기가 그 부자로 유명한 소설가의 집이로군.

고개를 끄덕이고 다시 발을 옮기려다— 이왕 비럭질을 할 바엔 차라리 동무들에게보다 이 사람한테 애걸을 해봐? 그것도 좋다. 없는 일은 아니다.

그러나 이미 시각이 늦었다. '요요기代代木' 문화주택지는 여덟 시만 지나면 교통을 차단했다. 때때로 계집들의 웃음을 싣고 거리를 질주하는 자동차, 자동차. 걷는 사람은 하나도 없다. 심산 같고 고요함 속에 화려한 양옥들은 끝없는 부패를 숨긴 채 잠잤다.

— 아직 열 시밖에 안 됐을 텐데.

골목이라기엔 황송한 콘크리-트 다짐의 넓고 평탄한 길, 딸각딸각 내가 끄는 '게타下駄' 소리만이 유달리 차디차게 음울하게, 사벽四壁에 부닥치고, 그를 따라 두 개 혹은 세 개가 합쳐진 협수룩한 그림자는 줄었다 컸다 힘없이 동요하며 길바닥에 벽 위에 늘어지고 구부러지고— 딸각딸각, 인제는 완전히 잘 자리조차 없다.

— 어디를 가노.

나는 정처 없이 걷는다.

골목을 빠져나면 조고마한 언덕. 언덕 너머로 이그러진 목욕탕. 모퉁이에 코 묻은 돈을 뺏는 누추한 구멍가가— 가가집 이층의 육 '조畳'* 방, 한 달 전까지 내가 유숙하였던 육 '조' 방. 아라비안나이트에서 뛰어나온 주인 할멈— 일 전짜리 '오뎅'의 '도-코'가 펄펄 끓는다.

* 첩(じょう): 다다미를 세는 단위로서, 다다미 한 첩은 180cm×90cm인 1.62㎡로 약 0.5평 넓이다.

— 홍.

나는 등허리에서 나는 꼬르륵 소리를 잔인하게 듣고 냉수나 들이키듯 침을 삼키며,

— 배라먹을 할멈 백 년 가야 고 꼴이리라.

주춤하고 나는 고개를 든다. 내가 있던 육 '조' 방엔 불이 켜 있지 않다. 반쯤 닫쳐진 '아마도雨戶',* 깨진 채로 끼어 있는 바른편 구석의 유리창.

이불을 팔고 책을 팔고 책상을 팔고, 한 달 전 비 오는 거리로 내가 쫓겨나던 방은 지금도 그대로 남겨져 있다.

— 그럴 테지. 그까진 더러운 방에 들 사람이 있나.

나는 어둠 속에 숨어 서서 물끄러미 이층을 바라보다가 뜻하지 않고 그 더러운 방에서라도 잘 수만 있었으면…… 이렇게 생각할 제 나는 극히 자연스럽게 발이 여기까지 옮겨져온 잠재한 의식의 의미를 이해할 수 있었다. 자기 집으로 돌아가는 마음, 고향을 찾는 마음— 이것도 그런 마음의 하나이나 아닐까— 반년 동안 유숙하였던 자기의 방, 그것은 물론이거니와 그 주위를 둘러싼 가지가지의 풍경— 목욕탕도, 담배 가게도, 고가선도, 개울도, 모두 나를 낳은 고향에도 못 지게 눈에 익고 마음에 익었다.

"오뎅 주세요."

"오— "

사내같이 탁한 할멈의 목소리가 들려온다. 가만히 오려던 나는 황겁하여 그 자리를 떠나며,

— 진작 '니시아라이'루나 갈걸, 큰일 났다. 어디서 자나.

* 비바람 혹은 도난을 막거나 실내 보온을 위해 유리 창문 밖에 설치한 두꺼운 덧문.

텅 빈 카라-주 벽에 가 기대서서 나는 눈앞을 지나는 전차를 바라보고 칠 전짜리 니힐을 쓰디쓰게 씹어 삼킨다.

— 밤새도록 걸어가 봐?

그러나 나는, 중도에서 쓰러졌단 그럴 리는 없었지만…… 그래두 혹시…… 지금 같애선…… 이런 것을 생각하고,— 기적이란 이런 때 있는 법인데.

왜 이 고생을 하지 않으면 안 되노. 나는 혼자서 무엇보다도 부끄러움을 느끼고 문득 시선을 발아래로 옮긴다.

담배가 떨어져 있다. GOLDEN BAT 그 아홉 자를 다 읽을 수 있도록 길었다. 나는 머리에 피가 오르는 것을 깨닫고,

— 담배를 못 먹은 지도 벌써 하루가 넘는다.

모든 생각이 그 한 개의 담배로 집중되었다. 갖고 싶다. 주울까. 그러나 길에 떨어진 담배를 줍는 것에 나는 일종의 파계나 하는 듯한 두려움을 깨닫고 주위를 둘러보며 망설이고 만다.

바람이 일었다. 한 치 두 치, 탄지*는 구른다. 나는 그것을 노려보고, 에이 그만둬라, 담배 못 먹기로 죽겠나…… 이렇게 결심하려 할 제, 급한 바람 그리고 탄지는 단숨에 세 치를 굴렀다.

다음 순간 전광같이 허리를 굽힌 나는 눈을 감고 탄지를 집어 들며,

— 후—

가슴이 울렁거리고 전신에 소름이 쪽쪽 끼친다.

나는 탄지를 움켜쥐고 바르르 떨며, 룸펜 룸펜, 입안에서 뇌어본다 — 룸펜이라기로 무엇이 두려우랴. 후— 나는 결심하야 성냥을 꺼내 들고 커다랗게 숨을 내쉰 후 탄지를 붙여 물고 힘 있게 두 발을 내디딘다.

* 담뱃대에 덜 타고 남아 있는 담배.

룸펜— 나는 그 순간 한 개의 쓰레기통을 생각해내고 만다. 목욕탕과 할멈 집 사이에 뚫린 좁다란 골목— 컴컴한 골목 속엔 두 집에서 공용하는 커다란 쓰레기통이 한군데 놓여 있다. 그 쓰레기통— 거기까지는 불빛이 안 왔다. 그리 넉넉히 한 사람쯤은 쉬일 수가 있었다.

— 오늘 밤은 그 우에서 새리라.

나는 발길을 돌이켜 몇 걸음 걷는다. 그러나 목욕탕 앞 밝음 속에서 문득 나는 그곳을 피하려는 맹렬한 충동을 느끼고 열병 걸린 사람같이 전신을 떨고 만다.

— 아아, 이러구서두 살면…….

그러나 나는 두 주먹을 부르쥐고,

— 나는 룸펜이다.

자조와 격려를 뒤섞어 마음속으로 소리친다.

나는 하늘을 우러러 깔깔 웃고 급한 걸음으로 골목 앞을 지난다. 쓰레기통은 확실히 놓여 있다. 나는 만족과 안심을 느끼고 다시 한 번 걸음을 빨리하여본다.

3

골목 속은 퍽이나 아늑했다. 순사, 야경, 또는 취객들의 눈만은 능히 피하고도 남을 수 있었다. 그러나 쓰레기통 위는 다리를 꺾고도 눕지 못하도록 좁았고, 더구나 평탄치 않은 널짝은 결코 그것을 허락지 않았다.

밤새도록 머리 위 지붕과 지붕 사이를 고양이가 날뛰고, 습기와 이취와 찬 바람이 한군데 모여 움직일 줄을 몰랐다. 나는 '게타'를 벗어서 깔고 무릎을 안은 채 차디찬 판장에 머리를 기댄다.

— 좀 자야 할 텐데…….

몸은 극도로 피곤하였으나 좀체로 잠은 오지 않았다. 시각을 따라 두 눈이 붓고 충혈되고 들키겠다— 하는 이 한 개의 공포만이 끝없이 꼬리를 물고 머릿속을 왕래한다.

나는 너무나 큰 어둠과 고요함 속에서 불같이 타는 두 눈을 크게 뜨고, 어서 날이 밝아라, 그것만을 기다렸다. 현재의 비참을 울 수 있기는커녕, 장차로 내 앞길에 무엇이 다가올지, 또는 그것을 어떻게 처리할지 그런 것 모두를 완전히 생각 않는 나였다. 나는 한 개의 조상彫像이나 화석같이 웅크리고 앉은 채 새벽만을 기다린다. 새벽이 오면— 새벽이 오면, 햇볕만이라도 있다.

그러나 새벽보다 먼저 나를 그곳에서 쫓아낸 사람은 신문배달부였다. 주위는 아직도 밤중같이 캄캄했다. 나는 무거운 발자취 소리를 듣고 본능적으로 고개를 들어본다. 골목 어귀를 젊은 학생이 신문을 안고 지났다. 나는 거의 무의식중에 맨발로 뛰어내려 구석에 숨어본다. 그러나 신문배달부는 빠른 걸음으로 자기 갈 길만을 걸었다.

후— 크게, 그러나 조심조심 나는 숨을 돌리고 한 발을 떼어본다. 목이 돌지를 않았다. 마디마디가 차디차게 딱딱 들어맞는다. 발소리를 죽이고 골목을 나서서 다시 한 번 후— 그리고 걸음을 빨리하여 일 가진 사람같이 정거장을 향해서 걸었다.

4

오는 듯 마는 듯 거리에는 비가 나리고 있었다. 나는 허둥허둥 '스가모巣鴨' 경찰서 뒷문을 나서다가 아찔하는 머리를 콘크리트 담에 기대고 추위를 재촉하는 하늘을 쳐다보며— 내가 하숙을 쫓겨날 때도 이렇게 비가 왔다— 그것이 공교로운 우연으로만은 생각되지 않고, 나는 일주일만의 자유를 가슴에 안은 채 빠른 속도로 울음 지려 한다.

보따리를 안고 하숙을 나올 제, 그때도 아는 정거장 사람들 틈 속에서 남모르게 울었다.

그러나 그때는 오히려 수중에 팔 원이란 돈이 있었고, 찾을 동무가 있었고, 앞날에 희망을 가질 수 있었다. 나는 이를 악물고 비를 맞으며 — 비를 맞으며 지금은? 등지고 나온 유치장이 생활이었다. 그렇게 생각하고 고개를 숙여 사람들의 시선을 피한다.

나는 돌려준 가지가지의 자유를 마음속에서 가만히 장난감 삼으며 다만 하나 절망, 그것만을 부둥켜안고 힘없는 다리로 겅중겅중 거리를 뛰어가 본다.

실비는 끊임없이 나렸다. 얼굴이 젖고 머리가 젖고 엷은 셔츠를 통하여 가슴에까지 비는 배었다. 나는 돌연히 엄습한 추위에 몸서리치고,

— 대체 어디를 가노.

문득 나는 내 발이 어두컴컴한 골목 속에 들어선 것을 깨닫고 전신의 혈관이 얼어붙도록 놀랬다.

대낮에도 어두컴컴한 그 골목— 바른쪽으로 다섯 집, 왼쪽으로 네 집, 쓰러져가는 빈집이 늘어서 있는 그 골목— 일주일 전, 나는 그 바른쪽 셋째 집에서 순사에게 목덜미를 잡혀 사정없이 거리로 붙잡혀 나왔었다.

그 골목— 그 빈집을 향하여 나는 어느덧 발을 옮겨 왔다.

— 여기를 또 오면 어떻게 헐 작정야.

— 여기 아니면 어디 갈 데가 있어.

— '니시아라이'라두…….

— 너두 사람이냐?

— 헐 수 없는 일이지.

나는 고양이 새끼 모양으로 주위를 둘러보고, 몸을 날려 무성한 풀을 헤치고 '가테勝手'*로 뛰어들었다.

'아마도'를 닫은 방 안은 밤중같이 어두웠다. 문틈으로 새어 드는 희미한 밝음 속에서 흙 묻은 발자취와 신문지 나부랭이와 무너진 마루장들이 가냘프게 하늘하늘 움직이는 것 같다. 찬 바람 어린 방 안에는 아지 못할 이취와 곰팡내가 코를 찌르고, 구석구석에 고인 어둠 속에선 수없는 악마들이 뒤끌어 나왔다. 대낮에 보는 빈집은 어둠 속에서보다 몇 배나 더 침울했고, 공허했고, 몸서리쳐졌다. 그러나 나는 서슴지 않고 맨발로 마루방 위에 올라선다.

방 한가운데 침대같이 쌓아 올린 여섯 장의 '다다미'— 쓰레기통 위에서 하룻밤을 새이고 지금부터 일주일 전 순사에게 끌려 나올 때까지 나는 사흘 밤을 이 '다다미' 침대 위에서 잤다. 야시로 공원으로 거리로 밤늦도록 힘없이 헤매이고 날마다 자정이 넘기를 기다려 이 집을 찾아들었다. 사람들의 눈을 끈 것은 물론이려니와 또 한 가지 이유는 스스로 내 마음을 절망에까지 쫓아, 밤이 이렇게 늦었으니 또 그리로 갈 수밖에 없군, 이렇게 결심할 수 있도록 만들기 위해서였다. 쓰레기통보다 '다다미' 침대는 훨씬 편했다. 공포도 슬픔도 자조도 잊고 나는 죽은 듯이 첫날 밤을 잤다. 그리고 이튿날 밤도 사흗날 밤도—.

새벽엔 반드시 날이 밝기 전에 눈을 떴다. 잠이 깨면 사지가 찌뿌드드하고 머리가 무겁고— 그러나 아무 생각 없이 또 동경 거리를 헤맨다. 그것은 확실히 백치의 생활이었다. 아니, 동물의 생활이었다. 백치는, 동

* 부엌.

물은, 자기 자신이 인간 이외의 물건이란 것조차 언제든 깨닫지 못한다. 나는 무엇보다도 사고를 갖지 않았다.

'스가모' 경찰서 사법 주임은 안경 너머로 나를 흘겨보며, "빨리 고향으로 돌아가라"고 권고하여주었다. 그러나 고향에선 무엇이 나를 기다리나, 아니, 내가 돌아갈 고향은 대체 어데인가.

— 어— 춥다.

나는 문득 돌아누우려다가 서울에 남기고 온 다만 하나의 누이를 생각하고 얼마 전에 온 애달픈 그의 편지를 마음속에서 되풀이해 읽어본다.

— 오빠. 나두 오빠 있는 데루 갈 테야. '오모니' 소리 듣기가 인제는 정말 싫여 죽겠세요. 주인마누라가 앓든 데서 오십이 넘은 주인 놈이 틈만 있으면 귀찮게 굴어서 서울에 있기 싫여. 오빠. 오라구만 그러면 내월엔 떠나겠습니다. 겨우 일 원 주인 놈한테 뀌어서 보냅니다. 나 혼자서 이렇게…….

그 편지에 대하여 나는 답장을 쓰지 않았다. 아니, 그 어리석은(!) 하소연조차 들어주려고 마음먹지 않았다.

— 불행한 사람이 너 하나뿐이 아니다.

나는 아지 못할 분함을 느끼고, 혼자서 이렇게 외치며 그 일 원을 술과 바꾸었다.

— 어— 춥다.

나는 망상을 떼치려 또 한 번 맹렬히 돌아누우며,

— 동경으로 오랠까.

— 그리고 벌떡 일어나서 두 손으로 온몸을 힘껏 쥐어 누른다.

얼굴이 확확 달고, 팔, 다리, 가슴에 피가 배어 올랐다. 나는 허심히 그것을 바라보고, 급한 피로를 한꺼번에 느끼며 다시 축 늘어져 쓰러지고 만다.

— 담배가 먹고 싶다.

배알이 터진 담배꽁초들이 딴 때보다 수없이 길가에 흩어져서 빗물에 젖는 양을 나는 뚜렷이 눈앞에 그려보고,

— 아, 담배가 먹고 싶다.

그렇다. 배도 고팠다. '고-류-아케拘留明'라고, 오늘은 경찰서에서 아침도 안 먹었다.

— 오정은 지났을걸. 어— 춥다.

바람이 일은 것 같다. 빗방울이 구슬프게 차디차게 '아마도'를 때리고, 마당에 무성한 풀들이 흔들리고— 그러나 그뿐이다. 빈집으로 에워싼 거리의 일곽一廓*은 도회의 소란 밖에 외따로 놓여 있다. 그뿐이다. 때때로 북풍같이 찬 바람이 마루 틈으로 벽 틈으로 여지없이 스며들어 헐벗은 살을 에인다.

— 어— 춥다.

전신에 소름이 빈틈없이 끼친다. 나는 도리질을 하고, 몸서리치고,

— 신문지 조각이 있었지.

나는 신문지 조각을 긁어모은 후 조심조심 마룻장을 벗겨 가늘게 쨌다. 그것은 힘든 일이었다. 더구나 그것이 딱 하고 큰 소리를 내어 부러질 때마다 나는 등허리에 진땀을 흘렸다.

나는 신문지 조각과 한 아름의 장작을 안고 다시 '오시이레押入'** 속으로 기어든다. 그러나 비에 젖은 성냥은 세 개비밖에 남지를 않았다. 어느 것 하나 불이 켜질 것같이는 생각되지 않는다. 그렇다고 그대로 단념할 수는 없었다. 나는 결심하고 조마조마 첫 개비를 떨리는 손으로 그어

* 하나의 담장으로 둘러친 지역.
** 벽장.

본다.

희미하게 찍 하고 첫 개비는 황을 떨어뜨리고 말았다.

더한층 정성을 들여 둘째 개비— 첫 번에 황이 반쯤 부스러졌다. 그것을 뒤집어 두 번째— 그러나 역시 결과는 마찬가지다. 나는 다시 한 번 추위와 조바심에 몸서리치고,

— 인제는 틀렸군. 불두 못 필 신세인가.

가늘게 떠는 손으로 마지막 한 개비 성냥을 들고— 안 피는 게 날는지도 모르지. 불이나 냈단…….

불은 안 나더라도 연기가 퍼졌단 큰일이다.

그리고 거의 허심히 나는 그 마지막 한 개를 긋는다. 찍, 또 한 번 찍— 아니, 두 번째는 의외에도 확, 하고 불이 켜졌다.

— 응?

나는 황망히 불을 신문지로 옮기며,

"이것 봐라!"

부지중 중얼거리고 장작을 올려놓으며 얼굴을 스치는 불길을 울음지며 노려본다.

— 불이 피워졌다.

좁다란 '오시이레' 안으로 연기가 어리고 돌고, 장작에 타오른 불길은 천장에까지 닿았다. 얼었던 피가 무서운 속력으로 체내를 달음질치고, 눈, 사지, 머리로 순식간에 독이 오르는 것을 나는 깨닫고 만다.

— 잘 탄다. 타거라, 타!

나는 거의 미친 듯이 있는 대로 장작을 쌓는다. 그리고는 고개를 흔들며 두 손을 높이 들어 의미 없는 춤을 추고, 커다랗게 벽에 비친 기괴한 그 그림자를 웃지도 않고 바라보았다.

—《중앙》, 1936. 6.

준동蠢動*

제1장

기껏 먹어야 다섯 공기밖에는 더 먹지 못했다.

그렇다고 물론 이튿날 아침까지 못 지탱할 배는 아니나, 오늘도 아침 한 끼, 이렇게 생각하면 좀체로 수저가 놓아지지 않았다.

마음껏 먹고 나서 뒷마당에 나서면—함부로 하늘만이 푸르고 높고 '유카타浴衣' 입은 몸엔 가을바람이 너무나 선선했고— 머지않아 겨울이로구나…… 문득 생각이 그리로 돌면 적잖이 불안했다.

하루 한 끼씩이나마 언제까지 배불리 먹을 수 있을지 그것도 궁금하고 인제부터는 무엇을 입고 나다니나— 그것도 걱정이다. 모든 사람의 모멸과 증오는 조금도 두렵지 않았으나— 내 주위엔 나 하나밖에 없다.

만나는 사람마다 모두가 절대로 나와는 사귀지 않는달 제—그때부터 내 주위에서 허무를 찾으려 애썼고, 끝까지 혼자서 게을러보리라 결심한 나이다.

* 하찮은 무리 또는 불순 세력 등이 소란을 피움.

나는 나대로 혼자서 매일같이 늦잠을 잤고, 그리고 가만히 모든 사람을 비웃고— 아침이 끝나면 정처 없이 하숙을 나선다.

아무 데도 갈 곳이 없다, 가고 싶지도 않다. 흥— 나는 코웃음을 치고 길거리에 서서 한참 생각한 후 아무 이유 없이 조도전대학* 교가의 첫 구절을 입안에서 뇌이고— 그리고 서북西北을 향해서 발을 떼인다.

위를 보아도 한이 없고 아래를 보아도 한이 없고— 꼭 그렇게만 생각되었는데 역시 밑바닥은 있었던 모양이다

— 죽지 못해 살지.

집을 나올 때 문득 입에 떠오른 이 한마디 토막말을 퍽이나 신기하게 여기고 무슨 진언과도 같이 자꾸 입안에서 발음해보며,

— 죽지 못해 살지.

그리고 무거운 다리로 저물어가는 거리를 걷는다.

아무리 굳게 게을러보리라 결심한 나이지만, 사흘에 한 번씩 혹은 닷새에 한 번씩은 무엇보다도 내 자신 내 생활에 혐오와 치욕을 느끼고— 순간이나마 우상을 찾으려 멋없이 헤매이며 커다란 불안과 공포 앞에 여지없이 엎드리고 만다. 그런 때면 나는 아침도 안 먹고 얼굴에 물만 찍어 바른 후 허둥지둥 길거리로 나온다. 그러나 곧 나는 다시 하루 전의 내 자신으로 돌아가 모든 것이 번거롭게만 생각되어 집을 나올 때 가려던 곳과는 정반대의 방향으로 발을 옮기고 만다.

— 죽지 못해 살지.

그날 아침 무심코 나는 혼자서 이런 말을 중얼거리고 문득 그 말에 내 스스로 감동되어, 그렇지, 막벌이라도 해야지…… 그렇게 생각되었

* 와세다대학早稻田大學.

고, 또 그렇게 생각한 내 자신이 무한히 반가워서 나는 조간의 안내란을 펴 들고 하숙을 나섰다. 그러나— 지금 나는 아침과는 다른 의미로 죽지 못해 살지, 죽지 못해 살지, 이렇게 중얼거리며 무거운 다리로 거리를 걷는다.

죽기를 면하려면 도적질—그 한 길밖에는 남지 않은 것 같고— 그러나 그런 생각을 먹은 것만으로 나는 자신이 커다란 죄인같이만 생각되어 당황하게 밝음을 피하야 골목 속으로 뛰어들어 남모르게 한숨짓고, 매질하고— 사실은 이렇게 하루에도 몇 번씩 나머지 한 길을 밟아보리라 결심하고, 다시 반성하고 또 생각하는 나였다.

그러나 그뿐이다. 그 이상 한 걸음도 더 나가지 못했고, 물론 뒷걸음도 못 쳤다. 역경逆境에서 썩고 말 사고思考를 얼싸안고 나는 한자리에서 자꾸 맴을 돌고 있었다.

별안간 몹시 가슴이 울렁거렸다.

가만히 손을 품속에 넣고,

— 그만 가서 자는 게 편할 텐데…….

그리고 길가에 놓인 '벤치' 위에 몸을 던졌다.

그렇게 잠시라도 몸을 의지하고 보니 숨었던 피로가 샘솟듯 피어올라 아무 데서라도 눕고만 싶었다.

불덩이같이 이마가 탔다.

그대로 나는 고개를 푹 가슴 속에 묻고, 복잡한 체취가 무섭게 코를 찌르는 것을 후끈하는 신열의 운기와 함께 구슬프게 들이마시며, 감기가 들었나 보다…… 그러나 나는 속지 않고, 그래도 심장이 살아 있는 한에는…… 그것으로 위로하려 하며 억제로 믿음직스럽게 가슴의 고동을, 평화치 아니한 가슴의 고동을 엿듣고 만다.

발작적으로 전신이 바들바들 떨리고 그때마다 눈앞이 아찔하는 듯하

나 나는 이를 악물어 참고,

— 이까진 열쯤이야…….

그리고 고개를 등 뒤로 돌려 검푸른 '효-탄이케簞瓢池'* 의 물속을 노려보고, 담배맛이 쓰군, 혼자 중얼거리며 서슴지 않고 퇴— 가래침을 뱉고, 그리고 상을 찡그리며 몰래 웃었다.

— 집인지 뭔지 모르지만 그래도 집으로 갈 수밖에…….

머리가 핑핑 돌고 술 취한 때와 같이 사지에 맥이 없다. 숨이 가쁘고 목이 탔다.

나는 체조나 하는 듯이 가슴을 펴고 두 팔을 활기 있게 저어보았다. 그러나 몸도 마음도 눕기만을 원했다. 참다못하여 나는 두 주먹을 불끈 쥐고 '벤치'에서 뛰어 일어나 고개를 흔들며 또 거리를 걷는다.

그날부터 나는 병석에 누워 원인 모를 열과 싸우며 더욱 외로이 날을 보냈다.

칠십이 내일모레라는 주인 할멈은 무엇을 생각했는지 미두에 머리를 처박고 이른 아침부터 밤늦게까지 집을 비웠고, 일곱 사람의 하숙인을 상대로 당년 십칠 세의 귀여운 '조추女中-'** '유미에'는 집안일을 혼자 맡아 눈코 뜰 새 없었고— 그리고 나는 아무의 간섭도 받지 않고 혼자서 제멋대로 삼 '조'*** 방 안을 굴러다녔다. 엎드려도 보고, 꼬부려도 보고, 일어앉어도 보고, 이리 뒤치락 저리 뒤치락 그러다가 지치면 눈을 감고 잤다.

깊이 잠들지 못하는 나는 잠만 자면 꿈을 꾸었다. 가위에 눌려 꿈을

* '簞瓢池'는 '瓢簞池'의 오식인 듯하다. '瓢簞池(ひょうたんいけ)'는 공원이나 넓은 정원에 있는 바가지처럼 생긴 연못을 일컫는다.

** じょちゅう: 하녀, 식모.

*** 다다미 3첩疊 방.

깨이면 온몸이 땀에 젖고 오슬오슬 춥다. 나는 길게 한숨을 토하고 얼굴 위까지 이불을 쓴 후 아무것도 생각 않는다. 생각 않으려 노력한다.

해 저물 녘이 되면 열이 올랐다. 이때가 고독한 나에겐 제일 괴로웠다. 이대로 죽었단 송장도 못 찾겠다. 그런 말이 머리에 떠오르고, 그렇게 될 것같이만 생각되어 이유 없이 불안하고— 머지않아 이 하숙에서도 쫓겨나리라…… 그것만 자꾸 근심한다. 마음껏 악을 쓰면 병이 나을 것 같아 미친 듯이 자리에서 뛰어 일어나 와락 창문을 열어젖히고…… 그러나 그대로 나는 주춤하고 그 자리에 주저앉고 만다.

홍엽된 나뭇잎, 탁한 공기, 찬 바람이 창 앞을 스친다. 창밖엔 무엇이 있나. 먼지 앉은 고물상점두古物商店頭, 콧날이 빨개서 뛰어노는 아해들, 문 옆에 심어놓은 시들어가는 화초— 사람들은 벌써 '아와세袷'*를 입었다. 자리옷까지 겸한 '유카타' 한 벌과 여름 양복밖에 안 가진 나는 병이 나은 후에라도 무엇을 입고 나다니나?

인기척이 나며 문이 열린다. 누구를 물론하고 대꾸하기가 싫은 나는 눈을 감고 잠든 체하려 한다. 문을 열다 말고 나의 자는 양을 기웃이 넘겨보고, 그들은 다행하다는 듯이 발을 돌리고…… 하루에도 몇 번씩 이런 일이 있었다. 그것이 '유미에'일 적도 있고, '오바상'일 적도 있고 '아사오'라는 동숙자일 적도 있고— 그러나 별로 고맙지도 않고 그렇다고 물론 미웁지도 않았다. 다만 나는 무감동하게 의아스럽다 생각했을 뿐이다.

나를 이렇게 후대하기 시작한 원인이 무엇인지— 그러나 그런 것을 혼자서 곰곰 생각하는 것은 괴로운 일이요 어리석은 일이다. 주는 것은 받고, 안 주는 건 퇴하고— 그뿐이다. 그 이상의 것을 바라는 것은 허무

* 겹옷.

한 사상이라, 이렇게 생각하고,

— 이대로 앓다 죽기나 했으면…….

나는 시름없이 다시 창문을 닫고 자리에 누우려다 문득 이것을 생각하고, 이대로 언제까지든지 누워 있기만 하면 나를 내쫓지도 못하고 밥도 안 먹일 수 없을 것이다…… 속으로 이렇게 외치고,

"옳다, 됐다, 그렇지, 그래."

저도 모르게 입 밖에 내어 중얼거려보았다. 그것이 비록 길 가다 말고 거지에게 느끼는 그와 똑같은 정도의 값싼 동정이라 하더라도 내 가릴 배 아니다. 내 생활에, 지금의 내 생활에 염체가 있을 리 없고…… 나는 빙그레 웃고, 며칠 동안 안 피웠던 담배를 피워 물고,

— 그래, 그 수밖에 없지. 없어.

그리고 벌떡 자리에 일어나 앉았다. 그러나 담배맛은 여전히 쓰다.

약 한 재 안 썼으나 마음 편하게 사오일 동안 누워 있었더니 병은 어느 틈에 저절로 나았다. 그러나 나는 자리를 걷지 않았다. 나는 여전히 앓는 사람이다. 때때로 방 밖을 사람이 지나면 나는 한숨과 함께 신음하는 소리까지 지어 토했다.

나는 조금도 부끄럽지 않았다. 그것도 일종의 '밥벌이'인 이상 나를 욕할 사람은 아무도 없을 것이다.

그러나 고통은 전보다 심했다. 열이 오를 때에는 열로 인한 고통, 그것에 그치었으나 지금엔— 첫째로 전과 같이 잠이 안 왔다. 깨어 있는 동안은 아무것이든 생각해야 한다. 무엇보다도 그것이 괴로웠고— 또 몸이 성하면서 누워 있다는 그 사실 자체가 수월치 않은 노동이었다. 자꾸 먹어도 배가 고프고, 읽을 책이 없다. 운동을 안 하고 누워 있기만 하니 그칠 새 없이 뇌빈혈이 엄습했다. 혹간 지나가는— 내가 아직도 정말 앓지

나 않나? ……내 자신 그런 착각을 느끼도록 온몸이 고단했다. 열도 있는 것 같고 머리가 빼근할 때도 있고 뱃속이 편치 않은 것도 같다. 그래도 꾹 참고— 나는 앓아야 했다. 그리고 하루 온종일 이불과 고적과 무료와 씨름했다.

좋은 일기가 계속되었다.

판장 너머로 겨우 기어드는 조그마한 햇볕의 이동을 따라 나는 조금씩 자리를 옮겨가며, 마치 자기가 감금이나 된 것 같은 비애를 느끼고,

마음껏 저 푸른 하늘 밑에서 뛰놀고 싶다.

어린애같이 그런 것을 생각하며 고단한 마음으로 적은 일광열과 둘이서 자미 있게 논다.

그러나 햇볕은 열한 시만 지나면 자최를 감추었다. 햇볕이 사라지면 별안간 좁은 방 안에는 침울과 냉기가 어리기 시작하고, 다시 나는 적적하다. 몸이 성하고 보니 핀둥핀둥 드러누워 있기만도 어렵다.

그런 지도 벌써 일주일이다. 아무 데도 아픈 데는 없었으나 일어나 앉기만 하면 머리가 핑핑 돌았다. 공복일수록 그 경향은 더욱 심했다. 그럴 때마다 나는 내 행동을 변호하고 합리화하고…….

그러나 그것에도 지치고 말았다.

— 내일쯤은 일어나야 할 텐데…….

무엇보다도 '유미에' 보기가 부끄러웠다. 무거운 책임을 짊어진 금년 십칠 세의 가냘픈 소녀는 사람의 눈을 끌며 틈만 있으면 나를 찾았다. 창문을 반쯤 열고 고개만 들이밀고,

"긴 상!"

얼굴을 붉히고 얕은 목소리로 나를 불렀다. 또 먹을 것을 가져왔구나 — 급히 눈을 감고 잠든 체하려던 나는 '유미에'의 목소리인 줄 알면 다

시 번쩍 눈을 뜨고 암말 없이 고개를 문 쪽으로 돌리고, 돌리고 하였다.

"이거…… 저……."

눈이 마주치면 '유미에'는 간신히 조그맣게 웃고, 얼굴을 숙이며 말을 못 맺는다.

고향을 버리고 동경에 온 지 삼 년— 처음으로 사람의 두터운 후의와 애정을 대할 때, 게으른 나는 무엇이라 대답할 줄을 몰랐고,

— 어떻게 해야 좋은가?

그러면 별안간 나에게도 다시 사람다운 감정이 용솟음쳐 올라 새삼스럽게 부끄러움을 깨닫고— 나도 내 힘으로 살아야 하겠다…… 그리고 급히 자기의 일상을 돌아보고— 아아, 말없이 나는 눈을 감고 만다.

눈을 떠보면 '유미에'는 없고 머리맡에는 쟁반에 담은 과일이 놓여 있다. 나는 그것을 덥석 집어 들고,

— 유미에 상!

가만히 마음속으로 소리 없이 불러본다. 그리고 그것이나마 물어뜯으면 셈이 피일 듯이 전신을 떨며 입을 갖다 대고— 그러나 나는 참다못하여 이불 속으로 파고 들어가서 한참 동안 느껴 울었다.

나는 일찍이 '유미에'의 행동을 나에 대한 사모의 정의 표현이라고는 한 번도 생각지 않았다. 혼자서 어려운 집안일을 맡아보고 있는 그 꿋꿋한 기상을 사랑하기는 하였으나, 연애의 대상으로 생각하기에는 첫째로 나이가 어렸고, 둘째로 교양이 없었다.

그뿐 아니라 바른대로 말하자면, 나는 결코 그를 존경치 않았다. 나는 그를 오직 '조추-'라는 지위가 말하는 범위 안에서 사랑해왔다. 시골서 처음 올라왔을 때 두서너 달 동안 조선 사람의 집에도 가 있어보았고, 그렇지 않아도 조선 사람들 생활을 대개 짐작한다고— 언젠가 그는 나한

테 이렇게 이야기하고, 동경에 와 계신 조선 어른들은 참 고생이 심하세요, 불쌍하다는 듯이 이렇게 말을 맺었을 때 나는 속으로 가만히 비웃고, 정말 조선 사람의 생활과 감정을 아직 네가 알겠니…… 업신여기고, 그러나 입으로는 그건 참 장한 일이라고 선대답을 한 나이다.

그러나 그것들보다도 또 한 가지 제일 큰 이유는 움츠러질 대로 움츠러지고 마는 내 자신의— 내 자신의 생활에 있었다. 비록 '유미에'가 가장 완전한 조건을 구비하여 내 앞에 나타났다 하더라도 내 스스로 그에게 연정을 품지는 아니했을 것이다.

굶주리기만 하고 있고, 굶주리기만 해야 할 고향에 있기가 죽기보다 싫어서, 공부를 핑계 삼아 막연히 동경에 건너온 나였으나, 그래도 활개를 펴고 먹고살 수만은 있으리라는 일루의 희망을 저버리지는 않았었다. 그러나 동경까지가 나에게 동물이 되라고 요구할 때에 나는 죽을힘으로 발악을 하며 그 마수와 싸우고—그때는 벌써 나의 심신이 극도로 위축되고 말았을 때이다

'조추-'란 지위 외에 아무 매력도 갖지 못한 '유미에'의 존재를 내가 새삼스럽게 인식치 못한 것도 조금도 이상한 일은 아니다.

"입때 주무세요?"

부르는 소리에 잠이 깨었다. 눈을 떠보니 '유미에'가 빗자루를 들고 머리맡에 서 있다.

"으응, 유미에 상이요."

나는 천천히 반신을 일으키고,

"몇 시나 됐누?"

"지금 막 오정 쳤에요."

"벌써? 그럼 일어날 때두 됐군."

"일어나세두 괜찮으세요?"

"이대루 살 순 없지 않소? 허허…… 어디, 오늘은 좀 기동해보지."

"아녜요, 일어나지 마르세요. 그대루두……."

"……."

다리에 맥이 없다. 나는 비틀하고 일어서서 기둥을 붙잡고 겨우 몸을 안정시킨다.

"그대루두 방 칠 수 있는데요. 저…… 저것 봐……."

저도 모르고 빗자루를 내던지며 나를 부축하려는 '유미에'의 갸름한 얼굴을 소리 없이 웃으며 내려다보고— 나는 마음에 있는 말을 입 밖에 못 내이고 울고 싶은 것을 억제로 참는다.

— 나를 왜 이리 소중히 여겨주나.

그 후정에 울고, 그때마다 언뜻 마음을 다시 잡으라는 충동을 느끼면서, 그러나 금방 커다란 불안과 자폭 속에서 어쩔 줄을 모르고— 어느 때는 매질이나 당하는 것같이 그 속에서 몸을 빼치려 노력하며,

— 일없다. 모두 귀찮다. 나는 나대로 혼자서 살련다. 유미에! 너는 덩달아 왜 나를 못살게 구니?

마음속으로 몸부림치고 반성하려는 자신을 꾸짖고, 나는 억지로 도피하려 한다.

그러나 문득 나는 나를 부축하려고 두 손을 내밀은 '유미에'의 눈에서, 그리고 얼굴에서 꿈에도 생각 않던 한 개의 정열을 발견하고,

— 혹시나 '유미에'는…… 어쩌면 '유미에'는 나를 사랑하고 있는지도 모른다.

커다랗게 놀래이나, 그러나 나는 무서운 것이나 본 듯이 얼핏 고개를 돌리고,

"이니, 괜찮어."

그리고 힘 있게 두어 걸음 밖으로 내디디며,

— 아니, 괜찮어, 아니.

이렇게 내 자신에게까지 조용히 타이르며 당황하게 부엌 앞 층계에 걸어앉고 만다.

"유미에 상!"

신문을 펴 들고 한참 동안 암말 없다가 나는 총채질하는 '유미에'를 가만히 부르고, 약간 떨린 듯한 자기 목소리에 스스로 놀래며,

"유미에 상, 고향이 어디요?"

억지로 입가에 웃음을 띠어보았다.

제2장

몹시도 꿈자리가 사나웠다. 거의 한잠도 못 이루듯 하고 나는 날이 훤하기를 기다려 아무도 모르게 충혈된 눈으로 하숙을 빠져나왔다.

'유미에'를 사랑하려면 나는 다시 한 번 사람이 돼야 한다. 사람이 되려면 자기의 생활을 가져야 했고— 어디를 향해서 어떠한 방법으로 어떻게 사는 게 옳은 일인지 그것도 알 길 없었고, 그 막연한 출발에 '유미에'를 동반할 수 있을지, 그리고 동반하는 게 옳은지 그른지, 그것은 더구나 알 수 없었고— 그렇기 때문에 나는 거리를 걷는다.

— 나도 불쌍하지만 '유미에'도 불쌍한 여자지.

'유미에'가 태연하게 생활과 싸울 수 있는 것은 생각할 능력을 안 가진 때문이요, 내가 허둥지둥 자리 잡지 못하고 있는 이유는, 말하자면 영리한 때문이다. 그런고로 나는 '유미에'에게 대하야 동정을 느끼지 않았고 느낄 필요도 없었고, 따라서 진심으로 '유미에'를 사랑할 수 없었다. 사랑할 수 없는 남녀가 사랑하게 된 것을 불쌍한 일이요, 슬픈 일이다.

그는 '조추-'요, 나는 손님이다. 길 가던 사람끼리 담뱃불을 주고받고 하는 그와 마찬가지로 한번 갈라지면 다시는 아무 인연도 없으리라— 꼭 그렇게만 생각해왔고 믿어왔고, 우리들의 관계가 '조추-'와 '손님'의 범위를 넘어설 줄은 상상도 안 했었다.

그러나 '유미에'가 나를 사랑하고 있다는 것을— 벌써부터 나를 사랑하고 있었다는 것을 내가 확실히 알았을 때 나는 문득 불 일 듯하는 정욕만을 느끼고,

— 주는 건 받어야지.

그렇게 결심하고 말은 나였다.

결과니 미래니 하는 것을 생각하는 것은 귀찮은 일이었다. 그가 나를 사랑하고 있고 스스로 나의 애무를 거절치 않는 한에는 그것이 결코 죄악일 수는 없고 잘못일 수도 없다고 이렇게 나는 결론을 지었었다.

그리고 나서 문득 나는 아직도 내 몸속에 사람을 사랑할 수 있는 힘—그렇게까지는 말할 수 없다 하더라도 이성理性을 구하려는 본능이 사라지지 않은 것을 스스로 발견하고 적이 놀래며,

— 아주 죽지는 않은 모양이다.

마음 한구석으로 몰래 생각하고— 그것은 참 새롭고 훌륭한 발견이었다. 나는 그때 비로소 이상한 충동을 느끼고 자리에서 벌떡 일어나며,

— 어느 정도까지 살아 있는지 시험해보리라.

그렇게 생각하고 자기 방으로 돌아가려는 '유미에'의 손을 덥석 쥐었다.

나는 급히 왼손으로 반쯤 열린 미닫이를 닫고 '유미에'의 갸름한 얼굴을 가슴 속으로 끌어들이며,

"……."

무엇이라 두어 마디 의미 없는 말을 입속으로 중얼거리고 미친 듯이

얼굴을 비벼대었다. '유미에'는 피하지를 않았다. 피할 줄을 몰랐다. 숨 한 번 내쉬지 못하고 '유미에'는 떠다미는 내 무게를 이기지 못하여 그대로 자리 위에 납작하게 쓰러지고— 그리고 지금 나는 일없다 일없어, 하며 길을 걷고, 아아, 내가 잘못이지 잘못이야, 하며 길을 걷는다.

무엇에 쫓기기나 하는 듯이 나는 자꾸 뒤를 돌아보고 이유 없는 공포를 느끼며,

— 다시는 그 집에 발도 못 들여놓게 됐고…….

얼빠진 사람같이 누웠던 '유미에'는 얼마 있다가 고개를 번쩍 들며 어둠을 뚫고 무섭게 나를 노려보더니 무엇이라 입을 열려다 커다랗게 고개를 흔들고 다시 그 자리에 엎드려 느껴 울기 시작했고— 나는 잔인하게 암말 없었다. 그러나 '유미에'의 울음은 좀체로 그치지 않았고 그 울음이 차차로 높아갈수록 나는 금방에 미치고 말 것같이만 생각되어 참다 못하여 가슴을 두드리며,

"울긴 왜 울어."

벽력같이 악을 써본다.

그러나 조금도 시원치는 않았다. 시원하기커녕은 별안간 방 안이 고요해지고 보니 형용 못할 적적함이 온몸을 싸고돌아 소름이 쭉쭉 끼치고,

— 아아 무섭다.

눈앞에서 느껴 우는 '유미에'의 모양이 도저히 적대 못할 악마같이만 생각되어,

— 죽으면 고만이지. 죽으면 고만 아냐?

죽는 수밖에는 그 악마를 이길 도리가 없는 것 같았고, 나는 또 한 번,

"죽으면 고만이지. 죽으면 고만 아냐?"

이렇게 외치고 영문을 몰라 쳐다보는 '유미에'의 뺨을 힘껏 내려치며 — 그러나 그때 내가 잠깐 눈물을 흘린 것을 '유미에'는 꿈에도 생각 못

할 것이다.

"암, 그렇지. 죽으면 고만이지."

죽기는 했지만 염병은 나았다는 격으로— 동물같이 사는 것보다는 오히려 소극이나마 철저히 하는 것의 의의가 있을지도 모르고, 또 그렇게 되면 나를 비웃는 사람은 있을지 모르나 욕할 사람은 하나도 없다 생각할 제 지금의 나로서는 오직 그것만이 고맙다.

— 역시 밑바닥은 있었던 모양이군!

인제는 더 떨어질 곳도 없구나 생각할 때 나는 일종의 반동으로 자폭에 가까운 안심을 느끼고,

— 그럼 지금 죽으러 가는 셈이지.

그러나 나는 내 자신조차 속이고 여전히 대답을 못한다.

밤새도록 걸어도 기적이 있을 것 같지는 않았고, 여간해선 좀체로 죽을 수도 없었고— 어느 집에서인지 두 시 치는 소리를 듣고 나는 다시 하숙으로 발을 옮긴다.

그 수밖에는 도리가 없었다. 그것이 가장 비겁한 행동인 줄 알면서도 될 대로 되어라— 이렇게 최후적 용기를 내어 어디 좀 배 내밀고 살아볼 걸…… 마음속으로 그렇게 외치고, 그래야 남자지…… 그렇게 억지로라도 스스로 위로하려 하나 조금도 마음이 즐겁지는 않다. 그러나 그런 것은 둘째 문제이다. 나는 의미 없이 다시 하숙으로 돌아오고 말았다

억지로 내 손으로 죽을 수도 없었으나 죽을 필요도 없었다. 그렇지 않아도 머지않아 죽음은 올 것이다. 동경이 나를 살려둘 리는 없다. 그때까지 버티고 사는 것도 또한 흥미 없는 일은 아니다.

조금 전까지 '유비에'가 외로이 나를 기다리느라고 앉았었던 싫은 방석 위에는 아직도 더운 김이 남아 있고, 솜이 터져 나온 침구이나마 반듯

이 깔려 있는 이부자리에선 형체 없는 '유미에'의 정성이 피어오른다. 그러나 모든 것이 귀찮다. 내가 돌아온 줄 알면서도— 조금 전까지 이 방에서 그것을 기다리고 있었으면서도 감히 나와 맞이하지 못하는 '유미에'…… 나는 절레절레 고개를 흔들어보고 펄썩 이불 위에 쓰러졌다가 다시 뛰쳐 일어나 책상 위에 놓인 거울을 들어 본다.

살아야 하겠다는 생각은 조금도 없었다. 나는 다만 죽지 않고 있을 뿐이다. 뼈만 남은 손. 핏기 없는 얼굴. 석 달 동안이나 이발을 못한 머리. 문뜩 나는 머리 위에 후광이 비친 것같이 느끼고 당황하게 천장을 쳐다보고 뒤를 돌아보고, 그리고 거울 안쪽을 살피고 수염만 있으면 어쩌면 기독基督의 얼굴과 흡사하다 생각하며, '하이네'인지 '니-체'인지가 역시 죽음을 당했을 때 얼굴이 기독과 흡사하게 변모되었다는 말을 머릿속으로 되풀이해본다.

그날 밤에도 나는 게으르게 잘 잤다.

인기척이 나기에 눈을 떠보니 '유미에'가 반쯤 문을 열고 나를 내려다보고 섰다.

아직도 어둠이 서리어 있는 마루방 기둥에 통통 부은 얼굴로 '유미에'는 꼼짝 않고 한참 동안 나를 나려다보고 — 어젯밤엔 어딜 가셌다 그렇게 늦게 오셌에요…… 이렇게 말하고 싶은 듯이 잠깐 고개를 숙이고 — 그러나 '유미에'는 끝까지 아무 말 없이 눈을 부비고, 다시 소리 없이 문을 닫고, 그리고 종종걸음으로 부엌으로 나가버렸다.

— 유미 짱!

부르려다 말고 급하게 목소리를 들이마시며 나는 일부러 펄썩 뒤쳐눕고 다시 눈을 감은 후,

— 부자 될 꿈이나 꿔야겠다.

일어날 시간은 아직도 멀었다. 아무것도 생각 않고 나는 다시 잠들려 한다. 병든 노인이면 앞길은 짧으나마 즐거웠던 과거의 회상은 있으리라. 그러나—나에게는 그런 것도 필요치 않다. 지금 이 순간—내가 전신으로 바라는 것은 오직 어서 잠이 왔으면…… 하는 그 한 가지뿐이요, 그 한 가지에 한한다. 나는 다만 다시 잠들려 했다.

머리맡 들창만은 훤하게 밝았으나—하염없는 불안, 공포, 자조, 환멸이 나를 사로잡고 놓지 않았고—방구석엔 아직도 어둠이 남아 있다. 무엇보다도 두려운 것은 일주일 전과 똑같은 생활이 다시 되풀이될 것이요—그건 생각해서 뭘 하는 거야, 죽여줄 때만 기다리지……. 그러나 나는 방구석에 남아 있는 그 어둠조차 두려워 슬며시 떴던 눈을 다시 꼭 감고 만다.

무슨 때문인지 나는 어린애같이 목을 놓고 자꾸 울었다. 나의 울음소리를 듣고 바시시 문을 열며 '유미에'가 고개를 내밀었다. "어디 편찮으세요?" "아니, 왜?" "……." "날더러 나가래지 않습디까? 밥값 안 달랩디까?" "아—뇨, 석 달치나 미리 주셋는데, 무슨 밥값에요." "참, 그랬지." "어서 일어나서 진지 잡수세요." "응." 그러나 나는 또 눈을 감고 잠들려 한다. 대단히 몸이 고단했다. 할 일이 산더미 같았으나 눈 하나 깜짝하기 싫었다. 지금의 나로선 아무리 노력한다 할지라도 그중의 하나만이나마 성공할 것 싶지는 않았기 때문이다. 있으면 먹고 없으면 굶고— 그렇게 어느덧 백 년이 지났다. 또 백 년이 지났다. 자꾸 백 년이 지났다. 그러나 나는 여전히 아무것도 가지지를 못했다. 나는 할 수 없이 자꾸 잠을 잤다. 끼니때가 오면 '유미에'는 나를 불러 깨운다

"긴 상, 긴 상, 진지 잡수세요. 네, 어서 일어나세요. 긴 상, 긴

상……."

"긴 상!"

부르는 소리에 나는 번쩍 눈을 떴다.

'유미에'는 깜짝 놀란 듯이 흔들던 손을 젖가슴 속에 묻고 한 걸음 물러서며 부석부석한 내 얼굴을 잠깐 바라보더니 최대의 노력으로 며칠 만에 보는 가냘픈 웃음을 지어 보이고,

"편지 왔에요."

조심조심 내 앞에 한 장의 서류를 내미는 것이다. 그리고는 마치 무슨 죄인인 것이나 같이, 그리고 내 단죄나 기다리는 것같이 고개를 파묻고 웅크리고 앉았다.

나는 얼른 편지만을 집어 들고 고개를 돌이키며 다시 눈을 감으려 했다. '유미에'의 고달픈 모양을 정시할 수 없었기 때문이다. 그러나 그렇게 하는 것이 내 자신의 약점을 폭로하는 듯한 그런 생각이 번뜩 머릿속에 떠올라 나는 다시 눈을 힘껏 커다랗게 떠보고, 드러누운 채 편지를 뜯었다.

……그저 굶어 죽지 않을 정도로 나 역 군과 다름없는 무위의 생활을 계속하고 있으나 그것이 좋든 나쁘든 내 고향이니 또한 그러한 생활을 감수할 수밖에 없을 것이오. 하루에도 몇 번씩 미치고 싶은 사람이 어찌 군 하나뿐이리까. 객지에 있는 때문도 아니요, 외로움에서 온 것도 아니요, 가난에 인한 것도 아니요, 이유는 다만 저 할 일을 눈앞에 뻔히 바라보고도 손을 대이지 못한다는 그 한 가지에 있을 것이오. 그럴 바엔 차라리 돌아오시오. 고향엔 늙으신 아버님이 계시고, 그리고 군을 낳아준 산하山河가 기다리고 있지 않소? 완고한 아버님이시라 손수 편지는 안 쓰신다 하더라도 그 심중이야 왜 헤아리지 못한단 말이오. 여기 동봉한 오십 원도 내 이름으로 부치기는 하나 사실은 아버님이 며칠 동안 주선하

여주신 것이오…….

거기까지 읽고 나서 나는 옆에 앉은 '유미에'가 내 우는 얼굴을 볼까 봐 겁하며 태연하게 편지를 다시 접어 봉투 속에 넣고 오십 원짜리 위체爲替*만을 주먹으로 똘똘 말아 쥐었다.

아버지가 주선하셨다는 오십 원이 사실은 아버지가 주선하신 것이 아니라는 것을 나는 잘 안다. 나 같은 홑몸과 빨리 처자를 거느리고 가난에 쪼들리는 윤 군이 하기 싫은 일에 매일 시달리며 이 오십 원을 변통하느라고 얼마나 애를 썼을고. 코 흘릴 때부터 형제같이 지냈다고는 하지만 자기를 위하여 아무 일도 한 적 없는 철없는 나 때문에 윤 군은 살을 떼어서라도 아낌없이 주려 한다. 그 두터운 우정에 대하여 나는 무엇을, 어떻게 갚아야 옳은가?

— 갚긴 뭘 갚어?

꼬리를 물고 어지러운 생각이 머릿속에 떠오를 것을 잘 아는 나는 그것을 박차려고 일부러 마음속으로 제법 악인이나 된 것같이 생각하려 하나— 아직도 '유미에'가, 여전히 꿈쩍 않고 말없이 옆에 앉아 있는 '유미에'가 두려운 것을 보면 그럴 주제도 못 된다.

오늘도 또 벌써 오정이다.

대낮의 하숙은 텅 비어, 심산같이 고요했다.

제3장

"원, 긴 상두 망녕이러구먼그래. 요전에 앞서 밀린 것허구 이달치, 내

* 외국환 어음.

월치까지 다 주지 않으셨우?"

그러면서 무엇이 우스운지 주인 '오바상'은 늙은이답지 않게 소리 높이 웃고 힐끗 나를 쳐다보며 문밖으로 한 걸음 나섰다가 다시 들어오더니, 전에 쓰던 사 '조' 반 방이 어제 비었으니 그리로 가고 싶거든 도로 가라고, 태연하게 말을 던지는 것이다.

나는 잠깐 창문에 기대선 채 얼빠진 사람같이 꼼짝 않고 섰다가 종종걸음으로 걸어 나가는 '오바상'의 뒷모양에 침이라도 탁 뱉고 싶은 충동을 억제하며 자리를 개키려 했다.

그때 문밖으로 총채와 빗자루를 든 '유미에'가 고개를 숙이고 지나갔다. 그 순간 나는 번개같이 모든 것을 이해하고— '유미 짱' 하고 부르려다 말고 그대로 자리 위에 펄썩 주저앉으며 일시에 전신에서 힘이란 힘이 모조리 급격한 속도로 빠져나가는 것을 애처롭게 감각하고— 힘든 일이나 하고 난 사람같이 나는 커다란 피로만을 느끼었다.

나는 뻔히 책상 위에 놓인 오십 원 위체를 바라보고— 그동안 밀린 밥값을 나 모르는 사이에 내준 것은 '유미에'였구나, 그렇게 생각을 가다듬어보며, 그렇지, 그렇지, 하고 고개를 끄덕여보고, 그렇지 않으면 육 '조' 방에서 밥값 한 달치 밀렸다고 사 '조' 방으로, 그뿐 아니라 나중에는 밥도 할 수 없이 아침 한 끼만 먹이던 주인 할멈이 내가 병들어 누웠다는 다만 그 한 가지 이유로 나를 다시 전과 같이 손님 대접 했을 리는 만무다. 그것을 모르고 윤 군이 부쳐준 돈으로 밥값을 내렸더니 주인 할멈은 망녕이냐고 깔깔대고 웃었고, 나는 지금 보잘것없는 내 몸을 스스로 욕하며 매질하며 내 주위를 둘러싼 두터운 애정 속에 파묻혀 오직 당황해하고 있을 뿐이다.

— 유미에!

별안간 눈물이 핑 돌았다. 머리가 아찔하고 방 안이 뱅뱅 도는 것 같았다. 아니, 정말 삐걱삐걱하고 사벽이 귀나 틀리는 듯 흔들리기 시작하고 마룻장이 선실같이 기우뚱거렸다.

— 지진이다.

형세가 맹렬한 지진이었다. 금방 끊어질 듯이 전등이 앞뒤로 내흔들리고 부엌에선 그릇 쏟아지는 소리가 요란스러웠고 일 분, 이 분, 오 분이 지나도 물결치듯 하는 대지는 조용해지려 하지를 않았다. 기둥에 의지해 서 있는 내 발밑으로 그 대지의 진동이 배암 지나듯 굽이치고 지났다.

차차로 주위가 소란하여가고, 하나씩 둘씩 사람들은 집을 버리고 거리로 뛰어나왔다. 때때로 사람들의 입에서 외마디 절규가 터져 나오고, 머지않아 그것이 의미 모를 아우성 소리로 변할 것 같았으며 형형 못할 불안과 공포가 흔들려 마지않는 대지를 휩싸고 돌았다.

동경에 온 지 삼 년, 처음 당하는 큰 지진이었다. 책장 위의 화병이 소리 높이 '다다미' 위로 굴러 떨어지나 나는 더 참지 못하고 벽에 걸렸던 양복만 집어 든 채 밖으로 뛰어나가려 하였다. 그 순간 혼자 이층에서 쩔쩔맬 '유미에'의 모양이 머리 위에 떠올랐다.

"유미 짱!"

나는 거의 미친 듯이 발을 돌이켜 이층으로 뛰어올랐다. 층계에서 머뭇거리는 '유미에'를 나는 무슨 힘으로인지 번쩍 쳐들어 가슴 속에 안고 쏜살같이 마당으로 뛰어 내려가며 힘 있게 흔들리는 대지를 딱 버티어 밟고 '유미에'를 사랑해야 할 것을, 그리고 내게도 '유미에'를 사랑할 힘이 있다는 것을 혼자 마음속으로 반갑게 여겼다.

—《문장》, 1939. 4.

동요動搖

제1장

취한 채 그대로 사약이라도 먹고 죽고 싶은 때가 한두 번이 아니었으나, 그러나 결국은 죽지조차 못하고 순자는 어지러운 마음의 거리를 갈팡질팡하며 외롭고 가냘픈 몸 하나 애정 하나 둘 곳 없음을 한탄하는 것이다.

제2장

순자는 그날도 손님이 권하는 대로 먹을 줄 모르는 술을 넙죽넙죽 얼마든지 받아먹고 얼마든지 취하여 그 유들유들하게 생긴 손님이 무엇인지 귀 옆에서 속삭이는 것을 속으론 들은 체 만 체하면서도, 응, 응…… 허턱대고 끄덕이는 것이나 한시도 마음은 누추한 자기 셋방 구석에서 떠나지를 않고 집을 나올 때, 오늘은 혹시…… 하고 정성스럽게 깔아놓고 나온 이부자리가 여전히 이부자리대로 외롭게 방을 지키고 있을 것을 쓸쓸하게 생각하며, 어제, 그저께 이틀이나 남편이 안 돌아왔으니 오늘도 필경은 안 돌아오리라고 자꾸 그렇게만 생각되어,

"자아, 어서 드세요."

순자는 그런 생각을 뿌리치려는 듯이 자기가 앞서 번쩍 잔을 들고 제법 술꾼이나 되는 것같이 숨 한 번 쉬지 않고 쓰디쓴 술을 꿀컥꿀컥 들이키는 것이다.

남편이 집을 비우기 시작한 것이 어제오늘 일은 아니라 하더라도 그때는 그때마다 순자를 수긍시킬 만한 그럴듯한 이유가 있었고, 또 남편을 태산같이 믿고 있는 순자는 조금도 그것을 의심하려 하지 않았으나, 이렇게 연거푸 이틀 사흘씩 집에 안 돌아오기는 이번이 처음이라 아직도 자기가 버림을 받았다고는 생각키지 않고 생각지도 않으나, 아무 소식 없이 며칠씩 안 돌아온다는 그 사실 자체만이 자꾸 순자를 괴롭혀 드디어 오늘 순자는 동무들의 말리는 소리도 듣지 않고 얼마든지 술을 마셔 보는 것이다.

"어어험, 기분 좋다."

가게 닫을 무렵에 겨우 거머리 같은 손님을 돌려보내 놓고 나니 직업적 의식에서 해방되었다는 안심 때문인지 순자는 일시에 피로를 느끼고 억지로 먹은 술이 무서운 속도로 전신을 휘돌기 시작하여, 순자는 잠깐 기둥에 의지해서 멍하니 섰다가 조용해진 '홀' 안으로 일부러 힘들여 뚜벅뚜벅 걸어 들어오며,

"어어험, 기분 좋다."

'카운터' 앞에 모여 앉아서 모두들 풀 없이, 말없이 고개를 숙이고 있는 동무들을 향하여 커다랗게 웃어 보이는 것이나,

"저년이 미쳤어, 미쳐."

한 여자는 고개도 들지 않고 이렇게 혀를 끌끌 차고 그대로 홱 일어

서서 뒷문으로 나가버리고,

"너 왜 이러니, 왜 이래."

또 한 여자는 매서운 눈초리로 순자를 흘낏 쳐다보고 더 대꾸하려 하지 않았고,

"……."

또 한 여자만이 안타깝다는 듯이 말없이 일어나 순자의 팔을 잡으려는 것을 순자는 슬금슬금 피하여 구석 '박스'에 가 폭 고꾸라지듯 쓰러지며,

"얘, 너, 나 취헌 줄 아니, 나, 안 취했다, 안 취해……."

너털웃음을 치고 팔을 홰홰 내저어 보이는 것이나, 손님 보낸 지 불과 오 분도 못 되는 사이에 먹을 줄 모르는 술은 남김없이 올라서 다음 순간 순자는 아무 감각 없이 '테이블' 위에 엎드려 두 손으로 얼굴을 가리고, 후우, 고달픈 한숨을 내뿜는 것이다.

동무가 태워준 인력거에 몸을 싣고 곤드레만드레 겨우 집에까지 돌아온 순자는 박차듯이 대문을 열고 문간에 들어서서 그대로 툇마루에 쓰러진 채 한참 동안이나 지끈지끈한 머리를 두 손으로 짚고 있다가 비틀비틀 방문을 열고 나서 이부자리가 이부자리대로 기다리고 있을 방에 뜻밖에도 남편이 돌아와 누워 자고 있음을 발견하고, 주춤하고 문지방 위에 경직되고 말았다. 이유 모를 눈물이 펑펑 쏟아져서 그대로 남편 가슴속에 뛰어들어 목 놓고 울고 싶은 것을 순자는 억지로 참아가며, 혹시 남편이 잠을 깰까 겁하여 조심조심 문을 닫고 조심조심 옷을 벗고 숨을 죽여가며 남편 옆에 드러누워 얼마든지 두 뺨을 흐르는 눈물을 씻을 생각조차 하지 않았다.

그와 전후하여 낮이고 밤이고 핀둥핀둥 드러누워 잠만 자던 남편이

바쁜 일이나 생긴 듯이 부지런히 돌아다니기 시작하였고, 그리고 의례히 닷새에 한 번씩은 집을 비웠다. 그러나 자기 하는 일이면 도적질이라도 좋은 일로 믿고만 있으라는 남편의 말대로 순자는 남편의 자기에 대한 사랑을 조금도 의심하지 않았을 뿐 아니라, 혼자서 진종일 자기만 할 때엔 폐병쟁이같이 매일매일 파리해가던 남편이 요새 와서는 부쩍 혈색이 좋아지고 살이 오르고 한 그 사실만이 반가워 자기의 쓸쓸함은 잊고 지내는 것이다. 그러나 남편 안 돌아오는 날이면 순자는 흰 벽과 마주 앉아 밤을 새이지 않을 수도 없었고, 또 서운함을 못 이겨 언젠가같이 치근치근한 손님이 권하는 술을 사양치 않고 받아먹을 때도 있었다. 그러나 하루는 이상하게도 순자 돌아오는 것을 길 어귀까지 마중 나와 기다리던 남편이 밤늦은 텅 빈 길거리에서부터 순자를 끌어안고 애무하고— 그들이 처음 결합했을 때에도 일찍이 가지지 못했던 그런 정도의 정열로 마치 미친 사람같이 밤을 꼬박 새워가며 남편은 순자를 놓으려 하지 않더니, 이튿날 느지막해서 집을 나간 남편은 그 후 드디어 달포가 넘도록 소식이 없었다.

그래서는 못쓸 줄 뻔히 알면서도 순자는 매일 술을 먹었고, 술을 먹으면 반드시 울었다. 자다 깨어선 벌떡 일어나 불을 켜고 한참 멍하니 앉았다가, 문득 아까 '홀'에서 거머리 같은 손님과 약속한 내일의 만날 시간을 머릿속에서 헤어보기도 했다. 그대로 그자를 따라 눈 딱 감고 가자는 곳으로 따라가 볼까도 생각한다. 그러나 남편이 자기를 버렸다고는 아직도 믿지 못하고 있을 뿐 아니라, 머지않아 반드시 자기에게로 남편이 돌아오리라는 것을 무슨 신앙과도 같이 지니고 있는 순자는 그럴 때마다 수돗가로 뛰어나가서 찬물에 수건을 적셔 피가 나도록 젖가슴을 문질렀다.

생활에 있어서, 애정에 있어서 자기 없이는 못살 줄, 오히려 남편 자신보다도 더 빤히 알고 있는 순자는 한 달 가까이 남편이 그 허약한 몸으로, 허약한 마음으로 어데서 어떻게 무엇을 하고 지내는지 요새에 이르러는 쓸쓸함, 외로움, 그런 것보다도 남편의 신상에 대한 궁금함이 앞서 무슨 방법을 써서든지 기필코 남편을 찾아내야만 되겠다고 힘 미치는 데까지는 여러 방법, 여러 방면으로 수소문해보는 것이나 좀체로 남편의 행방을 찾을 수는 없었고 해서, 인제는 저쪽에서 돌아와 줄 날만을 기다리는 수밖에 없다고 순자는 모든 것에 피로만을 느껴 그 구덩이에서 벗어나려고 혹간 가다 그릇되려는 자기 마음을 힘써 걷잡으려, 걷잡으려 하는 것이다.

그날도 역시 순자는 아무 기대도 갖지 않고 허무한 마음으로 집에 돌아와 보니 남편이 저고리도 안 벗고 책상머리에 단정하게 앉아서 반가운 웃음으로 자기를 맞이하였다. 그 순간, 걸핏하면 그렇게도 잘 울던 순자는 도리어 커다란 감정에 압도되었음인지 눈물 한 점 안 흘리고 냉정한 마음으로 태도로 남편 앞에 가 마주 앉아 말없이 뚫어지도록 남편의 얼굴만을 쳐다보았다.

남편도 얼른 웃음을 죽이고 그대로 순자의 감정의 격류 속에 휩쓸려 들어와 몇 번이고 순자를 달래이며 무엇인지 입을 열려단 말고, 열려단 말고 그들은 드디어 한마음, 한 몸이 되고야 마는 수밖에 없었다.

돌아오던 날 밤에 하려던 이얘기를 이제야 겨우 입 밖에 내놓는다고, 사흘째 되던 날 아침을 먹고 나서 그래도 자꾸 망설이다가 얼마 만에야 겨우 결심했다는 듯이, 밖에 놀러 나가자고 졸라대는 순자를 붙들어 앉히고 남편은 심각한 표정을 짓더니 무슨 큰 선언이나 하는 듯이 이렇게 말을 꺼내며, 그리고 나서도 또 한참 머뭇거리다가 탁 쏘아붙이듯이,

"암만 생각해봐도…… 헤어지는 수밖에 없겠소."

그렇게 무뚝뚝하게 말하고 나서는 억지로 아무 표정도 짓지 않으려고 애쓰는 모양이, 남편의 놀라운 말보다도 오히려 순자의 가슴을 찔러, 순자는 순간,

"응."

하고 무심코 고개를 끄덕이다가 비로소 남편의 말이 심상치 않았단 것을 생각해내고,

"뭐요?"

되물으며, 별안간 가슴이 격랑같이 설레는 것을 금할 수 없었다.

남편은 고개를 숙이고,

"뭐랬어요, 지금 뭐랬어?"

악쓰듯이 외치며 대드는 순자를 감히 쳐다보지 못하다가,

"당신이 정말 내 맘을…… 알어줄 진 모르지만……."

이렇게 말을 시작하여 자기가 왜 순자와 헤어져야만 할지, 헤어질 수밖에 없는지를 의외로 흥분하지 않고 차근차근 이야기해주는 것이다.

한 달 동안 자기가 아무 소식도 없이 종적을 감춘 것은, 요컨대는 순자와 헤어져서도 능히 살아갈 수 있는지 그것을 시험하려 하였다는 것, 그리고 그렇게 떨어져 있는 동안에 자기도 겨우 힘을 얻어 생활의 목표를 세울 수 있었다는 것, 그것을 달성하려면 우선 안해에게 얻어먹는다는 이런 비겁한 생활에서 벗어나야 할 것을 깨달았다는 것, 그리고 내가 지금 이렇게까지라도 힘을 얻은 것은 오로지 당신의 은혜이라 이제 이르러 이런 매정한 말을 한다는 것은 사람의 도리가 아닐지 모르나 언제든 한 번은 이런 생활의 혁명을 일으키지 않으면 결국은 두 사람이 다 이 구렁텅이에서 벗어날 수 없다는 것, 그러니 이것이 마지막이라 생각하고 나를 위하여 최후의 정성을 다해달라는 것……. 그러나 그런 남편의 말이 이

미 순자의 귀에는 들어오지 않았고, 순자는 남편의 말이 끝난 후 한참 동안까지도 귀에서 앵앵 소리가 나는 것 같아, 대고 엎드려 울기만 하다가 겨우 정신을 가다듬어 생각해보니 남편의 한 말 전부를 이해할 수도 없었고 기억할 수도 없었으나 다만 한마디 '내 장래를 위하여' 하는 그것만이 귀에 남아 있어, 자기네들 헤어지는 것이 남편의 전정을 위하여 좋은 일이라면 자기는 아무리 쓰라리더라도 남편을 위해서 그 말대로 하리라고 혼자서 속으로 끄덕이고, 남편이 그렇게 혼자 살아갈 수 있는 힘을 얻었다는 그 사실만을 순자는 모든 슬픔보다도 반갑게 여기는 것이다.

이튿날 남편은 책상 하나와 이부자리 한 벌을 순자에게서 얻어가지고 미리 정해두었던 명치정明治町* 뒷골목 다 쓰러져가는 이층집 구석방으로 옮기어 갔다. 순자는 웃는 낯으로 그 방까지 따라가서 방도 치워주고 세간도 별러놓고 해주면서, 마치 무슨 장성한 아들이 세간이나 난 듯한 그런 느낌을 느낄 뿐이지 이것이 자기네들의 부부생활의 종막이라고는 조금도 느껴지지 않는 것을 내심 의아스럽게 생각하는 것이다.

이사를 다 끝마치고 나서 남편은 목욕을 간다고 수건을 들고 나섰고, 순자는 그 자리에서 직장으로 나왔다. 직장에서 나와 요 며칠 사이에 일어난 자기 주위의 어수선한 변화를 생각하니, 모든 것이 꿈같기도 하고 꿈 아닌 것 같기도 하고 해서 순자는 구석 '박스'에 가 처박혀 앉아 얼마 동안은 손님 옆에 갈 생각조차 하지 아니하였다.

남편이 같은 서울에 있는 것을 알고 있다는 그 사실만으로 순자는 아무 쓸쓸함도 슬픔도 느끼지 않았으나 웬일인지 '홀'에 나가면, 밤이 되

* 지금의 명동.

면, 술이 먹고 싶었고 술이 먹고 싶으면 거리낄 것이 없어 얼마든지 퍼먹고 하여 요새에는 주량도 부쩍 늘어서, 정말 이러다가는 혹시 다시 남편을 대할 때에 큰일이라고 속으로 은근히 걱정이 아니 되는 것도 아니나, 그래도 술을 먹어야만 남편을 만나고 싶은 마음을 억제할 수 있는 것을 순자는 무엇 때문인지 모르는 것이다.

닷새, 열흘, 남편은 대체 무엇을 하고 지내는지 날이 갈수록 그것이 궁금해지기 시작하여 순자는 하루에도 몇 번씩 남편을 찾아가려는 충동을 억제하고 있으나, 때가 올 때까지는 다시는 만나지 말자던 남편의 말의 무게가 천근이어서 다시 만날 수 있을 그 '때'란 대체 어느 때인지, 얼마나 기다려야 그때가 올지,

"난 몰른다, 난 몰라 — 뭐가 뭔지 난 모르겠다."

정말 모두가 순자에게는 불가사의한 사실이라 이렇게 동무를 붙들고 주정을 하다가 문득 귀를 기울이니 밖에서는 언제부터 내리기 시작했는지 주루룩주루룩 장맛비같이 하염없는 비가 쏟아지고 있었다. 그 빗소리에 순자는 잠깐 귀를 기울이고 공연히 마음이 공허해지는 것을 느끼는 한편, 몽롱한 머릿속으로 남편을 찾아갈 좋은 구실이 생겼다고 별안간 미친 듯이 밖으로 뛰어나와 어두컴컴한 명치정 뒷골목을 달음질치는 것이다.

아무 소리 없이 이층으로 뛰어 올라가 남편 방문을 화다닥 열어젖히니, 남편은 혼자서 자리에 드러누워 책을 읽고 있다가 비에 홈빡 젖어 뛰어 들어오는 사람이 순자인 줄 알자, 벌떡 자리에 일어나 앉으며 전과 똑같은 태도와 목소리로,

"아니, 비 오는데, 이거……."

순자는 호래비 내가 가득한 방 안에 들어서니 일시에 술이 오르는 것 같고 맥이 풀리는 것 같고 하여 비틀비틀 방 한구석에 가 쓰러지며,

"아이, 취했다."

일변한 자기 태도에 놀래여 마지않은 남편 앞으로 기어가듯 다가가며,

"나 술 취했수, 술 취했어."

그리고 나서 그대로 엎드려 가쁜 숨소리로 씨근씨근했다.

남편은 기가 막힌다는 듯이 한참 동안 암말 없다가, 이윽고 벌떡 순자를 잡아 일으키고,

"술은 왜 먹소, 그리고 밤중에 이게 무슨 추태요."

"추태? 호호호호, 내가 당신 보구 싶어 온 줄 알우? 비가 오길래…… 집이 가긴 멀구 해서…… 잠깐 들러 갈려구 왔지."

"그럼 술은 왜 먹은 거야."

"술두…… 말야…… 당신이 먹으래지 않었수?"

"미쳤어?"

"미쳤어, 당신에게— 왜 그래, 왜 걱정야— 나하구 당신허구 뭐나 돼?"

그리고 순자는 드러누워 옷도 벗지 않고 딩굴딩굴 구는 것을 남편은 잡아 일으키며,

"정신 채려."

가볍게 빰을 갈기고, 비에 젖은 옷을 벗긴 후 순자의 알몸뚱이를 이불 속에 집어넣는 것이다.

순자는 남편이 하는 대로 모든 것을 내맡기고, 아이, 부끄러— 마음 속으로 눈을 가리고,

"흥, 첫날밤 같구나."

그리고 킬킬거리면서,

"그럼, 비가 오니까 — 나, 하룻밤만 신세 지구 갈 테유."

말하고 나서 쥐 죽은 듯 숨을 죽이는 순자이다.

오랄 때까지는 오지 말랬는데 왜 왔느냐고, 이러다가는 다시 그전 생활에 돌아갈 수밖에 없지 않으냐고 꾸짖는 남편에게 순자는, 역시 어젯밤 모양으로 비가 오기에 집엘 갈 수 없어서 들른 것이지 당신 보구 싶어 온 것은 아니라고 억지로 농담으로 항변하며, 그럼 인제는 죽어도 다신 안 만날 테야, 안 올 테야…… 하면서 집으로 돌아와 낮잠을 자고 옷을 갈아입고, 그이를 위해서 남편이 오지 말라니 이제부터는 정말 남편을 만나지 않으리라고, '홀' 한구석에서 몰래 결심하는 것이나, 그날 밤에도 역시 비는 그치지 않았고 순자는 또 전날같이 취했고 하여, 순자는 그날 밤도 역시 집으로 가지 않고 명치정 뒷골목을 찾아가는 것이다.

제3장

왜 헤어져야 하는지는 몰라도, 반드시 헤어져야 할 것만을 아는 순자는 생각다 못하여 취한 채 그대로 사약이라도 먹고 죽고 싶은 때가 한두 번이 아니었으나, 그러나 결국은 죽지조차 못하고, 순자는 어지러운 마음의 거리를 갈팡질팡하며 외롭고 가냘픈 몸 하나, 애정 하나 둘 곳 없음을 한탄하는 것이다.

—《문장》 증간호/창작, 1939. 7.

미로: 어느 연대年代의 기록

꿈은 나를 체포하라 한다.

현실은 나를 추방하라 한다.

—이상李箱

1

기둥에 의지해서나마 겨우 기동하게 된 나를 바라보고 '유미에'는 마치 죽었던 사람이나 소생한 듯이 희한하다고 손뼉을 치고 두 손을 잡아 이끌어 일으킨 후, 걸음마, 걸음마— 그리며 혼자서 손을 꼽아보고 두 달, 석 달, 넉 달, 어쩌면 꼭 넉 날 동안이야, 어지럽지 않우, 저것 봐, 저것 봐, 넘어져요, 글쎄, 넘어진대니깐…… 하며 '유미에'는 신기하다고 눈물까지 흘리면 혼자서 활개를 편 것 같건만, 나는 어쩐지 조금도 마음이 가볍지 않고 전과 같이 혼자서 눕고만 싶은 것을, 그러나 '유미에'는 알아주지 못하고 자기가 앞서서 옷을 갈아입은 후 앞뒤 창문을 활짝활짝 열어젖히며 억지로 내 등을 돌아와서 땀 배인 자리옷*을 잡아 벗기고, 내 부축해줄 테니 어서 일어나요, 어서, 응…… 그리다가 문득 '유미에'는 뼈만 남은 앙상한 내 가슴과 팔과 등을 바라보고 새삼스러운 충동을 느낀 듯이, 원래두 말랐지만 어떻게 요렇게 살이 빠졌수, 아이, 참 무시무

* 잠잘 때 입는 옷.

시해…… 가늘게 상을 찡그리며 '유미에'는 걷어놓은 자리 위에 걸터앉은 내 무릎 사이에 엎드려 한 손으로 벌거벗은 내 등을 어루만지며 잠시 동안 '가구라자카神樂坂'로 놀러 나가자던 것도 잊은 듯이 앓는 사람의 안해의 특이한 촉감으로 나를 애무하고 자기를 달래이고— 하는 '유미에'의 모양이 대단히 고달파 보여, 나는 얼른 마음먹고 두 손으로 '유미에'의 얼굴을 받들어 쳐들며, 자, 그럼 나가보지…… 그리면서 가만히 얼굴을 마주 대이고 우리들은 소리 없이 웃어보았다.

십이 관도 못 되는 허약한 내 몸이 얼마 되지는 않는다 하더라도, 이 년 동안의 고역을 용하게 치르고 나왔을 때, 나는 그것만으로 다행하다 생각하고, '유미에'가 맞아주는 이 누추한 '아파트' 구석으로 돌아와 몸을 쉬이려 하였으나, 역시 그것만이 다행하지는 못해서 출소한 지 달포가 못 되어 몸이 시름시름 고단하더니, 나날이 열이 오르고 선땀이 흐르고 드디어 몹시 추운 하룻날 새벽에 나는 자리 위에 시뻘건 핏덩이를 토하고야 말았다.

— 그예 왔구나.

그러나 그것을 미리 짐작 못하던 배도 아니라 나는 길게 숨을 들이마시고, 가만있거라, 가만있거라, 스스로 자신을 타이르고— 그렇지만 이 년 동안의 고달픔이 이제 와서 내 심신을 좀먹으려는 것을 뚜렷이 아는 나는 그렇게 타이르는 것쯤으로는 마음을 풀 수 없었고, '유미에' 역시 몰랐을 리 없었겠지만 연약한 여자의 마음으로 자기의 예상이 들어맞았다는 것을 알 때에 필경은 나만큼이라도 참지 못할 것이라 생각하고, 나는 곤히 자는 '유미에'의 잠을 깨일까 겁하며 혼자서 몰래 그 핏덩이를 처리하려 하였다. 그러나 '유미에'는 잠결에도 문득 첫새벽부터 부스럭거리는 나를 심상치 않다 생각했든지 복받치는 두 번째 기침에 내가 또 한 번 쿨룩거릴 때 벌떡 이불을 쓴 채 반신을 쳐들고 출소하는 나를 맞이하려 왔을 때의 바로 그때의 눈초리로 물끄러미 나를 넘겨다보았다.

그날부터 나는 산송장같이 꼼짝 못하고 자리에 누운 채 하루 온종일 신열과 기침과 담에 시달리고— 나아가 일하는 '유미에'가 틈틈이 보여주는 정성만이 고맙고 두렵고 하여 그것을 숨기려고 어리광까지 피우고— 몇 번이든지 되풀이하여 내가 없던 이 년 동안의 '유미에'의 생활을 캐어묻고 캐어묻고 하며 그것으로 낙을 삼고 약을 삼고 하였다. 그러면 '유미에'는, 밤낮 그것은 되물어 뭘 해…… 그리고는 무엇이 우스운지 혼자서 깔깔대고 웃고, 집안사람이 내게 헌 일을 생각하면 참 지금도 이가 갈려요, 아, 글쎄…… 여기서부터 시작하여 자기가 밟아온 소위 '이 년 동안의 고난의 길'을 이야기하는 것이 여러 번 되풀이는 했건만 역시 싫지는 않은 모양이어서 듣는 내가 먼저 지쳐 잠들 때까지 넋두리하듯 늘어놓는다.

잠이 깨면 방 안에는 이미 '유미에'는 없고, 먼지 앉은 전등만이 가만히 흔들리고— 나는 그것을 뻔히 쳐다보며 지진을 했나 보다…… 덧없이 그런 것을 생각하고 별안간 호젓함을 느껴 어두컴컴한 방의 구석구석을 살펴보고, 혹시 '유미에'의 냄새만이라도 남아 있지 않았나 하고 얼빠진 사람같이 두리번두리번한다. 독방에 있을 때에도 깊은 밤중에 문득 잠이나 깨이든지 하면 나는 제일 먼저 '유미에'를 생각했고, 하루같이 꾸준히 차입도 해주고 만나러도 와주나, 그것만이 고맙게는 생각되지 않아서 할대로 하라고 혼자 빈정거려보기도 했고— 그러나 지금 '유미에'를 내보내고 외롭게 자리에 남아 누워서 언제 어찌 될지 모르는 몸으로 곰곰 생각하니, 모든 것이 오직 두렵고 무섭고 이번에는 나 혼자서 가만히 속으로 나를 기다리느라고 '유미에'가 싸워온 '고난의 길'의 이야기를 누구에게 들려나 주는 듯이 되풀이하고 만다. 그러면 그것만으로 나는 마음이 누그러져, 억지로 말리다 못하여 울고불고하는 부모와 형제를 세 번씩

버리고 나왔더니 얼마나 괴로웠겠소…… 그리며 혼자서 끄덕이고, 보잘것없는 나를 그래도 남편이라고 이 년 동안이나 싸우고 싸우며 기다려주었는데 겨우 요 꼴이 되어 돌아왔으니…… 그리며 또 한 번 혼자서 끄덕이고, 그리다가는 지금에 있어서는 한 개의 전설로 화해버린 지난날의 나와 벗들의 행동을 후회하려고도 생각해보고, 어느 틈에 이렇게 나 하나만이 커다란 죄인으로 변하고 말았는지 그것도 섭섭했고, 믿을 수 있는 몇 사람의 선배와 벗에게 엽서를 띄워 현재의 궁상을 호소하였으나 나를 아끼고 위로해준 사람은 역시 '유미에' 한 사람밖에 없었으니, 외로운 내가 그 '유미에'의 정성에 의지해서 그것이나마 믿음을 삼고 살아나가려는 것도 결코 무리는 아니라 할 것이요, 그것이 하루 이틀 거듭되자 때때로 내 자신 혐오를 느끼면서 공연히 나를 차게 본다고 세태만을 비웃고 점점 '니힐'만을 느끼어왔으며, '유미에'와 둘이서만 살 수 있는 낙원까지 꿈꾸고 갖다주는 모이를 넙죽넙죽 받아먹고— 이리하여 넉 달이 지난 것이다.

병세는 더도 덜도 안 한 것 같건만, 이렇게 기동만이라도 할 수 있게 된 것이 오로지 '유미에'의 정성 때문이라 생각하니 한편으로는 고맙고 한편으로는 쓸쓸하고— 자, 그럼 나가보지……. 오래간만에 가뜬한 새 옷으로 갈아입고 '유미에' 어깨에 기대서니, 뭉클한 것이 가슴을 치밀어 나는 잠깐 고개를 숙이고, 어지럽지 않우. 아아니. 아이, 고만둬, 고만두구 우리 집에서 뭐 사다 먹읍시다. 왜? 괜찮어……. 그래두…… 또 열이나 오르면……. 괜찮어, 일없어. 나보다도 조심조심 층계를 내려가는 '유미에'의 손을 잡고 거리로 나서며 나는 몰래 눈이 부시다고 얼굴을 가리며 눈물을 씻었다.

2

넉넉잡고 일 년— 그만한 동안만 있으면 여학교 시대부터의 자기의 소원이던 조그마한 양재점을 '신주쿠'나 혹은 중앙선 근처에다 내일 수 있을 것이니 당신은 다시 완전한 몸이 될 때까지 끽소리 말고 공부나 하라고, 출소하는 즉시로 '유미에'는 나를 붙잡고 자기의 포부를 이야기했고— 당신이 고향에를 안 간대야 역시 동경과 마찬가지로 용납해줄 이치는 없으니 이제는 차라리 학문에서나마 당신의 정열을 살리는 것이 마땅한 일이라고, 그렇게까지 반은 타이르고 반은 꾸짖고— 이 년 전의 총명은 어디다 버렸는지 '세와뇨보世話女房'*가 되고 말은 '유미에'의 '유토피아'가 그 속에 숨은 것을 나는 직각적으로 짐작하면서도 나 역시 그것을 그리워하지 않던 바도 아니라— 도피로구나, 도피로구나, 혼자서 속으로 이렇게 중얼거리면서도, 고맙소, 그렇게 허리다— 그때도 그렇게 찬성했고, 지금도 또 거기서만 낙원을 찾으려고 상기까지 되어 나를 설복하려 드는 '유미에'의 얼굴을 바라보며 고개를 끄덕이고 있으나, 그러나 내 자신 조금도 희망을 가질 길이 없다.

너무나 참담한 우리들의 주위가, 내 환경이 나를 여지없이 무찔러놓은 듯만 싶어, 그래도 지다니, 지다니, 하고 속으로 발악을 하면서도 무의식중에 그 압력에 타 눌리고 말았던지 역시 '유미에'의 말대로 할 수밖에 없다마는…… 하고 생각하면서도 진심으론 그 말을 믿으려 하지 않고, 만약 그러한 소성小成의 생활에 안주하고 만다면 큰일이라고 그리고, 십중팔구는 그렇게 될 것을 한탄하지 않을 수 없다.

내 몸이 병에 시달린 탓도 있겠지만, 내 정신까지가 어느 사이에 이

* 살림 잘하고 남편을 잘 섬기는 아내.

렇게 피로하고 말았을 줄은 조금 전 '가구라자카'에서 점심 먹을 때까지 도 깨닫지 못하던 일이라, 나는 무성한 잔디 위에다 몸을 던지고, 고단허지 않우. 아아니, 그것쯤으루 설마…… 웃으며 대답했지만, 마음도 고달프고 몸도 고달프고, 듣기 싫어, 넋두리 좀 고만둬…… 꽥 소리 질러 지껄이는 '유미에'를 제지하고 싶은 충동과 억지로 싸운다. 왜 별안간에 풀이 죽었수, 그리지 말구 내 얘기 좀 들어요, 글쎄 우리…… '유미에'는 내가 기동한 것이 그렇게도 기쁜지 아직도 참새 모양으로 새새덕거리며, 어떻게 생각하면 모든 죄가 '유미에'에게만 있는 것도 같아서 이대로 불구대천지원수가 되어버리는 것도 좋은 해결 방법이라고 그런 불손한 마음까지 먹으며, 벌써 복중같이 뜨거운 햇볕 아래에서 '보트'를 젓고 있는 젊은 아가씨들의 건강을 부럽다 생각하고 있으나, 그러나 바른대로 말하면 '유미에'의 죄라고는 나를 사랑한 죄밖에 없으니, 지금의 나로서는 울어야 좋을지 웃어야 좋을지 갈피를 찾지 못하겠다.

병들어 눕게 되자 입때껏 한 번도 생각 않던 죽음에 대한 공포가 구름 피듯 피어올라 내 머리를 어지럽게 하였으나, 죽다니, 벌써 죽다니…… 하고 나는 이를 악물고 속으로 외치며 넉 달 동안이나 한시도 쉴 새 없이 엄습하는 그 불길한 예감과 싸워왔지만 죽어서는, 아직 죽어서는 안 된다는 그 한 가지 명제만이 한 개의 철칙 혹은 생활의 신조가 될 수는 없는 일이다. 그러나 종시 내 사고思考는 그 한 가지를 싸고돌며 헤어날 줄을 몰랐고 더구나 '유미에'의 정성이 지극해갈수록 더욱 나는 당황해가며 거의 울가망*이 되어 몸부림치나 결국은 '유미에'가 지시하는 대로 꿈틀거릴 수밖에 없는 내 운명인 것 같고, 그것이 상책인 것 같고 하여 거기서 나는 기진역진해서 내 사고의 문을 닫고 마나, 그것에 만족

* 근심스럽거나 답답하여 기분이 나지 않음.

할 수도 없고 그것에 만족 안 할 수도 없고, 그래도 혹시, 그래도 혹시 하며 판수*가 밤길 더듬듯 헤매였고, 그러는 사이에 내 세계와 사고는 위축될 대로 위축되고 말았는지 어느 틈에 나는 정말 '유미에'의 그늘에서만 숨을 쉬고 잠을 자고 모든 것을 요구하며 해결해야만 되도록 변모하고 말았던 것이다.

죽어두 집인 안 간다구 맹세헌 거 잊어버리지 않았우? ……응, 나는 아무 생각 없이 무심코 끄덕거리다가, 응? 하고 되물으며 무슨 말끝이었는지를 얼른 머릿속에서 찾으려 애쓰면서 "집인?" 하던 그 심상치 않은 말의 의미를 나는 황막한 벌판같이 생각하고, 응?, 그리고 가만히 고개를 쳐들어 최근에 이르러 별안간 돋기 시작한 '유미에'의 두 볼의 주근깨를 귀엽다 생각하고 있을 때, '유미에'는 약간 음성을 높이어, 죽어두 집인 안 간다구 맹세허든 거 안 잊어버렸느냐 말예요, 말헐 젠 어디 갔었수? ……그리다가 문득 생각난 듯이, 아까는 화기가 좀 돌더니 또 얼굴빛이 파래졌어, 괴로운가 보구려, 고만 갑시다, 집은 내일은 못 얻나 뭐, 가서 눠요, 응…… 이럴 때의 버릇으로 '유미에'는 가늘게 혀를 끌끌 차며 양미간을 찌푸리고 밑에서 빤히 내 눈 속을 바라다보는 것이다. 나도 고개를 숙이어 가늘고 갸름한 눈썹과 날씬한 콧날과 엷은 입술을 마주 내려다보며 — 오탁汚濁 속에서 살아왔고, 살고 있으면서도 여전히 '유미에'가 '유미에'대로 있다는 것을 무슨 새로운 발견인 것이나 같이 새삼스럽게 생각하고, 아니, 그렇게 생각허니까 그런 게지, 아무렇지도 않어, 아직두 십 리 길 걸을 기운은 있어, 걱정 말아요…… 그리며 벌떡 상반신을 일으키어 한 손을 '유미에'의 어깨에 얹고 껄껄 너털웃음을 쳐 보이니, '유미에'도 건달로 따라 웃기 시작하여 미친 사람 모양으로 그대로

* 점치는 일을 업으로 삼는 남자 소경.

우리들은 얼굴을 맞대이고 얼마 동안을 웃어대었다.

중앙선 급행전차가 뺑 하고 눈앞을 스치는 것을 보니, 벌써 '러쉬아워'가 된 모양이다. 나는 불현듯 그 전차에 몸을 싣고 싶어 옷에 묻은 잔디를 털며, 집 보러 안 갈 테요, 해 지기 전에……. 정말 갈 테유……. 그럼 거짓말루다 가나…… 나는 앞서 '이이다바시飯田橋' 역 쪽으로 걸어가면서, 참, 아까 뭐 잊어버렸느니 맹세니 허다가 고만뒀지, 그건 무슨 소리야……. 응, 아아냐……. 아니긴 왜 아냐, 아까는 퍽 요긴헌 얘기 겉든데, 그때 왜 말을 허다 고만둬, 해봐요, 어디……. 인제 김이 다 빠진 뒤에 그건 왜 물우……. 아냐, 허든 말은 다 해이지……. 관둬요, 싫어요, 하는 사이에 어느 틈에 역 대합실 안에 들어섰다. 역시 중앙선 연선이 좋을까, 그렇지 아니하면 전부터 생각하던 '시부야澁谷' 근처로 할까, 우리들은 잠깐 망설이다가 '유미에'의 의견대로 '나카노中野'까지 표를 샀다.

지금 있는 '아파트'를 나와 교외 조용한 곳에 작달막한 왼채집* 한 채를 얻는 것이 첫째로 내 건강상에 좋고, 둘째로 공부하기에 편하고, 셋째로 경제적으로도 이롭고 등등의 이유로 '유미에'는 전부터 이사하기를 나에게 권해왔고, 나는 나대로의 이유로 또한 이에 찬성이었으나, 일진일퇴하는 내 병세 때문에 실현되지 못했던 것이다.

'유미에'는 점심 먹다 말고 바로 이 길로 집 찾으러 가자고 나에게 졸라댔고, 나는 그것이 '유미에'의 '유토피아'를 향한 제일보인 줄 뻔히 알면서, 아니 뻔히 알고 있기 때문에 더 생각할 여지조차 갖지 못했고, 더 생각하려 하지도 않고, 그리자, 한 것이다. 그래도 속으로는 결국은, 결국은 하면서 혼자 으르렁거려보나, 이미 내 앞길은 결정된 것과 다름없으니, 이것이 내 숙명인가 보다고 난데없는 숙명론까지 처들썩거리어 겨

* 온챗집: 한 채를 전부 쓰는 집.

우 자위의 경지를 찾아내고 은근히 한숨짓는 지금의 나이다.

그러한 마음 한편 구석에서 아까 '유미에'가 잠깐 입에 담은 "집엔 죽어두 다시 안 간다고 맹세한 것 안 잊었느냐"는 그 한마디 말이 자꾸 머리를 쳐들어 더욱 무거운 머리를 어지럽게 하여, 나는 어느 사이에 전차가 '나카노' 역에 닿았는지도 모르고 멀거니 자리에 앉아 있었다.

3

내게 남은 것이라고는 당신의 신뢰 하나밖에 없고, 세 번째 집을 나올 제 결심한 바와 같이 이미 내 몸은 올 데 갈 데조차 없는 몸이니, 당신도 다시는 결코 반겨주지 아니할 고향에 돌아갈 생각 말고 둘이서 죽든 살든 동경서 싸워보자고, '유미에'는 좀먹어가는 내 가슴에 안기어 하소연하며, 그리고 그렇게 하는 것이 미약하나마 입때까지의 자기의 정성에 대한 당신의 갚음도 된다고 반은 농담 섞어 애원하는 '유미에'의 어조라든지 태도가 몹시 외롭고 가엾어 보이어 나는 금방 울음이 터지려는 것을 감추기 위하여 힘껏 '유미에'를 끌어안고 어린애 달래듯 등을 두드려주며, 걱정 말어, 걱정 말어, 그까진 다짐 받을 일이나 되나…… 하였던 것이다. 그리고 나서 아무래두 당신이 나버덤 오래 살 테요, 내 앞날이라는 게…… 여기까지 내가 말하려니까, 싫여, 듣기 싫여, 또 그런 소리, 하고 악을 쓰며, '유미에'는 고개를 쳐들고, 자아, 그럼 맹세해요, 무슨 일이 있든지 절대루 집인 안 간다구, 응, 안 간다구, 하더니 입때까지의 얼굴의 수심은 씻은 듯이 잊고 새끼손가락과 새끼손가락을 마주 얽어가지고, "이 손가락을 걸고 맹세해서 약속을 지킨다, 거짓말하면……"* 하며, 흔들어대는 것이다. 순간 나는 잠깐 고향에 외롭게 남기고 온 늙으신 아버지를 생각하였으나, 화색을 띤 '유미에'의 얼굴만이 반가워 "이게 거짓말이라면 지옥에 떨어진다"** 이렇게 나도 목소리를 맞추어 노래 부르듯 부르려니까 별안간 '유미에'는 다시 풀이 죽으며, 가게 되더라두 혼자 가진 말어요, 응…… 목소리를 낮추어 속삭이듯 말하던 그 모양이 지금도 눈에 선하다. 당신이 내 옆에 있는 동안 내가 무엇을 바라고 고향에 가겠소, 맹세를 허라느니 무어니 왜 오늘은 우리 '유미에'가 그런 쓸데없는 걱정만 헐까, 하고 그때 나는 그렇게 대답하며, 가게 되면야 물론 당신허구 같이 가지, 당신 혼자만을 또 이 동경에다 내버려두겠소, 그리고 인제는 내가 걱정이 돼서 '유미에'를 혼자 버려둘 수 있나…… 농담으로 흐지부지 그 자리를 호도糊塗하고 말았고, 대수롭지 않은 문제라 그 후 나는 거의 기억에 남겨두지도 않았던 것이다. 그러나 그 대수롭지 않은 문제가 '유미에'에게는 결코 그렇지 못했든지 내가 자유롭게 약간만이라도 움직일 수 있는 몸이 되자, 제일 먼저 그 문제를 생각해낸 것 같고, 그것을 참다참다 못하여 또 한 번 나에게 다짐을 받으려 한 것 같다. 곰곰 생각하니 너무도 오랫동안 무서운 외로움에 시달린 몸이라, 만약 또 그 외로움 속에 사로잡혔다가는…… 하는 커다란 공포를 '유미에'가 느끼는 것도 결코 무리는 아니라 할 것이나, 같이 집까지 얻으러 나온 지금, 나를 그렇게 못 믿느냐고 빈정거리는 마음이 없지도 않다. 그러나 가만히 생각하니, '유미에'의 근심이 과연 나를 못 믿는 데서 나왔고, 또 그것이 전연 허무맹랑한 것이냐 하면, 내 자신 결코 그렇다고만도 단언할 수 없는 일이 아닌가. 물론 현재 나는 '유미에'를 버리고 고향으로, 비록 늙으신 아버지가 혼자서 기다리고 계시다 하더라도, 조금도 나를 용납해주지

* 원문은 "ゆびきり, かまきり かめやの おばさんがゆびきつてしんだ, これがうそなら……"이다.
** 원문은 "これが うそなら ぢごくに はまる"이다.

않을 고향으로 돌아갈 생각은 결단코 없다. 그러나 만약 현재의 이 무미한 생활이 하루 이틀 계속되어 그것이 소성小成의 뿌리를 박든지 하는 날이면, 나는 필경 그 비겁한 생활에서 발을 빼려 허덕일 것이요, 그렇게 되면 제일 먼저 내 머리에 떠오르는 것이 나를 낳고 나를 길러준 고향에 대한 애착일 것이다. 내가 결코 자기가 지시하는 길대로만 고분고분 순종하지 않을 것을 예감한 '유미에'가 최후에 남은 여자의 민감으로 필경 나 없을 때에는, 나 없는 곳에서는 자기 스스로를 비극의 주인공을 만들고 혼자서 슬퍼하며 눈물지고 있었을 것이다.

해가 지면 일자리로 나가야 하는 '유미에'는 그 후부터 매일, 전등불 켜질 때꺼지만 집이 좀 있어봤으면, 하고 쓸쓸한 넋두리를 일삼고, 하루 종일 당신 옆에 있어봤으면 원이 없겠어, 그렇게 나 하나만을 믿고 의지하는 그 마음이 더욱 나를 괴롭게 하여, 괜찮어, 괜찮어, 무엇이 괜찮은지 자기도 모르면서 나는 당황해서 괜찮다고 손을 내젓고, 그것을 숨기려고 함부로 애무하며, 그 기미를 알아챈 '유미에'는 슬며시 몸을 빼치며, 그럼 내 갔다 올게, 나 없는 동안 쥐헌테 물려 가지 말어요, 찬장 안에 밤참거리 채려 놔뒀수, 그리면서 일부러 발을 쿵쿵 굴러가며 층계를 뛰어 내려가는 것이다.

'유미에'를 내보내고 나면 나는 별안간 커다란 피로를 느끼어 읽던 책을 내어던지고 방바닥에 쓰러져 후— 한숨을 내쉬나, 다음 순간 아지 못할 적적함이 엄습하면 나는 혼자서 어두운 사벽과 말 없는 싸움을 시작하고 만다.

그런 고뇌 속에서 나는 아버지의 편지를, 이 년 이상을 거의 의절되듯 했던 아버지의 편지를 받아 읽었다. 열 줄도 못 되는 짧은 문면文面이었으나, 그 속에는 아버지의 성격 그대로의 무뚝뚝한 애정이 노도怒濤 모양으로 굽이치고 있었다. 나는 아무 이유 없이 그 편지를 불끈 쥐어뜯고

비비 틀어 내던졌다가 다시 집어 들어 그 주름살을 하나하나 펴가며 여자의 민감에서 온 공포라고만도 말할 수 없는 '유미에'의 민감이 무슨 불길한 것같이도 생각된다고 속으로 잠깐 생각하며 눈물을 흘리었다. 아버지 편지에서 우러나오는 무뚝뚝한 애정 밑에서, 그러나 굳은 아버지의 결심도 엿보이어 이 기회를 놓치고서는 도저히 완고한 아버지의 마음을 풀 때가 다시 올 것 같지도 않아서, 앞길도 짧으신데…… 하고 제법 효자나 된 것 같으나, 그보다 조금도 생각은 더 진전치 않고 어두컴컴한 벽과 마주 앉아 덧없는 시선을 덧없이 휘돌리며 꼼짝 않고 며칠 동안은 움직일 줄을 몰랐다.

다만 그 동요를 '유미에'가 눈치 챌까 겁하여 '유미에' 눈앞에서만이라도 억지로 명랑을 위장하려는 그것이 한 걱정이어서, 아아, 이러느니보다는 차라리 다시 앓아눕는 게 낫다고 그런 불손한 생각까지 먹으며, 해가 긴 것을 혼자서 탄식하는 것이다.

4

그러는 사이에도 이것은 또 무슨 조화인지 내 건강은 나날이 회복되어 전만은 못하다 하더라고 남 보기 흉치 않게 살도 오르고 혈색도 좋아져서 이제는 어느 모로 보든지 병객으로는 안 보일 정도로 쾌차하였으나, 염세증厭世症, 염인증厭人症만은 이에 반비례하여 무엇을 하고 싶지도 않고 누구를 만나고 싶지도 않고 하루 온종일 울 속에 갇혀 있는 짐승 모양으로 땀을 흘려가며 방 안을 뒹구는 게 일이다. 그렇게만 현상을 유지하고 있어야지, 만약 아버지에게 편지 답장을 쓴다든가 혹은 이사를 한다든가 해서 조금이라도 현재의 질서가 파괴된다면 그것이 무슨 예측할 수도 없는 극히 불길한 전기轉機가 될 것만 같아서, 나는 "가만있어, 가만있어" 하면서 '유미에'를 억제하고 내 자신을 억제하고 무위의 그날그날을 맞고 보내고 하였다. 내 생활의 '코스'가 어떤 방향으로 비뚤어질는지 혹은 바로잡힐는지 그것을 전연 지금의 내 자신으로는 상상조차 할 수 없는 만큼 나는 불안하였고 두려웠고, 따라서 망설이지 않을 수 없는 것이다.

그러나 그런 것을 조금도 알아주지 못하는 '유미에'는 하룻날 술을 먹고 밤늦게 돌아왔다. 의례히 한 시만 되면 기계와 같이 정확하게 집에 돌아오는 '유미에'가 그날에 한하여 웬일인지 두 시가 넘도록 돌아오지 않아서 기다리다 못한 내가 바람도 쐴 겸 이미 잠든 지 오래인 거리에 나섰을 때, 아니, 그런데 이게 웬일이유, 밤바람을 쐬구…… 하며 막 큰길 모퉁이를 돌아서려던 '유미에'는 반색을 하며 내 앞으로 달려오더니 한 손으로 내 팔을 잡아 이끌며, 먼점 주무시래두 왜 남의 말 듣지 않구 그러우…… 그리다가 '유미에'는 얼른 어조를 고치며, 저 오늘 많이 기대렸우……. 오늘 아주 존 일이 있었어, 얼른 집이 들어가요, 내 얘기허께, 저 '오미야게'…… 하며 '유미에'는 '스시壽詞' 뭉치를 내 앞에 내미는 것이나, 그보다 먼저 나는 뜻밖에 '유미에'의 입에서 술내가 나는 것을 깨닫고, 술은 왜 먹은 거야……. '유미에'가 현재 어떤 처지에 있는지 그것을 나는 생각할 여지가 없었고, 다만 안해가 남편 모르게 술을 먹고 돌아와서도 태연하게 사죄할 생각도 안 한다는 그 한 가지 행동만이 노여워 나는 버럭 악쓰려 하였으나, 그 순간 번개같이 내 머릿속을 스치는 한 개의 비루한 상념은 콱 내 말문을 눌러 닫고 말았다. 나는 거의 무의식중에 '유미에'가 내밀고 섰는 '스시' 뭉치를 탁 쳐서 땅바닥에 떨어뜨리고 암말 없이 돌아서서 방으로 뛰어 올라왔다.

무엇 때문에 내가 노하였는지를 아직도 알아채지 못하는 '유미에'는

'스시' 뭉치를 집어 들고 당황하여 내 뒤를 따라 방 안으로 쫓아 들어와서 벽 쪽으로 돌아누운 내 등 뒤에 와 몸을 내어던지듯 펄썩 주저앉더니 얼마 동안 꼼짝 않고 만들어놓은 사람같이 말이 없다가 이윽고 눈물 섞인 목소리로, 인제 고만둬요, 내가 잘못했으니, 응, 그러나 웬일인지 입때까지는 아무렇게도 느껴지지 않던 '유미에'의 사소한 결점들이 꼬리를 물고 내 머릿속에 떠올라 좀체로 직성이 풀리려 하지 않아서 나는 오직 '유미에'가 미웠고, 미워하려 애썼고— 반 시간 동안이나 말 없는 벽과 마주 대하여 누웠다가 그대로 나는 혼돈 속에서 잠이 들고 말았다. 그러나 칼끝 같은 말초신경들은 종내 쉬이려 하지 않고 밑도 끝도 없고 아무 맥락도 없는 가지가지 악몽을 가져와서는 무시로 나를 학대했고, 시달리다 못하여 부시시 눈을 뜨며 돌아누우니, '유미에'는 그저 그대로 옷끈 하나 끄르지 않고 조상彫像과 같이 그 자리에 앉은 채다. 그때 열린 창문으로 비 품은 바람이 불어와 길게 천장에 늘어진 전등을 흔들었고, 그것에 따라 벽에 비친 '유미에'의 그림자가 커다랗게 줄었다 늘었다 하며 하소연하듯이 움직였다. 그 시름없이 흔들리고 있는 '유미에'의 그림자가 아무 이유 없이 몹시 눈물겨워 보여 나는 가만히 반신을 쳐들어 '유미에' 무릎에 얹고, 잡시다…… 하여보았으나, '유미에'는 무슨 큰 죄인인 것이나 같이 나를 정시하지 못하고 대답도 못하고 고개를 수그린 채 가만히 한 손으로 눈을 누르는 양이 내가 한 마디만 더 무엇이라 말하면 곧 울음이 터질 지경이라, 그대로 같이 손을 맞잡고 한참 울고 싶은 마음을 억제하며 나는 울음 반 섞인 음성을 높여, 아, 안 잘 테야…… 그리고, 홱 '유미에'의 손을 잡아 이끄니, '유미에'는 그대로 내 가슴 속으로 쓰러져 들어오며, 남…… 남의 말…… 말두 안 듣구…… 말끝은 그대로 참다못하여 디저 흑흑 느끼는 울음 속에서 삭아 없어졌다. 남자보다도 군센 '유미에'가 나를 대할 때만은 누구보다도 약한 여자로 변모하여 감히 반항의 반 자도 생각 못하는 것이 한없이 애처로워 나는 한 손으로 가만히 '유미에'를 품 안에 안고 한 손으로 등을 두드리며, 인제 고만둬, 울긴 왜 울어, 바보, 난 벌써 다 잊어버렸는데…… 나는 얼른 '유미에'의 얼굴을 쳐들고 소리 없이 웃어 보이며, 비가 올려나 봐, 고만두구 어서 잘 준비해, 응, 내 문 닫으께……. '유미에'는 대답 대신 가냘프게 고개를 두 번 끄덕였다.

자리에 누운 후에도 좀체로 '유미에'는 말문을 열지 않고 '커튼'을 치라느니, 눈이 빨개서 부끄러우니, 불을 끄라느니, 그때마다 일어나서 웃고 심부름하는 나를 여전히 눈물 어린 눈으로 바라보고 있던 '유미에'는 겨우 어둠 속에서 나를 향하여 돌아눕고, 나 술 먹었다구 성냈수? …… 응, 아니…… 뭘…… 그 애긴 고만두래니깐……. 응, 그럼 저— 여기서 '유미에'는 비로소 나지막하게 웃고 한참 망설이다가, 나, 나 오늘 '고엔지高圓寺'에 집 얻어놓구 왔수, 바루 절 뒤야……. 절? ……응, '고엔지'라는 절 바루 뒷집야, 돈꺼지 치르구 왔수, 십일 원씩 석 달치……. 그 소리를 들을 때 나는 무슨 큰 보배나 잃은 것같이 마음속으로, 아차, 하고 악써보았으나 이에 이르러 아무것이고 생각하는 것은 어리석은 짓이라 깨닫고, 그 생각조차 머릿속에서 털어버리려는 듯이 어둠 속에서 현기증이 나도록 절레절레 고개를 흔들며, 그래 방은 몇인데……. 방은 둘이구 마당이 여간 넓지 않어요, 우물두 있구, 그리구 '니이 이타루'* 상 집이 바루 그 뒵디다……. 응……. '하루요 상'이 얻어줬어, 그래서 오늘 '홀'은 일찍 나왔어두 '하루요 상'허구 거기 같이 갔다 오느라구 늦었어, 쥔은— 왜 역 앞에 '베니紅'라는 찻집 있지 않우, 거기 쥔이래, 사람이 상냥

* 니이 이타루新居格(1888~1951): 일본의 문예평론가. 도쿠시마德島현 태생. 도쿄제국대학 정치학과 졸업. 《요미우리신문讀賣新聞》, 《도쿄아사히신문東京朝日新聞》 기자 역임. 모더니즘 문학 및 당시의 풍속에 조예가 깊었고 신감파로 활약하였으며, '모보modern boy', '모가modern girl'라는 말을 유행시켰다. 정치적으로는 무정부주의자였으며, 전후 스기나미구장杉並區長을 역임하였다.

허구 퍽 얌전해 빕디다, 나이는 한 사십 넘었겠어— 아니, 그새 졸리유, 나 좀 봐요, 얘기 듣는 거유, 자는 거유……. 응, 안 자……. 잠은 안 오나 자야만 생각 않고도 견딜 수 있을 것 같아서 나는 억지로 눈을 감고 하나, 둘, 셋, 넷 하고 잠 못 자는 때의 버릇으로 수효를 세며 '유미에' 이야기를 귀에 담으려 하지 아니하나, '유미에'는 자꾸 나를 흔들어대며, 나 좀 봐요, 글쎄 또 한 가지 중대헌 보고가 남어 있대니깐, 저— 얘기 들우? …… 응……. 저— 나 오늘 병원에 갔었어……. 응……. 그랬더니, 그랬더니 말야…… 여기서 별안간 '유미에'는 깔깔대고 웃고 얼굴을 내 품속에 파묻으며, 애, 애기 뱄대……. 뭐, 하고 나는 '유미에'를 활짝 떼어젖히며 소리치고, 아냐, 아냐, 하며 이불 밖으로 피하려는 '유미에'의 등 뒤에다, 뭐? 하고 또 한 번 악쓰고, 어느 틈엔지 뚝뚝 떨어지기 시작한 빗방울 소리에 허심히 귀를 기울였다.

5

어젯밤에 내가 노한 것은 아무리 생각해도 자기가 술 먹고 돌아온 때문이라고 '유미에'는, '하루요 상' 대접허느라구 꼭 '베니'에서 두 잔 먹었다우, 그것두 누가 먹구 싶어서 먹었나, 억지루 권허니까 헐 수 없이 먹었지, 나 술 못 먹는 거 뻔히 알면서두…… 하고, 밤새도록 뱅뱅 도는 한 가지 생각을 좇다가 결국 아무 해결도 얻지 못하고 새벽녘에야 잠이 들어 해가 높다래서 겨우 자리에 일어나 앉은 나를 붙잡고, '유미에'는 앞치마 자락으로 손을 씻으며 내 앞에 와 주저앉아 그것만이 입때 마음속에 거리끼었던지 자기가 결코 술 먹고 싶어 먹은 것이 아니라는 그 점을 변명하느라 야단이나, 나는 그런 것보다도 잉태했다는 '유미에'의 말이 아무래도 정말같이 들리지 아니하여, 그것이 궁금해서 몰래 어둑어둑한 시선을 '유미에' 배 위로 굴려보는 것이다. 그렇게 생각해서 그런지는 알 수 없으나 옷 위로 보더라도 '유미에'의 배가 전보다 훨씬 부른 것 같아서 나는 불쑥, 몇 달 됐대? ……이렇게 묻고 '유미에'의 얼굴을 바로 쳐다본 후, 이번에는 거리낌 없이 똑바로 시선을 '유미에'의 배 위로 이동시켰다. 뭐요? '유미에'는 눈이 똥그래지며 잠깐 동안은 그것이 무엇을 의미함인지 모르는 모양이더니 얼른 내 시선이 움직이는 곳을 더듬고 나서, 몰라, 몰라, 난 몰라, 하면서, 밥상 쪽으로 뛰어 달아나 가다가, 배부른 걸 보니까 다섯 달은 됐군그래, 하는 내 말을 듣고 다시 내 앞에 와 펄썩 주저앉으며, 몇 달? 다섯 달? 정신 좀 채려요, 당신 거기서 나온 지가 언젠데— 이이가 잠꼬댈 허나 봐…… 붉어지는 얼굴을 감추려고 일부러 정색하며 '유미에'는 당치도 않은 소리라는 듯이 항변하려 하나, 그럴수록 나는 그 꼴이 우스워, 그걸 누가 안담, 그럼 다섯 달 안 된 배가……. 배가 무슨 배가 부르단 말유, 양장허면 몰라두 보통 때야 눈에 띄지두 않는데, 자, 봐요, 글쎄, 무슨 배가…… 하면서 불쑥 일어나 내 눈앞에 배를 내밀고 한 손으로 쓰다듬어 보이다가, 아무리 보는 사람은 없고 부부 사이라 하더라도 좀 민망했는지, 저게 안 불러, 바른대로 말해, 하고 참지 못하여 웃음이 터진 내 입을 두 손으로 틀어막으며 '유미에'는 자기도, 듣기 싫어, 듣기 싫어, 하면서 덩달아 웃고, 어서 세수허구 밥 먹어요, 언제 짐 싸구 이사허구 해, 참……. 이사? 오늘 이사헌다구 안 했수, 참, 잠꾸래기, 하더니 '유미에'는 잠깐 나를 흘기고 벌떡 일어나서 이불을 활활 털어 개키는 것이다.

나는 세수하다 말고 찬물에다 머리를 잠그고 아침에 한바탕 웃고 났으나 조금도 맑아지지 않는 흐리멍텅한 생각 속에서, 응, 주근깨가 자꾸 생기더니 그래서 그랬군그래, 그리고 물속에서 머리를 절레절레 내흔들고, 넉 달, 늦어도 석 달은 훨씬 넘었을걸, 그리며 물속에서 머리를 절레절레 내흔들고, 두 달만 더 있으면 무척 배가 불러질걸, 그리며 물속에서 머리를 절레절레 내흔들다 나는 문득 커단 배를 부둥켜안고 뒤뚱뒤뚱 걸어 다닐 '유미에'의 모양을 눈앞에 상상하나, 그것이 조금도 우습지는 않고 도리어 내가 생산한 것이라고는 변변치도 못하게 겨우 나이 삼십에 어린애 하나냐는 자조를 느낄 때, 아무리 생각해도 그것이 무슨 죄악의 씨가 아니면 불행의 근원같이만 생각되어 나는 몸서리치며 대야에서 번쩍 고개를 들고 머리에서 주르르 흐르는 물방울조차 씻을 줄 모르고 눈을 감은 채 그 자리에 주춤하고 말았다. '유미에'는 임신한 것으로 그것이 무슨 우리들 사이를 굳게 연결할 인대靭帶와도 같이 생각하고 있는지 좋아하고 날뛰는 모양이나, 나는 그것이 몹시 불순한 사상 같아서 그럴수록 삐뚜루만 나가고 빈정거리려 하나 바른대로 말하자면 그 사상을 전연 부인할 수도 없는 처지라, 자칫하면 정말 나는 큰 불효가 되고 다시는 고향에 발도 못 들여놓게 될 것만 같아 그 사실 자체만이 두렵고 괴로운 것은 아니나 공연한 불안을 전도에 느끼고 마는 것이다.

불효가 된다는 것은 나 하나만이 욕먹고 참을 수 있는 일이다. '유미에'를, 그리고 장차 태어날 내 자식을 완고한 아버지가 며느리와 손자로 인정하실 리는 만무요, 또 부자의 인연이 죄송한 말이나 끊이다시피 된 지 이미 오래이니 이제 새삼스레 내 사상을 살리기보다 어려운 그것을 살리려 하지는 않으며, '유미에'와 자식을 데리고 내가 고향에 돌아가는 것을 막을 사람도 없으나, 그렇게 하는 것이 과연 컴컴한 사벽에 둘러싸인 내 자신을 바르게 키우는 것인지 아닌지 그것을 나는 지금 헤아리지 못한다. 그러나 그렇지 않다면 나날이 형성될 조그마한 가정이라는 껍데기 속에 사로삽히고 말 것이니, 그것은 더욱 나를 괴롭게, 두렵게 하는 사실이다. 언제부터 나는 이렇게 판단력을 잃고 내 자신의 사상을 가지지 못했는지 그것이 나는 분하여, 무슨 세수가 이리 길우, 얼른 아침 먹어칩시다, 오정이 다 됐는데…… 하고 '유미에'가 부르는 소리에 나는, 걱정 말어, 어둡기 전에 내 이삿짐 날러줄 테니…… 하고 버럭 악을 쓰고 나서, 나는 대체 하루에 몇 번씩 성내고 웃고 하나, 하는 그것이 신기하여 결국은 밥상을 대하고 나서는 또 멋없이 혼자서 웃고 마는 것이다.

6

진재* 후에 지은 집이라 그리 헐지도 않았고 창이 많아서 방이 '사나토리움'**과도 같이 밝다. 약간 역까지 거리가 멀었으나, 그 대신 그만큼 한적하고 공지空地가 넓다. 나는 무엇보다도 제일 방 밝은 것이 좋았다. 땀 배인 저고리를 벗어 던지고 나는 방 한가운데 가 드러누워 짐 오기 전에 대강 먼지만이라도 털어놓아야 하겠다고 땀도 채 들이지 않고 수건을 머리에 쓴 후 옆집에서 얻어온 총채와 비를 들고 나서는 '유미에'의 뒷모양을 뻔히 바라보며, 인제는 더 몸부림칠 필요도 없나 보다, 그것이 순수한 애정의 힘인지 무엇인지는 알 수 없으나 내 자신 속으로는 굳게 항거하면서도 필경은 이렇게 '유미에'가 지시하는 대로 이끌려가며, 그러는 사이에 결국 찾아들 '코스'로 찾아드나 보다고 체관 반 섞어 나는 노근한 몸을 걷잡지 못하나, 그것을 후회할 마음이 조금도 먹히지 않는 것은 아무리 따져보아도 비록 옛날의 총명은 어디다 잊은 '유미에'이나 늙으신 아버지보다는 나를 바른길로 인도하리라는 것을 굳게 믿을 수 있었기 때

* 1923년 9월 발생한 일본의 간토대진재關東大震災.
** sanatorium: 요양소.

문이다. 그와 동시에 비록 암담한 환경이라 할지라도 이 환경 속에 싸여 있는 한에는 언제든 한 번은 내 자신을 수습하여 다시 새로운 출발을 할 수 있으리라는 내 자신에 대한 굳은 신념을 아직도 완전히 잃지는 않았기 때문이다.

서녘 하늘에 시뻘건 놀이 불타기 시작할 때에 겨우 짐은 도착하였다. 짐이래야 이불, 고리짝 두 개, 책장, '테이블', 의자, 한 백여 권밖에 안 남은 전집 나부랭이, 책장, 사진틀 서너 개…… 큰 짐이라고는 모두 이뿐이라 거들어 들이기에 별로 시간도 걸릴 것 같지 않아, '유미에'더러는 먼저 저녁을 지으라 하고 나는 현관에 쌓아놓은 짐을 되는 대로 끌러서 아무렇게나 두 방에 별러놓았다. 구접스레한 것은 '오시이레' 속에 처넣고 그래도 세간다운 것만 골라 두 방에 별러놓고 보니, 어느 모에가 끼었는지 뒷마당으로 향한 창 밑에 놓인 '테이블'과 책장이 눈에 띄일 뿐이요, 별로 빈방과 다름이 없다. 나는 '오시이레' 속에 넣은 잡동사니를 다시 꺼내 방 이 구석 저 구석에 배치하고 사진틀도 이리저리 떼었다 달았다 해보고, 그래도 역시 마음에 들지 아니하여 헌 밥상을 꺼내 책상보를 덮어서 방 한가운데 놓아보고 하는 사이에 어느덧 불이 들어오고, 애쓰셨습니다, 시장하시죠? ……하면서, '유미에'는 밥상 앞에서 나를 기다리고 있었다.

나는 마당에 나가서 우물물을 길어 웃통을 벗고 수건을 짜서 땀을 씻었다. 땀 배인 몸에 우물물은 적당하게 찼고, 아직 다 어둡지 못한 하늘에는 별들의 그림자도 드물다. 오래간만에 힘든 일을 한 탓인지 열 있을 때와 같은 알맞은 피로가 심신을 노근하게 한다. 그 순간 나는 아무것도 더 바라지 않고 흡족한 마음으로 '유미에'와 마주 앉아 밥상을 대하였다.

목욕이나 허구 와서 오늘은 일찍 잡시다. 그까짓 것두 일이라구 고단헌데……. 나는 담배를 피워 물고 밥상 앞을 물러서서 기지개를 펴며 선하품을 하면서, 잠깐만 기대려요, 내 대강만 치구 날 테니…… 하며 먹고 난 밥상을 훔치지도 않고 그대로 부엌 쪽으로 들고 나가려는 '유미에'를 문득 유심히 바라보았다. 그리 크지도 않은 밥상이라 아이들이라도 번쩍 번쩍 들 것을 '유미에'는 겨우 가슴에다 대이고 끌어안듯 해가지고 어색하게 뒤뚱뒤뚱 두어 칸통 사이를 걸어가고 있었다. 그 순간 나는 비로소 '유미에'가 자기 직장에 안 나간 것을 깨닫고, 오늘은 참 불 들어올 때 집이 있어봤군그래…… 이렇게 놀려보려다 문득 '유미에'의 몸이 이미 밤에 나가 일하지 못하게 된 것을 깨닫고, 아니 아직은 괜찮지만 만약 한 달 후에는, 두 달, 석 달 후에는? ……하고 생각할 때에 나는 그것에 대하여는 얼른 직답을 못하고, 먼저 입때까지의 생활에 대하여 안절부절을 못하도록 부끄러움을 깨달았다. 불 들어올 때에도, 그리고 하루 종일 안해를 집에 두어야 한다는 그 해답은 명료하다. 비록 '유미에'의 몸이 새 생명을 지니지 아니했다 하더라도 나는 병석에서 일어나 기동하던 그날부터 이것을 생각했어야 할 것이요, 그렇지는 못했다 하더라도 어떠한 환경 어떠한 처지이고 간에 자기를 죽이지 않고도 살아나갈 길이 전연 없을 리는 만무이니, 나는 좀 더 적극적인 의욕을 가졌어야 했을 것이다. 그렇게 생각하니 내 자신 일부러 사회와 인간과 절연하고 위축된 사고만 만지적거리며 위축된 생활을 계속한 것이 모두 그 부끄러움 속에서 우러나온 것 같다.

멀 생각허구 있수— 얼빠진 사람같이……. 더위와 피로로 약간 상기된 '유미에'의 콧등에는 아롱아롱 땀이 배었으나, 그 얼굴에는 한 점의 흐림도 구김도 없다. '유미에'는 아무 근심도 두려움도 없는 사람만이 웃을 수 있는 웃음소리로 킬킬대며 똑바로 나를 쳐다보고, 그만큼 힘든 일을 하고도 내가 조금도 피로한 빛을 보이지 않는 것은 실로 꿈같은 기적이라고, 내 팔을 걷어서 애무도 해보고, 인젠 살이 올라서 무척 굵어졌

수…… 그리다가는 입안이 텁텁하니 나 좀 달라고, 내가 물고 있던 담배도 빼어 입에 물어보고 하다가, 참, 자리 펴놓구 목욕 갔다 와야지…… 하면서 '오시이레' 문을 열더니, 어쩌나, 입때 이불을 안 걷어 들였구려, 저런, 눅눅해졌겠네…… 하면서, 종종걸음으로 마당으로 뛰어나가는 것이다. 그때 문득 나는 임신 삼 개월 전후가 가장 유산할 위험이 많다고 어떤 부인 잡지에서 읽은 것을 생각해내고 황급히 창을 넘어 맨발바닥으로 '유미에'를 좇아 뛰어 내려가며, 내 걷으께, 내 걷으께…… 악쓰듯이 소리치고 발돋움을 한 채 '모노호시자오物干竿'*에 매달려 있는 '유미에'를 등 뒤에서 끌어안으며, 인제부턴 몸조심을 해이지…… 이렇게 점잖게, 남편답게 타일렀다.

—《문장》, 1939. 7.

* 장대, 바지랑대.

범가족凡家族

1

"글쎄, 듣기 싫여요. 듣기 싫여……."

매정스럽게 톡 내쏘는 형의 칼날 같은 목소리가 어렴풋이 들이는 듯하더니, 무엇인지 쿵 하고 마룻장을 울리는 바람에 봉재는 번쩍 눈을 떴다.

눈을 뜨기는 했으나 일어날 생각은 없다. 모로 누워 꼬부리고 자던 그대로의 자세로 봉재는 가만히 고달픈 시선만을 굴려 어두컴컴한 방 안을 더듬어보고,

— 또 시작이로군. 괜히 남 잠두 못 자게…….

속으로 혀를 끌끌 차며 마땅치 않다는 듯이 이맛살을 찌푸린다.

머리가 무겁고 사지에 맥이 없고 몹시 목이 마르다. 그러나 꼼짝하기도 싫다. 모든 것이 귀찮기만 하여 다시 잠들려고 눈을 붙여보나 뒤통수가 욱신욱신할 따름이다.

"그눔의 늙은이 다신 오게 허나 봐라……."

아직도 형은 콩 볶듯 톡톡 튀고 있나 보다. 왜 얼른 저 갈 길이나 가

지 않고— 큰아들 앞에선 지지리도 못난 어머니는 울상을 하면서 대꾸 한 마디 못한다. 형은 그럴수록 승세하여 저로라고 날뛴다.

"……대리 뺵다귈 분질러놀 테니—"

그리고 나서 또 한 번 무엇인지 쿵 하고 마룻장을 울리더니, 저벅저벅, 덜커덕— 걸음걸이도 문 닫는 소리도 모두 멋없고 퉁명스럽다.

형이 그렇게 나가고 말면, 이번엔 당연히 어머니 차례다. 목소리는 낮아서 잘 들리진 않아도 버릇없느니, 자식의 도리냐니, 팔자가 심악하다느니, 그런 아무짝에도 못쓸 군소리를 넋두리 모양으로 설거질 하다가도 마루 걸레 치다가도 줄기차게 늘어놓는다. 싫증도 안 나는지 밤낮 헌 소리, 또 헌 소리— 장마 때 처마 끝에서 떨어지는 낙숫물인 양으로 끊이지도 않는다.

— 또 중매 할멈이 다녀갔군.

그렇다기로서니 그렇게 골까지 내어서 톡톡 쏠 것은 없지 않은가. 한편에선 장가가라고, 한편에선 장가 안 가겠다고— 요컨댄 그 한 가지 문제를 싸고돌아 마치 무슨 일과 모양으로 어머니와 형 사이에 거듭되는 싸움이라, 이제는 대수롭지도 않다. 소란스러울 것조차 없다. 그저 봉재에겐 무턱대고 신기할 따름이다. 부엌에서 무엇인지 덜그럭덜그럭하더니 다시 밖은 아까 모양으로 조용하다. 오늘 아침의 일과는 이것으로 끝난 상싶다.

— 실컨 남 잠만 더뜨려놓구 인제 와서 잠잠해지면 뭘 해.

봉재는 이번엔 슬그머니 심술이 날 지경이다.

봉재는 말하자면 어머니 편도 아니요, 형의 편도 아니다. 둘이 다 못마땅하다.

삼십이 불원이요, 병신이나 얼굴이 못났나, 얼른 장가들어 아들딸 낳구 해서 늙은 에미 맘 놓구 좀 죽게 하려무나, 내가 뭘 바라고 애지중지

너희들 형제를 키워왔겠느냐, 며느리 보구 손주 보구 노후의 낙이나……
여기서부터 으레 눈물에 말소리가 흐려지지만, 이것이 어머니의 하루 바삐 형더러 장가들라는 이유이다.

그러면 또 형은 형대로—

지가 뭘 과년했습니까, 어머니가 뭘 늙으셨습니까, 공부두 덜 했을 뿐 아니라 가세는 점점 쇠해가서 인제 남어 있는 것이라군 지금 들어 있는 집뿐 아닙니까. 쥐꼬리만 헌 월급에 장개가 무슨 장갭니까, 글쎄, 아직 일르대니깐 왜 남의 집 귀헌 딸 데려다 몹쓸 짓 헐려구 그러십니까, 가구 싶은 때 되면 지가 앞질러 졸를 테니 제발 성화 좀 마십시오, 조를 기집 하나 제 손으로 못 얻을 등신으로 아십니까— 이렇게 반대하는 것이다.

어머니의 말에도 일리는 있고 형의 말에도 일리는 있다. 그러나 아직도 '기름 발러 머리 빗고'('퍼머넌트'의 존재를 어머니는 늘 이렇게 묵살한다), '바누질 맵시 있고' 한 그런 며느리만을 구하는 어머니도 말하자면 틀렸고, 또 주제에 그래도 연애결혼하려고 터무니없이 중매 마누라만 미워하는 형도 틀렸다.

— 누가 옳든 누가 그르든 쑥들이다, 쑥들야. 골치 아프다, 골치 아퍼.

정말 골치가 아프지 않은 것도 아니다.

— 그눔의 집 술, 군내가 나드니…….

군내가 났는지 삶은 내가 났는지 알 배 없으나 어젯밤 술이 좀 과했던 것은 사실이다. 좀체로 머릿속이 개이지 않는 것은 그 때문이리라. 생잠을 더쳐놔서 더욱 몸을 가눌 수 없도록 괴롭다.

봉재의 머릿속 모양으로 오늘도 날은 흐린 듯하다. 거울 속의 얼굴조차 뚜렷이는 안 보일 정도의 엷은 어둠이 꽉꽉 걸어 닫은 방 속에 가득하다.

오늘이면 벌써 닷새— 눈이 올 듯 올 듯하면서 찌뿌드드한 날이 계속 된다.

"몇 시나 됐을구?"

어이 추워— 봉재는 사지를 옴츠리고 이불 속으로 파 들어가며 부지중 입 밖에 내어 뇌이고 마치 지금의 자기의 심경과도 같은 어두컴컴한 사벽을 노려본다. 그러는 사이에 몸도 마음도 얼어붙는 것만 같아서 봉재는,

"어이, 추워."

도리질을 하고 상반신을 일으켜보는 것이나, 그 순간 아직도 술기가 완전히 가시진 않았던지 맹렬한 현기증이 엄습했다.

봉재는 다시 쓰러지듯 이불 속으로 기어들며 눈을 딱 감고, 다시 잠 들었으면 하고 절실히 원한다.

그리다 문득 봉재의 덧없는 마음은 어젯밤 자기 옆에서 술 딸든 여자의 얼굴을 생각해낸다. 그리고는 몸 괴로운 것도 잊고 이불 속에서 킥킥 웃어보았다.

— 꼭 같단 말야. 꼭 같어.

그 여자의 얼굴은 며칠 전 중매 할멈이 가지고 온 사진의 얼굴과 무척은 닮았었다. 그때 봉재는 마치 형수 앞에나 가 앉은 듯한 어색함을 느껴 속으로 혀를 내밀고 지금과 같이 킬킬 웃었다.

물론 같은 여자는 아니었다. 물론 같은 여자는 아니리라. 그러나 그 능글맞은 중매 할멈의 배짱과 이면을 또 누가 알 수야 있느냐 말이다.

— 할멈? 할멈이 무슨 할멈.

참말이지 중매 할멈은 이름만 할멈이지 유들유들하고 피둥피둥하기가 젊은 여자 이상이다. 살결은 왜 그렇게 곱고 얼굴에 화기는 왜 그렇게 도느냐 말이다. 말소리가 '소프라노'인 것이 더욱 맘에 들지 않는다. 그

러면서도 체구는 똑 절구통 같고, 성미가 거세어서 좀체론 때려죽일 수도 없을 지경이다. 그 꼴에 가끔가다 곁눈질을 해가며 아양을 떠는 것이 아주 징글징글하게 보기 싫다. 그걸 생각하니 형이 싫어하는 것도 무리는 아닌 것 같다.

봉재는 다시 한 번 싱겁게 킥 웃고 나서 벽 쪽을 향하여 돌아누워 본다. 마음이 좀 가라앉은 것이 어쩌면 다시 잠이 올 상도 싶다.

봉재는 다 갈라진 혀끝으로 입술을 빨고 나서 천천히 담배를 피워 물었다.

2

가벼운 반성이 가물에 샘솟듯 이따금씩 가슴을 뜨끔하게 한다.

그러나 그것은 그 순간뿐이다. 해만 저물면 안절부절못할 만큼 집에 틀어박혀 있을 수가 없다.

허약한 몸으로—

없는 돈으로—

할 일은 태산 같은데—

핀둥핀둥 놀며 매일 술타령이라니 될 말이냐 말이다.

며칠 동안 이를 악물고 들어앉아 곰곰 생각해보았다.

주제넘은 중학 교육은 막벌이 일을 못하게 했다.

보잘것없는 중학 교육은 온전한 일터에서 돌보아 주지 않았다.

하소연할 곳이 어디 있을 리 없었다. 노는 동안에 는 것이라곤 술동무뿐이다. 될 대로 되라고 몽롱한 정신으로 생각하여보니 자기는 이미 만취였고, 훌륭한 체관諦觀과 허무만이 몸에 붙어 있었다.

"이게 대체 무슨 다방골잠*이냐."

와락 덧문이 열리더니 찬 바람과 함께 바깥 밝은 광선이 봉재의 눈을 찔렀다. 봉재는 눈을 부비며 당황해서 어머니가 내미는 냉수 대접을 받아 놓으며,

"몇 시나 됐에요?"

얼결에 묻는 것이 그것이다.

"메씨구 찰씨구 어서 일이나 나거라. 온 잠두 분수가 있지, 남은 벌써 이삿짐 다 날르구……."

"이사요?"

"그래, 뜰아랫방에 온대든 사람 말이다."

"그게 오늘이든가—"

"……."

대답 않는 어머니 얼굴 위를 검은 그림자가 스친다. 약빨리 그것을 발견한 봉재는 순간 자기도 함께 그 암울 속에 휩쓸려 들어가는 것을 어찌하지 못한다.

그저께던가 그끄저께던가, 그것조차 까마득하다.

그날도 역시 밤늦게 돌아와서 어머니 말마따나 다방골잠을 자고 일어난 것은 오정이 가까워서였다.

되는 대로 세수를 마치고 안방으로 들어서니까 불도 없는 화로 하나 사이에 놓고 어머니는 옥희와 마주 앉아 찔금찔금 눈물을 흘리고 있었다.

맥없이 풀려서 허황하던 봉재의 마음은 금방 무엇에 타 눌린 듯이 옴

* 늦잠 자는 것을 비유적으로 이르는 말. 옛날 '다방골'로 불리던 지금의 중구 다동茶洞에는 장사하는 사람이 많이 모여 살았는데, 이들은 흔히 밤 열두 시가 넘도록 장사를 하다가 늦게 자고 늦게 일어났다. 여기서 '다방골잠'이라는 말이 생겼다는 설도 있고, 다방골에 부자가 많아 게으름을 피우느라 늦게까지 잠을 잤다는 데서 유래했다는 설이 있다.

츠러들었다. 봉재는 가늘게 몸서리치고 그 자리에 버티고 선 채 눈 하나 깜짝 못했다.

"그해 여름 장마에 장독이 깨지드니— 장독이 깨지드니— 오늘날— 이 꼴이, 이 꼴이 되려구—"

어린애같이 줄줄줄 눈물을 흘리며 쳐다보는 어머니의 넋두리를 듣고 있는 사이에, 무슨 연유인지 모르나 봉재의 굳었던 마음은 얼른 누그러져 젖먹이 때의 생각으로 돌아가, 말라 없어진 줄만 알았던 어머니 눈에 눈물이 어리는 것을,

— 어머니가 우시는 것 보는 게 몇 해 만일까…….

봉재도 따라서 울고 싶다 생각하는 것이다.

그해 여름의 장마는 줄기차기도 했다. 그것은 봉재의 아버지가 상해上海에서 객사한 그 해던가, 그 이듬해던가— 그렇게도 줄기차게 장마가 그칠 줄 모르더니, 하룻날 새벽에 드디어 오랫동안 수리 못한 뒷담이 요란한 소리와 함께 무너져서 장독대를 뒤덮었다.

대독, 중독들이, 아니 항아리 하나 남기지 아니하고 유달리 높은 담은 고대로 팔싹 쓰러져서 송두리째 흙 속에 파묻고 만 것이다.

된장, 간장, 고추장이 한데 뒤섞인 거무튀튀한 흙물이 무너진 담 밑에서 콸콸 지하수같이 분출하여 파문을 그리며 마당 하나로 가뜩 퍼지더니, 차차로 빗물에 쫓기어 적은 내가 되어서 수채를 분류奔流했다.

요란한 소리에 자다 깬 어머니는 그것을 보자 맨발바닥으로 마당에 뛰어내려 마치 무슨 짐승과도 같이 의미 없는 악을 쓰며 장물의 흐름을 따라 이리 뛰고 저리 뛰고 그리다가는 옷 젖는 줄도 모르고 무너진 담 위에 버티어 서서 하늘 한쪽을 노려보고 하는 양이 거의 본정신을 잃은 사람과 다름없었다. 집안사람이 모두 뛰어나가 겨우 붙잡아 들여왔어도 어머니는 자꾸만 밖으로 뛰어나가려 하며 아이고, 이게 웬 변이냐, 아이고,

이게 웬 변이냐…… 초상 때와 다름없이 목을 놓아 울었고— 그리고 비는 그날 밤까지도 패연히 쏟아져서 그칠 줄을 몰랐다.

그때부터 어머니는 거의 몸져누워서 식사도 전폐하고 사람들의 눈을 타서는 엉금엉금 기어 나가 무너진 담 밑을 손으로 파헤치고, 파헤치고 하며 장독 깨진 것을 찾아낼 때마다 아이고, 아이고— 목이 메이게 슲게 울었다.

그 장독 속에는 봉수, 봉재 형제 낳던 해에 담근 십 몇 년 묵은 진간장이 있다고, 그 진간장 맛이 어떻니 빛이 어떻니— 하며 사람 대할 때마다 어머니는 넋두리였다. 그리고 나서는 반드시, 이것이 필경 무슨 업원이요, 덧난 데가 있기 때문이다, 장독도 장독이지만 인제부터의 앞일을 생각하면, 아휴우, 몸서리난다, 차라리 죽어서 그 화를 면허지, 이것들 거지 되는 꼴을 내 눈으로 어찌 보랴 — 고 그다음은 또 눈물이었다.

그런 일이 있은 후 얼마 아니 되어 집안사람이 골고루 돌려가며 중병을 치렀고, 그뿐 아니라 뜻하지 못했던 가지가지 불행이 꼬리를 물고 엄습하여 그들은 급속도로 몰락하고 말았다.

봉수는 맏아들인 덕으로 겨우 전문을 마쳤으나 들어 있는 집까지 저당에 넣게 되자, 봉재는 드디어 중학에서 더 위를 바라보지 못했고, 옥희는 그나마 삼학년에서 물러나고 말았다. 어머니의 말마따나 어쩌면 그 천재天災는 무엇의 악과요, 흉조였는지도 모른다.

끊임없는 불운과 불행에 쪼들려 이미 눈물조차 말라 없어진 어머니는, 그러나 이를 악물고 일가족을 이끌고 버텨오며 살아왔다. 어머니는 여간 일로는 울지도 않지만, 물론 이 수년래 소리 내어 웃어본 일조차 없는 것이다.

그때와 똑같은 아까움, 슬픔, 그런 것이 지금 다시 어머니를 괴롭게 하는 것일까.

봉재는 아무 말도 못하고, 아무 말도 안 하고 여윈 어머니의 얼굴과 뼈만 남은 떨리는 손을 바라보며,

"옥희야."

가만히 누이를 부르고 돌아서서 소리 없이 대청으로 나갔다. 끄덕이고 화로 옆을 떠나 따라 나오는 옥희의 얼굴에도 검은 그림자가 떠도는 것이 봉재의 마음을 더욱 어둡게 하였다.

"별안간에 웬일이냐, 왜 그러시니?"

"누가 알우……."

옥희는 제 감정을 이기지 못하여 약간 무뚝뚝하게 대답하고 나서 흘낏 안방 쪽을 돌아보고 목소리를 낮추어,

"글쎄, 세줄 땐 언제구 울긴 왜 우시는지, 속상해 죽겠어— 아침에 뜰아랫방 세주기루 해놓구선 아까버텀 저렇게 자꾸 우신다우. 내 대에 와서 집안 망해놨느니, 양반의 집 수치니, 이러다간 나종엔 우리가 셋방살이 하겠느니, 허면서 괘애니 쓸데없이 훌쩍거리신다우. 나 어디루 나가버릴 테야. 속상해서 집이 못 있겠어. 오늘은 오빠가 집 좀 봐요……."

봉재는 또 말문이 막히고 말았다.

그 세 식구를 싸고도는 감정은, 말하자면 무슨 질식성 독와사毒瓦斯* 와 같은 것이다. 그것은 마치 암운暗雲과도 같이 항상 그들의 주위를 싸고돌다가 극히 사소한 틈이라도 발견하면 여지없이 붙어들어 온 집안을 커다란 우울의 구렁텅이로 쓸어 넣고 마는 것이다.

아무 이유 없이 서로 말이 없고 상을 찌푸리고 트집을 잡고 짜증을 내고— 다 각기 제 마음을 걷잡지 못하여 이리 뒤뚱 저리 뒤뚱, 그러면서 서로 떨어지지도 못하고 뭉쳐지지도 못한다.

* 독가스.

봉재는 암상이 난 듯한 옥희의 얼굴을 흥— 겉으로 코웃음 치며 내려다보고,

"집이 있지, 기집애가 어딜 나돌아 다니니……."

어머니를 위로할 생각이, 누이를 달랠 생각이 없는 것도 아니요, 그럴 줄 모르는 것도 아니다. 그러나 무엇보다도 먼저 봉재 자신 제 마음을 가라앉힐 도리가 없다. 싱거운 아들, 멋없는 오래비, 그런 것이 되는 수밖엔 없는 것이다.

그리하여 그날도 봉재는 오만상을 찌푸리고 아랫목에 꼬부리고 앉아 훌쩍거리는 어머니는 본 체 만 체, 저 먹을 밥만 푹푹 퍼먹고는 바쁜 일이나 있는 사람같이 훌훌 밖으로 뛰어나가 버렸던 것이다.

— 이사 온대든 날이 오늘이던가.

봉재는 벽에 기댄 채 떠다놓은 냉수를 단숨에 벌컥 들이켜고 나서 몸을 비틀어 창문을 열었다.

오정이 가까웠으나 날이 흐린 탓인지 유난히 바람이 차다. 그러나 흐리멍텅한 머리엔 시원하기도 했다. 봉재는 어깨를 으쓱하며 한 손으로 이불자락을 잡아끌어 뒤집어쓰고 길게 숨을 들이마셨다가, 하아 하고 흰 입김을 오랫동안 내뿜었다.

그 입김 속에서 낯설은 노파의 뒷모양이 드러난다.

반만 닫은 문 사이로 들여다보니 방은 이미 정돈된 모양이다. 분수에 넘는 양복장이 엄연히 좁은 방 안을 압도한다. 그 옆으론 역시 분수에 넘는 자개 이불장. 그다음에 눈에 띄는 커다란 경대와 호화스러운 화장품도 단연코 분수에 넘는다.

낯설은 노파는 결코 뒤를 돌아보는 일 없이 재빠르게 자잘부레한 세간을 광으로도 나르고 툇마루 끝에 싸얹기도 하고 한다. 쉬일 새 없이 몸을 움직이는 품이 오래 고생한 사람이요, 오래 고생할 사람 같다. 딱한

노파다.

또 한 사람의 딱한 노파, 어머니의 그림자가 보이지 않는다. 옥희도 집엔 없는 모양이다.

텅 빈 집 안에서 새로 이사 온 노파만이 마치 제 집인 양이다.

어머니는 필경 안방구석에서 쪼그리고 앉아 멀거니 한눈을 팔고 있거나, 그렇지 않으면 속으로 신세 한탄을 하며 요전 모양으로 소리 없이 울고 있으리라. 살림에 자꾸 쪼들려 비어 있는 아랫방을 놀려두기가 아까워서 세는 주어놓았으나, 있던 행랑 사람은 내보내고 셋방살이를 두어 꼴사납게 한집에서 복작거리고 살다니.

— 한 시대 전의 사람인 어머니는 비록 사세부득하여 자기가 한 일이나 한심하고 분하고 원통하고 복절한 노릇이라고— 이미 결정된 일인 것을, 이사 온 꼴도 보기 싫다고, 이것이 아직도 뱃속이 편안치 않은 어머니의 심중이라고 봉재는 헤아려보는 것이나, 역시 가만히 생각하니 그대로 웃어버릴 수는 없는 일이다.

봉재 자신도 어머니같이 뚜렷하지는 않지만, 어머니의 생각을 완전히 물리치지 못하는 것을 보니 그와 비슷한 감정을 안 가진 것도 아닌 상싶다.

그러나— 말이다.

— 일어나긴 해야겠으나 일어났댔자 별 도린 없고.

퉤에, 하고 힘껏 가래침을 마당 한가운데 뱉고 나서 깜짝 놀라 돌아보는 새로 이사 온 노파의 얼굴이 비록 주름살은 잡혔으나 무척 맑고 아름다운 것을 일순 놀래어 바라보고— 그러나 바라만 보고 나서 타악 하고 왁살스럽게 창문을 닫았다.

3

초저녁이었다.

찌푸렸던 하늘이 별안간 활짝 개는 것 같더니 그예 오정 때부터 진눈깨비가 흐끼흐끼 떨어지기 시작하여 아직도 멈추지를 않았다.

된장찌개로 먹는 둥 마는 둥 저녁을 치르고, 봉재가 문간을 나서려니까 옥희가 강중강중 뛰어 들어온다.

"큰오빠 왔우?"

"안 왔다. 왜 그러니?"

"아이, 잘됐다. 나 작은오빠헌테 헐 말이 있어."

"그래, 같이 나가자."

밤낮 무능하고 기백이 없다고 봉재만 보면 욕지거리하는 옥희이나, 내심으론 핀둥핀둥 놀고 있고 술만 먹을 줄 아는 어리석은 오빠를 옥희는 무척 존경하고 따른다.

봉재에게 있어도 또한 옥희는 역시 어리석은 누이임에 지나지 않았으나 이상하게도 나어린 누이의 욕지거리가 하나의 격려로 변하여, 이러단 옥희의 웃음거리가 되겠다고 반성할 때마다, 매질할 때마다 옥희의 커다란 눈과 납작한 턱을 생각하는 것이다.

휘죽휘죽 앞서 걸어가는 봉재의 뒤를 옥희는 종종걸음으로 따라오며,

"오빠, 날더러 취직허지 말랬지?"

"그래, 왜?"

"취직해서 맘 더럽히지 말구……."

옥희는 생글생글 웃고 나서 봉재의 얼굴을 곁눈질하고 약간 고개를 숙이는 듯하면서 귀밑이 붉어진다.

"……시집갈 생각이나 허랬지?"

"그래, 왜?"

"나— 저— 정말 시집가까?"

"정말 갈 테야?"

봉재는 깜짝 놀라는 듯 문득 발을 멈추면서,

— 그래라, 시집가거라. 몸이나 마음이 더럽게 물들기 전에 빨리 시집가거라. 너 겉으면 아직두 훌륭한 새색시가 될 수 있을 거다.

마음속으로 서슴지 않고 이렇게 대답하고 끄덕거리며,

"옳지, 너 오늘 눈 오는데 랑데부허러 갔었구나?"

"응."

바른대로 대답하고 옥희는 소리 내어 사내같이 껄껄껄 웃었다.

봉재는 문득 그 웃음소리 속에서 다 자란 한 개의 여자로서의 누이를 발견하고, 아아, 인제는 당할 수 없다고 기가 막혀 혀를 절레절레 내흔드는 것이다.

"어떤 사람인지 모르지만……."

아무 맥락 없이 박 군의 얼굴이 머리에 떠오른다. 박 군에게면 시집보내도 좋겠다고 봉재는 끄덕거린다. 요새 와서 부쩍 박 군과의 사이가 가까워졌다는 소문이요, 또 옥희의 생활을 전혀 모르는, 알려고도 않은 봉재로서는 박 군 이외에 옥희의 상대자로서의 다른 남자를 상상할 수 없었다.

"내가 한번 만나보자꾸나."

"오빠헌테 무슨 테스트헐 자격 있우?"

지각 있는 눈초리였다. 태도도 별안간 어른 같아졌다. 박 군이 좋아하는 것이 어쩌면 이 지각 있는 눈초리인지도 모른다고 봉재는 그런 것을 생각하며,

"그럼 뭐, 날더러 의논헐 것 없겠구나."

"그럼. 의논헐 거 없지 않구……."

옥희는 또 소리 내어 웃으며,

"그렇지만 말야. 그이가 자꾸 오빠 만나구 싶대. 오빨 그전부터 자긴 안대……."

"누구냐, 대체?"

"오빤 몰라요— 그러니까 말야. 내 오늘 특별히 소개해줄 테니 한턱 내요. 응, 오빠."

"미친 기집애. 한턱은 네가 내이지 왜 내가 내니."

옥희는 또 방울같이 웃는다.

한세상 사람 살아가는 괴로움 같은 건 꿈에도 모른다는 듯이— 옥희는 집에 있을 적의 그 우울을 거리에 나오면 어떻게 이렇게 말갛게 잊어버릴 수 있을까— 해방된 작은 양羊 모양으로 어둔 환경 속에서 자랐다고는 생각할 수 없는 처녀로서의 밝음을 그대로 지니고 있는 그 애티가 봉재에게는 기쁘고 반가웠다. 사랑을 하는 때문일까— 그것은 하여간에 앞으로 아무런 바람을 가질 수 없는 집안에서 옥희 하나만이라도 꿋꿋하게 바르게 살아나가 준다면— 너 헐 대로 허려무나, 네 생활은 네가 택해라, 그릇된 길만 아니라면 어머니나 큰오빠의 반대쯤은 내가 가로서서 막어주마…….

봉재는 번뜩 풀이 죽어 묵묵히 앉아 있을 박 군의 모양을 머릿속에 그려보았다.

입 밖에 내어 말은 안 했어도 첫사랑을 그르친 박 군은 어딘지 그 사람과 닮은 데가 있다고 옥희를 오래전부터 은근히 사랑하여왔다. 봉재는 그것을 벌써 전부터 알고 있는 것이다.

— 박 군이 불쌍하군.

그러나 옥희의 마음이 거기 있지 않다면 하릴없는 노릇이다.

— 헐 수 없는 일이지. 박 군에겐 그 대신 내가 좋은 애인을 하나 얻어줘야……

봉재가 거기까지 생각했을 때, 그들은 종로 네거리를 돌아서고 있었다.

4

봉재는 옥희를 사이에 놓고 옥희의 연인이라는 최 군과 인사를 마친 후 한참 동안 말없이 담배만 뻑뻑 빨았다.

많이 본 청년이다. 찻집에서 술집에서 거의 매일같이 얼굴을 대하는 봉재가 가장 싫어하는 '타입'의 청년이다.

— 옥희야, 너, 어쩌자구…….

봉재는 옥희에 대한 질책이 입 밖에 나오려는 것을 억지로 꿀꺽 참고 시선을 옮겨 허둥지둥한다.

최 군의 첫인상은 정신이나 육체나가 나약하다는 그 한 마디로 그친다. 외관만 그렇다면 문제는 없었다. 그러나 몰락해가는 중류 가정의 청년이 다 같이 상실하고 만 청년만이 가질 숭고한 정신—그것을 기백이래도 좋고, 열의래도 좋지만 그런 것이 없다. 한 가지를 위하여—경우에 따라선 그것이 단순한 사랑이라도 무관하다—전령全靈*을 바치고 몸 하나 내던질 결심, 그런 것이 없다. 무모하기까지 해도 좋다. 신념을 꿰뚫을 강철 같은 의지, 의욕, 그런 것이 보이지 않는다.

* 온 정신.

그런 결과로 우울을 핑계 삼아 짝지어가지고 술타령으로 일삼고, 아무 비판도 담기지 않은 도회적 무지無智 — 단순한 시골 사람의 무지와는 단연코 구별될 그런 무지를 내흔들어 요설이나 지껄이고…….

봉재는 스스로 깜짝 놀란다. 그런 점에 있어서 자기도 결코 남에게 뒤지지는 않는다. 옥희는 의식하지 못하고 자기를 존경하는 나머지 자기와 흡사한 상대자를 택한 것이 아닌가, 그러면 죄는 옥희 자신에 있다느니보다 옥희에게 그런 영향을 준 봉재에게 차라리 있다.

봉재는 다시 새로운 담배를 피워 물고 무서운 피로를 느낀다. 행복이란 얼마나 먼 데 있는 것이냐.

이상한 공기가 세 사람을 휩싸고 돌았다. 서로 그것을 깨닫고 아무도 입을 열지 못했다.

참다못하여 봉재가, 난 볼일이 있으니 먼저 가겠다고 일어서려 할 즈음에 옥희가 결심한 듯이 고개를 들어 봉재 쪽을 바라보고, 잠깐 머뭇거리다가 입을 열었다.

"오빠에게만 말씀허는 거지만……."

낮으나, 그러나 전에 없는 침착한 태도와 목소리로,

"저희들— 오빠, 저희들 만주루 가게 해주세요."

그렇게 한마디 툭 잘라 하고 나서 고개를 숙인다.

봉재는 눈이 둥그레질밖에 없다. 그러나 억지로 마음을 가라앉히고 당황해서 담배를 문질러 끄며,

"만주에 가게 해달라니?"

목소리가 떨리는 것을 깨닫고 식은 찻잔을 집어 들어 쪼르륵 들이마셔 본다.

"아니— 서— "

그때서야 겨우 최 군은 힘을 얻은 듯이,

"너머 별안간이구, 당돌헌 말씀이라 노여워허시까 봐, 제가 이번에 집을 나와서 만주루 가게 됐는데……."

"만주루 취직이나 되셨던 말입니까."

"아니— 저— 부모가 너무 이해가 없구 해서 지가 집을 나오기루 했에요. 그랬드니 옥희 씨가……."

"이해가 없다는 것은 옥희와의 문제에 대해서 말입니까?"

"말허자면……."

"그럼 '가케오치'*를 하겠단 말이로군요?"

"가케오치?"

하고 무슨 더러운 말이나 들었다는 듯 입을 뾰로통하고 옥희는 얼굴을 붉힌다.

"하여간 댁에서 옥희와의 결혼을 허락허지 않는다는 말이죠?"

"네."

"무슨 이율까요?"

그러나 최 군은 고개를 숙이고 이 물음에 대답을 않는다.

"우리 집이 가난헌 때문에요— 오빠가 놀구 있구……."

옥희는 별안간 핏덩이나 뱉듯이 날카로운 어조로 옆에서 톡 쏘아붙인다. 그러나 봉재는 그 어조에서 어딘지 부자연한 것을 느끼고,

"그런 점두 있겠지. 그렇지만 그것만두 아닌 상싶은데. 최 군. 기왕 말이 났으니 바른대루 다 얘기허시구려."

"네."

얇게 입속에서 대답은 했으나, 그러나 여전히 최 군은 입을 열지 못한다. 그것을 바라보고 있는 사이에 봉재는 자꾸 피로를 느꼈다. 그리하

* 驅落ち : 사랑의 도피.

여 약간 노염을 띤 음성으로,

"그렇게 말 못헐 사정입니까. 나를 믿었기에 만주로 가겠다는 말까지두……."

그러나 문득 말하는 사이에 봉재는— 말하기 싫다는 걸 억지로 들어선 뭣 허나. 차라리 안 듣는 게 낫지 않을까.

이렇게 고쳐 생각하고,

"말허기 싫은 문제나 말 못헐 문제면 그대루 덮어둡시다. ……대체 언제 떠나시겠소?"

"용서만 허신다면— 내일 아침 차루 떠나겠습니다. 준비는— 벌써 다 해놨으나 말씀드릴 수가 없어서……."

"그럼 뭐 인제 새삼스럽게 나와 상의헐 것두 없지 않습니까. 허허."

봉재는 허는 수 없이 텅 빈 쓸쓸한 웃음을 웃었다.

옥희가 그것을 원하고 있는 이상 봉재로서는 막을 이유가 없다. 그것은 혹시도 옥희를 불행하게 만드는 길인지 알 수 없다. 더구나 상대자가 최 군인 데에 그런 불안의 씨가 있다. 그러나 부자유한 울 속에 가두어둔다 하더라도 기껏해야 오탁汚濁에 물들 뿐이리라. 속았다 치더라도 그것이 대수냐. 비록 한때나마 자유롭게 활개 펴고 사랑을 위하여 살아볼 수 있다면.

— 옥희야, 나까지가 너를 결박해두려고는 생각지 않는다. 결론을 생각하지 말고, 먼저 행동할 것을 배워라. 나도 오랫동안 주야로 그것을 생각해왔지만 지금도 요 꼴이요, 인제부터도 요 꼴일 게다. 너만이라도 꿋꿋하게 살아라. 후회 안 할 각오만 있다면 내가 구태여 너를 말릴 리 없다.

봉재는 겨우 한줄기 빛을 본 듯이,

"그럼, 최 군, 옥희를 부탁합니다. 이번 일을 나로서는 묵인하리다.

우리 집안일두 걱정 마시오."

말을 맺고 나서 봉재는 조용히 자리에서 일어나며,

"옥희를 부탁합니다. 행복되게 해주십시오. 아마 내일은 못 만날 겝니다."

다시 만나면 무얼 허는 거냐— 이것이 옥희와의 작별이라 생각하면서도 웬일인지 봉재는 쓸쓸하지도 슬프지도 않다. 마치 무슨 모르는 사람에게 적선이나 한 것 같은 그런 생각이 들 뿐이다.

5

그러나 내일 만주로 떠나겠다던 옥희는 이틀이 지나도, 사흘이 지나도 보통 때와 똑같이 움직이지를 않는다. 하도 이상하여 봉재가 하루는 가만히 물었더니,

"준비가 들 됐대."

할 뿐, 태연하다.

그것은 그렇거니와 또 한 가지 그보다도 훨씬 이상한 일은 요새 며칠을 두고 형 봉수가 연거푸 매일같이 술이 대취하여 밤늦게 돌아온다는 사실이었다. 술이라면 근처에도 못 가던 형 봉수요, 또 마치 무슨 기계와도 같이 아침 정한 시각에 집을 나갔다가는 정한 시각에 집에 돌아와서는 무엇인지 쓴답시고 책상에 붙어 앉아 있던 형 봉수라, 이것은 실로 봉재의 흥미를 끄는 신기한 사실이었다.

"그것 봐라, 늦두룩 장개 안 가드니 그예 탈이 났나 부다."

고 은근히 어머니는 걱정하는 것이나, 봉재는 형 봉수가 그런 위인이 못 된다는 것을 잘 알고 있었다. 그런 만큼 도리어 속으론 궁금하기도 하

여 더욱 그의 호기심을 유발하는 것이다.

평상시의 봉수의 돈 쓰는 품을 보아 별안간 그 빽빽하고 못났으리만큼 고지식한 성격이 돌변한다거나 하지 않는 이상, 자기 돈으로는 술 먹을 여유도 없고 그런 여유를 만들 재주도 있을 상싶지 않다. 그렇다고 공금을 소비한다거나 할 그럴 주변도 못 된다.

그러면 필경은 누구에게 간에 얻어먹는 술이겠는데, 입때까지의 봉수의 교우관계를 아무리 보살펴도 모두 그 또래가 그 또래라, 한 사람이라도 그런 위인이 있을 리 없다.

그렇게 생각하고 보니 필경은 이게 어떤 고약한 자의 무슨 배짱이 있어 하는 흉계인 것 같다.

설사 형에게 아무 이용가치가 없다손 치더라도, 그래도 요새같이 그악스런 세상이라, 그것까지 알 수야 있느냐 말이다. 말똥도 약에 쓰자면 귀하다는 격으로, 약에 쓰려고 생각하는 자의 눈에는 지지리 못난 형 봉재도 말똥쯤으로는 보일지도 모른다.

그랬더니 아니나 다를까, 그날 밤 역시 자정이 넘어 집에 돌아온 봉수는, 못 먹는 술을 억지로 먹은 탓인지 숨이 가빠서 헐떡거리며 자는 봉재를 흔들어 깨웠다.

"넌…… 요샌…… 얌전해졌구나!"

봉재가 마지못해 부시시 일어나 앉으니까 하는 소리가 이것이다. 별안간 자기가 술 먹기 시작한 것이 아우 보기에 좀 민망하고, 또 한편으론 매일 나다니더니 봉재가 요새 이삼일 동안 집에 처박혀 있는 것이 기이하기도 한 때문이다.

"철날 때두 되지 않었소? ……난 나지만 형님은 요새 대체 웬일요?"

"나…… 나 말이냐? 교제나 허려니까 술 안 먹군 못 배기겠드라……."

"교제요? 하하하."

봉재는 숨김없이 소리 내어 웃었다. 교제란 말이 형의 입에서 나오니 실소를 금치 못할 일이라고 봉재는 자꾸 웃는다. 소심익익小心翼翼* 한 천성의 월급쟁이인 줄만 알았던 형이 교제니 무엇이니 찾으니 우습고, 또 그 교제란 말을 무슨 문자나 쓰는 듯이 득의연하게 입 밖에 내는 그 태도가 더욱 우습다. 한참 웃고 나서 봉재는,

"교제하려면 그두 그렇지만— 대체 형님, 요새 매일같이 무슨 교제요?"

술이 자꾸 올라오는지 벽에 기대어 어안이 벙벙하던 봉수는 아우가 말을 받아주는 것이 반가워라고 얼른 정신을 가다듬어,

"글쎄, 그것을 널보두 의논허려구 깨인 것이다만……."

어름어름한다. 그러다가 후우, 하고 고단한 숨을 내뿜고 나서,

"너두 생각해봐라. 이대루 우리가 지내다간 지금 들어 있는 이 집마저 없어질 것 아니냐. 내 월급이래야 쥐꼬리만두 못허구 네겐— 네겐 이런 때라 알맞은 직업이 얼른 나설 리 없구……."

"내 걱정은 마러요. 내 몸 하나쯤 언제든지, 어떻게든지 처치헐 테니— "

"아니— 아니— 걱정허는 게 아니다, 말허자면 그렇단 말이다— 그뿐 아니라 어머니는 늙어가시구, 또 옥희두 얼마 있으면 시집보내야 허지 않겠니……?"

"시집야, 요새 기집애들, 지가 가겠지."

봉재로서는 생각이 달라 하는 말이다.

그러나 봉수는 그런 것을 알 리 없다.

* 세심하고 조심성이 많다는 뜻으로, 마음이 작고 약하여 작은 일에도 겁을 내는 모양.

"그래두 어디 노는 기집 아닌 담에야, 그럴 수야 있겠니……."

봉수는 제법 어른 노릇, 형 노릇 할 심보인 것 같다. 그 심경이 가여워 봉재는 형의 얘기를 소곳하고 들을 작정이다.

"……이러다간 결국 암만 애써두 내 평생에 소설다운 소설 하나 못 써보구 죽겠구— 집안은 집안 꼴대루 사나워지겠구……."

봉재는 또 한 번 속으로 킬킬 웃었다. 소설이 무슨 아니꼬운 소설이냐 말이다. 그저 그만하면 사람으로서야 소위 얌전하다고 할 수 있으나, 소설을 찾을 때만은 봉재는 형을 여지없이 경멸하는 것이다. 그것만이 형의 큰 병이다. 그만큼 하다하다 안 되니 단념도 할 상싶은데, 그것에 대해서만은 고집인지 좀체로는 남의 말을 듣지 않는다. 생활이다 생각이나 행동을 어느 모로 뜯어보아도 소위 예술과는 너무도 거리가 먼 형이라 때로는 원고지에 무엇인지 얼이 빠져 쓰고 있는 형을 보고 봉재 자신이 얼굴이 붉어지는 일조차 있다. 그러나 그것마저 타박을 주면 형에게 무슨 낙이 있으리오 생각하면, 한편 불쌍도 하여 고쳐 생각하는 것이다. 하여튼 불행히 장자로 태어났기 때문에 어려서부터 집안의 기둥이 되어왔으니 형의 그 소시민적 성격도 말하자면 반은 후천적일 것이다. 봉재 자신도 만약 형과 자리를 바꾸었다면 미래에 한 가닥 희망은 둘 수 있다 하더라도 지금과 같이 분방한 생활을 하며 무위도식하지는 못했을 것이다.

"그래서…… 말이다……."

끊겼던 형의 목소리가 문득 장중해짐을 깨닫고 봉재는 고개를 들었다.

"나두— 밤낮 이 꼴 같지 않은 월급쟁이 노릇 헐 수두 없구 해서 전버텀 무슨 장사나 해보까 허구 여러 가지루 생각해왔었드랬다. 그리자 요 며칠 전에 어떤 친구를 만났는데— 응, 너두 짐작허겠구나— 나허구 보통학교 동창인 김덕수 말이다……."

"응, 그 키 커다란 포목전집 아들……."

"그래, 그 사람을 노상에서 우연히 만났단 말이다. 그래서 이 얘기 저 얘기 허든 끝에 장사 말이 났드니 덕수 말이……."

형은 잠깐 말을 끊더니 약간 목소리를 낮추어,

"덕수는 그동안 십 년 가까이 만주루 북지루 돌아대니면서 돈 만이나 몬 모양이드라. 돈두 잘 쓰구, 마음두 커지구, 채림채림두, 얘, 우리와는 달르드라— 그런데 덕수 말이……."

형은 또 목소리를 낮추어, 잠깐 안방 쪽을 돌아보더니,

"……덕수 말이 금장살 허래는구나. 그거면 단번에 밑천 뺄 수 있구……."

"아니, 그럼 밀수 말예요?"

형은 대답을 않고 눈만 꿈벅하더니,

"결국 문학두 돈 있어야 되겠드라, 난 인제 돈 모구 나서 생활 안정된 후에 천천히 소설 쓰련다……."

"아니, 그래, 뭘 허다 못해 밀수를……."

"떠들지 마려라, 글쎄. 그러니까 의논허자는 게 아니냐. 아니, 그럼 네 생각 같애선 지금 이 세상에 무슨 장살 허면 돈 남을 것 같으냐?"

"형님 주제에 돈 몰 것 같우, 또 돈은 뫄서 뭘 헌단 말유. 국으루 있는 거나 지키구 굶어 죽지만 않겠다면……."

"아니, 그럼 요대루 한평생 늙으란 말이냐?"

"그런 게 아니라, 며칠 있으면 옥희 시집가구, 나는 나대루 어떻게 헐 테구, 그럼 어머니허구 단둘이서 뭬 부족허단 말유. 그대루 지낼 수는 있지 않수? 틈 있으면 활자두 안 되는 원고나 써서 자위나 허구……."

"자윌 해, 이눔아……."

형은 술김에 악을 써본다. 아우의 말이 자기의 가장 약점을 건드렸기 때문이다. 그러나 아우는 태연하게,

"어서 드러누워 잠이나 자요. 술취정꺼지 허면 나같이 사람 버리구 말어요. 왜, 요 집 하나 남은 거 홀딱 팔어서 밀수쟁이헌테 바치구 싶소? 죽지 않구 사는 것만 다행히 알아요."

그때 안방에서 아직도 잠들지 못하는 어머니가 울음 섞인 목소리로 가만히 애원한다.

"애들아, 고만 자거라."

그러나 여지없이 아우에게 패부한 형은,

"걱정 말아요, 어머니나 어서 주무세요!"

팽팽한 아우에게 대한 분풀이를 만만한 어머니에게 악쓰는 것으로 하며, 그대로 혀를 끌끌 차고 천장을 쳐다본 채 말이 없었다.

6

날은 활짝 개었으나 몹시 추운 날, 옥희는 겨우 준비가 다 됐는지 아침에 집을 나간 채 이틀, 사흘, 나흘, 닷새가 열흘이 되어도 이렇다 저렇다 엽서 한 장 없다.

기어코 만주로 간 모양이라고, 그것을 알고 섭섭한 일편 반가워하는 것은 이 가족 중에서 봉재 한 사람뿐. 어머니는 집안 망신이라고 속으론 울면서도 소문날라, 쉬이쉬이— 하며 그것으로 자기 자신까지를 억제하려 하는 것이나, 그 후부터는 더욱 말이 없고 표정이 없고 늘어가는 것이라곤 주름살과 백발뿐이다.

무엇엔지 홀리어 마음을 잡지 못하는 형 봉수는 옥희의 행방을 찾을

생각은 없이, 그까진 년, 그까진 년, 그것도 겨우 술이 취해야 그 소리밖에 못했고— 그러나 제 할 일만은 싫든 좋든 간에 상을 찌푸려가면서도 밥 싸가지고 쫓아다녔고 —

전과는 반대로 기괴하게도 봉재가 집에 들어박혀 군불도 때이고 장작도 패이고, 그리고 첫째로 어머니가 반기는 밤출입이 멈추어졌고 글도 읽었다.

그렇게 된 것이 언제부터인가를 가만히 따져보니, 뜰아랫방에 모녀가 새로 이사 온 그 이튿날부터인 상싶다. 정확하게 말하자면, 새로 이사 온 뜰아랫방 마나님 딸이 어머니 닮은 탓인지 무척 예뻤고, 양복이 몸에 잘 맞는다는 것을 발견한 날부터인 상싶다.

— 무엇 허는 여자일까.

먼저 그런 것을 느끼고, 그다음에 옥희 대신 새 가족이 하나 그 빈자리를 보충해준 듯한 그런 기쁨을 느끼고, 그리고 아직 말은 건네지 못했으며 얼굴도 대할 수 있는 것이 아니나 한집에 같이 있다는 그 사실만이 무척 반가웠고, 그리고 그런 것과 무슨 맥락이 있는지 없는지, 그것은 작자도 모르고 봉재 자신도 모르나 그때부터,

— 나는 대체 뭘 해야 좋은가, 이 가족들과도 융합할 수 없고 혼자 살수는 더군다나 없고…….

하는 그런 궁리하기에 바빠졌다.

×

그러는 사이에 한 해가 저물어갔다.

— 기묘己卯. 12. 15.

—《조광》, 1940. 1.

업고業苦*

오늘도 밖은 흐린 모양이다. 심연 속인 듯이 어둠이 방 안에 연기같이 어리어 떠돈다.

벌써 닷새째— 안해가 집을 떠난 이래로 매일같이 하늘은 찌뿌드드하다. 햇볕이 잘 들지 않는 방 안은 천장이 얕은 탓도 있어 폐항廢坑과도 같이 텁텁하고 찬김이 돈다. 몸도 마음도 썩어가는 것만 같아, 그 캄캄한 사벽을 바라보고 있는 사이에 뼛속까지 얼어붙는 듯하여— 나는 새우 모양으로 몸을 꾸부린 후, 아아, 어젯밤에도 안해는 돌아오지 않았나 보다고, 주인 없는 경대를 차디찬 마음으로 바라보는 것이다.

술이 아직도 덜 깨인 모양이다. 목이 타는 듯하고, 귀가 앵앵 울리고 머리가 빠개지는 것 같다.

— 아무래두 며칠 못살 것 같다.

술 때문만은 아니었다. 미열이 계속되었다. 가슴을 좀먹는 세균들의

* 전세에 저지른 악업의 갚음으로 받는 현세의 고통.

준동蠢動이 눈에 보이는 듯했다. 자조와도 비슷한 가벼운 자성自省이 머릿속에 떠오르면 차디찬 방바닥의 냉기만이 등골에 배인다.

달아났다고 아까운 안해는 아니다. 그러나 나의 고집 세인 마음은 안해가 정말 달아났다고는 아무리 해도 믿으려 하지 않는 것이다. 그렇게 확실히 결정만 된다면 오히려 나는 마음 놓고 코웃음 칠 수도 있을는지 모른다. 어제도, 그저께도, 그리고 지금도 나는 그것만을 생각하고 있으나…….

그날 아침 안해는 희한하게도 일찍 일어나 식전부터 얼굴을 닦고 문지르고 하였다. 보통 때와 다른 기색이라곤 그것뿐이었다. 그 길로 집을 나간 안해는 밑도 끝도 없이 종적을 감추고 마른 것이다. 그러나 원래 동물과도 같이 주책없는 안해이니까— 하고 나는 꼭 닷새 동안을 생각나는 대로 아무 때고 다시 태연하게 돌아올 안해를 기다리어 남모르게 속을 태워왔으나— 바람과 같이 불어 들어온 안해이니까, 바람과 같이 날아가는 것도 무리는 아니리라. 생각하는 것이 어지러워 나는 지끈지끈하는 머리를 부둥켜안고 다시 한 번 잠들어보려고 마음먹을 뿐이다.

주위는 아직도 심산같이 고요하나 오정이 지난 지도 오랬을 것이다. 시계가 있으면 귀찮다고, 무엇이 귀찮은지 안해는 내 회중시계까지 방안에 두지 못하게 하여, 오랫동안 나는 시간 가는 줄을 모르고 지내왔다. 그 대신 시계가 없어도 요새 와서는 거진 틀림없이 시간을 짐작하는 것이다. 그러나 이미 시계를 갖다 걸어도 군소리할 사람은 없다.

— 아이, 추워.

어둠 때문이리라. 한층 추위가 몸에 배인다. 다시 잠들 수 있을까. 다시 잠들 수 있을 상싶지도 않았고, 약간 배도 고프고 하여 나는 일어나 보리라고, 아이, 추워— 그렇게 입 밖에 내어 중얼거려보았다.

봄, 피를 토한 후로 웬일인지 일시에 맥이 풀린 나는, 그때까지의 이학박사의 꿈을 걷어치우려고 백천온천에서 자포자기의 생활을 시작하였다. 그리하여 허무를 짊어지고 돌아오려던 길에 하룻밤, 나는 지나는 애정을 그에게 느꼈든 것이다. 그것뿐으로, 이미 그의 살결의 감촉조차 몽롱할 때에 어떤 생각으로인지 그는 나를 믿고, 나를 따라, 황해도 산속에서 맨주먹으로 뛰어 올라왔다.

자그마한 보따리 하나만을 매달고 그는 경성역 사람들 틈에 끼어 뻔히 서 있는 내 가슴 속으로 남의 눈도 꺼리지 않고 달겨들었다.

— 나 왔어, 나 왔어.

그 고달픈 얼굴을 바라보고 있는 사이에 나는 기가 매킬 줄조차 몰라, 할 수 없이 웃음을 터뜨리면서,

— 어쩔 작정으로 뛰어 올라와?

— 당신 마누라 돼줄려구. 호호.

입안으로 킥킥 웃으면서 그는 내 앞장을 서서 뒤도 안 돌아보고 걸어가는 것이다. 더 입을 열 여유조차 없이 나는 저도 모르게 그 뒤를 따르며, 그의 가냘픈 적은 몸맵시와 풋솜같이 부드러운 살결을 귀엽다 생각하고

— 그 보따린 뭐야?

소원대로 하리라, 안해를 삼으리라, 그렇게 혼자 마음속으로 결심하는 것이나, 그러나 그의 심중을 헤아릴 수는 없었다.

자동차 속에서 그는 언제인가의 밤 모양으로 전신을 내게 내맡기며,

— 이것 말유? 저어…… 버선허구…….

그리며 잠깐 말을 끊고 나서,

— 그리구, 그리구 말야…….

말을 맺지 않고 별안간 약간 붉어진 얼굴을 도리키며 낄낄거렸다.

그 순간 나는 야수와 같이 정열적이던 그를 생각해내일 수 있었다. 그것은 작고 가냘픈 몸엔 딩치도 않은 폭풍과 같은 힘찬 정열이었다. 그 기억 하나만으로 가라앉았던 나의 마음은 가볍게 부풀어 올라, 더 아무

것도 생각하려 하지 않았다.

구렁텅이에서 자라난 안해는 무지하고 야생적이고 퇴폐적이어서 취할 점이라고는 여자이라는 그 한 가지뿐이었다. 그러나 나는 그것에 만족했다. 그때의 내 안해에게 그 이상 것을 바라는 것은 사치였다. 지금도 그것은 역시 마찬가지다.

내가 지금 그를 안해로 맞이한다 할 제, 나이 많은 어머니는 눈물을 흘리며 나를 만류했다. 집안이 망하려니까 별 게 다 뛰어들어…… 저생에 가서 너희 아버지 볼 낯 없다……고 어머니는 넋두리하며 울었다. 내 누이도 내 안해를 결코 형님이라고 부르지 안 했다.

그래도 나는 뜻밖에 내 품으로 뛰어든 '귀여운 여자'를 내여놓으려고는 안 했다. 가족들과 헤어져 나는 안해와 단둘이서 이 어두컴컴한 방을 찾아들어 눈 하나 깜짝 안 하고 지냈다.

어머니의 탄식을, 누이의 모멸을 나는 조금도 개의치 아니했다. 이글이글 불타는 정열 속에서 나는 내 자신조차 잊고 있었던 것이다. 낮이고 밤이고 동물과 같이 누워서 잠잤다. 그리하여 반년 가까운 세월이 흘러 — 안해가 집을 떠나는 그날 아침까지 안해나 나나 털끝만 한 부족도 느끼지 아니했다.

부족이 없었기에 싫증도 났을 것이다. 분해하려 해도, 아까워하려 해도, 이유 없이 집을 나간 안해이다, 나는 갈피를 찾지 못해서, 다만 하나 빼빼 마른 몸에 찢겨진 안해의 육체적 매력만을 애지중지하는 것이다. 꼬리를 끌고 있는 엷은 슬픔만은 어찌할 도리 없었다.

그러나 달아났다고 아까운 안해는 아니다. 바람과 같이 불어 들어온 안해이니까 바람과 같이 날아가는 것도 무리는 아니리라— 별안간 나는 기침을 시작하고, 그리고 핏덩어리가 뜨끔하고 가슴 속에 복받쳐 오르는 것을 입안에 하나 가득히 받아들였다.

×

그 후 한겨울, 나는 생각할 기력조차 없이 누워서 지냈다. 정체 모를 오취汚臭가 가득 배인 방 속에서 가족들까지 가까이 오지 못하게 하고 나는 혼자서 죽음을 기다리고 있었던 것이다.

혼자서 누워 있으면 잊었던 병에 대한 근심이 마음속에 가득하고 만다. 그와 더불어 정욕을 떠난, 부정한 안해에의 지순한 사모가 좀먹은 가슴속에서 가뜩이 부풀어 오르는 것이다. 나는 역시 안해를 사랑하고 있었다, 사랑하고 있었다— 도망가도 아까운 안해는 아닐 터인데 이 주책없는 애정은 어디서 솟아 나오는 것일까. 죄 많은 몸—이라고 흥, 코웃음 쳐보는 것이나, 그러면 또 그러한 자신이 몹시 애닯게 생각되어, 그래도 고만 아냐, 그래도 고만 아냐— 무엇이 그래도 고만인지, 연해 이번엔 자신을 타이르고 달래는 사이에, 이번엔 컴컴한 죽음의 그림자 속에서 몸을 떨고 마는 것이다.

그러나 나를 찾아온 것은 죽음이 아니요, 석 달 전에 표연히 집을 떠난 안해이었다.

안해는 마치 산보 갔다 돌아온 사람같이 내 머리맡에 앉아 처연하게 웃고 있었다. 나는 안해를 어떻게 맞이해야 할까. 어쩔 작정으로 안해는 다시 내 곁으로 돌아온 것일까. 나는 입을 벌린 채 똑바로 천장을 바라보았다. 흐리멍텅한 머릿속에서 이 기괴한 사건을 이리저리 궁리하고 있는 사이에 나는 격렬하게 기침을 시작하고 말았다.

"……."

무엇인지 안해가 말을 건넨 것 같다— 나는 온몸을 부들부들 떨며 무한히 애를 써서 겨우 안해 쪽으로 고개를 도리켰다.

안해는 포동포동 살이 찌서 돌이왔다. 그 크고 검은 눈동자는 두려운 빛도 없이 태연하게, 앓아누운 나를 내려다보고 있다. 과하도록 익은 입술은 핏빛같이 빨갛다. 석 달 전과 조금도 다름없는 내여비칠 듯이 흰 살결이다. 그러나 나는 다만 한 가지 달라진 것을 민감하게도 알아채이고 흥, 흥, 마음속으로 끄덕이며 사냥개와 같이 후각을 내둘러 안해의 체취를 맡아보려 했다.

안해 몸 위에 수없는 지문이 찍혀 있는 것이다. 아무리 닦어도, 아무리 지여도 그것만은 언제까지든지 안해 살결 위에서 없어지지를 않을 것이다. 내 눈에는 안해의 희고 고운 살결 위에 무수한 지문이 점점이, 마치 무슨 상처와도 같이 찍혀진 것이 뚜렷이 보이는 것이다. 나는 이유 없이 마음속으로 초조해하고 안타까워하고, 한편 그것을 또 마음 한구석으로 꾸짖으면서, 그러나 약빨리 석 달 전의 안해의 체취에 접하고 나는 그대로 구렁텅이 속에 빠지는 듯이 사내가 되려고 하는 것이었다.

나는 미친 듯이 벌떡 뛰쳐 일어나 빼빼 마른 두 손에 만신의 힘을 모아서 사정없이 안해의 목을 올가 잡고 있었다.

그 뒤의 일을 나는 기억하지 못한다. 나는 그대로 얼마 동안을 죽어버리고 만 채였던 것이다.

—《문장》6 · 7월 합호, 1940. 7.

헛되인 우상

1

뜻하지 않았던 꿈을 꾸었다, 고 생각하였다.

바른대로 말하자면, 뜻하지 않았던 꿈이 아닌지도 모른다. 그러나 잊어버리리라, 잊어버리라, 고 한 달 가까이 노력한 나머지 겨우 마음속에 새겨져 있던 춘홍이 그림자를 지워버릴 수 있었다 믿고 억지로라도 명랑한 얼굴로 너그러운 마음으로 일을 시작하려던 참이다. 언제까지든지 눈앞에 얼진얼진하는 춘홍이 얼굴을 떼쳐 없애려는 듯이 나는 고개를 좌우로 흔들며 털끝만치도 생각 안 했는데 이상한 꿈도 꾸었다고, 반은 자기에게 타이르듯이 나는 혼잣말같이 중얼거려보았던 것이다.

신기한 꿈이었다. 커어다란 춘홍이 얼굴만이 꿈의 세계에 가득 차게 나타나 눈물 어린 눈으로 나를 바라보며 둥실둥실 마치 도깨비불인 양으로 내 주위를 떠돌아다니는 것이었다. 그것만이 밤새도록 계속되었다.

— 인제 와서…… 원…… 꿈자리두…….

모든 사람들이 내 어리석음을 비웃는 것 같아 나는 또 한 번 뜻밖이라는 듯이 입안에서 투덜거리며 힘 있게 이불을 차 던지는 것이었으나,

그것만으로 물결치는 마음이 가러앉을 이치는 없어 그날 하루 동안은 그냥 그대로 꿈과 현실과를 구별할 줄 모르고 어둔 마음으로 얼빠진 사람같이 맥없이 보냈다.

그 후부터 나는 다시 춘홍이 꿈에 사로잡혔음인지, 눈만 감으면 언젠가 꿈에 보던 커다란 춘홍이 얼굴이 어둠 속에서 피어 나와 타 누르듯이 내 앞에 바싹바싹 다가드는 것이다.

웃지도 않았고 말을 걸지도 않았고, 언제 보아도 경직한, 울음 섞인 얼굴이었다. 그 울가망이 된 얼굴이 더욱 내 마음을 아프게 하였다. 잊어버릴 때쯤 해서 꿈에 보이다니, 어쩌면 춘홍이는 죽었는지도 모른다고 그런 생각까지 들어 나는 텅 빈 마음으로 탄식할 뿐이었다. 일주일 가까이 그런 날이 계속되었다. 나는 앓다 난 사람같이 극도로 피로하고 말았다. 인제는 더 참을 수가 없었다. 무슨 짓을 해서든지 기어코 춘홍이를 찾아내고 말리라고 결심했다.

그러나 찾아내면 무엇하느냐고 싸늘한 현실이 나를 책망했다. 그뿐 아니라 춘홍이의 맑은 순정을 살리기 위하야 언제까지고 마음 한구석에 우상과 같이 모셔둘 작정이 아니었더냐 말이다. 인제 와서 새삼스럽게 갈팡질팡하는 것은 어리석고 남부끄러운 일이라고— 그렇게 제 자신을 꾸짖어도 보는 것이나, 아무리 생각해도 진실로 내가 꿈에서 깨인 것 같지는 않아 춘홍이를 만나려는 마음 그것에 거역하는 마음 어느 것이 정말 내 마음인지 건잡을 수가 없었던 것이다.

그리자 하루는 우연히 길거리에서 정말 춘홍이를 만나고 만 것이다.

꿈에 본 춘홍이는 아니었다. 다시 전과 같이 기생으로 돌아가, 똑바로 나를 쳐다보고 생글생글 웃어 보이는 춘홍이였다.

나는 순간 그리움과 이유 모를 분노가 뒤섞인 감정이 복받쳐 맥없이 그 자리에 쓰러지려는 것을 이를 악물어 참으며,

"춘홍이, 입때 살었었군."

얼굴을 돌리면서 혼잣말같이 중얼거려보았다.

2

쌍꺼풀진, 동그란, 예쁘다기보다는 총명하게 생긴 얼굴이었다. 지지지 않고 바싹 빗어 올린 머리도 맘에 들었다. 몇 잔 술에 약간 얼굴을 붉히고 춘홍이는 한 손으로 턱을 괴인 채 고개를 갸웃하고 나를 쳐다보며,

"저 빨갛지 않아요? 아이, 부끄러."

그리고 잠깐 웃어 보였다. 흰 이가 고르고 아름다웠다.

"아아니."

나는 고개를 흔들고,

"화색이 도는 게 똑 좋군그래."

"괘애니 그러시네."

"정말야. 내가 그짓말헐 듯싶어."

춘홍이는 또 한 번 가만히 웃어 보이드니 별안간 정색을 하며 좌중을 둘러보는 것이다.

모다들 취한 모양이었다. 제각기 주인이요, 제각기 손님인 허물없는 모임이라 거리낌 없이들 먹고 떠들고 노래하고 춤추고 하는 판이다. 때때로 잠깐씩 무슨 휴지부休止符와도 같이 방 안이 조용해지는 것은 그것에도 지친 때문인 상싶다. 시계를 들여다보니 열두 시가 발써 지났다. 일어설 때가 왔다.

"아이, 더워."

춘홍이는 내 옆을 꾹 찌르고 등의자 있는 마루 쪽으로 나가면서, 이

리루 안 나오시겠에요…… 그러는 듯이 나를 흘낏 곁눈질하는 것이다.

키가 작은 춘홍이나 몸집이 날씬한 게 귀여웠다. 따라가 볼까— 잠깐 나는 주저한 후 어쩐지 내 행동이 주책없이 생각되어 나는 그대로 자리를 움직이지 않았다.

춘홍이는 그날 밤 처음으로 보는 기생이었다. 속도 모르는 기생하고 단둘이 마주 앉아 이얘기한다는 게 계면쩍기도 하였거니와 별로이 흥미라고 느끼지도 않았다. 그러는 사이에 모담은 끝나고 모다들 와아하고 부산하게 일어섰다.

약간 비틀거리는 나를 누가 뒤에서 부축해주며 저고리를 입혀주길래 돌아보니 춘홍이였다.

"모두들 퍽 취허셌에요. 선생님은 그렇지두 않지만……."

"아냐, 나두 취했어, 그렇지?"

"정말예요. 선생님이 질 안 취허셌에요."

그리고 나서 춘홍이는 나를 잠깐 흘기는 듯하더니,

"그럼 지가 거짓말헐 줄 아세요?"

옳아, 됐어…… 멈칫하고 서 있는 나에게 말을 던지고 춘홍이는 그대로 종종걸음으로 현관 쪽을 향하여 달아나 버렸다.

그래서 알게 된 춘홍이였다.

그러나 부지중 서로 무엇에 끌렸음인지 그 후 두 번, 세 번, 서로 얼굴을 대하는 사이에 우리들은 급격하게 사이가 좋아져서 매일같이 둘이 밖에서 만나서는 놀러도 다니고 구경도 다니고 하였다. 무시로 춘홍이 집에도 드나들었다. 나와 춘홍이와의 소문이 얼마 동안 왁자아했던 것도 그때이다.

그러나 그것뿐이었다. 나는 고생살이한 이얘기 듣는 것도 즐거웠다. 그런 생활 속에 물들지 않고 꿋꿋하게 몸을 가지는 것도 사랑스러웠다.

같이 놀기에 심심치 않은 좋은 동무였다. 그때는 정말 그렇게만 생각했었지 그 이상의 다른 마음은 조금도 먹지 않았었다.

그러나 지금 돌이켜 생각하니 그때의 나는 정말 제 마음속을 들여다보지 못했던 듯싶다. 나는 역시 처음 춘홍이를 만날 때부터 춘홍이를 사랑하고 있었던 것이다. 다만 그가 기생이라는 점에서 비겁하게도 나는 그것을 의식치 못하는 척, 그것을 의식치 않으려는 척하였을 뿐이었다.

그리자 우연한 기회에 나는, 아니 우리들은 우리들의 진정한 마음속을 들추어내고야 말았던 것이다.

취하기도 하였었다. 웬일인지 아무 이유 없이 자꾸 술을 먹고 취하고 싶었다. 춘홍이도 역시 마찬가지던지 먹을 줄 모르는 술을 내가 따른 대로 넙죽넙죽 받아먹었다. 그러는 사이에 춘홍이는 아주 만취가 되어 가쁜 숨을 이기지 못하고 그 자리에 쓰러지며,

"나, 오늘은 놀구 말 테야."

충혈된 눈으로 나를 쳐다보고, 그리고는 별안간 얼굴을 내 무릎 속에 파묻고 발버둥질을 치며,

"난 몰라, 난 몰라."

마치 응석 부리는 어린애 같았다.

그 어린애 같은 교태에 여지없이 끌려 들어가는 내 자신을 느끼면서, 그러면 어떠냐, 무슨 상관 있단 말이냐고 마음 한구석으로 혼자 끄덕이며,

"춘홍이, 그래, 그래……."

무엇이 그렇다는 것인지 나도 모르면서 부지중 춘홍이 등 뒤로 나는 팔을 돌렸다. 그 한마디로 우리들은 운명을 결정해버렸던 것이다. 그날 밤 비로소 우리들은 사랑하는 사이가 되었다.

×

그 이튿날 나는 밤늦게야 하숙으로 돌아왔다. 마음 한구석에 서렸던 안개가 씻은 듯이 없어지고 앞이 화안히 내다보이는 것 같아 공연히 회사를 나와서도 혼자 거리를 쏘다녔던 것이다.

춘홍이를 사랑하고 있다는 것을 확실히 알았기 때문이다. 사랑하여 갈 수 있는 자신도 생겼기 때문이다.

기회를 보아서 살림을 시작하자, 소원이라면 정식으로 식을 해도 좋다, 무엇을 입때까지 주저하고 있었을까— 제 어리석음을 어디다 커다랗게 호소하고 싶도록 내 몸도 마음도 가벼웠다.

그러나 하숙에서 나를 기다리고 있는 것은 한 통의 속달이었다. 의외에 춘홍이한테서 온 속달이었던 것이다. 지금도 그대로 기억할 수 있는 짧은 문면文面이었다.

뜻대로 안 되는 게 이 세상인 것 같습니다.

— 춘홍

무슨 뜻인지 알 수 없었으나, 하여간 무슨 불길한 소식인 것임엔 틀림없었으므로 나는 그대로 엽서를 손에 든 채 밤늦은 거리를 달려 춘홍이에게로 뛰어갔다.

그러나 아마 춘홍이 살던 집은 빈집이 되어 대문엔 커다란 자물쇠가 채워 있을 뿐이다. 옆집에서 물어도 춘홍이의 행방을 알 수는 없었다. 권번*에 전화를 걸어보니 길춘홍이라는 기생은 이삼일 전에 폐업했다는 대답이다. 나는 모든 사실이 꿈속 같기만 하고 무슨 영문인지를 알 수 없어서 바로 어젯밤에, 그게 바로 어젯밤 일인데…… 하고 복받치는 경

* 일제시대 기생들이 기적妓籍을 두었던 조합.

정徑情*을 못 이기어 공중전화 '박스' 속에서 오랫동안 소리까지 내어 울었다. 그야말로 급전직하 어제오늘 이틀 동안 쌓아온 공이 금시에 눈앞에서 와르르 무너지는 것을 평온한 감정으론 바라볼 수 없었다.

그 후 다시는 춘홍이의 소식을 알지 못했다. 춘홍이는 완전히 내 앞에서 자취를 감추고 만 것이다.

그러나 이윽고 모든 것을 알 때가 왔다. 어느 날 우연히 춘홍이와 제일 친했다는 옥화라나 하는 기생을 만났던 것이다. 옥화는 춘홍이한테서 여러 번 내 말을 들었다고,

"선생님이세요, 선생님이……."

그러면서 눈을 둥그렇게 뜨고 가만히 눈물을 씻으며 춘홍이의 갸륵한 심중을 내게 이야기해 들려주는 것이었다.

이야기를 듣고 있는 사이에 나는 더 그 자리에 앉아 있을 수 없도록 가슴이 콱콱 막혀 들어와 미친 듯이 밖으로 뛰어나와서 언젠가 춘홍이가 걸터앉았던 등의자에 엎드려, "바보 같으니, 바보 같으니" 하고 속으로 얼마든지 외치고 있었다.

춘홍이, 이 바보, 무슨 일이 일어나든지 내가 앞에 가로막아 서서 방패가 되려구 했었는데…… 아무리 사정이 있더라도 사랑하는 사람을 버리구 시집갈 것이 무엇이든가. 그날 밤의 정열이 사랑하는 사람에게 주는 최후의 선물이라면 차라리 그런 선물 받지 않음만 같지 못하구나, 왜 더 좀 굳세어져서 모든 장애를 박차고 사랑하는 사람 품으로 뛰어들지 못했을까. 내가 진실로 바라는 것은 춘홍이의 그런 속된 애정뿐은 아니었다. 그런 속된 애정뿐만은 아니었다…….

그렇게 외치고 있는 사이에 나는 사람들 눈조차 꺼릴 줄 모르고 드디

* 마음 내키는 대로 행하여 절제가 없음.

어 소리 내어 느끼기까지 하였다.

3

그 춘홍이가 지금 눈앞에서 태연하게 웃고 서 있는 것이다.

"춘홍이, 입때 살었었소."

나는 조상彫像과 같이 움직일 줄조차 몰랐다.

"그럼 살어 있지 않구요. 왜 지가 살어 있으면 뭐 덧나나요?"

그렇게 대답하고 나서 춘홍이는 사내 모양으로 깔깔 웃고,

"보지 마러요, 나 그렇게 뭐 달러졌우…… 잔뜩 상을 찌푸리구……. 차 먹으면서 애기나 합시다, 우리……."

불과 몇 달 동안에 어쩌면 이렇게도 변하느냐 말이다. 춘홍이는 내 앞장을 서서 성큼성큼 걸어가는 것이다.

나는 숨이 막히는 듯하야 차를 가져올 때까지 말없이 마주 앉아 있었다. 금방 보는 데서 소중한 보배가 산산조각이 나는 듯한 그런 느낌이었다.

"벨 소문 다 났댑디다그려, 날 가지구……."

"……."

"시집갔느니, 첩으루 들어갔느니……."

"……."

"내 정말 애기허까? 듣구 싶우, 안 듣구 싶우?"

내 우상이던 춘홍이는 자기 손으로 그 우상을 여지없이 때려 부수고 있다. 어느 것이 정말 내 춘홍이드냐. 내 가슴속에 살아 있는 춘홍이는 춘희椿姬보다도 백배나 천배나 더 순진한 춘홍이였다. 그러면 지금 나와

마주 앉아 담배를 물고 있는 춘홍이는 대체 누구의 춘홍이란 말인가.

"나 말유…… 집이 가서 어린내 낳구 왔우…… 기집애……."

이 말괄량이는 어디서 솟아 나온 것일까. 나는 지금 대체 누구하고 이야기하고 있는 것일까.

이유는 몰라도 가슴속 깊이서 커다란 슬픔이 용솟음쳐 올라 눈앞이 뿌오얗게 흐리는 듯하더니 춘홍이 얼굴이 차차로 차차로 확대되어 내 시야에 가득 차자, 아아, 그대로 나는 풀이 죽은 채 끌려 들어가는 것이다.

꿈속에 있는 춘홍이는 눈물을 머금고 있다. 그렇다, 내 춘홍이는 죽고 만 것이다. 죽었기 때문에 눈물을 머금고 며칠씩 며칠씩 계속하여 꿈에 보였던 것이다. 춘홍이는 죽었다, 춘홍이는 죽었다— 나는 꿈을 믿으려 하고, 믿었다 생각하고, 깊다랗게 숨을 들이마셔 보는 것이다.

—《여성》, 1940. 8.

우울증

우울증에는 여러 가지 정의가 있다. 이 병은 인간을 수류獸類에까지 퇴화시키는 악병惡病이라고도 하고 뇌세포 중앙부의 병이라고도 하고 혹은 주요 기능의 추락이라고도 한다. 그러나 보통 열은 없다. 원인 없이 공포와 비애를 상반하는 노쇠의 일종이라는 것이 가장 통례적 정의다. (중략) '에라스무스'는 이 병에 걸리지 않는 인간으로 백치를 들고 있다. 그들은 야심도 없고 공포, 수치, 질투, 비애 등도 가지지 않았기 때문이다.

—로버트 · 빠아튼*

* 로버트 버튼Robert Burton(1577~1640): 옥스퍼드대학 크라이스트처치에서 신학을 공부한 뒤, 이 대학에 남아 평생을 후세 교육에 전념했다. 1621년에 출판된 그의 수필집 『우울의 해부The Anatomy of Melancholy』는 세상에 대한 인간의 불만과 이것을 누그러뜨리는 방법에 관한 내용이다.

1

'커튼'을 내리지 않은 창틈으로 바깥 거리의 붉고 푸르고 한 광고등 불빛이 굵은 줄을 지어 어두컴컴한 벽에서, 마룻장 위에서 어른거리고 있다. 아무렇게나 한군데 쌓아 올린 의자와 '테이블'이 구슬프게 커다란 그림자를 던지고 있어서 히여멀숙한 텅 비인 방 안은 마치 무슨 달밤과도 같은 풍경이었다.

나는 한참 동안 그 불빛 속에 버티고 서서 '홀' 구석구석을 유심히 바라본 후 길게 기지개를 펴고 나서,

"자아, 이걸루 하나는 끝장이 났다만은……."

한숨 섞어 입 밖에 내여서 중얼거리고 가만히 저고리 속주머니에 들은 백 원짜리 지전 뭉치를 만져보았다— 아무 별다른 느낌도 없다. 오늘은 대체 어디서 자야 하나, 오늘 하루만은 꾹 참고 더 이 어두컴컴한 가갓방에서 자야 할까? 그리자 나는 문득 십여 일 전에 아무 말도 없이 홀연히 집을 나간 안해를 생각하였다. 안해를 생각하자 지난 일 년 동안의 안해와의 썩어진 생활이 일순 굉장한 속도로 머릿속을 스치며 지났다. 안해가 황해도 산골에서 나를 믿고 나를 따라 좇아 올라온 것은 이 다방을 시작한 지 한 달도 못 되어서였다. 생각도 안 했던 안해가 뜻밖에 내 품으로 뛰어들자 나는 전부터 의가 맞지 않던 늙으신 어머니와 성년한 누이와 아주 의를 끊다시피 하고 이 어두컴컴한 가갓방 속에 둘이서만 처박히고 말았다. 그리하야 안해의 품속에서만 완전히 일 년— 나는 가족들뿐 아니라 세상과도 완전히 인연을 끊고 지내왔다. 그 안해가 무슨 때문인지 표연히 종적을 감춘 지 열흘—이나 열하루, 그밖에 안 되는 오늘 나는 이 다방을 어떤 시골 청년에게 그대로 넘기고 만 것이다. 그것이 아무리 생각해도 우연같이는 생각되지 않고, 역시 안해와 무슨 인연이

맺어진 듯만 싶어, 그러면 역시 내 마음속에는 아직도 부정한 안해에 대한 애착이 남아 있어 그 때문에 안해의 체취가 배어 있는 이 다방을 내 옆에 남겨놓고 바라보기가 싫어, 헐값으로 허둥지둥 팔아버린 것이라고 두 번 고쳐 생각해도 그런 마음이 잠재해 있는 것으로만 꼭 그렇게만 생각되어 나는 아무도 보는 사람은 없었고, 누가 옆에 있다 치더라도 마음속까지야 설마 들여다보랴마는 누구에게 들려나 주려는 듯이 자조의 빛을 뚜렷이 나타내고 혀를 끌끌 차보는 것이나, 그래도 그것을 전연 거짓말이라고는 할 수 없어서 나는 쓰디쓴 일종의 쾌감조차 느끼며 몇 번이고 그 생각을 몰래 되풀이해보는 것이다.

그러나, 그러나, 그러나, 말이다…….

이것으로 하나는 끝장이 난 셈이다마는 앞일을 생각하면 까마아득하다. 무엇을 해야 할지, 무엇을 하면 좋을지, 예산도 서지 않거니와 생각해볼 엄두도 나지 않았고, 그뿐 아니라 그런 것을 자꾸 생각하고 있노라면 요사이의 삐뚤어진 사고思考는 금시로 이대로 살아가야 옳은지 또는— 하고 그런 데까지 단숨에 비약하여 어쩔 줄을 몰랐고, 그다음엔 어리석게도 허덕허덕 그 자리에 주저앉아 버리어 나는 억지로라도 잠들고 마는 것이다. 요사이의 내게는 잠자는 것이 무엇보다도 낙이었다. 잠자는 동안은 이그러진 사고에 사로잡히지 않아도 되기 때문이다.

그러나 때때로는 아직도 너는 안해를 생각하고 있느냐고 스스로 제 자신을 꾸짖고 욕하는 것이나, 돌리어 생각하면 그것은 꼭 내가 안해 앞에 손을 짚고 절하고 있는 것만 같아 더욱 제 자신이 초라해 보이고 고달파 보이어— 안해가 내 옆에 있는 동안은 아무리 무지하고 보잘 데 없는 안해였으나 적어도 내가 절망만은 느끼지 않았었다고, 이때나 저 때나 불치의 병과 비뚤어진 사고에 변함은 없어도 안해 옆에 있다는 사실이 안해 옆에 있을 수 있다는 사실이 그때는 그렇게도 마음을 가볍게 하야 나는 순간순간만을 바라보며 살아왔었으나— 그렇다고 물론 달아나서 아까운 안해라는 것은 결코 아니다.

그것은 그렇거니와— 문득 나는 이제에 이르러 안해 일을 생각하는 것은 사내답지 못한 일이라고, 어느 사이에 이렇게 몸도 마음도 약해졌느냐고 혼자서 안타까워해보고 분해보는 것이나…….

그러나 말이다— 나는 다시 한 번 '홀' 안을 빙 둘러보고 전찻길 저쪽의 무슨 독毒이나 담긴 듯한 '네온'의 강렬한 색채를 어지럽다 생각하며 문득 창 아래를 내려다보니, 언제부터 그렇게 시름없이 서 있었는지 박 군이 담배를 문 채 물끄러미 창 너머로 나를 쳐다보고 있는 것이다.

언제든지 한 번은 안해도 저 모양으로 태연하게 다시 내 옆으로 돌아오리라— 박 군의 얼굴을 바라보자 나는 문득 또 그런 것을 생각하고, 그것이 만약 정말이라면 나는 안해를 어떻게 대접하고 어떻게 맞이해야 할 것인가, 얼른 그런 것을 머릿속으로 헤아려보면서 바보 천치, 아직도 너는 그 부정한 안해가 돌아오기를 바라며 기다리고 있는 것이냐고 자기의 의외에 고집 세인 마음에 몸서리까지 치는 것이나, 다음 순간 박 군이 지금의 자기의 공허한 고독을 구해줄 것만 같아 나는 얼른 고쳐 생각하고 얼굴 가득히 웃음을 띤 후 금시로 가벼워진 마음과 목소리로,

"자네 웬일인가."

진심으로 반기며 최근 사오일, 거의 매일같이 만나던 박 군과도 적조했던 것을 생각해내고 무엇인가 미안한 듯한 느낌을 얻어 얼른 닫아걸은 문을 따주며,

"입때 안 죽었었나."

자기에게 들려주는 것도 박 군에게 들려주는 것도 아닌 것을 나는 혼잣말같이 중얼거렸다.

"집어쳤네그려. 거 션허게 잘 집어 없앴네."

약간 주기를 띤 얼굴로 박 군은 빠안히 내 얼굴을 쳐다보며 멈칫하고 어둔 '홀' 문어귀에 서서,

"왜, 이 사람 울상을 하고 있나."

그리면서 빙글빙글 웃고,

"이 사람아 불이나 좀 켜놓게. 컴컴허길래 난 벌써 떠나간 줄만 알었네. 온 이거 갑갑해 살 수 있나."

그리면서 제 손으로 쌓아 올린 가구 속에서 덜그럭덜그럭 의자를 끌어 내려 창 옆에다 갖다 놓고 털썩 자리 잡아 앉는 것이다.

"잘 왔네. 지금 혼자서 얼이 빠져 서 있든 판일세. 별안간 밝아진 '홀' 한가운데다 나도 따라 의자를 갖다 놓고 앉으며,

"추운데 방으루 들어갈까."

"방이래야 마찬가지지, 불 안 땠지?"

"왜 어저께 밤에 땠지."

"그만두게. 넓은 것만이라두 이쪽이 났지."

말투는 여전하나 박 군은 두리번두리번 '홀' 안을 둘러보며 그 소조한 풍경에 자기도 마음이 무거워지는지, 그리고 그것이 박 군의 버릇이기는 하나 때때로 암울한 표정을 지으며 얼마 동안 입을 열지 아니했다. 그렇게 생각하고 보니 무의식중에 한 일일 것이나 박 군은 거의 일 년을 두고 매일같이 와 앉았던 바로 그 자리에 의자를 내놓고 앉았는 것이다. 나는 문득 그것을 발견하고 결코 내 마음도 즐거울 수 없었다.

"자네 얼굴만 보면 술이 먹구 싶어."

"이상한 얼굴이지. 이 얼굴 빠아에서 사 가지 않나."

"빠아에 갖다 놀 얼굴은 못 돼. 기껏해야 선술집이지."

"선술집— 선술집은 좀 슬픈데."

"응, 나두 사실은 좀 슬프긴 허이."

슬프다는 그 말이 정말이었는지도 모른다고 나는 혼자 속으로 끄덕이며,

“웬일인지 끔찍하기 싫군그래. 그나마두 손을 끊구 보니까 그런지 별안간 주위가 텅 비인 것 같애서— 주머니엔 백 원짜리가 들었는데두 술 먹을 생각두 안 나구— 사실은 지금부텀 자네나 찾어 나갈까 허든 판일세.”

“그래두 무슨 애착을 느끼는 모양인가. 시원헐 거 겉은데.”

그리다가 별안간 박 군은 정색을 하고 내 얼굴을 똑바로 건너다보며,

“여보게, 나하구 같이 동경에 안 가겠나.”

“동경?”

“응, 나는 결심했네, 금넌 안으루 사를 그만두구 내년 봄엔 다시 동경에 갈 작정일세. 자네두 인제 마음의 방랑을 웬만침 해두구 정신 채려야 헐 때 아닌가, 지금이 찬스일세. 나 허래는 대루 허지 않을 텐가.”

“…….”

“오늘 아침에 사실은 자네 매씨를 만났지.”

“순힐?”

나는 깜짝 놀라 되물었다.

“응. 그래서 자네 얘길 다 들었지…… 왜 순희 씨가 뭐 어쨌나?”

“순희가 입때 경성에 있었나?”

“경성에 있었나라니?”

“응? 아니.”

아차— 속으로 나는 외치고 가늘게 말없이 얼마 동안 박 군의 얼굴을 바라보았다. 남의 일이라면 십 년 후까지도 빠안히 내다보면서 제 일엔 왜 저렇게 돼지같이 둔감할고. 순희는 이미 자네 마음 곁에서 사라진 지 오래여. 광년光年으루 계산해두 미치지 못할 만큼 머언 거리가 생기고 만 것일세. 순희의 자네에게 대한 호의는 결국 오래비의 동무라는 점뿐이었

다네. 자네는…… 그러나 말끝을 흐리는 것쯤으로 이 말초신경 덩어리 같은 박 군을 속일 수는 없으리라 생각하고, 나는 마치 내 자신이 무슨 중대한 선고 앞에 선 양으로 오들오들 마음을 떨며,

"순희는 사랑을 위해 몸을 바치겠단다네. 내게는 그저께 밤차루 신경으루 떠난대드니……."

처음 박 군은 뜨끔한 듯이 얼굴빛까지 변하더니 다음 순간 억지로 냉정을 가장하고 내가 말을 계속하는 동안 여전히 얼굴을 쳐들고 있었으나 떨리는 손으로 담배를 꺼내 언제까지든지 주무르고만 있었고 입에 물려 하지 않는 것은 역시 마음에 커다란 격동이 일어난 증거일 것이다.

"……나는 눈 딱 감어뒀네. 제 갈 길 지가 찾어가겠지. 외로워할 사람은 늙으신 어머니허구……."

나는 거기서 말을 끊고 잠깐 고개를 떨어뜨렸다. 내가 무슨 죄인 것 같이만 생각되었기 때문이다. 그러나 박 군은 그 이상 더 알려고도 안 하고 듣고 싶어도 안 하고, 그것이 너무나 의외이어서 믿을 수 없다는 듯이 침묵을 지키고 있을 뿐이다.

나는 천천히 자리에서 일어나 다만 한 병 팔다 남은 '압상' 병을 들고 나와 박 군 앞에 내밀고,

"먹게."

"응."

"마지막 병일세, 혼자서 이거나 먹구 오늘은 여기서 얌전허게 잘 작정였지."

그리자 박 군은 내가 깜짝 놀래리만큼 빠른 속도로 고개를 번쩍 들고,

"달아난 예편네 냄새나 맡으면서 말인가? 하하하하, 자네에겐 원래 좀 과했으니까 분허기두 허겠지."

"뭬, 어째. 계 무든 개가 어떻다는 격으루……."

그리고 나서 우리들은 소리를 맞추어 커다랗게 웃고, 그 웃음소리가 앵앵 울리며 벽에 가 부딪치고 천장에 부딪치고 나중에는 몸속에까지 배어드는 것을 쓸쓸한 마음으로 얼굴을 맞대이고 느끼며, 어느 틈엔지 중도에서 종적을 감춘 동경 가자는 이야기는 다시 생각하려도 안 하고 묵묵히 '압상'의 잔을 기울이었다.

2

망막한 '홀' 속에서, 생각 속에서 '압상' 반병을 다 먹고 난 우리들은 얼마 동안 노근해서 의자에 몸을 지니고 앉아, 술이 무서운 속도로 전신에 퍼져가는 것을 몽롱하게 의식하며 말도 안 하고 생각도 안 하고 눈을 감은 채였다.

술잔을 손에 들고 있는 동안 우리들은 무엇인지 마음에 서로 거리끼는 것은 있었어도 다른 때와 같이 우스운 소리만을 주고받고 하였으나, 그러나 이유 모를 애수를 싸고돌아— 아니, 애수라는 그런 간단한 말로는 표현할 수 없는 정체 모를 막연한 일점을 중심으로 빙빙 맴을 돌면서 그것을 건드리고 싶다고 생각하면서도, 그러다가는 꼭 마음이 난데없는 방향으로 터져 나갈 것만 같아 감히 그 일점을 건드리지는 못하고 애써 자기 마음을 속여왔고 웃어왔었다. 그것에도 지치고 차차로 취해오자 우리들은 점점 말이 없어지고 이유 모를 불안을 느끼어 온몸이 근질근질하는 듯하야 자기 힘으로는 어찌할 수 없는 몸과 마음의 혼란을 제어하지 못했다.

눈을 떠보니 박 군은 가볍게 잠이 든 모양이다. 나는 별안간 추위를 느끼고,

"박 군, 박 군, 좀 걷지 않을 텐가."

이대로 있다간 아무래도 얼어 죽고 말 듯싶다는, 그런 난데없는 망상이 떠올라 좀 더 인사불성이 되도록 취해보고 싶다고 생각하고,

"여보게, 나가세."

일어나서 박 군을 흔들어 일으켰다. 보통 때보다 더 창백한, 나이에 비해서 늙어 보이는 여위고 갸름한 얼굴에 굵은 주름살을 잡고 가만히 고개를 끄덕이는 것이나, 입 밖에 내여 대답하려 하지는 안 했다.

"여보게, 벌써 녹았나?"

내가 또 한 번 옆 치듯 하여 얼굴을 흔드니까,

"녹긴…… 어림없이."

의외로 힘차게 대답하고 벌떡 일어서는 박 군의 얼굴에는 이미 우수나 쓸쓸함은 그림자조차 볼 수 없었고, 그것을 바라본 나는 겨우 숨을 돌리며 말없이 그의 어깨를 껴안았다.

그대로 우리들은 문도 닫아걸지 않고 어깨를 겨눈 채 밤늦은 거리로 굴러 나왔다.

어제부터 쏟아지기 시작했는지 진눈깨비가 상기된 얼굴에 선듯선듯 내려앉는다. 엷게 거리를 뒤덮은 눈 위로 자동차가 수없이 굵은 줄을 그리며 눈앞을 스쳐 갔다. 섣달 대목이 가까운 때문인지 밤늦은 거리에는 뜻밖에 행인들이 초저녁과 다름없었다. 생각나는 듯이 기생을 태운 인력거가 앞으로 뒤로 우리들 옆을 빠져나간다. 인력거 위에서는 흰 얼굴이 내려 뿌리는 눈을 피하야 털목도리 속에 턱을 파묻고 있다.

우리들은 아무 목적도 없이 걸음을 빨리했다. 그러다가 종로 사거리까지 와서 잠깐 주저한 후 동쪽을 향하야 이번엔 천천히 걷기 시작했다. 목덜미에 뺨에 부딪히는 눈이 상쾌할 만큼 시원했으나, 술은 깨이지를 않고 잔뜩 흐린 머릿속을 더욱 어지럽게 할 뿐이다. 그럴 때마다 우리들은 무엇에 쫓기기나 하는 듯이 걸음을 빨리하고 문득 그것을 깨닫자 그

렇게 걸음을 빨리하는 것이 대단히 점잖지 못한 것만 같아 이번엔 일부러 또 걸음을 늦춰보는 것이다. 겨우 그런 것만을 생각할 수 있는 우리들은 너풀거리는 머리에 내려앉는 눈을 털 줄조차 몰랐다.

별안간 박 군이 컴컴한 골목으로 휘청휘청 걸어 들어갔다. 나는 오줌을 누려는가 보다고 그 힘없는 뒷모양을 공허한 마음으로 바라보며 발을 멈추고 담배를 꺼내 물었다.

성냥불이 몇 번이고 바람에 꺼졌다. 나는 할 수 없이 한 걸음 골목 안에 들어서서 벽에 가 바싹 붙어 성냥을 켜려 했다. 그때 대여섯 걸음 내디디던 박 군은 별안간 이상하게 고함을 지르고 돌쳐오더니 성냥을 들고 있는 내 바른팔에 매달려,

"알었네, 인제 알었네, 나는 순희 씨를 사랑하구 있었어, 사랑하구 있었어."

숨을 헐떡거리며 넋두리하듯 말하는 것이다. 그 목소리가 너무도 침울함에 나는 잠깐 놀래였으나, 꺼지려는 성냥불 둥근 광륜光輪 안에 번뜩 나타났다 사라진 박 군의 이그러진 얼굴은 울다 온 사람같이 슬프게도 경직되어 그 목소리 이상으로 나를 몸서리치게 했다. 그것은 보통 때의 수려한 박 군의 얼굴이 아니었다. 이 세상 모든 고뇌에 시달리고 지친 생기 없는 노인의 얼굴이었다. 나는 문득 늙으신 어머니의 얼굴을 생각하였다. 그리자 의식치 못하는 사이에 여지없이 나까지 그 음울 속에 끌려들어갈 것 같아 그것을 쫓아내이느라고 나는 깔깔 소리 내어 웃고 박 군의 손을 이끌어 다시 밝은 거리로 뛰쳐나왔다.

"나는 순희 씨를 사랑하고 있었어."

박 군은 그것을 무슨 진언과도 같이 입안에서 중얼거리었고, 나는 나대로,

"그러니 어쩌란 말야. 이 사람아, 순희는 벌써 남의 안핸걸……."

이유 없이 악을 쓰구 싶어 이렇게 외치니까, 박 군은 더욱 기세를 높여,

"그런 게 아닐세, 내가 순희 씨를 사랑하군 있었지만 사랑하려군 안 했지. 그런 걸 자네 같은 천치가 알겠나."

그러드니 그는 또 한 번 내 손을 뿌리치고 혼자서 단숨에 어둔 골목 속으로 뛰어 들어갔다.

나는 알고 있다. 뛰어 달아날 제 박 군은 두 손으로 얼굴을 가리고 있었다. 불쌍한 동무는 넘쳐흐르는 눈물을 어쩔 수 없었던 것이다. 지금쯤은 늘 다니든 '빠아 · 릴리'에서 순자를 앞에 앉히고 자기가 얼마나 순희를 사랑하고 있었다는 것을 울며 이야기하고 있을지도 모른다. 그러나 그 신파 비극이 아무리 생각해도 박 군 하나의 것인 것 같지는 않아 나는 당황해서 박 군의 뒤를 따르며 너와 함께 나도 울어버리리라고 '빠아 · 릴리'의 문을 열어젖혔다.

요사이 부쩍 손님이 줄은 '빠아 · 릴리'에는 한편 구석 '박스'에 늙은이가 한 패 자리 잡고 있을 뿐 아무리 둘러보아도 박 군의 모양은 보이지 않는다. 나는 잠간 어리둥절하고 다음에 담배 연기와 방 안 운기에 얼굴을 도리키며 눈으로 가만히 순자를 불러,

"박 군이 왔을 텐데……."

"아아니, 요새 통 못 보겠습디다."

"조금 있다 또 올 테니, 박 군 오거든 붙잡어 둬."

응, 응— 끄덕이든 순자는, 그렇지만 시간이 없수, 하는 것을 나는, 알어, 알어, 고갯짓만 하고, 박 군에게는 순자같이 어딘지 거세인 곳이 있는 여자가 알맞을지도 모른다고 그런 것을 생각하며 박 군 갈 만한 종로 뒷골목 '빠아'를 집집이 찾아다녔으나 아무 데도 박 군은 있지 아니했다.

거진 한 시가 가까웠다. 머지않아 '빠아'들도 문을 닫을 것이다. 나는

약간 지쳐 힘없는 다리로 다시 '빠아 · 릴리'를 찾아들었다.

어딜 찾어댕기는 거유, 벌써버텀 여기 와서 곯아떨어졌는데, 여간 취허지 않었어. 얼른 데리구 가요…… 하고, 순자는 '테이블'에 엎드려 그대로 그대로 잠이 든 박 군 쪽을 가리키며 상을 찌푸려 보이는 것이다. 아, 좀 재워두지 못해— 나는 역시 여기였드냐고, 가벼운 안도를 느끼면서 왔으니 그냥 데리구만야 갈 수 있나, 한잔 먹어야지— 그렇게 말하며 박 군 맞은편 의자에 털썩 주저앉았다.

내가 왔다고 박 군을 흔들어 깨우려는 순자를 나는 얼른 말리며 기냥 둬, 기냥 둬, 울다 지쳐 잠들었는데 잠이나 들어야 맘이 편허지, 아무것도 생각 안 허구…… 그러면서 눈을 동그랗게 떠 보이는 것이다.

"그럼, 꿈야 꾸지."

잠든 줄만 알았던 박 군은 별안간 우리들 이얘기에 참예하며, 그러나 '테이블'에서 고개를 들려고는 아니했다. 아아니, 능청맞게 자는 줄 알었드니, 어쩌면…… 하고 금방 박 군의 어깨를 칠 듯이 하는 순자를 나는 힘껏 뒤로 잡아들이며, 가만두래니깐, 꿈이라두 실컷 꾸게. 순자, 오늘은 나허구 술 먹어야 해— 그리며 나는 흐트러진 박 군의 머리와 아무렇게나 엎드려 자는 꼴을 친동생과도 같이 귀엽게 불쌍하게 생각하며 들여다보고,

"순자, 박 군은 내 누이 순희헌테 실연을 했대."

그러나 박 군의 정말 슬픔이나 우수가 그것에만 있다고는 생각할 수 없었고, 다만 그것이 한 개의 '스프링보드'가 되어 박 군 자신조차 깨닫기 전에 울적한 평소의 우민憂悶의 바닷속으로 껑충 뛰어든 듯싶었다. 일가친척이라곤 없이 작은 몸엔 능히 다 담지 못할 커다란 야심을 품고 있으면서도 그 야심을 채울 길이 없어 마음에 들지 않는 신문기자 생활을 다섯 해나 계속해온 박 군이다. 동경엔 보디 남기고 온 꿈의 가닥이라도 있단 말이지, 신문사 그만두고 동경 간다는 것이 입버릇같이 되어 있으

나, 말대로 딱 끊어 실행을 하지도 못하고 아까운 재능을 게으른 그날그날의 생활 속에서 달리어 없애고 있는 터이다. 남유달리 민감하나 약한 몸에는 가지각색의 번거로움이 무거운 짐이 되어 그를 타 누르고 있으나, 그러나 그것을 떼쳐 없애려고 안 하고 되는 대로 닥치는 대로 아무것도 아닌 것을 컴컴한 주위의 사벽과 연결시켜 제 자신에게 싸움을 선언하는 것이다. 그러나 싸우기 전에 이미 승패는 너무나 명료하다.

"순자, 박 군은 내 누이 순희헌테 실연을 했대."

박 군이 정말 사랑하고 있는 것은 어쩌면 순희가 아니고 순자였는지도, 순자인지도 모른다. 그러나 순희를 위하여 울고 있다고 생각하는 것이 박 군에게나 내게나 마음이 편할 것도 같다.

우리들의 말 없는 우울 속에 어느 틈엔가 순자마저 휩쓸려들었음인지, 남자를 남자로 알지 않는 말괄량이 순자도 역시 말없이 기계 모양으로 술을 따르고 있다. 우리들 있는 자리만 남겨놓고 하나씩 둘씩 '홀' 안의 불이 꺼갔다.

3

잠이 깨어보니 우리들이 자고 있는 곳은 어제 팔아치운 가갓방 한구석이었다. 저고리까지 그대로 입은 채 박 군은 찬 방바닥에다 반신을 떨어뜨린 채 정신없이 코를 골고 있다. 나는 갈기갈기 찢어진 혓바닥 위에서 쓰디쓴 '카이다' 연기를 한참 동안 굴려보며 깊이 잠든 박 군의 얼굴을 물끄러미 바라보았다.

암만 잡아끌어도 일어나지 않으려는 박 군을 떠메다시피 하고 우리들은 확실히 또 한 군데 어딘지 '빠아'를 찾아들어 곤드레만드레가 되도록 술을 먹은 듯싶다. 그리고 나서 또 서로 어깨를 끼고 눈 오는 거리로 비틀비틀 걸어 나온 것 같으나 그다음부터는 기억이 나지 않는다. 그러나 하여간 집에 올 생각이 난 것은, 그리고 집에 와 자고 있는 것은 무엇보다도 신기하고 희한한 일이어서 무엇에 끌렸는지 무엇에 홀렸는지 다른 때의 우리들의 상식으로는 현대의 기적과도 같이 도저히 상상조차 할 수 없는 일이다.

그러나 곰곰 생각하여보니, 박 군을 여기까지 데리고 온 것은 역시 나인 상싶다. 박 군은 어지럽게 변화하는 자기 마음을 건잡지 못하야 넋두리 비슷한 불평을 혼잣말처럼 중얼거리면서, 넌 몰른다, 넌 그런 건 몰라, 라고 잘 꼬부라지지도 않는 혀로 나를 욕지거리하면서도 한편 어린애 응석같이 내게 매달리려는— 그러한 박 군의 심중을 나도 고스란히 받아들일 수 있어, 그래 네가 장허다, 네가 제일이다라고 나도 연해 맞장구를 쳤으나, 그러나 그렇게 둘이서 서로 부둥켜안고 있지 않으면 일시에 그 자리에 기진맥진하야 허덕허덕 쓰러질 것만 같아— 그렇다. 그래서 우리들 두 사람은 다시 여기까지 맞붙어 돌아온 것일 것이다.

불 때지 않은 맨방바닥 찬 줄도 모르고 박 군은 여자같이 삐죽삐죽 울다가 그대로 잠들고 만 것일 것이리라. 나는 나보다도 훨씬 더 고적한 박 군의 자는 얼굴을 언제까지든지 바라보며 일어날 생각을 하지 못했다

그때 나는 언뜻 등 밑 아궁지에서 장작 타는 소리를 들었다고 생각하였다. 요 밑에 손을 넣어보니 미지근한 운기가 차디찬 손끝에 따라 올랐다. 귀를 기울이니 방 밖에서 누구인지 사람의 기척이 나는 듯도 했다.

밖에서 누구인지 내 방에 불을 때주고 있다. 얼른은 생각이 나지 않았다. 나는 꼼짝 않고 드러누운 채 가만히 귀를 기울이고 문을 열어볼까, 그렇게 생각하는 것이나 생각만 할 따름으로 진정 열려고는 하지 않고 장작 타는 소리와 부지깽이 소리와 인기척 소리에 무심히 귀를 기울이면

서 조용히 나는 눈을 감았다.

어느 틈엔지 나는 또 한 번 잠이 들고 말았었다. 얼마 동안이나 또 그렇게 잤는지, 안해가 다시 돌아와서 나를 흔들어 깨우고 있다—고 그런 꿈을 꾸다가 나는 잠이 깨었다. 몸 전체가 훈훈하게 녹아서 이상스럽게 고달팠다. 충혈된 눈을 들어 나는 억지로 방 안을 살폈다. 박 군은 여전히 죽은 듯이 잠자고 있다.

머리맡에 쭝그리고 앉았던 어머니가 약간 고개를 쳐들었다. 그러나 얼굴빛 하나 변하지 안 했다. 언제든지 똑같은 경직된 표정으로 차디차게 내 얼굴을 내려다볼 뿐이다. 나는 깜짝 놀라 이불을 차고 일어나 말없이 한참 동안 어머니의 얼굴을 마주 바라보았다.

"순희가 만주루 달아났단다."

이윽고 어머니는 뚝 끊어 더러운 것이나 내뱉는 듯이 입을 열었다.

"뭐요? 순희가?"

나는 깜짝 놀래는 듯이 펄쩍 뛰어 보이고 다음엔 기가 막힌다는 듯이 한참 동안 말이 없었다. 그예 가고 말았구나— 나는 순희의 이번 행동에 대하야 적지 않은 불만을 느낀다. 그러나 한편 꿋꿋한 일이라고 칭찬도 하고 싶고, 마음속으로부터 행복되게 되라고 축원 안 할 수도 없었던 것이다. 그러나 어머니의 표정은 조금도 변하지 않았다. 누구를 물론하고 무슨 일이고 간에 이미 어머니의 마음을 흔들어놓을 수는 없는 것 같았다.

"그까진 기집애 죽든 살든 난 모르겠다. 식구 하나 주른 것만이 다행이다마는—"

어머니는 여기서 잠깐 말을 끊고 애처로운 듯이 방 안을 둘러보고, 입때까지 밥이나 굶지 않은 것은 그래두 이 가게 덕택인데 어쩔 작정으루 팔았는지 모르겠다—고, 틀림없이 그런 말을 하고 싶은 어머니였으나 감히 입 밖에 내이지를 못하고,

"집세를 좀 내줘야겠다. 엄동설한에 쫓겨날 수야 있니."

"집세두 집세지만 순희를……."

"좀 대루 허래려무나. 죽기야 허겠니. 그까진 년버덤두 할머니가 불쌍하시다. 밤새두룩 순희를 찾으시며 한잠 안 주무시는구나. 네가 집이 오기 싫여허는 맘 몰르는 건 아니지만, 그래두 노인이 계시니 사흘에 한 번씩은 좀 들르려무나, 이 추운데……."

그리다 별안간 어머니는 마음이 변한 듯이 말을 맺지 않고 벌떡 일어서서,

"오늘 안으루 집세나 좀 해주려무나."

나는 주머니에 손을 넣어 어젯밤 쓰다 남은 돈을 꺼내보았다. 십 원짜리가 한 대여섯 장 수세미가 된 채 나왔다. 나는 그것을 말없이 어머니 손에 쥐어주고 내 가슴에밖에 닿지 않는 어머니의 초라한 모양을 울고 싶은 마음으로 내려다보며,

"어머니, 진지 잡수셋에요?"

"지금이 어느 때냐. 오정이 넘었다."

"그럼 저어, 점심 잡숫구 가시구려."

그것은 내가 기껏 표현할 수 있는 어머니에게 대한 무한대의 애정이었다. 어머니 손에 매달려 거리를 걸어본 기억이라곤 철난 후로는 한 번도 없었다. 지금 어머니와 점심이라도 같이 먹을 수 있다고, 오래간만에, 나는 육신에 대한 애정을 느끼자 눈물이 나도록 그것이 반가워,

"그럭 허세요, 네, 어머니."

그러나 어머니는 한마디로 그것을 거절하고,

"별 소릴 다 헌다. 집이 가면 나 먹을 밥쯤야 설마 없겠니."

나는 무거운 쇠덩이로 뒤통수나 맞은 듯이 정신이 아뜩하여 그 이상 더 말하기도 싫었고 어머니의 불쌍한 팔을 보기도 싫었고 해서,

"이따가라두 봐서 들르죠."

다른 때와 다름없는 꼬죄죄한 어머니의 모양이 눈앞에 다시 떠올라 나는 바람과 같이 소리 없이 나가는 어머니를 다시 붙들려 하지 않고, 방 한가운데 선 채 오랫동안 허리 굽은 어머니의 뒷모양을 바라보다가 픽 쓰러지듯 다시 자리 위에 드러누웠다.

그러나 이번에는 좀체로 잠이 들지 않았다. 나는 여전히 코를 골며 곯아떨어진 박 군을 부럽다 생각하며 빼언히 그 숨소리에 귀를 기울이고 있으려니까 밀물같이 스며드는 참을 수 없는 적료에 사로잡혀 아무도 없는 이 어두컴컴한 방에 혼자 깨어 있는 것이 아이들같이 무서워져서 박 군, 박 군 좀 일어나게, 일어나. 응, 일어나— 떨리는 목소리로 박 군을 부르며 박 군의 어깨를 무턱대고 흔들어대었다.

* 《문장》 하기夏期 특대호 소재所載 졸작, 「업고」와 공독供讀해준다면 더욱 다행이다…… 작자 부기附記.

—《조광》, 1940. 9.

여수旅愁

– 작자의 말 –

생각하니 김 군이 세상을 떠난 지 일 년이 지났다.

그러니까 두 자 길이가 넘는 김 군의 유고 뭉치를 내가 맡아 간직한 지도 이미 한 해가 넘는 셈이다.

살릴 길 있으면 살려주어도 좋고 불살라버리거나 휴지통에 넣어도 아깝게 생각 안 할 터이니 내 생각대로 처치하라고— 그것이 김 군의 뜻이었노라고, 유고 뭉치를 내게 갖다 맡기며 김 군의 유족들은 이렇게 전했었다.

그 유고 속에는 김 군이 삼십 평생을 정진하여온 문학적 성과가 모조리 들어 있었다. 장편, 단편 합하여 창작만이 이십여 편, 시가 사백 자 원고지로 삼백 매, 그리고 일기, 수필, 감상 나부랭이는 부지기수였다.

나는 게으른 탓도 있으려니와 우선 그 굉장한 양에 압도되어 감히 읽을 맘을 먹지 못하고 오늘내일 밀어오는 사이에 김 군에겐 대단히 죄송한 말이나 어느덧 그 존재조차 잊고 말았던 것이다.

그리다 지금부터 한 달포 전, 나는 우연한 기회에 벽장 속에서 다시 그 유고 뭉치를 찾아내이고 스스로 부끄러움을 금치 못하여 얼굴을 붉혔다. 죽은 벗의 뜻을 저바림이 이보다 심할 수 있으랴. 죽은 벗의 믿음을 배반함 이보다 더할 수 있으랴. 나는 혼자서 백번 얼굴을 붉혔다.

그날부터 열흘 동안 나는 그 수많은 유고를 샅샅이 뒤지고 샅샅이 읽었다. 그렇다고 지하의 김 군의 조소를 면할 수 없었지만—.

그 유고 뭉치 속에서 나를 가장 감격시킨 것이 이 한 편의 소설의 골자가 된 일기이다.

아니 그것은 완전한 일기랄 수도 없는 순서 없이 씌어진 한 개의 '노트'에 불과할지도 모른다. 다른 원고에서는 그렇게도 찬찬함을 보이던 김 군이 이 글에 이르러는 무슨 커다란 충격을 억제할 수 없었음인지 두서도 확연치 않으려니와 글씨조차 어지러워 심지어는 아무리 해도 뜯어볼 수 없는 대목까지 한두 군데가 아니었다. 이것이 첫째로 내 호기심을 끌었다. 나는 그 '노트'를 그야말로 단숨에 두 번 거듭 읽고 말았다.

나는 그때 얻은 감격을 지금 이 글을 쓰는 이 순간까지 잊을 수가 없다.

그것은 한 여자를 지극히 사랑한 한 남자의 마음의 기록에 지나지 않았다. 그러나 이런 깨끗한 사랑이 정말 이 오탁汚濁 속에도 존재했는가고 나는 한참 동안 놀램을 지나 오히려 아연할 지경이었다.

그것은 어쩌면 김 군의 공상이 빚어내인 소설의 '플롯'인지도 모른다. 그러나 설혹 그렇다 하더라도 이것을 한 개의 진실로 생각하는 것이 얼마나 우리들에게는 즐거운 일이냐. '파비앙'이나 '베르테르'가 우리들 사이에도 끼어 있다고 생각만 하더라도 그것은 거짓에 젖은 우리들의 마음을 포근히 얼싸안아 줄 것이다.

더욱이 나의 가장 가까운 벗 김 군이 그런 사람이었다고 생각할 제, 나는 한층 눈시울이 뜨거워지는 것을 금할 길 없다.

그 때문에 나는 그 글을 추리고 깎고 하여 한 편의 소설로 엮어 김 군의 일기라는 명목 아래 세상에 발표하는 것이다.

이 글을 세상에 발표하는 것은 혹은 김 군의 본의가 아닐지도 모른다. 그러나 이미 내 어리석음을 알고 이 글을 맡기고 간 김 군인지라 새삼스러이 노할 리 없고 웃고 말아줄 것이다. 더구나 성불한 지금에 있어 이 탁세濁世에 김 군이 남겨놓은 무슨 은원恩怨이 있으랴.

한 편의 소설을 만들기 위하여 군데군데 가필도 했고, 내 투의 글로 뜯어고친 데도 적지 않으나 되도록은 원문을 그대로 살리려고 애썼다.

그러니까 정말 이 소설의 작자는 내가 아니요, 김 군인 것이다.

'작자의 말'이라 하여 군혹을 붙인 것은 그렇다면 무척 외람된 일인지도 알 수 없다.

— 일기 제일第一

봄이면 내게로 다시 온다 하였다.

만 번 고쳐 생각해도 그 말을 믿은 내가 잘못이라고는 여겨지지 않는다.

한 해, 두 해, 세 해…….

까마아득한 삼 년이었다. 삼 년 동안이 이렇게 긴 세월이란 것을 나는 요새 비로소 깨달았다.

그러나 어떻게 생각하면 어제같이도 여겨지는 것이 안타깝다. 더욱이 그 '야가스리矢飛白'*의 세루** 옷만은 지금도 눈앞에 환하게 얼찐거린

* 화살 깃 모양의 무늬가 그려진 직물.
** serge: 양복지.

다. 그리고 귀를 덮은 숱 좋은 머리도, 쌍꺼풀진 눈도, 작고 붉은 입술도…… 아니, 호리호리한 몸맵시도…… 아니…….

아니, 그 사진 속의 여자가 그렇더란 말이다.

같은 사람도 있다고 생각하였었다. 어쩌면 저렇게 같을 수 있느냐고 의아스러웠다. 그렇게 마음먹은 순간 내 전신은 사시나무 떨듯 떨리고 있었다.

보잘것없는 사진관이었다. 하얗게 먼지 앉고 이그러진 진열창이었다.

대체 나는 무엇 때문에 그 군색스러운 진열창을 들여다보았더란 말이냐.

멋없는 사진들이 난잡스럽게 진열된 한구석에 그 여자의 사진은—아니 '유미에'의 사진은 수줍은 듯이 조촐하게 꽂혀 있었다.

그럴 리 없다고 암만 뜯어보아도 그것은 틀림없는 '유미에'의 사진이었던 것이다.

나는 금방 쓰러질 듯하다가 화끈화끈 다른 이마를 유리창에 갖다 대이고 얼마 동안 가만히 눈을 감아보았다. 눈은 감았으나 금시로 마음속에 아로새겨진 사진 속의 얼굴만은 지워지지 않는다. 봄이 되면 내게로 다시 오겠다고 맹서하던 목소리가 귓속에 쟁쟁하다. 그렇게 말하면서 창 너머로 반신을 불쑥 내밀어 차디찬 손으로 내 손을 잠깐 만져보던 모양이 눈에 선하다. 그 순간 부산행 급행은 움직이기 시작했다. '유미에'는 얼른 얼굴을 반쯤 돌리고 수건을 눈에 대었다가…… 그때, 지금부터 삼 년 전, 그 반쯤 돌린 얼굴이, 울가망이 된 얼굴이 지금 이 진열창 속에 옮겨 와 앉았는 것이다. 어느 모로 보아도 그때의 '유미에'의 얼굴이었다. 그때 입고 있던 그 '야가스리'의 세루 옷이었다. 귀를 덮은 숱 좋은 머리, 쌍꺼풀진 눈, 작고 붉은 입술, 그리고 옴폭 패인 인중…….

나는 얼마 만에 고개를 들어 세상엔 같은 사람도 있다고 웃어보려 하였다. 그러나 얼굴 근육이 경련을 일으킨 듯 부들부들 떨릴 뿐이다. 저도 모르게 지팡이 짚은 손에 힘이 모였다. 으스러지라고 주먹을 쥐어본다. 그리다가 당황해서 달음질치듯 그 자리를 떠났다.

여관으로 돌아와서 옷을 훌훌 벗고 뜨거운 물속에 뛰어들어 다시 한 번 생각해보았다.

생각해보아도 '유미에'의 사진이었다. 그러나 절대로 '유미에'의 사진일 수 없어야만 했다.

조선에서는 불과 서울서 석 달밖에 살아보지 못한 '유미에'이다. 그 '유미에'의 사진이 이 황해도 촌구석 사진관 진열창에 진열되어 있다는 것을 어찌 믿으란 말이냐 말이다. 그것은 기적이 아니면 안 된다.

그러나 또한 내 어찌 '유미에'의 모습을 잘못 보랴. 그것은 '유미에'의 사진이 아니면 '유미에'와 똑같은—털끝 하나 다르지 않은 여자의 사진이어야 했다. 그것은 만약 현실이라면 그것도 역시 기적이 아니면 안 된다.

기적이면 기적이라도 좋다.

'유미에'이면 '유미에'이라도 좋다.

그것에 대하여 내게 놀람 외에 무슨 부족이나 불만이 있겠느냐 말이다. 부족커녕은, 불만커녕은 비록 사진이나마 사랑하는 사람과 가까이 있을 수 있다는 그 법열의 경지보다 내 어찌 더 바라는 것이 있으랴.

오늘은 편히 자야 하겠다. 내일 아침엔 일찍이 일어나 사랑하는 사람 만나러 가야 할 것이 아니냐.

×

뜻밖에 잔잔한 마음 가질 수 있는 것이 반갑다. 두어 번 탕에 드나들었더니 낮잠까지 한 시간가량 잘 수 있었다. 마음뿐 아니라 몸까지 한결 가벼워진 것 같다.

평온한 심정으로 사랑하는 사람의—아니 '유미에'의 사진도 대할 수 있었다.

(그것이 틀림없는 '유미에'인 이상 인제부터는 다시 전과 같이 사랑하는 안해 '유미에'라 부르리라.)

진정 '유미에'의 사진이고 아니고 간에 나 혼자만이라도 그것을 '유미에'의 사진이라 단정하려고 결심하였다.

일찍이 '유미에'의 앨범 속에서도 그와 비슷한 사진을 본 기억이 없다. 그러니까 나는 삼 년 만에 새로운 '유미에'의 사진을 발견한 셈이다. 억제할 수 없는 기쁨의 하나이다.

그 기쁨을 안고 나는 빨리 건강을 회복해야 하겠다. 내 자신을 위하여서보다도 '유미에'를 위하여 나는 하루바삐 튼튼해져야 한다.

앞길이 화안히 트이는 듯한 느낌이다. '유미에'는 언제든지 내게 복을 가져왔다. 이번이라고 어길 리는 없다. 벌써 이렇게 시시각각으로 팔다리에 힘이 솟아오르고 창백한 얼굴에 핏기가 돌지 않느냐. 한 달 예정이었으나 이대로만 간다면 보름에 날 것 같다.

어서 빨리 나아야 하겠다.

'유미에'가 내 앞에 돌아오는 날, 내 꼴이 초라하다면 그것이 얼마나 '유미에'의 마음을 아프게 하랴.

모든 것이 길조이다.

탕 물이 과히 뜨겁지 않은 것도 내게는 좋다. 구석진 온천이라 찾는 사람이 드물어 조용하여 그것도 내게는 좋다.

×

사진관에 가서 주인을 찾았더니 서울 가고 없단다. 어제 떠났으니까 십여 일이나 있어야 돌아오리라는 것이다.

'유미에'의 사진을 팔라고 말했으나 주인이 없어 못하겠단다.

그 사진의 내력이나마 물으려다 꾹 참고 돌아왔다.

'유미에'가 아닐 리 없으나, '유미에'가 아니었단 다음에 스며들 허무감이 무섭다.

사진을 살 수 있을 때까지 하루에 세 번씩 나가보리라 결심했다.

사진을 살려는 것은 그 사진이 가지고 싶어서만이 아니다. 먼지 앉은 이그러진 진열창 속에 안해의 사진을 외롭게 두어두기가 애처롭고 송구스럽기 때문이다.

'유미에'의 사진이 끼어 있는 사진틀 속엔 또 왜 그렇게 난잡스러운 사진들만 동거해 있느냐 말이다. 어디로 보든지 이 동리 알부랑자로밖에 보이지 않는 젊은 친구 셋이서 어깨를 끼고 박은 사진, 그렇지 않으면 술집 색시들이 진하게 화장하고 새침이 떤 사진, 남복한 여자가 무슨 생각인지 '헌팅'을 제껴 쓰고 추잡스럽게 금니를 내보이며 웃는 사진…… '유미에'의 귀한 사진을 그런 무지 속에 혼자 남겨둘 수는 도저히 없는 것이다.

사진관 주인만 돌아오면 그날로 빼어다가 내 책상머리에 꽂아놓으리라. '유미에'가 있는 고장이라 그런지 불과 사흘에 이 빈한한 온천장이 몸에 마음에 깊게 새겨져 정이 든 듯싶다.

×

기다리던 짐이 도착하였다. 기다리던 초상과 사진이 도착하였다.

짐을 찾아다 끌러서 방 안에 별러놓고 보니 반나절이 넘었다. 그러나 근래에 없이 즐거운 반나절이었다.

내가 자리에 누우면 마주 바라보이는 벽에 조선옷 입고 그린 '유미에'의 초상화를 걸고, 책상머리 양옆에는 왼쪽으로 '유미에' 혼자서 박은 전신상, 바른쪽으로 동경 떠나던 날 나와 같이 박은 사진을 장승 모양으로 세워놓았다.

이제 그 사진관 진열창에 있는 사진마저 사다가 초상화와 맞서게 이번엔 이편 벽 중턱에 걸으리라.

방 안에 아늑한 맛이 돈다. 나는 인제 외롭지 않다. 이 책상 앞에서 나는 오늘부터 얼마든지 책을 읽고 얼마든지 글을 쓰고, 그리고 얼마든지 튼튼해질 수 있는 것이다.

하녀가 점심상을 들고 들어와서 깜짝 놀래여 눈이 둥그레진다.

"아아니, 방 안이 별안간에 꽃밭이 됐에요."

"당신 생각에도 그렇소?"

나는 너털웃음을 쳐 보였다. 이 집에 와서 처음 웃는 웃음이다.

웃기커녕은 말대꾸조차 잘 않던 내가 딴 때 없이 쾌활한 얼굴로 대하는 것이 하녀에게는 무척 신기했던지 저도 따라 웃고,

"그럼요? 호호호. 그런데 대체 누구 사진예요?"

"우리 안해라오. 어떻소? 미인 아니요?"

"네에, 부인이세요. 그럼, 미인이시구 말구. 눈이 커다랗구 콧날이 오뚝헌 게 참 이뿌게 생기셨어. 어쩌면."

"얼굴겉이 마음씨두 세계에서 제일 이쁜 사람이라오."

"이런 부인을 혼자 남겨두시구 왜 같이 오시질 않으셨에요."

"같이 못 올 형편이라요."

"왜요?"

"……."

"왜요?"

"알구 싶소? ……죽었다오."

"네? 돌아가셨에요."

하녀는 묵묵히 끄덕이는 내 얼굴을 물끄러미 쳐다보며 언짢다는 듯이 혀를 끌끌 차고,

"네에, 돌아가셨에요."

맥없이 한 번 되풀이하고 나서 잠깐 사이를 두었다가, 언제 죽었으며 무슨 병으로 그랬고 나이는 몇이고 애기는 있느냐 없느냐는 둥 나종엔 내가 귀찮아 이맛살을 찌푸릴 때까지 골고루 파묻고 혼자서 감동하고 하며 내가 밥을 다 먹고 난 후에도 한참 동안 내 방에서 나갈 줄을 몰랐다.

이윽고 하녀는 밥상을 집어 들며 나를 위로하는 듯이, 세상엔 여자가 하나뿐이 아니라고, 그리고 죽은 사람은 생각해 뭘 하느냐고, 그와 비슷한 말을 남긴 후 방을 나갔다.

하녀의 긴 복도를 질질 끄는 '슬리퍼' 소리가 사라지자 텅 빈 집 뒤뜰로 향한 구석진 내 방에는 별안간 오후의 정적이 사위로부터 밀물 밀듯 스며들어 나는 무슨 큰 놀램이나 대한 듯이 어안이 벙하여 한참 동안 말없이 앉았다가, 문득 속으로 세상엔 여자가 하나밖에 없지 않은 게 아니라 하나밖에 없노라고 그런 것을 생각하며, 불쑥 나온 대답이기는 하나 그 하나밖에 없는 사람을 아무리 거짓말이기로서니 죽었다고 대답했다는 것은 안 될 말이라고 스스로 꾸짖으며 나는 맥없이 한숨을 내쉬었다.

— 정말 그 사람이 죽었다면?

그러나 생각이 그것에 미치기도 전에 나는 무슨 의지하고 있던 것이 털썩 무너지는 듯하여 당황해서 어쩔 줄을 모르고 '유미에'가 나를 위하여 따로 만들어 남겨주고 간 '앨범'을 꺼내어 떠들쳐 보았다.

'유미에'는 서울을 떠나게 된 전날 하루 종일 걸려 이 '앨범'을 나를 위하여 만들어주고 간 것이다. 자기 백일 날에 박은 사진부터 둘이서 나란히 같이 박은 사진까지 오십 매 가까운 사진을 그는 나 보고 싶을 땐 언제든지 이것을 보아달라고 차곡차곡 순서대로 붙이었고 그 밑에다는 흰 '잉크'로 자세한 설명까지 적어주었었다.

그것은 '유미에'의 분신과도 같이 내게는 다시없는 보물이었다. '유미에'의 말대로 '유미에'가 불현듯 보고 싶을 때는 물론이요, 심심하기만 하더라도 그 '앨범'을 꺼내어 한 장 한 장 마음에 아로새겨가며 보는 습관이 어느덧 내게는 생긴 것이다. 아니, 보는 것이 아니라 나는 '앨범'을 읽는 것이었다.

그렇게 그 '앨범'을 읽고 있노라면 지금의 내 처지는 두말할 것 없고, 현재의 '유미에'와 나와의 관계마저 나는 깨끗이 잊을 수 있었으며, 그뿐 아니라 과거의 우리 둘 사이의 아리따운 기억만이 예쁜 그림같이 눈앞에 떠올라 나는 더 아무것도 생각하지 않고 바라지 않고 술 취한 사람 모양으로 황홀해지는 것이다.

(주) 김 군은 여기까지 쓰고 며칠 붓을 쉬었던 모양이다. 그것은 난외欄外에다 장난같이 쓴,

— 나는 무엇 때문에 이것을 쓰느냐?

— 소설 쓰기보다도 더 어려운 일 있다는 걸 알았습니다.

— 잊어선 안 될 일을 잊는다는 것도 딱한 일이려니와 마땅히 잊어야 할 만한 일을 잊지 못한다는 것은 더욱 딱한 일이다.

— 봄풀이 푸르거든 즉시 돌아오소서.

— 사랑받는 것보다 사랑하는 게 행복이라구요? 누가 그래요?

질서 없이 늘어놓은 이런 말로 짐작할 수 있을 것이다. 이외에도 의미 모를 말이 가로세로 수없이 적혀 있고, '유미에'인 듯한 여자의 얼굴이 채색한 것까지 합쳐 대여섯 장 원고지 사이에 섞여 있었다.

그리다가 불쑥 다음의 일기가 시작되는 것이다. '동경 시대의 일기'니 '서소문정西小門町 시대의 일기'이니 하고 구분하여놓은 것은 오로지 독자의 편의를 위하여 작자가 한 짓이다.

— 일기 제이第二

— 동경 시대의 일기—

×월 ×일

박 군 집에 놀러 갔다가 우연히 또 '유미에' 씨를 만났다.

우연히?

월, 수, 토, 일주일에 세 번씩 '유미에' 씨가 박 군 부인에게 영어 배우러 다니는 것을 빤히 알면서 우연이 다 무엇이냐.

머지않아 이 고장 떠날 몸이 자꾸 한 여인에게 마음을 끌린다는 것은 아무래도 상스러운 일같이 생각되지 않는다.

체온 칠 도 오 분.

×월 ×일

열한 시가 지나서야 하숙에 돌아왔다. 그 때문에 몸이 무척 피곤하고 열이 또 더한 상싶다.

그러나 '유미에' 씨도 역시 내게 적지 않은 관심을 가졌다는 것을 안 오늘, 약간 몸 괴로운 것쯤이 하상 무엇이랴.

박 군 부부가 어서 가서 자라고 내쫓을 때까지 나는 '유미에' 씨와 마음을 털어놓고 여러 가지를 이야기했다. 무엇을 이야기했는지 지금 생각하니 기억이 희미하다. 그만큼 나는 흥분했던가 보다.

박 군 집을 나와서 돌아오는 길이 같은 길이었으나 웬일인지 나란히 거리를 걷는 것이 속으로 두려워 나는 일부러 들러 갈 데가 있다고 '요요기代々木' 쪽으로 돌아왔다.

몸은 괴로워도 마음은 가볍다.

×월 ×일

아직도 가슴이 울렁거린다. 무엇 때문인지 모르겠다.

오정 넘어서 박 군이 별안간에 나를 찾아왔다. 돈이 생겼으니 놀러 가자는 것이었다.

역까지 입교대학 앞 희고 넓은 거리를 걸으며 박 군과 나와의 대화.

"자네, '유미에'를 어떻게 생각하나?"

그는 함부로 '유미에'라고 불렀다.

"어떻게 생각하다니?"

"응— 저어— 자네 '유미에'를 좋아하지 않나?"

"……."

"그렇지? 김 군."

"자넨 아직 사귄 지가 얼마 안 되니까 '유미에'가 어떤 여잔질 잘 몰를 걸세만……."

"……."

"오해허지 말게, 이것은 참고로 말해두는 거니까…… 나 보기엔 '유미에'는 좀 행실이……."

박 군은 잠깐 말끝을 흐렸다가, 얼른 농담인 듯한 어조로 고치어,

"나헌테꺼지두…… 언젠간……."

이 이상은 불쾌한 감정이 앞서 이 자리에 기록할 생각이 나지 않는다.

누구에게 대한 불쾌함인지 모르겠다. 종내 가슴이 뛰어 마지않는다.

×월 ×일

그예 의사에게 고향에 돌아가 정양하라는 선언을 받았다.

무엇보다도 내 건강을 위하여 모든 것을 잊고 고향으로 돌아가리라.

나는 아직 젊고 할 일이 태산 같다.

×월 ×일 — 기념할 만치 놀라운 날.

무엇 때문인질 모르겠다. 일은 극히 사소한 일이었다. 그 때문에 그런 소동이 벌어질 줄은 참 뜻밖이었다.

"우리 집은 유곽이 아닐세."

농담으로 흘려버릴 수 없는 몹시 불쾌한 말투였다.

열이 있고 몸이 고달퍼 그랬던지 나는 불쑥 그 말을 타내고 말았던 것이다.

"아니, 이게 무슨 소린가."

"뚜쟁이 집이 아니란 말야. 어서들 빨리 나가게."

내 죄라고는 별안간 두통이 심하여 옆방에 가 잠깐 드러누운 그것밖에는 없다. 그리자 공부를 마친 '유미에' 씨가 내가 괴로워한다는 말을 듣고 따라 들어와 내 머리맡에 앉았을 뿐이다. 그것이 무엇 때문에 그렇게까지 박 군의 노염을 샀는지 모르겠다.

"나가라면 나가겠지만— 하직두 했구, 더 있을 일두 없네. 그렇지만 이 사람 어디 그게 친구 간에 헐 소린가?"

"뭐 어째? 어서들 가, 드러운 연놈들!"

"이놈아, 드러운 연놈들이라니."

오고 가는 말이었다. 그래도 박 군이 감히 그런 행동을 취할 줄은 몰랐다.

쏜살같이 부엌으로 뛰어 들어갔다 나오는 박 군의 손에는 시퍼런 식칼이 쥐어져 있었다.

"저 따우 놈은 죽어야 헌다, 죽여야 해!"

그렇게 악을 쓰며 박 군은 미친 듯이 날뛰었다. 틀림없이 미친 사람의 행동이었다.

나는 기가 막혀 말도 안 나오고 첫째, 부인 보기에 송구스러웠으나 그렇다고 그 자리를 떠날 수도 없어, 나는 할 수 없이 박 군의 꼴만을 노려보고 있었다.

박 군은 혼자서 날뛰다가 기왕 들고 나온 식칼을 주체할 길이 없었음인지 쩔쩔매이던 나머지 내 얼굴을 향하여 내리치는 시늉을 하였다.

그것이 허세인 것을 아는 나는 꿈짝도 안 했으나 옆에서 악 소리를 치고 소스라친 것은 '유미에' 씨였다. 다음 순간 '유미에' 씨는 나와 박 군 사이로 팔을 붙잡고 늘어졌다.

내 얼굴을 향하여 내려오던 칼날은 '유미에' 씨의 엄지손구락을 반쯤 자르고 그 자리에서 멈췄다.(그러나 그것은 나종에 안 일이다. 그때엔 흥분 때문에 아무것도 눈에 보이지 않았다.)

"나가거라, 나가."

아직도 미쳐서 고함치는 박 군은 두렵지 않았으나 어서 이 자리를 떠나라고 등을 내미는 '유미에' 씨의 말을 거역할 수는 없었다.

몇 걸음 안 가서 '유미에' 씨가 뒤를 따라 나왔다. 골목 어구에 서서 고개 숙이고 내 앞으로 다가오는 '유미에' 씨를 기다리는 잠깐 사이에 나는 비로소 '유미에' 씨의 내게 대한 행동을 생각해내이고 흥분 대신 커다란 감격이 굵다란 덩어리가 되어 뭉클 가슴을 치미는 것을 억제하지 못했다.

"죄송합니다. 참, '유미에' 씨에겐 뭐라고 말씀드릴 수 없이 죄송합니다."

나는 떨리는 목소리로 그의 앞에 머리를 숙이며 사과했다.

"별 소리를 다 허시네……."

무슨 말인지 하려다가 입안에서 우물우물 삼켜버리며 얼른 어조를

고쳐 가만히 웃고 신뢰하는 눈초리로 내 얼굴을 쳐다보며,

"손구락을 좀 다쳤나봐요."

"네? 다치셨에요?"

나는 당황하였다. 그러고 보니 '유미에' 씨는 한 손을 잔뜩 움켜쥐고 있다.

"아니, 그래 많이 다치지나 않으셨습니까?"

나는 무심코 '유미에' 씨의 손을 잡아 펴보았다. 그 순간 이상하게도 차디찬 손에서 오는 촉감에 나는 깜짝 놀라 거의 다시 떨어뜨릴 지경이었으나 그런 감정을 억지로 숨기며,

"많이— 많이 비셨군요. 저 땜에— 저 땜에……."

"아네요, 괜찮어요."

대답하는 '유미에' 씨의 얼굴도 그럴세라 해서 그런지 창백해진 듯했고 나에게 쥐인 손이 가만히 적게 떨리는 듯도 했다.

잠깐 동안 우리는 말없이 서로의 심장의 고동을 엿들었다. 온몸이 확확 달은 것 같았다. 입안이 바작바작 타는 것도 같았다. 나는 얼른 외면을 하고 주머니에서 수건을 꺼내어 북북 찢어서 불쑥 '유미에' 씨 앞에 내밀었다.

시부야 역까지 십 분 가까운 동안 우리들은 묵묵히 나란히 서서 걷기만 했다.

"야비헌 인간예요."

밝은 곳으로 나오자 그 무거운 침묵을 지킬 수 없었는지 '유미에' 씨는 고개를 숙인 채 불쑥 이런 말을 하였다. 나는 채 그 의미를 알아채리지 못하고,

"네?"

역시 고개를 숙인 채 반문하였다.

"의리두 정분두 모르구…… 그게 질투랍니다."

의외로 침착한 '유미에' 씨의 목소리였다. 나는 무슨 신탁이라도 듣는 듯이 경건한 마음으로 그 말에 귀를 기울였다. 아직 확연히는 알 수 없으나 오늘 일어난 사건 해결의 '키포인트'가 그 속에 숨어 있는 것만은 능히 짐작할 수 있었다.

나는 암말 않고 더 무슨 말이 '유미에' 씨의 입에서 떨어지기만을 기다렸다. 그러나 '유미에' 씨는 다시 육중하게 입을 다물고 말았다. 그리하여 우리들이 역 대합실에 한 발 들여놓았을 때다.

별안간 악쓰듯이 '유미에' 씨는,

"김 선생님."

하고 나를 부르고 나서,

"정말 모레 떠나세요?"

쌍꺼풀진 눈을 크게 떠서 심중의 굳은 결의를 나타내이며 똑바로 나를 건너다보는 것이었다.

"네, 그럴 작정입니다."

그렇게 낮은 목소리로 대답하고 나서 나도 지지 않고 눈을 크게 떠 '유미에' 씨의 얼굴을 마주 바라보았다.

그대로 우리들은 화석 된 사람같이 움직일 줄을 몰랐다.

그러나 이번엔 내가 악을 쓸 판이었다.

"'유미에' 씨, 내일 만나주십시오."

"네."

"열두 시. 이 자리에서."

"네."

그리고 우리들은 성난 사람 모양으로 인사도 변변히 하지 않고 헤어졌다.

×월 ×일 — 기념할 만치 놀라운 날 다음 날.

"입때꺼진 그렇게 병이 두려우셨에요?"

"입때꺼진 그랬습니다. 그러나 인젠 일 년 안에 고칠 수 있다는 자신이 생겼습니다."

"언제부텀요?"

"지금부텀요."

이런 대화도 있었다.

"꼭 오시겠에요?"

"꼭 오구 말구요."

"……기대리겠에요."

"기대려주십쇼."

이런 대화도 있었다.

(주) 여기서부터 날짜를 따져보니, 김 군은 이 사건 직후에 동경서 돌아와서 약 반년 동안 시굴에 틀어박혀 요병療病에 전심했던 모양이다. 그리하여 위대한 정신력으로 그는 거의 병마를 물리치다시피 했었다. 그러나 그동안은 일기가 중단되어 자세치 않다. 일기는 여기서 일단 끝을 맺고, 다음에 계속되는 '서소문정 시대의 일기'와 사이에 오륙 매의 무슨 감상문이 끼어 있으나, 그것은 이 이야기 줄거리와 별로 관련이 깊지 않은지라 성략省略하기로 한다.

한 가지 부언할 것은, 소설로서 본다면 '박 군'이라는 사람에 대한 서술이 몹시 부족하나 그것도 역시 이 애기 줄거리와는 큰 상관이 없겠기에 애써 추궁하지 않으련다.

— 서소문정 시대의 일기 —

×월 ×일

어젯밤 비가 개이더니 가을철같이 하늘이 높고 날씨가 따뜻하다. 인젠 아마 봄이 왔나 보다.

낡고 헐은 중국 사람 살던 벽돌집 이층 구석방이나, '사나토리움' 모양으로 밝고 볕이 잘 들어 다행이다. 들어오는 골목 어구가 좀 난잡해 탈이나 조용하야서 좋다.

그러나 그런 것 없어도 무관하기는 하다. 사랑하는 안해 '유미에'가 내 옆에 있어주는 한 나는 아무것도 더 바라지 않으련다.

오히려 지나친 행복이 두려울 지경이다.

×월 ×일

오정 때 아버지가 별안간 무표정한 얼굴로 우리들의 누추한 보금자리를 찾으셨다. 만세. 말씀은 없으나 아버지의 허락이 내린 것이다. 우리들의 결혼에 처음엔 그렇게 반대하시더니 결국 우리들의 사랑을 이기지 못하셨다.

아버지의 무언의 허락을 우리들은 더 굳은 사랑을 맹서하는 것으로 맞아들여야 했다.

따로 아버지가 작정하여두셨던 곳은 어제 파혼하셨단다.

부모의 커다란 애정에 응석 부리는 내 자신이 죄인같이도 생각되고 송구스럽기만 하나, 갈 길이 다르니 어찌할 수 없는 일이다.

저녁엔 어머니가 오셔서 밤늦게까지 계시다 가셨다. 말 통하지 못하는 게 딱했으나 서로 그래도 알아듣는 체 고개를 끄덕이고 웃고 하는 모양이 미소를 자아내인다.

"어머니, 지가 골른 색시 으때요?"

간다고 일어나실 때 히죽히죽 웃으며 물었더니 어머니도 따라 웃으시며,

"온, 뻔뻔헌 여석두 다 봤다. 에미 앞에서 누가 색시 자랑헌대드냐."

그러시면서도,

"복스럽구 상냥허게 생겼다."

귓속말같이 들려주시다가 너무 칭찬만 했다고 후회가 나시던지,

"하관下觀*이 좀 빨르다만……."

그러나 그것은 괜한 말씀. 어머니 속을 내가 다 내다본다.

어머니 가신 후에 그 말을 '유미에'에게 들려주었더니 킬킬거리며, 내가 어떠냐고 뽐낸다. 나는 그 웃는 입을 얼른 두 손으로 틀어막았다.

×월 ×일

애매한 편지지만 자꾸 찢어 없앤다.

'유미에'는 동경 자기 집에다 만리장서를 쓰고 있는 모양이었다.

우리 집에서 먼저 승낙이 내리고 보니, '유미에'는 더욱 초조한 모양이었다. 부모도 버리고 형제도 버리고 나 하나만을 믿고 의지하야 멀리 서울까지 달아나 온 '유미에'는 집에서 어떤 회답이 올지 빠안히 들여다보고 있는 것이다.

'유미에'의 집안은 넉넉질 못하였다. 부모는 늙었고 동생은 아직 대학에 재학 중이었다. 쥐꼬리만 한 '유미에'의 월급과 약간의 은급**이 그들 일가의 수입의 전부였다. 그런 살림에서 별안간 '유미에'가 빠져버렸

* 광대뼈를 중심으로 얼굴의 아래쪽 턱 부분.

** 일제시대에 정부기관에서 일정한 연한年限을 일하고 퇴직한 사람에게 주던 연금.

으니 남은 사람들의 심중은 아무나 능히 짐작할 수 있을 것이다.

'유미에'의 늙은 부모도 다른 늙은 부모와 마찬가지로 완고하기는 일반이었다. 제 마음대로 딸 자신이 택한 남자를 그렇게 쉽게 사위로 삼으려 하지는 안 했다. 그리하여 결국 앞날에 커다란 분란이 일어날 것을 각오한 '유미에'는 그 분란을 자기 고장에서 겪는 것보다 내 곁에서 맞이하고 싶다고…… 가을엔 내가 동경으로 가겠다는 것을 기다리지 않고 홀몸으로 내 품에 뛰어든 것이었다. 그런 비상수단을 써야만 일루의 광명을 찾을 수 있다고— 이것은 그때 '유미에'가 편지 속에 써 보낸 말이다.

'유미에'는 지금 서울에 온 지 한 달 만에 처음으로 집에다 소식을 전하는 것이다. 어떤 글발이 쓰이는지 나는 그것을 읽지 않고도 짐작할 수 있다.

고독한 안해 '유미에'! '유미에'의 집에선 필경 두려운 회답이 올 것이다. '유미에'! 더 내 곁으로 다가와요!

×월 ×일

놀고 있기도 심심하니 '유미에'는 취직을 하겠다는 것이다.

"더두 안 댕길 테야, 반년 동안만. 우리 식 헐 때까지만 나 댕기께. 응."

부모는 자기를 딸이라 생각하지 않을지 모르나, 자기마저 부모를 저버릴 수는 없으리라. 나 돈 좀 쓸 데가 있다고, 그렇게 말하는 '유미에'의 두 눈에 잠깐 눈물이 어린 듯 만 듯한 것을 나는 얼른 외면하여 모른 체하고 고개를 끄덕이었다.

한 달에 몇십 원 집에 부쳐줄 그까진 돈쯤 내가 어떻게 하겠다고 말을 꺼냈자 들을 리 없는 '유미에'이다. 식을 거행할 때까지의 반년 동안을 차라리 '유미에'의 마음대로 하게 하는 것이 '유미에'를 생각해주는 일인지도 모르겠다.

×월 ×일

'유미에'의 집에선 두려운 회답조차 오질 않는다.

×월 ×일

드디어 '유미에'는 정말 외로운 사람이 되고 마나 보다. 이미 달포가 지났으나 동경에선 엽서 한 장 없다.

그러나 '유미에'는 조금도 외로운 빛을 내보이지 않는다. 그것을 생각하니 더욱 가엾다.

"당신 이름으루 어머니헌테 돈 이십 원 부쳤우."

"그러면 어떡해?"

"괜찮아요. 어머닌 다 아시는데 뭘. 어머닌 내 말이라면 뭐든지 듣지만……."

말끝은 못 맺어도 내가 '유미에' 곁에 있어서 행복스러운 것처럼 '유미에'도 내 곁에 있는 한 행복스러울 것이다.

×월 ×일

×월 ×일

×월 ×일

(주) 날짜만 기입되어 있지 또 여러 날 동안 일기는 중단된 채이다. 서로 사랑하는 두 젊은 사람의 생활에는 특별히 기입할 만한 사건도 없

으리만치 행복스러웠을 뿐인지도 모른다. 그리하여 일기는 껑청 뛰어 가을철로 넘어갔다.

×월 ×일

어제오늘 아침저녁으로 제법 찬 바람이 돈다. 여름도 다 갔나 보다.

아버지가 새집 사주신다니 미리 그리로 옮겨두자고 해도 '유미에'는 종시 듣지를 않는다. 비록 누추하기는 하나 우리들의 '사랑의 보금자리'니 좀 더 못 견디게 추워질 때까지 이 방에 있자는 것이다.

근심했던 내 건강이 날로 회복되는 것만은 실로 천행이라 할 수밖에 없다.

이것도 '유미에'가 곁에 있어주는 덕인가 한다.

언젠가 동경서 박 군이 식칼을 휘두르며 날뛸 때 다친 엄지손구락 상처가 뚜렷하게 남아 있는 것을 나는 오늘 처음으로 발견하였다. 입때 그것을 한 번도 생각 안 한 것이 부끄러웁도록 신기하다.

머리맡에 와 앉은 '유미에'의 손의 상처를 나는 무한한 감개 섞어 어루만지며,

"그때 어떻게 나를 막어줄 맘이 생겼었소?"

하고 물었으나, '유미에'는 웃기만 하고 대답을 않는다.

×월 ×일

자정 때쯤인지 새벽녘이었는지 분간할 수 없는 시각이었다. 흑흑 느끼는 '유미에'의 울음소리가 꿈결같이 들려오기에 나는 번쩍 잠이 깨었다.

꿈결이 아니었다. 정말 '유미에'가 베개에 엎드려 목이 미어 우는 것이었다. 울음소리 죽이느라고 두 어깨가 커다랗게 들먹어렸다.

"'유미에', 아니 이게 웬일요?"

자기 믿는 곳이라면 남자보다도 꿋꿋한 기상을 가진 '유미에'는 여간해서―가 아니라 거의 절대라 해도 좋을 만큼 남의 앞에선 눈물을 보이지 않았었다. 그렇던 '유미에'가 더구나 밤중에 이렇듯 주책없이 통곡을 하는 것은 필연코 범상한 일이 아닐 것이다.

"유미에, 유미에."

나는 비길 데 없는 불길한 예감을 느끼어 벌떡 일어나서 '유미에'의 어깨를 잡아 제끼려 했으나, '유미에'는 한사코 꼬부려 엎드린 채 동하지를 안 했다.

그렇게 얼마 동안 '유미에'의 어깨를 흔들고 있는 사이에 아지 못하게 나도 그 '유미에'의 슬픔 속에 끌려들어 우리 둘은 그대로 얼싸안은 채 울며 밤을 새우고 말았다.

×월 ×일, ×일, ×일

사흘 전의 격동이 아직도 조금 전같이 새롭다. 그래도 이 붓을 들 수 있는 것을 보니 약간은 흥분이 사라진 듯도 하다.

그렇게 얼싸안고 운 그다음 날, '유미에'는 차마 고개를 들지 못하고 두꺼운 편지를 내던지듯 내 앞에 내밀었다. 단념한 지 오래였으나 그래도 은근히 속으로 기다리던 그것은 '유미에'의 집에서 온 두려운 편지였던 것이다.

첫 줄부터 편지에는 '유미에'가 없어진 후의 집안의 곤경을 늘어놓기 시작하여, 별안간에 물가가 비싸져서 집안 살림이 말 아니라는 것, '유미에'가 집을 나간 다음 날부터 집안사람이 이상하게도 차례로 앓기 시작하여 자기는('유미에'의 어머니) 중풍이 도져 아직껏 왼팔이 부자유하며, '야스지'('유미에'의 아우)는 운동이 과했던지 벌써 달포 가까이 학교에도 못 가고 시들시들 누워 있는데, 앓는 것보다도 학비 대일 일이 더 걱정이라는 것, 그러니 집안에서 성한 사람이라곤 아버지밖에 없으나 성하대야 칠순이 넘은 노인이니 아침저녁 어색한 솜씨로 밥 짓는 꼴이란 눈물이 앞서 볼 수 없다는 것, 이래저래 집안 꼴이 초상 난 집 같아서 서로들 짜증이나 내지 않으면 캄캄한 마음을 안고 마주 보고 있을 뿐이라고, 그리고는 열 번 스무 번 거듭하여 '유미에' 네 소원을 듣고 안 듣는 건 그 후의 일이라고— '유미에'의 어머니가 부자유한 손으로 부자유한 눈으로 겨우겨우 끄적여 보낸 눈물겨운 그 편지는 그런 줄 알면 알수록 더욱 사람의 애감을 자아내는 것이었다. 그리고 끝에 가서 마지못해 적는다는 듯이 '긴 상'(나다)이 여러 번 보내준 돈은 잘 받았으니 치하의 말 전하여달라고, 그런 말을 쓴 다음에 또 '긴 상'에게 잘 말해서 잠깐만이라도 다녀가라고, 그것은 오히려 치사스럽고 비굴하기까지 한 애원이었다.

편지를 읽고 나자마자 문득 이것이 우리들의 행복의 절정이었나 보다고, 그런 아무 근거 없는 불안한 그림자가 획 머릿속을 스쳐 지나갔으나, 그러나 그 편지가 주는 강렬한 자극은 그런 데 오래 머물러 있을 수조차 없게 하였다. 나는 얼른 다시 직면한 현실로 돌아와 보는 것이나, 그러면 그 직면한 현실을 해결하기에 내 힘이 너무나 무력한 것을 깨달을 수밖에 없다. 내가 가지고 있는 감정이란 '유미에'를 사랑할 줄 안다는 그것 하나뿐이었기 때문이다.

그 편지를 보고 나서야 '유미에'를 동경에 안 보낸다고는 도저히 말할 수 없었으나, 그러나 또한 '유미에'를 동경에 보낸다는 것도 그보다 더한 어려운 일이었다. 아니, 내 생존을 전제로 한다면 불가능하기까지 한 일이었다.

그러나 하여간 무슨 결말이든지 결말을 짓기는 해야 한다. 그 편지를 묵살할 도리는 없었다. 나는 혼잣말같이 가만히 중얼거렸다.

"그래, 어떻게 헐 테요?"

"……."

"당신 생각대루 허구려."

"……."

'유미에'는 사흘이 되는 오늘날까지 대답이 없다.

×월 ×일

보내야 옳았고, 간다는 대답이 당연하였으나 정말 '유미에'의 입에서 그 대답이 떨어졌을 때 나는 얼굴이 핼쑥해지도록 속으로 놀래었다.

내가 한 마디만 가지 말라고 입 밖에 내었어도 '유미에'는 그 말에 순종했으리라.

보내고 싶지 않은 것이 정말 내 마음, 떠나고 싶지 않은 것이 정말 '유미에'의 마음. 그러나 나는 가라 그랬고, '유미에'는 가겠다 그랬다. 사흘에 한 번씩 편지를 쓰자고 약속을 했을 뿐, 우리들은 마음에 없는 일을 행동으로 옮길 수밖에 없었던 것이다.

×월 ×일

언짢게만 생각지 말라는 것이다. 자기가 집에 갔다 오는 것으로 말미암아 우리들의 앞길이 뜻밖에 활짝 트일지도 모르는 것이 아니냐는 것이다. 이르면 금년 안에, 늦어야 내년 봄인데 그걸 못 참느냐고, 그동안에 몸이나 튼튼해지라고, 그것은 눈물 섞인 농담이었다.

늦어도 내년 봄에— 늦어도 내년 봄에— 당신이 안 오면 이번엔 내가 쫓아 들어간다고, 나도 운유의 소리를 하며 돌아서서 눈물을 씻었다.

(주) '서소문정 시대의 일기'는 아직도 사오일 더 계속된다. 그러나 김 군은 연필로 그 위에다 죽죽 금을 그어 뭉개놓아서 그것을 말살하려는 의사를 표시한 듯하다. 그 뜻을 존중하여 나는 여기서 그 대문을 삭제한다. 그 대문 속에는 '유미에'가 경성을 떠나던 전후의 그들의 생활과 '유미에'가 정말 떠난 후 이삼일 동안 그 서소문정 셋방을 외롭게 지키는 김 군의 하소연이 면밀히 적혀 있다.

×

이것으로 '일기 제이'는 끝을 막는다. 따져보니 나와 김 군의 교분이 생긴 것은 바로 이 직후인 상싶다.

그때 김 군은 집에서 매일 앓고만 있었다. 아마도 '유미에'를 잃은 김 군은 그 '늦어도 반년'을 기다리지 못하고 기진맥진했던 모양이다. 그러한 김 군 혼자를 서울에 남겨두고 어떤 사정이 있었는지 '유미에'는 드디어 서울에 돌아오지를 안 했다. 쫓아간다던 김 군마저 병마에 붙잡힌 채 꼼짝을 못했다. 그러한 상태로 김 군의 말에 의하면, 무척 '오랜 삼 년' 동안이 지났던 것이다.

그동안 응당 김 군과 '유미에' 사이에는 헤일 수 없을 만치 편지 왕복이 있었을 것이나 아직까지는 엽서 한 장 발견되지 않는다. 그러니까 왜 그들이 다시 결합되지 못했는가를 추궁할 자료가 전혀 없이 되었다.

그래도 나는 단념하지 않고 여러 날 걸려 그의 유고 뭉치를 뒤진 결과 다음과 같은 두 통의 편지를 발견할 수 있었다. 이것만으로는 도저히 사건의 전모를 알 수는 없으나, 우리들의 추측을 돕는 한 개의 '힌트'는 될 수 있을 것 같아 다음에 그 주요한 내용만을 발표한다.

— 박 군의 부인에게서 온 편지의 일절一節

……김 선생님의 거룩한 뜻은 오늘 마침 '유미에 상'이 들렀기에 그대로 전했습니다. '유미에 상'은 돌아앉아 울고만 있드군요.

김 선생님 말마따나 '유미에 상'이 '제일 불쌍한 사람'인지도 모르겠습니다. 그러나 결코 아무의 죄도 아닙니다. 더구나 김 선생님의 죄는 아닙니다.

죄라면 사람으로 태어난 죄밖에 없겠지요. 그러나 인제 와서 그것이야 후회할 수 있습니까. 당분간 아무것도 생각하지 마시고 빨리 건강 회복하시기 바랍니다.

'유미에 상'이 결혼한다구요? 글쎄요. 믿을 수 없는 전설 같습니다. '유미에 상'이 이 세상에서 제일 사랑하는 사람이 김 선생님이라는 것은 저보다 김 선생님이 더 잘 아실 것 아닙니까.

사랑하는 사람끼리도 결합 못할 경우가 역시 있으리라고 저는 생각합니다. 비극이야말로 사람만이 가질 수 있는 특권이 아니겠습니까…….

— 세쓰코節子라는 '유미에'의 동무에게서 온 편지의 일절一節

……선생님이 품고 계신 의문이 정말인지 거짓말인지 제 입으로 여쭐 수 없는 형편인 것을 용서하여주십시오.

제 생각에도 동경까지 안 오시기를 잘했다고 반갑습니다. 말씀하신 것같이 바다와 같이 넓고 유순한 마음을 가지십시오. 선생님의 순정을 누기 감히 욕히겠습니까.

이렇게 될 운명이었던가 봅니다. 운명이라면 순종할 밖에 없습니다.

그래서 요새 저는 자꾸 운명의 두려움을 느끼고 있습니다.

'유미에 상'은 이미 행복을 등진 사람입니다. 오히려 선생님은 인제부터 얼마든지 행복될 수 있어도 '유미에 상'만은 한평생 행복이란 것이 무엇인지 모르고 지낼 것입니다. 이것도 역시 운명의 장난이랄까요?

차라리 저는 '유미에 상'더러 몸을 팔라고 권하고 싶습니다. 그렇다면 저도 떳떳하게 선생님에게 '유미에 상'이 자유의 몸이 될 때까지 기다리시라고 말할 수나 있지 않습니까.

선생님의 심중을 생각하오면 눈물뿐이옵니다…….

— **일기 제삼**第三

봄이면 내게로 다시 온다 하였다.

다시 온다던 봄이 어느덧 세 번 지나가고, 네 번째 봄도 이젠 머지않았다.

망각조차 가져다주지 못하는 세월이 암만을 흘러도 내게는 아무 느끼는 바 없다. 그러나 애써 잊으려고도 않는다. 아니, 잊어서 어찌하랴. 사랑하는 안해의 환영은 날이 갈수록 짙어가야 옳은 것이다.

기다리라고 했고, 기다린다고 했다. 내가 아는 건 그뿐이다. 나는 '메로스'* 모양으로 약속을 지키리라.

언제든 한 번은 만난萬難**을 박차고 '유미에'가 내게로 돌아오리라는 것을 진실로 아는 사람은 나밖에 없을지도 모른다. '유미에'의 앞길이 그

* 다자이 오사무太宰治의 작품 『달려라 메로스』에 나오는 주인공의 이름으로, 철저하게 약속을 지키는 인간 신념의 회복을 상징하는 인물이다.
** 온갖 어려움.

리로 뚫린 것을 어쩌면 '유미에' 자신도 의식치 못하고 있을지도 모른다. 그러나 그렇다고 내가 '유미에'가 다시 내게로 돌아왔을 때의 쉬일 곳을 준비 안 해둘 수는 없는 것이다.

해는 서쪽으로 지고 '유미에'는 내 품에서 눈감으리라.

×

내 앞에서 '유미에'가 영영 자취를 감출 때, '유미에'는 절대로 자기를 찾지 말아달라고, 만약 찾아내인다면 찾아내인 그날이 자기 죽는 날이라고, 그런 말을 남겨놓고 간 것이 새삼스럽게 생각나는 날이다.

그 말을 좇아 몇 번 죽을 고비를 넘으면서도 나는 그를 찾지 않고 지냈다. 인제부터도 물론 찾지 않고 지내련다.

그러나 그 괴로움을 넘어오는 사이에 나는 한 가지 신앙을 가질 수 있었다. 사랑하는 안해 '유미에'는 찾지 않아도 언제나 내 곁에 있으리라는 신앙이었다.

사랑하는 안해 '유미에'는 어디 있느뇨?

모든 곳에 다 있나니라.

×

사진관 주인에게 떼를 써서 싸우다시피 하여 겨우 '유미에'의 사진을 사 왔다.

곧 틀을 사다 끼워 예정했던 벽에다 걸었다.

"유미에."

그리고 나서 입 밖에 내어 불러보고 물끄러미 그 사진을 들여다보는 동안에 여울물같이 날뛰던 마음이 금시에 잔잔히 가라앉고 만족감이 방안에 가득 차, 나는 숨이 막힐 지경이었으나 뒤이어 커다란 공허가 차차로 그 진폭을 늘이어…….

한 해, 두 해, 세 해.

까마아득한 삼 년이었다. 삼 년 동안이 이렇게 기인 세월이란 것을 요새 와서 비로소 깨달았다.

그러면 그 기인 삼 년 동안이 앞으로 장차 몇 번이나, 얼마 동안이나 싸울 수 있겠느냐.

……복도를 걷는 하녀의 수다스러운 웃음소리가 나의 폐부를 찌르는 듯했다.

×

새로운 '유미에'의 사진을 바라보고 있는 사이에 커다란 '니힐'이 형용 못할 두려움을 가지고 불쑥 눈앞에 나타나는 것을 느꼈다.

몸 둘 곳 없으리만치 적적하기도 하다.

창문을 활짝활짝 열어젖히고 시굴답지 않게 번잡한 이 온천장 거리를 얼마 동안 내려다보았다.

짧고 좁은 길로 형형색색의 인물들이 모두 바쁜 듯이 우왕좌왕한다. 그러나 그들 속에 나를 아는 사람이 없고, 내가 아는 사람도 없다.

그렇게 생각하니 사람들뿐 아니라 이 거리에도 이미 내가 정 둘 곳이라곤 있을 리 없는 것도 같다.

'유미에'의 환영이나마 내 곁으로 오고 말은 이상 이미 이 고장에 나는 머물러 있을 필요를 느끼지 않았다. 필요를 느끼지 않을 뿐 아니라 입때까지와는 반대로 불시에 지금까지 가졌던 호감보다도 더한 혐오를 느끼게 된 것은 내 스스로도 알기 어려운 일이다.

그러나— 나는 다시 '유미에'를 안고 집으로 돌아가리라.

나는 역시 나그네에 지나지 않았다.

—《문장》, 1941. 1.

단장短章

자는지 안 자는지 눈을 감은 채 축 늘어진 덕윤德允이는 꼼짝도 안 하고 숨소리만 가쁘다. 핏기라곤 없는 얼굴은 종잇장같이 희었다.

침대 앞에서 발을 멈춘 채 기가 막힌 듯이 한참 들여다보기만 하던 천 박사는 이윽고 양미간을 찌푸리며 혀를 끌끌 찬다. 애처롭기도 하고 못마땅하기도 한 모양이다.

"수술헐 수 있겠습니까?"

창준昌俊은 천 박사 앞으로 바싹 다가서며 생사라도 결단할 듯한 거세인 어조로 이렇게 묻고 나서,

"수…… 수술 말예요."

채 무엇이라 대답도 떨어지기 전에 거듭 같은 말을 되풀이하면서 부지중 두 주먹을 불끈 쥐었다.

천 박사가 어린애 몸엔 손 하나 대지 않고 그렇게 물끄러미 보고만 섰는 것이 약간 비위에 거슬리기도 했거니와, 그보다도 어젯밤 한잠 못

잔 피곤한 몸엔 그 천 박사의 표정에서 오는 불안감이 더 크게 반응되어 저도 모르게 초조함에 몸이 떨리고 목소리가 떨린 것이다.

그러한 창준의 노리는 듯한 시선을 의식하는지 못하는지 외과수술의 제일인자라는 천 박사는 한참 동안 그대로 묵묵히 서 있기만 하더니,

"틀림없군."

다시 한 번 혀를 끌끌 차고 나서 과학자다운 냉정한 태도로 뒤에 따른 조수들에게 이렇게 외마디 말을 던지고 이윽고 창준에게로 얼굴을 돌리며,

"잠깐……."

이리 오라고 고개를 끄덕한 후, 뚜벅뚜벅 앞서서 병실을 나가는 것이다.

천 박사에게 최후의 선고를 받는다면 그것이 정말 마지막이었다. 덕윤이에 대신할 것을 다시는 바랄 가망이 없는 창준이 부부에게는 그 조그마한 생명 하나가 둘도 없는 금이요, 옥이었던 것이다.

밤늦은 병원 복도에는 어둔 구석과 꿈틀거리는 그림자를 만들기 위한 때문인드키 군데군데에 촉수 얕은 전등이 맥없이 껌벅이고 있을 뿐, 깊은 산속같이도 고요하여 두 사람의 발자쵀 소리만이 유난스럽게 크게 울린다.

그 발자쵀 소리가 딱 그치자 밀물이 모래 위의 발자죽을 지어 없애듯 다시 대령했던 고요함이 빠른 속도로 창준의 전신을 에워싸는 것이다.

"늦었습니다."

그 고요함 속에서 우러나오는 마귀의 소리같이 천 박사의 말이 창준의 귀를 때렸다.

"늦었다니요?"

별안간 탁 가라앉는 목청에서 겨우 웅얼웅얼 이런 반문이 쏟아져 나

왔다.

"늦었습니다. 입때까지두 수암水癌으루 치료허셌지요?"

"네."

"지가 보기에도 틀림없는 수암입니다."

"그럼…… 저…… 수, 수술해두……."

"글쎄요— 수술 못헐 건 없지만…… 했대야 소용없을 것 같습니다."

그예 마지막 선고가 나리고 말았다. 창준은 또 바시시 몸을 떨며 고개를 떨어뜨렸다.

"이왕 죽을 바엔 원 없이…… 수술이라두 해보려구…… 수술해서 혹 사는 수두 있대서……."

"글쎄요. 수술을 해서 사는 수두 있겠지만— "

천 박사는 말을 끊고 잠깐 망설이는 듯하더니 금방 꺼질 듯한 창준의 꼴이 가여웠던지,

"이리로 앉이십시다."

자기가 먼저 차디찬 가죽 의자에 걸터앉으면서,

"……혹 사는 수두 있기는 허지만…… 그래서 살면 뭘 허시겠소."

천 박사는 창준의 얼굴을 빠안히 쳐다보며 별안간 목소리를 높이었다.

그러나 그것이 무슨 뜻인지를 알아듣지 못하는 창준은 얼른 대답할 말을 찾지 못했다.

"수술을 헌대면— 얼굴을 반은 도려내야 합니다."

이윽고 천 박사의 목소리는 다시 보통 때의 침착함으로 돌아갔다.

"……."

* おもいきった: 과감한, 대담한.

"얼굴을 반씩 도려내구두 꼭만 살어난대면야 생각헐 여지두 있겠지만, 그런 '오모이 깃타'* 수술을 헌대두— 반드시 산다구는 단언헐 수 없구먼요."

"……."

"또 설혹 살 수 있대드래두 얼굴을 반씩이나……."

"……."

별안간 천 박사는 다시 벌떡 일어나 창준의 어깨에 두 손을 얹으며,

"힘껏, 정성껏 해보십시다. 약으루두 절대루 안 낫는 법은 없으니까……."

"알았습니다."

"혈청은 맞었지요?"

"네, 놨습니다."

"또 해보십시다. 백에 하나— 돌리는 수두 있으니까……."

천 박사는 말을 끊고 나서 무엇을 잠깐 생각하는 듯하더니, 그대로 돌아서서 창준을 그 자리에 혼자 남겨놓은 채 빨리 간호부실 쪽으로 발을 옮겼다.

×

안해는 덕윤이에게 못지않게 창백한 얼굴로 침대 언저리에 걸터앉아 죽어가는 어린애의 얼굴만 얼빠진 사람같이 들여다보고 있다가 문 여는 소리에 정신이 난 듯이 고개를 번쩍 들어 충혈된 눈으로 뚫어져라고 남편 창준의 얼굴을 바라보며 기색을 살핀다.

그러나 창준의 얼굴에서 검은 그림자를 발견하자 반가운 하회를 혹시— 하고 기다리던 안해의 눈에는 눈물이 고였다.

창준은 맞은편 비인 침대에다 펄썩 몸을 내던지며,

"수술을 못헌대우."

내뱉는 듯한 무뚝뚝한 어조였다.

"왜요?"

그러나 그것에는 대답 않고 창준은 두 손 속에 얼굴을 파묻은 채 웅크리고 앉았다가 이윽고 다시 몸을 일으키어 안해의 곁에 나란히 와 앉으며,

"덕윤이 얼굴 잘 봐둡시다."

낮은 목소리로 그렇게 말하고 억지로 터지려는 울음을 참았다.

얼굴을 가까이 갖다 대이니 생살 썩는 내가 코를 비어 갈 지경이었다. 그러나 창준이도 안해도 달갑게 그 냄새 속에 얼굴을 나란히 하여 오랫동안 돌이킬 생각을 먹지 안 했다.

이미 십여 일, 조석으로 그 살 썩는 내를 맡아왔건만 그래도 코에 익지 않으려는, 시취屍臭보다도 두려운 냄새였다.

시들시들 잇몸이 덧나기 시작한 것이 이 병의 시초이었다. 그것이 차차 도져 입안이 모두 헐자 앞니가 흔들리기 시작하였고, 피고름이 한없이 쏟아지기 시작하였다. 할 수 없이 앞니를 뽑았다.

며칠 동안 뜸하더니 덕윤이는 또 입에서 침을 흘리기 시작하였다. 치조농루라는 진단이 내렸다. 할 수 없이 송곳니, 어금니를 뽑았다.

그래도 악취는 좀체로 가시지를 않았다. 잇몸이 시커멓게 썩기 시작한 것이다. 수없이 초산은硝酸銀으로 지져내이고 지져내이고 하는 동안에 시커먼 썩은 살점이 문적문적 묻어 나왔다. 악취는 더욱 심하야 이 간방에 가득 차서 외인은 코를 가리고 문을 열지 못했다. 그때 그 무서운 정체 모를 균이 이미 속속들이 생살을 파먹고 들어간 줄 모르고 그들은 — 의사도 잇몸만을 치료하려 하였던 것이다.

그러나 하룻날 문득 턱 밑에 까만 뾰루지 같은 점이 내배인 것을 처음 발견한 것은 창준의 안해였다.

그 까만 점이 이튿날을 쌀알만 하여졌다. 또 그 이튿날은 콩알만 하여졌다. 또 그 이튿날은…… 이렇게 하여 그야말로 순식간에 그 꺼먼 점은 왼편 턱 전부를 뒤덮더니 이윽고 언저리가 흐늑흐늑 무너져나가기까지 하였다. 잇몸을 다 파먹은 균은 콧속에까지 기어 들어가 호흡을 곤란케 하였고 붕대를 십 분만큼씩 갈아대어도 고름에 쥐어짜도록 젖었다.

그제서야 그들은—의사도 창준이 부부도 그것이 아이들만을 침범하는 극히 드물고도 무서운 병, 불치의 병 수암이라는 것을 알았다.

곧 원가가 십 원 가까이 하는 말의 혈청을 두 대나 주사하였다. 그러나 듣지를 않는다. 말의 혈청이 듣지 않는 한 현대의학은 이 병을 고칠 도리가 없다는 것이었다.

창준에게는 삼십이 넘어서의 외아들이었다. 유일의 후계자를 잃게 된 창준의 심중도 심중이려니와 그보다도 더 몸 둘 곳조차 없이 서러워하는 것은 창준의 안해였다. 창준의 안해는 몸이 약하여, 덕윤이를 낳고 나서 즉시 단산斷產의 수술을 한 것이다. 그러니까 덕윤이는 그들에게 있어서는 진실로 둘도 없는 금보다도 옥보다도 더 소중한 외아들이었던 것이다.

마지막으로 그들이 발견한 광명은 이 썩어가는 살을 도려냈으면…… 하는 일루의 희망이었다.

그들은 즉시 천 박사를 생각해내었다. 그렇다, 어쩌면 천 박사는 이 애의 목숨을 구해줄 수 있을지도 모른다…….

"수술은…… 왜 못헌대요?"

안해가 눈물 섞인 목소리로 이렇게 묻고, 창준이 채 그것에 대답하기 전에 여러 사람의 발자최 소리가 요란스럽게 들리더니 젊은 의사가 서넛, 간호부를 다리고 방 안으로 몰려든다. 선두에 선 한 사람은 손에 주사기를 들고 있었다.

창준이 부부는 암말 못하고 비시시 자리를 물러섰다. 아무 짓을 하든 모두가 시들하게밖에는 생각되지 않았고, 또 더 그들에게 아무것도 묻고 싶지 않았고 바라고 싶지도 않았기 때문이다.

강심제強心劑인 모양이었다. 주사 바늘이 살에 꽂혀도 덕윤이는 옳게 울지도 못하였다. 축 늘어진 그대로 입은 반쯤 벌린 채, 끼룩 한 번 우는지 마는지 비명 같은 소리를 지르고, 그뿐, 여전히 눈을 뜰 생각은 하지 않는다.

주사가 끝나자 의사들은 제각기 한 번씩 고개를 내뽑아,

"'노마'야."

"'노마'로군."

그리고는 무엇인지 독일어로 주고받고 하며 상을 찡그리기도 하고, 고개를 기웃하기도 하고, 턱을 끄덕거리기도 하고— 그러나 아무도 그 썩어가는 덕윤이의 턱에 감히 손을 대이려고는 하지 않는다.

창준은 무럭무럭 울화가 치밀어 오르는 것을 금할 길 없었다. 무엇에 대한 분노인지 몰랐다. 그러나 저도 모르게,

"여보들, 이거 구경거린 줄 아우?"

그런 말이 턱밑에까지 치밀어 올라오는 것을 무척 애를 써서 식은 침과 함께 꿀떡 들이삼켰다.

그럴 즈음에 천 박사가 손에 혈청 주사를 들고 다시 방으로 들어왔다.

×

기적을 기다리는 수밖에는 없었다. 그리고 창준의 부부는 지금 그 기적을 기다려야만 했다.

번갈아가며 눈을 붙인 듯 만 듯하다가 잠을 깨보면 주위는 여전히 음산한 시료실施療室이요, 자는지 안 자는지 덕윤이는 눈을 감은 채 숨소리만 가빴고 생살 썩는 내도 조금 전과 다름없다.

이 병원으로 옮겨온 지 벌써 사흘, 창준이 부부는 거의 한잠도 이루지 못하다시피 하고 꺼지려는 작은 생명의 애처로움만을 응시하여 왔다.

겉으로 보기엔 병세는 더도 덜도 안 한 것 같았으나, 하루하루 덕윤이의 팔다리가 늘어져가고 숨소리에 힘이 없어지는 것을 보면 실상은 시시각각으로 악화하여 이제는 깜빡할 날도 머지않은 듯싶었다. 그러면서도 때만 오면 가느다란 목소리로 울고 보채며 먹을 것을 달라고 몸부림을 치는 것이다. 그런 정경이 더한층 창준이 부부의 창자를 쥐어뜯었다.

볼 한복판에서 시작한 거무튀튀한 반점은 귀밑으로 턱 아래로 둥글게 원을 그리며 번져, 어제부터는 아랫입술까지 침범했다.

마치 나무의 연륜같이 썩어가는 그 반점의, 언저리는 희여멀숙하게 짓물러가는 것이었으나 그것이 지나간 자리는 딱딱하게 굳어 곱게 다스린 나뭇결 모양으로 반지르르 빛나면서 감각이 없었다. 그 빛이 또 유난하게 고와서 광선에 따라 자줏빛으로도 연분홍으로도 혹은 새까맣게도 또는 그런 가지각색 빛이 한데 얼버무려진 것같이도 영롱하게 반짝이는 것이다. 때로 창준은 그 썩은 살결의 빛깔의 움직임을 예쁘다고 생각하며 넋을 잃고 바라볼 적이 있었다. 불쌍하고 측은한 감정을 지나쳤기 때문이요, 또 그것에 지치기도 한 때문이다.

아랫입술까지 그렇게 썩어 경직되고 보니, 아물려지지 않는 입에서는 지하수 모양으로 마냥 누르스름한 침이 흘러내렸다. 무슨 부스럼에서 나오는 고름같이 끈기 있고 진한 침은 썩은 살빛 그대로 줄줄줄, 한 번에 분량이 많지는 않았으나 끊임없이 샘솟듯 했다.

턱 밑에다는 수없이 '가아제'니, 탈지면이니를 갈아대었으나 그래도 그 침을 당해내일 수 없어, 나종엔 수건이건 사쓰건 닥치는 대로 갖다 막을 수밖에 없었다. 그렇게 침 받은 것을 한옆에 수북이 쌓아놓으면 거기서도 덕윤이 냄새가 얼굴을 못 들도록 코를 찌르는 것이다.

때로는 창준이 부부조차 얼굴을 돌이키지 않을 수 없는, 워낙이 그렇게 지독한 악취이라, 환자를 십여 명이나 수용할 수 있는 넓은 시료실이었어도 방 구석구석에까지 그 흉한 냄새는 퍼져, 그들 창준이 부부는 다른 환자들에게 여간 미안한 생각이 드는 것이 아니었으나, 빈궁한 사람들은 마음까지가 가난한 때문인지 그것에 대하여 불평을 말하는 사람이 하나도 없을 뿐 아니라, 도리어 불치의 병이라는 그 점만을 몹시들 동정하고 다른 아무런 악의나 혐오감을 느끼게 하는 일 없었다.

창준이 부부는 그것이 무척 고맙고 반가워 무엇으로써 가난한 그들에게 갚아야 할 것인가고 가끔가다 멍하니 일어나 앉은 채 넋을 읽고 병실 안을 둘러보는 것이다.

덕윤이 침대는 그 냄새를 염려했음인지 드나드는 문어구, 바로 창 밑에 놓여 있었으므로 돌아앉지 않는 한 언제든지 방 안 전부를 화안히 내다볼 수 있었다.

무슨 속병이라나 해서 벌써 반년 동안이나 입원하고 있다고 하며 우스운 소리 잘하는 뚱뚱한 중늙은이는 바로 덕윤이 옆 침대에 밤낮없이 꿇어앉아 이얘기책을 읽지 않으면 '쓰키소이'*들을 앞에 놓고 웃고 떠드는 것이 일이었고, 또 그 건너편으로는 천애의 고아라는 일곱 살짜리 어린애가 꼬치꼬치 마른 몸을 잘 가누지도 못하면서 그래도 먹을 것만을 찾고 황달 든 듯이 누우런 얼굴에는 커다란 눈동자가 변스럽게 번쩍이었으며, 그다음 차례로 겉으로 보기엔 펀둥펀둥한 듯하나 무슨 고질을 앓는다는 아낙네 두 사람, 그리고 열다섯 살인가 되었다는 말 못하는 기집애는 하루에도 몇 번씩 끼륵끼륵 이상한 목소리로 울며 침대 언저리를

* 付き添い: 곁에서 치다꺼리를 하는 사람.

탕탕 두드리고는 몸부림을 떨어쳐서 떨어질 뻔했고— 그러한 그들 모두가 눈을 멀뚱멀뚱하게 뜨고 있을 때엔 몰라도 밤이 깊어 일제히 조용히 잠들고 보면 음산하고 측은한 생각이 불끈불끈 치밀어 올라 창준이 부부는 더욱 견딜 수 없는 슬픔과 공포에 타 눌리어 얼굴을 맞대이고 눈물을 머금는 것이다.

그리면서 그들은 저윽이 마음이 뿌듯해져서 시료실에 든 것을 후회하려 하지 않았다.

×

그들이 시료실에 든 것은 다른 병실이 가득 찬 탓도 있기는 하였지만 오로지 윤 선생의 권고 때문이었다.

윤 선생은 대학 나온 지 불과 오륙 년밖에 안 된다는 젊은 학도였으나, 침착하고 충실하고 또 그 사람 된 품이 갸륵해서 충분한 신뢰를 가질 수 있는 의사였다.

윤 선생은 덕윤이가 자기 손으로 다루는 다섯째 사람의 '노마Noma, 水癌' 환자라고 무척 그 병에 대해 흥미를 가진 듯싶어, 처음 창준이 부부가 이 병원을 찾던 날 밤에도 천 박사와 조수들이 다 돌아간 후까지 혼자 덕윤이 침대 곁에 남아 앉아, 병세의 경과라든가 혹은 그 증세라든가를 샅샅이 묻고 나서,

"입때꺼지 지가 봐온 '노마' 환자 중에서 살어난 사람은 하나밖에 없었습니다. 어디 제게 매껴보십시오. 천 선생과 잘 의논해서 힘자라는 데까지 해보겠습니다. 절대로 안 낫는 법야 없으니까요."

그렇게 믿음직한 말을 하고 나서, 관비로 해볼 의향은 없느냐고, 그러면 비용 애끼지 않고 얼마든지 쓰고 싶은 대로 고귀한 약을 써서 치료해보겠다고, 그런 말을 꺼냈던 것이다.

창준은 얼른 그 말 속에서 덕윤이를 연구 재료로 삼으려는 윤 선생

의 마음을 들여다보았으나, 그때의 윤 선생의 과학자다운, 그리고 의사다운 그 성실함에 단순히 압도되어 아무런 노여움도 모멸도 느낄 수 없었으므로,

— 그래서라도 혹시 살아날 수만 있다면…….

그런 한 가닥의 희망만이 반가운 언하에 선뜻 그것을 승낙했던 것이다.

"그렇지만 관비루 해서 만일 낫지 않는 경우에는 해부용으루 시체를 제공해야 합니다. 그것두 승낙하시겠습니까?"

그러나 윤 선생이 그렇게 되물을 제 창준은 잠깐 망설이지 않을 수 없었었다. 그리고 얼른 안해의 눈치를 살폈다.

안해의 얼굴에는 순간 검은 그림자가 번개같이 번쩍 스치는 듯하더니, 그뿐, 다시 조금 전의 얼굴로 돌아가,

— 그래서라두 살 수만 있다면…….

역시 그것 한 가지만을 의지하고 매달려 있는 표정이었다.

"그렇게 허십시오."

다음 순간 창준은 똑똑히 끊어서 대답하고, 내가 많은 사람의 시체를 해부해왔으나 나 죽은 후엔 내 몸도 해부용으로 제공하겠다는 어떤 의사의 말을 문득 생각해내이며,

"그러면 모든 것을 선생님께 매끼겠습니다."

일종의 만족감을 섞어서 윤 선생 앞에 머리를 숙였던 것이다.

다음 날부터 그들은 천 박사에게보다 오히려 윤 선생에게 전적의 신뢰를 두고 그가 지시하는 대로 마음 놓고 따른 한편, 윤 선생의 요구에 의하여 하루 종일 덕윤이 입에서 흐르는 악취 섞인 침을 유리 접시에 받는 수고를 애끼지 않았다. 그것은 윤 선생의 연구를 도우려는 그 한 가지 단순한 생각에서였다. 그렇게 윤 선생의 연구를 도와서, 비록 이번에 덕

윤이는 이 병 때문에 죽더라도 다음에 오는 환자의 생명이나마 건질 수 있다면, 하는 기특한 생각에서였다.

그러나…….

비록 덕윤이가 이 병 때문에 죽더라도— 입원한 지 닷새, 윤 선생의 주야를 불구한 노력도 허사로 이미 이 '비록'이란 말이 필요치 않을 데까지 덕윤이의 병세는 드디어 최후의 관두에 다다랐다.

입술을 침범한 균은 다음엔 덕윤이의 혀끝까지 파먹고 들어가서, 혀끝은 꼬부라져, 역시 썩어빠진 입천장에 달라붙은 채 그대로 경직되고 말았던 것이다. 그 때문에 목이 칵 막혀 이미 덕윤이는 유동물流動物조차 마음대로 삼키지를 못했다.

호흡은 각각으로 가빠가는 것이었으나 그때엔 벌써 그 가쁜 숨조차 마음대로 토하지를 못했고, 사지엔 싸늘하게 찬 기운이 돌아 도저히 산 사람이라고는 말할 수 없을 지경이었다.

'링거', 혈청, 강심제, 그리고 어제는 이십 '그램', 오늘은 삼십 '그램'의 수혈— 만 하루 동안에 이십 대 가까운 주사 바늘이 쇠약한 덕윤이의 사지에 빈틈없이 꽂히었다.

그 때문인지 혹은 사기死期가 임박했음인지, 어제까지 흐렸던 눈동자가 이상하게 광채를 발하여 전과 같이 다시 새까맣게 빛났고, 원래부터 신경질인 아이이기는 하였으나 의식은 병상의 악화와는 반대로 더욱 또렷또렷해져서 주사 자리에 붙인 반창고 하나 그대로 두지 않고 간호부만 나가면 여윈 손구락으로 기어코 뜯어내 던지고 뜯어내 던지고 하였다.

꺼지려는 등불이 마지막으로 깜빡 빛나는 격으로 아무 이유 없이 그러한 모든 것이 창준에게는 불길하게만 생각되어 울 힘조차 없이 침대에 누워 눈만 멀뚱멀뚱하고 있는 덕윤이의 양이 증오를 느낄 만큼 가엾고 안타까워 보였다.

오늘 낮에 삼십 '그램'의 피를 덕윤이에게 빼앗긴 창준의 안해는, 먹는 게 무엇인지 그 입을 하고서도 자꾸 먹을 것만을 찾고, 우유나 과즙을 타서 갖다주면 맘대로 넘어가지 않는 것이 안타까운지 두 손을 바르르 떠는 양, 차마 눈으로 볼 수 없다고 덕윤이의 얼굴을 들여다보고 들여다보고 하며 그때마다 흑흑 느끼며 소리 내어 우는 것이다.

그런 상태로 또 이틀—

드디어 최후의 선고가 내렸다. 수혈도 강심제 주사도 중지하였다. 이미 인력으로는, 현대의학으로는, 구해내일 도리가, 치료할 방도가 없다는 것이다. 이제는 덕윤이의 죽음을 공수방관拱手傍觀하는 수밖에는 어찌할 바 없었다.

그럴 바에야 차라리 하루바삐 죽었으면 했다. 그것이 덕윤이를 위하여 창준이 부부가 바랄 수 있는 단 한 가지 애끓는 소원이었다.

그러나 덕윤이는 좀체로 죽지를 안 했다. 그렇게 굶은 채 언제까지든지 살려는 듯이 덕윤이는 죽지를 안 했다.

그래도 필경 수일 안에 죽고는 말 것이다. 그 죽음이 내일이 될지, 모레가 될지, 혹은 오늘 밤이 될지, 그것은 아무도 알 수 없었으나 창준이 부부는 그 각각으로 다가오는 시커먼 죽음의 그림자를 까마득한 마음으로 바라보며 이미 눈물 한 점 흘릴 줄조차 잊은 듯싶었다.

×

창준이 집에다 전보를 치고 병실로 돌아와 보니 죽어가는 덕윤이를 아무렇게나 침대에 내굴린 채 안해는 새파랗게 질려 앉아 있다가 창준이 돌아오기를 기다렸다는 듯이,

"아니, 이런 법이 어디 있단 말요?"

벌떡 일어서며 마치 창준이를 꾸짖는 듯이 몸을 떨며 달겨드는 것이다.

"왜 그래?"

심상치 않은 안해의 동정에 창준이도 한데 휩쓸려 이상한 전율이 전신을 휘돌아 감았다.

"글쎄, 이런 법이 어디 있단 말요. 시료환자는 사람 아니란 말요? 누가 시료환자루 해달래기를 했소? 그래, 죽어가는 눔 마지막으로 '캄플'* 한 대 못 놔줄 게 뭐란 말요?"

거기까지 한숨에 말하고 난 안해는,

"죽어가는 놈…… 마지막"— 그러한 자기 말에 문득 몸서리를 치는 듯하더니 별안간 풀이 죽어 목소리를 낮추어서,

"덕윤이가 별안간…… 숨이 끊지구…… 손발톱이…… 파…… 파래지구……."

말끝을 못 맺고 홱 침대 위에 엎드러져 목을 놓고 울기 시작하였다.

그 순간 창준의 전신에는, 이제야 죽는가 보다, 하는 일종의 안도감이 놀램이나 슬픔보다도 앞서 치밀어 올라왔다. 그리자 다음 순간에는 강심제 한 대마저 거절했다는 의사에 대한 분노가 온몸이 확확 단도록 부풀어 올라왔다.

"어떤 눔야, 의사가……."

창준은 저도 모르게 악을 버럭 질렀다.

"수…… 숙직실의…… 젊은……."

채 안해의 말을 다 듣지도 않고 창준은 단숨에 층계를 뛰어내려 '슬리퍼'도 벗어 던지고 복도를 달려서 숙직실 문을 열어젖혔다.

숙직실 안에서는 두 사람의 의사가 장기를 두고 있었고, 한옆에서는

* 캄플camphre 주사: 캉프르 주사. 장뇌액으로 된 주사약. 피를 빨리 돌리고 심장마비를 막기 위하여 중증 환자에게 사용함.

간호부가 붕대를 감고 있었다. 그들의 시선은 일제히 이 무례한 침입자의 행동을 꾸짖으며 창준에게로 쏠렸다.

창준은 문어구에 딱 버티고 서서 도리어 그들을 무섭게 노려보며, 어느 놈이 그 젊은 의사인가, 잠깐 그것을 생각하다가 격분을 참을 길 없어,

"관비는 당장 취소헐 테니 놓라는 대루 주사 놓시유."

무턱대고 방 안에 향하여 악을 썼다.

그 의기에 질렸음인지 방 안 사람들은 잠깐 서로 얼굴을 마주 보며 말이 없더니, 한 사람의 의사가 슬금슬금 창준의 시선을 피하며 간호부더러 무엇인지 낮은 목소리로 묻고 나서,

"놔디리지요."

고개를 숙인 채 가만히 대답하였다.

×

주사를 맞고 나자 덕윤이는 목이 말랐는지 힘없이 울고 부자연한 혀끝으로 몇 숟가락의 과즙을 빨고 나서 이윽고 오래간만에 곤하게 잠이 든 듯하였다.

"요까짓 거— 보통 사람의 반만 멕여두……."

잠자는 덕윤이의 얼굴을 뚫어져라고 들여다보며 무심코 중얼거리는 눈물 섞인 안해의 말에 창준은 깜짝 놀래어 고개를 쳐들었다.

창준은 얼른 그 의미를 알아채이고 자기 역시 조금 전까지 그런 생각 먹었던 것을 놀래어 돌아보며 소름이 끼치도록 두려움을 깨닫고 만다.

무섭다, 무서울 뿐이었다.

창준이뿐 아니라 안해도 그런 무서움을 느꼈음인지 몸서리를 치면서,

"덕윤이, 여기서 죽이기 싫여요."

몸부림치는 듯한 소리였다.

"그럼?"

"집으루 데리구 가서 줘겨요. 이렇게 불쌍허게 죽은 걸 또 어떻게 해불 시켜요. 난 못해요. 집으루 데리구 가서 줘여요."

창준은 한참 동안 대답을 못했다.

어느 길을 택해야 할 것인가? 인정으로 본다면 안해의 말을 좇을 수밖에 없었으나, 그러면 윤 선생의 성실에 대하여는 무엇으로 보답하나?

그러나 그렇게 망설이기 시작한 것은 이미 반이나 창준의 마음마저 안해의 생각에 동의한 증거이었다.

윤 선생은 윤 선생, 어린애 부모로서 썩어빠진 살에 또 날카로운 '메스'가 닿는 것을— 아아, 상상할 수조차 없는 일이었다.

이윽고 창준은 천천히 일어서며,

"내, 의논해보리다."

그리고 이번엔 힘없는 걸음걸이로 또 숙직실의 문을 열었다.

다행히 그 젊은 의사 혼자만이었다. 그는 또 창준이 들어옴을 보고 당황해서 손에 들었던 책을 걷어치우며 자리를 비키는 것이다.

"아까는 실례했습니다."

창준은 젊은 의사와 마주 앉아 가만히 고개를 숙였다.

"천만에요, 저야말루 실례했습니다."

흥분이 사라진 듯한 창준을 보고 의사도 마음이 놓인 듯이 공손히 고개를 숙였다.

"저두 좀 흥분했었습니다만은— 선생께서두 말씀을 잘못허셨지요."

"미안허게 됐습니다."

의사는 또 고개를 숙였다. 이 젊은 의사도 결코 악인은 될 수 없었다. 창준은 더한층 마음이 잔잔하게 가라앉는 것을 느끼며,

"지금 뭐, 지난 일을 되풀이허려는 건 아닙니다만은 아무리 관비라기루 강심제 한 대쯤 죽어가는데 못 놔주실 거 뭐 있겠습니까. 그야 물론

놔두 소용야 없겠지요. 그렇지만 소용야 있든 없든 부모 된 사람의 맘이 어디 그렸습니까. 놔아달래는 게 인정이겠구, 쓸데없는 줄 알면서두 놔아주는 게 인정이 아니겠습니까?"

"……."

"더구나 그까진 시료환자란 말을 허셨대니……."

"그런 소리야 어디……."

"우리가 자원해서 관비루 해줍시사구 떼를 쓴 것두 아니구 사실은……."

자기로서도 의외라고 생각되리만큼 창준은 찬찬하게 입때까지의 경과며 윤 선생의 권고며, 또 지금 죽음을 앞에 놓고 공수방관할 수밖에 없는 심정이며를 설명하고 나서,

"……그래서 윤 선생 말씀대루 관비루 헌 것입니다. 그 때문에 이런 대우를 받었다는 것은 참 무척 섭섭헌 일입니다. 그래두 제 딴엔 윤 선생의 연구를 조금이라두 도와디릴 수 있을까 해서 헌 짓이니까요. 제 명야 짧어서 죽는다지만 좀체로 없는 병이래니 연구 재료나마 된대면 다행 아니겠습니까. 더구나 현대의학이 아직두 해결 못 짓는 것 중의 하나라면 제 몸 하나 바쳐서 그 길을 트게 하는 게 좀 소중한 일입니까. 죽는 놈두 만족해 죽을 것이 아닙니까?"

"훌륭헌 말씀입니다."

"그 자식이 세상에 태어나서 말두 채 못 배우구 죽게 됐으니, 그래두 세상에 한번 태어났던 보람 있이 해주려면 죽은 후에라두 제 몸뚱아리나마 의학을 위해 바치게 허자구…… 그래서 에미는 반대했습니다만은 억지루 우겨서……."

"미안허게 됐습니다."

"아니, 뭐, 인제 와서 선생에게 사과를 듣자는 것두 아니구, 또 선생

을 꾸짖으려구 내려온 것두 아닙니다. 실은 아까꺼지두 그렇게 생각했었는데…….”

창준은 앞에 놓인 식은 차를 한 모금 빨고 나서, 실은 아까까지도 그렇게 생각했었으나 막상 죽음을 당하게 되고 보니 애처롭고 측은한 마음만이 앞서 해부만은 못하겠다고 안해도 그렇게 말하고 또 자기도 그렇게 생각한다는 것을 누누이 설명한 후,

“입때꺼지의 입원 비용 물면 그렇게 헐 수 있겠습니까?”

“글쎄요, 되겠지요. 하여간 그럼 내일 윤 선생허구 한번 다시 상의허시지요.”

속에 있는 말을 다 털어놓고 보니 저윽이 몸이 가벼워진 듯한 창준과 젊은 의사는,

“그럼 그렇게…….”

서로 웃으며 공손하게 절을 했다.

×

그리고 나서 창준은 별안간 그 젊은 의사와 자기와 사이의 거리가 급속하게 단축되는 것을 깨닫고 흉금을 털어놓아도 좋을 듯한 그러한 일종의 우정이라고 할 것을 느끼어, 시간 가는 줄도 모르고 병원 얘기, 의사 얘기, 환자 얘기, 혹은 애소哀訴 비슷한 자기네들의 처지— 그런 것을 오랫동안 얘기하다가 약간 피로를 느낀 듯하야 숙직실을 하직하였다.

어느덧 밤이 늦은 모양이다.

군데군데 희미한 전등불이 금방 꺼질 듯이 맥없이 껌뻑일 뿐, 길다란 복도엔 사람의 그림자 하나 없고 오랜 폐허같이 잠잠하다.

창준은 그 고요함 속에서 일시에 커다란 피로를 느끼어 문득 발을 멈추고 창밖으로 고개를 내밀어 차디찬 밤공기를 힘껏 들이마셨다가 한숨 비슷이 길게 토했다.

그때 어디선지 얼음 깨이는 소리가 구슬픈 '리듬'을 가지고 아물아물 들려왔다.

—《문장》, 1941. 2.

부상관扶桑館의 봄

1

모두들 핀둥핀둥 놀고 있는 몸이라 아침엔 의례히 갱생을 하다시피 늦잠을 잤고, 그래선 늘 열한 시가 지나서야 겨우 부산하게 밥상을 대했다.

그 시각이 거의 약속이나 한 듯이 한결같아서 비록 선후는 있었지만 십 분 이상의 차이가 나는 때는 별로 없었으므로 우리들 세 사람은 매일 아침—낮인지도 모르지만—세면소에서 혹은 식당에서 얼굴을 대할 때마다 서로 계면쩍게 웃었고, 그리고 짧은 사이에 급속하게 친밀해졌던 것이다.

밥만 먹고 나면 텅 비인 부상관은 우리들 세상이다.

십여 명이나 되는 하숙인들은 우리들이 아직 자리 속에 있을 때에 모두들 제각기 일자리를 찾아 나갔고, 집 지키는 사람이라곤 방기芳紀* 십팔 세의 '하마에' 하나뿐이다.

* 이십 전후의 한창 나이.

'하마에'는 우리들더러 잠꾸러기라고, 된장국 식는 것도 걱정이려니와 설거지가 늦어져 더 탈이라고, 제발 좀 일찍 일어나 아침만이라도 잡수신 후에 또 주무시든지 마든지 하시라고, 매일 아침상 볼 때마다 넋두리 모양으로 되풀이하는 것이나, 그뿐, 그 이상은 이쪽에서 먼저 이야기를 꺼내어도 대답조차 잘 안 하는 말 없는 색시이라, 낮이면 어느 구석에가 틀어박혀 있는지 그 존재마저 잊을 지경이다.

이렇게 되고 보니 혈기방장한 우리들이 기세를 안 올릴 수도 없는 노릇이다. 더구나 내 맞은편 제일 큰 팔 '조' 방을 차지하고 있는 '아사오'는 이 집에서 대학을 나왔고 그 대학 나온 지가 지금부터 이 년이라니, 도합 오 년간을 한 하숙에 있는 셈이라 거의 주인과 가릴 바 없었으므로 그와 같이만 행동을 한다면 사실 부상관에 있는 한 거리끼는 것도 두려운 것도 없었던 것이다.

'아사오'뿐 아니라 바른편 구석방에 자리 잡고 있는 '무라이'도 역시 부상관에 온 지 이 년 반인가 삼 년인가 된다 하야 이 집에서 셋째 손구락에 꼽히는 손님이니, 나야 아무리 옮겨온 지 한 달이 채 못 된다 하지만 우리들 세 사람의 '콤비네이션' 속에는, 말하자면 이 하숙의 원로가 두 사람이나 섞여 있는 셈이라서 아무도 감히 우리들의 행동을 비난한다거나 우리들에게 대해 괄시를 하지는 못했다.

그것은 하여간에 그들은 대체 이 다 낡아빠진 부상관에서 어떠한 매력을 느끼는지 한번 이 집에 들기만 하면 모두들 그대로 눌러앉는 모양이어서 나 같은, 말하자면 뜨내기손님으로는 겨우 아래층 문턱 방에 있는 '타이피스트' 한 사람뿐, 그 외에는 제일 최근에 온 사람이라도 일 년은 넘는다는 것이다.

무장야철도武藏野鐵道의 '시이나마치椎名町' 역이 바로 문 앞이면서도 무척 한적한 것이 취할 점이라면 취할 점이겠으나, 그것은 교외에만 나가면 동경에서는 아무 데서나 구할 수 있는 것, 별로 신기할 것도 소중히 여길 것도 못 된다.

따지고 보자면 이 한 가지 외에는 미점커녕은 매력커녕은 도리어 숭잡힐 데뿐이어서, 집은 헐었고, '다다미'는 더러웠고, 벽이 얇아서 옆방 이야기 소리가 모조리 들렸고, 방이 어두워 항상 침울했고, 거기다 주인 마누라는 나잇값도 못하는 미두에 미친 칠십 노파, '조추'라는 게 겨우 열여덟 살밖에 안 된 얌전하기만 한 '하마에' 하나, 그러니 먹이는 반찬조차 시원하게 입에 맞을 리 없어— 이러고 보니 비록 방값이나 밥값은 다른 데보다 약간 싸다 하지만 대체 무엇 때문에 그들이 이 부상관에 눌러붙어 있는지 내게는 도무지 알 수가 없는 수작이다.

언제까지 여관에 묵어 있을 수도 없어 하룻날 문득 입교대학 뒷골목을 무턱대고 걷다가 우연히 이 부상관을 발견하고,

— 아무 데라두 내년 봄에 학교에 들 때까지 있어보자꾸나.

그런 뱃심으로 그날로 짐을 옮겼던 것인데, 그 짐이라는 것이 겨우 '슈트케이스' 하나, 이부자리 한 빔, 그뿐이었으므로 그 초라한 꼴에 맨 먼점 놀랜 사람이 실로 '하마에'가 아니요, 이제나 저제나 낮이면 집 지키기에 바쁜 '아사오', '무라이'의 양 군이었던 것이다.

문어구에서부터 물끄러미 나의 이사하는 꼴을 바라보고 섰던 두 사람은 내가 채 방도 치우기 전에 나란히 불쑥 들어서며 제각기 느릿느릿한 말투로 자기소개를 하고 나서,

"이거 온, 지가 먼점 인살 여쭤둬야 헐껄, 죄송허게 됐습니다. 잘 지도해주십시오."

이렇게 황송해하는 내 말은 귀에도 담지 않고,

"거, 대체 무슨 짐이 고거뿐이오."

난데없이 이런 실례되는 말을 묻고는 퍽도 신기하다는 듯이 소리를

높여 껄껄대는 것이다.

"네, 저어, 동경에 온 지 며칠 안 돼서."

어리둥절해서 더듬는 내 대답이 또 한 번 재미있었는지 그들은 다시 소리 내어 웃고,

"허어, 그럼 아직은 아무것도 안 허시겠구려."

"네, 내년 봄꺼진 시험 준빌 헐 작정입니다."

"거 잘됐소이다. 우리 동지로군. 자아, 우리 악수합시다."

그리며 먼저 손을 내민 사람이 바로 내 앞 방에 있는 '아사오'였다.

십여 명 하숙인 중에서 직업을 안 갖은 사람은 그들 둘뿐이었다. '아사오'는 이 년 전에 명대明大를, '무라이'는 올봄에 조대早大를 졸업했다는 것이나 무엇 때문인지 그들은 취직할 생각도 집에 내려갈 생각도 아니하고 여전히 이 부상관 음산한 방 속에 처박혀 하는 일 없이 유들유들 놀고만 있다는 것이다.

'하마에'가 전하는 바에 의하면, '아사오'는 고문高文이 목적이요, '무라이'는 작가 지망이라 하지만, 당자들은 그것을 긍정도 안 하고 그렇다고 강경하게 부인도 안 하고 그저 농담으로 얼버무려 낄낄대일 뿐이므로 나도 따라 웃고 마는 것이다. 그러니까 한 달 남짓한 동안 거의 매일같이 접촉하면서도 아직도 나는 그들의 정체를 적확하게는 알지 못한다.

그런 것은 알든 모르든 간에 나에게 친절하고 또 내 울적한 심사를 풀어줄 수 있는 동무를 만났다는 것은 하여간에 내게는 다행한 일이었다.

또 마침 외롭게 동경으로 건너와 고독을 느끼려고 하던 차이므로 나는 주저 없이 그들 두 동무 사이에 뛰어들어, 취미도 성격도 지향도 어긋나는 우리들이었으나 환경이 같고 몸이 있다는 그 점에서 손쉽게 한데 어울리어 매사에 행동을 같이하고 뉘우침이 없었던 것이다. 그들루 하더라도 둘뿐이어서는 좀 적적함을 느끼지 않을 수 없던 차에 나같이 색다

른 동무가 뜻하지 않게 생기고 보니 적지 아니 반가웠던지 나의 그런 태도를 무척 환영하는 빛이었다.

늦은 아침밥을 먹고 나선 의논이나 했던 듯이 우리들은 대개 '아사오'의 방으로 몰려간다.

'아사오'의 방이 제일 넓고 밝을 뿐 아니라 장기니, 바둑이니, 화투니 하는 그런 오락도구가 완비되어 있었고 또 장서가 방 사벽에 가뜩 들어차서 장난이나 잡담에 지쳤을 때 그대로 번쩍 드러누워 아무것이고 손에 닿는 대로 집어 읽기에 편했기 때문이다.

한가함이 낳는 우리들이 운축을 기울인 잡담이란 실로 범위가 넓고 방면이 많은 것이어서 때로는 시대니 사회니 정치니 그런 것을 논하고 때로는 문화니 예술이니 민족이니를 말하고 하는 것이었으나, 그러나 그것은 극히 드문 일, 대개는 아무짝에도 못 쓸, 그리고 혹간 가다 '하마에'가 엿듣고는 얼굴을 붉히며 도망질치는 그런 종류의 상스럽지 못한 이야기로 웃고 떠들고 하는 게 일이었다.

그렇지 않으면 하루 종일 줄기차게 장기판이나 바둑판을 뚝딱거리다 그것에도 지치면 이번엔 또 '무라이' 방으로 와르르 몰려가는 것이다.

'무라이'의 방은 제일 구석져 아늑한데다 '무라이'가 음악을 애호하는 탓으로 '바이올린', '만돌린', '기타', '실로폰' 등 가지각색의 악기와 고금동서의 명곡 '레코드' 수백 매가 우리들을 대기하고 있기 때문이다.

'무라이'의 방으로 몰려갈 때는 대개 셋 중의 누구든 한 사람 심사가 편치 않을 때다. 그렇기 때문에 '무라이'의 방문턱을 넘어서자마자 제각기 맘에 드는 악기를 집어 들어 집이 떠나가라고 '톤'이 맞지 않는 합주도 하여보고 혹은 가령 한 사람이 〈G선상의 '아리아'〉를 숭내 낸다면 이편에선 〈노영露營의 노래〉 또 한편에선 〈지나支那의 밤이여〉 하고 서로들 머리에 떠오르는 대로, 맘 내키는 대로 찧고 까불고 하다가 또 그것에도

지쳐서 잠시 동안 멍하고 앉았노라면,

— 아아 아아 아아아

흔히 '무라이'는 이렇게 길게 비명 같은 한숨을 토하고 '차이코프스키'의 〈비창〉을 걸어놓고 창에 가 걸터앉아 비창한 얼굴을 하는 것이다.

그럴 때에 '하마에'가 빗자루나 총채를 들고 층계를 올라오거나 복도를 지났단 야단이다.

"하마 짱."

무슨 긴급한 일이나 있는 듯이 은근한 목소리로 부르는 것은 으레 '아사오'였다.

"하마 짱, 이리 잠깐만 와."

"왜요?"

밤낮 당하는 실없는 짓이나 그대로 묵살하고 지나치지 못하는 것이 '하마에'의 성실이다.

"글쎄, 좀 와?"

"왜요?"

그렇다고 '하마에'는 또 그것을 농담으로 받아넘기지도 못하는 것이다. 그리고는 마지 못한다는 듯이 방 안으로 한 걸음 들어서서 대개는 내 등 뒤로 돌아간다. 나를 방패 삼고 여차직하면 들고 뛰려는 자세이다. 그래도 '아사오'는 개의치 않고 추근추근하게,

"이거 봐, 하마 짱, 올해 몇 살이랬지."

"몰라요."

"신랑감이 하나 있는데 말야……."

"또, 또."

"아니, 끝꺼지 들어봐. 저어, 하마 짱더러 말이지…… 아, 이리 좀 와, 왜 이렇게 꽁무닐 빼까, 사람이."

그리고 쏜살같이 덤벼들어 '하마에'의 손목이라든가 옷자락이라든가를 잡아낚을 것 같으면 '하마에'는 질겁을 해서 내 등에나 팔에 매달리어 어쩔 줄을 모르고, 그러면 그럴수록,

"옳지, 너 긴 상헌테만……."

나종에 '아사오'의 입에서 그런 말까지 나오면,

"어쩌면, 어쩌면."

어처구니없다는 듯이 '하마에'는 쩔쩔매이며 얼굴이 새빨개서 있는 힘을 다 써서 뿌리치고 달아나고, 아주 잠시 잠잠했던 방 안엔 다시 폭소가 터지는 것이다.

2

사흘에 한 번씩 나흘에 한 번씩은 우리들 세 사람의 한 뭉치가 된 생활이 주석酒席으로 변하야 밤 열한 시, 열두 시까지 연장될 적이 있었으나 대개는 저녁상과 함께 끝막는 것이 예이다.

하숙한 사람들이 거의 전부가 돌아오고 주인마누라와 제대帝大 독문과에 다니는 그 아들도 돌아오고 하야 그때부터 부상관은 완전한 우리들 세 사람만의 부상관이 아니기 때문이다.

그러면 나는 그들과 헤어져 나의 조그만 '삼 조' 방으로 묵묵히 자리를 옮긴다. 그날 하루를 웃고 떠들며 지냈으면 웃고 떠들며 지냈을수록 밤을 대한 나의 마음은 반비례로 침침히 가라앉고 마는 것이다. 불안과 고독을 느끼는 것이다.

어느덧 가을도 지났다. 아니 '세루' 옷 벗은 지도 오래니까 이미 겨울이 시작된 지 한참인지도 모른다.

마음 편할 때뿐 아니라 괴로움에 마비되어 세월 가는 줄 모르는 일도 더러는 있는 모양이다. 그렇지 않다면 이다지 계절에 무관심할 수는 없었다.

도망하다시피 하야 집을 나온 게 곰곰 생각하니 늦은 여름이었다. 십여 일 남짓한 동안 거의 밤잠을 못 잘 지경으로 열 번 백번 고쳐 생각한 나머지 아버지를 배반하는 것이 진정한 효도의 첫걸음이라는 것을 진실히 깨닫고, 나는 그 '패러독스'와도 흡사한 진리에 충실하리라 겨우 결심할 수 있었던 것이다.

아무리 생각해도 내 나이에 결혼한다는 것은 일렀다. 더구나 학교도 마치기 전에 안해를 맞이한다는 것은 슬프기까지 한 일이었다. 그것을 백방으로 알려드리려고 나는 거의 울가망이 되었으나 아버지는 종래 고개를 홰홰 저으실 뿐이었다.

애비가 네게 그릇된 길 지시하겠느냐고, 나이 삼십이 낼모렌데 왜 이 자식아 늙은 부모의 맘 몰라주느냐고, 연로한 어머니마저 한패가 되어 애정을 방패로 나를 힐책하실 때, 나는 그만 말문이 맥히어 고개를 수그리고 말았던 것이다.

고개는 수그렸어도 진실로 아버지 앞에 머리를 숙인 것은 아니었다. 머리를 숙이어 아버지의 말씀에 순종할 생각은커녕, 아버지의 음성이 높아갈수록 내심에 지닌 반항의 덩어리는 점점 이글이글 불타올랐다.

결혼에 대한 반감이 그렇게도 군세일 줄은 내 스스로도 얼마 동안 의식치 못하고 있었던 것이다. 그 이유가 단순히 내 나이가 어리다든가, 학업을 마치지 못했다든가, 그런 데만 있는 것 같다고는 내 자신으로도 단언할 수 없었다. 그렇다고 물론, 사진밖엔 보지 못했으나 당자에게 불만이 있다는 것도 아니었다.

그런 것들도 내가 결혼을 기피하는 커다란 원인의 하나일 수는 있었다. 그러나 결코 그것만에 그치는 것은 아니었다.

이제 이르러 돌아보니 진실로 그 근본에 가로놓여 있는 것은 어리석다고 할 만치 단순한 꿈이었다. 몸도 마음도 순색으로 자라났던 만큼 어린애같이 천진한 꿈을 오랫동안 고이고이 키워왔다. 그 꿈은 도저히 부모가 택한 이성을 상대로는 이루어질 수 없다고— 그것은 내게 있어 한 개의 신앙과도 다름없었던 것이다.

그러나 구한국 시대의 완고함만을 몸에 붙이고 살아오신 아버지가 그러한 어린 자식의 꿈을 알아주실 리 없었다. 아버지에겐 오로지 그것은 한 개의 어리광으로밖엔 생각되지 않으셨던 모양이다. 동시에 자식으로서 부모의 말에 거역한다는 것은 인륜에 어그러진 일이라고, 아무리 못생긴 자식이기로 그것쯤야 모를 리 있겠느냐고, 그리하야 아버지는 억지를 트시기 시작하였던 것이다.

중매쟁이 출입이 잦았고, 사주가 오고 가고, 일진을 보신다 하야 때문은 책력은 하루하루 더 낡아갔다.

그러한 즈음에 뜻하지 못했던 기회가 닥쳐왔다. 닥쳐왔다느니보다는 그 뜻밖의 기회가 나를 못살게 ○○이고 충동이었는지도 모른다.

역시 내 혼사일 때문에, 그날, 아버지는 아침부터 읍에 들어가 안 계셨고, 어머니마저 공교롭게 밖에 나가시어 딴 때 없이 안방엔 인기척이 없었다.

그 고요함이 몹시 내 마음에 거슬리어 나는 무심코 안방으로 건너가서 아버지 문갑 서랍을 열어보았던 것이다.

바른대로 고백하거니와 그 순간 전까지도 나는 그러한 맘보를 가지지 못했었다. 그러나 그 오백 원짜리 지폐 뭉치를 보았을 때, 나는 무슨 영감과도 같이 머릿속을 스치는 상념에 사로잡히고 말았던 것이다.

해결하는 방법이 여기 있다고 나는 굳게 믿을 수 있었다. 그 오백 원이란 돈이 내 혼수 비용이라는 것을 생각할 때에 나는 모든 것을 얼른 결심할 수 있었던 것이다.

한때의 불효는 머지않은 장래에 이 배 삼 배로 하야 갚아드릴 자신이 있었다. 또 머지않은 장래에 내가 취한 길이 자식으로서 어긋난 짓이라고만도 할 수 없다는 것을 알려드릴 자신이 있었다. 아니 그릇된 길이라면 비록 부모의 말씀에라도 맹종 안 하는 것이 진실한 효도라는 것을 설명해드릴 자신도 있었다. (터무니없는 자기변호여.)

겨우 장성한 자식 하나 잃었다고 땅을 치며 통곡하실 늙으신 부모의 슬픔과 쓰라림, 헤아릴 여지가 내게는 없었다. 나는 그 당장으로 그 지폐 뭉치를 훔쳐 들고, 몰래 집을 빠져나와 곧장 동경으로 건너오고 말았던 것이다.

다니던 학교에는 연락선 속에서 퇴학원을 써 보냈다. 다섯 해 후엔 반드시 성공해서 집으로 돌아가겠사오니 몸조심하시고 기다려주십시사고, 집에도 간단한 사연을 적어 보냈다.

"아, 이 사람아, 별안간에 웬일인가?"

역에까지 마중 나온 중학 동창 P군의 손을 잡고 나는 커다란 결의를 얼굴에 나타내이며,

"나, 고학허러 왔네."

그렇게 말하고 나서 그림에서만 본 역전의 '마루비루丸ビル'를 한참 동안 노려보았던 것이다.

그 P군에게도 알리지 않고 나는 몰래 이 부상관으로 숙소를 옮겼다. 아무리 굳게 약속은 했어도 어떤 기회에 어떻게 내 있는 곳이 아버지 귀에 들어갈지도 몰랐기 때문이다.

그렇게 이 세상에서 숨다시피 하여 나는 혼자 파묻혀 인제부터 살아가고 학교에 다닐 방도를 궁리할 작정이었던 것이다. 생소한 타향에서

오백 원이란 돈이 얼마나한 가치밖에 못 가진 것을 나는 잘 알고 있었다.

그러나 앞일을 생각하기 전에 나는 먼저 내가 저지른 과거의 죄악의 굴레에서 벗어나야 했다.

아무리 내 자신 대의명분을 내세워보아야 역시 죄인이란 범주를 벗어나기는 어려웠다. 아무도 나를 지탄하는 사람은 없다 하더라도 그런 감정은 날이 갈수록 치열하게 내심에서 불타올라 더욱 나를 괴롭게 하는 것이다.

그러한 망막한 괴로움 속에서 허덕이고 있을 때, '아사오'와 '무라이'라는 유쾌한 동무를 만났다는 것은 한없이 반가운 일이었다. 적어도 그들은 내게 생각할 여유를 주지 않았었다.

옳다, 내년 봄까지, 내년 봄까지, 나는 쥐 죽은 듯 틀어박혀 커다란 비약을 위하야 준비함이 있으리라. 그리고 내 자신을 키우기 위하야 기초를 닦으리라.

"하마 짱?"

나는 번뜩 자리 속에서 엎드렸던 반신을 일으켰다. 누구인지 문을 두드리는 듯하였기 때문이다.

"네에. 저어……."

"들어와요."

바시시 문이 열리고 약간 홍조된 둥근 '하마에'의 얼굴이 갸웃한다. '하마에'는 내가 밤잠 못 자는 줄 알고 매일 저녁같이 나를 위하야 밤참을 준비해다 주는 것이다.

"벌써 다들 자나?"

"그러문요."

'하마에'는 채 방 안에 발도 들여놓지 않고 한 손으로 '우동' 냄비를 조심스럽게 내밀며,

"자정 넘었에요…… 어서 주무세요……. 그러구 이거……."

말을 맺지 못한 채 무엇인지 뒤에 숨겼던 것을 얼른 이불 밑에 파묻고 그대로 '하마에'는 도망치듯이 층계를 내려가는 것이다.

'유담포湯湯婆'*였다.

나는 약간 눈시울이 뜨끔하는 것 같아 다시 고개를 숙이고 조용히 발을 뻗어 발끝으로 그 '유담포'를 매만져보았다. 어머니 손끝 같은 따사로움이 가만하게 부드럽게 기어오르고 스며드는 것이다.

"얼른 자랬으니 얼른 자야지."

어느 사이에 '유담포'가 필요하도록 날이 바뀌고 달이 바뀌었다. 나는 그 '유담포'에서 우러나는 훈훈한 운기를 마음속으로 얼싸안듯 하며 그것 외에 다른 아무것도 생각하려 들지 않고 가만히 눈을 감아보았다.

3

금방 진눈깨비라도 나릴 듯이 아침부터 찌뿌드드한 날씨였다. 거기다 바람까지 불어 끊일 새 없이 창문이 덜컥거려서 어둔 방 안엔 더욱 음산한 기운이 떠돌았다.

나는 자리 속에서 오정 치는 소리를 들으면서도 일어날 생각을 먹지 않았다. 입안이 깔깔하고 골치가 띵해서 밥 먹을 생각도 없었다. 눈을 뜬 채 멍하니 자리 속에 꼬부리고 드러누워 천장을 쳐다보며, 공연히 어제 술을 많이 먹었다고, 아마 그 술이 나빴던가 보다고 그런 것을 생각하였다.

어젯밤, 자리 속에 들려던 나를 억지로 술 먹이고 끌어낸 사람은 '아

* ゆたんぽ: 더운물을 넣어 잠자리 등을 따뜻이 하는 난방기구.

사오'였다. 날도 춥고, 술이 먹고 싶으니 덮어놓고 같이 나가자는 것이었다. 문밖에서 '무라이'마저, 다른 때와 똑같은 탁한 어조로 떠듬떠듬, 같이 갑시다, 응, 가요, 하는데는 평소의 우의를 생각하야 나로서는 거절할 수 없었던 것이다. 그리하야 '오뎅'집에서부터 시작한 것이 어디를 어떻게 먹고 다녔는지 기억에 남아 있지 않을 정도로 만취해서 돌아와 쓰러져 잤던 것이다. 기억에 남아 있는 것은 집에서 무슨 불쾌한 편지가 왔다고 웅얼대이던 '아사오'의 넋두리뿐이다.

— 인젠 절주를 좀 해야…… 동경에 온 지 벌써 석 달이 넘었다. 입학할 학교조차 아직 정하지 못하고 있는 형편에다 가진 돈이라고는 이미 이백 원이 될락 말락이다. 학교 든 후의 생활까지 생각하면 까마득하야 그럴 때마다 나는 이런 덧없는 반성이랄까 결심이랄까를 거듭하는 것이다. 그러나 언제든 헛되인 반성이요, 결심이었다.

"인젠 정말……."

부지중 그렇게 입 밖에까지 내어 중얼거리다가 나는 문득 귀를 기울였다.

맞은편 '아사오' 방에서 총채질하는 소리가 들렸기 때문이다.

"하마 짱이오?"

나는 드러누운 채 불러보았다. 소제하는 것을 보니 '아사오'는 벌써 일어난 모양이다.

총채질이 잠깐 그치더니, 대답은 없이 '하마에'의 발자취 소리가 복도를 건너오며,

"네, 안 일어나세요?"

하면서 방문이 반쯤 가만히 열린다.

"왜, 일어나야 헐 텐데 머리가 아퍼서— 다들 일어났우?"

"일어나시기커녕 벌써 다들 진지 잡숫구 나가셨는데요."

"나갔어? 희한헌 일두 있네."

"모르겠에요. 두 분이 함께 일찍 나가셨에요. 급헌 일 있다구. 아홉 시쯤 해서."

"흥, 무슨 일이까. 어저께 밤꺼지두 암말 없든데."

'다스키'[*]를 걸고 수건으로 머리를 동인 '하마에'는 잠깐 머뭇하다가 다시 문을 살짝 닫고 돌아섰고, 나는 혼자 떨어진 외로움을 잠깐 느끼어 더욱 일어날 생각이 없어져서 다시 한 번 잠들어보려고 이불을 얼굴 위까지 끌어올렸다.

그렇게 눈을 잠깐 붙였을까 말까 할 때에 다시 '하마에'가 밥상을 들고 들어와서 나를 깨웠다. 그대로 한술만이라도 뜨고 다시 자라는 것이다.

나는 마지못해 자리 위에 일어나 앉으며,

"노서아[**] 귀족인가, 재리 속에서 밥 먹게, 허허."

머리가 아찔하는 것을 너털웃음을 쳐서 참고, 그리고, '다스키'도 수건도 벗어 치우고 급하게 매만진 듯한 '하마에'의 얼굴 위의 희끗희끗한 분 자죽을 나는 똑바로 바라보지 못했다.

순간 나는 텅 비인 부상관 안에 남아 있는 사람이라곤 '하마에'와 나와 — 그렇게 단둘밖에 없다는 사실을 새삼스럽게 깨닫고,

"아래…… 아무두 없지?"

그것을 숨기려 이런 말을 물어보는 것이나 '하마에'라고 그것을 모를 리는 없어, 역시 약간 떨리는 말소리로,

"네."

짧게 그렇게 한 마디 대답하고 얼른 자리를 옮기어 밥을 푸기 시작하

* 襷(たすき): (일본 옷을 입고 일할 때) 옷소매를 걷어 올려 매는 끈.
** '러시아'의 음역어.

는 것이다.

"그럼 한 공기만 먹어보까."

태연함을 꾸미려 하나 내 말소리도 역시 떨리는 것을 나는 어찌할 도리가 없었다.

입때까지도 '하마에'를 귀애하지 않은 것이 아니었다. 아니 일종의 애정을 느낀 일조차 없지도 않다. 그러나 지금 이 순간같이 그것이 일종의 연정에까지 승화한 감정을 가져본 일은 없다.

단둘이서만 한집에 있다는 — 그것도 그러한 분위기를 자아내인 원인의 하나는 될 수 있으나, 그러나 그것만은 아니었다. 그렇다. 전에 없던 외로움을 느끼는 순간, 지금까지는 대수롭지 않게 대해온 '하마에'의 내게 대한 태도가 전에 없이 깊이 내 생리에까지 배어들어 오고 스며들어 온 때문일 것이다. 나는 비로소 '하마에'를 한 사람의 이성으로 생각하기 시작했던 것이다.

나는 당황하지 않을 수 없었다. 그리고 빠른 속도로 지금까지의 '하마에'의 행동 한 가지를 모조리 머릿속에 생각해내이고, 그것은 틀림없는 애정의 표현이라고 그렇게 단정을 내리면서 또 한 번 당황하지 않을 수 없었다.

그것은 어쩌면 '하마에' 자신도 의식하지 못하고 취해온 행동인지도 모른다. 또 사실 족히 그래야만 했다. 그렇지 않고, 진실로 '하마에'가 내게 애정을 느꼈다고 자각했다면 '하마에'는 도리어 나를 멀리했고 내 앞에 가까이 오지 못했으리라. 그러나 그 의식치 못하는 감정은 어느 새에 퍽도 크게 자란 상싶었다. 나나 '하마에'나.

우리들은 얼마 동안 말이 없었다.

말없이 나는 공기를 내밀었고 '하마에'는 밥을 펐다.

그러나 그런 침묵이, 처음 당하는 내게는 몹시 거북할 뿐 아니라 가

슴이 울렁거리도록 두렵기까지 하여 그것을 면하려고 나는 한숨에 남은 밥을 입속에 털어 넣고 나서,

"대체 어디를 갔누."

혼잣말 비슷이 딴 쪽을 보며 무척 노력하야 입안에서 웅얼거렸다.

4

이튿날도 '아사오'는 일찍이 아침에 외출을 하고 늦은 밥상을 대한 것은 나와 '무라이'의 둘뿐이었다.

"어저껜 어디를 갔었소?"

"응, 저어…… 정거장에……."

그렇게 대답하는 '무라이'의 말소리는 무척 탁했고, 또 그 여운에 그런 것 묻는 것이 귀찮다는 듯이도 탐탁지 않다는 듯이도 울려 나오는 무엇이 있어,

"정거장엔 왜? ……응, 정거장에……."

나도 말끝을 얼버무려버리고 힐끗 그의 표정을 살피니, 전에 못 보던 침울한 얼굴이요, 맥이 풀린 태도다.

나는 직각적으로 무엇인지 느끼는 바 있어 더 말을 건네려 하지 않았고, 그리하야 우리 둘은 서로 고개를 수그린 채 거의 의무적으로 젓가락을 놀리며 국을 마셨다.

먼저 밥을 먹고 나서 화롯가에서 신문을 보고 있던 '무라이'는 내가 수저 놓기를 기다렸다는 듯이 일어서서 나오려는 내 등 뒤에 따라나서며,

"긴 상, 내 방으루 갑시다."

하면서 은근한 태도로 나를 잡아끄는 것이었다. 셋 중 누구의 방으로

든지 아침마다 몰려가는 것이 일과이기는 하였으나 일찍이 이렇듯 간곡하게 초대를 받은 일은 없어, 나는 얼른 그러한 '무라이'의 태도를 이해할 수 없었으나, 그러나 그렇다고 물론 그것을 거부할 것은 아니므로 나는,

"……."

말없이 가만히 끄덕이고 앞서서 그의 방으로 바로 뚫린 층계를 천천히 걸어 올라갔다.

방에 들어온 '무라이'는 화로를 끼고 앉아 불만 쑤시며 한참 동안 말이 없더니 이윽고,

"'레코드'나 들을까?"

입가에 쓸쓸한 웃음을 띠우면서 나를 쳐다보았다.

"그럽시다."

나도 부지중 가만히 웃어 그러한 이유 모를 동무의 우울에 대답하고,

"뭐가 좋까?"

그리면서 한편 구석에 있는 '레코드 · 케이스'를 집어 들었다.

"'재즈'나 들읍시다. 날두 이렇구 허니—"

"글쎄, 날이 웬일야, 눈이 오려나."

어제도, 오늘도 장마 때가 그대로 겨울로 옮겨 앉은 듯한 그러한 시무룩한 날씨가 계속된다. 바람은 좀 잦았으나 사람의 맘을 초조하게 하는 음산함과 침울함은 어제보다도 더한 듯하다. 창밖으로 멀리 내다보이는 황폐한 벌판, 좁다란 길거리를 싸고 군데군데 서 있는 문화주택들의 소조한 풍경, 그런 것들이 시커먼 하늘 밑에 옹크리고 있는 것도 구슬펐고, 사이를 놓고 들려오는 무장야 철도의 전차 소리도 어둠 속을 빠져나오는 듯하야 구슬프다.

그런 사위에 에워싸인 이 부상관 구석방에서 '루디 · 벨리'의 '데니스 · 킹'의 명랑한 목소리가 울려 나온다는 것은 아무리 생각해도 어울리

지 않는 노릇이었다. 그러나 그런 부자연함이 지금의 우리들의 감정에는 곧잘 조화된다.

그렇게 우리들은 화로 하나를 사이에 놓고 무척 오랫동안 달빛같이 새파란 우울의 바다 속에 잠겨 있었다.

"긴 상."

한참 만에 '무라이'는 '슈발리에'의 노래를 중간에서 꺼버리고, 내 앞으로 다가오더니,

"긴 상, 당신은 어떤 때 제일 고적합디까?"

무슨 수수께끼와도 같이 불쑥 그런 것을 물었다.

"글쎄……."

나는 무슨 영문인지를 몰라 잠깐 망설인 후에,

"별안간에 그건 왜?"

"아마 당신에겐 부모님이 다 계시니까 별루 그런 일 없으껄."

"왜? 당신두 다 계시댔지?"

"……."

'무라이'는 얼른 대답을 않고 잠깐 동안 무엇을 생각하는 듯하더니, 별안간에 다른 것이나 생각난 듯이 화제를 바꾸어,

"어저께 '아사오 상' 춘부장 오신 거 아우."

"응, 그래서들 정거장에 나갔었구려."

"응, 그래 오늘은 시내 구경시켜디린다구 모시구 나갔지."

"난 아주 몰랐어, 어쩌면 그럼 늦게들 들어왔구려."

"들어오니까 당신은 잡디다……. 전에두 뵙기는 했지만, 이번에 뵈니까 참 좋은 어른야."

"왜?"

"완고허시긴 허지만 한번 맘이 풀리면 그땐 또 부처님 같으시거든.

우리 집 부모님네들허구 비교해보니까 딱한 생각만 납디다."

"뭣허러 오셨누?"

"'아사오 상' 혼인 말 때문야."

"혼인?"

"응."

'무라이'는 고개를 끄덕이고 잠깐 말을 끊은 후 화로 속에 숯을 넣고 나서,

"'아사오 상'헌테 애인이 있는 거 당신 아우……."

"모르지. 언제 그런 거 당신네들이 나헌테 들려줬우?"

"그랬나. 그럼 내 이야기허까?"

천천히 담배를 한 대 물고 나서 '무라이'는, 이야기를 시작하자 좀 얼었던 마음이 녹았는지 평소의 어조로 돌아가 아래와 같은 이야기를 조리 있게 들려주었다.

'아사오'에게는 대학에 다닐 때부터 '다에코'라는 연인이 있었다. 그러나 고향에서는 어렸을 때 부모가 정해준 약혼한 사람이 '아사오'의 학교 마치는 날만을 손꼽아 기다리고 있었던 것이다. 여기서부터 흔히 대중소설에 나오는 것과 똑같은 경로와 쟁투를 거쳐, 드디어 '아사오'는 집안사람들과 반목하게 되었다. 그러나 '아사오'는 굳은 결심으로 완고한 아버지가 반성할 날을 믿고, '다에코'에게도 그날이 오기를 기다리라고, 그래서 정정당당하게 정식으로 결합하자고 그렇게 타이르고, 맑게 굳게 몸을 가지며 이리하야 이미 다섯 해, '아사오'는 '아사오'대로 '다에코'는 '다에코'대로, '무라이'의 말에 의하면 '사랑을 위하야' 그들은 아무것에게도 지지 않고 입때까지 싸워왔다는 것이다.

드디어 '아사오'의 아버지가 꺾일 날이 왔다. 얼마 전에 일간 한번 상경해서 잘 의논하겠다는 편지를 하고서는 별안간 오 년 동안이나 집에 돌

아오지 않는 아들을 찾아 상경했던 것이다. 그리하여 그들은 어저께 '다에코'까지 한자리에 모여 흉금을 털어놓고 각자의 신념을 이야기했다. '아사오'의 아버지는 비로소 그들의 '꿋꿋하고 바르고 충실한 사랑'('무라이'의 말)에 압도되었고, 또 '다에코'의 단정한 태도라든가 영리함에 크게 감동되어 당장 그 자리에서 그들의 결혼을 허락하고 말았던 것이다.

사실은 이번에 올라와서는 어떻게 해서든지 너를 데리고 내려가서 강제로라도 결혼을 시키려던 것인데 와놓고 보니 일이 거꾸로 되고 말았다고, 내 태도가 이렇게 표변*한 줄 알면 집에선 큰 소동이 일어날 것이나 그것은 내가 무슨 짓을 해서든지 무마하마고, 이런 색시라면 나라도 반하겠다고— '아사오'의 아버지는 나종에는 그런 농담까지 하며 여간 기쁜 낯이 아니었다 한다.

'아사오'는 아버지 앞에 눈물을 흘리며 고개를 수그릴 뿐이었다. 약혼한 상대자도 지금까지 자기를 기다려주었고 또 그 집안은 아버지의 장사의 큰 고객인 만큼 이제 와서 파혼을 한다는 것이 얼마나 아버지에게 정신상 물질상으로 타격을 줄지를 잘 아는 '아사오'는 감히 입 밖에 내어 무엇이라 치하할 수조차 없었다더라고—

그런 이야기를 차근차근히 마치고 나서 '무라이'는,

"참 착헌 어른입니다. 소설에 나오는 노인 같애……."

"응, 그렇다, 그럼 '아사오 상'헌테 한턱 먹어야겠군그래."

"암, 먹어야지, 내일쯤은 그 어른 내려가신대니까……. 그런데 그런 부몰 뵈니까 내 부모 생각이 나서 오늘은 당최 우울해 죽겠구려."

"……."

"두 분 중 어느 분 한 분만이라두……."

* 마음, 행동 따위가 갑작스럽게 달라짐. 또는 마음, 행동 따위를 갑작스럽게 바꿈.

"왜? 당신에게두 애인 있소?"

또 어둔 얼굴로 돌아가려는 '무라이' 보기가 민망하야 나는 이렇게 웃음엣소리를 던져보았으나 '무라이'는 그것을 받아주지 않고,

"그렇진 않지만……."

그렇게 한마디 내뱉듯 하고 나서 침울한 태도로 '레코드' 장을 고르기 시작하였다.

5

한 일주일가량 고향에 다녀오겠다고 '아사오'는 그 다음다음 날이던가 아버지와 함께 시골로 나려갔고, 전송하고 돌아오다가 나와 '무라이'는 무척 고적함을 느끼어 늘 가는 '오뎅'집에서 밤늦도록 또 술을 먹었다. '트리오'의 일각一角이 무너졌으니 어떻게 하느냐고, 자아, 인제부터는 우리 손목 맞잡고 공부나 하자고, 나도 내일부터 소설 쓰기 시작하겠다고— '무라이'는 전에 없이 취하야 집에 와서까지도 그런 자임을 토하며 나종엔 무엇 때문인지 눈물조차 흘리며 흐늑흐늑 느끼면서 잠이 들고 말았다.

이튿날부터 '무라이'는 밥술만 뜨고 나면 자기 방에 틀어박혀 무엇인지 열심으로 쓰고 있는 모양이었다.

정말 소설을 쓰기 시작했나 보다고 나도 차차 시험 준비를 시작해야겠다고, 결국 그것을 기회로 나도 다른 모든 것을 잊고 앞날의 계획을 세우기에 바빴다.

때때로 집안일이 마음에 거리끼지 않는 것도 아니었다. 그러나 이미 몇 해 동안은 내 자신만을 키우기로 결심한 후이라 이를 악물고 아무것

도 생각하지 않으리라 맹서한다.

그리하여 지극히 평온한 날이 계속되었다. 낮이고 밤이고 부상관은 사람이 있는지 없는지 모르도록 조용하였다.

일주일이면 온다던 '아사오'는 달포가 되도록 상경하지 않고, 여러 가지 해결할 문제가 있어 뜻대로 못하고 부득이 시골서 과세하게 될 것 같다는 간단한 엽서가 왔을 뿐이었으며, '무라이'는 전과 달라 매일같이 얼굴은 대했으나 간단하게 인사말을 주고받을 뿐, 제각기의 세계로 즉시 파 들어가 좀체로 한자리에 모여볼 기회를 얻기 어려웠다. 그리고 어느 사이에 나나 '무라이'나 서로 그것을 조금도 이상하게 생각지 않게 되었던 것이다.

어느덧 섣달도 거진 다 지나고 머지않아서 새해라 하야 이 한산하던 교외의 한구석에도 부산한 공기가 떠돌기 시작했다. 여러 날 계속해서 봄날같이 따뜻한 바람까지 불었다.

그러한 어느 날 '무라이'가 불쑥 내 방으로 들어오더니 앉지도 않고 선 채,

"나두 시굴 가서 과세허겠소."

밑도 끝도 없이 이런 소리를 하는 것이다.

"시굴? 아니, 이거 모두 별안간에 웬일들야. 죽어두 안 간대드니 개과천선했구려?"

"글쎄, 그랬나 봐……."

그렇게 대답하고 '무라이'는 잠깐 쓸쓸하게 웃더니,

"내가 저야 허까 봐…… 당신은 어디 안 가겠소?"

"내야 어디 갈 데 있나?"

"그럼 부상관이나 잘 지키구려. '하마 짱'허구 둘이서. 하하."

"이건 또 무슨 소리……."

"내 그럼 갔다 오리다……."

"아아니, 이건 모두들 나만 내버려 두구 고향에 가기람!"

"글쎄— 고향엘 가게 될지 어딜 가게 될지 누가 아우. 중간에서 맘 변허면 온천이나 한 바퀴 휘돌아 오지."

"그래, 언제 떠날 작정요?"

"밤차루……."

"그럼 같이 나가까?"

일어서려는 나를 '무라이'는 한사코 말리며,

"아냐, 아냐, 고만둬, 가면 아주 간댑디까, 뭐, 가방두 안 가지구 떠나는데— 금방 갔다 올걸, 뭘."

"'무라이'는 무엇 때문인지 방 속으로 나를 떠다밀 듯하며,

"그럼 갔다 오리다."

그런 말을 한마디 남긴 후 문을 닫고 사라졌다. 나는 한참 동안 어안이 벙하야 책상머리에 꼬부리고 앉은 채 어쩔 줄을 몰랐다.

그러고 있는 사이에 문득 내 머릿속에는 '무라이'나 '아사오'가 모다 다시는 이 하숙에 돌아오지 않을 것만 같은—아니, 반드시 안 돌아오리라는 그런 생각이 떠올라 나는 별안간에 내 주위가 허전해진 상실은 공허감을 느끼고 말았다.

그렇게 단정할 아무 근거도 없었으나 까닭 없이 꼭 그렇게만 믿어지는 것이 일종의 불길한 예감을 주기조차 하는 것이다. 그리고 내 앞길에도 무슨 암시를 주는 듯하여 두려웠다.

거의 매일같이 무척은 가까이 지내왔으나, 바른대로 말하자면 나는 아직도 그들을 잘 모른다.

'아사오'나 '무라이'나 하루 종일 농담으로 사는 사람이었으나 그것은 역시 농담에 그쳤을 뿐, 그들의 진심까지를 토하지는 못했다. 그들이

항상 무슨 검은 그림자를 짊어지고 있는 것만은 어렴풋이 상상할 수 있었고, 또 그것이 나와 비슷한 일종의 가정의 불화라는 것도 짐작쯤은 갔으나 거기서 한 걸음만 더 나가도 나는 의연코 그들의 정체를 잡지 못했다. 그들도 달갑게 그것을 내게 알리려 하지 않았다.

'무라이'의 이야기로 '아사오'의 사정만은 뚜렷이 구명된 것 같기도 하나, 나는 직각적으로 그것이 전부가 아니라는 것을 알아내일 수 있었다. 사실이 그것만이라면 도저히 '아사오'와 같은 침울한 성격의 남자를 만들어내일 수는 없는 노릇이다.

'무라이'만 하더라도 그랬다. 언제이던가 술이 취한 나머지,

"난 죽어도 집이 안 간다, 안 가."

그런 소리를 하며 눈물을 흘린 일이 있으나, 역시 그 이상은 말하지 않고 입을 다물었었다.

더구나 '무라이'는 작가에 뜻을 둔 만큼 신경도 섬세하야 '아사오'보다도 한층 더 자기의 내면을 남에게 들추어 보이려 하지 않았다. 그것으로 미루어 생각하면, 그의 가정의 내막이란—'아사오'도 비슷하겠지만—무척 추악한 것이 아니면 입에 담지 못하도록 참혹한 것인 것임에 틀림없을 것이다. 내가 그것을 애써 알려 하지 않은 것도 그런 점이 상상되었기 때문이다.

그렇다면 비슷비슷한 처지에 놓인 우리들 세 사람이 급속하게 친해진 데는 그런 점—서로 암암리에 느껴온 그러한 일맥상통한 점에 그 원인이 있었는지도 모른다.

그것은 하여간에 그들이 이대로 정말 다시 이 하숙에 안 돌아온다는 것은 몹시 섭섭한 일이다. 그런 일이 있기 전에 어떻게 해서든지 그들 중의 한 사람만이라도 한시 내 곁으로 잡아 와야 하겠다.

나는 그런 것을 한참 생각하다가 '아사오'에게 편지를 쓰리라고 책상

서랍을 열려는데, 등 뒤에서 빠른 속도로 그러나 조심성스럽게 문이 열렸다 닫히는 소리가 들렸다. 밤참 갖다 놓은 '하마에'일 게다.

"하마 짱!"

나는 과장해서 말하자면 구세주나 만난 듯이 기쁘고 반가워 당황해서 그를 부르고, 그 목소리가 높은 데 스스로 놀래이며, 다음엔 벌떡 일어나서 내 손으로 문을 열고 수줍어하는 '하마에'에게 들어오라고 가만히 손짓하였다.

'하마에'는 복도 어둔 구석에 몸을 숨기고 망설이는 듯, 꼼짝도 않는다. 어둠 속이라 몰랐지만 분명히 얼굴이 홍당무같이 붉어졌을 것이다.

"하마 짱"

나도 그러한 '하마에'의 태도를 대한 순간 잠깐 멈칫했으나, 내게 조금도 사심이 없다는 것으로 스스로 변명하며 용기를 내어 이번엔 좀 낮은 목소리로 또 한 번 부르고,

"'무라이 상' 언제쯤 온댔지?"

겨우 조심스럽게 방 안에 들어선 '하마에'에게 그런 등에도 닿지 않는 말을 물으며, 나는 무엇 때문에 '하마에'를 불렀는지 스스로도 깨닫지 못하며, 다음엔 아무리 사심은 없다 하지만 밤늦게 나이 어린 하숙 '조추'를 끌어들였다는 부끄러움만을 깊이 느끼고 만다.

6

초하룻날만은 아무리 낮이라도 늦잠 잘 수 없어, 내 딴엔 무척 일찍 일어난 모양이었으나, 그래도 세수를 마치고 식당에 들어가니 벌써부터 상을 준비해놓고 모두들 나를 기다리고 있는 판이었다.

거의 전부가 고향에 갔거나 여행을 떠났고, 하숙인으로 부상관에서 새해를 맞이하는 사람은 나와 아래층에 있는 '타이피스트'와의 두 사람뿐이다. 사실 이 허물어져가는 부상관에서 신춘을 맞이한다는 것은 적지 아니 우울한 노릇이었다. 그러나 지금의 나로서는 그것에 만족하는 밖에 별 도리가 없다.

주인 할머니와 그의 아들 제대생과 예쁘지 않은 '타이피스트'와 그리고 '하마에'와 나, 이렇게 다섯 사람이 조촐하게 설상을 대했다.

몇 잔씩의 '도소屠蘇'*에 모두들 얼굴을 붉히며, 상이 나간 후에도 오랫동안 다섯 사람은 그 방에 눌러앉은 채 잡담으로 시간을 보냈다. 그러나 모두들 말이 없는 사람들이라 별로 신기하고 재미있는 화제도 없었으나, 다만 그 나이 찬 '타이피스트'만이 혼자서 킬킬거리며 하숙인들 한 사람 한 사람의 숭을 잡는 것이 흥겨웠을 뿐이다.

그것에도 지쳐 잠시 방 안이 잠잠하였을 때 나는 주인 아들 쪽으로 다가앉으며,

"'아사오 상'이나 '무라이 상'헌테서 무슨 소식 없에요?"

늘 이유 없이 걱정되는 그것을 물었다. 그 대답으로 올해의 내 운명을 점치려는 마음인지도 모른다.

"정초에 온댔는데요. '긴 상'헌텐 편지 안 왔에요?"

"안 왔에요. 가서 즉시 엽서 한 장 왔을 뿐예요."

"아마 금명간에 두 분이 같이 올 겝니다."

"같이 와요. 어떻게— 같이 만났나요?"

"뭘, 군은 다르지만 한 고향인걸요. 모르셌에요?"

"몰랐에요. 그래요— 그럼 메칠 안 있어서 부상관이 또 떠들썩허겠

* 설날 아침에 마시는 약주.

군."

"그럼요, 그분들이 안 계시니까 아주 적적해서…… 하하."

×

얼마 후에 나는 네 사람을 방에 남겨놓고 혼자서 이층으로 올라갔다. 옷이나 갈아입고 '아사쿠사'에나 가볼까 하는 생각에서였다. 두 동무가 돌아올 때까지 나는 끽소리 말고 부상관을 지켜야 한다.

낡고 헐었으나 그믐날 하루 종일 '하마에'가 애써 닦고 쓸고 문지르고 한 탓으로 그래도 제법 유리창이 새봄답게 밝고 복도에도 윤이 돈다. 창밖, 따뜻한 햇볕에 싸인 거리에는 사람의 왕래가 제법 잦고, 눈 녹은 벌판에선 아지랑이라도 뭉게뭉게 피어오를 듯하다. 그러한 희망을 가지게 하는 좋은 날씨였다.

복도 창 너머로 그런 것을 넘겨다보며, 동경에 온 후 처음으로 안온하게 가라앉은 마음속에서, 이런 마음 언제까지든지 지니고 이대로 곧장 살아나가리라, 아무 술책도 필요치 않고 아무 흉계도 쓸 것 없으니 그저 정직하게만 살아나가리라, 그러면 결국 모든 번잡스러운 문제가 스스로 해결되리라고— 혼자서 고개를 끄덕이며 그런 것을 생각하고 나는 천천히 방문을 열었다.

맨 먼저 책상 위에 놓은 흰 종잇장이 눈에 띄었다. 그리고 다음엔 왼편 벽에 걸린 내 낡은 '아와세袷'*와 '하오리羽織'**가 눈에 띄었다. 그뿐 아니라 방 안은 반듯이 정돈되었고, 책상머리 화병에는 꽃까지 꽂혀 있는 것이다.

나는 잠깐 멈칫하고 형용 못할 감격에 가늘게 몸을 떨며 부지중 눈시울이 뜨끔하는 것을 금할 길 없다.

* 겹옷.
** 일본 옷 위에 입는 짧은 방한용 겉옷.

나는 거의 책상 앞에 펄썩 주저앉듯 하며 그 흰 종잇장을 집어 들었다.

> 새해엔 학교에 꼭 입학하시고 복 많이 받으십시오.
>
> 그리고 오래 부상관에 계셔주십시오.

그런 간단한 사연이었다. 그러나 천 자 만 자보다도 더 무게 있고 애정에 넘치는 순진한 글이었다.

나는 또 한 번 눈시울이 뜨끔하는 것을 느끼며 이번엔 얼굴을 들어 벽에 걸린 내 옷을 쳐다보았다.

입고 뒹굴어 때 묻고 찢어지고 주름 잡혔던 옷이다. 그것이 어느 사이에 저렇게 말짱하게 새 옷으로 변하야 단정하게 벽에 걸려 있는 것일까. 터진 데는 꿰매었고, 주름진 덴 펴졌고, 동정 때도 말짱하게 뽑아놓았다. 어쩌면 향수까지 뿌려두었는지도 알 수 없는 일이다.

나는 벌떡 뛰쳐 일어나 입었던 '도테라'*를 벗어 던지고 벽에 걸린 옷을 재빨리 갈아입었다.

"하마 짱."

그리고 입안서 무한한 애정을 섞어 가만히 불러본 후, 인제부터는 쓸쓸해하지도 말리라고 결심하며,

"하마 짱."

또 한 번 부르고 그 무명옷의 감촉을 비단결같이 부드럽게 곱게 생각하는 것이다.

—《춘추》, 1941. 3.

* 방한용 속옷.

행복

1

야시장을 지나쳐 파출소 붉은 외등을 등지고 나면 길은 무턱대고 넓을 뿐이지 어둡기는 지름길 이상이다.

겨울 해는 짧고 아직 달도 뜨지 않았다.

오늘 저녁따라 김지도金智道 노인에게는 눈에 익은 넓고 어둡기만 한 그 거리의 풍경이 몹시 흉측스럽고 음산한 것같이 생각되어 못마땅하다는 듯이 공연히 혀를 끌끌 차고 걸음을 빨리 해보려 하였으나 사지가 맥없이 홱 풀리고 맘대로 놀지를 않는 것이다.

텅 비인 전차가 낮에는 생각도 못할 속력으로 바람을 일으키며 달린다. 제법 밤도 이슥한 모양이다.

그 바람이 매정스럽게 얼굴을 휘몰아 갈기자 김지도 노인은 가늘게 몸을 떨고 불시에 시장기가 치밀어 올랐다.

노인은 팔짱을 낀 채 일부러 외면을 하고 선술집 앞을 지나면서, 아까부터 오한이 나는 듯하더니 그게 필시 시장기 때문이리라고, 그렇게 단정을 내렸다.

그렇게 생각하니 오늘 몇 시간을 거리에서 떨었을 뿐 아니라 저녁까지 굶게 한 젊은 양복쟁이가 몹시 얄밉다. 일종의 분노에 가까운 혐오까지 느끼게 하는 것이다.

"제길헐— 일수가 나쁘려니까……."

노인은 또 한 번 혀를 끌끌 차고 부지중 혼자서 입속으로 중얼거리며 팔짱 낀 손에 힘을 주었다. 그러면 한결 추위가 좀 덜한 것 같은 것이다.

아침에 이 길을 걸어 나올 때엔 노인의 가슴속에는 희망이 가득 찼었다. 아무리 적어도 오 원 한 장은 틀림없이 수중에 들어오리라고 믿었기 때문에 마나님에게 장담을 하고 왔던 것인데— 전찻삯도 없어 다시 십오 리 길을 요렇게 초초라하게 걸어갈 줄은 뜻밖이다.

"요새 젊은 놈들이란…… 에이, 에이."

해괴하다고 지금 노인은 애달프게 자탄을 할 뿐이나, 자기가 젊어서 한때 돈 쓸 적엔 지금 생각하니 참 호걸이었다고, 그런 생각으로나마 쓸쓸한 자기를 위로할밖에 도리가 없는 것이다.

김지도 노인은 노인이라면 아조 질색이다. 늙었느니 노인이니 말끝에 비치기만 하면,

"이 사람아, 내 나이 아직 육십일세, 육십야!"

그렇게 정색을 하고 따지려 드는 것이다.

육십은 거짓말이라 하더라도 사실에 있어서 둘, 셋, 결코 넷을 넘지는 않았을 나이이다. 그러나 머리라든지 수염이라든지가 풍채는 좋아도 몹시 시었다. 고생살이하느라고 혈색까지 좋지 못하여 얼른 보기엔 한 칠십으로 보이는 때도 가끔 있다.

노인의 말에 의하면, 이렇게 머리가 시이기 시작한 것은 돈을 못 쓰게 된 때부터란다. 그러나 아직 맘은 늙지 않았다고, 언제든지 내겐 다시 돈 쓸 때가 또 한 번 오리라고 한 잔 술이나 들어가면 기염을 토하고 나서,

"이 사람아, 내 외입헌 얘기 좀 들어보려나……."

그리고는 지금도 기운은 젊은 애들에게 지지 않지, 하고 뇌락하게 너털웃음을 치는 것이다.

그렇기 때문에 복덕방 동관들 노인과는 늘 사이가 좋지 않다. 김지도 노인이 자기만 양반입네 하는 꼴이 다른 노인들의 비위에 맞지 않았고, 또 몸도 맘도 밤낮 꾀죄죄 초라한 동관들과 김지도 노인은 사귀려 하지 않는다. 불화랄 것까지는 없어도 그들이 잘 상종치 않는 원인은 이것이다.

그러니까 자연 김지도 노인은 복덕방 근방 젊은 애들과 항용 추축한다.

주책없는 노인이라고 그것이 또 다른 동관들의 이맛살을 찌푸리게 하는 것이나, 그러나 젊은 애들을 좋아한다는 단지 그것 때문뿐이 아니라 김지도 노인이 그들과 접촉하는 데는 좀 더 생활에 근저를 둔 절실한 문제가 잠재해 있는 것이다.

구·일팔 가격정지령이 토지 가옥에도 실시된 후로부터 복덕방 시세는 말할 나위 없어서 상말로 일 년 열두 달 하루같이 파리만 날리고 있는 형편이었다. 그렇게 되고 보니 전에도 안 그러는 날이라고는 없었으나,

— 내가 어쩌다 이 꼴이 돼서 이 길을 들었누?

하는 뉘우침이 더욱 노인의 맘을 괴롭히고 들뜨게 하였다.

자라날 시대가 시대였던 만큼 배운 것이라곤 한문밖에 없었으나 양반의 집 외아들로 귀염받고 길리운 버젓한 선비였으며, 자기 앞으로 물려받을 것만 해도 오백 석은 넉넉했었다. 그러나 귀염만 받고 자란 몸은 새로운 시대에 처하여 살아나갈 길을 찾기가 망연하였다. 그러나 그때만 해도 '혈기가 방장하야'(이것은 노인의 표현이다) 울분을 참을 길이 없어서 집을 서울로 떠옮겨 보았으나 역시 다른 도리가 있을 리는 없었고,

하는 일 없이 놀고 있는 사이에 '허우대 좋아, 구변 능해, 술 잘 먹고 돈 있고 젊었으니' 자연 밤을 낮으로 알고 난봉을 부리기 시작했던 것이다.

그때 노인의 나이 서른다섯. 슬하에 일 점의 혈육도 없어, 이러단 핏줄 끊어지겠다고, 말하자면 그것이 방탕을 시작한 이유이기는 하였다.

그럭저럭 십 년, 첩을 몇씩 갈아보았어도 낳겠다는 자식은 딸자식 하나 얻지 못하고, 노인이 펀듯 제정신을 차렸을 때엔 그야말로 주위에 푼전 한 푼 남아 있지 않았고, 그 많던 술친구들조차 길에서 만나도 외면을 할 지경이었다.

그리자 어떤 친구의 연줄로 그 당시엔 시세 좋던 복덕방에 발을 들여놓게 되어 한때는 제법 재미도 보았고 하여 재기할 날을 기약하고 광산이니 뭐니도 쫓아다녀 보고 하는 사이에 복덕방 노인으로 티가 백였고 백발이 휘날리게 되고 말은 것이다.

그래도 그동안은 비교적 평온한 생활을 해왔다고 요새에 이르러 생활이 점점 쪼들림을 따라 노인은 초조함을 금하지 못한다. 노후에 비록 낙기야 못할망정 괜히 걱정야 해서 쓰겠느냐고, 그것도 노인의 맘을 어둡게 하였거니와, 더욱이 근래에 와서 뼈아프게 느껴지는 것은 신변의 적적함이다.

늙을수록 점점 자식 생각난다는 게 참 옳은 말이라고, 노인은 이따금 혼자서 고개를 끄덕이며 자기의 기구한 운명을 한탄하고, 그러면 별안간 안절부절을 못할 만큼 아지 못할 불안에 타 눌리어 팔자가 이렇게도 기구하니 필시 죽을 때도 온전히는 죽지 못하리라고 아무도 안 볼 때엔 눈시울조차 뜨끔해지는 것이다.

펀둥펀둥 노는 듯하면서 찻집인지 뭔지나 드나들다가는 그들은 곧잘 덩이리 돈을 비는 눈치다. 힘들지 않는 게 첫째로 노인이 비위에 맞았다. 나도 그 재조나 배워볼까, 다 늙게 원…… 속으로 머리를 절레절레 흔들면서도, 이리하여 노인은 그들과 의식적으로 접근하기 시작했다. 성공하는 날이면 동관들의 비웃음을 되려 비웃어주리라고, 노인은 겉으로는 너털웃음을 치면서 이런 배짱이었다.

그리자 그게 바로 어제저녁 일이다. 여러 날 계속하여 집에 돈을 가지고 들어가지 못한 김지도 노인이 갑자기 엄습한 추위와 불안에 불도 안 담긴 질화로를 벗 삼아 몸을 떨고 있으려니까, 전에 무슨 운동선수였다는 낯익은 애 하나가 안경 쓴 양복쟁이를 다리고 불쑥 복덕방 안으로 들어섰던 것이다.

"영감님, 낼 틈 기슈?"

"왜 그러나?"

있지…… 선뜻 대답하려다가 얼른 고쳐 생각해서 못마땅한 듯한 선대답으로 대꾸했다. 직업이 가르친 일종의 그것도 전술인 것이다.

"낼 반나절만 틈 좀 내주슈."

"뭐게?"

"글쎄……."

그리더니 그들은 저희끼리 무엇인지 잠깐 속삭이고 나서,

"낼 한턱 쓰면서 천천히 얘기허리다— 오정 때쯤 이분허구 올 테니 꼭 좀 기다리슈."

"무슨 영문인지나 알어야 허잖나!"

"글쎄, 영감님 수 났으니 암말 말구 기다리시구려. 아따 나만 믿으슈, 믿어."

김지도 노인은 그들을 보내놓고 나서, 필경 이게 무슨 큰 토지 매매이거나 광산 매매려니 생각했다. 꼭 그러려니 믿고 보니 별안간 앞이 화안히 티이는 것 같다. 그 최 뭐라나 하는 애가 좀 괄괄하기는 해두 사람은 진실해……. 오늘도 예편네가 겨우살이 걱정하는 걸 큰소릴 하구 나

와서 걱정이드니만…… 사람이 죽으라는 법은 없군…… 하고 아까까지도 맘속으로 싱글벙글하면서 노인은 반나절을 그 양복쟁이를 따라다녔었는데, 해 질 녘에 그 양복쟁이 녀석은 자기를 안국동 사거리에서 기다리래놓고 종시 여섯 시가 지나도 꽁 구어 먹은 소식이었다.

한 시간 가까이 길목에서 떨고 기다리면서 노인은 대체 무슨 일로 양복쟁이가 자기를 계동 솟을대문 집 사랑으로, 종로 거리 찻집으로 끌고 다녔는지 그것만이 궁금해서 처음엔 시간 가는 줄도 모르고 이리저리 궁리했었다.

그러나 아무리 기다려도 십 분만 있다 오겠다던 양복쟁이는 다시 노인 앞에 나타나지 않았다. 공연히 다리품만 팔았다고 노인은 추위에 못 견디어 발을 동동 구르면서 돌아섰으나, 생각하니 모든 것이 허무하도록 맹랑하다. 기가 막힐 뿐이다.

노인의 발은 제절로 다시 복덕방 쪽을 향하였다. 물론 아무도 남아 있지는 않을 것이나, 거기나 가야 우선 빳빳해진 다리를 좀 쉬일 수 있었고, 또 천운으로 이 첨지나 황 서방이 돈벌이를 해서 어쩌면 자기 오기를 기다리고 있을지도 모르는 일이다. 낭중에 무일푼이요, 갈 곳조차 없으니 그런 가령 없는 희망이나마 품을 수밖에 없는 처지였다.

그러나 김지도 노인을 위하여 기적은 역시 나타나지를 않았다. 그럴밖에 없는 게 요새는 날도 춥고 벌이도 없다 하여 모두들 해만 지면 뿔뿔이 헤어지고 마는 게 버릇이었던 것이다.

노인은 한숨을 쉬이고 뒤통수를 치고 나서 정처 없이 걷기 시작했다. 혹시 누구 안면만이라도 있는 사람을 만났으면…… 십오 리 길을 걸어가지 않아도 되겠다고, 역시 한 개의 기적을 기다리는 맘에서였다. 그래서 이렇게 밤이 이슥히어,

"에이, 요새 젊은 놈들이란……."

노인은 또 한 번 혀를 끌끌 차고 자탄하는 것이나, 그러나 모든 것을 단념한 노인의 맘속에서는 노여움보다도 왜 양복쟁이가 자기를 하루 왼 종일 끌고 다녔나 하는 그 의문이 앞서, 맥없는 다리를 질질 끌으면서 노인은 연방 고개를 기우뚱기우뚱 내젓는 것이다. 그리면서 팔짱 끼인 손에 부쩍 힘을 주었다. 그러면 한결 추위가 덜한 것 같은 것이다.

2

이튿날 아침, 김지도 노인은 해가 높다래서야 겨우 자리에서 일어났다.

아무리 생각해도 도무지 무슨 꾀가 생각나지를 않는 것이다. 무슨 모책은 생각나지 않아도, 그러나 하여간 살아가야 한다는 명제만은 엄연히 앞장을 서서 쫓아다니고— 그러니까 노인은 더욱 안타까울밖에 없다. 노인은 늦잠을 잔 게 아니라 눈을 멀뚱멀뚱 뜨고 자리 속에서 몇 시간이고 이 한 가지 생각만을 되씹고 하였던 것이다.

노인은 되는 대로 찬물을 얼굴에 찍어 바르고 마나님이 갖다주는 밥을 두어 숟갈 뜨는 듯 마는 듯하고 나서, 에헴— 큰기침을 한 번 하고 옷을 갈아입으려니까,

"오늘두 그냥 나가시우!"

물린 밥상머리에 앉아 마나님이 광채 없는 눈으로 쳐다보았다.

김지도 노인은 털모자를 깊숙이 눌러쓰고 나서 잠깐 천장을 향하여 멍하니 서 있다가 멋없이 싱긋 웃고 말며,

"글쎄…… 오늘은 무슨 수가 생길 것 같군그래."

"수는 밤낮 무슨 수…… 인제 그 소리 들어두 우습지두 않수."

늘 말 없고 유순하고 착한 마나님은 더 불쌍한 노인을 성가시게 굴지 않고 겉으론 우습지도 않다면서, 노인을 본받아 멋없이 싱긋 웃으면서 목도리에 묻은 먼지를 털어주는 것이다.

암말 없이 굶게 되면 굶고 먹게 되면 먹고— 인생의 대부분을 쪼들리고만 살아온 마나님은 체관만을 몸에 지니고 있기 때문에 어느 틈엔지 외롭고 쓸쓸한 낙천가가 되고 말았다. 그러니까 일 년을 가야 마나님은 남편은 물론 남하고라도 큰 소리 내어 싸우는 일이 도무지 없다.

김지도 노인은 애처로운 듯이 그 부처님 같은 마나님의 굽어진 등을 잠깐 곁눈질하고 나서 바쁜 일이나 있는 사람같이 부리나케 밖으로 나가며,

"내, 오늘은 일찍 들어오리다."

이런 말을 던지고, 어이 추워…… 부지중 입 밖에 내어 중얼거리면서 두루마기 앞을 여미며 팔짱을 끼고…… 어젯밤과 똑같은 초라한 모양으로 거리로 나섰다.

처마 끝이 맞닿을 듯한 좁은 골목을 빠져 김지도 노인이 마악 전차 다니는 큰길로 들어서려는 판인데, 얌전하게 차린 난데없는 중년 부인 하나가 불쑥 골목 안으로 뛰어들더니, 별안간 악 소리를 치며 주춤하고 그 자리에 멈춰 서는 것이다.

웅숭그리고 땅만 내려다보며 걷던 김지도 노인도 그 서슬에 팔짱을 빼고 고개를 번쩍 쳐든다. 여자의 얼굴이 바로 앞에서 뚫어져라고 자기를 쳐다보고 있다. 기억이 나지를 않는다. 노인은 잠깐 양미간을 찌푸리고 다시 팔짱을 끼고, 별 아낙네 다 봤군…… 하는 듯이 모른 체하고 그 옆을 빠져나가려 하였다.

그러나 두어 걸음 내디디다 문득 노인은, 기억에 남지는 않았어도 그 여자의 모습이 어딘지 모르게 낯이 익은 듯하여, 다시 고개를 돌이키려

하려던 바로 그때였다.

"영감……."

등 뒤에서 부르는 날카로운 목소리에 그대로 주춤하고 노인은 그 자리에 딱 머물러 서기는 하였으나 웬일인지 고개는 돌아가지를 않는다. 그렇게 선 채 노인은 이번엔 급하게 그 목소리에서 옛 기억의 실마리를 찾으려고 애쓰려는데,

"영감!"

그 여인은 또 한 번 부르고 다시, 노인의 앞을 가로막아 서며,

"저— 저를 잘 모르시겠에요!"

그렇게 묻는 여자의 눈에 눈물이 글썽글썽한 것을 노인은 기이하게 생각하면서 잠깐 몹시 당황해하다가,

"뉘시오? 낯은 익소만……."

노인은 하는 수 없다는 듯이 낮은 목소리로 이렇게 되물었다.

"몰르시겠에요."

여자는 가만히 손수건을 눈에다 대이더니 이윽고 가냘픈 웃음을 입가에 띠우며 고개를 갸웃한다. 웃는 여자의 어금니가 금빛으로 빛나는 것을 본 순간 노인은 저도 모르게,

"오오, 이게……."

하고 악을 썼다.

지금부터 이십 년 전일까, 이십오 년 전일까, 자기가 한참 방탕하게 지날 때 일찍이 그는 이 여인과 비슷한 기생을 총애한 일이 있었다. 이름은 춘홍이— 그때 그의 나이 열아홉이랬으니…… 오오, 그럼 내 앞에 서 있는 여인이 역시 틀림없는 춘홍이가 아닌가— 노인은 무슨 보배나 찾아내이듯이 즐거운 맘으로 하나씩 하나씩 기억을 더듬어가며, 얼른 다음 말을 입 밖에 내이지 못하고,

"이게 웬일……."

대갓집 부인같이 조촐하게 채린 춘홍이의 모양 속에서 옛 모습을 찾으려 하는 대신 먼저 의외의 해우와 그 변함에 놀랐고, 다음엔 자기를 알은체한 것이 반가웠고, 그리자 곧 계속하여 그 앞에 마주 섰는 '영감'인 자기의 초라한 꼴이 대조돼서 생각키어, 노인은 복잡한 감정과 맘의 변화에 어쩔 줄을 몰랐다.

그러나 다음 순간,

"지금 댁으루 찾아뵈러 가는 길였에요."

그런 말이 들리자 노인은 더욱 당황해서, 조금만 자기 나오는 게 늦었다면 셋방 구석에서 만날 뻔했다고, 정말 오늘은 무슨 수가 생기려나 보다고,

"왜! 무슨 일루! 집, 집은 어떻게 알었누!"

자기를 찾아왔다는 말에 노인은 약간 전일의 원기를 회복한 듯이 속으로 후우 하고 긴 숨을 쉬고 나서,

"날 찾이러 오는 길이라!"

그렇게 혼잣말같이 중얼거리고 혹시 집으로 가잘까 봐 그것이 겁난다는 듯이 얼른 앞을 서서 큰길로 올라섰다.

"네에. 벌써버텀 꼭 좀 만나뵐려구…… 얼말 찾어댕겼는지 몰라요……. 그랬다가 우연히 요전에 길에서 최 주사를 만나뵙구, 저, 저어— 복덕방에— 계시대서— 오늘 그리루 갔다가 댁 번지수 알어가지구……."

복덕방—이란 말에 노인은 부지중 얼굴을 붉히고 못 들은 듯이 외면을 하며 큰기침을 하면서,

"그래서……."

하고 태연히 그다음을 재촉하는 것이었다. 그러나 춘홍이가 왜 자기

를 찾으려는지, 노인으로서는 아무리 생각해도 짐작조차 서지를 않았다.

자기의 주제를 돌아보아, 그리고 자기의 처지를 생각하여 노인은 몇 번이고 거절하였으나 종래 춘홍이는 들어주지를 않고, 노상에서 여쭐 말씀이 아니니 제발 제 집까지 같이 가시자고, 굳이 이끌어 하는 수 없이 노인은 부끄러움을 무릅쓰고 동대문 밖까지 춘홍이 뒤를 따라갔다.

칸수는 많지 않아도 칠도 새로운 조촐한 개와집, 안방 아랫목에 자리 잡고 앉아보니 새삼스럽게 지금의 자기의 신세가 생각되어 노인은 잠깐 암담해지는 것이었으나, 그보다도 지금 춘홍이는 무얼 하고 지내며 왜 자기를 여기까지 다리고 왔는지, 어제고 오늘이고 도무지 아지 못할 일 천지이니, 이거 내가 도깨비에게 홀린 것이 아닌가고, 그런 생각만이 어수선하여 노인은 거이 정신이 아찔할 지경이다.

춘홍이가 술상을 본다고 앞치마를 두르고 부엌으로 나가자 뒤이어 춘홍이 어머니가,

"어쩌면 글쎄, 이렇게 늙으셨에요."

하고 손을 잡을 듯이 뛰어 들어와 반가이 맞아주는 것에도 노인은 당장에는 대꾸를 못하고 얼른 머릿속으로 춘홍이와 자기와 사이의 짧았던 교섭을 회상하며 이렇게 환대받을 아무 이유도 발견하지 못하고 있을 제, 그러나 춘홍이 어머니는 모든 그런 노인의 감정을 무시하고 영감하고 헤어진 후로는 춘홍이가 늘 울고 지냈다는 것, 다시는 남편을 얻지 않고 어떻게든지 혼자 살아보겠다고 갖은 풍파를 다 겪은 것, 기생살이 십여 년에 겨우 먹을 것이나 장만해서 삼 년 전부터 그만두고 요새는 살림이나 배운다는 것, 식구가 단출해서 늘 적적하다는 것…… 그런 것들을 노인이 묻지도 않는데 끝없이 늘어놓기 시작하여 춘홍이가 술상을 가지고 들어올 때까지 노인을 괴롭혔다.

술상을 사이에 놓고 춘홍이와 마주 앉아보니, 젊었던 시절로 다시 돌아간 것 같아 노인은 저윽이 얼굴까지 홍조되어 빠안히 춘홍이의 얼굴을 건너다보았다. 따져보면 사십이 넘었을까 말까 한 나이인데도 불구하고 어렸을 때부터 유난히 풍염하고 흰 살결은 여전하여 두터운 입술, 날씬한 코, 그리고 큰 눈이 모두 전날같이 생생하고 정답게 보여지는 것이다.

이윽고 몇 잔의 술을 주고받고 하여 방 안의 분위기가 아무 거리낌 없어도 좋게 되자, 돌연 춘홍이는 정색을 하고,

"지가 왜 영감을 찾아댕겼는지 아시겠에요!"

하고 물었다.

"종시 생각해야 짐작이 안 서는군."

"영감 아드님 찾아가시라구 고랬에요!"

"내 아들이라니?"

춘홍이는 노인을 충분히 놀래이게 해놓고 나서, 일부러 침착하게 자리에서 일어나 벽장문을 열더니 두터운 '앨범' 한 권을 꺼내어 노인 앞으로 말없이 내어밀었다.

노인도, 말없이 그것을 받아 들어 첫 장부터 펴본다. 그 '앨범'은 한 소년의 성장의 기록이었다. 백일 때 사진으로부터 비롯하여 두 살, 세 살, 그리고 유치원, 소학교를 거쳐 중학 정모를 쓰고 동무들과 같이 박은 사진에 이르기까지, 무려 백여 장이나 되는 그것은 충실하고도 정성스러운 놀랄 만한 기록이다. 유심히 한 장 한 장 넘겨가고 있을 양이면 그 소년을 제 손으로 직접 길러내는 것과 다름없는 실감조차 주는 '앨범'이었다.

그 '앨범' 맨 끝 장에서 노인의 시선은 머무른 채 오랫동안 움직일 줄을 몰랐다. 이윽고 노인의 손이 부들부들 떨리고 다음에 경련이 전신에 퍼져갔다. 노인은 조상彫像과 같이 꼼짝할 줄을 몰랐다.

"이, 이게— 애가 — 내 아들이란 말요?"

노인의 목소리는 떨리는 쉬인 듯한 목소리였다. 그러나 그 소리가 떨어지자 춘홍이는 드디어 엎드러져 울음을 터뜨렸다.

노인의 눈에도 오래간만에 맑은 눈물이 핑 돌았다.

춘홍이는 얼마 동안을 그렇게 엎드려 어깨를 떨며 느껴 울더니, 차마, 고개는 들지 못하고 그대로의 자세로 넋두리 비슷이, 영감과 헤어질 적에 자기 배 속에는 이 애가 들어 있었으나 영감의 그때 태도가 너머도 냉정하기 때문에 말을 붙여볼 여지가 없었고, 또 여자로서의 고집과 통한 맘에 혼자서 기른 얘기와, 다행히 몸 성히 잘 자라고 남유달리 영리하여 그것을 낙을 삼고 모든 고초를 견디었다는 얘기와, 자기는 그동안 벌어, 먹을 것만은 만들어놓았고, 또 영감 지금 형편이 전과 같지 않은 것을 모르는 배가 아니니 조금치라도 천한 생각으로 이제 와서 아버지를 찾아주려는 것이 아니라는 얘기와, 털끝만치도 자기 말에는 거짓말이라고는 없으니 자기를 어디까지든지 믿어주고 또 그 애 사진이 얼마나 영감 젊으셨을 때 닮았는가 다시 한 번 보아달라는 얘기를 떠듬떠듬 매켜가며 들려주고 나서 겨우 얼굴을 들어, 노인과 나란히 앉아서 '앨범' 맨 끝 장을 들여다보는 것이다.

노인은 얘기를 듣는 동안 연해 혼자서 고개를 끄덕이면서 춘홍이의 얘기를 조금도 의심치 않으려 하였으며 의심커녕은 이렇게까지 키워준 공을 무엇이라 치하할지 모르겠다고 지금의 나로서는 아무것도 갚을 바 없는 것을 한탄할 뿐이라고 노인은 맘속으로 무수히 사과하는 것이다.

"왜 입때 안 찾든 아버지를 찾게 됐는지 아시겠습니까?"

춘홍이의 얼굴에도 겨우 다시 화색이 돌아왔다. 춘홍이는 그렇게 묻고 나서 채 노인이 무엇이라 대답하기 전에,

"첨엔 아버지는 돌아가셨다구 속았구 속여왔는데, 차차 철이 나드니

만 저를 자꾸 졸라대는군요. 아버지가 꼭 살아계시니 찾아달라구요. 그래 올봄에서야 정말 얘기를 해줬드니……."

"그래— 지금 몇 학년이지?"

"내년이 졸업이랍니다.—졸업하구 나선 곧 지원병으로 들어가겠다구— 지원병으루 들어갈려면 사생아여서는 남부끄럽다구— 아버지 찾아서 호적에 너달라구—"

춘홍이의 말끝이 또 흐리어가는 것을 노인은, 암, 넣어주지, 적자로 인정하고말고— 속으로 그렇게 대답하면서 애처롭게 생각한다.

3

대면하고 가시라는 것을, 인제는 집 알었겠다, 언제는 못 오나, 내일이 공일이니 다시 만날 수 있게 하구 와서 만나지, 하고 세 시가 치는 것을 듣자 노인은 굳이 춘홍이의 집을 나와 복덕방으로 향하였다.

말년에 이르러 뜻하지 못했던 아들을 얻었다는 것이 얼마 남지는 않았을 것이나 자기의 앞날을 축복하는 것만 같고, 다시 한 번 행복한 날이 틀림없이 올 것만 같아, 지금 노인은 팔짱을 빼고 가슴을 펴고 힘 있게 한 걸음 한 걸음 내디디고 있는 것이다.

노인이 복덕방 문 앞에 다다랐을 때다. 복덕방에서 불쑥 튀어나오는 사람은 어제저녁의 얄미운 양복쟁이였다.

그러나 양복쟁이 얼굴을 보아도 지금의 김지도 노인은 노여워할 생각조차 머금지 않고, 어젠 미안했습니다고 모자를 벗는 양복쟁이에게 도리어 웃음을 보내며,

"아니, 어제는 대체 왜 나를 끌구 댕겼소? 그 내력이나 좀 압시다."

하며 젊은 사람같이 쾌활한 어조이다.

"그건 알어 뭘 허십니까? 하하하. 좀 사정이 있어서 제 '로보트' 아버지가 되셨었에요, 어저껜— 하하. 그런데 곧 나오려든 게 고만 시간이 지체돼서— 허둥지둥 쪼쳐 나오니까 벌써 안 기시드군요— 참 어떻게 죄송헌지—."

"아니, 천만에—."

'로보트'란 무엇인지 몰라도 하여간, 어제 그 '로보트' 아버진가 되었든 것도 오늘의 이 기쁨을 가져볼 길조였었나 보다고, 그 '아버지'란 말만이 반가워 노인이 그것에 만족하려 할 때 양복쟁이는 노인 앞에 시퍼런 지폐 한 장을 내밀며 노인 덕택으로 제 일이 잘됐으니 받아두시라고 떠매끼다시피 하고는 종로 쪽으로 사라지고 말았다.

노인은 그 십 원짜리 지폐를 받아 들고 한참 얼빠진 사람같이 서 있을 뿐이었다. 기적 아니면 꿈같은 일이 이렇게 영문도 모르게 계속되는 수가 있을까—. 그러나 그런 생각보다도 지금 얼른 노인의 맘을 점령한 것은 이 돈으로 아들놈에게, 아직 보지도 못한 아들놈에게 무엇을 사다줄까 하는 그 궁리였다. 그 궁리는 일찍이 노인의 육십 평생에 한 번도 맛보지 못하던 행복스러운 궁리였다.

"그래, 내 오늘은 꼭 무슨 수가 생길 것 같드니만—"

노인은 우선 '하토'를 한 갑 사리라고 담배 가게 앞으로 천천히 걸어갔다.

—《춘추》, 1942. 1.

색상자色箱子*

벽장 한쪽 구석에서 잡동사니 도구 밑에 놓인 채 오랫동안 먼지를 뒤집어쓴, 빨강 파랑 색지를 대충 붙인 색상자(손궤 류의 부인 도구)는 보기에도 볼품없이 형태가 망가지고 색깔도 바랬는데,

— 뭐가 들어 있었더라?

하며, 기억력이 좋은 정숙貞淑도 살짝 고개를 갸웃하며 자칫 그대로 버릴 참이었는데, 뚜껑 사이로 얼굴을 내민 예쁜 원색의 천 조각을 보자 갑자기 오랜 기억을 끄집어낸 듯 순식간에 처녀처럼 얼굴을 붉히며,

"아, 그때의……."

놀란 목소리로 낮게 혼잣말을 하고는 먼지투성이인 상자를 그대로 꼭 껴안고 싶을 만큼 주체할 수 없는 감정에 사로잡혀 그만 눈시울을 적셔버렸다.

* 이것은 일본어 원문 소설을 번역한 것이다. 색상자란 여러 가지 빛깔의 종이로 울긋불긋하게 바른 상자를 말한다.

그럭저럭 휴우 하고 한숨을 내쉬고 나서 정숙은 정리하던 벽장 속의 도구 사이를 휘젓듯 미끄러져 내려와 조심스럽게 색상자를 마루로 갖고 나온 후, 정성스러운 손놀림으로 먼지를 털고 나서 두 팔로 껴안고는 맥 빠진 사람처럼 털썩 주저앉았다.

— 그립구나…….

괴롭고 즐거웠던 기쁨과 슬픔이 뒤섞인 무수한 추억이 끊임없이 떠올랐다.—이른 봄날의 햇살이 눈부시게 쏟아지는 마루 끝에서 자기를 잊은 채 주저앉은 정숙은 오랫동안 자세도 흩뜨리지 않고 달콤한 추억 속에 빠졌다.

어제까지 떠들썩했던 여관 생활과는 달리, 겨우 다섯 가족에 세 칸밖에 없는 교외에 신축한 집은 마치 산속에 있는 한 채의 집처럼 나른할 정도로 조용한데, 여전히 이삿짐이 여기저기 제멋대로 어질러져 있기는 했지만 그것이 즐거운 추억을 소란스럽게 흩뜨릴 정도의 난잡함은 아니었으니, 여장부로 소문나고 지금까지 한눈팔지 않고 줄곧 일을 해온 정숙에게는 이 세상의 것이 아닌 것처럼 여겨지는 주위의 적막함이 오히려 은밀한 정서를 북돋아 의외의 침착함마저 주는 것이었다.

"뭘 그렇게 생각하고 계세요?"

그럭저럭 창고 안 정리를 끝낸 듯한 할멈이 더러워진 수건으로 머리를 털면서 미소를 짓자,

"으응…… 좀 힘이 들어서…… 자고 싶은 기분……."

정숙도 부드럽게 위로하는 시선을 보내며 미소 짓는다.

"아마도 피곤해지셔서 그럴 거예요…… 짐이 이렇게나 많으니, 이사도 정말 보통 일이 아니네요……. 저희들처럼 옷가지나 냄비만 있으면 이렇게 잡다한 일도 없으련만……."

"그러게…… 사람들한테 거의 나눠 줬는데…… 그런데도 살림살이

가 이렇게 많네…….”

“그러게 말예요……. 주인마님은 너무 좋으셔서…… 한 사람 한 사람에게 노렌暖簾*이라도 나눠 주려는 마음이신데, 받은 사람들은 고마워하기는커녕 불평불만투성이니…… 정나미 떨어지는 자들뿐이고…….”

“다 그런 거지, 세상일이란 게……. 그보다 그럭저럭 대충 이렇게 해서 마무리를 지었으니, 이제…… 안주하기에는 좀 이르지만 잠시 편안히 몸 좀 쉴까?”

“저는 제 눈으로 봐왔으니 잘 알지만, 그동안 마님이 하신 일과 마음고생으로 말하면…… 저 같은 건 정말, 정말…….”

“지기 싫었던 거야. 여자의 연약한 팔로 혼자 해낼 수 없는 일이 있을까 보냐 하고, 욕 듣는 것쯤은 각오하고 이를 악물고 살아왔으니까. 나 스스로도 이따금 생각하는데 오기지, 나는…….”

그렇다, 지기 싫어하는 것과 오기…… 나의 재산은 이것뿐이다—라고, 정숙은 얼마간 평정심을 되찾고 나서 다시 한 번 손에 든 색상자를 들여다보고는 또다시 그리워하며 아아, 이 안에는 그때, 삼대에 걸쳐 모시던 주인집을 뛰쳐나와 자립해서 다른 사람들처럼 살아보자고 결심했던 그때의 추억이 가득 차 있는 것이다. 그때부터 나는 여자라는 사실도 잊고 오직 오기 하나만으로 싸워왔다. 그리고 나는 이긴 것이다. 세상에게도, 내 자신에게도……. 정숙은 그 사실이 어쩐지 이 낡은 색상자 덕분이기라도 한 것처럼 한참을 들여다보며 어루만졌다.

“마님, 점심은?”

무료한 할멈이 부엌 쪽에서 나오면서 주먹으로 허리를 두드렸다.

“가볍게 오차즈케お茶漬け**라도 먹을까?”

* 일본의 상점 입구에 다는 천 또는 액막이.
** 차에 밥을 말아 먹는 것.

정숙은 뒤도 돌아보지 않고 대답하고, 그러고 나서도 꼼짝 않고 색상자에 눈을 두는가 싶더니, 뛰는 가슴을 억누르며 잠시 숨을 삼키고 쭈뼛쭈뼛(그런 기분으로) 상자의 뚜껑으로 손을 가져갔다.

새해가 밝아오면 오십— 삶이 막막한 가운데 우연히 작은 여유가 생겼을 때, 정숙은 문득 새삼스럽게 그것을 생각하고, 무언가 엄청난 실패라도 한 것처럼 마음을 달랠 길이 없어 분해하며 직행으로 달리는 마차의 말처럼 잿빛 생활의 연속에, 어딘가에 삶의 보람이 있을 텐데, 우물쭈물하다가는 이대로 늙어버릴 것이라며, 돌이킬 수 없는 과거가 초조해지도록 후회되었다.

이런 생각이 들기 시작하자, 하루에 묵는 손님이 30명 이하로 내려가지 않는 한창 절정에 있는 이 장사에서 손을 떼는 데는 어쩌면 지금이 기회인지도 모른다고, 어느새 카운터 안에서 착실하게 그런 핑계까지 준비하고 있는 정숙으로 완전히 변해 있었다. 경성여관 간판을 올린 것이 벌써 그럭저럭 7년 전. 객실이라고는 한 칸짜리 공간이 네 개뿐인 볼품없는 변두리의 초가집에서 시작해 관철동 여관 거리에 전통 있는 점포로 어깨를 나란히 하고 당당히 나서기까지 7년간의 고심과 노력, 더욱이 그 자금을 만들어내기까지의 여공 생활, 잔돈푼 돈놀이, 하숙집 등 뒤돌아보면 여장부의 오기를 가진 정숙이 아니었다면 그것은 꿈도 꿀 수 없는 일이었겠지만, 그만큼 젊음도 여자로서의 기쁨도 살아가는 즐거움도 정숙에게는 여자 혼자의 힘으로 이루어낸 그 '사업' 속에 녹아버린 것이었다. 여자로서는 대망大望에 지나지 않는 그 '사업'을 위해 정숙은, 헤아려보면 이십 몇 년 동안이나 오직 암운暗雲 속에서 일해왔다. 의욕 하나만으로 혼자서 바쁜 일 속으로 뛰어들어, '여주인의 상냥함'만을 자랑으로 여기며 경성여관을 일류로 성공시키는 일 외에는 아무것도 생각하지 않고 아무것도 바라지 않던 정숙이었다.

오십—이라는 소리를 들었을 때, 조금 과장해서 말한다면, 정숙은 깜짝 놀라 둘 데 없는 노여움마저 느끼면서 지난날들을 되돌아보았다. 고독보다 더욱 강렬한 쓸쓸함이 몸을 에워쌌다. 그럭저럭 간신히 여기까지 이르렀다. 맙소사, 이걸로 일단 안심한 마음의 해이가 육체적으로나 생활상으로 노곤한 피로를 느끼게 했다.

이를 악물고 견뎌온 마음의 빗장이 거둬지자, 무엇보다 몸이 옛날처럼 움직여주지 않는다. 가끔은 동이 트기 전부터 심야 한두 시경까지 줄곧 서서 일을 해도 꿈쩍도 않던 몸이 최근 부쩍 눈에 띄게 쇠약해졌다. 마음으로는 아직 남자에게도 지지 않을 정도의 강인함이 있다고 자부했지만, 눈이 침침해지고 식욕이 감소하며 손발의 힘이 없어지고 이따금 새벽녘에 일어날 수 없을 정도로 허리가 아프다……. 이를 어떻게 할 방법도 없이, 그때마다 자신의 나이를 생각하지 않을 수가 없었다.

열일곱 살에 황해도의 산속에서 경성으로 나온 이래, 난폭하리만치 몸을 혹사해온 그 응보가 밖으로 드러난 것이라고 생각하고, 정숙은 정월이 되자 곧 귀향을 겸하여 온천 치료로 멋을 내보았다. 한적한 온천의 새하얀 탕 속에서 느긋하게 사지를 뻗어 담그고 과거와 미래를 곰곰이 생각하려니, 그대로 이 조용한 생활을 자신의 것으로 하고 싶어졌다. 안락한 은거 생활 같은 그런 무기력한 생활 속으로 빠져들 생각은 아니었지만, 그럭저럭 부끄럽지 않을 정도의 노후를 보낼 만큼의 저축도 해놓았으니, 이제 나는 은퇴해서 조금은 즐겨도 좋을 때이다, 라며 정숙의 기분은 급속한 전환을 보였다.

조용한 교외에 다섯 가족이 살 만한 조촐한 집이라도 사서 우선 조용하고 검소한 생활을 시작해보자— 그 결심을 굳히기 위해 당일치기였던 예정을 이삼일 연장하고, 마침내 정숙은 일주일 만에 상쾌한 기분과 얼굴로 돌아왔다.

일단 결심하기만 하면 가만히 있을 수 없는 정숙의 성격에 따라 돌아온 그날부터 벌써 정숙은 경성여관을 넘긴다는 이야기를 공공연히 하고 다녔다. 여주인의 손에 길들여진, 손님 접대에 매료된 단골손님들의 만류에도 효과가 없이, 굴지의 평판이 나 있는 여관인 만큼 매수자가 너무 많아 경매와 같은 소동이 벌어졌다. 2월 말까지는 정숙의 계획대로 모든 것이 순조롭게 착착 정리되어갔다.

결심을 굳혔으니 주위 사람들의 평판을 돌아다볼 정숙이 아니었다. 일단 이를 반대하는 팔십이 가까운 시어머니의 말 따위는 물론 매정하게 일축되었고, 아내에게 이끌려 살아온 무기력하고 벌이가 없는 남편도 형식적으로만 가볍게 반대해보았을 뿐, 잠자코 아내에게 모든 것을 맡겨둔 채였다. 시어머니도 남편도 정숙의 앞에서는 고개를 들지 못하고 오직 그를 믿고 의지하고 있었기 때문이기도 했지만…….

시어머니와 남편을 제쳐두고 정숙이 가장과 같은 위치에 서게 된 발단은 증조부 대부터 섬겨온 주가主家인 이 판서 댁이 내리막길로 접어들 무렵, 몰인정하다고 할까 당차다고 할까, 그 오래된 유대를 끊고 뛰쳐나왔을 때부터였다. 그 주동자였다기보다는, 거의 독단으로 정숙은 자신의 견해와 자신의 포부와 자신의 결의를 가족들에게 밀어붙였던 것이었다. 그 때문에 시어머니와 욕을 하며 다툰 일도 한두 번이 아니다.

시세를 볼 줄 아는 안목이 없었던 이 판서의 완고함 때문에 다이쇼大正 초년 무렵부터 가운家運이 나날이 기울기 시작하여, 이 판서가 장래의 결심을 한 해에 안타까움 속에서 피를 토하고 급사해버리자, 명성 있던 옛집은 볼품없이 몰락하고 유족들은 하루하루의 끼니조차 곤궁할 정도의 상태가 되면서, 20여 명의 하인들 중 마지막까지 주인집에 충실했던 것은 대대로 이 집의 심복이었던 정숙의 가족들뿐이었다. 의리가 강한 노인들은 정숙 부부의 불만이나 불편을 무조건 꾸짖으며, 지금까지의 은혜가 있었다, 애처롭게 생각지는 말고, 만일 조금이라도 그런 말을 입 밖에 내기만 하면…… 하고 갸륵한 충복이 되어 주인집의 내리막길을 온몸을 다해 받드는 마음가짐이었는데, 어느 해 봄 정숙의 오라비가 실수로 손도끼에 발목이 찍혀 패혈증을 일으켜 덜컥 죽어버렸다.

의지할 곳을 잃은 이 판서의 유족과 정숙은 그때부터 모든 일마다 싸우고 서로 미워하게 되면서 결국 아름다운 주종의 관계가 틀어져버렸다. 거리낌 없이 급료 이야기를 꺼내거나 대우의 개선을 요구하는 정숙의 가족을 정숙의 시어머니는 안타까운 눈빛으로 바라만 볼 뿐 중간에 서서 흑흑 흐느끼며 어찌할 바를 몰라 했다.

세상 물정 모르고 존대받는 것과 내방內房에 틀어박혀 있는 것밖에 모르는 이 판서 댁 주인마님은 이런 정숙 가족의 교만—으로밖에 생각할 수 없는 불손한 행동을 연이어 계속된 일가의 비운에 결부시키면서 화낼 기운조차 없이 눈물과 푸념으로 하루를 보냈고, 고용인도 아니고 그렇다고 고용인이 아닌 것도 아닌, 그러면서도 노예보다 참혹한 취급을 받고 있다는 것만이 머릿속에 남아 있는 정숙은 항상 냉정한 감정으로 사물을 판단하고, 좀 더 자유롭게 인간다운 생활을 해보고 싶다는 그런 바람이 저절로 배어서 종종 주인의 말을 거역하거나 자신을 주장하기도 했다.

새로운 풍조에 물들어서가 아니라, 초등 정도의 교양조차 몸에 익히지 못했어도 그것은 일종의 정숙의 생리와 같은 것으로서 하루라도 빨리 독립하고 싶다, 다른 사람처럼 생활해보고 싶다고, 자나 깨나 그것만 줄곧 생각하고 있는 것이었다. 그렇게 생각하면 할수록 오로지 주인의 말을 거역하면 안 된다고 믿고 있는 시어머니나 남편이 정숙에게는 더없이 김 빠지고 한심한 사람들처럼 생각되어 답답하고 섭섭했다. 고르고 골라서 이런 곳에 시집을 보냈느냐고 시골에 있는 부모를 원망하기도 하고, 자신이 오자마자 기다렸다는 듯이 몰락해버린 주인집을 원망하기도 하면서, 그러나 정숙은 자신만의 의지로 이 판서 댁을 나가리라고 일찍부터 결심하고 있었다.

남편은 겨우 소학교를 나온 솔직하고 선량한 성격이었지만 이렇다 할 장점이 없는 사람 좋은 성품으로, 정숙이 은밀히 이 집을 나가자고 암시했을 때에도 긍정도 부정도 하지 않고, 네게 맡기겠다며 우유부단한 태도밖에 취하지 않는 남자였다. 따라서 강력히 주장만 하면 남편은 쉽게 정숙이 말하는 대로 끌려올 것처럼 얕보이기는 했지만, 봉건적인 인습에 사로잡힌 시어머니는 늙은이의 외고집까지 한몫 더해 어쩔 수 없는 발칙한, 은혜도 모르는 놈이라고, 만약 그런 말을 입에라도 올린다면 반미쳐서 날뛰고 욕설을 퍼부을 것이 틀림없다, 혹은 혼자서라도 주인집에 남을지도 모른다, 남자보다도 훨씬 강하게 충성하시니— 이것이 그저 정숙 혼자만의 고민이었던 것이었다.

어차피 정력과 끈기가 다할 때까지 일하는 것이라면 남을 위해서가 아니라 자기 자신을 위해서 일하고 싶다, 그렇게 해서 훌륭한 일가를 일으키고 싶다, 언제까지나 이런 영락한 집에서 지내는 것으로는 변변한 행운이 생길 것 같지도 않고, 출세할 날이 올 것 같지도 않으니 내 마음대로 살아보고 싶다— 이런 정숙의 희망은 여주인과의 반발이 거듭될 때마다 심해져서 어느덧 시어머니가 알아주지 않으면 시어머니마저 버릴 태세가 되어, 정숙은 그 기회를 찾으려고 혈안이 되어 있었다.

정숙은 아무에게도 상의하지 않고 창신정昌信町 한구석에 조촐한 셋방을 찾아 언제든 이사할 수 있도록 은밀히 살림도구까지 옮겨놓았다. 여기저기 부탁해서 남편의 일자리를 어느 신문사의 발송부로 소개받았다. 다음에는 이제 자신을 위해 그 무렵 유행하기 시작한 고무구두 공장의 여공 자리가 정해지면 되었다.

과연 이 일이 시어머니의 귀에 들어갔을 때, 시어머니는 천지가 뒤집힐 정도로 놀라 큰 소리로 호통을 치기도 하고 눈물을 흘리며 호소하기도 하고 마음대로 해보라고도 하는 바람에— 그토록 대단한 정숙에게도 힘에 부쳤지만, 언제까지 그 연세에 남의 집에서 하인 일을 하고 싶으세요. 어머니, 반드시 즐거움을 드릴 테니까 제가 하자는 대로 해주세요, 그쪽이 오히려 주인을 위해서도 좋을 거예요, 무엇보다 생활이 절약될 테니까요…… 라며 주인을 핑계로 몇 날 며칠을 설득하자, 어쩐지 그쪽이 정말인 것처럼 생각되고 정작 따지고 보면 혼자서만 머물 배짱도 없어서, 마지못해 오기 있는 며느리가 이끄는 쪽으로 몸을 맡기는 수밖에 도리가 없었다.

삼대에 걸친 주종 관계를 하루아침에 끊어버린다는 것은 역시 겁이 없는 정숙으로서도 쉬운 일은 아니었는데, 어느 날 아침 사소한 일로 여주인과 언쟁을 시작한 정숙은 강하게 가라앉는 기분을 일으켜 세우며 먼저 덤벼들자 무참할 정도로 거침없이 맞받아치는 여주인의 입에서, 너 같은 건 하루빨리 나가는 게 낫다는 말을 끌어내는 데 성공했던 것이었다. 아무래도 싸워서 헤어지지 않으면 의리와 인정에 가로막혀 져버릴지도 모른다는, 요컨대 그것은 거의 정숙이 꾸민 인정극人情劇의 한 장면이었던 것이다. 체념하고 용기를 내어 뿌리치기는 했어도, 주인집을 나오고 나서 얼마 동안 정숙은 매일 주인집이 있는 방향에 엎드려 절을 하였다.

자립한다는 것은 생각만큼 쉬운 일도 아니었고 즐겁지도 않았지만, 정숙은 천성적인 의지와 오기의 성질로 어떤 박해와 고난에도 견뎌나가며 자신이 세운 목표에서 한 발자국도 벗어나려 하지 않았다. 맞벌이를 했어도 정숙 가족이 자신의 집 한 칸을 갖게 되기까지는 실로 5년여의 세월과 공공연하게는 말할 수 없는 생활상의 모든 쓴맛을 맛보았다. 악

담과 조소와 증오에 둘러싸이면서도 빈민을 상대로 한 잔돈푼 돈놀이를 시작한 것도 그즈음이었다. 경성의 급속한 교외 발전과 동시에 땅값이 급등하면서 생각지도 못한 큰돈이 굴러 들어왔을 때, 정숙은 자신의 꿈이 제법 현실성을 띠게 된 것 같아 기쁨에 겨운 나머지 눈이 충혈되도록 운 적도 있었다. 그것을 계기로 우여곡절이 있기는 했지만 정숙의 '사업'은 점점 박차를 가하여 무엇을 해도 실패하는 일 없이, 마침내 여자답지 않게 토지 가옥에까지 손을 뻗었다. 처음 하숙에 맛을 들이기 시작한 경성여관이 생각지도 못한 성공을 거두었을 때 정숙은 자신의 운명에 강한 자신감마저 품게 되었다…….

— 그때는 나도 젊었었지…….

오래전 자신의 모습을 어렴풋이 마음속에 그려보자 미소가 지어졌지만, 늘 초조하고 고통이 끊이지 않았던 기억이 항상 그 그림자 앞을 크게 가로막았다.

— 쓸쓸했었는데…….

정숙은 평소와 달리 감상적인 기분이 되어 살그머니 색상자의 뚜껑을 열어보았다. 곧바로 눈에 보이는 것들에 두려운 기분도 든다. 혼수 도구 중의 하나인 이 색상자를 받았던 때의 가슴 설렘도 기억난다.

— 그때 그대로 들어 있을까?

망설이면서도 마음 한구석에서는 빨리빨리 하고 서두르기도 하면서, 정숙은 살며시 눈을 감고 결심한 듯 윗부분을 덮고 있는 면 보자기를 벗겨냈다.

— 있다…….

소리를 지르고 싶을 정도로 가슴이 설렜다.

'그때 그대로, 고스란히 있네…….'

생각지도 못했던 처녀 시절의 말투로 돌아가 입 밖으로까지 중얼거리고 나서, 정숙은 미친 듯이 색상자 안에 있는 것들을 꺼내어 무릎 위에 펼쳐놓았다.

아름답고 큰 꽃송이의 꽃이 정숙의 무릎 위에서 한순간 활짝 핀 것처럼 노랗고 빨간, 강렬한 원색의 저고리와 치마가 봄날 오후의 햇살을 눈이 부실 정도로 화사하게 반사했다. 정숙이 신부였을 때 입었던 예복이었다. 그 예복 밑에는 색색의 헝겊 조각이 정성스럽게 빼곡히 가득 차 있었다.

예전에 딱 한 번, 주인집을 뛰쳐나올 때의 부끄러웠던 생각을 하면서 입었던 기억이 있다. 단지 그것뿐. 그러고 나서 그 후 이렇게 이 색상자 속에 넣어놓은 채로, 처음에는 입기가 아까웠고 그다음에는 입어볼 여유가 없었고, 그러던 중에 어느덧 이런 화려한 것은 입을 수 없는 나이가 되어, 결국 잊으려고 한 것은 아니었지만 그 존재조차 잊어버리고 있었던 것이다.

소맷부리와 옷깃이 파랗게 나뉘어져 녹색으로 칠해져 있고 수복壽福이라는 금색 문자가 박혀 있는 예쁜 저고리를 정숙은 조용히 펼쳐서 가슴 위에 대어본다. 키가 작은 것이 옥의 티, 그때는 나도 호리호리하니 예뻤었던 것 같다. 그러나 그 무렵의 새하얀 피부와 볼록한 가슴을 나는 어디로 보내버린 것일까. 몸도 남자처럼 울퉁불퉁하고 밋밋한 몸이 되어버린 것인가!

시집온 다음 날부터 정숙은 이 판서 댁에 바쳐진 물건처럼, 화장은 물론이거니와 부엌일과 빨래 등으로 거칠어진 손을 쉴 틈도 갖지 못했다. 어려운 와중에 어머니가 무리를 해서 만들어준 이 예복에, 정숙은 이 판서 댁에서 지내는 동안 단 한 번도 손을 댄 적이 없었다.

이 판서 댁을 나오고자 결심했을 때는 죄악을 범한 듯한 양심의 가책을 금할 길이 없었지만, 색상자 깊은 곳에서 이 예복을 꺼내어 입었을 때는 갑자기 눈앞이 확 트인 것 같아 몸 안 가득 새로운 기쁨과 용기가 가득 차서 자신의 앞길에 빛나는 희망이 솟아나는 것을 눈물이 나올 정도로 느꼈었다.

— 소중히 간직해둬서 다행이다.

여자 혼자서 그럭저럭 여기까지 이룰 수 있었던 것은 어쩌면 이 옷이 나를 지켜주었기 때문인지도 모른다— 정숙은 문득 향수와도 같은 강한 애착을 느꼈다.

"아이 참, 예뻐라…… 주인마님의 옷인가요?"

밥상을 든 채 할멈을 정원 한가운데에서 오도 가도 못하게 만든 정숙은 다시 한 번 저고리를 펼쳐 가슴 위에 대보면서,

"어때? 우습지, 옛날 옷은…… 자, 잠깐 거기에다 말려줘."

이렇게 말하고 나서, 아이, 눈부셔라, 라며 할멈에게 들키지 않으려는 듯 정숙은 고개를 숙이고 눈을 깜박거렸다.

이삼일 동안은 집안 정리에 매달리느라 그다지 느끼지는 못했지만 그렇게도 동경했던 고요함이 완전히 자신의 것이 되어버리자, 갑자기 낯모르는 세계로 추방된 것 같은 불안한 느낌이 들고 몸 안에서 스멀스멀 긴장감과 힘이 빠져나가는 듯해서 정숙은 녹초가 되어 뻗어버릴 것만 같았다.

늦게까지 자지 않고 서서 일한 몸은 초저녁에 잠자리에 들어보아도 좀처럼 잠이 들지는 않고, 이것이 그렇게도 바랐던 생활인가, 바람이 이루어졌다는 것이 이런 것인가, 지지 않겠다, 지지 않겠다고 의욕을 이어온 결과 주어진 것이 겨우 이것뿐인가 하며, 점점 눈이 맑아져서 깊이 잠든 곁의 남편을 선망과 증오를 담아 바라보았다.

아침은 아침대로, 밤에도 해가 뜨지 않은 와중에 눈이 떠진다. 주인장, 주인장 하고 불러대는 어느 단골손님의 목소리와 모습까지 눈앞에

떠올라 아, 몇 번 손님을 몇 시까지는 깨워야 하는데, 하고 벌떡 몸을 일으키고는 당황해하며 다시 잠자리에 들다가 혼자 쓴웃음을 짓는 일도 있다. 그러면 달그락거리는 작은 소리조차 나지 않는 주위의 정적이 왠지 부자연스럽게 여겨져서 결국 정숙은 제일 먼저 일어나버린다.

하루가 두세 배나 길어진 듯해서 청소 등 할멈의 일까지 해보았지만 우울함과 따분함에서 벗어날 수는 없었다. 시어머니를 흉내 내어 긴 담뱃대를 사들여 온종일 뻐끔뻐끔 피워보는 것이 유일한 일이었지만, 노동에 길들여진 몸에는 오히려 견디기 힘든 고통마저 주었다. 보통 사람들의 즐거움 등을 꿈에도 알 수 없었던 정숙은 연극이나 영화, 백화점과도 거리가 멀었고, 한정된 좁은 세계 속에서만 살아왔기 때문에 마음을 허락하는 친구도 없었다.

늙은 시어머니와 한심한 남편과 할멈과 나이 어린 점원만을 상대하는 생활에서 아직 쇠했다고는 할 수 없는 정숙의 패기가 불만을 느끼고 혈로를 열고 싶어 하는 것도 무리는 아니었다. 하지만 이 여력을 발산시킬 곳을 어디에서 찾아야 좋을지 너무나도 안락한 목표의 정점에 간신히 도달해버린 지금, 정숙으로서도 전혀 짐작이 가지 않았다.

— 한 명이라도 좋으니, 아이가 있었으면…….

아이를 낳을 수 없는 여자로 태어난 자신이 한스럽다. 결혼한 지 십 년이 지나도록 아이가 생기지 않자 정숙 부부는 너무나 초조해했다. 기도는 물론이거니와 의사며 약이며 사람이 할 수 있는 일은 다 해보았지만, 하늘이 내려주지 않는 것에는 어떻게 할 방법이 없었다. 애당초 일찌감치 단념은 했으나 역시 정숙의 생애에서 그것이 유일한 미련으로 남아, 불현듯 느닷없이 그 일이 마음에 떠오르면 며칠간이나 정숙을 적적하게 한 적이 지금까지도 몇 번 있었다. 그때마다 정숙은 머리를 세게 흔들며, 아이 대신 나에게는 '사업'이 있다, 아이가 없었기 때문에 이렇게 더욱 남자 흉내를 낼 수 있지 않았는가, 하며 자신을 격려하고 위로해왔다. 하지만 지금은 다르다, 라며 이전과는 다른 의미에서 정숙은 머리를 세게 흔든다. 나도 아이를 갖고 싶다, 여자아이라도 좋으니 아이를 갖고 싶다, 라며 간절히 원한다. 그와 동시에, 나는 아이를 낳지 못하는 여자라는 암울한 벽에 부딪혀 지금으로써는 구제할 수 없는 절망에 몸부림치기만 할 뿐, 어떤 극복의 방법도 없었다. 그러자 살이 에이는 듯한 고독을 느낀다.

몸이 안 좋은 탓은 아닐까 하고 골똘히 생각한 끝에 공연히 그런 결론을 내버리기까지 했다. 그러나 이런 것으로 위로받을 수 있는 그런 간단한 종류의 고독이 아니었다. 여생이 얼마 남지 않게 되면 더욱…… 아니, 그다음은 더더욱, 정숙은 생각하지 않기로 했다. 괴로웠다.

몸이 안 좋다고 굳게 믿는 것은 꼭 그런 핑계 때문만은 아니었다. 마차를 끄는 말처럼 달려오다가 갑자기 멈춰 섰으니 숨이 차는 것도 당연하지만, 어쩌면 멈춰 선 것이 아니라 그대로 절벽에서 굴러떨어진 것인지도 모르기 때문에 생명에 지장을 줄 정도로 큰 부상을 입었다고 할 수도 있는 것이었다.

몸이 둔해진 것쯤이라면 아직 참을 수 있지만, 이즈음의 증상으로는 분명히 병이 들었다고 생각할 수밖에 없었다. 단순한 노쇠가 아니라 지금까지의 무리가 몸을 움직이지 못하게 하고 있는 것임에 틀림없었다. 묘하게 나른하다, 하반신이 아프다, 지독한 두통이 있다…… 아무래도 참을 수가 없어서 그대로 누워버리고 싶은 날이 매일 계속되었다.

그러나 자리에 누워서는 여장부의 품위가 손상될 것 같아 정신을 가다듬고는 무턱대고 잠자리를 벗어났다. 우선 뒷마당으로 돌아가 밖으로 나가고 싶어서 버둥대는 닭들의 닭장 문을 열어준다. 강아지를 돌봐준다. 그러고 나서 공터를 이용하여 정성 들여 키운 야채와 화초를 돌아본다. 그다음 남편과 마주 앉아 지극히 조용하고 쓸쓸한 아침밥을 먹는다.

그러던 어느 날 아침, 신기하게도 입이 무거운 남편이 아주 기분이 좋은 듯 말을 걸었다.

"이봐, 그때 그 색상자는 어떻게 했어?"

"이사할 때, 나왔지 뭐에요."

"큰 거울 달린 양복 옷장 위가 좋을까."

"좋지 않아요?"

"이상한 사람이군. 할멈 주제에, 당신이 그런 화려한 옷을 소중하게 보관했다니, 정신 나간 거 아니야?"

"어머, 안까지 본 거예요?"

"봤지, 하하하하."

"이상한 분이네요, 저는, 호호호호."

두 사람은 잠시 얼굴을 마주 보고 젊은 사람들처럼 계속 웃었다.

"당신, 그 옷, 기억하고 있어요?"

"……."

남편은 거기에는 대답하지 않고 갑자기 굳은 표정이 되는가 싶더니, 고개를 밖으로 돌리며 혼잣말처럼 중얼거렸다.

"주인마님과 도련님들은, 어떻게 지내실까."

정숙은 무슨 헛소리라도 들은 듯 퍼뜩 고개를 들었다.

거의 스스로 뛰쳐나와 주인집이 있는 쪽을 향해 아침저녁으로 엎드려 빌었을 정도의 정숙이었으니 정숙에게 다른 뜻이 있을 리는 없었지만, 이 판서의 주인마님은 자신을 배반한 정숙 가족에게 다시는 집 문턱을 넘지 못하게 했고 아이들의 왕래마저 금지시켜서, 언제라고 할 것도 없이 점점 서로간의 감정마저 멀어지면서 이절과도 같은 상황이 되었던 것이다.

"정말 어떻게 지내고 계실까요. 이제 경성에는 안 계실지도 모르죠."

처음에는 바람결에라도 가끔 동정을 알 수가 있었는데 결국에는 그마저도 아주 끊겨버리고, 그러는 사이에 정숙에게는 정숙의 일과 사업이 파도처럼 덮쳐오자 나쁜 줄은 알면서도 오랫동안 마음에 둘 새도 없이 지내온 것이었다.

— 지금까지 한 번도 주인마님을 떠올리지 않았다니, 정말 나는 은혜도 모른다는 말을 들어도 어쩔 수가 없겠구나…….

이렇게 말하고 나니, 이번에 자신이 고용인들에게 나가라고 했을 때와 의외의 무수한 사정까지 떠오르고, 세상일이란 다 그렇지, 하면서 깨달은 체하는 표정을 지으면서 내심 익숙해하거나 아쉬워했던 기억이 가벼운 자책의 채찍질을 가했다. 이제야 겨우 그때 주인마님의 기분을 알 것 같다……. 그 순간, 정숙은 주인마님을 만나고 싶다, 이제 연세를 많이 드셨겠지……라며 안절부절못할 정도로 그리움이 불타올랐다.

"이제 연세가 얼마나 되셨을까 모르겠네요."

"그러게, 어머니보다 열 살 정도 아래였으니까, 이제 그럭저럭 일흔이시겠네."

"그럼, 벌써 돌아가셨을지도 모르겠네요. 당신, 뭐 들은 거 없어요?"

"글쎄, 그게, 여기저기 물어봤었는데 전혀 모르겠더군."

"그게, 언제쯤 일이에요?"

"최근이지."

"그래요?"

이 사람은 과연 나보다는 주인집 일을 마음에 두고 있었구나……. 정숙은 어쩐지 부끄럽고 면목이 없는 것 같아, 그 대신 내가 꼭 마님 계신 곳을 알아내야지, 샅샅이 뒤져서라도…… 하고 홀로 마음속으로 깊이 맹세하면서, 이렇게 하게 된 것도 다 저 색상자가 계기라고, 정숙은 사랑스러운 듯 조용히 양복 옷장 위를 올려다보았다.

다음 날부터 정숙은 매일 아침이 되면 부랴부랴 거리로 나섰다. 옛날 동료들과 드나들던 상인들과 이 판서의 친구들을 찾아가고, 이 판서 댁 유족의 행방을 알고 싶다는 그 마음뿐이었다.

사흘째 늦은 밤, 정숙은 대문을 밀치면서 위세 당당하게 돌아왔다.

"여보, 알았어요, 알아냈어요."

정숙은 코를 골고 있던 남편을 흔들어 깨우면서 외쳤다.

"뭐야, 시끄럽게."

일어나기를 주저하는 남편의 코앞에 정숙은 불쑥 얼굴을 들이밀고,

"주인마님이 사시는 곳을 알았다니까요."

"뭐? 주인마님?"

그렇다— 지난 사흘간, 분주하게 발로 이리저리 뛰어다닌 보람이 있었다. 모든 수단을 동원해서 여기저기 돌아다닌 끝에, 마침내 수레꾼이었던 박 서방의 입에서 이 판서 댁 유족들의 주소를 들을 수가 있었다고 한다.

"그게 말이죠— "

정숙은 잠깐 말을 끊고 나서 살짝 눈썹에 주름을 지으며,

"불쌍하게도 말이죠, 그때부터 쭉 힘든 생활을 하신 모양이에요. 아무래도 큰 도련님이 어느 회사에서 근무하면서 어떻게든 생계는 꾸려가고 계신 모양인데, 둘째 도련님이 난봉꾼이 돼서 아주 난처하다고 하네요. 마님은 이제 완전히 약해지시고……."

"도대체 어디야? 사시는 곳은?"

신당정新堂町 ××번지, 이 모 씨라고 적혀 있는 것을 보니, 셋방살이를 하고 계신 것이 틀림없다고, 이 판서 댁 주인마님이신 분이 불쌍하게도…… 정숙 부부는 그만 얼굴을 맞대고 눈물을 글썽거렸다.

"당장, 내일이라도 찾아뵙도록 합시다."

"응."

우리가 찾아가면 기뻐해주실까, 이제 연세도 드셨고 오랜 옛날 일이기도 하니 분명히 잊고 계실 것임에 틀림없다, 모쪼록 잘 말씀드리고 사과를 드려야지, 마님이 좋아하시는 것이라도 잔뜩 선물하고…… 그런데, 마님이 뭘 좋아하셨더라, 만약 정말로 생활이 곤란하시다면 속죄로 보살펴드리는 것도 좋다— 정숙 부부는 완전히 옛날 기분으로 돌아가 한밤중까지 그 일로 서로 상담했다.

다음 날 그 사실을 들은 시어머니는 마치 사람이 죽었을 때처럼 소리를 지르고 통곡하면서, 무엇이 어찌 되었든 살아계셔 주신 것이 감사한 일이다, 감사한 일이지 않고, 나도 가겠다고 데려가달라며, 부자유한 손발을 부들부들 떨면서 준비하기 시작했다. 아무리 말려도 듣지 않아 결국 셋이서 나서게 되었다.

신당정이라고 하니 대강 짐작하지 못할 바도 아니었지만 예상보다 심하게 지저분한 동네로, 질퍽거리는 좁은 도로를 몇 번 돌아 간신히 찾아낸 집은 유달리 추레하고 낮은 초가집으로 서까래마저 이미 기울어져 있었다.

시어머니는 지팡이에 의지하여 눈을 껌벅이고 있다. 그것을 진정시키고 나서 정숙이 대문 안으로 한 발 들여놓자 그것이 신호라도 된 듯 대문 옆의 그을린 방에서 폭발하는 듯한 통곡 소리가 아이고, 아이고, 하고 울려왔다.

정숙은 뒤통수라도 맞은 것처럼 꼼짝 않고 서버렸다. 직감적으로 그 방이 이 판서 댁 유족의 방이라는 것을 알았다. 그러자 전광과도 같은 불길한 예감이 번뜩였다. 정숙은 시어머니의 손을 놓고 푹 고꾸라지듯 방 앞으로 달려갔다.

정숙은 거기서 무엇을 본 것일까? 정숙의 눈앞에 펼쳐진 것은 실로 이 판서 댁 주인마님이 숨을 멈추려는 순간이었다. 순식간에 눈앞이 새까맣게 된 기분으로 정숙은 그만 마루에서 얼굴을 찡그리며 간신히 몸을 지탱했다.

단지 주름이 약간 깊어지고 작아졌다는 느낌뿐만 아니라, 옛날 모습 그대로 하얗고 단정한 얼굴이 똑바로 천장을 향한 채 차갑게 식어가고 있었다. 곁에 붙어 앉아서 이제 막 그 흰개미 같은 얼굴 위로 몸을 숙인 채 오열하며 눈을 감기고 있는 이는, 옛날 미소년의 모습은 찾을 수도 없을 정도로 완전히 변한 도련님, 이 판서 댁 장남이 틀림없었다.

짧은 시간 동안 정숙이 본 것은 그것이 전부였다. 정숙은 신神을 잃은 것처럼 그대로 슬픔에 잠겨 목 놓아 우느라 노쇠한 시어머니가 젊은 사람처럼 가볍게 자신의 곁을 빠져나가 방 안으로 뛰어들어 여주인의 시체에 매달리는 것도 눈치 채지 못하고 있었다.

신당정 변두리 주민들의 눈이 쏠리고, 잠시 동안은 온통 그 소문만 무성했을 정도로 이 판서 댁 안주인의 장례가 화려하고 성대하게 치러진 것은 전적으로 정숙의 주선에 의한 것이었는데, 정숙은 상주의 사퇴辭退를 강하게 밀어붙여 출자를 아끼지 않고 진심으로 옛 주인의 최후를 훌륭하게 장식해주었던 것이었다.

무사히 장례식을 치른 지 열흘 정도 지나 정숙은 상주 일가를 초대해 집안사람들만의 조촐한 연회를 마련했다. 그 자리에서 정숙은 주저하지 않고 도련님— 하며 옛날의 입버릇으로 부르고는, 대단히 염치없는 말씀이지만 부디 기분 나빠하지 마시고 들어주시겠습니까. 실은 저희들이 미흡하나마 도련님을 돌보아드리고 싶습니다. 주제넘은 놈들이라고 꾸짖지 말아주시고, 그 옛날 보살펴주신 은혜를 갚는 것에 불과한 일을 하고 싶은 것입니다. 외람된 말씀이오나 저희 집에 와주신다면 조금도 불편함이 없도록 하고, 또 저희가 뒷바라지 정도에는 도움이 될 것이라고 생각합니다. 부디 옛날처럼 사양치 마시고 그렇게 하도록 해주세요. 그렇게 해주시면 그것이 저희들 노후의 즐거움도 될 것으로 생각합니다……. 이렇게 말하고, 상주의 손을 잡고 지그시 얼굴을 바라보며 눈물을 주르륵 흘렸다.

멈추지 않고 계속해서 울면서, 정숙은 세상에 태어나 처음이라고 해도 좋을 만큼 마음속에서 커다란 만족을 느꼈다. 때마침 주인마님의 사후에 가서 만난 것은, 얼핏 미련이기도 했지만 또한 행운이라고도 할 수 있다. 주인마님의 생전이었다면 어쩌면 그 자리에서 쫓겨났을지도 모르기 때문이다. 아니, 분명히 쫓겨났을 것임에 틀림없다. 그렇다면 그때 그 자신들은 더없이 쓸쓸했을 것이다. 우연히도 사후에 가서 만났기 때문에 비로소 자신들의 기분이 다할 때까지 누구에게나 거리낌 없이 옛 주인에게 진심을 다할 수 있었던 것이다. 은혜도 모르는 것이라는 말을 듣지 않고 끝낼 수가 있었던 것이다.

자신의 '사업'을 달성했을 때보다도 더욱 크고 더욱 명료해진 만족을 느꼈을 때, 정숙은 이것이 어디에서 비롯된 것인지 처음에는 기이하게 느껴졌다. 그러나 결국 정숙은 간단하게 그 이유를 밝혀낼 수 있었다. 그것은 돈을 사용하는 일의 보람을 느꼈기 때문일 뿐 다른 이유가 없었다.

지금까지는 돈을 모으는 것만 염두에 두었었다. 돈을 모으고 난 뒤에는 어떻게 해야 할 것인가 따위는 물론 생각하지 않았다. 오직 한결같이 오기로 돈을 모았고 또 돈은 모아졌다. 그러자 여생도 얼마 남지 않게 되고 또 후계자가 없다는 사실을 새삼스레 깨닫게 되자, 자기 자신의 사치를 위해 그것을 쓰고 싶다는 마음도 없었으니, 말하자면 정숙은 돈을 모을 필요가 없었다는 것을 비로소 깨닫게 된 것으로서, 좀 더 과장해서 말한다면 얼떨떨함과 어이없음에 사로잡힌 참이었다.

이 판서 댁 유족을 위해 진심을 다하고 싶었던 것은 정숙과 같은 사람에게 있어서는 매우 기분 좋게 돈을 쓰는 방법임에 틀림없다. 정숙은 거기에 여생을 걸고 후회도 없을 만큼 자신감을 갖고 상주를 설득한 것이었다.

성인이고 사리 분별이 있는 '도련님'은 천성적인 총명함과 높은 교양의 힘으로 재빨리 정숙의 심중을 꿰뚫어 보고는 언제까지나 묵묵히 팔짱을 끼고 있었다.

이하, 사족을 조금 덧붙이자면—

1. 아주머니는 쓸쓸하신 것이군요, 라는 말을 도련님에게 들었을 때, 아주머니라니 무슨 말씀입니까? 도련님, 당치도 않습니다, 하고 정숙은 깜짝 놀라했지만, 뭐랄까, 이제 이것으로 언제 죽어도 좋은 얼떨떨한 기분이 되었다. 뭐, 괜찮습니다, 아주머니시잖아요, 쓸쓸하시다면 함께 살기는 하겠지만 저에게도 그럭저럭 자립할 힘은 있으니까 신세는 지지 않겠습니다, 라며 상주는 정숙의 애처로운 제안을 거절했다.

2. 막내 도련님은 이 년 전 '난봉꾼'을 청산하고, 북지北支에서 군속軍屬*이 되어 일하다가 산서山西의 토벌전에서 장렬한 최후를 맞이했다.

3. 같이 살게 되면 뒷마당에 별채를 따로 지어드리겠다고 말했을 때 상주는, 아니요, 저는 처와 둘뿐이니까 한 칸이면 됩니다. 그 뒷마당은 너무 넓고, 딱 이 마을의 중심이니까 뭔가 마을을 위해 도움이 될 수 있었으면 좋겠습니다, 라고 충고했다. 가령 커다란 방공호를 만들어 마을에 기부한다든가 혹은 반 정도를 밭으로 만들어 마을의 공동 소유로 한

* 국군에 복무하는 특정직 공무원인 문관文官. 군무원의 옛 이름.

다든지 하는 것도 좋겠지요, 라고 말을 덧붙였다. 정숙은 곧바로 그것을 자신이 소속되어 있는 애국반에 제의했다. 닭장까지 곁들여서. 달걀은 반원 전체에게 공평하게 배급했다.

4. 할멈의 딸이 시집갈 때 정숙은 충분히 생각한 끝에, 이전의 색상자 안에서 예의 치마저고리를 꺼내 본인이 직접 고쳐서 새 색상자에 넣어 보냈다. 정숙으로서는 매우 의미가 깊은 선물인 셈이었다. 이것을 입고 나의 행운과 함께하라는 뜻이었다. 그러나 할멈의 딸이 그것을 알아주었는지 어쩐지는 알 수 없다. 지금까지 자기 자신에게 있어서의 의미는 탐욕이었음을—그 정도까지는 아니었더라도—정숙으로서는 거기에 묻는다는 건전함의 의미였다.

5. 그러나 정숙은 텅 빈 색상자를 버리지는 않았다. 서투른 솜씨로 새로운 색지를 다시 붙여서 막 태어난 '도련님'의 도련님이 사용할 완구 상자로 드렸다.

부지런한 사람인 정숙이 이후 어떤 삶을 살 것인지는 매우 흥미로운 문제이나, 이 판서의 장남이라는 든든한 방패가 있으므로 그저 내버려 두어도 될 것이라고 생각한다. 정숙은 거기서 진정으로 조용하고 검소한 생활을 반드시 발견해낼 것임에 틀림없다.

—《국민문학》, 1942. 4.

만년기晩年記*

상

탕약 때문인지, 뭔가 의외로 손이 많이 가는 바람에, 마침내 부엌 정리를 끝내고 나니 벌써 주위가 완전히 저물어 있었다.

옥순玉順 어머니는 젖은 옷 그대로 쫓기듯 방 한쪽 구석에 쪼그리고 앉아 벌써 화로와 반짇고리를 무릎 앞으로 당겨놓고 있다. 내일 아침까지 꼭 수선을 해달라는 급한 바느질거리를 부탁받았기 때문이다.

다리가 부러진 안경을 콧등에 걸치고 여러 번 실패한 끝에 겨우 바늘귀에 실을 꿰었을 때, 쏴아쏴아 하는 비 맞는 종이우산 소리가 정원 끝에서 다가오더니,

"안녕하세요."

하고 말을 걸었다. 귀에 익은 반장의 목소리였다.

장지문을 살짝 열고 모친이 얼굴을 내밀자, 반장은 우산을 접지도 않고 가볍게 고개를 든 후,

* 이것은 일본어 원문 소설을 번역한 것이다.

"저, 신사참배…… 내일, 댁에서 참배할 순서거든요."

이렇게 말하면서, 애국반 기旗와 보자기에 싼 참배 일지를 살그머니 내려놓는 것이었다. 모친은 당황해하며 일어나서 그것을 주워 들면서,

"그렇습니까, 수고하셨습니다…… 어머, 어깨가 저렇게 젖어서……."

"정말 많이 내리네요. 봄비 같지가 않아요."

"네, 기분이 안 좋네요. 힘드셨겠어요. 잠시 들어오셨다가……."

"예, 고맙지만 그럴 수가 없어요. 지금부터 또 반장회가 있거든요."

"그건, 그건…… 이런 날에 정말 반장 하시느라 수고가 많으시네요."

"그럼, 내일 틀림없이 잘 부탁드리겠습니다."

"알겠습니다. 그럼 조심히 잘……."

반장을 배웅하고 난 뒤 모친은 애국반 기와 보자기를 가슴에 안은 채 마루 끝에 서서, 진눈깨비처럼 하얗게 빛나며 잿빛 하늘에서 쏟아지는 빗줄기를 넋을 놓고 바라보고 있는데,

"누구야?"

사람의 기척에 눈이 뜨인 듯, 작은 기침을 내뱉은 후 목이 쉰 박 노인의 목소리가 들려왔다.

"아니에요. 저, 반장이……."

모친은 번쩍 정신이 들어 마음을 돌리고, 방으로 들어가 차가워진 두 손을 노인의 이불 밑에 집어넣으며,

"몸은…… 뭐라도 좀 드릴까요? 죽이라도."

"아니…… 아직 먹고 싶지 않구려."

자리에 누운 지 겨우 닷새밖에 되지 않았는데, 노인은 볼품없이 수척해진 얼굴을 슬그머니 옆으로 돌리면서 맥없는 목소리로 대답하고,

"옥순이는 아직 안 돌아왔나?"

"오늘 밤도 늦는 모양이에요. 연말이라 바쁘다더군요……."

노인은 굳어진 얼굴에 작은 표정조차 없이 가만히 앉은 채 지그시 눈을 감고 있다가,

"비는?"

모친은 움직임 없는 노인의 안색을 살피던 중 어쩐지 가엾은 생각이 마음속에 피어올라, 장마 때처럼 계속 내리고 있네요…… 그 의미를, 그러나, 입 밖으로는 꺼내지 않고 끄덕끄덕 고개를 끄덕여 보였다.

"옥순이 녀석은…… 시집도 가기 전에 도대체 매일 밤 어디를 놀러 다니는 게야?"

"노느라고 늦는 그런 애는 아니잖아요…… 매일 밤 야근 때문에, 저도 힘들다고 말할 정도예요……."

"야근으로 늦는 거라고?"

모친은 문득 노인의 말투에서 예사롭지 않은 기색을 감지하고 다시 입을 다물어버렸다. 역시나 눈은 감고 있었지만 어렴풋이 핏기가 올라온 것은 가슴속의 화를 억누르고 있는 증거에 다름 아니었다.

"내일부터— 야근은 못하게 해."

"하지만……."

"과년한 처녀가 야심한 밤까지 쏘다녀서— 좋을 게 없어. 잘못이라도 저지르게 되면 꼴불견이 아니야?"

"그래도 놀고 다니는 폼은 아니었어요."

"그걸 어떻게 알아. 방심하면 안 돼. 오라비란 놈이 부랑아이니까 여자애까지 보고 배워서는…… 어이없는 놈!"

오라비란 놈이…… 그 말을 들었을 때, 모친은 갑자기 바느질거리도 잊어버리고 그 자리에서 뛰쳐나가고 싶은 마음의 격동을 느꼈다.

— 몸이 아프니 사소한 일로 화를 내는 것도 무리는 아니지만, 봄비

가 이렇게 음침하게 계속 내리니 역시 이 사람도 그 애 생각이…….

모친은 당장이라도 눈물이 쏟아지려는 것을, 얼굴을 밖으로 돌리며 필사적으로 참으면서 오랫동안 고개를 숙이고 있다가 곧 노인의 앞에서 조용히 물러나 다시 반짇고리를 옆으로 끌어당겼다.

입춘이 시작되면, 그리고 오늘처럼 부슬부슬 비가 줄기차게 내리면, 이 늙은 부부는 약속이나 한 듯 슬픈 추억에 사로잡혀 작은 일에도 언성을 높이기도 하며 안절부절못했다. 완전히 잊었다고 생각한 아니, 완전히 잊으려 노력하고 있는 외아들의 기억이 갑자기 선명하게 떠올라 새삼스럽게 여생이 얼마 남지 않은 것을 한탄하게 하고 주위의 적막함을 느끼게 하기 때문이다.

그럭저럭 벌써 5년이나 되었다. 오늘처럼 줄기차게 봄비가 계속 내리던 어느 날, 옥순의 오라비이자 노부부의 외아들인 영순永順은 표연히 집을 나간 채 그대로 행방을 알 수 없게 되었다.

시대가 어떤지 시세가 어떤지 깨닫지도 못하고, 깨달으려고도 하지 않는 노인은 오로지 자신이 젊었을 때의 척도로 모든 것을 헤아리고자 노력한다. 거기에 죄가 있었다고 할 수 있다. 그러나 노인 자신은 물론 그러한 자신의 완고함을 감지하지 못하고,

— 부모가 좀 꾸짖었기로서니 그걸로 부모를 버리고 가출하는 천벌 받을 놈…… 자식으로 생각지도 않을 것이니, 부모로 생각지도 말아라. 영원히 의절이다…….

그때부터 집안사람들은 영순의 '영' 자도 입 밖에 내지 못했고, 노인은 어디다 호소할 수 없는 서운함을 혼자서 이를 악물고 견디고 있는 것이었다.

'좀 꾸짖었기로서니'라고 한 것은, 그냥 꾸짖은 정도가 아니라 그것은 일종의 엄한 훈계였다. 좋아하는 여자가 생겼으니 함께 살게 해달라

고, 처음 영순이 주저하며 말을 꺼냈을 때, 젊은이들의 연애니 사랑이니 하는 행위를 사갈처럼 끔찍이 싫어하던 노인은 말을 계속 잇지도 못하게 하고 바로 거절하면서,

— 결혼은 원래 부모가 정해줘야 하는 것이거늘 이것을 자기 입으로 말하고, 좋아하는 여자가 어쩌구저쩌구라니, 부모를 부모로 생각지도 않는 놈, 음란함을 좋아하는 경멸스러운 놈, 냉큼 나가지 못할까…….

이렇게 말하며 불호령이 떨어졌고, 그 뒤로는 이 문제를 둘러싸고 일이 있을 때마다 부모 자식 사이에 언쟁이 끊이지 않았는데— 영순이 학교를 나온 해의 어느 비 오는 날, 전에 없이 불령不逞한 태도로 아버지에게 대들던 영순은 입은 옷만 휙 걸친 채 우산도 없이 빗속으로 뛰쳐나가 버렸던 것이다. 그 뒤로 어디서 무얼 하며 살고 있다더라 하는 소문조차 들리지 않은 채 5년이나 지나버린 지금은 생사조차 분명하지 않았다.

영순의 가출이 계기가 되기라도 한 듯 채굴까지 시작한 금광에서는 허탕을 치고 계획한 사업은 차례로 어긋나면서, 옥순이가 여학교를 나왔을 무렵에는 20만이 넘던 선대가 물려준 재산이 간신히 세 가족이 연명해갈 정도로 빈약하게 줄어 있었다. 사방을 둘러보아도 주위를 둘러싼 것은 절망과 고독뿐, 그때부터 노인은 갑자기 급격히 늙어버려서 모든 희망을 던져버리고는 초라하고 쓸쓸하게 살아온 것이었다.

천성적인 완고함만은 여전히 몸에 지니고 있었지만, 이전과 비교하여 확실히 심약해진 노인은 옥순이가 일하러 간다고 말했을 때에도 더 이상 맹렬하게 화를 내지 않고 가볍게 혀를 차면서 묵인하는 식이었고, 다만 혼자가 되면 입버릇처럼,

— 인간이 내리막길이 되니 보기가 흉하군. 보기가 흉해…….

그것도 큰 소리로 말하는 것이 아니라 입안에서 중얼중얼 투덜거릴 뿐이었다.

그 후 노인은 사람이 변한 것처럼 말수가 적어졌다. 입을 열 기력조차 잃어버린 모습이었다. 묵묵히 하루 종일 경서經書에 매달려 있었다.

겉으로는 엄격함을 가장하면서 마음속으로는 넘치는 애정을 주체하지 못하고 있는 것이 이런 완고한 노인들의 통례로서, 생활이 핍박하고 여생이 점점 얼마 남지 않게 되자 박 노인도 유례가 없을 정도로 영순에 대한 추억에 모질지 못하고 이제 와 새삼스럽게 후회의 상념으로 견딜 수 없어 혼자 베개를 적시는 일도 한두 번이 아니었는데, 그래도 어쩌다 우연한 계기로 영순의 이야기가 나오거나 하면,

— 그런 불효자식, 자식으로 생각하지도 마. 없는 자식으로 생각해.

눈을 부라리며 잘라 말했다. 그러나 곧바로 살을 에는 쓸쓸함과 고독으로 마음 둘 곳을 찾지 못해 몸과 마음이 모두 녹초가 되어 지쳐버리는 것이었다.

며칠이나 힘겨운 날이 계속되면서 겨울로 되돌아간 듯 한파가 덮치는 등 초봄의 기후가 순조롭지 않자, 노인은 갑자기 심한 감기에 걸려 열이 올라 꼬박 나흘 동안 몸져누워 버렸다. 몸이 쇠약해지자 마음까지 약해지듯, 노인은 이즈음 이런 남을 위하는 마음이 없는 근심과 번민 속에서 스스로 벗어나고 싶어 하거나 뛰쳐나가기도 한다.

가슴 아픈 추억에 몰입해 있던 박 노인은 도움도 되지 않는 잡념을 떨쳐버리려는 듯이 눈을 크게 뜨고,

"아랫방 학생들은 어떻게 하고 있나?"

그 소리에, 흐릿한 눈을 깜빡거리며 바늘을 놀리고 있던 모친은 안경을 벗고 고개를 들며,

"무슨 말씀이세요? 모두 방학이라 고향에들 돌아가지 않았어요?"

"그랬던가."

노인은 입가에 희미하게 쓴웃음을 띠우고,

"뭐 좀 먹여주지 않을래?"

이렇게 말하면서 정맥이 도드라져 보이는 야윈 손을 머리맡의 긴 담뱃대 쪽으로 뻗었다.

중

사흘 정도 지나 자리를 털고는 일어났지만 말끔히 나은 것이 아니라 미열이 계속 이어지고 가벼운 기침도 멈추지 않았다. 박 노인은 화창한 봄볕에 등을 돌리고 아침부터 밤까지 방에 틀어박혀 각연초刻煙草의 연기에 목메어하면서 생각에만 깊이 잠겨 있었다.

박 노인을 이렇게 반 병인처럼 만든 것은 어쩌면 옥순의 탓일지도 몰랐다. 온순함이 장점인 순진한 딸이라고만 생각했는데, 그것은 역시 막내 외동딸에 대한 나이 든 부모의 물렁한 생각에 지나지 않았다. 노인이 채 깨닫기도 전에 옥순은 이미 자신의 주장을 가진 성인 여자가 되어버렸던 것이다. 노인은 눈이 휘둥그레지게 놀라 그때부터 두려움과 초조함과 고독에 사로잡혔다. 자신의 주위에 있는 무엇 하나도 자신에게 우호적이지 않고 모두가 헌신처럼 자신을 버리고 떠나간다. 자기도 모르는 사이에 폐인이 되어버리는 것은 아닐까. 옥순이조차 자기에게 대들 것이라고는 꿈에도 생각지 못했다. 노인은 무엇보다 비참한 기분이 들어 견딜 수가 없었다.

내일부터 회산지 뭔지 다 망해버려라, 젊은 딸이 밤늦도록 돌아다녀 부모의 수치가 되는 것은 가당치도 않다— 노인은 쉰 목소리로 딸을 무소선 나무라면서, 틀림없이 죄송해서 우는 정도의 결과인 온순함을 예상하고 있었는데, 딸은 의외로 꼿꼿하게 머리를 들고, 아버지는 저를 그런 조심성도 없는 딸이라고 생각하시는 거예요? 저를 조금도 믿어주시지 않는 거네요……. 그러고 나서 딸이 무엇을 말했는지 노인은 거의 귀에 들어오지 않을 정도로 놀라고 두려워서, 지금 딸의 눈빛은 5년 전의 영순이 녀석의 눈빛과 닮아 있다는 오한 같은 것이 등줄기에 흐른 것을 기억하고 있었다.

아아, 결국 옥순이까지 비뚤어져버리고 말았다— 이전의 노인이었다면 그대로 놔둘 리가 없었겠지만, 확실히 약해진 병석의 노인은 분노와 두려움의 직후부터 재빨리 체념에 사로잡혀, 딸에게까지 등을 돌린다면, 하고 오로지 거기에 매달리고 싶다는 생각에까지 사로잡히는 것이었다.

그저 내버려두면 언젠가는 분명히 옥순이도 영순이의 흉내를 낼 것임에 틀림없다……. 지금은 그저 이것만이 염려가 되어, 노인은 몇 날 며칠 단단히 결심한 끝에 시골로 돌아가자고, 겨우 마음을 정할 수 있었던 것이었다.

떼어놓고 싶지는 않지만 가능하면 빨리 옥순이를 시집보내고 싶다는 생각이 들자, 그러나 그렇게 갑자기 좋은 자리가 발견될 리 없다. 우선 벌레가 달라붙기 전에 시골로 데려가 틀어박히기로 하자. 지금 노인에게는 그 이외에 다른 방법을 생각해낼 여유도 힘도 없었다.

박 노인이 태어난 고향 시골로 들어앉고 싶다는 생각을 가진 것은 어제오늘 이야기가 아니었다. 일과 생활에 모두 실패하고 절망과 피로를 느끼기 시작했을 때, 노인은 무엇보다 경성 거리를 꺼림칙하게 느끼며 귀향이라는 간절한 염원이 있었다.

선대 사후, 청운의 뜻을 품고 시골집을 나서 상경해왔을 때에는 박 노인도 젊었었다. 지금에 와서는 그런 시절도 있었던가 하고 꿈처럼 떠오를 뿐, 패군의 장병을 말하지 말라던 비참한 기분이 남아 있을 따름이다. 경성에서의 자신의 일은 이미 다했다는 생각이 든다. 이제는 선조 대대의 묘나 지키면서 마음을 어지럽히는 일이 없는 조용한 여생이라도 보내고 싶다— 노인의 마음을 가득 점령하고 있는 것은 절실한, 그러한 무기력함뿐이었다. 이런 마음을 갖게 된 것이 벌써 반년 이상 되었다. 그래서 지금 집을 팔려고 내놓았지만 시국 탓인지 좀처럼 좋은 조건으로 살 사람이 나타나지 않았다.

— 어쩔 수 없지, 싸게라도 내놓아야…….

옥순이의 일을 생각하면 점점 막다른 골목으로 쫓기는 듯한 기분이 들어서, 이런 집 따위야 아주 싼 가격에라도 팔아넘기고 지금 당장이라도 경성을 떠나버리고 싶었다. 벌써부터, 이전에는 간과하고 있었던 앞이 캄캄함, 무엇을 해도 승산이 있을 것 같지 않고, 무엇보다 뭔가를 해보고 싶은 의욕조차 생기지 않는 것이다. 아무리 생각해도 순순히 손을 떼는 것 외에 다른 수가 없다. 이번에야말로 옥순이 녀석이 이러쿵저러쿵 말해도 불문곡직하고 단단히 꽉 눌러놔야지……. 잠시 자취를 감추고 있었던 천성인 옹고집이 머리를 쳐들었을 때, 비로소 노인에게는 진심을 다할 일이 생겼다.

하

한 칸에 삼백오십 원으로는 일곱 칸 반에 이천육백이십오 원, 이것저것 차감되고, 무진無盡*에 빌린 돈을 갚고 나면 수중에 남는 것은 기껏해야 천 원 안짝인 감정勘定이었다. 그러나 그것만으로도 시골에 가면 그리 부끄럽지 않은 정도의 집을 살 수 있으니 불평은 하지 않겠다고 생각했

* 상호 신용계.

다. 결국은 샀을 때에 비해 천오백여 원의 손해가 있었지만, 그런 헐값으로라도 팔리기만 하면 좋아해야 할 시기였다. 게다가 천오백 원과 딸을 바꿀 수는 없다……. 노인은 결심을 하고 그 가격에 타협하기로 했다.

아직 경험이 없는 시골 생활에 다소의 호기심과 동경을 품은 듯 옥순이는 의외로 고분고분 도시를 떠나는 것에 동의해주었고, 그달을 채우고 회사를 그만두기로 결정했다. 집을 비워주기까지는 아직 이십여 일의 여유가 있었다.

그렇다면 빨리 정착할 곳을 결정해야 한다. 오히려 그쪽이 더 급할 것이다. 노인은 무리해서 한번 시골에 다녀오기로 하였다. 막상 단행하게 되자 노인은 스스로도 의외일 만큼 감정의 활기를 느끼며 갑자기 몸 상태까지 좋아지는 듯한 기분이 들었다.

"괜찮으시겠어요?"

걱정스러운 늙은 아내의 얼굴에, 박 노인은 오래간만에 시원한 웃음을 지으면서,

"하하하하, 괜찮아. 그렇게 못 미더워할 존재가 아니라고!"

노인은 휘청거리는 다리를 힘껏 디디고 방 안에 일어서 보였다.

"큰 소리만 치시고, 아버지, 불안해요, 다리가 휘청휘청거리는걸요."

딸 옥순이가 놀리는 것에 노인은 미소를 지으며,

"열이 안 내려서 그런 게다. 그래도 괴로울 정도는 아니니."

"그렇다고 하죠. 아버지는 고집쟁이니까. 호호호호. 그러면 아버지, 언제쯤 돌아오시는 거예요?"

"글쎄다, 사흘 정도 있으면 돌아오지 않을까?"

"사흘이면 돌아오시는 거예요? 아무리 시골이라도 그렇게 적합한 집이 기다리고 있을 리가 없을 텐데……."

라며, 옆에서 모친이 신경을 쓰며 걱정스럽게 말한다.

"뭐야 뭐. 내가 돌아가겠다고 말만 하면 시골 놈들은 집 한 채든 두 채든 어떻게라도 해서 사정에 맞춰줄 거야. 집에 대한 건 하루도 너무 길어. 십 년 만에 돌아가는 거니까 여기저기 돌며 인사라도 해야지. 그래서 사흘이나 어림잡는 거라고."

"당신은 항상 그래서 실패하잖아요. 안이하게 생각하니까 안 되는 거예요. 아무리 시골이라도 옛날과는 달라요."

"알아, 알아. 여차하면 지어버리면 되지. 그동안은 마름 집에서 더부살이라도 하면 되고. 옥순아, 순박하고 정 많고, 시골은 좋단다. 너는 시골의 자연도 가까이하면서 더욱 성장하는 딸이 되어야 한다."

"됐어요, 설교는…… 사흘이 지나면, 저도 데려가시는 거죠?"

옥순은 놀러라도 가는 것처럼 들뜬 어조로 보채듯이 말한다.

"무슨 말을 하는 거냐? 그렇게 서두르지 않아도 이제 곧 이사하지 않느냐? 그때라도……."

"하지만 큰 짐 같은 건 먼저 보내버려야죠? 그럼 저도 가는 것이 이득이에요."

"모자간에 싸움은 그만, 그보다 빨리 짐을 싸야지. 준비해야 돼."

노인이 바쁜 듯이 허둥지둥 오시이레 여는 것을 모친이 따라붙으며,

"당신, 그만두세요. 운송해주는 사람이 온 뒤에 해도 되잖아요. 무리하게 몸을 움직이면 또 열이 날 거에요. 아직 시간은 충분이 있으니까 천천히 쉬면서 계세요."

"그래도, 그러면."

그 말에 갑자기 피로를 느낀 듯 노인은 가볍게 끄덕이면서,

"그럼 잠깐 누울까?"

팔뚝을 베개 삼아 그 자리에 드러누워 반백의 머리를 훑고 있다가 갑작스러운 현기증에 방 안을 둘러보고는 무료하게 앉아 있는 늙은 부인에

게 말을 걸었다.

"이봐, 어이, 짐 되는 것들은 모두 먼저 보내버리는 게 어때?"

"네, 보낼 것은 우선 모두 보내고 싶지만……."

무엇을 생각하는지, 음, 하고 한 번 더 가볍게 끄덕인 후, 노인은 또 조용히 머리를 훑기 시작하다가,

"단스簞笥 안에 있는 것들은 꺼낼 거지?"

중얼거리듯 생각난 것처럼 물었다.

"네, 필요한 건……."

또 잠시 방 안이 조용해졌다. 노인의 한숨 같은 숨소리만이 눈에 띄게 크게 들렸다.

"운송해주는 사람이 늦는군."

새삼스럽게 또 중얼거리듯 노인은 짧게 끊어서 혼잣말로 투덜거렸다.

"그러게요, 벌써 올 시간인데……."

모친의 말이 끝나자마자,

"제가 전화 한 통 더 하고 올게요."

옥순이 일어서려는 것을 노인이 당황하여 손으로 저지하면서,

"뭐 됐다, 됐어."

갑자기 노인은 젊은 사람처럼 벌떡 일어나 뭔가에 홀린 듯 성큼성큼 단스 앞으로 다가갔다. 그리고 나서 노인은 옥순과 모친에게 의아해할 틈도 주지 않고, 삼층장의 윗단에 두 손을 넣어 끙끙거리며 힘을 쓰고 있는 것이었다.

"위험해요, 아버지."

"뭐하시는 거예요?"

깜짝 놀란 옥순과 모친이 입을 모아 외치며 흔들흔들 흔들리기 시작한 삼층장에 '앗' 하고 매달리면서 위급한 눈으로 노인의 안색을 살피자,

노인은 너무나도 태연한 표정으로 입가에는 희미한 미소마저 띠우고는,

"심심하니까, 마루까지 꺼내놓을까 해서."

침착하게 이렇게 말하자,

"아무것도 당신이 해주실 필요 없는데……."

모친은 아이의 잘못을 혼내는 듯한 어조로 우는 소리를 하며,

"위험하니까, 아버지, 물러서세요. 제가 할 테니까……."

옥순은 화를 내며 부친 앞을 막아서는데, 노인은 삼층장에서 전혀 손을 떼려 하지 않고 도리어 옥순과 모친을 물리치며,

"됐다, 됐어, 화내지 말고 잘 봐라."

싸우면서 힘을 넣은 바람에 각각 세 방향에서 움직이던 힘은 평행을 잃고, 순식간에 삼층장은 2단부터 두 개로 부러져 뒤얽혀 있던 세 사람의 머리 위로 떨어지고 있었다.

그것이야말로 소리 지를 틈도 없이 순식간에 생긴 일이었다. 옥순과 모친은 순간, 앗, 죽었다고 생각했다. 어떻게 할 새도 없이 무심코 눈을 감았지만, 그래도 본능적으로 두 손을 머리 위로 번쩍 쳐들었다. 모친은 그 자세로 긴 시간—그렇게 생각했다. 미동도 할 수 없었다.

그동안 두 사람은 머리 위에 아무것도 떨어지지 않았다는 이상함을 감지했다. 그와 동시에 끄응끄응 하고 열심히 힘쓰는 소리가 바로 코앞에서, 동물의 신음 소리처럼 들려오는 것도 감지했다. 두 사람은 얼떨결에 숨을 쉬고 확 눈을 떴다. 뼈만 남은 앙상한 팔이었지만 야윈 팔 나름대로 힘껏 알통을 만든 노인의 두 팔이 놀랄 정도의 굵기와 강인함으로 확대되어 눈앞을 가리고 있는 것이었다. 그것을 본 순간, 다행이다라는 안도보다는 경외와 감사의 마음이 가슴에 맺혀 불현듯 눈가에 눈물이 어렸다. 그리고 그대로 노인의 몸에 매달려 큰 소리로 울고 싶었다.

머리와 어깨, 두 팔과 든든하게 버티고 선 두 다리로 아니, 필사의 힘

을 쥐어짜 금강신金剛神* 으로 화한 몸으로 노인은 끄응끄응 하며 소리를 내는 것조차 괴로움에 머리 위로 떨어지는 삼층장을 정확히 막아서 메고 있는 것이었다. 쪼글쪼글한 얼굴이 새빨갛게 물들고 눈도 충혈되었으며 머리가 곤두설 정도로 무서운 형상으로 변해 있었지만, 모친에게는 그 모습이 한없이 소중하고 아름다워 후광이라도 비치듯, 문득 엎드려 경배하고 싶을 만큼의 경건함에 감동을 받았다. 두 사람은 눈이 어질어질하여, 이것이 우리 아버지, 우리 남편의 모습인가, 하고 눈물을 흘리며 신비함마저 느끼고 있었다.

그리고 나서 두 사람은 '와' 하고 비명에 가까운 소리를 내며 양쪽에서 매달려, 곧 쓰러지려는 삼층장을 벽 쪽으로 밀어붙인 뒤 그대로 털썩 허리를 다친 듯이 주저앉아버렸다. 하아하아 어깨 숨을 쉬면서 멍하게 올려다보는 두 사람의 눈에 비친 것은 두 다리를 버티고 선 조금 전의 모습 그대로, 이마에 맺힌 진땀을 훔치고 있는 노인의 모습이었다.

우핫하…… 갑자기 노인은 미친 것처럼 이상야릇한 소리로 잠시 웃는가 싶더니,

"거참, 깜짝 놀랐네."

신명 나는 활기찬 목소리로 내뱉고, 쿵쿵거리며 마루 쪽으로 걸어가더니 그 한가운데 어디쯤에 무릎을 꿇고 앉으며,

"옥순아!"

하고 침착한 목소리로 불렀다.

"싫어요, 아버지란 분……."

주저앉은 채 옥순은 반쯤 울상을 지으며 머리를 흔들었다.

"하하하하, 미안, 미안."

* 불교의 수호신으로서 사문寺門 양쪽에 안치해놓은 한 쌍의 화엄신장華嚴神將.

노인은 이전과 다른 사람처럼 건강을 회복하여 계속 웃고 있다가 문득 엄한 얼굴로,

"옥순아!"

한 번 더 부르더니,

"어떠냐? 시골과 경성 중 어디가 좋으냐? 진심을 말해봐라!"

옥순은 싱글벙글 웃는 부친에게 갑자기 일종의 얄미움을 느끼면서,

"그거야 경성이 당연히 좋지요."

토라진 듯이 뿌리치는 것에 노인은 곧바로,

"음, 알았다. 그럼 시골로 가는 건 그만두기로 하자."

결연히 선언하듯 단언하는 것이었다. 이전과는 너무도 갑작스러운 돌변함에,

"뭐라고요?"

"뭐라고 하신 거예요? 아버지!"

의심스러워하는 두 사람의 시선을 정면으로 받아들이면서도 노인은 노여워하지 않으며,

"자, 그만두기로 하자. 내게는 아직 일할 수 있는 힘이 있어. 이제야 비로소 그것을 깨달았다. 좀 더 남아서 싸워봐야지. 나는 아직 그 정도로 늙어빠지지 않았어."

한 마디 한 마디 끊어서 명료하게 대답하면서, 마음속으로는 이제부터 다시 한 번 싸우는 거다. 젊은 것들에게 질까 보냐. 게다가 내가 갑자기 경성에서 사라지면 아들놈이 돌아오려고 해도…….

이렇게 생각하며 여기서 문득 생각을 중단하고 나서, 잠시 노인이 있는 곳까지 비춘 봄 햇살을 눈을 가늘게 뜨고 바라보며,

"이떠냐? 친성하지 않는 게냐?"

라며, 밖을 향한 채 아무렇지도 않은 듯이 묻자,

"대찬성이에요, 아버지."

옥순이가 받아치는 목소리에 노인은 시치미를 떼는 듯한 표정을 지었다.

— 임오壬午 신춘伸春

— 《동양지광》, 1942. 5.

검은 흙과 흰 얼굴

1

보슬비인 줄만 알았더니, 역 밖에 내려서서 보니 제법 굵은 빗방울이 장마 때 모양으로 주룩주룩 쏟아졌다.

"많이 오는군요?"

안내역으로 만척滿拓* 출장소에서 보내준 김 군이 앞서 대합실 처마 밑으로 뛰어들며 당황해하는 목소리다.

철수도 부산하게 뒤를 따라 껑충 뛰면서,

"글쎄요……."

우장을 꺼낼 생각은 채 못하고 손수건으로 수선스럽게 어깨를 털고 얼굴을 닦고 나서,

"탈 게 있을까요?"

겨우 숨을 돌리고는 억지로 웃어 보이며 김 군을 쳐다보았다. 무엇보다도 그것이 걱정인 양이다.

* 만주척식주식회사.

그러나 채 김 군이 무엇이라 대답하기 전에 웬 시커먼 만주 사람이 그들 앞으로 달음질쳐 오며 고함을 지른다. 손짓하는 꼴이 그들을 부르는 모양이었다. 말은 못 알아들었으나 철수는 직각으로 그것이 마차꾼인 줄 깨달았다.

"타래지 않습니까?"

"네, 됐습니다. 농촌에 가는 마찬가 봅니다."

김 군도 덩달아 무엇이라 두어 마디 만주말로 고함을 치고 나서 무척 반가운 낯으로,

"타시지요."

하고는 질척거리는 길을, 골라 디딜 여유도 없이 역 앞 마을 거리를 향하여 내닫는다. 철수도 비를 무릅쓰고 처마 밑에서 뛰쳐나왔다.

역 앞 마을이래야 한 이삼십 호 될까 말까 했다. 대개가 흙으로 만든 너절한 객줏집 아니면 음식점인데다 그것이 비에 젖어 처량하기 짝이 없는 주위의 풍경이다. 길거리에는 그저 수없는 돼지 떼와 만주 토견土犬이 제 세상인드키 우쭐거리고 쏘다닌다.

— 혼자 왔드라면 혼날 번했군!

철수는 달음질치면서 맘속으로 중얼거렸다. 역에 내려서기만 하면 조선 사람이 눈에 띄인다고 '하르빈'에선 듣고 왔는데, 길거리엔 온통 남루하게 차린 만주 사람들뿐이다. 말을 한 마디도 모르고, 더구나 만주 시굴에 처음 발을 디디는 철수는 공연히 고독하고 공연히 불안했다. 의지할 곳이라곤 김 군밖에 없었다.

— 마차라두 얻어 탔으니 망정이지 그나마두 없었단…….

혼자 왔으면 그 마차나마 잡을 수 있었을지 의문이다. 금방 김 군이 다시없이 고마운 사람같이 철수에게는 여겨졌다.

그들이 마차에 올라타자마자 마차꾼은 자리 밑에서 시퍼런 빛깔의

우산 두 개를 꺼내 들려주었다. 그리고는 연해 손짓을 하면서 수다스럽게 무엇인지 떠들어대인다. 철수는 그쪽은 보지도 않고 우선 우산을 펴서 받았다.

제법 큰 우산이었다. 아직 헐지는 않았으나 무척 오랜 우산인 듯싶었다. 쇠로 만든 굵다란 대 때문에 무게도 꽤 나간다. 그것을 받아 들고, 이윽고 철수는 너털웃음을 치기 시작했다. 중국 병정과 우산 — 만주 마차꾼과 우산 — 그것이 전연 다른 사실인 것 같지 않아서 철수는 웃음을 금할 수 없었던 것이다.

"왜 그러십니까?"

김 군도 우산을 펴서 받고, 어이가 없는 듯이 철수를 돌아본다.

"하하하하, 우산을 둘씩 준비해가지구 댕기는 게 공연히 우습군요. 하하하하, 이 사람들은 늘 이렇게 우산을 가지구 댕깁니까?"

"그런 게지요, 하하…… 좀 기대리라는군요. 또 탈 사람이 있대나요."

"기대려이죠. 별수 있습니까?"

비는 좀처럼 멎을 것 같지 않았다.

철수와 김 군은 우산을 받은 채 '레인코트'를 무릎 위에 펴고 말없이 빗발만 바라보며 그렇게 이십 분 가까이 기다렸다.

이윽고 마차꾼은 어린 학생 둘과 조선 농군 한 사람을 다리고 달려왔다. 그리고는 이 학생들이 밥 먹는 것을 기다리느라고 늦었다고 싱글싱글 웃고 나서 겨우 채찍을 들어 말을 몰기 시작했다.

"여기서 농촌까지 몇 시간이나 걸립니까?"

"아마 두 시간은 걸릴걸요."

두 시간 — 역에서 농촌까지 십이 '킬로'라니까, 두 시간이나 걸린다면 사람보다 별로 빠를 것이 없다. 그렇게 듣고 보니 빼빼 마른 자그마한

두 마리의 만주 말은 기를 쓰고 그들이 탄 마차를 끌고 있는 모양이나 이리 뒤치락 저리 뒤치락 더구나 비가 와서 이리 철썩 저리 철썩, 흔들고 까불기만 했지 그 속력이란 참 안타까울 지경이었다.

그러나 그나마 얻어 탔으니 망정이지 그러지도 못했던들 꼼짝할 수 없이 이 길을 걷는 외엔 도리가 없을 것이다.

앞에 탄 두 학생은 농촌에서 나온 학생들이었다. S까지 채소 사러 나왔던 길이라 했다. 둘이 다 육학년이란다. 그들은 철수의 물음에는 수줍은 듯이 대답하고 나서, 저희들끼리 무엇인지 킬킬거리다가는 능란한 만주말로 마차꾼을 놀리고는 또 좋아라고 너털대는 것이다. 말씨에나 행동에나 표정에나 조금도 어둔 빛이 없다. 그것이 장차 찾으려는 H 농촌의 안정됨을 상징하고 있는 것 같아 철수는 무척 반가웠다.

농군인 듯한 조선옷을 입은 사람은 경상도에서 왔다는 것이다. 셋째 부락에 자기 형님이 와계셔서 만나러 간다고, 그는 말끝을 잘 맺지 않는다. 아직 삼십은 못 돼 보이는 얌전한 청년이었다. 그는 물음에 대답하는 외엔 종시 말이 없었다.

마차는 어느 틈에 역 앞 마을을 빠져나와, 아무것도 보이지 않는 끝없는 북만北滿 벌판, 수없이 깔린 밭이랑, 밭이랑— 그 사이에 한 가닥 뚫린 H 농촌에 통한 길을 하염없이 달리고 있었다.

2

저쪽 하늘 끝에서 이쪽 하늘 끝까지 철수의 시야를 가리는 것이라곤 아무것도 없었다. 하늘도 둥글고 지평선도 둥글다. 그저 보이는 것이라곤 군데군데 선 전선주와 무엇인지 파릇파릇 싹이 돋기 시작한 넓고 넓은 밭뿐이었다.

항용 쓰는 넓다는 형용만 가지고는 도저히 이 북만주 유월의 평야를 표현할 수는 없으리만치 참말로 그것은 넓고 클 따름이다.

그 넓고 큰 평야가 철수들의 마차가 달리는 그 한 가닥 길을 빼놓고는 그대로 전부가 밭이었다. 이랑 하나가 긴 것은 이 '킬로'나 된다는 이 넓은 평야— 밭 가운데다 농막을 지어놓고 거기서 묵어가며 밭을 갈고 김을 맨다는 무섭게 넓은 평야— 가고 또 가고 그저 단조로운 그 풍경만이 얼마든지 계속되는 것을 처음 보는 철수에게는 한 개의 커다란 놀람이요, 슬픔이었다.

바닥에 깔린 것은 시커먼 흙이다. 삼사 년은 보통이요, 십 년까지도 거름 없이 농사한다는 이 기름진 검은 흙. 반 길을 파도 한 길을 파도 풀뿌리 썩고 나무뿌리 썩은 것이 섞여 시커멓게 변색한 진흙만이 나온다는 이 옥토. 항용 조선서도 볼 수 있는 잡초들이 여기서는 석 자 넉 자씩 무럭무럭 자라나서 사람조차 숨을 수 있다는 것이다.

이 한없이 넓고 기름진 밭을 가는 사람은 누구이고 씨 뿌리는 사람은 누구인고. 암만 둘러보아야 철수는 영 사람의 그림자를 찾지 못하였다. 마치 넓은 대지가 봄이 되어 얼음이 녹으면 저 혼자서 이렇게 제풀에 밭이 되고 마는 듯한 느낌이었다. 혹간 가다 한두 사람씩 길다란 만주 호미로 김을 매고 있기는 하나, 하도 주위가 광막하기 때문에 무슨 허수애비나 그런 것 만들어 세운 것으로밖에는, 일하는 사람같이 여겨지지가 않는다.

아침에 씨 뿌리고 저녁때 만져보면 커다랗게 부풀었다가 이튿날 새벽엔 벌써 싹이 돋는다는 이 기름진 평야에 인기척이 없다는 것은 오히려 두려울 지경이었다.

그렇게 마차에 흔들리며 얼마를 가서인지, 철수는 문득 고개를 번쩍 쳐들었다.

물소리가 들렸던 것이다. 산커녕은 언덕 하나 없는 이 평탄한 들판 한 모퉁이에서 별안간 콸콸콸콸 물 흐르는 소리가 들려왔던 것이다.

이 시커먼 흙 벌판 한가운데서, 그리고 산 하나 없고 돌부리 하나 없고 나무 한 나무 서지 않은, 그저 넓고 밭이랑만 수없이 줄지어 있는, 이 단조로움 속에서 조선의 아담한 산골짜기에서나 들을 수 있는, 그것도 졸졸졸 흐르는 시냇물 소리가 아니라 제법 폭포수 떨어지듯 콸콸콸 흘러내리는 물소리를 듣는다는 것은 철수에게는 참으로 반가운 일이었다.

철수는 별안간 가슴이 뭉클해지는 것을 느끼면서,

"저게 무슨 물소립니까?"

당황해하는 목소리로 물었다.

"논에 물 대는 소리예요."

김 군은 아무 표정도 나타내이지 않는다. 늘 듣고 보는 사람에게는 아무 감격도 주지를 않는 모양이었다.

그러나 이 황량한 벌판을 처음 보고 그 망막한 황야 속에 갖은 고초를 달게 참아가며 만주 개척이라는 성업聖業에 정진하고 있는 조선 농민들의 생활이 숨어 있다고 생각하니, 철수는 그 물소리를 범연하게 듣고 말 수가 없었다.

"그럼, 부락이 멀지 않습니까?"

철수는 금시로 눈시울이 뜨거워지는 것을 어찌하지 못하여 고개를 숙이고 낮은 목소리로 물었다.

"네, 거진 다 왔습니다. 조끔만 더 가면 아마 뵐걸요?"

대답을 듣고 나서 철수는 성난 사람같이 입을 꽉 다물고 말이 없다.

비는 어느 사이에 개이고, 아직 머리 위의 검은 구름은 벗겨지지 않았으나 앞길엔 엷은 햇볕조차 내리비치고 있다. 문득 뒤를 돌아보니 등지고 온 역 쪽 하늘에는 아직도 먹장 같은 구름이 가득 끼었고, 발을 내리친 듯이 비 퍼붓는 양이 신기하도록 뚜렷하게 보인다.

그러나 이미 철수의 맘속에는 그런 것을 신기하게 여길 여유조차 남아 있지 않았다. 철수는 다만 맘 전체로, 아니 몸 전체로 지금부터 찾아갈 H 농촌의 모양을 여러 가지로 그려보고 있는 것이었다.

가벼운 흥분을 금할 길이 없다. 시험장에나 들어가는 듯한 그러한 일종의 긴장이요, 흥분인 것이다.

— 그예 왔다! 개척민 부락에를!

그러나 그러한 생각이 조금도 그에게 안도를 느끼게 하지를 않는다. 도리어 반대로 더욱 자기의 책임이 배가하는 것을 일러줄 따름이었다.

철수가, 남북만 조선인 개척지를 시찰하고 거기서 얻은 견문으로 작품을 써달라는 조선이주협회의 부탁을 받아 경성을 떠난 것이 지금부터 열흘 전이었다.

서울서 났고 서울서 자라서 농촌이 어떤 데고 농민이 무엇인지 까마아득한 철수이기는 했으나, 그러면 그런 대로 또 보는 관점이 달라 다른 무슨 특이한 것을 붙잡을 수도 있으리라고, 철수는 자기가 나설 계제가 아니라고 처음엔 여러 번 망설이다가 드디어 그것을 응낙했던 것이다.

이번 철수가 가지고 돌아올 성과 여하에 따라, 그것은 어쩌면 이주협회의 연중행사같이 될 가능성도 있었기 때문에 이번 여행에 있어서, 실로 철수는 정면으로 요구되는 것 이외의 무형의 압박에 더 많은 책임감을 느끼고 있는 것이었다.

도회밖에는 모르는 철수인데다 만주가 또한 생소한 땅이었다. 한 이십여 년 전, 중학생 시절에 수학여행 갔다 온 외엔 철수는 한 번도 만주 땅을 밟아보지 못했고, 만주에 대한 관심을 가질 기회가 없었다.

부탁을 받고 나서 출발하기까지의 한 열흘 동안을 철수는 두문불출

했다. 농촌 문제, 개척민 문제, 만주에 대한 벼락공부를 하느라고다. 그래도 급히 서둘러 사들인 책을 다 읽지 못하고 대여섯 권은 '륙색' 속에 처넣고 서울을 출발한 것이다.

이십 일 가까이 철수는, 만주에 관한 것과 개척민에 대한 것 외의 것은 책도 읽지 않았고 염두에 두지도 않은 셈이다. 그렇게 그는 이번 여행에 있어 종시일관 긴장을 풀지 못했다.

그 개척민 부락 H 농촌에 지금 철수는 첫걸음을 들여놓으려는 것이다. 그가 소학생 모양으로 가슴을 조이고 맘을 도사리는 것도 무리는 아니었다.

덜커덕거리던 마차 바퀴 소리가 별안간 멎었다. 경상도에서 왔다는 농군이 내리려는 것이다.

"저게 부락입니까?"

철수는 저도 모르게 좁은 마차 위에 벌떡 일어섰다.

"네, 그게 아마 셋째 부락이지요. 그렇지?"

김 군은 대답하다가 앞에 탄 학생들에게 다짐을 한다. 학생들은 앞을 본 채 "네" 하고 고개를 끄덕거렸다.

"저어기, 저 망루 있는 데가 중앙 부락입니다. 인젠 다 왔습니다. 혼나셨죠?"

철수는 대답 대신 가만히 웃어 보이고, 그리고 긴 한숨을 쉬인 후 다시 자리에 꼬부리고 앉았다.

마차 바퀴 소리가 없어지니까 주위는 무척 조용하였다. 그 조용함 속에서 물소리만이 여전히 똑같은 '톤'으로 콸콸콸콸, 아까보다는 훨씬 크게 철수의 귀에 들려오는 것이다.

물소리 들리는 쪽으로 고개를 들어 보았다.

멀리, 나지막한 지붕들이 옹기종기 한데 모여, 밭 가운데 바라보인다. 그것이 셋째 부락. 그 바른편으로 똑같은 구조의 중앙 부락. 오 리, 십 리씩 격해놓고 도합 아홉 개의 부락이 N 하河 좌편 일대에 깔려서 이 H 농촌을 구성하고 있는 것이다

물소리는 이 N 하의 물을 끌어들이는 용수로에서 들리는 것이었다. 폭이 오 '미터', 길이가 십사 '킬로'— 입식入植한 지 팔 년, 이 망막한 벌판에 이러한 굉장한 수로를 파고, 그 물을 이용하여 일천이백 정보의 논을 풀기까지의 조선 개척민들의 수고가 얼마나 했을고. 맘 약한 철수는 어느 틈에 마차가 다시 움직이기 시작했는지도 모르고 생각에 잠겨 있었다.

중앙 부락이 차차로 가까워오자 제일 먼저 눈에 띄인 것이 황무지 한가운데 우뚝 서 있는, 흰 나무로 만든 아담한 신사神社였다. 높은 곳이라고는 약에 쓰려야 없고 그저 무턱대고 평탄하기만 한 이 고장에서는 이런 황무지 가운데밖에 신사를 세울 곳이 없는 것이다. 신궁이나 신사는 대개 높다란 산이나 언덕 위에 있는 줄로만 알고 있던 철수는 처음엔 무척 이상하게 생각하였으나, 그러나 그 넓은 벌판 한가운데 외따로 솟은 하얀 신사는 이 부락 전체 어느 곳에서든지 바라볼 수 있고 또 그 주위에 추잡한 것이 하나도 없는 만큼 도리어 더한층 성스러워 보이기도 하는 것이다.

이윽고 마차는 용수로 둔덕 위의 좁은 길로 접어들었다. 철수는 얼빠진 사람같이 그 물줄기만을 뚫어져라고 들여다보고 있다. 북만주의 특장인 누런 흙탕물. 그 흙탕물 흐르는 소리가 이다지도 신기롭고 반가운 것은 무엇 때문인가. 비래야 오늘 아침 잠깐 쏟아졌을 뿐, 오래 가물었는데도 N 하의 수량이 풍부하여 이 용수로엔 물 마를 때가 없다는 것이다. 언저리가 넘게 물은 철철 콸콸, 벌판을 꿰뚫고 일직선으로 힘차게 흘러내려간다. 한 십 분가량, 그 용수로를 거꾸로 치밀어 올라가면 거기가 H

농촌 중앙 부락이었다. 중앙 부락에 H 농촌 연합사무소가 있는 것이다.

먼저 흙으로 만든 농가가 몇 집 눈에 띄었다. 수수깡이 울타리가 있고, 울타리 안에는 채소밭이 있고, 돼지우리가 있고, 짚더미가 쌓여 있으며 개가 내달아 짖는다. 개가 만주의 토견이요, 지붕이 양초羊草라는 짧은 풀로 이은 지붕이요, 벽이 이 근처 시커먼 흙으로 만든 벽일 뿐, 조선에서 보는 농가의 풍경과 조금도 다를 것이 없다. 아니 오히려 조선에서 보는 농가보다 훨씬 정돈됐고 훨씬 깨끗하고 훨씬 침착한 품조차 엿보였다.

다음엔 역시 가조假造 지은 듯한 예배당이 나타났다. 마침 예배가 끝났는지 한쪽 문으로 십여 명의 색시들이 성경책을 옆에 끼고 우루루 쏟아져 나왔다. 그것을 보고 철수는 놀람을 금하지 못한다.

그것은 도저히 농촌의 풍경이 아니었다. 흰 저고리, 검은 짧은 치마에 굽 높은 구두 신은 색시가 한둘이 아니었던 것이다. 음산한 생활, 이 북만주 벌판에서 조선 농민들은 오직이나 고생들을 하고 있을까 하던, 그리고 꼭 그런 생활만을 예기하고 있던 자기의 예상이 산산이 깨어져나가기 때문이었다. 그러나 철수는 그 서운함을 눈물이 나도록 즐거운 맘으로 달게 받아들이는 것이다.

통틀어 흙으로 만든 부락. 나무라고는 씨도 볼 수 없는 벌판 가운데에서는 흙을 벽돌 모양으로 네모지게 떠다가 그것으로 담을 쌓고 벽을 바르는 것이었다. 풀뿌리가 섞여 있어서 튼튼하기는 하다 하지만, 그래도 원래가 흙이라 비만 오면 무너져나간다. 그 예비로 집집마다 이 흙으로 만든 벽돌—'토피즈'가 마당에 가뜩 쌓여 있었다.

드디어 마차는 연합회사무소 문전에 닿았다. 조선 면소 비슷한, 그것만은 목조의 건물이었다.

3

"숙소가 좀 불편하시겠지만 참어주십시오. 벽지가 돼서 헐 수 없습니다. 하하하하."

이렇게 말하고 연합회 서기가 일어서는 바람에 철수는 고개를 들어 시계를 쳐다보았다. 해는 아직 높았으나 어느덧 여섯 시가 훨씬 넘었다. 얘기에 팔려 시간 가는 줄도 몰랐고, 또 해가 저렇게 높다라니까 저녁때가 된 줄은 꿈에도 생각 안 했던 것이다. 그제서야 철수는, 북만에서는 열 시까지 훠언하다는 사실을 생각해내이고,

"온, 별말씀을 다 하십니다. 분주하실 텐데 이렇게 저 때문에……."

따라 일어서서 어깨를 나란히 하고 밖으로 나왔다.

"길이 질어서…… 여기선 소낙비만 한 번 와두 이렇답니다. 조심허세요……."

고무장화를 신은 서기의 뒤를 따라 철수는 조심조심 골라 디디는 것이나, 비에 풀린 진흙은 여지없이 발굽까지 푹푹 빠진다. 빠지기만 할 뿐 아니라 한번 신에 달라붙은 흙은 좀체로 떨어지지를 않아 한 열 걸음 떼어놓는 사이에 신은 온통 흙투성이고 무게가 천근이었다. 그러나 철수는 오히려 가벼운 걸음걸이로 찍찍 미끄러지는 길을 활기 있게 더듬어갔다.

"현장엔 낼이나 나가보시지요."

겨우 큰길에 나서 발에 묻은 흙을 탁탁 털면서 서기가 하는 말이다.

"네, 오늘은 얘기나 더 들려주십시오…… 여기두 여관이 있습니까?"

아까 연합회사무소에서 듣던 이 부락 건설사建設史를 철수는 속으로 몇 번이고 반추하면서 아직도 그 감격에서 벗어나지 못한 자기를 발견하는 것이다.

"여관이랄 게 있습니까. 그저 손님 오셨을 때 주무실 집을 하나 정해

두었지요. 그러나 정말 누추헌 곳입니다. 하하하."

건설사의 감격과 아울러 또한 철수의 심금을 흔든 것은 사무소에서 받은 대우였다. 신문에서 보았노라고, 그러지 않아도 금명간에 오실 줄 알고 기다리고 있었노라고, 그들은 마치 고귀한 빈객이나 맞이하는 듯이 철수를 반기었다. 조선서 일부러 자기네들 생활을 보러 와주었다는, 그 사실 한 가지만으로 하잘것없는 자기를 이다지도 반갑게 영접해준다는 그것에서 철수는 얼마나 그들이 고독하게 지내고 있는지를 능히 짐작할 수 있었던 것이다. 그 순간 철수는 이 농촌에서 무엇이고 얻으려고 그렇게만 맘먹은 자기를 부끄럽게 생각하였다. 수필 재료 하나 얻지 못해도 무관하다. 이 사람들이 뜻밖에 자기를 이렇게 환영해주는 그것 한 가지만으로 철수는 충분히 만족할 수 있다고 생각하였다. 그들의 맘을 조금치라도 즐겁게 해줄 수 있었다면 그것으로 철수는 족하다 생각하였다. 그 이상 지금의 철수로서는 그들을 위하여 아무것도 해줄 수 없는 처지이다. 순간이기는 하였으나, 철수는 모든 것을 버리고 그대로 이 고장에 머물러 이 농민들과 같이 고생해도 좋겠다는 그런 생각까지도 가져보았던 것이다.

"여깁니다. 이리루……."

그들이 마당에 들어서자 말만 한 개가 내달아 짖어댔다. 개 짖는 소리와 함께 일각문이 삐꺽 열리고 수염이 허연 노인이 뛰쳐나왔다. 미리 통지를 했던 듯싶었다.

"인제들 내려오십니까. 어서 오십시오. 이 벽지에 오시느라고 얼마나 고생을 허셌습니까."

"네? 아니, 천만에……."

철수는 무엇이라 대답할 줄을 모르고 입안에서 아무렇게나 얼버무리며 노인의 뒤를 따라 방으로 올라갔다.

어두컴컴한 방이었다. 벽이고 천장이고 그대로 흙을 바른 채 내버려 두었기 때문이다. 구들에는 '암페라'가 장판 대신 깔려 있었다. 장식이라곤 방구석에 놓여 있는 남포가 두 개뿐 서편 벽에 뚫린 조그마한 들창이 텅 비인 방 안에 몹시 어색했다.

주인과 서기는 철수와 김 군을 방에 남겨놓고 밖으로 나갔다. 철수는 매무새를 끌러놓고 후끈후끈하는 '암페라' 위에 길게 누워보았다. 별안간 잊었던 피로가 엄습했다. 그대로 하루고 이틀이고 눈을 딱 감고 자고 싶었다.

아무것도 생각 안 하고 철수는 가만히 눈을 감았다. 흐렸던 머릿속이 샘물같이 맑아진다. 그 찰나 같았으면 철수는 자기 앞에 나타난 아무러한 죄인이라도 용서할 수 있을 상싶었다.

일각문이 삐꺽한다. 가만히 발자취 소리가 머리맡으로 다가왔다. 철수는 무심코 고개를 들어 뜰 쪽을 바라보았다. 뜻밖에도 여자였다. 고개를 숙이고 그는 종종걸음으로 철수가 누워 있는 방문 앞을 지나 맞은편 방으로 들어가는 것이다. 옆얼굴이 옥같이 희었다.

결코 호사스럽게 차린 것이 아니나 어느 모로 보아도 개척민 부락에 있을 상싶은 여성이 아니다. 비단 살결이 희대서 그런 것이 아니라, 행동거지가 모다 도회 여성다웠다. 철수는 잠깐 의아스러운 눈초리로 그 뒷모양을 좇다가, 그뿐, 다시 문턱을 베개 삼고 누우려 하였다.

그러나 다음 순간 철수는 벌떡 상반신을 일으키고 있었다. 그리고 마악 방 안에 들어서려는 여자의 흰 옆얼굴을 유심히 바라보았다.

많이 본 여자의 얼굴이다. 익히 아는 여자의 모습이다.

— 그러나, 설마…….

철수는 도저히 있을 수 없는 기적을 눈앞에 본 사람 모양으로 눈이 휘둥그래졌다.

"저게 누굽니까?"

억지로 침착하려 하나 목소리가 목에 걸려 잘 나오지를 않았다

"글쎄요, 학교 선생님 아녜요?"

김 군도 벌떡 일어나 철수의 시선을 따랐다. 문턱에 가지런히 벗어 던진 조그만 구두밖에는 이미 여자의 모양은 보이지 않았다.

"전에두 여선생이 이 집에 하숙허구 있었는데요."

"네에, 그럼……."

내가 잘못 본 게라고…… 그렇게 말하려다 철수는 얼른 입을 다물고 다시 머리를 문턱 위에 떨어뜨렸다.

그인 상싶기도 하다. 아니, 푹 패인 눈과 서양 사람같이 날씬한 콧날과 축 처진 커다란 귀와…… 아무리 순간이기는 하나 이런 그의 특징을 철수로서 잘못 볼 리는 없다. 그러나 그가 이 북만 개척촌에 와 묻혀 있다고는 도저히 생각할 수 없는 일이다. 가장 도회적으로 세련받은 그가 이 벌판 한가운데 와서, 더구나 국민학교 선생 노릇을 하고 있으리라고는 상상도 할 수 없는 일이었다.

그래도, 틀림없이…… 혜옥이다…….

어지러운 생각의 갈피를 찾지 못하여 쩔쩔매이는 철수 머리 위에서 거세인 주인의 목소리가 들려왔다.

"원 이거, 아무것두 없어서…… 참 부끄럽습니다."

저녁상이 들어온 것이었다.

4

"오늘은 '빼주'나 한잔허시구 주무시지, 뭘. 하하하하. 부락은 낼이구

모레구 천천히 보시면 되지……."

아무 때나 악의 없는 너털웃음을 치는 게 버릇인 모양인 연합회 서기는 커다란 약주잔에 따른 배갈을 연거푸 자꾸 철수에게만 내미는 것이다. 나이는 철수와 어상반해 보였으나, 대륙에서 오래 고초를 겪고 난 때문인지 철수와는 반대로 쾌활하고 활달하고 늘 웃는 낯이었다.

"정말 좀 과헌데요…… 인젠……."

"아니, 뭘 그러십니까. 주무시면 될걸…… 저희들은 이런 벽지에 처백혀 사니까, 낙이라군 이것밖에 없습니다. 하하하하. 자아, 한 잔만 더……."

"정말 먹을 줄을 몰라요. 그럼 이것으루……."

"아냐, 우리 나온 것만 다 자십시다. 자아, 김 상두 한잔 드슈."

김 군은 아까부터 벌써 새빨개서 고단한 듯이 벽에 기대인 채 말없이 손만 절레절레 내흔든다.

김 군뿐 아니라, 강권하는 술에 철수도 벌써부터 얼근했다. 공복이요, 피로한 끝인데다 오래간만에 입에 대이는 독한 배갈은 순식간에 활짝 그의 몸 안에 퍼진 모양이었다.

철수가 마지막 잔을 비우고 문득 고개를 맞은편 방으로 돌렸을 때, 아까의 그 여자의 커다란 그림자가 창문에 얼른 비쳤다 사라진다. 순간 철수의 눈앞에는 혜옥의 눈물 섞인 얼굴이 굵다랗게 떠올랐다.

— 암만해도 혜옥이다…….

술김도 있어, 철수는 더 그 의문을 그대로 가슴속에 지녀둘 수 없었다. 철수는 좀 면구스러웠으나, 그예 말을 끄집어내고 말았다.

"저분이 학교 여선생님입니까?"

"네, 이 댁에 하숙하고 기시답니다."

"오신 지 오래되세요?"

"글쎄, 언제 오셨드라…… 아마 작년 가을이죠? 쥔님, 저어 '마쓰바라' 선생님이 오신 게 작년 구월이지?"

"네."

"'마쓰바라' 선생님요?"

"네, 어떻게, 아십니까? 참, '마쓰바라' 선생님두 아마 고향이 서울이시래지."

"아뇨. 그저……."

철수는 무엇이라 대답할 줄을 몰라서 시선을 한군데 두지 못한다.

"아니, 말씀이 났으니 말이지, 참 좋은 선생님 만났습니다. 대개 이 개척지에 오는 선생님들이, 이렇게 말허면 안됐지만 출중헌 분은 못 되거든요. 그나마 오래 부지만 해줘두 좋겠는데, 하두 적적하구 교육기관이 '만주국으로' 이관된 후엔 보수두 적구, 도회지는 멀구 하니까, 싫증만 나면 달아난단 말예요. 개척지의 이 선생 문제가 정말 큰 문젭니다. 사실 말이지, 누가 이 궁벽한 델 오려구 하겠습니까. 그야 개척 국책이 어떤 것인 줄 잘 이해하구, 정말 개척민 아동들의 교육을 위해서 헌신하겠다는 선생님이 안 계신 건 아니지만, 어디 그런 분이 몇 분 되겠습니까. 그저 뜨내기로……."

연합회 서기는 장난꾼 모양으로 고개를 옴츠리고 웃고 나서 이번엔 약간 목소리를 낮추어,

"그건 하여간에, 이번엔 저희 부락에 참 훌륭한 선생님이 와주셨습니다. '마쓰바라' 선생님 말씀예요. 목사님이 소개하길래 오시라 해놓고 보니까, 아 아주 '모던걸'이래서, 이런 분이 여기서 견디어날까 허구 첨엔 좀 실망을 했었지요. 그랬드니, 웬걸, 이만저만한 분이 아네요…… 하여간 내 저런 여선생님을 여기 와서 벌써 육 년입니다만 첨 봤습니다. 첨 봤에요. 오신 이튿날버텀 아이들 위해서 발 벗구 나스시는데…… 참 장

하십디다. 장해. 그게 하루 이틀이 아니거든요. 요새는 애들하구 같이 논에를 다 들어가십니다. 밤에나 웬 쉬시나요. 틈 있는 대루 학교에 못 댕기는 애들 불러다 놔놓구 글 가르치시구, 또 그런가 하면 급할 땐 산파 노릇두 하시구……. 인젠 아마 가신대두 이 부락 사람이 붙잡구 안 놀 껩니다……."

그는 마치 제 자랑이나 하는 듯이 입에 침이 마르게 칭찬이다. 가만히 듣고 있던 철수는 별안간 고개를 번쩍 들고

"그 선생님 그전 이름이 뭡니까?"

"아이구, 정 씨래든가…… 자세힌 몰르겠습니다. 이리 오시랠까요? 학교 사정두 들으시구 하게……."

"아니, 천만에…… 내일 학교루 가서 뵙지요."

금방 일어서려는 연합회 서기를 철수는 당황해서 막으며, 얼른 밥공기를 집어서 주인에게 내밀고,

"내일은 참 꼭 부락민들을 좀 모아주세야겠습니다."

억지로 화제를 돌려버리려 애썼다. 그러지 않고는 자꾸 그 여선생의 일을 캐어묻고 말 자기인 것을 철수는 잘 알기 때문이다.

"네에, 아무 걱정 마시구 그저 오늘은 쉬십쇼. 다아 준비해놓겠습니다."

그리고는 한층 더 쾌활해진 연합회 서기는 또 한 번 방 안이 찡찡 울리게 너털웃음을 치는 것이었다.

5

'마쓰바라' — 정 씨— 모두 혜옥의 성은 아니었다. 그러나 인제 철수

는 억지로라도 그 여선생을 혜옥이라고 믿고 싶었다. 혜옥이 그렇게 훌륭한 여자로 갱생해주었다면 그것은 실로 다른 누구보다도 철수를 위하야 얼마나 반갑고 기꺼운 소식이냐 말이다.

아무래도 반드시 혜옥이래야만 했다. 또한 혜옥이 아니고는 그렇게 훌륭하게 갱생할 수가 없다고도 생각된다. 철수는 지금 무조건으로라도 그렇게 믿으리라고 억지로 맘을 도사리는 것이다.

그러나 하여간 내일 학교에 가서 만나면 모든 것은 해결될 것이다. 그때까지 참는 수밖에는 없었다. 그것은 모든 피로를 잊게 할 수 있는 즐거운 기대였다.

……불과 삼 년 전 일이다.

그때, 혜옥과 철수는 사랑하는 사이였다. 혜옥은 음악학교를 갓 나온 신진 '소프라노'로서, 철수는 그해의 가장 문제작이던 「형제」를 쓴 중견 작가로서 사회의 촉망과 총애를 한 몸에 모아가지고 행복의 절정에서 축복받은 장래만을 설계하면 되었다. 양쪽이 다 홀어머니 한 분씩이라는 단출한 가정이라, 그들의 전도에, 아무도, 부러워는 할지언정 불안을 느끼는 사람은 없었던 것이다.

그러나— 그들의 사랑은 반년이 채 못 가서 틈이 나고 말았다. 문제는 혜옥이 쪽의 '홀어머니 한 분' 때문에 일어난 것이다.

혜옥의 재질과 교양과 인품엔 터럭만치도 티라곤 없었으나, 그의 어머니는 그런 혜옥을 낳은 사람이라고는 생각할 수조차 없으리만치 무식하고 상스럽고 욕심 많은 노파였다.

딸 혜옥의 지위와 명성이 날로 높아감을 따라, 노파는 야호로 재물에 탐을 내기 시작해서 각 방면으로 혜옥을 이용하기 시작했던 것이다.

돈을 받으러 다니는 것은 물론, 나종에는 출연 계약까지 함부로 노파의 생각 하나에 달리게 되었고, 혜옥은 다만 인형 모양으로 지정받은 날,

지정받은 무대에 나서서 악만 쓰면 되게 되었다.

혜옥의 출현과 성공이 너무나 찬란했던 만큼 그를 이런 사도邪道로 끌어들이기도 또한 쉬웠다. 노파는 다만 돈 하나를 위하여, 그것을 알면서도 혜옥은 다만 '한 분의 어머니'를 위하여, 생각지도 않던 구렁텅이로 빠른 속도로 전락하기 시작했다.

그에 따라 가지가지 추문이 혜옥을 싸고돌며 세상에 전해졌다. 남의 첩 노릇을 한다는 소문, 늙은 '파트론'이 뒤에 있다는 소문, 하다못해 결혼 사기까지 한다는 소문…… 혜옥 자신보다도 오히려 철수가 더 귀를 가리고 싶은 말들이 떠돌기 시작한 것이다.

물론 그까진 소문만으로 혜옥과 철수의 사이가 멀어질 까닭은 없었으나, 그렇다고 도저히 그것을 유쾌히 생각할 수도 없는 노릇이었다. 철수는 거의 매일같이 혜옥에게 타일렀다. 아무리 어머니를 위한 일이라지만 좀 더 자중하라고— 자기 몸을 아끼라고…….

그러면 그때마다 알아들었다고 고개를 끄덕이는 혜옥이었으나, 그 이튿날은 또 외롭고 불쌍한 어머니에게 이끌리어 무정견無定見한 출연을 계약하고 마는 것이다.

다른 데 있어서는 오히려 남자같이 굳세이기까지 한 혜옥이면서도 이 어머니 앞에서만은 맘 약한, 온순하기만 한 한 소녀에 지나지 않았다. 이 속에서 불행의 씨가 싹을 트기 비롯한 것이다.

혜옥의 어머니가 혜옥과 철수의 결혼을 반길 까닭은 없었다. 철수가 가장 수완 있는 작가요, 그의 작품이 아무리 판을 거듭한다 한들 여전히 셋집으로 떠다니며 겨우겨우 입에 풀칠하는 철수인 이상, 그런 것은 혜옥의 어머니의 관심할 배 아니었고, 따라 맘에 탐탁지 않은 것은 물론이다.

처음엔 그 정도에 그쳤으나, 차차로 철수의 존재는 혜옥의 어머니의 눈에 커다란 방해물로 비치기 시작하였다. 더욱이 혜옥이 철수의 편을 들 제, 노파는 드디어 그와 대립해 마주 서게 된 것이다.

노파는 다음 날로 어떤 시굴 부호의 아들과 혜옥의 약혼을 세상에 공표하고 말았다. 그날부터 기이하게 혜옥의 존재도 세상에서 사라지고 만 것이다.

아직도 철수는 혜옥을 사랑하고 있다. 어머니만 없다면 도저히 길을 잘못 들 여자가 아닌 것을 철석같이 믿고 있다. 그러나…….

혜옥은 한번 철수 앞에서 자최를 감춘 후 행방이 묘연하였다. 아무리 철수가 각 방면으로 수소문했어도 귀에 들리는 것이라곤 모두 믿을 수 없는 허황한 '스캔들'뿐이었다. 그 부호의 아들과 혼인해가지고 내지에 가서 사느니, 결혼해보니까 둘째 첩이었느니, 이혼하고 술집으로 떠돌아다니느니, 기생이 됐느니……. 그러나 철수는, 열 번 죽더라도 정말 타락하고 말 혜옥은 아니라고, 그런 소문엔 귀도 기울이지 않았다. 철수는 무슨 신앙과도 같이 언제든지 다시 한 번 혜옥이가 전과 똑같은 청정한 몸으로 자기 앞에 나타날 날을 믿고 기다리고 있는 것이었다.

혜옥을 싸고도는 그 여러 가지 소문 중에서 꼭 한 가지 진실성 있는 것이 있었다. 그것은 혜옥이가 어머니조차 뿌리치고 홀몸으로 만주인지 북지인지로 달아났다는 소문이었다. 거기서 다시는 무대에 나서지 않고 후진을 기르고 있다는 소문이었다.

철수는 이번 만주 여행을 떠날 때, 은근히 그것을 생각 안 한 것도 아니다. 요행 혜옥의 종적을 찾을 수 있다면— 철수에게 그보다 더 큰 수확은 없을 것이다. 그러나, 만주는 넓다, 정말 만날 수 있으리라고는 꿈에도 기대하고 있지 않았다.

창문 밖에서 벌레 소리가 들린다.

불빛이 그리워, 철수는 가만히 일어나서 창문을 열어젖혔다.

끝없는 하늘엔 조선서 보던 것과 똑같은 별들이 주옥같이 반짝이고 있다. 그 별빛을 받아 희끗희끗 빛나는 것은 누런 흙탕물을 그뜩그뜩 담은 논판들이다. 그렇게 생각하고 보니 용수로 물소리도 여전히 콸콸콸콸 변함이 없다.

어느 사이에 술도 깨였다. 피로도 잊은 듯이 눈이 붙지를 않았다. 철수는 한참 동안 물끄러미 창밖을 내다보다가 다시 담요를 쓰고 자리에 누웠다.

'마쓰바라' 선생이 정말 혜옥이라면— 이 북만 개척촌 한구석에서 마당을 격하고 한 지붕 아래에 자기와 같이 누워 잔다는 사실은 실로 소설 이상의 기적이라 할 수밖에 없다. 그러나 이 기적은 능히 있을 수 있는 기적이다.

철수는 또 반신을 일으켜 문틈으로 맞은편 방을 건너다보았다. 역시 이 방과 마찬가지로 조용하고 캄캄할 뿐이다.

— 내일 학교 가서 만나면 다아 알걸, 하여간에…….

그것은 잘못하면 철수의 이번 여행을 망칠뿐 아니라, 실로 철수의 전 생애를 결정할 수조차 있는 순간인 것이다.

철수는 훠언하게 동이 틀 때까지 잠을 이루지 못했다.

×

교장을 앞세우고 철수와 김 군과 연합회 서기는 우급優級 이년—육학년, 우급 일년, 사학년—차례로 교실을 참관하였다.

"요담이 일학년, 여선생님이 맡으셨습니다. 뭐, 설비가 아직 불충분해서……."

교장의 말에 대답을 해야 하긴 했으나 입에 침이 말라 철수는 어색한 웃음을 입가에 띠이고 고개를 잠깐 숙인 다음, 저도 모르게 멈칫하고 유리창 너머로 교단 쪽을 바라보았다.

'마쓰바라' 선생은 흑판을 향하여 무엇인지 쓰고 있었다. 천천히—한 자씩 한 자씩 꼭꼭 박아서 차근차근 써나갔다.

오랫동안—철수에게는 그렇게 생각되었다, 오랫동안, 철수는 선뜻 그 교실 안에 발을 들여놓지 못하고 그렇게 창 너머로 바라보고만 있었다. 그러나 기어코 '마쓰바라' 선생은 흑판 앞을 떠나지 않는다. 의식적으로 그는 그렇게 얼굴을 이쪽으로 돌리지 않으려고 노력하고 있는 상싶었다.

"들어가 보시지요?"

재촉하는 교장에게 철수는 한참 만에,

"뭘요, 여기서 봐두…… 시간두 없구 허니까…… 농업 실습지나 뵈여주셨으면……."

말끝을 못 맺고 일부러 저벅저벅 앞을 서서 뒤뜰로 내려갔다. 순간 잠깐 동안 눈물이 글썽해서, 철수가 다시 한 번 교실 쪽을 돌아보았을 젠, 흑판도 그 앞에 선 여선생도 호기심에 빛나는 아이들의 눈동자도 모두 뽀오얗게 안개 속에 숨은 듯이 흐려 보일 뿐이었다.

— 그가 혜옥이래면…… 역시 혜옥이가 나버덤 총명했군…….

철수는 논두렁을 걸어가며 혼자 생각하는 것이다.

— 혜옥이라 하드래도 아직 안 만나는 게 마땅하구…….

— 혜옥이라면 아직두 맘속에 고통이 남아 있을 게니까— 좀 더 시일을 줘야 그것을 벗어버리구 딴 사람이 되겠구…….

— 혜옥이 아니더라두…… 문득 그것에 생각이 미치자 철수는 무슨 천계天啓나 받은 듯이 일시에 맘속이 탁 티이는 것 같은 광명을 발견할 수 있었다. 옆에 사람이 없었으면 어깨라도 탁 칠 지경이었다.

혜옥이라면 더욱 반갑다. 그러나 혜옥이 아니더라도 이 얼마나 훌륭한 여자의 생활인가. 갱생이면 더욱 좋고 갱생 아니라도 또한 즐거운 노릇이다. 근대의 젊은 여성들이 이런 데서 이렇게 꾸준히 살길을 찾아 나섰다는 것은, 이것은 첫째로 누구를 위하야 만세 부를 일이냐. 그들 여자들 자신을 위하여서이다. 그렇다— 철수는 비로소 그 여자가 혜옥이 아니라도 맘이 뿌듯하게 만족할 수 있었다.

"……지금 대개 집집이 소 한 마리씩은 있구요, 돼지가 또……."

그때 비로소 철수의 귀에는 연합회 서기의 설명이 또렷또렷하게 들리기 시작하였다. 옳다, 내게는 이런 책임이 있었다고, 철수는 고개를 똑바로 쳐들어 끝없는 지평선을 한참 동안 바라보았다.

나지막한 지붕들이 옹기종기 한데 모여 멀리 논 가운데로 건너다보였다. 보고 있는 사이에 철수는 어젯밤의 자기가 무슨 죄인같이만 여겨져서 견딜 수 없었다.

철수는 얼른 주머니에서 '노트'를 꺼내 연합회 서기의 얘기를 받아 적기 시작하였다.

—《조광》, 1942. 11.

해변

1

"'황소'란 놈이 왔대지."

"글쎄 말일세. 아, 그놈이 또 왔대."

"대체 '황소'란 놈이 무슨 생각으로 도루 왔어. 또 동리가 왁자지껄허겠군그래."

"걱정거리가 또 하나 생겼네."

원래가 좁은 고장이라 소문은 순식간에 동리 안에 쫙 퍼졌다. 한두 사람만 모이면 이맛살을 찌푸리고 수군거렸고, 고개를 내저으며 혀를 끌끌 찼다.

'황소'가 돌아왔다는 그 소문은 사실이었다.

'황소'라는 별명을 가진 덕모德模는, 삼 년 만에 홀연히 고향인 이 해변가 조고마한 어촌으로 돌아온 것이다.

"삼 년이 지났다는데두 그저 이눔의 동네는 밤낮 고 꼴이로구나. 요렇게 변허지 않을 수가 있나……."

덕모는 우악스러운 두 눈을 부라리며 입가에 차디찬 웃음을 띠고, 고향의 산과 바다를 밉살스러운 듯이 훑어보는 것이다.

바윗돌로만 생긴 험상궂은 뒷산과 바로 턱밑에서부터 하늘 닿는 데까지 깔린 한없이 넓은 바다. 그 산과 바다 사이에 끼어 한 줄로 길다랗게 늘어선 단조로운 마을, 그것은 동해 바닷가에서 흔히 볼 수 있는 가장 전형적인 빈한한 어촌이었다.

해에 따라 고기가 잡히면 풍성풍성하고 안 잡히면 쓸쓸해지기는 하였으나, 대체로는 발전도 없고 쇠하지도 않아 구멍가게의 위치 하나 변하는 일 없었다. 삼 년은커녕 십 년, 이십 년이 지나도 이 완고한 어촌은 변화를 보일 상싶지는 않다.

그러나 변하지 않은 것은 고향인 마을뿐이 아니었다. 그보다도 오히려 더 변하지 않은 것은 덕모의 모습이요, 채림채림이다. 마을 사람들은 그것을 오히려 신기하게 여겼으리라.

"'황소'란 놈이 도루 그 그지꼴을 허구 돌아왔군그래. 어디 가 빌어먹다 왔어."

"난 아직 보지는 못했는데 정말 도루 왔대지. 어쩔 작정야!"

"그러게나 말일세. 동리가 소란해질 테니까 도루 내쪼칠 궁리를 해야지."

"내쫓지 않으면 지가 며칠이나 붙어 있겠나. 두구 보세그려."

지금부터 삼 년 전, 동리 사람들에게 거의 내몰리다시피 하야 마을을 떠날 때 입고 있던 누덕누덕 기인 베 고이 적삼에 밀짚모자를 비스듬히 눌러쓴 그때의 그 모양 그대로 덕모는 불쑥 난데없이 고향에 나타난 것이다. 굵다란 눈썹, 넓적한 코, 네모진 두 볼, 시커먼 얼굴과 투박스러운 목덜미가 과연 '황소' 같은 연상을 주기도 한다.

생긴생긴도 그랬으려니와 힘이 또한 황수값이 세었다. 술 잘 먹고 싸움 잘하기로도 남에게 지지 않았다. 나이도 차기 전부터 사람 치고는 술이나 뺏어 먹는 것을 일삼고, 동리 여자들을 희롱하기가 일수였다.

늙은 부모와 단 세 식구 살림이었으나 고기잡이 한 번 도와주는 일 없이 핀둥핀둥 놀기만 하였다. 우악스럽고 술쥐정꾼인 덕모가 부모에게만 공손할 리 없었다. 그래도 외아들이라, 차마 맞대놓고 꾸짖지는 못하고 그들은 마주 앉으면 늘 신세를 한탄하며 눈물을 흘렸다.

덕모가 열아홉 살 되던 해 봄, 덕모는 몰래 고향을 떠났다. 고약한 행실이 차차 마을 사람들의 미움을 사게 되어 더 그 고장에 머물러 있을 수 없었기 때문이었다.

“이까짓 놈의 시굴 구석에 다시는 발을 디려놓나 봐라.”

덕모는 그때 침을 퉤퉤 뱉으며, 늙은 부모만을 외롭게 남겨놓고 아무도 모르게 고향을 등진 것이다.

그러던 그가 표연히 다시 고향에 돌아왔다. 삼 년간 어디서 무엇을 하고 있었는지…… 왼편 뺨의 굵다란 상처가 더욱 그의 얼굴을 우악스럽게 만들어놓았다.

마을 한구석 다 쓰러져가는 초가집에서, 덕모의 늙은 어머니가 혼자 살고 있었다. 그는 손에 들었던 가방을 마루 끝에 내던지고 부엌 쪽을 기웃하였으나, 집 안은 빈집같이 인기척이 없다.

덕모의 아버지는 한 반년 전에 바다에서 죽었다. 바다에서 낳아서 바다에서 죽은 노인에게, 조금치라도 맘에 거리끼는 것이 있었다면 그것은 아마도 불량한 자식 덕모에 대한 외로움뿐이었으리라. 노인은 무엇보다도 바다를 사랑하였다. 외아들 덕모가 출분한 후로는, 그의 바다에 대한 애착은 더욱 심해졌다. 그는 하루도 빼이지 않고 바다엘 나갔다. 어느 풍랑이 심한 하룻날, 그는 늙은 안해가 말리는 것을 무릅쓰고 바다로 나가더니, 그예 다시 육지로 돌아오지를 못했다. 아들을 잃고, 이제 남편마저 빼앗긴 노파가 울며불며 바닷가를 헤매이려니까, 시커먼 바위 밑에 늙은 어부가 둥실 떠 있었다. 아직도 풍랑이 다 개이지 않은, 그 다음다음 날 일이었다.

덕모가 아무도 없는 집 뜰 앞에 멍하니 서 있으려니까, 등 뒤에서 가만히 발자죽 소리가 들려왔다. 깜짝 놀라 돌아보는 덕모의 눈에 젊은 여자의 모양이 뛰어들었다. 햇볕에 걸은 까무잡잡한 두 볼에 건강스러운 화색이 떠돌고 종종걸음으로 다가오는 그의 몸 전체에서 반가워하는 기색이 나타났다.

"옥희玉姬냐."

"그예 왔구려."

외떨어진 곳이라 사람의 그림자도 보이지 않고 저녁 안개만이 주위를 에워싸고 있었으나, 옥희는 목소리를 낮추어 가만히 말했다. 덕모는 웃지도 않고 퉁명스럽게 대답하였다.

"더 일찍 오구 싶었는데…… 네 편지가 석 달 만에 내 손에 들어왔어."

"그래두…… 오기만 허면 돼. 아주머니 혼자서 얼마나 적적허게 지내시는 줄 아우. 아저씨가 그렇게 불쌍허게 돌아가시구 나서는……."

"내 이 원수를 꼭 갚구 말 테야."

"아이, 무슨 원수를 갚는단 말유."

"바다가 아버지를 빼서 갔으니까, 바다가 내 원수 아니냐?"

무섭게 빛나는 덕모의 눈과 힘찬 그의 목소리에 옥희는 더 입을 열지 못했다.

2

이튿날 덕모는 첫새벽같이, 김 선생 댁을 찾아갔다.

아무리 마을 사람들이 덕모를 미워하고 욕하고 해도, 항상 따뜻한 애정으로 그를 싸고돌며 그를 옹호하고 그를 바른길로 인도하려던 김 선생이었다. 덕모도 또한 그러한 김 선생을 누구보다도 따랐고, 김 선생 말이라면 대개는 거역하는 일이 없었다.

인제부터 이 마을에서 나는 어떻게 살아가야 하나…… 밤새도록 그것을 궁리하다가 결국 덕모는 해결을 얻지 못하고, 모든 것을 김 선생 지시에 맡기리라 결심한 것이다.

김 선생은 덕모의 모양을 한참 동안 암말 없이 물끄러미 바라보더니, 그대로 앞서 뒷산으로 향하는 것이다. 덕모는 고개를 숙이고 그 뒤를 따랐다.

김 선생이 가는 곳은 덕모의 아버지의 산소였다. 산소 앞에서 비로소 김 선생은 뒤를 돌아보고,

"자네 선친께 엎드려 절허구 사과허게."

명령하는 듯한 말씨였다. 덕모는 큰 힘에 타 눌린 듯이 그 말대로 아버지 산소 앞에 꿇어 엎드렸다.

"자네 잘못은 자네가 잘 알 테니까, 내 입으로는 말하지 않겠네. 그러나, 오늘 이 순간부터 자네는 딴 사람이 되어, 나라에 충성되고, 어머니에게 효성스러운 청년으로 갱생해야 하네. 어렸을 때 그렇게 총명하고 얌전하던 자네가 그 이치를 몰를 까닭은 없겠지."

"……."

덕모는 얼른 대답을 못했다. 문득 눈시울이 뜨끔하더니 보가 터진 듯이 눈물이 펑펑 쏟아졌다.

"자네는 그것을 아버지 앞에서 맹세헐 수 있나?"

"맹세허겠습니다."

무슨 일이든지 선생님 말씀대로…… 그렇게 말하려 하였으나, 채 말

이 끝을 맺기 전에 다시 김 선생의 명령하는 듯한 말소리가 떨어졌다.

"나는 옥희한테서 어제밤에 자네 얘기를 다 들었네. 바다가 자네 원수라구? 어리석은 생각일세. 자네 선친이 얼마나 바다를 사랑하였는지 그것은 자네도 잘 알 걸세. 그 바다가 어째 자네 원수겠나. 자네는 마땅히 아버지의 뒤를 이어, 바다로 나가서 바다를 사랑하고 바다에서 죽어야 하네. 그것이 지금 자네가 할 수 있는 단 한 가지 효도일세."

김 선생은 잠깐 말을 끊고 무엇을 생각하는 것 같더니,

"오늘 하루 잘 생각해서 밤에 집으루 오게. 자네 결심이 든든하면 무슨 도리야 없겠나. 옥희두 기다리구 있을 겔세. 나버덤두 아마 옥희가 더 자네 일을 걱정하구 있을 겔세."

"네."

덕모는 짧게 대답하고, 눈물 어린 눈으로 은사의 얼굴을 우러러보았다.

3

"'황소' 녀석이 아주 딴사람 됐드군그래. 어디서 삼 년 동안 톡톡히 고생허구 온 게지."

"그놈이 원래 그렇게 나쁜 놈은 아니었다네. 맘만 잡으면야, 참 누구헌테 빠질 놈인가. 기운은 '황소'걑이 세구, 글자깨나 알구, 사람 똑똑허구, 쓸모야 많은 놈이라네. 동무들 잘못 만나서 술 배운 게 그놈을 망쳐놨지."

"인젠 술은 입에두 안 댄인다네그려."

"술집 앞을 지나댕기지도 않는다네. 결심이 대단한 놈야. 늙은 어머

니헌테두 효도가 지극허다네."

"이 사람아, 어끄저께꺼지두 몹쓸 놈은 '황소' 놈이라구 욕지기러만 허드니, ……왜, 사위나 삼으려나, 별안간에 입에 침이 말르게 칭찬이니."

"이 사람아, 그놈 나이가 스물둘이요, 내 딸은 인제 세 살일세. 사위가 가당헌가, 허허허."

"허허허허."

금방 내쫓길 것같이 들고 날뛰던 마을 사람들은 요사이 모이기만 하면 이렇게 덕모를 칭찬하였다. 전날의 쌈꾼이요, 술취정꾼이던 덕모를 아는 마을 사람들에게는 이 덕모의 변화는 사실로 커다란 놀램이었다.

첫째로 안하무인이던 덕모가, 누구에게나 고개 숙여 인사하는 것이 마을 사람들의 호감을 샀다. 이리하야 덕모가 고향에 돌아온 지 불과 며칠이 안 되어 마을 사람들은 그를 아주 딴사람 대하듯 하게 된 것이다. 삼 년 전 마을 사람들의 한없는 미움을 받던 덕모는, 일약 마을에서 제일 가는 모범 청년이 되고 말은 것이다.

덕모는 김 선생의 소개로 어느 정어리 공장의 일을 보게 되었다. 그러나 덕모의 맘은 항상 바다로 달렸다.

아버지를 빼앗아 간 바다. 성날 젠 악마같이 무섭게 날뛰는 바다. 그러나 덕모는 무한히 그 바다를 그리었다.

조선의 삼면을 에워싼 바다. 너그럽고 대범하고 자비스러운 바다. 거기서 살고 거기서 죽는 것을, 조선 청년들은 오랫동안 잊어버리고 있었다. 바다를 사랑하고 바다를 애낄 줄 알아야 바다를 정복하고 바다를 이용할 수도 있는 것이다. 바다로 갈 길이 내게는 열리지 않나? ……덕모는 틈만 있으면 뒷산으로 올라가 망망한 대해를 하염없이 바라는 것이다.

"가만있게. 인제 반드시 반가운 소식이 자네를 찾아올 것일세. 자네 맘을 몰르는 게 아니지만, 기회라는 것은 언제 어디서 올지 알 수 없는 거야. 나두 늘 생각은 허구 있다네, 가만있게."

김 선생이 그렇게 말하기는 하였으나, 덕모는 하루라도 속히 바다로 나아가서 무한히 크고 넓은 바다를 상대로 단판 씨름을 하고 싶어 견딜 수 없었다. 대대로 바다에 의지하야 살아오던 집안의 피가 지금 덕모의 몸속에서 용솟음치고 있는 것이다. 덕모는 숙명적으로 바다의 아들이었다.

파도 소리를 자장가 대신 듣고 자란 덕모요, 물고기같이 일 년 내내 물속에서만 살던 덕모다. 제정신을 차리고 보니 바다만이 자기 살 곳이요, 바다만이 자기 죽을 곳이었다.

바다로 가고 싶다. 바다로 가자. 덕모는 일하다가도 견딜 수 없으면 아무 배나 집어타고 미친 듯이 바다 한가운데를 향하야 저어나갔다.

4

그러나 기회는 그리 오래지 않아 왔다. 하룻날 아침, 옥희가 달려와서 내미는 신문을 받아 든 덕모는, 너무나 반가운 소식에 제 눈을 의심할 지경이었다. 조선에도 해군지원병제 실시— 그런 표제를 보았을 제 덕모는 너무도 얼른 다가온 기쁨에 어쩔 줄을 모르고 허둥지둥할 따름이었다.

"아버지가 곧 오시래우. 의론헐 게 있다구……."

"응, 아마 이거 밀씀이지, 이기 말씀일 거아. 자아, 어서 가!"

덕모는 옥희의 손을 이끌고 단숨에 김 선생 집까지 뛰어 올라갔다.

김 선생 집에만 가면 당장 해군지원병이 될 수 있는 듯이, 덕모는 숨이 턱에 닿아 달린다.

길 아래로 내려다보이는 바다는 잔잔하다. 잔주름 하나 잡히지 않았다. 그러나 지금 그 바다는 소리 높이 노래 부르며 덕모를 부르고 있는 것이다. 조선 청년들을 부르고 있는 것이다.

—《춘추》, 1943. 12.

청향구清鄕區—신생지나통신新生支那通信

청향구라는 것은 '소화昭和 십육 년'* 칠월부터 개시된 청향공작淸鄕工作이 전개되고 있는 일정한 구역을 가리키는 것입니다. 철조망 혹은 대竹울타리로 구다지역區多地域과 완전히 차단된 청향구 안에서는 일본과 지나의 정치적 군사적 전력을 집중하야 지구 내의 치안을 확보하고, 정치경제의 제 정책을 확립하야 이 청향구로 하여금 화평의 모범지구를 만들려는 것입니다. 이것이 완성하면 다음 청향구로 옮기고, 또 다음 청향구로 옮기고, 이리하야 차차로 화평지구를 확대해서 전면 화평을 촉진시키려는 청향공작, 이것은 신생 국민정부의 국책, 즉 반공화평反共和平 건국의 대국책을 수행하는 가장 중요한 수단의 하나입니다.

이 청향공작이 개시된 지 이미 이 년, 그 실적이 얼마나 컸는가를 여러분은 이 얘기 속에 나타나는 조그마한 사실에서 충분히 짐작하실 수 있으리라 믿습니다.

* 1941년.

1

꼬꼬댁, 꼬꼬댁, 앞을 다투어 닭 떼가 우루루 몰려오는 바람에, 땀 빼인 채화의 얼굴을 향하야, 바싹 마른 땅에서는 뽀오얀 먼지가 연기같이 피어올랐습니다. 채화는 그것을 피하려 하지도 않고 그 자리에 발을 멈춘 후,

"아이, 재축들두 심해이. 그렇게 배들이 고팠담, 참. 가만히들 좀 있어."

그렇게 혼잣말로 중얼거리면서 광우리에 담긴 모이를 듬뿍듬뿍 집어서 닭 떼를 향하야 훨훨 던져주는 것이었습니다.

닭에게 모이를 주는, 이른 아침의 한때가 요새의 채화에게는 다시없이 즐거운 시간이었습니다.

"온, 이렇게 허어연 닭이 알을 일 년에 삼백 개씩이나 날 것 같지를 않구먼……."

처음 이 백색 '레그혼'을 청향농장으로 견학하러 온 동리 노인들은 못마땅한 듯이 혀를 끌끌 찼습니다.

꿈에도 연구나 개량을 생각해보지 않은 몇백 년 래의 재래종은 기껏해야 일 년에 칠팔십 개 알을 낳으면 그것이 고작이었습니다. 그 몇 개 안 되는 계란조차 이 마을 사람들 입에 들어가는 것은 정월이나 무슨 명절 때뿐이었고, 대개는 열 개만 모이면 소주蘇州나 곤산崑山 같은 부근 도회로 팔러 나가야 했습니다. 그렇던 계란을, 새로 생긴 청향농장에서 치는 닭은 일 년에 삼백 개씩이나 낳는다는 소문이 들리자, 무슨 기적이나 난 것같이 마을 사람들은 놀래어 달려왔던 것입니다. 그러나 날씬하고 하아얀 '레그혼'의 조촐한 품이, 보기엔 별로 신기하지도 않았던지, 그들은 저으기 실망한 모양이었습니다.

"못 낳긴 왜 못 낳요, 일본서는 일 년에 삼백오십 개씩두 낳는다는 데…… 두구 보면 알지 않어요?"

마치 자기가 책망이나 들은 듯이 얼굴을 붉히고 변명하려는 채화를 동리 노인들은, 어이가 없어 멍하고 바라볼 뿐이었습니다.

노인네들의 말이 이 청향농장의 주인 격인 '이노우에' 기사技師를 모욕한 것 같아서 문득 채화는 가벼운 노여움을 느낀 것입니다.

이런 일이 있은 후 채화는 누구보다도 열심히 닭장을 보살피게 되었습니다. 그리하야 어느 사이엔지 채화는 이 농장의 양계 주임같이 되고 말았던 것입니다. '이노우에' 기사의 명예를 위하야 무슨 일이 있든지 꼭 삼백 개 이상의 알을 낳게 하리라는 것이 채화의 굳은 결심이요, 목표이었습니다.

"채화의 정성만으루두 아마 삼백 개는 낳겠지, 풍토가 달라서 좀 염려두 되지만……."

그렇게 말해준 '이노우에' 기사 앞에서는, 그러나 말대꾸도 못하는 채화였습니다.

배불리 실컷 먹고 났는지, 병아리 한 마리가 쪼르르 달려와서 납작 채화의 꽃신 위로 뛰어 올라왔습니다. 토실토실 살이 찐 품이 집어삼키고 싶도록 귀여웠습니다.

채화는 가만히 그 자리에 주저앉아 물끄러미 닭 떼를 바라보면서,

"선생님."

하고 중얼거렸습니다. 그리자 문득 일 년 전 일이 꿈결같이 머릿속에 떠올랐습니다.

2

꽉 닫아걸은 구석방 한 모퉁이에 몰려 앉아서, 채화의 집 식구는 숨을 죽이고 있었습니다. 이 부락에 공산신사군共産新四軍*이 침입했다 해서 일본군 토벌대가 들어온다는 날 저녁때였습니다.

문틈으로 새어 들어오는 광선쯤으로는, 서로의 얼굴조차 잘 보이지를 않았습니다. 그래도, 때때로 불안과 경계와 단념이 뒤섞인 시선이 서로 마주칠 때가 있었습니다.

삼십 분, 한 시간이 지났습니다. 길거리 쪽에서는 몇 번이고 요란스러운 소리가 들려왔습니다. 그럴 때마다 그들의 표정은 더욱 어두워지고, 저절로 한숨이 흘러나왔습니다. "왜 진작 피난을 하지 않았던고—" 채화 아버지가 나지막하게 중얼거렸으나, 아무도 대답을 하지 않았습니다.

이윽고 다가가는 채화의 얼굴에는 굳은 결심의 빛이 떠올랐습니다. 채화는 아직 열여덟 살밖에 안 된 처녀였습니다.

"어딜 가려느냐."

나지막한, 그러나 날카로운 목소리가 채화의 뒤를 따랐습니다. 그 소리를 듣자 채화는 반대로 무슨 충동이나 받은 듯이, 들창 앞으로 단숨에 달려가며,

"어떻게 됐는지 좀 볼 테예요. 조용해졌으니까, 인젠 다아 지내갔나 봐요."

약간 떨리기는 했으나, 채화는 서슴지 않고 대답했습니다.

* 원문은 '공산신사군共産州新四軍'. '공산신사군'이란 중국의 제2차 국공합작 때 만들어진 항일혁명군 조직으로서, 항일전쟁에 나선 공산주의 계열의 군대는 화북에서 활동한 팔로군과 양자강 중하류에서 활동한 화중의 신사군으로 나뉜다. 여기서는 이들 신사군 활동지역을 '공산주'라고 칭한 것으로 보인다.

"미쳤느냐, 채화야, 그랬다 들키면……."

"아무럭 허면 안 들킬 줄 아세요? 들켜두 설마 아무 죄 없는 우리들을……."

두렵지 않은 것은 아니었습니다. 그러나 그 두려움보다도, 불안에 떨며, 숨 한 번 크게 쉬지 못하고 어둔 방 안에 처백혀 있는 것은, 더 견딜 수 없는 일이었습니다. 차라리 어떤 두려움인지 몰라도 그 두려움과 맞닥뜨려보는 것이 맘이 편할 것 같았습니다.

일본군은 잔인하기가 짝이 없어서 닥치는 대로 잡아 죽인다는 소문도 들렸습니다. 이와는 정반대로, 군인이 아니면 절대로 보호하고 오히려 식량까지도 배급해주는 것이 일본군이라는 풍설도 떠돌았습니다. 어느 것이 정말인지, 지금 최후의 결정을 내릴 때가 각각으로 다가옵니다. 채화는 그것을 이 암울한 방 안에서 더 앉아 기다릴 수가 없었던 것입니다.

들창 앞에 선 채화는 울렁거리는 가슴을 진정시키느라고 잠깐 눈을 감고 깊게 숨을 들이마셨습니다. 이 창밖에 있는 것이 무엇일까, 악마일까, 구세주일까, 창을 내다보는 그 순간에, 그들의 운명은 결정되는 것입니다.

그러는 사이에 두려움 속에서 처녀다운 호기심이 고개를 쳐들었습니다. 다음 순간, 채화는 저도 모르게 문틈 앞으로 한 걸음 다가가서 발돋움을 하고 얼굴을 갖다 대고 있었습니다.

거리에 모여 있는 부락 사람들의 떼와, 그것을 둘러싼 일본 군인의 마귀 같은 모양을 예상하고 있던 채화의 눈에는, 그러나 아무것도 비치지 않았습니다. 어제까지와 조금도 다름없는, 눈에 익은 풍경만이 허무하도록 고요히 가로놓여 있을 뿐입니다.

채화는 확 긴장이 풀리자, 무슨 낙담 같은 것을 느끼어 펄썩 그 자리에 주저앉고 싶었습니다. 그때 바로 한 사람의 군인이 말을 타고 채화의 집 둔 앞을 지나갔습니다. 잠깐 보았을 뿐이나, 채화는 그것이 자기 나라 군인이 아니라는 것을 깨달을 수 있었습니다. 시커멓게 햇볕에 걸었으나 단정한 얼굴, 사내답게 딱 벌어진 넓은 가슴, 허리에 찬 긴 칼, 몸에 꼭 맞는 군복…… 늠름하면서도 조금도 무서운 생각을 주지 않는 용모요, 태도였습니다.

"저게 일본 군인일까?"

채화는 얼른 판단을 하지 못했습니다. 그게 일본 군인이라면, 일본 군인은 조금도 두렵지 않지 않은가. 그렇다면 이렇게 숨어 있을 필요도 없을 것 같은데……. 채화는 다시 한 번 보려고 오랫동안 기다렸으나, 거리가 어두워갈 뿐 다시는 아무것도 보이지를 않았습니다.

여전히 방구석에 앉아서 꼼짝도 못하는 부모에게 그 얘기를 들려주니까,

"그게 필시 일본 군인이다."

아버지는 무서운 듯이 눈을 부라리는 것이었으나, 아무 이유 없이 채화는 별안간 맘이 놓여지는 것을 느끼는 것이었습니다.

채화는 문틈으로 본, 그때의 그 군인의 모습을 오랫동안 잊지 않았습니다.

이튿날 아침 일찍이 요란스럽게 문을 두드리는 사람이 있었습니다. 한잠도 못 자고 밤을 밝힌 채화의 세 식구는 깜짝 놀라 벌벌 떨고 감히 일어나지를 못하였으나, 부르는 사람들 목소리 속에 이 고장 사투리가 섞인 것을 처음 알아들은 것은 채화였습니다. 채화는 서슴지 않고 가서 문을 열었습니다.

찾아온 사람은 동리 학교 선생이었습니다. 그는 너무나 뜻밖의 소식을 그들에게 전하러 왔던 것입니다. 그 사람의 말에 의하면, 일본군은 어

제 이 부락을 점령하였는데, 죄 없는 사람에게는 절대로 손을 대이지 않을 뿐 아니라 오히려 그들의 생활을 보장하겠다고 말하고 있다는 것입니다. 이미 남아 있는 사람들의 손으로 치안유지회를 만들 준비가 진행되고 있으니 빨리 나와서 조력하라고 권하고, 모든 점에 있어서 중국군과는 아주 딴판이라고 칭찬이 자자하였다.

모두가 순박한 농민들이라, 한번 일본군이 구세주였다고 믿기 시작한 이상, 그들의 협력은 놀랄 만한 것이었습니다. 불과 반년이 못 가서 이 지방의 치안은 확보되고, 피난 갔던 동리 사람들도 거의 전부가 복귀하였습니다. 약간의 편의대便衣隊* 토벌이 몇 번 있었을 뿐, 큰 전투가 없었기 때문에 황폐된 곳도 적어 부흥하기에도 그리 힘이 들지를 않았습니다. 그 현저한 약진상이 왕 주석의 귀에까지 들어가게 되어, 소주蘇州에 청향위원회주소변사처淸鄕委員會駐蘇辨事處가 설치되자, 이 지방도 제일기 공작지구第一期工作地區의 하나로 지정되어 신생 중국의 제일 앞잡이가 되는 영예를 차지한 것이었습니다.

청향구로 지정된 후 석 달 만에 이 지방에 권농장勸農場이 설치되게 되었습니다. 그 농장의 주인 겸 기사로 '이노우에' 군조軍曹가 현지 제대가 되어 부임하여 왔습니다.

농장 설립 기념식 석상에서 처음 이 '이노우에' 기사의 얼굴을 본 채화는 악 소리를 치고, 한참 동안 자기 눈을 의심할 지경이었습니다.

'이노우에' 기사야말로 틀림없이 채화가 본 맨 처음의 일본 군인, 공포에 떨며 창틈으로 내다본, 바로 그 사람이었던 것입니다.

'이노우에' 기사가 농장일을 보아달라고, 채화의 집을 찾아왔을 때,

* 중국에서 무장하지 않고 적지에 잠입해서 후방교란을 주임무로 하던 비정규군 부대. '편의'란 평상복이라는 뜻으로, 이들은 평상복을 착용하고 각종 모략, 선전, 파괴, 암살, 납치, 습격 등의 게릴라 작전으로 정규군 작전을 도왔다.

채화는 혼자서 감격하야 오랫동안 그의 앞에서 얼굴을 붉히고 고개를 들지 못하였습니다.

그때 '이노우에' 기사가 들려준 말을, 채화는 지금도 역력하게 기억하고 있습니다. '이노우에' 기사는 그때 능란한 북경말로,

"나는 얼마 전까지 군인이었었다오. 항주만抗州灣에 상륙한 이래로 이 부근에서도 무척 격전이 벌어졌었지. 그때의 내 전우들이 많이 이 근처에서 잠자고 있단 말야. 내가 이 농장을 지원한 것도 그 전우들이 남기고 간 뜻을 이어받어서 일하고 싶어서였어. 채화는 잘 몰르겠지만 이번의 이 전쟁은 말하자면 당신 나라를 청결하자는 것이야. 그러니까 지금두 매일 각지에서 전쟁이 계속되고 있지만, 또 한편 이렇게 살기 좋은 새 세상을 만들려고 여러 사람들이 애쓰고 있지 않소? 당신두 그런 각오를 가지구 이 농장일을 보아주어야 하오……."

이렇게 일깨워주었던 것입니다.

그 후 일 년, '이노우에' 기사의 하루하루는 조금도 그 말과 어긋나는 점이 없었습니다. 면화를 심고, 낙화생을 심고, 지질을 검사하고, 가축, 가금, 비료…… 농가에 필요한 모든 것을 하나도 빼이지 않고 조사하였습니다. 어떻게 해서든지 농산물을 지금의 이 배 삼 배를 만들어야 한다— 그것만이 소원인 듯한 '이노우에' 기사의 매일매일이었습니다. 오직 중국 농민의 생활을 윤택하게 하려고 모든 것을 바치고 있는 그 태도가, 채화의 머릿속에 자리 잡고 있던 적국의 군인이라는 느낌을 하루하루 씻어 없애주는 것이었습니다.

3

별안간 날카로운 기적 소리가 채화의 달큼한 추억을 중단시켰습니다. 상기된 얼굴을 쳐들어 보니까, 산모퉁이를 창마다 사람의 얼굴이 가득 찬 기차가 지나갑니다. 개통된 지 몇 달 안 되는 이 기차 때문에 이 부근이 얼마나 번화해지고 얼마나 편리해지고 얼마나 윤택해졌나. 그리고 또 얼마나 평화스러워졌나.

"옳아, 이래서 새 세상이 시작되나 봐."

채화는 지나가는 기차를 향하야 장난꾼 아이 모양으로 두 손을 내젓다가,

"아, 참, 오늘 후생열차가 온댔지."

그것에 생각이 미치자 저절로 웃음이 터져 나왔습니다.

"맨 먼점 내 양말을 하나 사고, 아버지에게는 술을 한 병, 어머니에게는 꽃신, 참, '이노우에' 선생헌테는 뭘 사다디리나. 조은 담배나 몇 갑 사다디리까?"

채화는 넋을 잃은 듯이 멍하니 기차 가는 곳만 바라보고, 손에 쥐인 닭 모이가 흩어지는 것조차 깨닫지 못하였습니다.

4

경비대에 갔다 돌아온 '이노우에' 기사는 조용히 채화를 사무실 안으로 불러들였습니다. 전에 없이 긴장한 얼굴이었습니다.

"채화, 오늘 올 예정이던 후생열차가 못 오게 되었다오."

"왜요?"

'이노우에' 기사는 얼른 대답을 않고 천천히 담배를 하나 꺼내 물더니 창밖으로 시선을 돌리며,

"후생열차는 아마 못 올까 보오."

대단히 거북한 듯이 또 그 말을 되풀이할 뿐입니다.

"글쎄, 왜요?"

"선로 부근에서 편의대를 잡았는데, 폭탄을 가지고 있었드란 말이오. 그래서 지금 이 부근을 수색 중인데……."

"동리 사람들이 낙담하겠에요. 무척들 기대리구 있었는데……."

"그러게 말이오. 싼 물건을 싣고 오고, 재미있는 연극을 보여주고, 일년에 한두 번밖에 없는 그 기회를 방해하는 자가 있다면 채화는 어떻게 하겠소?"

"용서할 수 없에요. 곧 경비대에 통지해서 처벌허두룩 해야지요."

'이노우에' 기사는 고개를 끄덕이고 한참 동안 말이 없더니, 이윽고 고개를 쳐들어 이번에는 채화의 얼굴을 똑바로 쳐다보며,

"채화, 노여워하지 말고 들어, 만약 그런 나쁜 놈이 채화와 관계가 있는 사람이라면 어떡허겠소?"

"네? 선생님, 뭐라구 말씀허셋에요?"

"……."

"저와 관계가 있는 사람이라구요?"

채화는 뜻밖의 말에 깜짝 놀래어 '이노우에' 기사 앞으로 바싹 다가갔습니다.

"말씀허세요. 그게 누구란 말에요?"

"채화, 채화는 유초민이라는 남자를 알겠나?"

그 이름을 듣자 채화의 얼굴에서는 별안간 핏기가 없어졌습니다. 바지를 움켜쥔 손이 떨리고 고개를 가슴에 파묻고 눈물방울이 마루에 뚝뚝

떨어졌습니다.

'이노우에' 기사의 목소리가 어루만지는 듯이 유순히 흘러나왔습니다.

"채화, 알았어, 더 말하지 않아두 알겠어. 그렇지만 아까 그 말, 경비대에 고발하겠다는 그 말은 정말이겠지?"

채화는 대답 대신 가냘프게, 고개를 끄덕이었습니다.

"오늘 잡힌 편의대가 유초민이었는데, 자기는 채화의 남편이요, 조금도 수상하지는 않다더니, 아까 잠깐 사이에 고만 도망을 하고 말았어."

"도망을?"

"응, 그래, 채화하고 그런 사이라니까……."

"그런 사이가 뭐예요, 저는 아직 결혼 안 했에요."

채화는 악쓰는 듯이 외쳤습니다.

"글쎄, 그것은 나두 알지만, 경비대에서는 그것을 아나. 그래서 혹시 유초민이가 채화를 찾아오지나 않았을까 하구……."

"선생님, 정말 찾아오면 어떻게 해요."

"아까 말대루 허면 되지 않소?"

그때 창밖으로 남경南京행 여객기가 은빛 날개를 번쩍이며 구름 속으로 날아 들어갔습니다.

5

풀 없이 자기 방으로 돌아온 채화는 문득 책상 위에 한 장의 편지가 놓여 있는 것을 발견하고 깜짝 놀라 주위를 살피며 집어 들었습니다. 불길한 글발인 것만 같아 가슴이 설레는 것을 채화는 억지로 참아가며 그

의아스러운 편지를 읽어내려 갔습니다. 편지에는 이렇게 씌어 있었습니다.

채화.

내가 이렇게 별안간에 고향에 돌아온 것은 결코 당신을 괴롭히려고 온 것이 아니오. 그것만은 먼저 믿어주고 이 글을 읽어주기 바라오.

당신과 내가 약혼한 사이라는 것을 이제 와서 새삼스럽게 들추어내려는 것은 아니오. 이미 우리들이 어떠한 사정으로든 딴사람이 되고 만 이상, 다시 당신의 맘을 내게로 돌리려는 것도 아니오.

나는 당신을 한 사람에 동지로밖에 생각하지 않고 이 글을 쓰는 것이오. 항일구국군의 선봉이던 내가 이렇게 말하면 당신은 의아하게 생각할 것이나, 그러나 오랜 악몽에서 깨인 나를 제발 나무래지 말기 바라오. 중경重慶을 탈출하야 청향구에 가까이 내가 천신만고했는지 그 얘기를 자세히 할 기회 없는 것이 안타까울 뿐이오.

왜 진작 왕 주석 밑으로 달려와서 평화공작에 이 몸을 바치지 못했는지 그것만이 후회되나, 지금부터라도 늦을 것은 없지 않소? 당신에 힘을 입어 나는 지금 그 길을 걸으려고 여기까지 찾아온 것이오.

자수하러 오는 도중에 불행히도 몸에 지녔던 폭탄으로 인하야 유격대라 인정되어서 위험이 박도했기 때문에, 나는 우선 이 자리를 한번 피했다가 기회 보아 다시 오려오. 그때 내게 대한 경비대의 오해를 풀어주기 바라오.

당신의 남편이라고 거짓말한 것을 용서하시오. 죽어 아까운 목숨은 아니나, 다시 한 번 정말 중국의 행복을 위하야 일하고 싶어서 당신을 팔고 살아나려 한 것이오.

중국과 일본을 형제같이 결합시키기 위해서 중국을 이 전화戰禍 속에서 구해내어, 새로이 건설하기 위해서 인제부터의 내 일생을 바칠 터이니, 금후로는 동지로서 가장 가까운 동무로서 협력해주기만 간절히 바랄 뿐이오.

(유초민)

채화는 편지를 읽고 나서 어찌할 줄을 몰라 쓰러지듯 책상 위에 머리를 처박았습니다.

유초민 부모와 부모 사이에 맺어진 약속이었으나, 그들 사이에도 결코 애정이 없었던 것은 아닙니다. 아니, 어린 채화는 오직 남편 될 사람에게 무의식적으로나마 모든 것을 바치고 있었던 것입니다.

조실부모한 유초민이 항일운동에 열중하여 고향을 버리고 자기를 버리고 행방이 묘연하였을 때의 채화의 슬픔, 그것은 지금 생각해도 가슴이 미어질 듯한 슬픔이었습니다. 그때 채화는 유초민을 오히려 원망하기까지 하였던 것입니다. 그러나 한 해, 두 해 거듭되는 동안에 모든 기억이 차차로 엷어져, 아아, 지금의 그의 가슴에는 '이노우에' 기사의 모습이 커다랗게 자리 잡고 있는 것을…… 어찌하여 유초민은 이제 와서 내 앞에 나타나 나를 괴롭히는가?

그러나 그가 신생 중국의 건설을 위하여 이렇게 청향구로 돌아오려는 것을 채화는 또한 막을 길이 없습니다. 채화는 오직 전력을 다하여 유초민의 전향을 도와주지 아니치 못할 입장에 있는 것입니다.

채화는 편지를 집어 들고 다시 비틀비틀 일어섰습니다. 편지를 '이노우에' 기사에게 갖다 보이고, 혹시 또 유초민이 잡혀 오더라도 그가 무사하도록 해주어야 하겠기 때문입니다. 그러나 그 순간, 자기와 '이노우에' 기사와의 사이는 천 리, 만 리 멀리질 수밖에 없다 생각하자, 채화는 그만 정신을 잃고 그 자리에 쓰러졌습니다.

문득 눈을 떠보니까, 채화는 '이노우에' 기사의 침대에 뉘여 있었습니다. 채화는 목이 타는 듯하야 무심코,

"물!"

하고 손을 내밀고 나서, 얼른 부끄러움을 느끼어 자리에 일어나 앉으려 했습니다.

그것을 타 누르며 '이노우에' 기사는 얼굴을 바싹 갖다 대이고,

"채화, 인제 정신 채렸소?"

고요히 웃는 낯으로 물그릇을 내미는 것이었습니다.

문득 채화의 눈에 눈물이 글썽글썽 고였습니다. '이노우에' 기사는 나를 꼭 누이동생같이만 사랑해주셔…… 그것이 슬프기도 하고 고맙기도 하고 얄밉기도 한 것이었습니다.

"가만히 누워 있어, 그리고 내 얘기나 들어……. 유초민이는 그예 철조망을 넘으려다가 다시 잡혔는데, 당신한테 쓴 편지로 오해는 풀렸어. 아직 조사 중이지만, 수일 내로 여기서 일 보게 될 거야."

"선생님……."

"아니, 움직이면 못써. 그리구 후생열차는 예정대루 도착해서, 지금 윈 동리가 야단이라나. 내일꺼지 여기서 정거허겠다니까. 오늘은 여기서 천천히 쉬이구……."

'이노우에' 기사의 말이 끝나기 전에, 확성기를 통하여 흘러나오는 애국행진곡이 들려오기 시작하였습니다. 후생열차의 연예 시간이 된 모양이었습니다. 뒤이어 우레 같은 박수 소리.

채화는 억지로 얼굴을 쳐들어 눈물 어린 눈으로 가냘프게, 쓸쓸하게 '이노우에' 기사에게 웃어 보였습니다.

"선생님, 인제 정말, 새 세상이 됐나 봐요."

"응, 새 세상!"

와르르, 유리창이 흔들리도록 환호와 박수와 갈채 소리가 또 한 번 정거장 쪽에서 한없는 기쁨을 싣고 울려왔습니다.

— 『방송소설명작선』, 조선출판사, 1943. 12.

나무의 일생

1

태곳적, 우리들의 맨 처음 조상이 이 지구 위에 나타났을 적에는 무성한 나무숲이 그들의 집이었습니다. 지금도 '말레이' 반도 토인들 풍습 속에 남아 있듯이, 그들은 나뭇가지에다 집을 짓고 거기서 기거하며 풀도 뽑아 먹고 나무 열매도 따 먹고 즘생이나 고기도 잡아먹고 하였습니다. 마치 오늘날의 원숭이 모양으로 원시인들은 오로지 나무숲에만 의지해서 생활하고 있었던 것입니다.

그러던 것이 차차로 사람 수효가 늘고 또 두뇌가 진보됨을 따라, 비로소 불을 쓸 줄 알게 되어서 날로 먹던 것을 구워서도 먹고 삶아서도 먹을 줄 알게 되었습니다. 그와 동시에, 추울 때에는 나무에 불을 질러 몸을 더웁게 하는 방법도 배웠습니다.

즉 장작이나 숯의 원료도 나무를 이용하기 시작한 것입니다.

일방 인구가 자꾸 늘어감을 따라 나무 열매가 부족해졌습니다. 그것을 보충하기 위하여 밭을 만들고 농사를 짓기 시작했습니다. 동시에, 즘생들의 수효도 적어져서 목축도 시작했습니다.

밭을 갈고 목장을 만들려면, 아무래도 넓은 땅이 필요했습니다. 그리하여 부득이 나무숲의 일부분을 불살라버렸습니다.

이리하여 몇십 년 몇백 년을 내려오는 동안에 그들의 부락 부근 산에서는 나무를 볼 수 없게 되었습니다.

2

지금부터 오십 년 전—

낙동강 상류 산골짜기의 조그마한 부락 상자골도 이러한 부락의 하나였습니다. 부락을 에워싼 산들은, 왼통 새빨간 진흙 덩어리요, 나무 그림자라곤 찾아볼 수도 없었습니다. 몇 대를 두고 자를 줄만 알았지 나무를 심을 줄을 몰랐던 때문입니다.

이렇게 산을 발가벗겨놓았기 때문에 해마다 비만 오면 흙과 모래가 사태가 나서 마을의 반을 뒤덮고 말았습니다. 얼마 되지 않는 논밭에는 모래가 섞여 불모지가 되고 말았고, 집이 헐리면 집 질 재목 걱정, 추위가 다가오면 때일 나무 걱정, 마을은 해를 거듭할수록 황폐해가고 쓸쓸해졌습니다.

일 년에 한 번씩은 의례히 겪는 물난리 때문에 생계를 빼앗겨 더 그 마을에 머물러 있을 도리가 없어서 한번 큰물을 치르고 나면 반드시 몇 집씩은 짐을 꾸려가지고 야반도주했습니다.

마을의 이런 상태를 누구보다도 은근히 근심하는 사람은, 서울로 벼슬하러 올라갔다가 실패하고 돌아온 윤수의 아버지였습니다.

상자골에서는 그래도 제일 내력 있는 집안이요, 천손구락에 꼽히는 지주였습니다. 대대손손이 살아왔고, 대대손손이 살아가야 할 상자골이 이렇게 나날이, 다달이 쓸쓸해지는 것을, 그는 그대로 내버려 둘 수가 없었던 것입니다.

윤수 할아버지가 돌아가시고 윤수 아버지 대가 되었을 때, 그는 어떻게 해서든지 다시 상자골을 부흥시켜 옛날과 같이 평화스럽고 근심 없는 마을을 만들리라 결심했습니다.

3

윤수의 아버지는 마을이 쇠해가는 원인을 찾느라고 애를 썼습니다. 땅이 좁고 사람이 많았던 탓도 있었습니다. 산골짜기가 되어 농사를 마음대로 짓지 못한 탓도 있었습니다. 낙동강 수로가 차차 발전됨을 따라, 마을 사람들이 농사짓기를 싫어하기 시작한 탓도 있었습니다.

그러나 그런 것 전부를 모은 것보다도 더 큰 원인은 산에 나무가 없다는 사실이었습니다. 산에 나무만 무성했더라면 이 마을이 불과 십여 년 동안에 이다지 쓸쓸해지지는 않았을 것입니다.

이것은 윤수의 아버지에게 있어 실로 놀라운 발견이요, 큰 발견이었습니다.

"산에 나무를 심자. 그래야만 이 상자골이 살아날 수 있다……."

윤수의 아버지는 이것을 굳게 결심했습니다. 그는 이것을 필생의 대사업이라 생각한 것입니다.

"내가 살아 있는 한, 무슨 일이 있든지 이 사업만은 성공시키고 말리라."

그날부터 윤수의 아버지는 농사를 떼어 팽개치고 자기 산에서부터 나무를 심기 시작했습니다.

처음에는 아버지 산소 근처에다 죽 돌아가며 밤나무를 심었습니다. 다음에는 그 뒤 산골짜기에다 소나무 묘목을 꽂았습니다. 워낙 오래 새빨간 진흙 채로 내버려 두었기 때문에 얼마 동안은 나무가 영 자라지를 않았습니다. 그러면 윤수 아버지는 먼저 그곳에다 잡초를 옮겨 심고 물이 빠지지 않도록 돌로 막아놓은 후 다시 묘목을 구해다 심었습니다.

이렇게 일심 정력으로 나무 심기에만 골몰하야 한 삼 년 지났을 때에는 가세조차 여간 궁해지지를 않았습니다. 그러나 그런 것은 돌보지도 않고, 여전히 윤수 아버지는 나무에 미친 사람같이 나무 심기에만 골몰했습니다.

자기 산에 빽빽이 나무가 들어서니까, 이번에는 네 산 내 산 가릴 것 없이 동리 산이면 다 우리 산이 아니냐고, 닥치는 대로 아무 산에나 가서 공으로 나무를 심어주기 시작했습니다.

그렇게 다섯 해가 지났습니다. 그러나 마을 사람들은 한 사람도 윤수의 아버지를 도와주려는 사람이 없었습니다.

도와주기커녕은 모두들 그를 정말 미친 사람으로 돌리고 대꾸도 하지 않으려 들었습니다.

저 사람이 가엾게도 서울 가 벼슬 한자리 못 얻고 내려오더니 그예 본정신을 잃은 게라고, 서로들 수군대며 따돌리려 들었습니다.

그러나 윤수의 아버지는 굴하지를 않았습니다. 조금도 자기 믿는 바를 의심치 않았습니다. 가산을 거의 탕진하다시피 하고도 윤수 아버지는 조금도 후회하지를 않았고, 오히려 해가 바뀔수록 더욱 나무 심기에 열중했습니다.

그리하야 또 몇 해가 지나서 윤수의 아버지가 심은 나무가 제법 컸을 무렵입니다. 하루아침, 억수같이 퍼붓기 시작한 비가 이틀을 지나도 사흘을 지나도 그칠 줄을 몰랐습니다. 큰물에 이력이 난 상자골 마을 사람들도 깜짝 놀라리만치 무서운 홍수가 꼭 나고야 말 것 같았습니다.

강가 가까이에 사는 사람은 하늘을 원망하며 피난 갈 채비까지 채렸습니다.

그러나 여기 커다란 기적이 나타났습니다. 그예 윤수 아버지가 마을 사람을 이길 때가 온 것입니다.

강물은 시시각각으로 불어갔으나 어느 정도 이상으로 더 늘지를 않았습니다. 전 같으면 벌써 산골짜기들이 폭포 쏟아지듯 쏟아져 내려와 마을 한복판을 휩쓸었을 것이요, 흙탕물이 수없는 모래와 잔돌을 날라와서 논밭을 뒤덮었을 텐데, 하루가 지나고 이틀이 지나도 영 그런 징조가 보이지를 않는 것입니다.

신기하고 희한한 일이요, 비길 데 없이 반가운 일이나 한편 의아스럽기도 한 일입니다.

마을 사람들은 숨을 돌리면서도 아직도 그것이 무엇 때문인지를 알지 못하고 있는 것입니다.

비가 겨우 그치자 말자, 산 건너편 마을에서 산사태가 난 것을 알았습니다. 그때에야 비로소 윤수의 아버지는 이 수수께끼를 마을 사람 앞에 풀어 보였습니다.

"자아, 이래도 내가 미친 사람이오? 이래도 산에 나무를 심지 않겠소? 보시오. 물은 나무 있는 곳으로는 몰켜 흐르지를 않는 법이라오. 미친 사람 한 짓이 이 마을을 구해내지 않았소? 물난리를 안 겪었을 뿐 아니라 올해의 농사는 얼마나 잘될지 두구 보시오. 전화위복이란 이것을 일른 말이오. 자아, 그뿐 아니라 이 나무가 자라면 숯을 구워 팔 수도 있고, 재목을 깎아 벨 수도 있지 않소? 모두들 내일부터 나와 나무를 심으십시다……."

마을 사람들은 아무도 입을 열지 못했습니다.

비가 개인 후, 또 나무 심글 곳을 찾아 나서는 윤수 아버지의 뒤를 두 사람의 마을 사람이 따라나섰습니다. 그들은 얼굴을 붉히면서,

"혼자 하셔서 되겠소. 우리가 도아드리리다."

이렇게 말하는 것이었습니다.

그 이튿날은 윤수 아버지의 뒤를 따른 마을 사람이 네 사람으로 늘고, 또 그 이튿날은 여덟 사람—

이리하야 이듬해 봄에는 상자골 마을 사람 전부가 묘목을 손에 들고 산으로 나무를 심으러 나서게 되었던 것입니다.

4

다시는 소생할 가망이 없으리라고, 마을 사람 자신들까지가 비관을 하던 상자골은 너무나 훌륭히 부흥했습니다. 그것도 전래의 농사로써가 아니라, 실로 뜻하지도 않던 산림으로 되었습니다.

윤수의 아버지가 작고하였을 때, 그를 미친 사람이라 욕하던 마을 사람들은 우거진 숲속에다 그의 송덕비까지 세웠습니다.

윤수가 공부를 마치고 고향 상자골로 돌아왔을 때엔, 이미 상자골을 둘러싼 산에는 아름드리 거목이 하늘을 찌를 듯이 들어갔고, 재목 비어 내는 소리, 숯 굽는 연기가 잠시도 그칠 사이 없었습니다. 상자골 산의 나무들은 마치 처음 원시인이 생활하던 때를 연상케 하도록 햇볕이 동하지 않을 지경으로 무성했던 것입니다.

가옥, 다리, 기구, 기계, 기차, 전차, 철도의 침목, 전신, 전화주…… 지금에 있어 나무가 백이지 않는 곳은 거의 없습니다. 목재에서 섬유를 뽑아내어 종이도 만들고 옷감도 만들고 소나무에서는 전시하 가장 필요

한 송탄유松炭油까지를 만들 수 있게 되었습니다. 이것만에 그치지도 않습니다. 가지각색의 근대 무기, 총이고 비행기고 전차고 간에 나무가 섞이지 않고는 모두 안 되는 것뿐입니다. 그리고 지금 가장 우리나라가 필요로 하는 목조선— 과연 목재는 결전을 싸워 이길 수 있는 중요한 무기의 하나가 되고 말은 것입니다.

그 전에, 이미 이 나무숲은 상자골을 얼마나 살려왔습니까.

첫째로 홍수를 막아냈습니다.

둘째로 이 마을의 큰 재산이 되었습니다.

봄이 되면 가지각색 꽃이 만발하야 마을 사람들을 즐겁게 했습니다.

여름이 되면 그늘을 만들어 마을 사람들에게 시원한 바람을 보내어서 더위를 막아주었습니다.

가을에는 백 가지 열매가 열리어 부족한 식량의 도움이 되었고, 단풍은 오히려 꽃보다도 화려하게 마을을 장식했습니다.

그러면서도 겨울이면 헐벗은 채로 아무 군소리 없이 봄 오기만을 기다립니다.

나무는 입이 없어 말을 못합니다. 그러나 말할 줄 알더라도 나무는 결코 자기 공을 내세우지 않을 것입니다. 나무는 오직 잠자코 자기의 전부를 바쳐 국가를 위하야, 사람을 위하야 희생이 될 따름입니다. 나무는 성인군자와 같이 점잖습니다.

그러나 이 나무들의 가장 감동적인 최후가 다가왔습니다. 주인 윤수를 대신하야 응소應召하게 된 것입니다.

나이 과년하여 직접 총 들고 나가 싸울 수 없는 것을 한탄하던 윤수는, 하룻날 신문에서 얼마나 국가가 목재를 요구하고 있는가를 안 것입니다.

윤수는 곧 마을 사람들을 몰아놓고, 목조선의 재료로 이 마을 목재를 전부 공출하자고 상의하였습니다. 물론 한 사람이라고 반대할 사람이 있을 리 없었습니다.

오십 년 전에, 윤수 아버지는 과연 오늘날의 이 영예가 있을 줄 꿈에나 짐작했겠습니까. 이것을 안다면, 지하에 있는 윤수 아버지는 아마도 마을 사람이 송덕비를 세워주었을 때보다도 더 펄펄 뛰며 기뻐할 것입니다.

윤수는 마을 사람들 앞에서 이렇게 웃음의 소리를 했습니다.

"이번엔 내가 미칠 차례군요. 비기만 헐 수는 없으니까, 심그러 댕겨야 허지 않겠에요? 하하하."

한 주의 나무를 비면 두 주씩 심으라고— 이것은 윤수의 아버지의 유언이었던 것입니다.

×

다음 날부터 윤수의 아버지의 굳은 뜻을 이어받은 나무들이 하나씩 둘씩 그 성스러운 일생의 최후의 순간을 가장 찬란하게 장식하며 힘차게 쓰러져 넘어갔습니다.

—『방송소설명작선』, 조선출판사, 1943. 12.

푸른 언덕

1

봄 바다는 밤낮을 두고 악써 외치기를 마지않는다. 바람은 바닷가의 모래를 날러, 안개같이 언덕 위까지 휘몰아쳤다. 거적때기로 네모를 둘러싼 움집 속에서는 앉으나 누우나 한데와 다름없다.

"어이 추워."

눈을 붙여보려고 자리 속으로 파고 들어갔으나, 바람은 사정없이, 펄럭거리는 거적문 사이로 기어들었다.

봄은 왔으나, 아직도 바닷바람은 쌀쌀하기 한없다. 덕수德洙는 사지를 오그리고 가만히 눈을 감았다.

파도 소리. 바람 소리. 모래 날리는 소리. 어느 사이에 달이 솟았는지, 거적문 틈으로 새파란 달빛이 새어 든다.

광대뼈만 남은 덕수의 얼굴의 윤곽이 뚜렷이 드러났다. 구레나룻도, 수염도, 자랄 대로 자란 채 내버려 두었다. 그저 헐벗지만 않았을 뿐 의복도 남루하기 짝이 없었다.

"어이 추어."

또 한 번 덕수가 입 밖에 내어 중얼거렸을 때다. 소낙비 쏟아지는 듯한 요란한 소리가 우수수 났다. 다음엔 까르르 하고 아이들의 웃어제끼는 소리가 들려왔다.

잠깐 사이를 두고 또 우수수 소리가 바람에 날 듯한 이 작은 움집을 뒤흔들었다. 돌이 서로 맞부딪는 소리도 났다. 그러나 덕수는 드러누운 채 꼼작도 안 했다. 처음 당하는 일이 아니다. 어른이고 아이고, 동리에서 덕수를 성한 사람으로 대접해주지 않는다. 돌팔매질을 당하는 것쯤 예사였다.

돌팔매질도 그치고 웃음소리도 그치고, 잠깐 아이들의 수군거리는 소리가 들려왔다.

"없나 부다, 애."

"아냐, 자는 척허구 있어."

"동냥 나갔다."

"아까 왔대니까 그러니."

"그런데 저렇게 가만있어."

"가보까."

한 아이가 움집 쪽으로 다가오는 모양이었다.

"너 그러다 부젭힐라."

"부젭혀두, 난 몰른다……."

"이크, 저기 나왔네."

으악 소리를 치고, 한 아이가 달아나는 바람에 모두들 제각기 악을 쓰며 아이들은 손에 들었던 돌을 던지고 뿔뿔이 헤어졌다.

다시 파도 소리, 바람 소리, 모래 날으는 소리, 그것만이 이 덕수의 움집을 에워쌌다.

덕수는 그대로 잠이 들고 말았는지 여전히 움집 속에서는 끽소리 하나 없었다.

2

덕수가 이 움집 속에서 기거하며 거지에게 진배없는 생활을 시작한 지도 어느덧 반년이 넘었다.

지금부터 삼 년 전, 별안간 이 마을을 엄습한 유행병 때문에 늙은 어머니와 안해와 두 아들과 딸을 거의 한꺼번에 잃다시피 한 덕수는 반 미친 사람이나 다름없었다.

텅 비인 넓은 집에 외로이 남아서 눈물로 날을 보내이던 덕수는, 하룻날 문득 깨달은 바 있었다.

— 내 전생에 필시 무슨 큰 죄를 지고 온 것이리라. 그렇지 않으면 하늘이 나에게 이렇게 무서운 형벌을 내릴 이치가 없다. 다행히 내게는 남은 재산이 있고 남은 목숨이 있으니, 그 목숨과 재산을 바쳐서 도를 닦는 셈 치고 속죄의 생활을 시작하리라.

남은 재산과 남은 목숨을 바쳐 덕수가 이룩하려고 발원한 것은, 지금 이 움집이 서 있는 바닷가 언덕 위에다 나무를 심자는 것이었다.

이 마을은 이 민틋한 언덕 하나를 격하여 바닷가에 길쭉하게 궤딱지 같이 깔린 마을이다.

바닷바람이 조금만 세차게 불어도 모래가 뽀오얗게 날아 들어와 논밭은 물론이요, 사람 사는 집까지 그 모래 속에 파묻히고 만다. 그 때문에 모두 이 고장에 자리 잡고 살지를 못하였다.

마을은 해마다 쓸쓸하여가고 인구는 나날이 줄어들었다. 땅에 의지해 살아갈 생각들을 버리고, 모두들 뜨내기 고기잡이로 생업을 바꾸었다.

대대로 이 고장에 살아온 덕수는 이 마을을 구해내일 길이 한 가지밖에는 없는 것을 잘 알고 있었다.

이 언덕 위에다 나무를 심어 바닷바람을 막고 모래를 막아내야 했다. 그래야 이 마을은 다시 살아날 수가 있었다. 덕수는 그 사업을 위하여 자기 한평생을 바치리라 결심한 것이다.

— 사철을 두고 바람을 막아낼 나무는 소나무가 제일이다. 그러나 이 모래사장에서 소나무가 자랄 리는 없다. 먼저 작은 나무를 심어 땅이 나무뿌리를 받아들이게 되어야 할 것이다…….

덕수는 그렇게 결심한 이튿날부터 사람을 사고 묘목을 사서 이 해변가 모래사장에 나무를 심기 시작하였다.

그러나 잡초조차 잘 자라지 못하는 황무지에서 나무가 뿌리를 내릴 이치는 없었다.

더구나 억세인 바닷바람이 매일같이 부는 고장이다. 나무는 심는 즉시로 모두 말라 죽고 말았다.

3

그러나 덕수는 굴할 줄을 몰랐다.

여생의 전부와 여재를 전부 이 사업 하나의 완성을 위하여 기울일 작정인 덕수이다.

아무리 돈이 들고 아무리 노력이 허비되어도 덕수는 아까운 줄을 몰랐다.

처음엔 그 갸륵한 뜻을 칭찬하여,

"갸륵한 일이지, 장한 사람일세."

고개를 끄덕이던 마을 사람들도 차차로 이 사업에 의심을 품기 시작하게 되어,

"아아니, 그래 모래사장에다 나무를 심겠다니— 그게 될 말인가."

"그 사람이 미쳤군그래."

"실성두 하게 됐지, 한 달 동안에 다섯 번 장사를 치르고 났으니……."

차차로 비웃기 시작하고, 그래도 덕수가 그 헛되인 노력을 무턱대고 거듭하는 것을 보자,

"허, 거 별놈이로군."

"제정신 가진 놈은 아니래니까."

"멀쩡허든 사람이 저렇게 미칠 수가 있나."

나종엔 아무도 그와 상종하려 들지를 않았다.

그러는 사이에 덕수는 거의 가산을 탕진하고, 들어 있는 집에서까지 쫓겨나게 되었다. 그것이 바로 작년 여름철— 그때부터 덕수는 이 바닷가 언덕 밑에다 움을 짓고 거기서 기거하며, 마을 사람들이 아무리 비웃고 욕해도 들은 체 만 체 자기 뜻한 바를 이루고 말겠다는 그 한 가지 신념만을 가지고 살고 있는 것이다.

"나무에 미친 놈."

그것이 덕수의 이름이었다.

동리 아이들까지도 그를 업수이 여겨 그가 길을 지나면 흙도 끼얹고 돌도 던지고 하였다.

달이 밝은 날이면 바닷가에 나와 놀던 아이들이 오늘 밤 모양으로 떼를 지어 몰려와서 놀려대이기도 일쑤이다.

그러나 덕수는 눈을 가리고 입을 막고 귀를 덮고 지냈다.

추위도 더위도 바람도 주림도 그의 품은 뜻을 꺾지 못했다. 이 마을에 영원의 평화와 행복과 번영을 가져오기 위하여 몸소 바닷바람과 모래 속에 살면서— 어떻게 하면 이 바람과 모래를 이기어낼 수 있나, 그 한 가지를 깨치기 위하여 전 정력을 기울이고 있는 것이었다.

— 반드시 성공한다!

그것은 덕수에게 있어 한 개의 신앙이었고 희망이었다. 또한 무슨 장애가 있더라도 그것을 성공시키지 않고는 안 배길 덕수였다.

— 이 바닷바람 때문에, 이 모래 때문에, 우리들이 겪어온 고난, 우리들의 조상이 당해온 고생, 그리고 장차로 대대손손이 볼 손해, 그것을 생각하면 내 한 몸쯤은 으스러져 가루가 되어도 뉘우치지 않으리라…….

— 이 언덕 위에 나무만 무성하다면 그것을 모두 막아낼 수 있지가 않은가. 그것이 마을을 위하여, 그리고 나아가서는 나라를 위하여 얼마나 큰 도움이 될 것인가를 마을 사람은 아무도 알아주지를 않는고나…….

아이들이 다 돌아간 후에도 종시 잠을 이루지 못하던 덕수는, 이윽고 부시시 자리에서 일어나 거적문을 쳐들고 밖으로 나왔다.

바닷속보다도 몇 배나 더 파아란 달빛 아래 바람을 마주 안고 나서서 덕수는 오랫동안 먼 곳을 바라보았다.

바람만 거세었지 하늘은 맑고 별도 총총하다.

모래알 하나하나를 헤일 수 있도록 달빛은 밝다.

덕수는 가만히 걸음을 옮겨 나무 심근 자리를 더듬어보았다.

주춤하고 덕수는 발을 멈추었다. 허리를 굽혔다. 그리고 무엇을 발견하였는지, 덕수는 그 자리에 펄썩 주저앉고 말았다.

4

모두 말라 죽었어야 할 해당화 나무 한 그루가, 모래 틈으로 파아란 싹을 내밀고 있는 것이다. 그것이 덕수의 눈에 띄었기 때문이다.

덕수는 미친 듯이 얼굴을 갖다 대이고 그 싹을 들여다보았다.

틀림없이 새로 돋아 나온 파아란 싹이다.

"싹이 돋았다!"

덕수는 눈에서 눈물이 펑펑 쏟아졌다.

그 해당화 한 그루는 모래 위에 떨어진 거적 그늘에 감초여 있었다. 지푸라기 그늘에서 바람을 피하고 자란 해당화는, 드디어 그 자리에 생명의 뿌리를 박기 시작한 것이다.

지푸라기를 에워싼 모래, 그것이 이 해당화의 생명을 보호해준 것이다. 덕수는 이 사실에서 중요한 발견을 할 수 있었던 것이다.

"그렇다— 이렇게 바람을 막아주면— 이렇게 햇볕을 받아서— 옳구나, 그래야 되는구나!"

덕수는 눈물 속에서 그 새 발견을 기뻐하며 자기의 소원이 성취될 날이 머지않은 것을 확실히 믿을 수가 있었다.

날이 밝기를 기다려 덕수는 나무를 심기 시작하였다.

먼저 수없는 짚단을 만들어 그것을 나란히 땅 위에다 세웠다. 그리고 그 그늘에다 해당화와 싸리 같은 것을 바람을 피하여 비스듬히 꽂았다.

과연, 그래도 더러 말라 죽은 것이 있었으나 대개는 살아서 새싹이 돋았다.

이듬해에도 언덕 위까지 똑같은 방법으로 나무를 심었다. 다만 이번엔 밭이랑 흙을 파다 그 뿌리를 싸준 것이 작년과 달랐다.

이것도 성공하였다.

"자아, 인제는 차차 소나무를 심어도 되겠지."

덕수는 더욱 용기를 얻어서, 다음 해에는 언덕 전체를 가뜩 뒤덮게 소나무를 옮겨 심었다.

소나무는 차차로 자라서 울창한 송림이 되었다. 훌륭한 밤 풍경이요, 방사림이었다. 이 송림이 마을의 피해를 구해낸 것은 물론이다.

마을 사람들은 덕수를 감히 우러러보지도 못하였다. 그를 다시 그전 살던 집으로 데려오고 또 서로 힘을 합하여 모래 속에 파묻힌 논과 밭을 파내기 시작하였다. 아니, 옛 논과 밭을 파내었을 뿐 아니라, 새로 개간을 시작한 것도 적지 아니하였다.

그러는 동안에도 덕수의 노력은 끝날 줄을 몰랐다.

해마다 나무를 수없이 심어서 이 마을을 에워싸고도 남은 송림은 다음 마을에까지 다다랐다.

흰 모래와 푸른 솔 사이로 내다보이는 바다도, 이미 전날 성내어 날뛸 줄만 아는 바다는 아닌 것 같았다.

빈한하던 마을은 이리하여 다시 소생했다. 일찍이 이 고향을 버리고 떠난 사람들도 다시 연달아 돌아오기 시작하였다.

따져보니 덕수가 침식을 잊고 이 사업에 몰두한 지 어느 사이에 이십 년이 지났었다.

5

의송이와 경치로 이름난 이 마을이 목재 공출에도 으뜸가는 성적을 내어 총후농촌의 또 한 가지 책임을 다한 것은 결전 해를 맞이하여서였다.

목재도 싸우는 무기다, 목재를 생산하자— 이러한 외침에 제일 먼저 응하여 일어선 것이 이 마을이었다.

그러나 몇십 년 전의 덕수의 그 노력을 골수에 맺혀 잊지 않는 마을 사람들은 한 그루 비이면 두 그루, 세 그루 심기를 결코 잊어버리지 않는다.

송림 사이에 세워진 덕수의 송덕비— 얼마 전까지도 그것은 나무에 가리워 바닷가에서는 보이지 않았으나 지금은 푸른 언덕 위에 우뚝 솟아 올랐다.

그 주위의 노송들을 모두 베어냈기 때문이다.

그러나 이 밑에서는 처음 덕수가 심은 것과 마찬가지의 어린 솔들이 또 몇 년 몇십 년 후의 방풍림이 되고 목재가 되려고 무럭무럭 자라고 있는 것이다.

—《방송지우》, 1944. 5.

붕익鵬翼*

1

일一 정찰기가 탐지한 바에 의하면 쿠알라룸푸르에 집결한 일개 중대의 적전투기 부대는 남하 중인 우리 지상부대를 기습하려 하고 있다는 것이다.

이 보고를 받고 곧 '적공군기지복멸敵空軍基地覆滅'의 명령은 가토加藤 부대에 내리었다.

소화 십육 년 십이월 이십이 일, 새벽. 가토 부대가 마래馬來**로 진주한 후 처음 받는 출동 명령이다.

이리로 기지를 옮긴 이래, 하루도 비바람이 그친 날이 없었다. 줄기차게도 쏟아지는 비, 줄기차게도 씻기지 않는 구름. 가토 부대의 용사들은 불타는 투지를 억제할 바 없어, 그야말로 하늘을 우러러 탄식하던 차이다.

* 1. 붕새의 날개. 2. 앞으로 할 큰 사업 또는 계획을 비유적으로 이르는 말. 3. 비행기.
** '말레이'의 음역어.

기다리고 기다리던 이날이요, 이 명령이었다. 적의 제일선기第一線機와 당당 자웅을 결할 수 있는 이날, 이 순간을 위하여 실전보다도 맹렬한 훈련을 쌓아온 것이 아닌가.

"오늘야 설마 적 전투기가 안 나올라구."

"아무렴. 오늘은 틀림없네. 그저 많이만 나와주었으면……."

반도 출신의 다케야마武山 중위(구 최명하崔鳴夏)는 빙그레 웃으며 대꾸이다.

"글쎄, 그래야 좀 체증이 내리지. 하하하하."

하늘도 이들의 장도壯途를 축복함인지 어제까지의 비바람이 씻은 듯이 개이고, 수평선 위엔 오래간만에 새빨간 해가 불끈 솟아올랐다.

야자수 나무 그늘, 가토 부대 본부 쪽에서 불시에 만세 소리가 터져 나왔다. 오늘의 행운을 기뻐하는 용사들의 외침이다.

열 시 삼십 분 가토 부대는 용약勇躍 기지 '코타발'을 출발하였다. 군데군데 단운斷雲*이 깔려 있었으나 시계를 가릴 정도는 아니다. 삼천 미米**의 고도로 밀림에 뒤덮인 높은 산을 단숨에 넘었다. 이윽고 산이 차차 얕아지더니 멀리 평지가 바라다보인다.

'쿠알라룸푸르'의 상공이었다.

태양을 등지고 제일편대第一編隊가 시가 상공에 돌입하였다. 시야를 넓게 하기 위하여 천개天蓋를 열고 '스위치'를 틀고 사격의 준비를 하였다.

적 비행장은 잠자는 듯 고요하였다. 전후좌우로 색적索敵하였으나 적기는 그림자도 보이지 않는다.

* 조각구름.
** 미터m.

"오늘두 또 허탕치나 부다."

기가 막힌 듯이 한숨을 토하려는 순간, 파리 떼 모양으로 떠올라 오는 '빼파로'* 적 전투기의 한 대가 눈에 띄었다.

"옳지, 어서 오너라."

하나, 둘…… 헤어보니 십오, 육 기가량의 편대이다. 제법 용감하게 가토 부대에게 도전할 작정인 것 같다.

날씬한 우리 '하야부사隼'** 전투기에 비해 '빼파로'는 뭉툭한 게 둔하게만 생겼다. 짧은 날개와 기수에 십삼 '밀리'와 십이 '밀리'의 기관포를 이二 문씩 장비하고 있고, 좌석을 두께 십삼 '밀리'나 되는 방탄망으로 에워쌌기 때문에 자중自重만이 이백 '킬로'를 넘는다. 볼품만이 그렇게 사나운 게 아니라 실상 육중해서 동작이 민활치를 못했다.

열한 시 사십이 분. 제일편대가 성난 수리같이 적기를 향하여 달겨들었다. 절대 유리한 지위에서 필사의 기총탄을 빗발같이 퍼부었다. 순간 불을 토하는 적기. 낙하산 두 개가 흰 꽃송이 모양으로 푸른 하늘 아래에 활짝 펴졌다.

그러나 적은 우세하다. 단기單機로 급상승을 계속하여 유리한 태세를 취하여 든다. 우상방에 있던 제이편대가 반전反轉하는 동시에 이들 적기 머리 위에 쏜살같이 덮쳤다.

'쿠알라룸푸르' 시가 상공에서 피아彼我 전투기군의 장렬한 공중전이 벌어진 것이다. 주민들은 넋을 잃고 일본 전투기의 과감한 공격을 쳐다보고 있을 뿐이다. 중인衆人 환시지중環視之中에서 일영日英의 항공 결전은 바야흐로 막을 열은 것이었다.

* 미국제 '버펄로' 전투기.
** 일본어로 매를 뜻하는 '하야부사はやぶさ'는 제2차 세계대전 당시 일본의 일식 전투기를 가리킨다.

이때, 대기하고 있던 부락장기部落長機가 커다랗게 날개를 흔들었다.

"공격 하령."

고대고대하던 다케야마기는 이것을 보자 곧 포탄 모양으로 앞선 적기를 향하여 덤벼들었다.

무턱대고 쏘아오는 적기 총탄의 화선火線이 다케야마기의 동체를 스친다. 그러나 다케야마기는 조금도 주저하지 않았다. 적탄을 뚫고 태연자약하게 접근하여갔다.

다케야마기의 기수에서 기총 알이 쏟아져 나오기 시작한 것은 거의 적기와 충돌할 지경으로 접근했을 때였다. 적 조종사의 얼굴이 보일 정도로 다가가서 비로소 연동기관총의 발사 단추를 누르는 것은 우리 공군의 필살 전법이다.

겁을 먹은 적기는 당황해서 몸을 돌이켰다. 그 순간 적기의 복부가 다케야마기의 조준경 정면에 나타났다.

탕탕탕탕…… 그 복판을 향하여 기총탄을 퍼붓고 나서 이탈, 상승.

돌아다보니 연료조*에 탄환을 맞은 적기는 검은 연기를 토하며 거꾸로 허공을 떨어져 내려간다.

후우— 숨을 내쉬고 나서 문득 아래를 내려다보니까 왼편으로 선회중인 적기가 있다.

"발칙한 놈."

기수를 돌려 대고 다케야마기는 질풍같이 급강하하였다.

"인제두……."

전투기 대 전투기의 공중전에선 후상방에 자리 잡으면 절대로 유리하다. 지금 다케야마기는 그 절대 유리한 태세로 적기를 향하여 육박하

* 연료통.

고 있다.

다케야마기가 아직 한 방도 쏘기 전에 궁지를 탈하려고 적기는 일직선으로 낙하하기 시작하였다. 추락하는 체하고 달아날 작정인 것이다.

그저— 저놈을…… 그 비겁한 행동에 다케야마 중위는 커다란 노여움을 느꼈다. 그러나 문득 저공에서는 단기單機 행동을 삼가라는 가토 부대장의 훈계가 머릿속에 떠올랐다.

'그래— 넌 요담에 보자.'

맘을 고쳐먹고 색적을 계속하였으나 이미 적기는 보이지 않는다. 주위를 우군기가 떠돌고 있을 뿐이다.

종합 전과, 격추 이십 기. 재공 적기의 거의 전부를 떨어뜨린 셈이다. 그동안이 불과 십 분.

'쿠알라룸푸르' 공중전은 순전히 피아 전투기에 의한 대동아전쟁 최초의 공중전이요, 처음으로 만난 적의 집단 세력이라는 점에 그 의의도 있고 특징도 있는 것이다.

이 전투에 의하여 우리나라 신예 전투기 '하야부사'의 우수한 성능은 뚜렷이 증명된 것이다. '하야부사'에 대한 신뢰나 필승불패의 확신은 적기 격추 수보다도 더욱 큰 정신적 전과였다.

"재미있었지요."

부대장기 옆으로 바싹 다가와 날으며 다케야마 중위는 이렇게 말하는 듯 싱끗 웃어 보였다.

이날 가토 부대는 '코타발'로 돌아가지 않고 전진기지 '아롤스타' 비행장에 착륙하였다.

2

이틀 걸러 이십오 일 반공反攻의 기회를 엿보고 있는 면순緬甸* 공군을 격멸하기 위하여 가토 부대는 폭격대와 협동해서 난공蘭貢**에 진공進攻하였다.

면순 공군은 전의가 왕성해서 전투 행동도 상당히 용감하였다. 이날의 전과는 격추 십 기, 다케야마 중위는 공중전에서 미국제 신예기 기총 십이 기 장비의 '호카허리케인' 일 기를 떨어뜨렸다.

다음 날 다시 '코타발'로 돌아왔다.

소화 십육 년도 거진 다 저물었다. 그러나 겨우 우기를 벗어난 마래는 복중같이 뜨겁다.

애기愛機를 정비하고 나서 땀을 뻘뻘 흘리며 다케야마 중위가 '피스트'로 돌아오니까 이삼 일 동안의 휴양으로 원기를 회복한 가토 부대의 용사들은 제각기 부채질을 하며 무엇인지 웃고 떠들고 야단이다.

"다케야마, 이리 오게. 재미있는 얘기가 있네."

오이즈미大泉 중위가 어린애 모양으로 웃으면서 손짓한다.

"그래, 무슨 얘기야."

다케야마 중위도 따라 빙그레 웃어 보인 후 옆에 와 펄쩍 주저앉으며 수건으로 수선스럽게 땀을 씻었다.

"다케야마, 적의 게릴라가 사흘 저녁이나 계속해서 '승게이파타니'*** 에 나타났다대."

"흥, 저런 놈들 보게. 아, 그러면서두 여긴 안 온담."

* 미안마.
** 랑군Rangoon. 동남아시아 미안마의 이라와디 강의 삼각주에 있는 항구 도시.
*** 말라야 케다 주의 지명인 숭게이페타니Sungai Petani 를 뜻함.

“전투기가 있으니까 무서운 게로군그래.”

“그런 게 아니라네. 여기 왔단 큰일날 줄 뻔히 알구 있거든.”

“왜.”

“아, 이 사람아, 자네 겉은 막나니가 여기 있는 줄 누가 몰른다던가, 하하하.”

와아, 하고 웃음소리가 터졌다.

그때 안마安間 대위가 뛰어 들어왔다.

“편지 쓸 사람은 편지 쓰게. ×× 참모가 귀환하시는 길에 내지까지 갖다주시겠다네.”

그 말이 떨어지자 다케야마 중위는 얼른 웃음을 그치고 잠깐 엄숙한 표정을 지었다.

늙으신 아버지에게 오랫동안 문안조차 드리지 못하였다. 떠나기 전부터 병석에 누워 계신 아버지, 조선은 지금 한창 추울 때다. 더하지나 않으셨을까. 어머니도 무척은 늙으셨을 게다. 고향을 떠난 지 어언간 일 년.

다케야마 중위는 엽서와 연필을 꺼내 들었다.

“遠方之國馬來群島倒着, 毎日之出動敵機少少故, 髀肉之嘆也.”*

이 간단한 편지가 드디어 고 다케야마 대위**의 절필이 되고 만 것이다.

어느새 땅거미가 기기 시작하였으나 바람은 여전히 한 점도 없다.

뜰 앞 풀숲에서 벌레 소리가 들려온다. 모기 나올 때도 머지않았다.

그믐날도 출동은 없었다. 아침부터 장병이 총출동하여 새해맞이 준비에 분주하였다.

* “머나먼 나라 말레이 군도에 도착하여 날마다 출동하거늘, 적기가 점점 줄어들기에 공을 세울 기회가 없는 것이 한스럽습니다.”
** 다케야마 중위는 전사한 뒤 대위로 승격되었다.

설영반設營*班, 급양반給養**班의 둘로 나뉘어, 설영반은 '가도마쓰門松'***와 '시메나와注連繩'****를 준비했고 급양반은 식량 조달에 진력했다.

빛나는 전과를 거두고 진중陣中에서 맞이하는 신년의 감개는 한층 새롭고 깊다. 모두들 어린애 모양으로 킬킬대며 즐거운 눈치였다.

다케야마 중위는 설영반이었다. 힘 세기는 부대에서 제일이요, 시골 태생이라 새끼를 꼴 줄 알기 때문이다.

야자수 이파리와 대로 만든 '가도마쓰'도 제법 풍치가 있었고, 애기愛機 기수에 친 '시메나와'도 제법 그럴듯하다.

급양반이 애써 얻어온 재료로 중국 요리를 만들었다.

제야의 종소리까지는 들을 수 없었으나 오래간만에 부대장 이하 장병이 한자리에 모이어 술잔을 주고받고 하는 것은 다시없이 즐거운 일이었다.

3

새해다웁게 떠들고 놀은 것은 겨우 원단 하루뿐이었다.

이 일, 삼 일, 사 일, 계속하여 적기의 야습이 있어 가토 부대에서는 당분간 야간 초계哨戒를 실시하기로 되었던 것이다.

개전 벽두에 철저적 타격을 받은 영英 공군은 한 걸음 두 걸음씩 마래 하늘에서 쫓기어 신가파新嘉坡***** 주변으로 후퇴를 계속하고 있다.

* 야외에 천막을 설치함.
** 먹을 것과 입을 것 따위를 대어주며 돌보는 일.
*** 설날 대문에 장식하는 소나무.
**** 설날 현관 정문이나 부엌 입구 등에 장식하는 금줄.
***** '싱가포르'의 음역어.

도처에서 싸울 때마다 패하고 영 공군은 아낌없이 기지를 버리고 달아난다. 서해안의 '아롤스타', '승게이파타니', '아에르타왈', '페낭', 동해안의 '코타발', '타나메라', '콴탕'…… 적이 채 물러나기도 전에 우리 항공부대는 용약 전진하여 쫓기는 적을 거듭 때려 부시었다.

신가파 주변으로 쫓겨 들어간 적은 소화 십칠 년*에 접어들자 거의 매일 저녁 우리 기지를 습격하였다.

대낮에 당당하게 반격할 용기를 가지지 못한 적은 일 기 혹은 삼 기로 몰래 야습을 일삼는 것이다. 일찍이는 저희들의 기지였던 곳이라 몰래 습격하기는 어렵지 않은 일이다.

십이월 말에 구십칠 기이던 신가파의 적 공군은 차차로 증강되어 이즈음에는 백사십 기 내외였다.

우리 지상 부대는 이미 신가파의 다음가는 요충 '쿠알라룸푸르'를 점령하였다. 바야흐로 전투기 부대가 신가파를 칠 때는 다가왔다.

일월 팔 일, 가토 부대에게 '이포'로 전진하라는 명령이 내렸다. '펠라' 주州 '이포'로 전진하는 동시에 십일 일부터 신가파 항공 격멸전의 막을 열 작전이었다.

'이포'로 주력이 집결을 끝마치자 맹렬한 '스콜'이 쏟아지기 시작하여 비행장은 한 자 이상이나 침수하고 말았다. 이 때문에 초계 비행조차 실시할 수 없었다.

덕택에 십일 일은 온종일 휴양이다. 이동에 피로한 몸을 쉬어, 전력을 기르려는 것이었다.

"오래간만에 적기 구경을 할 참이지."

"글쎄, 참 얼마 만야."

* 1942년.

천막 위에 야자수 가지를 덮은 '피스트' 안에서 다케야마 중위는 고이즈미小泉 중위와 마주 앉아 있었다.

"백 사오십 기 있대지."

"대부분이 전투기래니까 내일은 헐 만허이."

"헐 만허다뿐야. 내일은 싱가포르 적 공군을 전멸시키구 말지."

이날의 고이즈미 중위*의 불타는 투지에는 다케야마 중위도 혀를 내두를 지경이었다. 다케야마 중위는 공연히 맘이 초조하여 말을 끊고 비행장 앞을 가리운 산을 바라보았다. 마래에서는 지극히 드문 바위로만 된 산이다. 한 폭의 남화南畵 모양으로 어슴푸레하게 저물어가는 산은 다케야마 중위에게 문득 고향 선산의 산을 연상시키었다.

그 이튿날 '텡가' 비행장 상공에서 고이즈미 중위는 자폭하고 만 것이다. 다케야마 중위와는 동기요, 무척 가까운 사이였다.

대망의 신가파 제일격의 날은 왔다. 기지는 아직 어두웠다. 군데군데 안개가 끼어 있었다. 그 안개를 뚫고 연달아 폭음 소리가 우렁차게 들려왔다.

비행장 상공에서 집결을 마치고 마침 그곳을 지나는 중폭대重爆隊와 협동하여 가토 부대는 단숨에 '조호르' 정면으로 진입하였다.

굉굉轟轟**한 폭음으로 왼 하늘을 뒤덮으며 함대와 같이 돌진하는 중폭대 앞 구름을 등지고 검은 점이 두셋 나타났다. 삼기편대의 적 전투기였다.

우리 편 전투기만 번쩍하면 숨도 크게 못 쉬면서도 육중한 중폭대뿐

* 원문은 '大泉中尉'.
** 소리가 몹시 요란함.

이면 벌 떼같이 덤벼드는 것이 적 전투기였다.

그러나 우리 중폭대는 조금도 방향을 변하지 않고 목표를 향하야 돌진한다. 중경 폭격 이래 수없는 싸움을 싸워온 우리 중폭대는 적 전투기쯤은 문제도 삼지 않는 것이다. '허리케인'이건 '빼파로'건, 전 편대가 강력한 화망火網을 일점에 집중하여 격추擊隊*시켜버릴 자신이 있는 것이다.

적기는 서서히 고도를 올리며 공격의 기회를 엿보고 있다. 중폭대의 기총이 일제히 그쪽을 향하였다.

다음 순간 '허리케인' 일 기가 맹렬한 기세로 중폭대 쪽으로 달겨들었다.

그러나 맹렬한 기세로 달겨든 적기는 그대로 한 바퀴 허공에 원을 그리더니 기수를 떨어뜨린 채 추락하기 시작하였다. 검은 연기를 내뿜고 순식간에 적기의 모양은 구름 밑으로 사라졌다.

"아니, 누가 쐈어?"

중폭대에서는 아직 아무도 방아쇠를 잡아다린 사람이 없었다. 그러자 어느 틈에 나타났는지 우리 신예 전투기 '하야부사'가 제비보다도 빠르고 날쌔게 중폭대 옆을 스치고 반전하자 다시 구름 속으로 사라졌다.

중폭대의 용사들은 늘 보는 '하야부사'의 묘기이나 새삼스럽게 놀래지 않을 수 없었다.

"가토 부대다."

"굉장히 빨르군."

"일격에 격추로군그래. 용허이."

중폭대에서 이런 말을 속삭이고 있는 줄 아는지 모르는지 다케야마

* 원문은 '추격墜擊'.

중위는 성난 얼굴로 빠안히 앞을 바라보고 있을 뿐이다. 색적의 자세였다.

적기 출동은 이, 삼 기뿐이었다. 그래도 오십 기가량의 반격은 있으리라고 기대하고 있던 가토 부대의 용사들은 맥이 풀려 돌아올 수밖에 없었다.

기지에 착륙하자말자 곧 연료를 보급하였다. 즉시 재출동하기 때문이다.

그날로 곧 제이격을 가하여 적이 채 정신을 채리기 전에 적을 철저적으로 섬멸하는 것은 가토 부대장의 신념적 전법이다.

그러나 제이격 때에도 역시 적의 반격은 없었다. 싸우기 전의 기대가 어그러져 혈기방장한 우리 용사들은 비겁한 적에 대하야 분노를 느낄 지경이었다.

적에게 싸울 의사가 없는 이상 대편대로 적을 철저하게 공격하야 정신적으로 압도할 수밖에 도리는 없다.

이리하야 십삼, 십사, 십오,…… 연일연야, 부대 전력으로 출동하야 적의 최후의 근거지를 공격하였다.

신가파의 단말마는 각각으로 다가왔다.

4

우리 항공부대의 계속적 공격을 견딜 길이 없어 신가파 방면에 갇혀 있던 적 공군은 잠시 '수마트라'도島 '파칸빌' 비행장으로 그 일부를 이동시켰다.

이 정보를 접한 가토 부대장은 적이 '게릴라'전을 개시하기 전에 완전히 이를 접복*시켜 신가파의 제공권을 잡으리라 결심하였다.

소화 십칠 년 일월 십칠 일.

아홉 시 이십 분, 중부 마래의 기지 '이포'를 출발한 가토 '하야부사' 전투기는 '수마트라'도 '파칸빌' 비행장을 향하야 단숨에 '말라카' 해협을 건넜다.

오늘도 다케야마 중위는 부대장기의 요기僚機**로 출동하였다.

이윽고 적도였다. '하야부사'가 처음으로 적도를 넘어 남반구에 그 빛나는 붕익을 펴는 것이다.

뜨거운 남국 태양의 직사를 받아 새파랗게 맑은 '말라카' 해는 눈이 부시게 빛난다. 바닷가 붉은 흙은 푸른 바다와 예쁘게 조화되어 한 폭의 그림이었다.

붉은 흙이 끝나는 데서부터 '코코' 야자의 숲이 시작이다. 바다보다도 오히려 넓은 듯한 야자수 숲이 바람에 커다랗게 굽이칠 때마다 흰 일광이 물결같이 너울거렸다.

또 그 속에는 원시시대 그대로의 '정글'이 겹겹이 묻혀 있어서 소름이 끼치도록 시커먼 그림자가 오직 말없이 깔려 있을 뿐이다. 그 사이를 뚫고 한 줄기 실오라기 모양으로 하얗게 빛나는 것은 강이다.

그러나 그런 것이 내려다보인 것도 잠깐이었다. 적도 근처에서부터 뭉게뭉게 피어오르기 시작한 적란운은 순식간에 모든 것을 뒤덮어버리었고 시계를 가리었다. 더구나 바람까지 일기 시작하였다.

고도를 오천 미米로 올렸다. 그래도 구름 위로 빠져나갈 수가 없었다. 전후좌우를 칭칭이 에워싼 것이 구름 구름이다. 시도視度는 영零. 계기

* 두려워서 굴복함.

** 공중전에서 콤비를 이루며 서로를 엄호해주는 동료기.

하나만을 믿을 수밖에 없다.

다케야마 중위는 부대장기 바른편에 바짝 다가붙었다. 부대장기가 앞서서 날으고 있는 한에는 아무런 맹목 비행을 계속해도 불안이나 공포를 느낄 필요가 없다.

놀랄 만한 부대장의 항법航法이었다. 어디를 어떻게 날으고 있는지 전연 모르고 있어도 부대장기만 따라가면 반드시 적 비행장 상공이었다. 여러 번의 경험으로 다케야마 중위는 그것을 잘 알고 있었다.

이윽고 부대장기가 서쪽으로 전침轉針하였다. 그쪽에 가느다랗게 구름 터진 곳이 있었다.

그 틈으로 부대장기가 쏜살같이 급강하했다. 다케야마 중위도 곧 그 뒤를 따랐다.

과연 목적하던 '파칸빌' 비행장이었다.

혹시 반격하여 오는 적기는 없을까, 해서 약 오 분 동안이나 각층으로 찾아보았으나 적기의 그림자라고는 눈에 띄지를 않는다.

"지상에 있는 놈은 남겨둘 줄 아니."

다케야마 중위의 투혼은 불탔다. 공격 개시를 재촉하는 듯이 부대장기를 바라보았다.

대형기, 뇌격기, 합하야 십수 기가 내어버린 듯이 지상에 놓여 있었다.

때는 열한 시 십오 분.

대낮에 공격을 당한 적은 어쩔 줄을 모르는지 고사포高射砲 한 방 놓지를 않는다.

부대장기가 커다랗게 날개를 흔들었다. 공격 하령이다.

엥…… 날카로운 금속성 폭음을 내이면서 '하야부사'의 떼는 연달아 땅에 부닥칠 듯이 급강하하더니 제일격을 가하였다.

불길이 솟아올랐다. 검은 연기가 피어올랐다. 순간 '파칸빌' 비행장은 수라장으로 변하고 말았다.

그때에서야 겨우 적의 지상 포화가 활동을 시작하였다. 비행장 주위 사방에서 번쩍번쩍 포구砲口가 빛났다. 다음엔 그것이 하늘 높이서 파열한다. 하늘 가까이 면화밭 모양으로 흰 연기 뭉텅이가 쫙 깔렸다. 맹렬한 고도각 포탄이었다.

그 탄막을 뚫고 '하야부사'는 거듭 급강하를 계속하며 총화를 퍼붓고는 다시 날아올랐다. 그때마다 지상에서는 새 불길이 뻗쳐오른다.

격파, 염상炎上* 합하야 육 기. 그 밖에 적 군사시설에 큰 손해를 주고 가토 부대는 유유히 기지로 돌아왔다.

미귀환 삼 기. 가토육삼六三 중위, 사이토齊藤 조장曹長, 그리고 다케야마 중위가 돌아오지를 않는 것이었다.

"다쿠와多久和."

부대장은 삼번기의 다쿠와 군조軍曹를 불렀다.

"네."

"다케야마기를 보지 못했다."

"제일격 직후까지는 요기 정위定位에 있는 것을 봤습니다만은……."

"그 후에 못 봤단 말이지."

"네."

부대장은 말없이 끄덕이고 고개를 떨어뜨렸다.

* 불꽃을 뿜으며 타오름.

5

사흘이 지났다. 소화 십칠 년 일월 이십 일.

새벽녘에 겨우 잠깐 눈을 붙였을 뿐이다. 동창으로 해가 비쳐왔을 때엔 다케야마 중위는 벌써 눈을 뜨고 있었다. 다친 자리가 곪으려는지 자꾸 쑤셔서 잠을 이루지 못하는 것이다.

사흘 전 '파칸빌' 비행장을 공격할 때에 적탄을 맞은 다케야마 중위는 머리를 부상한 사이토 조장과 함께 밀림 속에 불시착하였었다.

애기는 산산이 깨어지고 무전기마저 고장이었다. 얼굴과 왼편 넓적다리에 상처를 입어 몸을 움직일 도리도 없었다.

그때 '신군神軍'이 불시착한 것을 안 원주민들이 그들을 구원하러 달려왔다.

그리하여 이 부락 추장 집에 숨어서 상처를 치료하며 무전기의 수리와 적정敵情* 수색에 전력을 다하였으나…… 어느 사이에 사흘이 지났고 제대로 약을 쓰지 못하여 상처는 자꾸 악화할 뿐이었다.

창밖에서 사람들의 서성거리는 소리가 들려왔다. 심상치 않은 소리였다.

다케야마 중위와 사이토 조장은 벌떡 뛰쳐 일어나 창 앞으로 다가갔다.

부락장을 앞세우고 이 집을 향하야 다가오는 것은 틀림없이 화란和蘭** 병이었다. 그것을 에워싸고 부락민들이 공포에 떨며 말도 못하고 있는 것이다.

* 전투 상황이나 대치 상태에 있는 적의 특별한 동향이나 실태.
** '네덜란드'의 음역어.

순간 다케야마 중위는 자기의 최후가 온 것을 깨달았다. 적은 이미 이 집을 포위하였다. 부상한 몸으로 일개 분대의 적을 물리칠 도리는 없었다.

순간, 다케야마 중위의 귀에는— 자아, 인젠 죽을 때가 왔다. 남부끄러운 죽음을 말아라. 황국의 신민다웁게 일본의 군인다웁게 네 최후를 찬란하게 장식해서 이 고장 원주민들의 머릿속에 깊은 인상을 남겨놓아라. 그뿐이냐. 너는 반도 청소년의 선각자로서 가장 군인다운 죽음을 하게 되었다. 네 뒤에서 징병제를 목표로 수없는 반도 청소년이 군문軍門을 향하야 달리고 있다는 것을 최후의 일순一瞬까지도 잊지를 말아라…….

이런 외침이 역력히 들려왔다.

"사이토 조장."

다케야마 중위는 조용히 돌아보고 불렀다.

"권총으로 싸울 땐 말야, 방아쇠를 잡아대리면서 하나, 둘 하구 발사탄 수를 시어두어야 해. 마지막 한 방은……."

하고 허리에서 빼 들은 권총을 잠깐 입안에 물어본 후,

"……남겨둬야 하는 법이거든."

하고 가만히 웃어 보였다.

"네, 알겠습니다."

채 사이토 조장의 대답이 떨어지기도 전에 다케야마 중위의 권총이 불을 토했다. 마악 창 앞에 나타난 한 놈의 화란병이 고목 넘어가듯 푹 고꾸라졌다.

그리자 적탄이 빗발치듯 이 집을 향하야 집중되었다. 이미 더 망설일 때가 아니었다.

비호같이 창을 뛰어넘어 뜰 잎으로 내러선 다케야마 중위와 사이토 조장은,

"하나."

"하나."

마치 사격 연습이나 하는 듯이 소리를 합하여 수효를 헤이면서 한 방에 한 놈씩의 적을 넘어뜨렸다.

"둘."

"둘."

권총알이 다할 때까지 감히 적병은 그들 앞에 나아오지를 못하였다.

마지막 한 방이 남았을 때 다케야마 중위와 사이토 조장은 조용히 풀밭에 꿇어앉아 동방을 요배한 후, 천황 폐하 만세를 소리 높여 불렀다.

부르고 나서 다케야마 중위는 천천히 권총을 입에 물고 뒷머리를 향하야 발사하였다.

사이토 조장도 뒤따라 자결하고 순충의 벽혈碧血*만이 풀 사이에 어리어 흐를 줄을 몰랐다.

일순 하늘도 땅도 숨을 죽이고 잠잠한 듯하였다.

6

거룩한 죽음을 목도한 원주민들은 감탄한 나머지 두 사람의 유해를 공손히 묻고 과연 '신군'이라고 숭상하기를 마지아니하였다.

육 개월 후인 칠월 이십일 일, '수마트라'도 감정勘定 후 현지 부대의 수색으로 다케야마 중위와 사이토 조장의 장엄한 최후는 비로소 알려졌다.

다케야마 중위는 일월 이십 일 부로 대위로 승진하였고, 이어 수훈갑

* 푸른빛을 띤 진한 피.

殊勳甲 공사功四 욱육旭六의 은상恩賞에 욕浴하였다. 반도 출신 장교로서 실로 두 사람째의 수훈갑이었다.

—《조광》, 1944. 6.

제2부 산문

꿈

길 가는 사람마다 모두 한 번씩은 발을 멈추고 희한하다는 듯이 고개를 기울이며 나를 바라본 후 혹은 웃고, 혹은 멸시하고— 그러나 나는 그런 것에는 조금도 개심介心치 않고 태연하게 한없이 쌀구루마 뒤를 따라가며 한 알씩 두 알씩 쌀섬에서 흐르는 쌀알을 주워 주머니에 넣고 넣고— 밤새도록 그런 꿈만 꾸다가 새벽녘에 잠을 깨이니 머리가 띵하고 죽은 이상李箱이가 몹시 그립다.

도동渡東*을 앞두고 하룻날 밤 이상이는 배갈에 취하여, "자네는 분糞일세" 했다. 생활이고 예술이고 간에 내가 한 개의 전기轉機에 부딪힐 때마다 이상이는 아무 소리 없이 이렇게 나를 매도할 뿐이었다. 그러면 그것이 나에게는 준엄한 꾸지람같이도 들리고 격려같이도 들리어 허둥지둥, 그 여윈 털보의 얼굴을 야소耶蘇** 얼굴과 흡사하다고 생각하고 마는

* 바다 건너 일본으로 가는 것.
** 예수.

것이다.

흐트러진 머리와 찢어진 '샤쓰'와 '골덴' 양복이 눈앞에 선하다. 좀먹어가는 몸으로 미친개같이 거리를 쏘다니며 술 마시고 떠들고 격려하고 — 경성京城의 미관을 위하여 우중충하고 우울하기 짝이 없는 존재였으나, "나 내일 동경東京 가네" 할 적엔 내 주위에서 이상이를 아주 잃는 듯하여 무척이나 서운하였다.

그것이 바로 재작년 가을— 그리고 정말 경성을 떠난 날이 시월 십칠일이다.

경성을 떠날 적엔 그래도 그 꼴에 새 옷 입고 머리 깎고 구두까지 닦아 신었다.

그러나 그것은 이상이답지 않았다. 이상이 머리는 길어야 하고, 이상이 수염은 자라야 하고, 이상이 옷은 남루해야 한다. 얼굴은 여위어야 쓰고 정신 상태는 '압노-말'*해야 쓰고 주위에선 불행이 뭉기뭉기 피어올라야만 쓴다. 또 지금 나는 그러한 이상이 말고 다른 이상이를 생각할 수는 없다.

궁상스럽고 빌어먹을 꿈— 문득 그렇게 중얼거리고 옳지, 이것은 이상이가 꾸기에 가장 적당한 꿈이로구나 깨달았다. 어쩌면 이상이도 이런 꿈을 꾸었을지도 모른다. 하루 온종일 낮잠으로 소일하던 이상이라 꿈이 무척 많았다. 그 여러 가지 꿈 속에 이와 똑같은 꿈이 없을 리는 절대로 없다. 필경 이 꿈은 이상이가 그중 자주 보던 꿈 중의 하나일 것이다.

그렇게 결론짓고 나니 그것이 무슨 우연인 것 같지도 않다. 이상이는 그 꿈을 자주 꾸고, 생활에 염증이 나서 전기轉機를 구하려고 동경으로 유랑했고, 나도 또한 이때까지의 타기惰氣를 깨트려 부시려고 방향을 전

* abnormal.

환하자 이 꿈을 꾸었다. 때도 또한 가을— 불 안 때인 방이 돌장보다 차나, 나는 일어날 생각도 없이 다시 이불을 뒤집어쓰고 이상이가 죽었다는 통지 받은 날 "이상이가 하다 남긴 일, 제가 기어코 일우겠습니다"라고 편지 쓴 것을 생각하고, 그 꿈이나 또 한 번 꾸고 이상이가 하다 남긴 일이 무엇인가를 곰곰 생각하였다.

그러나 결코 이상이같이 자주 꾸고 싶은 꿈은 아니다.

—《박문》, 1938. 11.

담담기淡々記

산소에 갈 적엔 태혁이 좋아하던 것 꼭 좀 사다주라는 것이 내가 서울 떠날 때의 안해의 간곡한 부탁이었다.

일주일 가까이, 주위에서 죽기만을 고대하는 줄은 모르고, 그야말로 오로지 먹고만 싶어 하다가 세상을 떠난 태혁이인 것을 생각하면 안해의 그 심정이 그럴 상싶기도 하야, 그렇게 하마고 선선히 대답한 나이나, 지금에 이르러 가만히 생각하니 왜떡이나 빵조각으로 청정한 산소 자리를 더럽히기도 싫었고, 또 죽던 그 전날까지 목을 넘기려 애쓰다 애쓰다 못하야 나종에는 두 손으로 과자를 움켜잡고 바르르 치를 떨며 산산조각으로 찢어 흩뜨리는 그 양이 눈에 선하야, 나는 태혁이 좋아하던 먹을 것 대신 십오 전 주고 이름도 모르는 꽃 한 송이를 사 들었다.

며칠 전까지 정어리 '가스' 말리던 화장장 바로 뒤 시뻘건 언덕이 새로 생긴 공동묘지란다.

무덤이라곤 모두 열 두서넛밖에 없다.

밤새도록 차중車中에서 볶이어 한잠도 못 이룬 피곤한 몸으로 질척질

척하는 논두렁 사이를 걸으며 나는 허심히 안내하는 진 형이 꽃송이로 가리키는 맞은편 언덕을 바라보고, 그중 높이 자리 잡고 있는 태혁이 산소라는 것을 바라보고, 그리고 푸른 한울을 바라보았다.

장전長箭 명물의 바람도 잔잔하고 구름 한 점 없다. 몹시 좋은 날씨다.

강 형의 정성으로 깊이 파묻힌 큼직한 병에 꽂혀 있는 꽃송이는 이십여 일이 지났으나 아직도 완전히 시들지 않았다. 시들기커녕은 그 사이 그렇게 날이 추웠어도 매일 하나씩 하나씩 꽃봉오리가 피었고, 아직도 사오 일은 넉넉히 지탱하리라 한다.

나는 그것을 새 꽃으로 바꾸어 꽂으며 문득 모진 목숨이라고 생각하고 스스로 깜작 놀래이는 것이다.

모진 목숨이었다. 현대의학으로는 죽이는 수밖에 도리가 없다 하야 수혈도 중지하고, 강심제조차 안 놓고, 그리고도 꼭 일주일을 태혁이는 먹고만 싶어 하며 살았다. 죽어가는 태혁이 자신보다도 죽기만을 공수방관하고 있는 주위를, 더구나 저의 큰아버지, 큰어머니는 마음을 안타까웁게만 하고 괴롭게만 하면서 모질게도 죽지 않았다.

꽃병 옆에는 분향했던 그릇이 비스듬히 외롭게 놓여 있었다. 나는 허리를 굽혀 그것을 바로잡아놓으며 소화 십사 년* 삼월 육 일, 정태혁지묘鄭泰革之墓라 쓰인 무척 새로운 묘표를 물끄러미 들여다보았다.

화장장 설비도 불충분하려니와 걸어보지도 못하고 죽은 어린애 살 태우기 안됐다고— 그래서 생긴 작달막한 이 무덤이다.

언덕 주위엔 파릇파릇 잡초가 싹트기 시작했으나 새로 파헤친 이 무

* 1939년.

덤 자리만은 시뻘건 진흙, 흙빛 그대로다. 언덕 너머로 동해 바다 푸른 물빛은 아물아물 끝이 없고, 마주 보이는 금강산 줄기 산등성이에는 아직도 잔설이 태혁이 죽기 전과 다름없다.

나는 문득 서울을 떠날 때 안해가 혼잣말같이 손을 꼽으며 중얼거리든 말을 생각해내이고, 나도 그대로 본받아 육 일, 칠 일, 팔 일…… 이십육 일 손꼽아보며, 벌서 썩었을까, 썩었으면 얼마나 썩었을까, 그런 것을 생각하며 가졌던 단장으로 흐트러진 무덤 주위를 다듬어주었고, 그러는 사이에 무슨 화단이나 가꾸고 있는 듯한 느낌을 얻어 담담한 마음으로 무덤 주위를 거닐어보았다.

—《문장》, 1939. 5.

공수방관기拱手傍觀記

병명은 수암水癌이란다.

생살 썩는 악취가 방 안에 진동했다.

얼굴 하반下半이 여지없이 썩고 부어 그대로 번지르르한 시뻘건 육괴肉塊였다.

어젯밤부터는 혀 밑까지 무서운 균이 파먹기 시작하야, 혀 전체가 경직해서 입천장에 달라붙은 채 꼼짝을 안 했다.

따라서 물 한 방울 만족하게 목을 넘기지 못했다.

그런지 벌써 닷새째다.

그러면서도 태혁이는 죽지를 않는다. 인력으로는 어찌할 수 없다고 선언을 받은 지 사흘이 넘으나, 이대로 언제까지든지 살려는 듯이 태혁이는 죽지를 않는다.

그러나 여하간에 수일 내로 죽을 것만은 사실이다. 그것이 내일이 될지 모레가 될지, 혹은 오늘 밤이 될지, 이미 다시 구해내일 수단 방법이 개무皆無이라, 우리들은 각각으로 다가오는 시커먼 죽음의 그림자를 까마득한 마음으로 기다리고 있을 뿐이다.

링거, 혈청, 강심제, 그리고 어제는 이십 그램, 오늘은 삼십 그램의 수혈— 만 하루 동안에 이십 대 가까운 주사 바늘이 쇠약한 태혁이 사지에 빈틈없이 꽂혔다.

그 때문인지 혹은 사기死期가 임박함인지, 어제까지 흐렸던 눈동자가 이상하게도 이상하게도 광채를 발하야 전과 같이 다시 새까맣게 빛났고, 원래부터 신경질인 아이였으나 의식만은 병상病狀의 진전과는 반대로 더욱 또렷또렷하야져서 주사 자리에 붙인 반창고 하나 그대로 두지 않고 간호부만 나가면 여윈 그 손가락으로 기어코 뜯어내 던지고 뜯어내 던지고 하였다.

이렇게 보면 호전한 듯한 그러한 상태가 도리어 나에게는 몹시 두려웠다. 꺼지려는 등불이 마지막으로 깜작 빛나는 격으로 아무 이유 없이 그것이 모두 불길하게만 생각되었고, 울 힘조차 없이 침대에 누워 눈만 멀뚱멀뚱하고 있는 양이 증오를 느낄 만큼 가엾고 안타까웠다.

오늘 낮에 삼십 그램의 피를 태혁이에게 빼앗긴 안해의 얼굴은 연일의 수면부족으로 태혁이보다도 오히려 창백했다. 먹는 게 무엇인지 저 입을 하고도 자꾸 먹을 것만 찾고, 우유를 타서 갖다주면 맘대로 넘어가지 않는 것이 안타까운지 두 손을 바르르 떠는 양은 차마 눈으로 볼 수 없다고, 안해는 태혁이의 얼굴을 들여다보고 들여다보고 하며 그때마다 고개를 돌이켜 소리 없이 눈물을 씻었다.

수술을 한다면 얼굴을 반은 도려내야 하니, 그렇게까지 해서 살면은 무엇하고 또 반드시 산다고도 단언할 수 없다니 이제는 현대의학으로는 구하지 못하는 태혁이의 죽음을 공수방관할 따름이다.

그럴 바에야 하루바삐 죽었으면, 했다. 그것이 태혁이를 위하야, 태혁이 주위를 위하야 바랄 수 있는 단 한 가지 애끓는 소원이다.

안해는 고개를 숙이고, 요까짓 것 보통 사람의 반만 먹여두— 하고 내 얼굴을 쳐다보았다. 나는 얼른 그 의미를 알아채이고, 나 역시 조금 전까지 그런 생각을 먹었던 것을 놀래여 돌아보며 얼마 동안은 대답할 줄을 몰랐다.

세상에 태어난 지 불과 이 년, 태혁이 앓기만 하다가 이 서글픈 병실에서 금명간今明間에 세상을 떠날 것이다. 이렇게 애처로운 죽음을 하였던들, 지프테리*— 때, 폐렴 때 외관으로나마 곱게 죽일 것을— 턱 밑에서 뺨으로, 입술로, 시커멓게 썩어 들어가는 너의 얼굴을 바라보고 있을 양이면 소름이 끼치도록 오직 무서울 따름이로구나.

목이 말랐는지 힘없이 울고, 부자연한 혀끝으로 몇 숟가락의 과즙을 빨고 나서 태혁이는 안해 품 안에서 곤히 잠잔다.

한편으로는 내 손으로라도 금방 죽여 없애고 싶고, 한편으로는 그대로 도저히 있을 수 없는 기적을 기다리고— 그 어느 것이 정말 내 마음인지 나는 지금 헤아리지를 못한다.

소화 십사 년 삼월 육 일
의전병원에서

—《박문》, 1939. 8.

* 디프테리아.

요절한 그들의 면영面影 — 불쌍한 이상李箱

머리끝에서 발끝까지 불쌍하기만 한 이상이었다.

소화 십이 년* 사월 십칠 일 오후 세 시 이십오 분 동경제대병원 물료과 병실에서 객사할 때까지 이십육 년 동안의 이상의 생활은 암담— 이 두 글자의 연속이었던 것이다.

이상이 죽었다는 전보 받은 날 아침, 나는 얼마 동안 자리 속에 멍하니 누운 채 불쌍하다 불쌍하다, 속으로 뇌이며 슬퍼할 줄도 울 줄도 몰랐다. 충동이 너무 컸기 때문이다.

> 더운물 한 모금 길어줄 사람은 어디 있소. 다시는 고향땅 밟지 못하고 이대로 죽나 보오. 억울할 일이요.

이런 엽서 받은 지 며칠 되지는 않았으나 역시 한 개의 수사요, 과장

* 1937년.

으로 생각하였고, 무슨 신앙과도 같이 나는 이상의 기사회생을 믿고 있었던 것이다. 지금 생각하면 그것은 한 개의 어리석은 기원인 상싶기도 하다.

겨우 정신을 가다듬어 일어나서 세수를 하고 밥상을 대하니 비로소 눈물이 펑펑 쏟아져서 나는 남부끄러운 줄도 모르고 한참 동안을 느껴 울었다. 그리고 젊은 미망인에게 이런 회답을 썼다.

— 이상이가 하다 남긴 일, 제가 기어코 일우겠읍니다. 지난봄 이상이 그 야윈 어깨에 명재경각命在頃刻의 저를 걸머지고 밤 깊은 종로 거리를 헤매이던 일, 제가 어찌 잊겠습니까.

그때 이상이 아니었드면 지금의 나도 없고, 내 안해도 없고, 올봄에 죽었지만 그때 안해 옆에 누워 있던, 낳은 지 이십여 일밖에 안 되는 태혁이도 없을 것이다, 생각할 제 다시 이상이를 대할 수 없다는 슬픔은 이틀이 지나도 사흘이 지나도—아니 지금까지도 가슴속에 사무쳐 가시지를 않는다.

나는 신문사 삼 층 응접실로 뛰어 올라가 혼자서 울며 이런 추도의 글을 썼다.

— 「오감도」와 「날개」가 이상의 진정한 생활과 예술이 아니라고 그렇게 호언하며 죽기를 기약하고 도동渡東한 이상이었으나 반년도 더 못 살고 정말 죽을 줄은 꿈에도 몰랐다.

누구보나도 상식가이요, 순정한 이상을 아는 사람이 몇이나 될는지— 죽은 이상의 제일 큰 원한은 그를 그렇게 보아주지 않는 세인의 곡해를 풀지 못한 점일 것이다.

성격파산자 다다이스트— 이상과 가장 친하다는 친구까지가 오직 그의 직즐職喞이 이런 것인 줄만 알고 재조才操가 아깝다고 한탄하였다.

이상은 언제든 자기 주위에 철조망을 둘러놓고 자기의 애인조차 그 울타리를 넘지 못하게 한다.

이상은 항상 그 안에서 자기 손으로 지은 고독이 외롭다고 하소연하고— 그리고 그것을 즐겼다.

고고孤高— 이 말을 이상은 사랑했다. 그런 고로 울타리 밖에 있는 사람들이 아무리 욕하고 지탄해도 그는 태연했다. 그리고 그들에게 물구나무를 서서 보인다. '앱노말' 한 그의 근본 사념과는 정반대의 물구나무를—

혼자서 불행을 짊어진 사내, 불행이라면 아무리 무서운 불행이라도 능히 감당할 수 있으나, 행복이라고 이름이 붙었으면 털끝만치도 몸에 지니지 못하는 사내— 그는 언젠가 자기를 이렇게 불렀다. 그러나 이미 불행조차 그를 침범치 못한다.

'이상'이 '이상'이대로 죽은 것만이 자꾸 나를 울린다.

바른대로 말이지만 동무를 잃고 이렇게 슬퍼한 일, 내 평생에 다시 없었고 다시 없을 것이다.

이상이 자신의 말을 빌어, "그저 얼마든지 오늘 오늘 오늘 오늘 할 일 없이 눈 가린 마차 말의 동강난 시야視野다. 눈을 뜬다. 이번에는 생시가 보인다. 꿈에는 생시를 꿈꾸고 생시에는 꿈을 꿈꾸고 어느 것이나 다 있다. 오후 네 시 (중략) 그저 한없이 게으른 것— 사람 노릇을 하는 채 대체 어디 얼마나 기껏 게으를 수 있나 좀 해보자— 게으르자— 그저 한없이 게으르자— 시끄러워도 그저 모른 체하고 게으르기만 하면 다 된다. 살고 게으르고 죽고— 가로대 사는 것이라면 떡 먹기다. 오후 네 시. 다

른 시간은 다 어디 갔나. 대수냐 하루가 한 시간도 없는 것이라기로서니 무슨 성화가 생기나" 하는 이런 생활만 입정정笠井町* 그 어두컴컴한 집에서 계속하다가 별안간 수염 깎고 새 양복 입고 내 앞에 나타나 동경 간달 제, 나는 선뜻 두 손을 들고 찬성하였다. 권하기까지 하였다.

그때 진심으로 이상이 동경 가기를 바란 사람은 아마 이상이 주위에선 이상 부인과 나밖에 없었을 것이다. 왜냐하면 그때 이상이 처지가 도저히 사람의 탈을 쓰고서는 경성을 버릴 수 없게 되어 있었기 때문이다.

자세한 설명은 삼가거니와, 하여간 그때의 이상의 처지란 완전한 이상의 탈피를 요구하고 있었다. 그것은 인간 이상, 예술가 이상이 다다른 막다른 골목이었다. 앞을 가린 장벽을 뚫고 나가느냐, 넘어가느냐 그렇지 않으면 골목 밖으로 되돌아오느냐.

그때 나는 이상이더러 악인이 되라 하였다. 어물어물 환경에 끌려가다간 결국 악인이 되고 말 수밖에 없는 처지인 이상以上, 그리고 그렇게 된다면 결국 모든 사람이 불행하게 될 수밖에 없는 처지인 이상以上, 차라리 자진하여 너 하나만이 악인이 되어버리라 하였다. 그때 내 생각에는 이상이 살 길은 그 한 길뿐인 것 같았다. 이상이도 역시 그렇게 생각하였던지 그러마 하였다.

악인이 되어 너 하나만이라도 살아서 대성하여라. 네가 대성하는 것만이 네 죄를 씻는 길이다— 이것은 지극히 위험한 길이다. 천재가 아니면 택할 수 없는 길이다. 그러나 나는 이상을 믿었다. 이상 자신도 또한 믿는 바 있었다. 우리들은 서슴지 않고 용약 이 길을 택했던 것이다.

그러나 그 동경행이 결국 이상의 건강을 해쳐 끝내 인간 이상이 악인으로 일생을 마칠 줄이야— 나는 지금 내 손으로 이상을 죽인 것보다 더

* 현 을지로 3, 4가동.

큰 가책을 느끼지 않을 수 없다.

◇

입정정 어두컴컴한 방 말이 났으니 말이지만, 실로 그 방이란 이상이 자신보다도 불쌍한 방이었다.

하루 종일 햇볕이 안 든다느니보다 방이 구석지고 천장이 얕고 하여 지하실같이 밤낮 어둡고 침침하고 습하고 불결하고 해서 성한 사람이라도 그 방에서 사흘만 지내면 병객이 되고 말 지경이었다.

동경으로 떠나기 전 반년 동안을 이상은 그 쓰레기통 같은 방구석에서 그의 심신을 좀먹는 폐균肺菌을 제 손으로 키웠다.

그때 이상 부인은 밤늦도록 나아가 일하고 있어서 새벽 두 시 세 시가 아니면 집에 돌아오지 않을 때이라 혼자 그 음울한 방을 지킬 수 없었고 해서 부인이 벌어다 주는 돈으로 이상 역시 밤늦도록 거리로 쏘다니며 술 먹고 지껄이고, 이렇게 둘이 다 밤이 늦은지라 아침이면 오정이 넘도록 자리에서 일어날 줄을 몰랐고 일어났대야 대낮에도 저녁때같이 어두운 방이라 아무렇게나 고추장으로 끓인 두부찌개 한 그릇만으로 북어를 뜯어 씹어가며 점심인지 아침인지 몇 공기 퍼먹고는 그대로 또 쓰러져 낮잠을 자고 전등불 켜질 무렵 부인이 세수하고 단장하고 밖으로 나가면 이상이도 또한 터덜터덜 불결한 자태로 거리로 나와 술집으로나 아무 데로나 부인이 집에 돌아올 때까지 헤매이는 것이다.

이런 생활을 거듭하며 술만 먹으면 항상 너털웃음을 치는 이상이라, 또 그것이 결코 자조 같지도 않은지라, 모두들 돌아서선 그 생활을 비난하고 그의 중심中心을 헤아리지 못하야 쩔쩔매는 것이나, 혼자 남아 있을 때의 이상이 얼마나 고독해하고 슬퍼하고 하는지를 잘 아는 나는 아무 말 없이 그가 하자는 대로 같이 술 먹고 같이 떠들고 같이 쏘다니고— 나는 애써 이상에게 충고나 격려의 말을 하지 않고 가장 그의 나쁜 동무가 되려고 노력했다. 어떠한 경우를 물론하고 이상이가 아주 완전히 제 자신을 잃어버리도록 못난이는 아니라고 굳게 믿고 있었기 때문에 할 수 있는 일이다. 이상이도 또한 내가 악우惡友가 되려는 중심을 잘 알아주어,

"내가 세상에서 그중 쓸쓸하구 불쌍한 놈인 줄 알었더니 자넨 나버덤 한술 더 뜨네."

하며 술이 취하면 눈물을 흘리고 풀이 죽는다. 그리고 나서는 마음 약한 이상은 마음이 약한 탓으로 다시 얼굴을 번쩍 들고 보통 때의 이상으로 돌아가,

"그래두 이상이 두구 보게."

하며 기세를 올렸다. 애끊는 '캠프라아쥬'*다. 그러나 아무리 해도 그의 약한 마음은 그의 쓸쓸함을 이기지 못했던지, 어떤 때는 자조와 허무만을 느끼는지 극히 태도가 퇴폐적이었고 그런 때면 이상은 진심으로 자기의 생활을 긍정하려까지 하였다.

그것이 절정에 달하였을 제 이상은 자살을 생각하였다. 그리하여 정색을 하고 같은 병고에 시달리는 유정을 찾아가 '정사情死'를 의논하였다. (이것은 회남의 소설 「겸허 · 김유정전」에 자세하다.) 그리다 유정이 듣지 않으매 이상은 깨달은 바 있어 구연舊然 동경으로 새 길을 개척하려 떠나기로 결심했던 것이다.

가만히 추구하여본다면 이상을 괴롭힌 것은 결국 병고도 아니요, 생활고도 아닐 것이다. 그것도 물론 원인이기는 하나 그보다도 그것이 한데 뭉쳐져서 긴 세월 동안에 빚어내인 이상의 얄궂은(이렇게밖에 형용할 수 없는) 성격이 여자와 같은 그의 마음씨와 어우러져 그의 명수命數를 줄이고 만 것이다. 겉에 나타난 세인이 얼른 짐작하는 이상이대로의 이

* Camouflage: 위장, 속임(수).

상이었드면—나는 지금 차라리 그러하였던들—하고 책상머리에 꽂아놓은 그의 암울한 자화상을 물끄러미 바라보고 있다.

◇

진실로 여자를 사랑할 줄 아는 남자이면 믿어도 좋다. 그런 남자는 결코 악인이 될 수 없기 때문이다. 이상이 바로 그런 사람이다. 아니 이상이야말로 여자를 사랑할 줄 아는 사람이었다. 그런 고로 「지주회시」, 「날개」, 「동해童骸」 기타 이상의 작품에 나타나는 이상과 그의 안해들을 나타난 그대로 받아들여서는 인간 이상을 정당하게 이해할 수 없다. 공개된 석상에선 결코 진실을 고백지 않는 것이 이상의 '엑센트리크'*한 성질이기 때문이다. 작품에 나타난 이상 자신은 모두가 인간 이상의 껍질이 아니면 그림자에 불과하다.

첫째 부인이 두 번씩 이상을 버리고 달아났을 제, 그는 전에도 그런 일이 있었으나 여전히 '그에게로 불쑥 돌아와주기'만을 바라고 기다리며 안해가 자기를 영원히 버리고 갔다고는 믿지 않았다. 그렇게 한 달이 지나고 두 달이 지나고 하는 사이에 계절은 바뀌어 북풍이 몹시 차다. 지금은 없어졌지만 관철정貫鐵町 대항권번大亢券番** 제일 구석 방을 차지하고 여전히 게으르게 불도 안 때인 방에서 낮잠만 자던 이상이 하루는 부리나케 찾아와 돈 삼십 전만 달라는 것이다. 전보를 치겠단다. 달아난 안해에게 곧 돌아오라고 전보를 치겠단다. 그 전문은 이러했다.

"오느냐, 안 오느냐, 답장 다오."***

또—

그것도 역시 겨울. 눈이 몹시 내린 무슨 음악회인지가 끝난 날 밤이

* eccentric: 기인, 괴짜.
** 관철동 33번지에 위치했다고 함.
*** 원문은 "クルカコヌカスヘリソウ".

다. 이상과 나와는 사람들 틈에 끼어서 공회당公會堂을 나오며 태평통太平通*을 향하여 걷고 있었다.

"황혼의 유납維納**이 생각나네."

"응."

"이렇게 눈 오는 날 흔히 애욕의 갈등이 생기는 법야."

"누가 그래?"

"내가 그러지."

그리드니 이상은 별안간 "배갈 한잔허세" 하드니, 우리가 그때 '도스토예프스키 집'이라 부르던 대한문 앞 누추한 청요리집으로 나를 끌고 들어갔다.

그리하여 술이 얼근히 취하드니 그는 이유 없이 나를 매도하며, "네까짓 게 여자를 사랑할 줄 아느냐"고 상을 찡그리고, 그리고 나서 비로소 자기가 그의 두 번째 부인을 얼마나 사랑하고 있는가를 고백하기 시작하였다. 그는 처음으로 내 앞에서 눈물을 흘리며 그렇게 사랑하고 있으나 결혼할 수는 없다고, 도저히 결혼할 수 없다고, 그러나 사랑하지 않을 수도 없다고 하소연하고 그리다가는 별안간 식어빠진 술잔을 꿀컥 들이마시고,

"그래두 결혼한다. 네까짓 게 욕해두 나는 결혼허구 만다."

고 외치며 눈 속으로 뛰어나갔다. 그날 밤 그 커다란 텁석부리 이상이는 내 품 안에서 밤새도록 떨며 울더니, 얼마 안 되어 이상은 정말 동거생활을 시작하였다. 또—

그의 절필이 된 「종생기」는 지금까지의 '이상을 매장하는 만가挽歌'

* 세종로 사거리에서 남대문에 이르는 현재의 태평로.
** 오스트리아 비엔나 Vienna.

였다. 「종생기」 속에서 실로 이상은 자기 자신의 사기死期를 예언하고 묘비석까지 써놓았었다. 그러나 그 예언이 불과 한 달밖에 틀리지 않고 들어맞을 줄이야 이상 자신도 생각 못했던 것이다. 매장한 것은 실로 '입때까지의 이상'뿐이 아니라 '이제부터의 이상'까지였다. 불쌍한 이상이다.

—《조광》, 1939. 12.

'유미에'론論

졸작 「미로」, 「준동」, 「조락凋落」 등등의 여주인공 '유미에'를 논하여 그 실재 여부와 및 세인의 곡해 여하에 급及함— 하는 것이 이 단문短文의 원래의 제목이다. 동시에 이 단문의 주제이기도 하다.

그것은 그렇거니와—

언제 어디서부터 독자들 사이에 그런 관념이 부식扶植되기 시작하였는지 그것은 알 길 없으나, 흔히 일반 독자들은 작품 속의 사실을 가지고 그대로 전부를 진실로만 믿고 마는 버릇이 있다. 이것을 폐단이라고만도 할 수는 없지만 여하간 이런 일종의 폐단이 더욱 심한 것은 일인칭 소설일 때다.

소설적 사실이 어느 정도의 진실과 어느 정도의 허구가 얽혀져 만들어진 것이라는 것을 이해치 못하는 어리석은 민중이 그렇게 생각한다면 용혹무괴容或無怪라, 이런 난해한 제목의 일문一文을 쓸 생각도 먹지 않았을 것이다. 그러나 구안具眼*의 토土라고 볼 만한 사람들까지가 이런 폐단에서 벗어나지 못하였다는 것을 알았을 때 나는 저윽이 슬프기까지

했다.

어떤 가장 간사한 친구가 그때 나를 위로하여 가로되,

"군의 작품에 박진력이 있기 때문일세."

했지만, 그러나 나는 속지를 않고 몹시 불쾌함을 느꼈을 따름이다.

졸작 「미로」, 「준동」 등 일련의 작품을 아직 읽지 못한 독자를 위하여 간단히 소개하거니와, '유미에'란 일一 내지內地 여성은 상기上記한 제 작중作中에 등장하는 여주인공의 이름이다. 무대는 동경이고, 그리고 주인공은 '나'다. 내가 동경에 가 있었고, 그리고 '나'와 비슷한 경우에 있었다는 내 경력을 약간(단연코 약간이다) 짐작하는 사람들의 곡해를 사기 쉬운 모든 조건이 구비되어 있는 셈이다. 그래서 기회 있을 때마다 그들은 나와 '나'를 구별 못하고 오직 소설 속에 나오는 소설적 사실만을 근거로 나를 희롱하고 모멸하고 하는 것이다.

그럴 때마다 처음에는 그렇겠다고 고개를 끄덕거리고 웃어버렸으나 좋은 일도 한두 번이어늘 늘 끄덕이고 웃어버릴 수도 없고 귀찮고 하여, 요새에 와서는 일절 대꾸를 하든 안 하든 간에 그들이 곡해하여왔고 곡해하고 있고, 또 그 사실의 존재를 어찌할 수도 없는 일이다.

바른대로 말한다면, 이 '곡해'라는 것은 동경 시대의 나의 '로맨스'를 긍정하는 것이라 남아로서 부끄러울 배 아니요, 또한 별로 해로울 것도 없으나, 그래도 역시 사실 아닌 것이 사실이라고 선전宣傳**되는 것을 내 눈으로 빤히 바라보고 있는 것은 그리 재미있는 일도 아니다.

그렇다고 물론 졸작 속에 나오는 사실이 전부가 허구라는 것은 아니요, 또 '유미에'란 여성이 전연 가공의 인물이란 것도 아니다.

'유미에'란 여성은 확실히 존재하고 있었다. 지금도 있는지 모르지

* 사물의 시비를 판단하는 식견과 안목을 갖추고 있음.
** 원문은 '喧傳'.

만, 중야역中野驛* 앞에 Ca et la**라는 끽다점喫茶店***의 '마담'의 본이름이 '유미에'였다. 지금은 어찌 되었는지 몰라도 그 당시 '유미에' 여사는 내 가장 친한 친구의 부인 내지 연인이었다. 나와 실재하는 '유미에' 여사와의 관계는, 임시로 야소교도****가 되어 하느님에게 맹서하거니와 절대로 이 이상의 아무것도 아니었다.

이미 시효도 지났을 것이요, 또한 그 친구가 이 글을 읽을 리 만무한 고로 솔직히 고백하거니와, 내가 그 친구의 부인 '유미에' 여사에게 대하여 심상치 않은 감정을 품었던 듯도— 아니 품었던 것 같기도 하다. 삼 년 동안의 동경 생활을 '퓨리턴'*****과 같이 지내온 내가 내지 여성을 생각할 때에 이런 엷은 인연이나마 있었던 '유미에' 여사를 맨 먼점 생각해 내인 것은 결코 무리가 아니라 할 것이다. 그래서 그 후 나는 내 소설 속에 나오는 내지 여성의 여주인공이면 그냥 무턱대로 '유미에'라고 써왔다. 또 금후로도 쓸 예정이다.

그렇기 때문에 「조락」에 나오는 '유미에'는 중산계급 출신의 가장 정숙한 '나'의 안해요, 「준동」에 있어서는 무지하고 나어린 하숙집 '조추'이다. 물론 성격이나 행동에 있어 일맥상통하는 점이 없지도 않고, 또 실재實在의 '유미에' 여사를 상상함으로 해서 그 용모가 극히 근사는 하나, 결국 '유미에'는 내가 지닌 꿈속의 여자의 범위를 벗어나지 못한다.

'유미에'와 '나'와 나와의 관계는 이상과 같으니, 그리고 금후로도 '나'와 '유미에'와의 관계는 천변만화千變萬化할 것이니, 인장印章 분실 광고 비슷하나 세인은 '물실견기勿失見欺'하시라고, 이에 독자 제씨諸氏의

* 나카노 역.
** 프랑스어로 '여기저기'라는 뜻.
*** 찻집, 다방.
**** 예수교도.
***** Puritan: 청교도.

주의를 환기해서 마지않는 바이다.

—《박문》, 1939. 12.

소설가의 아버지—아버지의 눈

열네 살 때 돌아가신 아버지의 모습이 암만해도 머릿속에 떠오르지 않습니다. 응석만 부리고 자란 때문인가 합니다. 근래에* 새삼스러운 감정으로 '앨범'을 뒤져 '모닝'** 입으시고 단장 짚으시고 중산모 쓰신 뚝 '채플린'같이 채린 아버지의 사진을 찾아내었습니다.

빛도 다 낡아빠진 아마 삼십 년은 넘은 듯한 오랜 사진입니다. 배경의 그림도 무대장치 같고 무엇 때문에 놓였는지 모르지만 발밑의 커다란 돌도 어색한 소도구로밖에는 생각되지 않습니다. 그 사진 한가운데 가죽장갑을 끼시고 '채플린' 같은 아버지가 버티고 스셔서 이쪽을 바라보고 계십니다.

여위신 얼굴이나 눈에서만은 사람을 찌를 듯한 광채가 납니다. 저는 아버지의 이 눈을 좋아합니다. 죄를 짓고는 그 앞에 나갈 수 없는 눈이

* 원문은 '그래에'.
** 모닝코트morning coat.

나, 자세히 바라보고 있노라면 그렇게 준엄하지만은 않고 부지중 끌려 들어가고 말 듯한 깊이와 유함도 담겨 있습니다.

그렇기는 하지만 아버지의 눈은 역시 무서운 눈입니다. 지금 아버지의 뜻에 맞지 아니할 생활을 하고 있는 저는 감히 정면으로 아버지의 눈을 바라볼 수 없습니다. 금방 꾸지람 소리가 들릴 것 같아서 무섭습니다.

×

꾸지람 소리 말이 났으니 말이지, 아버지 호령은 지금 생각해도 참 소름이 미치도록 무서웠습니다. 어떻게 그렇게 큰 소리를 지르시는지 집안이 쩡쩡 울리는 듯해서 아버지 호령이 한번 터지면 집안사람들은 끽소리 못하고 쥐구녕만 찾았습니다.

돌아가시든 날 아침에도 제 아우 대택大澤이가 작난이 심했다고 불러 세워놓으시고 호령호령하시며 종아리를 때리셨습니다.

그렇게 정정하시던 분이 그날 낮에 별안간 두 대여나 피를 토하시고는 해 저물 녘에 유언 한 마디 없이 고요히 돌아가셨습니다. 유언도 없으신 건 아버지 자신도 설마 돌아가실 줄이야 생각지 않으셨기 때문이겠지요. 지금 생각하니 여러 가지 점에서 선각자이던 아버지이신지라, 오늘날의 저희들을 위하야 도움이 될 많은 귀한 말씀을……. 그러나 이것은 못 들은 저희들보다도 가슴속에 지니신 채 저세상으로 가신 아버지의 유한遺恨이실 겁니다.

철없는 저는 아버지 돌아가신 것을 진실로 슬퍼할 줄조차 몰랐습니다.

×

아버지는 웅변가이셨답니다. 저도 아버지의 '웅변'을 꼭 한 번 들은 듯이 기억합니다. 장소는 단성사였는데 녹아도鹿兒島*에 갔다 오신 이야

* 가고시마.

기를 하신 듯하나, 어렸을 때 일이라 어렴풋이밖에는 생각나지 않습니다.

아버지는 정치가이셨답니다. 아버지한테 끌려 운양雲養 김윤식* 선생께 세배 갔던 일, 윤치호 선생께 절한 일, 그런 것만이 머리에 남아 있습니다. 제가 알고 있는 아버지의 정치가로서의 면은 이것뿐입니다. 다만 지금도 눈앞에 선한 것은 운양 선생의 머리 수염은 물론이요, 눈썹까지 하얗게 시이신 고귀한 풍봉風丰**뿐입니다.

아버지는 신인간新人間이요, 저술가이시기도 하셨답니다. 《제국신문》 사장으로 계셨다는 것과 무슨 『척독尺牘』이니 『국어자통國語自通』이니, 그런 저서가 있다는 것과—이 점에 관해서도 저는 역시 이것밖에 모릅니다.

아버지가 십 년만 더 살아계셔서 저를 훈육하셨더라면 지금의 제가 좀 더 훌륭한 인물이 되었을 것을 하고, 그것이 안타깝습니다. 여기서 훌륭한 인물이라 한 것은 인류의 일보 전진을 위해 기여할 수 있는 인물을 말하는 것입니다.

×

아버지를 알려고 많이 노력했습니다. 노력하고 있습니다. 그러나 그 배경에 복잡다단한 조선 근대사가 가로놓여 있기 때문에 여간 힘드는 일이 아닙니다. 한 십 년 작정하고 공부 삼아 틈틈이 알아가렵니다. 그 때문에 찾아뵈올 분이 변일 선생,*** 좌옹佐翁 선생,**** 육당六堂 선생…… 적

* 김윤식金允植(1835~1922): 조선 고종 때의 학자, 정치가. 자는 순경洵卿. 호는 운양. 온건 개화파로 갑오개혁 이후 외무대신을 지냈으며, 김가진과 홍사단을 조직하였다. 저서에 『운양집』, 『음청사陰晴史』 등이 있다.

** 풍만하고 아름다운 자태.

*** 변일卞一(1904~1945): 1907년 10월 《제국신문》 주필을 시작으로 《대한매일신보》 기자(1908. 5~1909. 8), 《대동일보》 편집부장(1909. 9), 《매일신보》 발행인 겸 편집인(1910~1915), 《조선상공신문》 주간(1921)을 역임한 언론인.

**** '윤치호'의 호.

자면 한이 없겠으나 그만두겠습니다.

×

아버지에 대해서 저는 엄친嚴親이란 글자가 주는 느낌 외에 별로 아는 것이 없습니다. 그러나 전신으로 본받을 만한, 본받기 족한 아버지시었다고 그렇게 믿고 있습니다.

무섭고 엄한 아버지시었습니다. 아침저녁으로 학교 갈 때, 갔다 와서 꼭 사랑방에 나가 절해야 했습니다. 절하고 나서도 엄히 고개를 들지 못했습니다. 그래도 아버지가 싫지를 않았습니다.

×

저희 형제 중에서 제가 제일 아버지의 모습을 닮았다고 모두들 그럽니다. 눈 아래 있는 사마귀, 바른쪽 젖 밑에 있는 점까지 아버지와 똑같다는 것입니다. 그러나 그 정신에 있어서 사람됨에 있어서, 그리고 그 행동에 있어서 저희 형제 중 제가 제일 아버지를 닮지 않은 불초지자不肖之子가 이 이상 더 아버지에 대하야 쓰는 것 외람될 듯하야 이만 붓을 놓고 어렸을 때 마음으로 돌아가 아버지 사진 앞에 무릎 꿇고 절이나 해볼까 합니다.

—《조광》, 1940. 7.

제복 입는 도시: NO.3—화장 없는 거리

남녀 우열을 논하는 데 있어서 일반적으로 여성 열약설劣弱說의 중심이 되는 것은 다음의 제점諸點입니다.

1. 여성에겐 천재天才가 없다.

2. 여성은 소극적, 보수적이다.

3. 여성에게 월경이 있다는 것은 제諸 방면의 활동에 있어 남성에게 미치지 못하는 이유가 된다.

4. 여성이 남성의 종속이 되어 있다는 것이 이미 그것을 증명한다.

5. 여성의 심장이나 폐는 남성보다 작고, 또 다른 신체의 제 구조도 남성만 못하다라는 것입니다. 이것에 대해서 여성 측에는 여성 측으로서의 반박과 주장이 있는데, 문제를 제 오五의 신체의 구조에만 국한해 본다면,

"여성의 심장이나 폐가 남자보다 작다는 것은 소위 문명국 도회의 여자를 주로 실험한 결과일 것이다. 미개지에 있어서는 결코 그렇지 않다. 부인의 다른 제 기관의 구조가 남자보다 열등하다는 것도 그릇된 남성

중심의 여성 도태에 의하여 종래로 그 발달을 저지沮止*당해왔기 때문이다. 부인의 미美와 연약하다는 것과 같이 혼동되어온 것은 동서양을 물론하고 근년까지의 상식이었다. 여자의 체격도 남자와 똑같이 발달시킬 수 있다는 것은 이미 그 실험이 끝났으나, 다만 아직도 많은 여자가 그것을 실행하고 있지 않을 따름이다."

여성 측의 답변은 이렇습니다. 어느 편이 옳고 그른 것을 지금 여기서 가리려는 것이 아닙니다. 우리는 이 양설兩說 속에서 다만 한 가지만 주의하면 됩니다. 즉 여성의 신체의 구조가 소위 문명사회에 있어서는 남자보다 열악하다는 것, 이것은 여성의 미와 연약이라는 것이 같은 것인 줄만 알아왔기 때문이라는 것입니다.**

가는 허리라든가 희고 보드러운 살결이라든가 유하고 고운 곡선이라든가, 여하간 소위 여성의 미라는 것은 인류가 진화함을 따라 힘차고 굳세이고 꿋꿋하다든가 하는 것과는 점점 그 거리를 멀리해서 드디어는 약한 것이 곧 여성의 미라는 그릇된 상식을 만들어내인 것입니다.

여성의 미는 정정亭亭한 거목이어서는 못썼습니다. 항상, 그리고 오랫동안 잡초 속에 섞인 한 떨기 붉은 꽃이어야 했습니다. 그것을 가장 단적으로 표현하는 것이 중국의 전족이었습니다.

이러한 여성의 연약한 미를 찬앙한 것은 남성뿐만이 아니요, 여성들 자신까지이기도 합니다. 그리하야 그들은 오랜 사이를 두고 부자연한 의복이나 장식을 더욱더욱 연약한 방면으로만 진전시켜왔고, 그것이 여성으로서의 특권 같은 양상을 이루게 되자 지분脂粉이 발명되고, 드디어는 그것이 내부에까지 미쳐 걸핏하면 졸도하는 영국 귀부인이 가장 어여쁘

* 원문은 '阻止'('沮止'의 잘못된 말).
** 원문은 '때문이라는 것이 것입니다.'

다고 하게까지 된 것입니다.

이십 세기에 들어서의 여성의 화장술의 진보는 마치 문화의 진전과 그 보조를 같이해온 듯한 착각을 일으키게 합니다. 그러나 화장술의 진보가 여성의 향상에 여성으로서의 질적 향상에 도움된 것이 무엇이겠습니까.

오히려 해침이 얼마나 큰지 모르겠습니다. 강인한 의욕과 공고한 지성과 완건頑建한 육체와를 빼앗기고 말았을 따름입니다.

영화 〈민족의 제전〉에 나오는 여자 선수들의 희랍 조각같이 고귀한 풍모가 눈에 선합니다. 아무런 복식도 없고 지분 냄새도 맡을 수 없으나, 나는 그것이 진정한 여성의 미가 아닌가고 생각했습니다.

아무런 부자연한 외부의 첨가물 없이도 내부로부터 샘물같이 우러나오는 진실한 미는 막을 길이 없는 법입니다.

지분이 없어도 이것은 모든 여성이 노력만 한다면 도달할 수 있는 지고의 경지입니다.

아니, 차라리 지분이 없어야만 할는지도 모르는 것입니다.

지분에 금령이 나린 것을 나는 이러한 진정한 여성의 미를 발견하기 위하야 쌍수를 들고 찬성합니다.

여성에게서 화장을 빼앗기는 지난하다 했지만, 정말 서울 거리가 '화장 없는 거리'로 변하는 날이 앞으로 온다면— 그것은 거리의 정화만을 위하야도 환영할 일입니다.

그리고 여성미의 신체제는 거기서부터 시작될 것입니다.

—《조광》, 1940. 10.

고독

붙임성이 없고 쌀쌀하다는 것이다.

덕이 없는 탓인가 하나 고독이 몸에 배인 때문인 성싶기도 하다.

나이 어렸을 적엔 '아낙군수'*란 별명을 들었다. 자라선 '샌님'이라고들 한다. 타고난 성격이 내향성인데다 주변머리마저 없어 혼자서 꽁하고 속으로 외로워할 뿐이다. 그 꼴에 말초신경만은 칼날 같아 여간 반죽 좋은 사람도 근접치를 못한다. 그러니까 나는 더욱 외로울밖에 없다.

유난히 무섬을 탄 때문도 있지만, 열네 살 되던 해까지 혼자서 밤엔 외출을 못했다. 학교에 다닌 때까진 집안 식구 외에 동무라고 없었다. 한 집에서 한 달을 같이 살면서 한 번도 말을 주고받고 안 하고 지낼 수도 있었다. 그렇다고 내게 티끌만치라도 악의가 있는 것은 아니다. 다만 나는 내 갸륵한 뜻을 전달할 적당한 방법을 몰랐을 따름이다.

이 지지리도 못난 천품 때문에 나는 지금까지도 외롭다.

* 늘 집 안에만 있는 사람을 놀림조로 이르는 말.

사람에겐 빈틈이 있어야 하느니라고— 이것은 어느 동무의 충고이다. 그러나 내게 빈틈이 없는 것은 아니다. 다만 주위에 있는 사람들이 그것을 알아주지 않을 뿐이다.

도저히 금金일 수는 없으나 내가 가령 금이라 한다면, 이 칠칠치 못한 금은 모래 속에서조차 빛날 줄을 모르고 끽소리 하나 없이 깊숙이 파묻혀만 있다. 그러니까 아무도 줍지를 않는다. 원망할 것도 호소할 곳도 없다.

×

그 외로움도 삼십여 년을 자랐으니 이젠 제법 철이 들 때도 되었다. 그러나 천성이 고집 방맹이라 그런 줄 알면서도 나는 죄수와도 같이 부자유하다.

일종의 이것은 정신병인지도 모른다.

그것은 하여간에 그 병이 그저 그대로만 있다면 참지 못할 바도 아니나 주기적으로 오랜 상흔같이 덧나는 데는 질색이다. 덧나는 원인은 절기일 적도 있고 물질일 적도 있고, 대인관계일 적도 있고 혹은 내 자신일 적도 있어 형형색색이다. 트집 잡기가 무섭게 부르터 오르는 것이다.

요새 며칠 동안 또 이 증세가 도졌다. 그럴 때면 생각나는 것이 죽은 이상이다. 이상이를 생각하면 그가 살아 있을 동안의 그의 낡아빠진 생활이나 용모가 눈에 선하여 견딜 수 없다.

어쩌면 이상이는 나의 몇 갑절 우울하고 외로운 사람인지도 모른다. 정도를 지나쳐 불길한 생각까지 든다.

사실 이상이가 그 고독 속에서 제 자신 제 손으로 그 불길한 씨를 키워온 것만은 세상이 다 안다. 그러한 어둔 생활이 가냘프게 남아 있는 건전한 의욕마저 무찌르고 만 것이다.

이상이를 생각하면 더욱 그것이 한 개의 정신병이라는 확신을 가질 수 있다. 우민균憂悶菌이란 가장 전염성이 강한 균이 그 병원病源이다.

요새 와서야 나도 위험한 보균자인 것을 자각하였으나 어찌할 도리가 없다. 이것은 필경 이상이가 옮겨주고 간 것이라고— 때때로 밉살스럽게 생각되는 적도 한두 번이 아니다. 그러나 불쌍한 친구를 위하여 나는 이것을 숨겨두련다.

×

이런 시기를 나는 정신적 '패닉'이라고 몰래 혼자서 부르고 있다.

질식할 듯하나 꾹 참으면 어느새 꿈결같이 그 시기가 지난다.

지나는 가지만 그래도 무슨 불길한 것이 그 저류에 남아 있는지 그 후 얼마 동안은 모든 일이 뜻 같지 않다. 그러면 그만 제 존재가 한 줌도 못 돼 보이어 어쩌면 요렇게 맹추냐고 제 자신에 정이 뚝 떨어진다. 남이 나를 사람답지 않게 생각하는 것도 무리는 아니라고 자조만 자꾸 앞선다.

이런 암울 속을 헤매일 적엔 불덩이 같은 애정 속에 추한 몸을 불살라보고도 싶어지나 결국은 나는 다시 고개 수그리고 외롭게 외로움 속으로 돌아온다.

그러나 외로움이 즐거울 적도 없는 것은 아니다. 외로움 속에 몰입할 수 있을 때다. 그때가 내게는 제일 행복스럽다.

말하자면 해탈의 경지이다.

그런 때 나는 늘 이런 것을 생각한다. 외로운 사람은 죽어서 좋은 데 가리라고.

고독한 사람은 드디어 외로웠을 뿐이지 언제든지 선인이었다.

그래서 겉으로는 붙임성이 없고 쌀쌀하게 보이는지도 모른다.

—《인문평론》, 1940. 11.

작중인물지—'나'와 그들

▲ 나

「조락」, 「촉루」, 「미로」, 「준동」 기타의 남주인공. 이십팔 세. 모 전문 중도 퇴학, 무직, 약간의 이상주의자이나 약간의 회의주의자, 허무주의자이기도 하다. 서울에 늙은 홀어머니를 남겨놓고 동경에서 떠돌아다니며 학교도 다니고 소설도 써보고 사회운동도 하고 그런다. 요새는 폐환肺患으로 누워 있는데, 안해 '유미에'가 벌어다 주는 것을 넙죽넙죽 받아먹고만 있다. 그래서 그런지 꼬치꼬치 마르고 얼굴은 창백하고 눈만 퀭하다. 걸핏하면 괜히 혼자서 우울해한다. 나쁜 의미에서의 전형적 근대 지식 청년, 머지않아 작자는 이 주인공을 죽여 없앨 작정이다(자살시킬까 생각하고 있다). 성은 김가 이름은 없다.

▲ '유미에'

'나'의 안해. 일찍이 동지였었다. 방기 이십 삼사 세. 골시 부자집 외딸이나, 나 때문에 갖은 고초를 다 겪는다. 지금은 은좌銀座* 뒤 어느

'빠-'에서 여급 노릇을 하며 폐환에 누운 남편 '나'를 위하야 있는 정성을 다 바치고 있다. 차림은 근대 여성이나, 옛 마음을 가진 춘향이같이 정숙한 여자. 머지않은 장래에 과부가 될 운명에 있다. 용모는 보통이나 눈이 남유달리 총명하다.

▲ 어머니

몰락해가는 집안을 눈물로만 바라보고 있다. 웃을 줄도 울을 줄도 모른다. 자식이 어려워 할 말도 못하고, 모든 괴로움을 혼자 가슴속 깊이 지니고 있다. 머리 흰 것을 보니, 환갑은 지난 모양이다.

▲ 아버지

완고하기만 하다. 아무것도 남겨놓지 못하고 세상을 저주하며 해수병으로 일찍 돌아간다. 상투도 안 깎은 채.

▲ '유리에'

별명이 '유우레이'다. 시골로 떠돌아다니는 여급 이십사 세. 술 잘 먹고 놀기 잘하기로 유명하다. 혈혈단신. 몸은 망칠 대로 망쳤으나, 무지하기는 하나, 마음 한구석에 남아 있는 순정을 없애지 못하야 괴로워한다.

〔차호次號 계속〕

—《조광》, 1940. 11.

* 긴자.

작중인물지 2—나와 그들

▲ 순자

방기 이십이 세. 여급. 무지하나 남편을 사랑할 줄만은 안다. 그 남편이 자기와 헤어지잔대서 요새 수심이 가득하다. 가정, 환경은 미상.

▲ 김덕수

전 신문기자. 불치의 병으로 온정리溫井里*에서 죽음을 기다리고 있다. 세상에서 가장 사랑하는 안해 춘홍春紅이가 기생 노릇을 해서 자기 병을 고쳐준다는 데 다시없는 수치를 느끼어 일부러 안해를 때리고 치고 하나 돌아서선 울며, 빨리 내가 죽어야겠다고 약도 바로 쓰지를 않는다. 삼십 세. 외롭다.

* 경북 울진에 위치하며, 이름에서와 같이 온천 마을이다.

▲ 김춘홍

기생. 이십사 세. 남편 있는 기생이래서 잘 불리질 않는다. 남편이 죽으면 자기도 같이 따라 죽을 작정이다. 혼자서 외롭고 슬프고 하야 문학을 사랑한다. 춘희椿姬와도 같이 갸륵한 여자. 얼굴은 이쁘지 못하나 총명하기는 하다. 눈이 패이고 코가 얇은 것이 기구한 팔자일 것을 말하고 있다. 남편이 죽은 후에 행방이 묘연타. 작자는 반드시 이 춘홍이를 다시 찾아내어 행복스런 행연行戀을 하게 하도록 하련다. 그러나 정말 남편의 뒤를 따라 자살했으면 탈이다.

—《조광》, 1940. 12.

신체제하의 여余의 문학 활동 방침—국민문학에 영도領導

신문화 체제 내지 신문학 체제란 말을 우리는 두 가질 생각할 수 있습니다. 즉 하나는 문학의 신체제이요, 하나는 신문학의 체제라는 것입니다. 그러나 결국에 있어서 새로운 문학이 없이는 새로운 체제가 세워질 수 없다는 점에서 다시 이 말은 귀일歸一할는지도 모르지요. 국민문학이라 불리울 수 있는 그러한 새 방향을 향하여 그것이 새롭다는 것은 내 개인의 입장에서일지도 모르나, 내 문학을 영도하는 것이 결국 신체제에 즉응하는 바가 되리라 믿고 있습니다.

—《삼천리》, 1941. 1.

낙랑고분군 · 기타

어디 가는 사람들인지 북경행 '대륙'은 송곳 하나 세울 틈 없이 사람들이 꽉 찼습니다. 겨우 부비고 파고 들어가 한 자리 잡았다는 곳이 기껏 변소 옆입니다. 더위와 사람들의 온기와 악취와 네 시간 동안을 꼬박 서서 싸우면서, 이건 여행이 아니라 사뭇 고문이라고 나는 몇 번이고 탄식했습니다.

그래도 어둑어둑 저물어가는 여름 하늘 한끝에 하얗게 빛나는 대동강 굵은 물줄기가 보이기 시작했을 때엔 한시름 잊은 듯이 맘까지 가벼워져 다리 아픈 것조차 생각 못할 지경이었습니다.

고생살이 뒤에 보는 풍경으로는 좀 과만한 듯도 하여 나는 동행하는 K 화백을 돌아보고,

"이게 다아 얘깃거리라오."

그리면서 비로소 우리들은 얼굴을 마주 대고 웃었습니다.

대정大正 십삼 년*인지 사 년인지 수학여행 때 잠깐 들러봤을 뿐, 평양은 내게 있어 거의 초행이나 다름없는 곳입니다.

그럼에도 불구하고 영화관이며 '빠'며 차방茶房이며가 즐비하게 늘어선 번화한 거리를 걷고 있는 동안에 나는 뜻하지 않고 가냘프게 머릿속에 남아 있는 이십 년 전의 이 거리의 잔상을 무척 그립게 생각해낼 수 있었습니다.

어쩌면 이 거리는 그때의 그 거리가 아닐지도 모릅니다. 또 그때의 그 거리라 하더라도 이십 년 동안에 아무 변화도 없었으리라고는 생각할 수 없습니다. 암만해도 나는 무슨 착각을 느끼고 있는 모양입니다.

그러나 지금의 나로서는 역시 그 잔상이 옳다고 믿고 싶습니다. 이 거리가 주는 강렬한 인상이 몹시 내 심금을 울리기 때문입니다. 거리가 몹시 어둔 점도 촌띠기같이 어색한 점도, 그리고 비굴한 점도 오랜 친구같이만 여겨져서 내 미소를 자아내일 뿐입니다. 나는 마치 이 고장 사람 모양으로 뒷짐을 지고 태연하게 왔다 갔다 했습니다.

선배도 벗도 서울에 지지 않게 많이 살아 있어서 평양은 오래전부터 내가 그리워하던 곳이었습니다. 초행과 다름없기도 하나 또 무척 익숙한 곳에 온 듯한 느낌이 없을 수 없는 것입니다. 이것은 일종의 생리의 소치일 것입니다.

나는 청주로 목을 축이면서 오래도록 이 생리에 대하여 생각하였습니다.

×

낙랑고분군의 발굴 장면을 보려는 것이 이번 여행의 목적인 고로 이튿날 나는 박물관장에게 전화를 걸어 시간을 약속하고 아침 일찍이 숙사를 나왔습니다.

아직 하늘은 찌뿌드드하나 엷은 햇살까지 비치는 꼴이 궂은비는 아

* 1924년.

마 개일 모양입니다. 그래서 일곡日穀 앞에서 '버스'를 내려 정백리貞栢理까지 걷기로 했습니다. 한 십 리 길이라길래 구경 삼아 걷기 시작한 것인데 엷은 햇살은 엷은 햇살대로 역시 여름이라 제법 뜨겁습니다. 어느 틈에 길은 말랐는지 발을 떼어놓을 때마다 밀가루같이 고운 흙이 발밑에서 연기 모양으로 피어오릅니다.

조고마한 언덕을 넘어서니까 눈 아래 쫙 보리밭이 내리깔렸고 멀리, 가까이, 둔한 선의 굴곡이 보입니다. 새로 파헤친 새빨간 흙 자리가 발굴을 시작한 고분인가 봅니다. 그 중간에 조촐한 천막이 보입니다.

거리가 있기 때문에 흙 나르는 지게꾼들의 움직임이 유연한 듯합니다. 그 외엔 아무것도 보이지를 않습니다. 국보급의 보물이 출생하는 풍경이라고는 생각할 수 없을 만치 조용하고 침착한 게 뜻밖일 지경입니다.

한나라 무제가 반도 땅에다 낙랑 기타의 사군四郡을 설치하였다는 것은 결코 명예스러운 일이 아닐지도 모릅니다. 그러나 그 때문에 이천 년 전의 한대의 문화의 거의 완전한 형태를 전할 수 있었다는 것은 도리어 감사해야만 할 일입니다. 이것은 문화를 사랑하는 나의 대범한 생각에서만 나온 것이 아닙니다. 지금에 이르러는 그렇게 생각하는 것이 타당할 것 같기에 말입니다.

또 낙랑 시대의 출토품은 그대로 한漢 문화의 유적이요, 반도 문화가 아니라고들 말합니다. 그 한限에 있어선 옳습니다. 그러나 낙랑군은 사백이십일 년이라는 오랫동안 존속해왔습니다. 그 오랫동안 한나라의 지배가 절대적이라고는 생각할 수 없고, 또 한나라로부터 그렇게 수많은 이민들이 왔다고도 생각할 수 없습니다. 역시 그 당시에 온 한나라 사람들은 실권을 잡은 몇 사람의 관료와 그들의 가족 및 소수의 종자들이나 아니었던가 생각합니다. 그러면 사백 년이라는 장구한 세월 동안 낙랑에 있어서의 한대의 문화를 실제로 키워온 사람은, 실제로 꾸며온 사람은 아무래도 반도인이 아닐 수 없습니다. 그러니까 낙랑고분에서 나오는 문화와 강서江西 고구려 고분에서 나오는 문화와의 거리는 역시 대동강 하나쯤밖에, 그만밖에 격隔하지 않은 것 같아 나는 한층 친근감을 더 가질 수 있었습니다.

이번 발굴에서 낙랑 시대 후기에 속하는 낙랑종樂浪鐘을 비롯하여 칠기, 토기 등 약 이십여 점의 국보급의 일품이 출토하였다 하나 내가 갔을 때는 아직 발굴을 시작한 지 얼마 안 되는 때이라 볼만한 것은 아직 나오지를 않았습니다. 그래도 파헤친 고분 속에서 깨어진 대로 혹은 흙 묻은 대로 얼굴을 내밀고 있는 칠기, 토기 등이 무언중에 이천 년 동안의 역사의 변천을 보아왔는가 생각하면 산 사람 대하는 듯한 감개를 금할 수 없었습니다.

이십 세기를 지하에 묻혀 있어, 백골까지도 흔적을 남기지 않았는데 오늘날의 진보된 기술로도 제작키 어렵다는 여러 가지의 보배가 원형대로 보존되어 있다는 것은 경이가 아닐 수 없습니다. 그것을 생각하면 흙 묻은 파편 한 개라도 소홀히는 할 수 없습니다.

이 유적 유물들은 명치明治 사십이 년* 동대東大의 세키노 타다시 박사**의 발굴이 있을 때까지 세인들의 기억에서 사라져 있었습니다. 조선고분연구회의 손으로 대정 오 년*** 이래 고이즈미小泉 평양박물관장이 주체가 되어 매년 발굴이 진행되고 있는데, 낙랑군 치지治址라는 토성을 중심으로 선형扇形으로 축영築營된 고분군 총수는 실로 천사백여 기基에 달하고, 현재까지에 발굴을 끝마친 것은 겨우 백여 기에 지나지 않습니다. 그중 도굴당한 것도 적지 않다니 아깝고 서운한 일입니다.

* 1909년.
** 고구려 낙랑고분은 일제시대 총독부의 문화재 조사를 담당하던 세키노 타다시關野貞에 의해 처음 발굴되었다.
*** 1916년.

고분의 외모는 원형 또는 방형이요, 전조塼造와 목조의 두 가지로 대별할 수 있습니다. 크기는 두어 칸통에서 십수 칸통에 이르는 것까지 있습니다.

소화 육 년* 가을에 발굴된 남정리南井里 백십육호분의 목곽은 거의 완전하게 원형이 보존되어 지금은 평양박물관 뜰 안에 그대로 옮겨놓았습니다. 이천 년이라는 성상星霜을 지하에 묻혀 있으면서 이렇게도 목곽이 완전히 보전되었다는 것은 세계적인 경이가 아닐 수 없습니다. 또 동양 최고의 인물화상 칠광漆筐 기타 유물이 많았다는 점에서도 이 채광총彩筐塚은 유명합니다.

흙이 가득 차고 산산이 금이 간 토기들을 바라보면서 나는 발굴 대원들의 고심을 오랫동안 생각했습니다.

그러나 그러한 고심의 반면에 찬연한 보물을 발견했을 때의 기쁨이 있을 것을 또한 생각하고, 나는 오히려 부럽고 시새워서 못 견디었습니다. 불현듯 나도 그 발굴 대원들 속에 참가해보고 싶어졌습니다.

금광을 파보려고는 한 번도 생각 안 하던 내가…… 하고 나는 내 자신을 돌아보고 쓴웃음을 웃으면서 이것도 일종의 생리의 소치일까고 나는 잠깐 의아스러웠습니다.

×

이튿날도 좋은 날씨였습니다. 끊임없이 머리 위에서 앵앵거리는 비행기 '프로펠러' 소리를 들으면서 나는 가벼운 맘으로 박물관 문을 들어섰습니다. 낙랑고분군에서의 출토품이며 고구려 고분의 벽화를 모사한 것이며를 세세히 보고 나서 약간 피곤한 듯하기에 부벽루浮碧樓로 돌아 대동강가로 걸어보았습니다. 사진이나 그림으로 실컷 보고 난 풍경입니

* 1931년.

다. 비 끝이라 그런지 대동강 물이 누렇게 탁했을 뿐, 눈 아래에 깔린 풍경은 과연 그림같이 예뻤습니다. 강 건너 비행장의 근대색近代色까지 첨가하여 '토기'나 보는 듯이 시름을 잊게 합니다.

그러나 아무리 예쁜들 풍경의 예쁨이란 결국 그것에 그치고 맙니다. 나는 그 이상 아무 감흥도 느낄 수 없어서 얼른 다시 거리의 소란 속으로 돌아오고 말았습니다. 이것은 아마 내가 산문가고 내 머리가 산만한 탓인지도 모릅니다.

그렇지만 대동강안岸의 풍경이면 보기 전부터 머릿속에 뚜렷이 새겨져 있습니다. 그 위에다 화방畵舫*과 기생만 '더블'시키면 그뿐입니다. 그것만으로는, 그러나 평양의 개념조차 못 될 것입니다.

사람들의 생활은 차라리 박물관 진열품 속에 혹은 거리의 누항陋巷** 속에 있습니다.

대동문 곁을 지나, 나는 즐거운 맘으로 역에 가는 전차를 기다립니다. 역으로 가는 길밖에 모르기 때문입니다.

—《삼천리》, 1941. 11.

* 용이나 봉황 따위로 꾸미고 그림을 그리어 곱게 단청을 한 놀잇배.
** 누추하고 좁은 마을.

전승戰勝의 수필—엄숙한 의무

전쟁은 항상 새로운 문화를 창조해내여 왔습니다. 전쟁은 한 개의 위대한 탈피라 말할 수 있습니다. 지금 이 세대에 태어나 그 위대한 탈피를 경험하고 신문화 건설의 일익을 담당해야 하고 담당할 수 있다는 것은 실로 엄숙하고도 영광스런 의무일 것입니다. 이것은 당대 문화인의 유일의 긍지가 아닐 수 없습니다.

문장지도文章之道의 말석을 더럽히고 있는 ○력한 나로서도 새삼스럽게 이 긍지를 느낄 때마다 내심에서 불타는 국민적인 것에의 정열을 억제할 길이 없습니다. 그러면 어떻게 해서 이 중책을, 너무도 엄숙한 의무를 다할까 하는 그 한 가지를 향하야 나의 모든 의욕은 쏠리는 것입니다. 그럴 때마다 더욱 자기의 힘 약함을 느끼기도 하나 또한 전신에 창일漲溢하는 새로운 힘을 얻을 수도 있습니다.

전선의 노고가 얼마 만이나 한 것인지 육체적으로 그것을 느껴볼 수는 없어도 총후總後를 지키는 굳은 결의는 어디고 일맥상통하는 점이 있을 것입니다. 그 결의를 바른 곳으로 인도하야 국민적인 신문화 건설의 한 초석이라도 될 수 있다면— 하고 지금 나는 절실히 그것을 기원하고 있습니다. 이것은 극히 적은 소망 같기도 하나, 그 엄숙함에 있어서 능히 남아의 일생을 받치고도 뉘우침이 없을 것을 확신하는 바입니다.

—《반도의 빛》, 1942. 3.

새로운 국민문예의 도—작가의 마음가짐 · 기타*

S군!

지난번 나의 편지에서 자네는 사소한 일로 화를 냈지만, 화를 냈다는 것은 곧 자네가 패배했다는 것이네. 즉, 내 말이 정곡을 찔렀다는 증거라고 할 수 있네. 자네는 보기 좋게 자네의 약점을 들킨 것이네.

불쾌감에서 먼저 늘어놓아 정말 미안하네만, 이것은 나의 타고난 나쁜 버릇이므로 그저 흘려 넘겨버리고, 일단 그동안의 일들을 좀 더 서로 이야기해봐야 하지 않겠는가. 끈질긴 놈이라고, 그런 우거지상을 짓지 않아도 될 걸세. 지금의 우리에게 있어서 이런 문제 정도는 절실한 문제는 아닐세. 어떻게든 해결하지 않으면 수가 붙지 않는 것이네. 이것은 자네도 충분히 이해하고 있으리라 생각하네.

S군!

* 이것은 일본어 원문을 번역한 것이다.

그런데 다시 한 번 처음으로 돌아가 보면, 문제의 근원은 이 '이해하고 있을 터'에 있다고 나는 생각하네. 자네까지 그렇다고 단정해버리는 것은 아니지만, 알고 있을 것이라는 안이한 생각 때문에 오히려 우리가 심적 이완을 초래하고 상식적, 세속적이 되고 덮어놓고 그저 추종만 했을 뿐 돌이켜 생각해보지 않았기 때문은 아니었는지. 잘못된 출발이 올바른 결론에 도달하는 이치는 없네. 그러므로 나는 다시 한 번 세속적인, 상식적인 점에서부터 다시 생각해보고 싶네.

이 '상식적인'이라는 말도, 자네는 그저 덮어놓고 싫어할 것 같지만, 나는 결국 상식적인 것이 가장 진실에 가까운 것이라고 단정하네. '불혹不惑'이라는 말도, 바꾸어 말하면 상식적이라는 것이 아닐는지. 만약 절대나 정도와 같은 그런 요괴가 존재한다고 가정한다면(나는 그 존재를 믿고 싶을 뿐만 아니라 밝혀내고도 싶지만), 상식적인 길이야말로 그곳으로 통하는 대로大路가 되지 않으면 안 되네. 똑바로 이 길을 돌진해가면 만유萬有의 실체를 잡을 수 있는 만큼, 그 길은 험하고 멀며 꾸불꾸불한 산길이네. 우리는 마땅히 죽을 각오로 전력을 다해 부딪치지 않으면 안 되네. 전선의 용사들 또한 비할 바 없는 필사의 각오와 기백이 없으면 할 수 없는 것이네. 피해 다니면 나쁘다고 생각하네.

일부러 남의 관심을 끌거나 고의적인 이설異說을 세우는 것은 건방지거나 교활한 방식이네. 그런 건 어쩔 수 없는 괴팍한 놈이거나 심술쟁이네. 또 비겁한 사람이네. 그런 자들은 상식적으로만 알고 무의식적으로만 알며 올바른 것을 외면하지. 안일하고 태만한 태도이네. 정면 대결에 임하는 의지력과 마음가짐이 부족한 것이네. 그 무엇도 아니라면 무능한 자라는 비난을 면할 수 없을 걸세. 하긴, 이것을 자인하는 사람이 있다면 나도 할 말이 없지만…….

S군!

부정도 사악도 반드시 안일함과 함께 있는 것이네. 우리는 앞으로 나아가 고난의 길을 택하여 눈앞을 직시하고 깊이 파고들어 가봐야 하지 않겠는가. 좌고우면左顧右眄*하는 것을 멈추게. 거기에는 우선 착실히 대지를 밟기 전에 우뚝 서는 것이 필요하네. 그리고 자아를 분명히 확립하고 말할 수 있는 것이 필요하네.

문학자는 철저한 자각자인 동시에 철저한 무자각자라고도 하네. 그러나 우리는 언제까지나 불명예스러운 무자각자로 있어서는 안 되네. 아니, 그뿐만 아니라 황민적皇民的 자각(친숙하고 잘 알고 있으므로, 이후 '국민적 자각'으로 바꾸기로 하겠네만)의 정신을 가져야만 하네.

작가는 작가이기 전에 인간이며, 인간이기 전에 국민이어야 하네. 문학에(예술에) 앞선 것은 생활이며, 생활에 앞선 것은 국가(조국)이기 때문이지. 우리는 지금까지 예술의 이름으로 눈가림을 한 마차의 말이었네. 이제부터 우리의 시야는 사각死角을 가져서는 안 되네. 그 위에 우리의 문학이 우뚝 솟은 거목이 된다면 더할 나위 없을 걸세.

S군!

우리의 앞길은 급물살이다. 극복할 수 있을 것인지 익사할 것인지는 우리의 마음가짐에 달려 있다. 어떤가, 자네는 훌륭히 극복해낼 자신이 있는가?

자네는 자신 있다고 큰소리로 장담할 것임에 틀림없다. 허세를 부리는 것은 그만두게. 보게나, 자네의 노를 든 손이 떨리고 있다. 자네의 배

* '왼쪽을 돌아보고 오른쪽을 곁눈질한다'는 뜻으로, 어떤 일에 앞뒤를 재고 결단하기를 망설이는 태도를 비유하는 고사성어.

는 너무 가냘프다. 자네는 속으로는 분명 난파를 예측하고 영 불안해할 것임에 틀림없네. 자네는 모선母船으로 옮겨 타고 싶지 않은가.

모선은 국민적 자각으로 견고해진 완장頑丈 그 자체다. 작은 암각 정도는 날려버리지. 두려워서 벌벌 떨며 흘러가거나 초조해할 필요도 없다. 국민의 신념이란 이런 것이다. 이것이 국민의 입장인 것이다. 문학자의 신념 또한 이래야 한다. 작은 동요라도 있어서는 안 된다.

내지 문단의 모모 선배는 문학 활동의 의욕이나 방향이 시국의 여하에 따라 좌우되는 것이 아니라고 자랑스럽게 설파했다. 그리고 편승을 모멸했다. 그의 티끌만큼도 동요하지 않는 점, 바로 거인의 기개가 있었다. 그러나 그것과 우리는 입장이 다르다. 환경이 다르다. 전통 역시 결코 같지 않다.

도손[*]도 슈세이[**]도, 또 아래로 리이치,[***] 야스나리[****]도 그 외형에서는 다분히 구미 문학의 양상을 보이지 않고, 기기記紀,[*****] 만엽萬葉 또는 하가쿠레[******] 등을 일관하는 일본적 조류의 범위 밖으로 일탈했던 적이 없었다. 그 조류를 계승한 것이 오가이,[*******] 소세키[********] 등으로서, 거기서도 그리 현저하지 않았으며 게다가 유행하는 외래 사상이나 구미 정신을 밀수입하기는 했지만, 항상 근저를 가로지르고 기간을 이룬 것은 의식하지 않더라도 일본적인 것이자 국민적인 것이어야 했다. 그것은 오히

* 시마자키 도손島崎藤村(1872~1943).
** 도쿠다 슈세이德田秋聲(1871~1943).
*** 요코미쓰 리이치橫光利一(1898~1947).
**** 가와바타 야스나리川端康成(1899~1972).
***** 일본 서기日本書紀와 고사기古事記.
****** 하가쿠레 기키가키葉隱聞書: 1716년 일본 사가번佐賀藩의 가신 야마모토 쓰네토모山本常朝(1659~1719)가 구술한 것을 쓰라모토陳基가 받아 적은 것으로, 번내 또는 번외 무사의 언행을 비판함으로써 무사의 도덕을 가르친 책이다. '하가쿠레'란 '나무 그늘 초가집에서 이야기한 것을 듣고 쓴 구술서'를 뜻한다.
******* 모리 오가이森鷗外(1862~1922).
******** 나쓰메 소세키夏目漱石(1867~1916).

려 숙명적이기까지 했다. 린타로,[*] 후미오,[**] 준[***]조차 이러한 숙명에서 도피한 것은 결국 성과가 없었다.

그들의 자아는, 그들의 문학은 의도하지 않고도 항상 국민적인 것으로 방향 지어져 있었다. 그들은 다만 파내려 가기만 하면 되었다. 그렇게 하면 그것은 저절로 국가가 요구하는 방침을 따라 살아가게 된다. 또한 독자에게 국민적 자각을 촉구한다.

S군!

우리는 우리의 궁극적 목표를, 이러한 생리적인 문제로까지 높여두고 우리의 모든 노력을 거기로 향해 경주해야만 한다고 생각한다. 우리의 의식이 거기까지 승화해주지 않으면, 우리의 문학에 국민적 자각이 함께 담기는 일은 결코 없을 것이다. 국민문학을 부르짖는 소리만이 공허하게 메아리치게 될 것이다.

아무리 훌륭한 문학일지라도 국민의 행복과 전진을 위해 설립되지 않는다거나 유해한 것이 된다면 우리는 그 존재를 누구나 기탄없이 거부할 수 있다. 그러나 이것은 틀림없는 기우일 것이다. 왜냐하면 국민의 행복과 전진을 위해 설립한 문학만이 진정으로 위대한 문학이기 때문이다. 그러한 위대함을 지닌 문학이 있음으로써 비로소 국민 전체의 애송을 기대할 수 있는 것이다. 그렇기 때문에 보다 위대한 국민은 보다 위대한 문학을 낳을 수 있고 또 가질 수 있는 것이다.

S군!

누구나 알고 있을 만한 속론적俗論的인 감상을 오랫동안 지껄여서 미안하네. 그러나 그것이 속론이기는 해도 우론愚論은 아닐 걸세. 깊이 생

* 다케다 린타로武田麟太郎(1904~1946).
** 니와 후미오丹羽文雄(1904~2005).
*** 다카미 준高見順(1907~1965).

각해야지 우습게 여겨서는 안 된다고 생각하네.

어쨌든 매우 피상적이고 불분명한 소식이 되어버렸지만 구체적인, 그리고 파생적인 다양한 논의를 다한 문제는 각각 금후의 문학 생활의 위에 추구하면서 대답해가기로 하세. 총론, 제일과第一課는 이것으로 끝내겠네. 아마 자네도 이의는 없을 것이라고 생각하네.

—《국민문학》, 1942. 4.

신록잡기

해마다 거듭되는 새로움이나 동풍이 불고, 새싹이 돋고, 꽃이 피기 시작하면 역시 몸도 맘도 씻기운 듯이 새롭고 가볍다. 봄이란 계절이 주는 신비한 선물이라 하겠다.

그러나 새로운 것 속에는 또한 항상 옛것의 황량한 그림자가 담겨 있어서 때로 우리들을 구슬프게까지도 하는 것이다. 산들바람이 살을 에일 때가 있는 것과 마찬가지다.

슬픈 계절은 가을만이 아니다.

지금 생각하니 여러 해 동안을 두고 내 주위에서 일어난 불행하고 우울한 사건은 대개가 봄철이었다. 나뭇잎이 채 초록색을 띠지 못하고 무슨 구름덩이와도 같이 뭉게뭉게 샛노랗게 돋아 나오면 나는 늘 불행하고 초조하다. 불길한 생각이 자꾸 앞서기 때문이다. 이제 와서는 그것이 한 개의 습성인 양싶다.

만물이 다 약동하는 봄철에 홀로 부질없는 생각에 잠긴다는 것은 어리석은 일이라고 스스로 꾸짖어도 보는 것이나, 이미 어찌할 도리가 없다. '엥조센트리크'*한 내 성격의 죄이리라.

그렇다고 할 일은 태산 같은데, 그런 감상에만 침잠할 수도 없고 하여 올봄에는 몇 해 만에 다시 교외로 나와 살게 된 것을 기회로 쥐꼬리만 한 뜰에 손수 화단을 만들어, 꽃도 심고 채소도 심어서 억지로라도 명랑해지도록 노력하려 하였다. 뜰이래야 앞뒤 마당 합하여 이십 평밖에 안 되는 것이나, 다행히 어떤 친구의 덕으로 무궁화 세 나무가 수중에 들어와 그런 야망을 품게 된 것이다.

반장 댁에서 얻어온 삽 하나만으로 흙을 파고 돌을 추리고— 틈틈이 하는 일이라 그것에만 사흘이 걸렸다. 모래흙인데다 어찌 잔돌이 많이 섞였는지 씨를 뿌리기까지엔 여간 수고가 아니었다.

앞마당에 두 나무, 뒷마당에 한 나무 — 이렇게 무궁화를 별러 심어놓고 나서 그 주위에, 길거리 노점에서 사온 화초 씨와 구근球根을 무질서하게 동거시켰다.

서투른 솜씨였으나 유난히 비가 잦은 덕으로 제법 싹이 돋고 생기 있게 자란다. 과히 시금치는 품앗이 반에 가서 뽑아내 모종을 내었다.

처음 하루 이틀은 저녁이면 허리가 아프고 손발이 붓고 해서 고생이었으나 차차 몸에 익어, 나중엔 피로가 조금도 괴롭지를 않다. 그런 임시해서 겨우 화단인지 채원菜園인지 구별 못할 것이 완성되었다.

나팔꽃이 자라면 어디어디가 양지바르니까 그리로 올리리라, 백합은 두어 나무쯤 분으로 옮겨 심고, 판장 밖으론 옥수수를 둘러 심어야 하리라…… 그런 것을 생각하다가 상추하고 쑥갓이 똑같이 자라야 쌈을 먹어

* endocentric: 내심적內心的인, 내성적인.

보지……. 그것이 언제나 될지 궁금해서 맘을 졸이는 것은 잠 못 이루는 밤에도 결코 불쾌한 것이 아니었다. 내게는 육 년 전 청량리에서 살던 때 이래 없었던 일이다.

교외에 나온 덕택으로 그럭저럭 이해 봄은 무사히 넘어갈 것 같아 지금 나는 제일 그것이 반갑다.

청량리—라니, 문득 생각나는 것이 이상의 죽음이다. 이상이 죽었다는 소식을 나는 청량리 우거寓居에서 역시 지금 모양으로 화단을 가꾸다가 받았던 것이다.

지난 사월 십칠 일이 이상이 죽은 지 만 다섯 해 되는 날이었다. 그날 나는 이유 없이 새삼스럽게 죽은 벗에 대하여 부끄러움을 느끼고 얼마 동안 망연자실하였다. 죽은 사람 매질한다고 나는 일찍이 어느 동무를 꾸짖은 일 있으나 참으로 매질하고 있던 것은 내나 아니었던가? 그렇게 생각하다가, 아차, 이번엔 내 자신마저 불길不吉 속에 처넣으련다고 나는 쓰디쓴 웃음을 웃고 말았다.

내게 이런 불길한 생각의 싹을 불어넣어 주고 간 것은 암만 생각해도 이상이 같다고, 몹쓸 놈이라고 나는 늘 하는 버릇으로 이상이 욕지거리를 속으로 늘어놓으며 이번 공일날은 비만 안 오면 꼭 이상이 무덤에 가리라고 스스로 기약하는 것이다.

—《춘추》, 1942. 5.

작가 개척지행(전기前記)—만주행 전기前記

서울 태생으로 서울서 자란 저는 지방 사정이나 농민의 생활을 터럭만치도 모릅니다. 그런 제가 뽑혀 이번에 만주로 개척민을 보러 가게 되었다는 것은 아무리 생각해도 구격이 맞지 않는 것 같습니다. 그러나 선배 제씨諸氏의 지우知遇를 생각할 때 선불리 사퇴를 할 일이 아니라고 고쳐 맘먹고 저는 큰 각오 아래 지금 준비를 게을리 아니하고 있습니다.

만주에 관한 것, 지방 생활에 관한 것, 농업에 관한 것, 개척민 생활에 관한 것 등, 한 열흘 동안에 십여 권을 벼락공부로 읽고 나니까 머리가 띵하고 갈피를 찾을 수 없습니다. 그래도 채 읽을 틈이 없이 대여섯 권은 '륙색' 속에 처넣었습니다. 차 속에서 읽을 작정입니다.

무엇을 보고 무엇을 듣고, 돌아와서는 무엇을 할지 전연 백지입니다. 백지의 태도로 대하는 것이 제일 상책이라고 생각했기 때문입니다. 그러나 내 시야에 들어오는 것은 하나도 빼놓지 않고 다 사로잡아 가지고 올 결심입니다.

돌아온 후에도 많은 지시와 편달을 아끼지 말아주시기 바랍니다.

다음에 이번 만주행의 일정을 적어두겠습니다.

경성京城 발(1일)-신경新京 착

신경 발(4일)-합이빈哈爾濱* 착

합이빈 발(6일)-주하珠河(하동河東 안전농림) 착

주하 발(8일)-모란강 경유-미영彌榮(협동조합) 착

천진 발(12일)-모란강 착

모란강 발(13일)-도문圖們 경유-연길 착

연길 발(14일)-명월구 경유-대사하 착

대사하 발(17일)-명월구 착

명월구 발(18일)-연길 경유-경성 귀착(20일)

—《대동아》, 1942. 7.

* 하얼빈.

옥토의 표정—'반도 개척민 부락 풍경' 중의 하나

1. 개척 국책의 선사選士

반도인 개척민이 개척 국책의 신발전 단계에 있어 그 특수성과 중요성을 아울러 인식받고 당당히 등장하야 일약 만주 개척의 중핵, 국토 개발의 선사의 지위를 획득하고 그 천재적이라 할 수전水田 조성 능력과 백절불굴이 정착력을 맘껏 발휘할 수 있게 된 것은 실로 강덕 육 년(소화 십사 년)* 십이월, 일만日滿 양국에서 결정한 개척 정책 기본 요강의 공표에서 비롯한다 하겠다.

그 이전으로 말하더라도 만주 건국 이후 만주 개척이 처음으로 일만 양국의 국책으로 채택된 강덕 삼, 사 년도경부터 이미 가지가지의 조성 보도의 방도가 반도인 개척민을 위하야 규정되고 실시되어왔으나, 이 개척 정책 기본 요강이야말로 "조선인 개척민을 내지인 개척민에 대하야" (제이항 참조) 취급할 것을 정식으로 규정하야써 반도인 개척민의 지위나 사명을 비약적으로 향상시키고 가중케 한 것이다.

* 1939년.

반도 농민이 농민으로서 만주에 이주하기를 시작한 지는 약 칠십여 년 전부터이라 전한다. 그 칠십여 년 동안, 청조 시대, 구동북 정권 시대를 논할 것 없이 반도 농민은 그 대부분이 지방 지주의 소작인이어서 온갖 질곡과 착취와 박해 밑에서 신음하여 내려왔다. 아무리 영농의 천재이며 전력을 다하야 개간 경작에 노력한다 할지라도 그들의 환경은 도저히 그들을 적빈에서 구할 수 없었고, 따라서 그들의 부동성浮動性을 방지할 도리도 없었다.

오족협화五族協和, 왕도낙토王道樂土의 대패大旆를 내걸고 신흥 만주국이 탄생되자 오랜 가렴주구苛斂誅求에 신음하던 그들에게도 새로운 광명의 앞길이 열리었다. 그들을 에워싸고 그들을 괴롭히던 모든 악조건이 만주 건국이라는 일선一線을 기하야 깨끗하게 씻기워진 것이다.

사변 전에 자유로 이주한 기주旣主 반도 농민의 수는 팔십만에 가깝다. 이들 '기주선농집결旣主鮮農集結'과 그 조성 보도라는 문제가 결코 신규 개척민의 신입식新入植보다 등한해서 좋을 리는 없었다. 그렇기 때문에 강덕 삼 년, 만주 척식拓植(현재는 만주척식공사) 설립 이래, 이들의 통제 집결을 위하야, 그들에게 경제적 기초를 주고 그들의 불평불만을 완화시키며 장래는 자작농을 창정할 계획까지 수립된 것이다.

그러나 이들 기주 반도 농민은 그 의식에 있어서, 그 각오에 있어서 그리고 농업 개척민으로서의 가장 중대한 요소인 그 정착성에 있어서 도저히 총독부의 알선에 의한 집단, 집합 개척민을 따르지 못한다. 기주 선농 통제 집결의 손이 팔십만이라는 숫자 때문에 아직 그 전체에 미치지 못하는 점과 또 그들 자신의 이러한 무자각, 부동성으로 말미암아 아직도 기주민旣主民과 개척민 사이에는 현저한 차이가 없어지지를 못했다.

이러한 일상생활과 사고와 환경의 차이는 그들의 표정에 역력히 나타나 있다. 약탈농법掠奪農法*으로 비옥한 땅을 찾아, 그리고 박해와 착취에 쫓겨 일정한 토지에 정착하지 못하고 떠돌고 헤매이던 그들과, 지금 국토 개척, 농촌 개발 등등의 성업에 참여하야 갱생의 의기에 불타서, 흔연 성초聖鍬를 잡고 있는 개척민들과— 도저히 그들이 같은 반도의 농민이라고는 생각할 수조차 없으리만치 현재에 있어서는 현격이 심하다.

머지않은 장래에 있어 기주민 통제 집결의 진전과 아울러 이 현격은 반드시 귀일되고 말 것이라고 믿으나, 아직까지의 양자는 이렇게 그 용모를 달리하고 있는 것이다.

2. 주름 잡힌 표정

도가선圖佳線** C라는 역에서 동남東南을 향하야 한 오십 리 산속으로 들어가면 T라는 마을이 있다. 만인滿人과 반도 기주민이 한데 섞여 사는 백 호가량의 쓸쓸한 부락이다. 내가 이 부락에 도착한 것은 천진촌千振村(제이차 내지무장이민단)***을 보고 돌아온 그 이튿날 오후였다. 저녁을 먹고 나서 나는 바람도 쏘일 겸, 처음 보는 만인의 시골 생활을 구경하려고 저물어가는 거리에 나섰다.

어둑어둑해가는 밀림지대의 산을 등지고 소리도 없이 한 대의 우차牛車가 다가온다. 우차 위에는 늙수그레한 반도 농민 부부가 타고 있었다. 차 위에 깔은 거적때기에 펄썩 주저앉은 채 그들은 고개를 떨어뜨리고 종시 말이 없다. 몹시 피로한 빛만이 온몸에 가득 차 있었다. 말라빠진 소도 주인에게 지지 않게 피곤한 모양이다. 사람도 소도 연필로 그린 그

* 원시적 농법의 일종으로, 화전처럼 경작 토지에 거름을 주지 않고 농작물을 경작하는 농업 방법.
** 길림성 도문시圖們市에서 모란강—가목사佳木斯를 잇는 중국 국철의 철도 노선으로 1935년 7월에 개통되었다.
*** 무장이민이란 치안이 확보되지 않은 식민지에 치안 유지를 위해 무장하여 보내는 이민을 말한다.

림 모양으로 생기가 없고 맥이 없다. 그것은 마치 무슨 허수애비와 같이 내 앞을 지나 동리로 향해 들어간다.

부부가 모두 한 오십 되었을까 말까 한 나이이다. 그러나 어쩌면 더 젊은 사람인지도 모른다. 가난과 고생에 쪼들리어, 그것으로 인해서 저렇게 주름살이 늘었고 머리는 반백이나 되었는 듯싶다.

그러나, 그보다도 더 나를 놀래인 것은 우차가 내 앞을 지날 때, 흘낏 의아스레 나를 쳐다본 그들의 광채 없는 눈동자와 창백한 안색이었다. 햇볕에 타서 비록 구동색으로 걸기는 했어도 영양부족으로 인한 푸르데데한 살결은 역시 감출 길이 없었다. 눈은 금방 녹아 나올 듯이 거슴츠레하였다. 팔다리도 농민다웁게 뼈대는 굵으나, 그뿐, 꼬치꼬치 말랐다. 그것은 반도에서 보는 어떠한 빈농보다도 몇 배나 더 처량해 보였다. 여기가 북만北滿 산속의 벽촌이라는 의식과, 흙으로 만든 쓰러져가는 집들, 만인들이 길거리에 내놓고 기르는 수없는 돼지 떼들, 무엇이라고 재빠르게 저희들끼리 지껄이는 만어滿語, 검은 진흙덩어리인 길거리, 오색 영롱한, 그러나 낡아빠진 만인 상점들의 황자幌子,* 동리 문밖으로 끝없이 깔린 원야原野— 그런 것들이 배경이 되어 있기 때문에 이 점경인물點景人物**을 더한층 구슬프게 만드는 것이나 아닌가고도 생각해보았다.

그것도 없지는 않으리라. 그러나 결코 그뿐은 아니었다. 하루 종일 들에 나가 뙤약볕 아래에서 김매고 돌아오는 그들은 확실히 피로했으리라. 엊그제 뜨내기로 만에 이주한 농민 같지도 않으니 그동안의 고생인들 좀 했으랴. 그러나 그런 모든 것을 계산에 넣고서도 오히려 나는 그들의 표정 속에 나타난 것이 단순한 피로만이 아닌 것을 직감적으로 깨달

* 실물 간판('망자望子'의 와전).
** 산수화 따위에서 점경으로 들어 있는 인물.

을 수 있었다. 틀림없이 그들의 얼굴에 나타난 표정은, 그렇다. 절망— 그 한 가지뿐이었다. 죽지 못해 산다는 체관諦觀— 그 한 가지뿐이었다.

나는 공연히 맘이 언짢아 즉시 여사旅舍로 돌아와서 안주인에게 그 농민의 내력을 물었다.

"네, 그 우차 타고 댕기는 양주 말씀이지요?"

안주인은 내가 채 그 농민의 모습을 다 말하기도 전에 이렇게 가로지르며 양미간을 찌푸리고,

"참 불쌍한 사람들예요. 딱해서 못 보겠에요."

하면서 밤이 이슥하도록 내게 긴 얘기를 들려주었다. 그중에서 그 우차 탄 농민에 관한 얘기만을 추려본다면 아래와 같다.

노부부는 함경도의 태생으로 만주에 건너온 지 십 년이나 된다 한다. 그동안 하루같이 만인 지주의 소작만을 해왔다. 물론 지금 사는 이 T라는 고장에서만이 아니라 남북만南北滿을 전전 떠돌아다니면서 좀 더 나은 생활은 없을까 하고, 그때는 아직 나이도 젊었고 기력도 좋아 맘 내키는 대로 주인을 갈아가며 정착하지를 못했다. 그리다가 우연히 이 고장에 들어와서 신병을 얻어 이럭저럭 한 삼 년 지내는 사이에 급속하게 그는 몸도 맘도 늙고 말았던 것이다. 어느 틈에 어린 것들은 네 살짜리 막내동이까지 넷이나 되었다. 앞일을 생각하니 암담하야 다시는 자리를 떠볼 의욕조차 없어졌다. 그는 우둔하게 모든 것은 단념하고 다행히 선량한 지주를 만난 것만 고맙게 여기는 사람이 되고 말았다.

그러나 필경 그 우둔함이 그를 못살게 만들었다. 재작년부터 새로 '빠아토把頭'—마름 비슷한 존재—가 된 장모張謀는 몹시 그를 싫어했다. 물론 아무 이유도 없었다. 죄가 있다면 다만 고지식하고 착하고 미련해서 '빠아토'의 비위를 맞추어주지 못한 그것이었을 것이다. 작년 가을, 추수가 끝나자 '빠아토'는 그예 매정하게도 그에게서 토지를 빼앗아버리

고 말았다.

평생 노할 줄이라고는 모르는 듯싶던 그도 이것만은 참을 수 없었던지 드디어 '빠아토'와 한바탕 큰 쌈이 벌어졌다. 그러나, 한번 그렇게 대가리가 터지도록 싸워놓고 보니, 자기가 이태 동안 매만지던 토지는 그 '빠아토'가 살아 있는 한 영구히 다시 자기에게로 돌아올 리는 없었다.

"예끼, 네놈 땅 아니면 내가 못 먹고산다더냐."

그는 십 리나 상거相距한 다음 부락에 가서 홧김에 토지를 얻어놓았다. 그리고는 올봄부터 매일 그렇게 우차를 타고 내외가 십 리 길을 왕복하고 있다는 것이다.

"애들은 모두 집에다 두구 댕긴답니다. 저희들끼리 서루 봐주구 잘 논대나 봐요. 다 저녁때 그렇게 돌아와서 인제 그때버텀 저녁밥을 끓여 먹자니 그 고생이 오죽허겠에요? 참, 그 장가란 놈 얄며 죽겠에요."

나는 묵묵히 앉아서 안주인의 얘기를 들으면서 지금의 고생살이보다도 그의 앞길을 위하야 은근히 근심하였다. 그는 반드시 올해만 지나면 그 고난과 박해를 이기지 못하야 또 이 고장을 떠나리라. 그러나 어데를 가든 그의 앞에는 늘 오늘과 똑같은 운명만이 판에 박인 듯이 기다리고 있으리라. 나는 그가 영원히 구원받지 못할 무슨 큰 죄인같이만 생각되어 견딜 수 없었다.

3. 웃고 싸우는 표정

이러한 기주민의 궁핍은 물론 만주 건국 전의 불우한 환경이 빚어낸 그들의 무기력함에 기인하는 것이려니와, 또한 그들의 무지와 나타懶惰*의 소치이라는 것을 전연 부인할 수도 없는 일이다.

국토 개척의 선사가 되려면, 첫째로 근로정신의 존중이 필수 조건이다. 즉, 모든 인고 결핍을 극복하고 자가 근로에 의하야 흥아興亞의 초석이 될 수 있을 만한 왕성한 개척정신의 소유자라야 하는 것이다.

기주 반도 농민이 오랜 가렴주구 아래 도탄지고塗炭之苦를 맛보았다 하지만, 그렇다면 총독부의 알선에 의한 소위 국책 개척민은 어떠한 좋은 환경과 조건 아래에 입식했고, 입식 이래 얼마나 근심 없는 생활을 계속하여왔는가. 우리는 여기서 그것을 생각해볼 필요가 있다.

만주 개척 사업이란 팔굉일우八紘一宇의 정신으로 일관되어야 하는 성업이다. 민족협화民族協和의 중핵으로서 고도의 생활양식을 만주의 기후와 풍토에 맞게 새로이 창조하는 동시에 원주민을 지도하야 신농촌 문화를 건설할 책임을 짊어졌다.

이러한 중책과 의무만으로도 국책 개척민이 분담한 고로苦勞가 결코 기주 반도 농민의 그것에 지지 않는 것을 양해할 수 있으려니와, 이외에 또 그들은 기주 농민이 당해온 정도의, 아니 어찌 보면 그 이상의 여러 가지 재화災禍와 불리한 환경과 악전고투를 거듭해온 것이다.

새로운 자연 속에 오랜 전통을 불어넣어 거기서 다시 새로운 것을 창조하고 새로운 것을 건설하는 그 개척 사업이 결코 수월치 않은 것이라는 것은 모든 선구자가 맛보는 그 괴로움과 갖은 장해가 가로놓여 있음에랴.

K 성省 A 현縣 N 둔屯은 강덕 육 년도에 신입식 육십사 호, 그 이듬해 S가街에서 이전해 온 삼십팔 호를 합하야 계 일백삼십이 호를 산하였으나, 삼 년이 다 가지 못한 현재의 호수는 실로 팔십팔 호.

사십사 호라는 전 호수의 삼분의 일이 건설 도중에서 이탈하고 말은

* 나태懶怠.

것이다.

이것은 극히 성적이 나쁜 일례이나, 그것은 여하간에 이러한 낙오자가 생기는 그 원인은 어디 있는가, 우리가 생각할 점은 이 점이다.

낙오의 제일 큰 원인이 되는 것은 물론 개척민 자신의 자질이다. 인고 흠핍欠乏*을 참지 못하고, 근로정신이 부족하고, 현지 농법에 적응치 않은 의지박약한 자가 그 전부이기 때문이다. 그러나 그와 동시에 우리는 개척민의 환경도 결코 생각하는 바와 같이 안이한 것이 아니라는 것을 깨달을 수 있다. 결국 낙오자는 그 고난을 극복하지 못하고 도중에서 야반도주하는 것이다.

이 N 둔이 처음 입식했을 때, 그때가 삼월이었는데 이곳에는 천고의 밀림이 하늘을 가리고 잔뜩 들어찼고 쌓인 눈은 무릎을 덮었다 한다. 그 눈 위에 움을 치고 그날부터 개척민들은 남녀노소를 물론하고 풍토와 싸우며, 기후와 싸우며 용감한 건설을 시작한 것이다.

몇 아람씩이나 되는 나무를 베어내고 눈을 쓸고 길을 닦고, 우선 가옥을 건축한다. 부락을 세운다. 그러는 일방一方 토지를 배정하고 기경起耕을 시작하고 논 풀 수 있는 곳이면 수로를 파서 물을 대야 하고, 그해의 양식을 위하여 우선 감자, 옥수수, 조를 심어야 한다.

그것이 어느 정도까지 진보되어 겨우 숨을 돌리려 할 때, 하룻날 새벽에 우세한 부대의 비적이 부락을 습격하여왔다. 양식을 빼앗기고 소를 빼앗기고 자위단 중에서 희생자까지 났다. 아침 아홉 시 전, 저녁 다섯 시 후면 농민들은 들에를 나가지 못했다. 그런 짧은 경작 시간에다 틈틈이 비적을 경계하여 철소撤宵 보초에 서야 하고 부락 주위에 토벽을 쌓아

* 풀이 빠지거나 이지러져서 모자란 상태.

야 하고, 부근 부락 현성지縣城地와의 연락, 경비를 위한 도로를 구축해야 했다. 비적에게 잡혀가면 비적들의 짐 나르기.

그러나 개척민들은 꿋꿋했다. 기주민이었더면 당장에 그 자리를 버리고 딴 고장으로 떠났을 것이다. 개척민들은 이를 악물고 이런 모든 고난과 과감하게 싸웠다. 하나씩 둘씩 이 투쟁에 지친 자가 이탈하여갔으나 개의할 바 아니다.

무너뜨리면 또 쌓고, 무너뜨리면 또 쌓고—* 우둔하다 할 만치 그들은 묵묵히 몇 번이고 건설을 거듭하였다.

토지에 대한 개척민들의 애착이란 우리들의 상상을 허락지 않는다. 이 농민의 정착성이란 개척 사업의 근간인 것이다. 한없이 넓고 한없이 기름진 이 땅이 얼마 안 있으면 그때는 내 땅이 되고 만다는 강렬한 그 토지에 대한 욕구는 모든 고난을 물리치고도 남음이 있었다.

올해는 냉해, 작년에는 상해霜害. 또 그 전해에도 박해雹害— 설상가상으로 이렇게 천재天災마저 거듭되었다. 현지 농법에 익숙지 못한 그들은 이런 천재를 극복할 길이 망연하야 낙심한 적도 한두 번이 아니었다. 그러나 모든 것이 하늘의 시련이라고 그들은 이 인고를 감수했다.

그러는 사이에 조금씩이나마 개간은 진보되어 경지는 넓어지고 수로도 완성되고 만주 재래농법의 장점도 흡수하고 천재에도 대비했다. 일만日滿 군경의 부단의 토벌로 비적도 작년 사월 이십오 일을 마지막으로 자취를 감추었다. 치안이 완전히 확보된 것이다.

내가 여기를 찾은 때는 유월 하순, 파종이 예정 면적의 십이 퍼센트를 초과했다는 훌륭한 성적을 보이고 있었으나 오랜 한발旱魃**에 대한

* 원문은 '문으면 또 쌓고, 문흐면 또 쌓고—'.
** 가뭄.

탄성이 이번엔 농민의 맘을 초조하게 하고 있는 바로 그때였다.

부락엔 보이지를 않고, 자위단 본부도 텅 비인 채이다. 동행했던 만척의 K 군이 이윽고 병객인 듯한 중년 농민 한 사람을 다리고 왔다.

다들 어디 갔느냐니까, 모두들 물보 트러 개울에 나갔다는 것이다. 논에 물이 마른 곳을 나는 오는 길에서 군데군데 보았다. 그들은 인력으로 또 천재와 싸우려고 전력을 경주하고 있는 것이다.

며칠 전에 소에서 떨어져 팔을 다쳤다는 그 중년 농민은 자기만 부락에 떨어져 있는 것을 몹시 안타까워하는 듯이 떠듬떠듬 요새의 부락의 정세를 나한테 얘기해 들려주는 것이었다.

퇴촌한 사람이 많은 것은 "사불여차하면 달아나려고 처음부터 맘먹고 온 오합지졸"이 많은 때문이요, "그까짓 고생"쯤을 두려워해야 애초부터 개척민이 될 자격이 없다는 것이다. 결국 언제든지 한번은 갈 사람은 가고 마는 것이니까 차라리 일찌감치 떠나준 게 고맙다는 것이다. 그 대신 지금 남아 있는 사람은 모두 이 땅을 지키고 이 땅을 살리려는 철석 같은 각오와 결심을 가진 사람들이니까 인제부터는 두려울 것이 없다 한다. 지금 있는 사람들은 추리고 추린, 갖은 시련을 달게 참아온 용사들뿐이니까, 요새는 하루하루 면목을 일신해가는 중이라 한다. 맘이 서로 맞아 물보 하나 트는 데 이만큼 협력할 수 있는 이 부락 사람들은 인제 내버려 두어도 무럭무럭 자라나리라는 것이다.

같은 씨를 뿌려도 싹이 안 날 놈은 안 나고, 싹은 돋았다가도 시들 놈은 시들고 마는 법이다. 거름은 총독부와 만척(농민들은 그냥 '회사'라고만 부른다)에서 충분히 대어주니까 인제 염려할 것은 조금도 없다. 옥토에 깊이 뿌리박은 그들은 머지않아 자작농이라는 열매를 맺을 수 있는 것이다.

얘기하는 그 중년 농민의 얼굴에는 항상 웃음의 빛이 떠돌고 있다.

입식 당시의 고생하던 얘기, 비습匪襲당했을 때의 두렵던 얘기, 농사 못 지어 강냉이만 먹던 얘기…… 그런 얘기를 들으면서, 그런 어려운 고비를 어떻게들 넘어왔느냐고 맘 약한 나는 눈시울이 뜨거워지는 것이었으나, 그는 조금도 처량한 빛을 보이지 않았다. 꿈결에 당한 우스운 얘기나 하는 듯이 그는 어조 하나 변하지 않고 가끔가다 너털웃음마저 쳐 보인다.

고향 생각 안 나시오? 하니까, 그는 잠깐 고개를 쳐들고 암만 고생이 돼두 이 땅이 탐나서요— 하고 그는 창밖에 깔린 넓고 넓은 미간지를 가리키는 것이었다.

기주민을 대했을 때의 맘 아픔을 나는 완전히 잊어버리고 오 년 후, 십 년 후의 이 부락이 얼마나 부유한 촌으로 변모했을까를 즐겁게 공상하면서 기회 있으면 꼭 다시 이 부락을 찾겠노라고, 나는 그 중년 농민에게 맹서하였다.

집집마다 산더미같이 쌓여 있는 장작이 그것을 상징하는 듯하야 나는 가벼운 맘과 걸음걸이로 이십 리나 되는 길을 단숨에 현성縣城까지 돌아왔던 것이다.

—《신시대》, 1942. 9.

개척민 부락장 현지 좌담회: 좌담회 전기*

시일: 소화 17년 6월 25일 간도성 안도현 영경촌 공소

장소: 간도성 안도현 영경촌 공소

좌담회 전기

지난 유월 한 달 동안 나는 척무과의 의촉依囑으로 재만在滿 반도인 개척민 부락을 일순一巡할 기회를 가졌었다. 이 부락장 좌담회의 기록은 그 여행 중에 얻은 소득 중 가장 귀중한 것의 하나이다.

명안도현明安道縣(명월구明月溝-안도安圖 간) 연선沿線의 일一 소부락 대사하둔大沙河屯— 자세히 말하자면 간도성 안도현 영경촌永慶村 대사하둔에 내가 도착한 것은 바로 이 좌담회를 열은 유월 이십오 일 오전 열 시경이었다. 안도현 경무과의 호의로 태워준 '트럭'에서 내리는 길로 나는 곧 만척滿拓 대사하 출장소로 청금淸金 소장을 찾았다. 청금 소장과는 그 전전일 안도현성에서 열린 파종 상황 보고 만척 출장소장 회의에서 만나 면식이 있었다.

"어서 오십시오. 조금만 일찍 오셨드라면 기우제를 보시는걸!"

* 이 글은 1942년 6월 25일, 간도성 안도현 영경촌 공소公所에서 열린 개척민 부락장 현지 좌담회를 기록한 것으로, 이 전기前記는 좌담회의 경위에 대해 설명한 정인택의 글이다.

청금 소장은 반가이 나를 맞아주며 이렇게 말하는 것이다.

"아아, 기우제가 오늘였습니까?"

내가 간도성 내에 발을 들여놓은 후로, 나는 도처에서 가물에 대한 탄성을 들었다. 작년엔 냉해, 재작년엔 상해霜害로 농사가 말이 아니었는데, 올해마저 가문다면 하늘도 참 무심하다고 모두들 암담한 표정인 것이다. 그래서 안도현 관내 도처 부락에서 기우제를 지내고 있는 터였다. 하늘은 엊저녁부터 찌뿌드드하였으나 그저 흐렸을 뿐이지 비가 올 것 같지 않았다.

그 기우제를 위하야 대사하 관내 아홉 부락(이곳에서는 '툰屯'이라고 부른다)의 부락장, 지도원이 모두 이 대사하에 모여 있다는 것은 내게는 다시없는 좋은 기회였다. 가장 가까운 데라야 이십 리, 그렇지 않으면 중심 부락에서 이십 리, 사십 리 떨어지기가 보통인 개척지에서 이렇게 부락장만을 한자리에 모은다는 것은 여간 수월치 않은 일이 아니다. 일정이 없어 부락마다 다녀볼 수 없는 내게는 실로 천재일우의 호기회일 뿐 아니라, 장차 찾아갈 부락의 윤곽을 알 수 있다는 것도 또한 내게는 다시없이 필요한 일이었다. 그러나 그러한 공리적인 점을 무시하고도 이 부락장들의 입을 통해서 들은 말을 그대로 고향에 갖다 전하는 것만으로 내 사명의 일부는 다했다 할 수 있는 것이다.

나는 억지로 청금 소장에게 청해 이 좌담회를 열기로 하였다. 그리하야 몇십 리 길을 걸어 다시 부락으로 돌아가야 할 부락장들을 머무르게 하고 정책 중인 촌 공소의 일부를 빌려 부락장 여러분의 애기를 들었다.

대사하 관내의 개척민은 아홉 부락에 오구팔五九八 호 삼三, 이이구二二九 인人 강덕康德 사 년* 이래의 입식入植이고, 현재 일호一戶당 평균 경

* 1937년.

작지는 수전水田이 0, 사육맥四六陌, 밭이 이二, 칠십맥七十陌, 합 삼三, 일육맥一六陌이요, 일호당 평균 부채(만척에 대한)는 일오칠오一五七五 원 삼십 전三十錢이다. 수전이 이렇게 적고 밭이 많다는 것은 북해도식 대농법 내지 만주 재래농법에 어두운 조선 농민에게는 치명적 타격인데다가 이 부근은 비적의 소굴이라 일컫던 지방인만큼 수없이 비습을 당했고, 그에 따른 부역도 적지 않았다. 거기다 기후마저 불순하야 흉작이 계속되어서 이 지방 개척민의 고난에 찬 건설은 듣는 나로 하여금 눈시울이 뜨거워지는 것을 금치 못하게 하였다.

좌담회 기록에도 나오거니와 유수둔장柳樹屯長 홍응률洪應律 씨는 입식 당장에 겪은 고생을 얘기하면서 만좌滿座 중에서 눈물을 감추려 하지 않았다. 개척지 건설에 많은 곤핍이 이에 그치는 것이 아니요, 이곳에만 국한된 것도 아니나, 우리는 간도성 내의 개척민의 특수한 환경에 다시 한 번 주목할 필요가 있는 것이다.

이 지방 개척민은 비적의 발호로 인한 교통의 위험과 기차연선汽車沿線을 멀리 격隔한 관계로 입식 이래 거의 외계와 차단된 듯한 고적한 환경 속에서 묵묵히 원시림을 헤치고 부락을 헤치고 원야原野를 개간하며 오직 그 성스러운 직책에 충실하여왔을 뿐이다. 명일구明日溝(조양朝陽의 다음 역)에서 대사하까지 백십여 '킬로'— '버스'로 실로 일곱 시간이 걸리고, 연길이나 용정서 들어가자면 이틀이 소용된다. 조선에서 따지자면 백두산 저편 산록山麓,* 밀림 준령에 싸인 곳이 바로 대사하둔인 것이다.

조선의 지식계급으로서 일찍이 대사하둔은커녕 안도현이란 지명이나마 알고 있는 사람이 몇이나 있었을까. 개척민들은 오히려 우리들을 호의로 해석하여 자기네들을 '돌아보지 않았다'고 야속하게 여기고 있

* 산기슭.

다. 그러나 실로 우리들은 '돌아보지 않기' 전에 그들의 존재조차 인식치 못했던 것이다. 나는 감히 그들 앞에 정면으로 얼굴을 들지 못할 정도의 그런 정도의 부끄러움을 전신으로 느끼고 말았다.

그 속죄의 의미로서도 우리는 이 좌담회에서 호소하는 개척민들의 하소연*에 조용히 귀를 기울일 의무가 있다. 멀리 고향을 떠나 말 못할 환경에서 갖은 인고 결핍을 감수하여가며 개척 국책의 선사로서 악전고투하고 있는 그들을 위하야 우리는 무엇을 아끼어 쓸 것인가. 그들이 먹고 그들이 입을 것을 지금 우리가 '나누어 먹고 나누어 입고' 있는 이상 우리가 지금 가지고 있는 것의 일부분은 당연히 그들에게 소유권이 있을 것이다. 그러나 겸손하고 순박한 그들은 떳떳이 그것을 요구하지 않고 혼자서 '섭섭해'하고만 있을 따름이다. 그 '섭섭함'을 꾹 참고 혼자서 건설에만 부지런할 따름이다.

작년 사월 이십오 일 이래로 금년 유월까지 한 번의 비습도 없었다. 이미 치안이 확보된 것이다. 따라 부역도 줄었다. '버스'도 매일 운행한다. 이제는 '흙의 선사'로서의 진가를 발휘하야 영농에만 전력을 경주하면 되게 되었다. 이대로만 간다면 삼 년 이내에 자작농 창정創定을 개시할 수 있으리라는 것이다. '골'도 머지않았다. 한 걸음, 오직 한 걸음만 더 내디디면 되는 것이다. 이제 우리들은 그 나머지 한 걸음이나마 뒤받쳐주어서 그들이 무사하게 '골'에 들어갈 수 있도록 해줄 의무와 책임이 있지 않을까. 실로 이 나머지 한 걸음이 가장 귀중한 나머지 한 걸음이기 때문이다.

이 좌담회의 기록을 고향 사람에게 전하면서 나는 이것만을 부언하려 한다. 그리고 이 좌담회를 끝마친 후 내가 직접 현지 부락에서 견문한

* 원문은 '하소원'.

것은 여기에는 추호도 섞여 있지 않다는 것을 적어두려 한다.

끝으로 이 좌담회를 위하야 많은 수고를 아끼지 않은 청금 만척 출장소장, 김원영金原永 경촌장慶村長, 안등安藤 경찰서장에게 멀리서 감사의 뜻을 표하는 바이다.

—《조광》, 1942. 10.

불초의 자식들*

손을 쓸 수 없을 정도로 방탕아였던 장남이 불과 육 개월의 훈련으로 몰라볼 만큼 늠름하고 단정한 젊은이가 되어 돌아왔을 때, 늙은 어머니는 마음속으로 생각했다.

'지원병 훈련소란 얼마나 훌륭한 곳이란 말이냐. 다음 자식도 그다음 자식도 반드시 그곳에 넣어주슈.'

나머지 두 아들 또한 형에게 뒤지지 않는 녀석들로, 이런 불초의 자식들 때문에 연로한 어머니의 고생이 끊이지 않았던 것이다.

그러나 이 두 사람은 지원병이 되지 않아도 되었다. 반도에도 영예의 징병제가 펴졌기 때문이다.

이제는 불구가 아닌 한 반도의 젊은이들도 국가의 간성干城이 될 때가 온 것이다.

* 일본어 원문을 번역한 이 글은 콩트에 해당되는 분량의 작품으로, 《조광》의 '쓰지쇼세쓰辻小說'로 분류되어 있다. '쓰지쇼세쓰'란 일본의 소설가이자 극작가인 구메 마사오久米正雄가 붙인 명칭으로, 국민의 선의戰意를 고양시키기 위해 짧은 글을 가두에 게시한 것에서 유래한다.

그 무렵 연로한 어머니의 마음속에는 커다란 변화가 일어나고 있었다. 군대에 가는 것이 감화원感化院에나 들어가는 것쯤으로밖에는 생각되지 않았다. 어머니는 하나같이 변변치 못한 자식 셋 전부를 나라에 바치지 않으면 안 되는 자신의 능력 부족과 불운을 마음속 깊이 한탄하고 슬퍼하기 시작했다.

낫 놓고 기억자도 모르는 무지한 어머니의 마음속에 이런 변화를 가져오게 된 소이는 과연 무엇이었겠는가.

—《조광》, 1943. 9.

다케야마 대위에 대한 일들*

다케야마 다카시武山隆(구 최명하崔鳴夏) 대위의 생애에는 허위가 없다.

불과 이십오 년의 짧은 생애였으나, 진실이라는 외고집으로 살아온 것에 대해 나는 마음속 깊이 감탄했다.

고 다케야마 대위의 전기 집필을 즉석에서 받아들인 것도, 모든 것을 내팽개치고 자료 수집에 열중했던 것도 이 젊은 반도 태생의 무인이 몸에 지니고 있었던 진실에 감동을 받은 데 따른 것이다.

호국 영령에 대한 의례적인 찬사를 열거하는 즉흥적인 전기로 끝나는 것이 아니라, 살을 붙이고 피를 통하게 하여 진실된 무인 다케야마 다카시 대위의 일생을 생생하게 부각시키기 위해 어떻게 해야 좋을 것인가 하고, 나는 최근 두 달 가까운 동안 줄곧 그것만을 생각해왔다.

자료가 갖추어지면서 단번에 써내려 간 나는, 고 다케야마 대위의 사

* 이것은 일본어 원문을 번역한 것이다.

람됨을 깊이 알게 되면서, 그런 안이한 상태에 있었던 내 자신을 깊이 부끄러워하지 않을 수 없었다. 충군애국의 지성으로 일관했던 고故 대위의 생애는 가을의 찬 서리와 같이 날카롭고, 여름의 뜨거운 태양과 같이 위엄이 있었으며, 토끼털로 찌를 정도의 빈틈조차 발견할 수 없었다. 멋 부림이나 농담으로 취급할 수 있는 일이 아니어서 나는 겁에 질려버렸다.

군신軍神 가토 소장의 요기로서 대동아전쟁 발발과 동시에 말레이 항공 작전에서 발군의 공적을 세우고, 안타깝게도 남부 수마트라의 밀림 속에서 죽은 고故 대위의 전공은 세인이 익히 알고 있는 바이다. 이에 앞서 그 내력이나 사람됨에 대해서도 여러 번 소개가 있었으나, 그러한 단편적인 기록은 지나치게 개념적이어서 하나의 체계 있는 전기를 구성하는 데 거의 도움이 되지 않는다. 적어도 쓸모 있는 전기적 재료는 안 되는 것이다. 어리석게도 막상 붓을 내려놓기 직전까지, 나는 거기에서 벗어나지 못했다. 모아놓은 자료를 정리하는 것조차 잊고, 나는 다소 망설이고 있는 형국이었다.

그건 그렇고 부족한 나를 위해 적지 않은 자료 수집의 편의를 제공해주신 고故 대위 주위의 분들께, 나는 뭐라고 감사의 인사를 드려야 할지 모르겠다. 이것은 물론 고故 대위의 은덕의 하나로, 말하자면 나는 그 은혜를 입은 것이지만, 또한 나는 나 나름대로 힘껏 일함으로써 그분들에 대한 인사를 대신해야겠다고 결심했다. 무력한 나에게는 너무나 무거운 짐이지만, 기왕 이렇게 된 바에는 심혈을 기울여 최선을 기할 수밖에 없다. 여기서 일생일대의 노력을 보여야만 참다운 문학자의 명리冥利를 다한다고 할 수 있는 것이다.

수훈갑, 공사 욱육이라는 은혜로운 상을 받은 고故 대위의 빛나는 공적을 추모하는 의미에 있어서도, 생전의 대위의 언동이 좋지 않았다고 말할 수 있을지도 모르나, 고故 대위에 대해 말할 때의 모든 사람의 표정에서 나는 재빨리 그 이외의 것들까지 발견함으로써 생전의 고故 대위의 진솔한 성격에 생각이 미쳐 마치 자신의 일처럼 기뻐하는 것이다.

고故 대위의 종형 주하澍夏 씨와는 오랫동안 알고 지내는 관계로, 그런 의미에서 보자면 고故 대위와 나 사이에 전혀 연결이 없는 것도 아니어서, 지금의 이 일에 착수하기 전에도 나는 한 차례 「다케야마 다카시 대위」라는 제목을 붙인 작은 전기류의 이야기를 썼다.

방송국의 의탁에 의한 방송용 이야기로 겨우 십 오륙 매 정도의 소품이었으나 사실대로 말하자면, 고故 다케야마 대위에 흥미를 갖기 시작한 것은—흥미를 갖는다는 것은 불손한 말이지만—이때부터이다.

그때, 방송국에서 수집해준 자료는 글을 쓰는 것만으로는 너무 아까울 정도였고, 이미 고故 대위의 됨됨이에 뜨거운 감동을 받은 나는 아무래도 그 자료를 그대로 내버려둘 수가 없어서 어떻게든 그것을 살리고 싶다는 바람이 항상 있었다.

상세한 전기를 쓸 정도의 여유는 없으나, 생각을 주체할 수 없었던 나는 소설의 형식을 빌려 고故 대위의 열렬한 기백을 반도의 청소년들에게 전하고자 독자적으로 결정했던 것이다. 한창 그 준비에 착수할 무렵, 다케야마 대위의 전기를 쓰라는 방송국의 요구가 이어졌고, 이에 두 가지의 결과물로 응대한 것이다.

반도의 청소년들은 왜곡된 오랜 풍습에서 자칫 문약文弱에 기울기 쉬우나, 그들이 이어받은 피는 결코 본질적으로는 그런 것이 아니라 오히려 상무尙武의 기백으로 충만할 터이다. 나는 그 구현을 고故 대위의 생애에서 찾아낸 것이었다.

징병제 실시를 본 오늘날의 반도에서 잠류潛流하고 있는 이 상무의 기풍을 불러일으킨다는 것은 참으로 중요한 일이다. 나는 다케야마 대위를 완벽하게 그림으로써 반도 청소년들에게 하나의 이정표를 주고, 황민으로서의 자각을 불러일으킴과 동시에 한 번 죽어서 나라에 보답하는 남아의 기개를 고취하고자 하는 염원이었다.

그런데 그 염원이 다할 때가 왔는데도 이제 와서 용기 없이 무너지는 것 같은 자신이 싫어졌다. 그러나 둔한 말에 채찍을 내리치고 내리쳐서, 나는 몸으로 부딪쳐 이 의의 있는 작업과 싸울 각오인 것이다. 거칠게 표현하자면, 저 융통성 없이 성실하기만 한 고故 대위가 지하에서 외칠 것만 같다. 그것이 가장 두려운 것이다.

—《조선》, 1944. 2.

해설

총력전 체제하의 정인택 문학의 좌표

_이혜진

1. 정인택의 이력

정인택은 1909년 9월 12일 서울 안국정에서 계몽운동가이자 언론가, 정치가였던 정운복鄭雲復과 조성녀趙姓女 사이의 3남 2녀 중 차남으로 태어났다. 그는 영일迎日 정씨 문정공파文貞公派의 25대 손으로, 포은 정몽주와 송강 정철의 집안이다. 다나카 히데미쓰田中英光의 소설 『취한 배』에서도 정인택은 뼈대 있는 가문의 후손으로 묘사되고 있다. 정인택을 잉태할 당시 그의 어머니가 태양이 입으로 들어오는 태몽을 꾸었다고 해서 대학에 입학하기 전까지는 '태양'으로 불렸다고 한다. 정인택의 손위로는 열다섯 살 터울의 형 정민택鄭民澤과 두 살 위의 누나 정수옥鄭壽玉이 있었으며, 아래로는 세 살 연하의 남동생 정세택鄭世澤과 여덟 살 아래의 여동생 정은택鄭恩澤이 있었다. 손아래 누이는 1923년 정인택이 경성제일고보에 재학하던 시절 어린 나이로 사망했으며, 남동생 역시 정인택보다 앞선 1947년 8월 사망했다.

정인택은 1922년 3월 22일 수하동 공립보통학교를 졸업한 뒤, 4월 22일 명륜정에 있던 경성제일고등보통학교(경기중고등학교의 전신)에 입학하였다. 1920년 아버지가 작고한 이후 정인택의 보호자 역할을 했던 형 정민택은 일본 의대를 졸업한 의사였다. 경성제일고보 재학 시절 정인택의 석차는 입학 초기에는 하위였다가 2학기로 접어들면서 중상위를 유지하는 정도였다. 1학년 때는 박태원과 조용만이 같은 반에 있었는데, 이들은 문학 서클을 통해 문인의 꿈을 나누는 교우관계를 지속하였다. 정인택은 이때부터 독서에 대한 취미를 갖게 되었다고 회고한 바 있다. 고등학교 시절에는 위고, 톨스토이, 고리키, 아쿠타가와 류노스케芥川龍之介의 작품을 탐독하였으며, 특히 위고의 『레미제라블』을 감명 깊게 읽었다고 한다.

1927년 3월 25일 경성제일고등보통학교를 졸업(제23회)하였다. 학적부의 기록에 따르면 졸업 후의 지망은 '내지 유학'이었지만, 경성고보 졸업 후 그는 경성제국대학에 입학하였다. 그러나 곧 경성제대 예과를 중퇴하고, 일본 유학을 꿈꾸며 1931년 동경에 갔음에도 특별한 교육기관에 소속하지 않은 채 있다가 1934년에 귀국하였다. 이후 1936년부터가 정인택의 본격적인 작품 활동기라 할 수 있다. 먼저 그는 1930년 1월 사회주의자의 좌절과 전향을 다룬 「준비」가 《중외일보》(1930. 1. 11~16) 현상공모 2등에 당선되면서 등단하였다. 이때 나이 20세였다. 그 뒤 일본 체류 시절 동경의 풍경을 소재로 한 「동경의 삽화」를 《매일신보每日申報》(1931. 8. 29~9. 11)에 연재하였다. 그 외에 동경 시절을 그린 것으로는 소설 「촉루」(《중앙》, 1936. 6), 산문 「후목朽木 기타」(《매일신보》, 1940. 2. 8), 「'유미에'론」(《박문》, 1939. 12) 등이 있다. '유미에'는 동경 시절에 만난 친구의 부인으로 정인택의 짝사랑 대상이기도 했는데, 이후 '유미에'의 이미지는 그의 소설에 등장하는 여주인공의 분위기를 지배하게 된다. 정인택의 작품에서 '유미에'는 '나'의 무능력함과 무관심에도 불구하고 항상 순정으로 '나'를 보살펴주는 여성으로 등장한다. 「조락」에서는 '나'

의 곁을 맴도는 순정적인 일본인 여성으로, 「준동」과 「부상관의 봄」(하마에)에서는 하숙집 하녀로, 「미로」에서는 술집 여급으로, 「연련기」에서는 기생(춘홍)으로 등장하면서 '나'의 유일한 안식처가 되어준다.

귀국 후 1934년 매일신보사에 입사한 뒤, 정인택은 박태원과 어울려 다니다 이상李箱과 교분을 맺게 된다. 이후 1935년 8월 29일 이상이 경영하던 카페 〈쓰루鶴〉의 여급이었던 권영희와 동소문 밖 신흥사에서 결혼하였다. 고향이 청주인 권영희는 1915년 5월 10일 부친 권창식과 모친 김씨 사이에서 외동딸로 태어났으나 부친을 일찍 여의고 편모슬하에서 자랐다. 권영희는 한때 이상과 동거했다 하여 이상의 부인으로 불리기도 했는데 이상, 정인택, 권영희의 삼각관계 속에서 정인택의 수면제 자살 소동 이후 이상의 사회로 결혼식을 올렸다는 에피소드가 남아 있다.

1936년 봄 아들 태혁이 태어났으나, 3년 후인 1939년 3월 6일 수암水癌으로 사망했다. 턱 주변이 썩어가는 아들을 애써 간호하는 이들 부부의 모습은 단편소설 「단장」(《문장》, 1941. 2)에 묘사되어 있다. 그 후 1939년 12월 27일 장녀 태선이 출생하였고, 1942년 10월 18일에는 차녀 태연이, 그리고 1948년 9월 1일에는 경기도 고양군 숭인면 정능리 483번지에서 삼녀 태온이 출생하였다.

1939년 5월 정인택은 매일신보사 학예부에서 문장사로 옮기면서 당시 편집장이었던 이태준과 함께 《문장》 편집에 참여하였고, 같은 해 「준동」(《문장》, 1939. 4), 「미로」(《문장》, 1939. 7), 「동요」(《문장》, 1939. 7) 등을 발표하면서 본격적인 창작 활동에 들어갔다. 이상과도 절친했던 정인택은 이들 작품에서 심리주의적 작풍의 예술파적 면모도 보였으나, 1941년을 기점으로 체제 협력의 의도를 표출하기 시작했다.

1940년 10월 문장사를 사직하고, 매일신보사에 재입사하여 해방 전까지 재직하게 된다. 매일신보사에 재직하면서 정인택은 본격적으로 일제의 문예정책에 참여하기 시작했다. 일제의 식민정책에 부응하는 기획들에 끊임없이 참여하면서 그에 대한 결과들을 글로 발표하기 시작한 것이다.

먼저 정인택은 1941년 여름 낙랑고분군의 발굴 현장을 시찰하기 위해 화가 K와 함께 평양을 기행하였다. 그리고 1942년 6월 1일부터 약 한 달간 장혁주, 유치진과 만주 개척민 부락을 시찰하고 돌아온 후, 그에 대한 보고서 성격의 글인 「개척민 부락장 현지 좌담회: 좌담회 전기」(《조광》, 1942. 10)를 발표하였다. 이 글은 6월 5일 오전 만주국 간도성 안도현 영경촌 대사하둔에 도착한 정인택이, 마침 기우제를 드리기 위해 모여 있던 아홉 부락의 부락장을 모아 회담을 연 뒤 돌아와 개척민들의 꿋꿋한 모습에 감탄을 토로하고 고국민들의 격려를 촉구한 것이다.

1942년 10월 정인택은 조선문인협회 문학부 간사로 임명되었다. 1942년 11월 중순 국민총력조선연맹과 조선문인협회의 초빙으로 대동아문학자대회에 참석했던 만주, 몽고, 중국 대표 21명을 안내하였다(11. 14). 그해 12월 하순 만주국 간도성의 초빙으로 채만식, 이석훈, 이무영, 정비석과 함께 개척민 부락을 견학하고, 1943년 1월 5일 귀국하여 만주 이민을 독려하는 일련의 글들을 발표하였다. 1943년 1월 채만식, 이석훈, 이무영과 함께 '간도 개척촌을 시찰한 작가들의 좌담회'에 참석하여 만주국 간도성 이민부락의 교육상황과 이민정책 및 결혼문제에 대해 토론하였다(「교육열 왕성에 감복」, 《매일신보》, 1943. 1. 10). 같은 해 2월 6일 주요한, 이태준, 김억, 유치환 등과 국민총력조선연맹이 개최한 '국어문학총독상'에 대한 간담회에 참석하였다. '국어문학총독상'이란 일제가 '반도 문단의 국어학' 촉진을 적극적으로 지도 장려함으로써 문화 지도상의 효과를 위해 제정한 것이다. 이 상은 국민총력조선연맹에서 일본어로 창작한 문예작품 전체에 대해 심사하되, 그중 일본 정신에 입각하여

"민중 계발 선전 효과에 있어서나 예술적 내용에서 가장 우수한 작품"을 한 편 선정하여 부상 일천 원과 함께 수여했다.

1943년 4월 29일 정인택은 반도호텔에서 열린 일본 작가 환영간담회에 참석하였으며, 같은 해 6월 1일에는 조선문인보국회 소설 · 희곡부 간사에 임명되었다. 1943년 6월 4일에는 조선문인보국회가 개최되어 체신회관에서 열린 '전선시찰 종합좌담회'에 참석하였고, 8월 4일에는 조선문인보국회가 개최되어 부민관에서 열린 '징병제 실시 감사 결의 선양'을 위한 '낭독과 연극의 밤'에서 콩트를 발표하였으며, 8월 5일에는 문화부문 관계자 미소기〔禊〕 연성을 위해 홍효민, 조우식, 야마다 에이스케山田榮助, 나카오中尾淸와 함께 외금강으로 파견되어 8월 6일부터 5일간 37명의 일행과 연성회에 참가하여 수련하였다. 이와 관련한 내용은 「직령의 개현」(《매일신보》, 1943. 2. 28)에 기록되어 있다. 또한 정인택은 1944년 1월 말일을 기한으로 한 조선문인보국회 개최의 '국어창작 결전소설과 희곡 공모'에서 심사위원을 맡았다. 이 현상모집의 취지는 "국체國體 본위에 철저하여 미영米英의 모략을 파쇄하고 국민의 사기를 앙양할" 작품을 일본어로 창작케 함으로써 일제의 체제 협력 이데올로기를 생산하기 위함이었다. 이러한 행사의 심사위원이라는 지위를 고려해본다면 일제 문예정책에서 정인택의 위치가 어느 정도였는지를 가늠할 수 있다. 같은 해 8월 28일에는 완벽한 전시 보도의 진행을 위해 발족한 '신문 조선군 보도대 보도연습'에도 참가하였다. 또한 11월 17일에는 조선문인보국회에서 선발하는 대동아 교섭 방송 원고에 정인택의 작품이 당선되어 그의 작품이 동경 중앙방송국으로 송달되기도 하였다.

1945년 3월 22일 정인택은 전기소설 「다케야마武山 대위」와 창작집 『청량리계외』로 제3회 '국어문학총독상'을 수상하였다. 이로써 정인택은 김용제의 『아세아 시집』과 최재서의 『전환기의 조선문학』에 이어 세 번

째 수상의 영예를 안게 된 것이다. 이날 오전 열한 시 총독부 제4회의실에서 거행된 시상식에서 아베阿部 정보과장은 민중의 지도 교화에 큰 힘이 되는 문학 부문의 기능이 충분히 발휘되어야 할 것을 강조하면서, 정인택의 수상에 대해 "국어 문장을 통해 전쟁문학에 큰 공헌을 했다"라고 치하하였다. 여기서 다케야마 대위란 '대동아전쟁'에서 전사한 최초의 조선 출신 육군 비행장교 최명하崔鳴夏를 가리킨다. 다케야마 대위가 남방전선인 파칸빌 비행장 공격 도중에 전사함으로써 그의 무훈은 일제에 의해 전쟁 영웅으로 자리매김되고 기념비적 위치에 올랐다. 이후 정인택은 다케야마 대위의 무훈담을 소재로 한 장 · 단편소설과 수필을 거듭 생산해내기도 했는데, 「다케야마 대위」(《국민총력》, 1944. 1), 『전기소설: 반도의 육취 다케야마 대위半島の陸鷲 武山大尉』(매일신보사, 1944. 6), 「붕익」(《조광》, 1944. 6), 「다케야마 대위의 일들武山大尉のことども」(《조선》, 1944. 2), 「다케야마 대위의 일들武山大尉のことども」(《국민총력》, 1944. 9)이 그것이다.

1945년 3월 정인택은 동경흥생회東京興生會의 초대로 김용제와 함께 약 20일간 일본을 시찰하고 귀국한 뒤, 철저한 공습 대비로 적 격멸에 힘쓸 것을 당부하는 취지의 글 「생사초월 인정의 꽃」(《매일신보》, 1945. 4. 22)을 발표하였다. 같은 해 5월 11일 조선문인보국회 소설부회에서는 생산 근로의 각 부문에 중견작가 10명을 파견하여 전쟁 반도의 생생한 모습을 전작 소설로 집필케 한 후 동도東都 서적주식회사의 출판으로 '결전문학총서 제1집'을 간행키로 계획했는데 이때 유진오, 조용만, 김사량, 정비석 등과 함께 정인택이 집필 작가로 선정되었다. 또한 같은 해 5월 27일 조선문인보국회가 개최한 '낭독 문학의 밤'에서 정인택의 희곡 「빈해의 노래」가 낭독되었고, 8월 1일에는 '조선문인보국회 쇼와 20년도 총회'에서 정인택이 소설부 간사장으로 임명되었다.

이렇듯 해방 직전까지 조선문인보국회에 깊이 관여한 정인택이었지만, 해방 직후 그의 기록은 거의 발견되지 않는다. 해방 이후 이력에 대한 최초의 기록은 1947년 1월 한동안 폐간되었다 속간된《대한독립신문》의 편집국장을 맡았다는 사실이다. 당시《대한독립신문》사장은 여운형의 동생인 여운홍이었는데, 이러한 사실로 미루어 보아 이 신문 또한 해방 정국의 분위기에 따른 중도 좌파 성향이었음을 알 수 있다. 같은 해 3월 해방 이후 처음 발표한 소설「황조가」(《백민》, 1947. 3)에서는 다시 내면 심리 묘사에 천착하였다.

1947년 8월 정인택은《문화일보》편집부장에 취임하였다. 1948년 10월 금룡도서에서 단편집『연련기』를 출판하였으며, 1949년에는 동지사에 근무하면서 동화집『난쟁이 세 사람』을 발간하였다. 아울러 1949년경 정인택은 과거 자신의 과오를 청산하고 대한민국에 충성을 다할 것을 맹세하였다. 이어서 1949년 12월 5일에는 새로 수립된 남한 정부가 문화인들의 단결과 선전을 위해 개최한 종합예술제 행사의 하나로 북한문화인들에게 보내는 메시지를 발표하게 되었는데, 여기서 정인택은「북조선문학예술총동맹에게 경고」(《서울신문》, 1949. 12. 5)라는 글을 발표하였다. 이 글에서 그는 민족정신과 양심을 환기하면서 북한의 문화인들이 대한민국의 품으로 돌아오기를 촉구하였다.

1950년 정인택은 과거 좌익활동을 하다 전향한 사람들로 구성된 반공단체인 보도연맹에서 근무하였다. 팔봉 김기진의 회고에 따르면, 한국전쟁 당시 정인택은 박영희, 정지용, 김기림과 함께 서대문 형무소에 수감되었다고 한다. 그 후 전쟁의 동란 중에 정인택은 부인과 세 딸을 데리고 월북했다가 1953년 북에서 사망하였다. 임종 직전 그는 단신으로 월북해 있던 친구 박태원에게 부인 권영희를 부탁한다는 유언을 남겼는데, 정인택의 사망 2년 후인 1955년 박태원과 권영희가 재혼하였다.

2. 주요 소설 작품의 내용

초기의 습작 시절을 거쳐 본격적인 작품 활동 시기에는 주로 내부의 심리 묘사에 치우치는 경향을 나타내 이상, 최명희, 허준 등의 작품 경향과 동일선상에 놓이면서 룸펜 혹은 모던 보이의 자의식을 그린 작가로 평가되었다. '칠 전짜리 니힐'을 곱씹으며 우미관이나 단성사, 황금구락부 등지로 비극영화를 쫓아다니거나 슬쩍 혼자만의 연애 감정을 느껴보다가도 자존과 교양으로 허영을 부려보기도 하는 룸펜의 자의식을 그린 작품으로는 그의 등단작 「준비」(《중외일보》, 1930. 1. 11~16 연재) 이래 「조락」(《신동아》, 1934. 10), 「촉루」(《중앙》, 1936. 6), 「준동」(《문장》, 1939. 4), 「못다 핀 꽃」(《여성》, 1939. 5), 「미로」(《문장》, 1939. 7), 「동요」(《문장》, 1939. 7), 「우울증」(《조광》, 1940. 9) 등이 있다.

먼저 「조락」의 줄거리는 다음과 같다. 혈혈단신으로 성장하여 5년째 동경을 방황하고 있는 '나(긴 상)'는 작가라는 직업을 가졌지만 행동과 사상의 무정부 상태에서 무기력한 삶을 살아간다. 경성 '프로예술동맹'의 박 군에게서는 타락한 인간이라고 비난하는 절교장이 날아왔다. 이런 상황에서 오직 일본 여성인 '유미에'만이 헌신적인 사랑으로 '나'의 곁을 맴돌고 있다. 결국 신변을 정리하고 '유미에'에게 안착하여 성실한 생활을 꾸려가기로 결심한 시점에서 상황이 반전하며 주인공이 상업적이고 친일적인 잡지사에 매수되는 것으로 작품은 끝을 맺는다. 전향한 사회주의 지식인의 좌절을 그린 등단작 「준비」와 「조락」의 분위기에서 정인택 자신이 그동안 지켜왔던 대의명분들이 소멸해가는 데 대한 그의 무력감을 짐작해볼 수 있다. 「촉루」, 「준동」, 「미로」 또한 무기력한 실직 인텔리의 힘겨운 생존을 그린 작품들이다. 이 작품들은 현실을 부유하는 룸펜 인텔리의 무기력 속에서 오직 자신을 위해주는 '유미에'류의 여인들의 사랑만이 주인공을 살게 하는 작은 힘이 될 뿐이다.

「업고」(《문장》 6 · 7합병호, 1940. 7)와 「우울증」(《조광》, 1940. 9)은 친구 이상의 사생활 및 연애담 혹은 애정 도피 행각 등을 소재로 한 소설이다. 정인택은 이상의 사생활에서 취한 소재에 자신의 이야기를 혼합하여 지고지순한 로맨스로 재구성하기도 했는데, 「여수」(《문장》, 1941. 1), 「연련기」(《동아일보》, 1940. 3. 7~4. 3, 20회 연재), 「상극」(《농업조선》, 1939. 6) 등이 여기에 속한다. 이들 작품에는 이상이 백천온천에서 금홍이를 만났던 일, 정인택 자신의 동경 시절, 그리고 차츰 사랑을 깨달아가는 '유미에'와의 사건 등이 결합되어 있다. 한편 「범가족」(《조광》, 1940. 1), 「착한 사람들」(《삼천리》, 1940. 12), 「구역지: 이십 년 전의 가느무꿀 풍경」(《조광》, 1941. 4)은 당대를 살아가는 소시민들의 소박한 생활상 및 세태상을 따뜻한 시선으로 그린 작품들이다.

이러한 일련의 작품 경향은 1941년 태평양전쟁을 기점으로 확연한 전환을 맞이한다. 먼저 「행복」(《춘추》, 1942. 1)의 줄거리를 보면 다음과 같다. 넉넉한 집안에서 태어나 일생을 난봉꾼으로 살아온 예순 나이의 복덕방 노인 김지도는 몰락한 상황에서도 동년배의 노인들과 잘 못 어울리고 젊은이들과 함께 어울리고 싶어 한다. 이러한 의도는 호구지책의 구실이기도 했는데, 그들이 별로 힘을 들이지도 않고 돈을 버는 비결을 배우고자 함이었다. 그러던 어느 날 김 노인에게 옛 애인이었던 기생 춘홍이 찾아온다. 춘홍은 김노인과 헤어질 당시 그의 아이를 잉태하고 있었다는 사정을 이야기하며, 그 아이가 지금 성장하여 지원병으로 나가게 되었다고 고백한다. 그런데 '성전聖戰의 임무'에 참여하려면 적자의 신분을 갖추어야 하는데다 자신이 사생아인 것을 부끄러워하여 아들을 김 노인의 호적에 넣기 위해 어머니인 춘홍이 그를 찾아온 것이었다. 김 노인은 자신의 아들을 흔쾌히 받아들일 뿐만 아니라 이 사실에 행복해 마지 않는다.

「곡穀(껍질)」(《녹기》, 1942. 1)은 내선일체의 일환으로 조선인 남자와 일본인 여자의 결혼이 소재다. 몰락한 양반가의 차남인 학주는 고학 끝에 취직하여 경성에서 일본인인 시즈에靜江와 동거하며 아들도 낳았다. 그러나 학주의 아버지는 일본인 여성과의 결혼을 인정하지 않았다. 결국 아버지의 문전박대로 아이가 폐렴으로 죽게 되자 학주는 아버지와 의절하고 지낸다. 그러다 아버지가 위독하다는 소식을 듣고 2년 만에 귀향하는데, 사실은 그 위독 소식이 조선인 여자와 결혼시키려는 아버지의 계략임을 알고 학주는 집을 뛰쳐나온다. 뒤따라오던 동생 용주는 자신도 경성에 가서 공부도 하고 근간 지원병이 되고 싶다고 사정한다. 학주는 동생도 아버지의 단단한 껍질에 부딪힐 것을 염려하지만, 결국 동생의 의도를 이해하고 허락한다.

「뒤돌아보지 않으리かへりみはせじ」(《국민문학》, 1943. 10)는 "출전하면 뒤를 돌아보지 않겠다"라는 시구의 일부를 표제로 한 일인칭 서간체 형식의 단편소설이다. 따라서 이 작품은 특별한 줄거리를 위주로 한 것이 아니라 편지를 쓰는 주인공 켄賢이 지원병제 실시에 따라 황민의 도리를 다하고자 출전한 뒤 어머니와 동생에게 자신의 충성심을 다짐하는 내용으로서, 군국주의 일본이 가장 이상적인 인물로 상정한 조선 청년의 모델을 뒷받침하고 있다.

'나'의 아버지는 부락의 갱생에 전력을 다하다 죽었다. 아버지의 유업을 잇기 위해 고등농림학교에 들어갔던 '나'는 수학 도중 지원병으로 입대하였다. '나'의 편지는 위문품과 센닌바리千人針를 보내주어 고맙다는 인사와 공을 세우지 못해 죄송하다는 내용이 주가 된다. '나'는, 부모보다 앞서 죽는 게 원래 불효로 치부되지만 전시에는 부모보다 앞서 전사하는 것이 오히려 효도라고 생각한다. 동생 켄에게는 징병제가 실시되

었으니 언젠가 '영광스러운 초대'가 올 것에 대비하는 준비를 당부한다. '나'는 이제 전사할 때가 되었다면서 '천황'을 위한 영광스러운 죽음의 노래인 〈바다에 가면海へゆかば〉을 부른다.

「해변」(《춘추》, 1943. 12)은 해군지원병제를 선전 · 선동하는 내용의 단편소설이다. '황소'로 불릴 정도로 힘이 센 덕모는 개망나니 노릇을 하다 동네에서 쫓겨났다가 어부인 아버지의 부음을 듣고 3년 만에 귀향한다. 떠날 때 그대로의 더럽고 혐오스러운 덕모의 모습에 손가락질을 하던 마을 사람들은 덕모가 평소 존경하던 김 선생의 조언으로 모범 청년으로 돌변하자 인식을 달리하게 된다. 바다에서 죽은 아버지의 원수를 갚겠다는 덕모에게 김 선생은 아버지가 일생을 바친 바다에 헌신하는 길만이 아버지의 한을 푸는 것이라고 일러준다. 김 선생의 조언에 깨달음을 얻은 덕모는 정어리 공장에 취직하여 열심히 일해보지만 바다에 대한 열정으로 늘 애가 탄다. 그러던 중 동네 처녀 옥희가 가져다준 신문에서 "해군지원병제 실시"라는 기사를 보고 감격에 겨워 출전을 다짐한다.

「아름다운 이야기美しい話」(『청량리계외』, 조선도서출판주식회사, 1944)에서 반도인인 '나'는 업무차 도쿄에 왔다가 우연히 10여 년 전 하숙을 했던 시모무라下村 집안의 내력에 대해 듣게 된다. 시모무라 집안의 오시노お篠 할머니는 우에노전쟁上野戰爭에서 남편을 잃은 뒤 러일전쟁에서 두 아들마저 잃은 채, 며느리와 함께 살아왔다. 오시노 할머니와 두 며느리 모두 전쟁에서 남편을 잃었지만, 이들은 대군大君의 방패가 되어 산화한 용사의 아내로 살아가는 것이 가장 큰 행복임을 믿고 살고 있는 것이다. 이러한 '아름다운 이야기'를 마무리 지으면서 선배와 '나'는, 이제 조선에서도 징병제가 선포되었으므로 이런 미담이 좋은 모범이 되겠다며 웃는 장면에서 끝을 맺는다.

「각서」(『청량리계외』, 조선도서출판주식회사, 1944)의 내용은 다음과 같다. 광산으로 전 재산을 날린 아버지는 만주로 떠난 채 행방불명되고, 나는 보통학교를 마치자 첫사랑 정희와 이별하고 경성으로 올라온다. 어머니의 헌신적인 보살핌으로 경성제대 예과를 거쳐 법과에 진학한 '나'는 일본인 친구 오키沖 군의 동생 도키코時子에게 끌린다. 그러던 중 마침 태평양전쟁이 발발하자 '나'는 각서를 쓰고 학도병에 지원한다. 자신의 결정에 반대할 줄 알았던 어머니 또한 적극 권한다. '나'는 이제 곧 전쟁터로 나간다는 데 대한 설레는 마음도 가라앉고 지극히 평정된 마음으로 '황은皇恩'에 보답할 때임을 깨닫는다.

방송소설 원고인 「나무의 일생」과 「청향구」(『방송소설명작선』, 조선출판사, 1943. 12)는 짧은 단편이지만 국책 선전의 성격이 더욱 노골적이다. 「나무의 일생」은 한 사람의 헌신적인 노력으로 조성된 울창한 삼림이 황폐화된 마을을 되살렸으나 그 무성한 수목들이 전쟁에 나갈 목조선 재료로 공출당하는 것을 안 마을 사람들이 애국적인 차원에서 기쁘게 생각한다는 내용이다. 「청향구」는 일본과 중국의 정치, 경제, 군사력을 집중하여 철저하게 일제에 의해 다스려지는 '평화의 모범지대'인 '청향구' 안에서의 성공적인 양계 현황과 이노우에의 헌신적인 구역 사랑, 그리고 항일운동에 앞장섰던 인물의 전향을 다룬 소설이다. 같은 맥락에서 일제가 정책적으로 조성한 지역에 대한 감회와 유토피아적 만주의 모습을 그림으로써 선전 효과를 노린 소설 「검은 흙과 흰 얼굴」(《조광》, 1942. 11)이 있다. 이 작품에서는 조선의 비참한 현실에 비해 만주 개척지의 우수한 조건들을 강렬하게 부각시키면서, 한편으로는 지역적 이질감을 환기하고 조선적 정서를 유발하여 친근감을 조성하고자 한 의도가 보인다. 요컨대 이 작품은 만주 군벌체제를 부정하고, 만주국 성립 이후 안정된 농촌이 완성되어가는 모습을 부각시키기 위한 것이다. 이 시기의 작품들이 만주를 흔히 갱생의 공간으로 그렸듯이, 이 작품 역시 생산소설의 연장으로서 '만주개척소설'이라 할 수 있다. 즉, 정인택의 만주 개척민 부락 시찰을 통해 창조된 이 작품들은 '오족협화'나 '왕도낙토'라는 만주국 건국이념을 그대로 재현함으로써 '대동아공영'의 이념 선전으로 이어지는 서사의 한 축을 구성하고 있는 것이다.

「농무」(《국민문학》, 1942. 11) 역시 만주를 무대로 한 단편소설이다. 조선인 센다千田는 농사일이 지겨워 집을 나간 뒤, 트럭 운전수가 되어 만주를 돌아다니게 되었다. 그는 만주사변이 발발하자 바로 북쪽 전쟁터에 나가 용맹한 운전수로 이름을 떨칠 수 있었다. 어느 날 비적匪賊 토벌을 나갔다가 부상을 입은 센다는 군과 만주척식회사의 도움으로 안도현에 일자리를 얻게 되었는데, 우연히 안도현의 개척민 명부를 보고 자신의 가족과 아버지가 현 내의 유수둔으로 오게 된 것을 알게 된다. 하지만 매일같이 비적 토벌에 나가느라 미처 아버지 일행을 찾아가지 못했던 센다는 어느 날 새벽, 아버지 일행이 머무는 지역 부근의 마을에서 연기가 피어오르자 비적을 토벌하여 가족과 마을 사람들을 구할 작정으로 토벌대를 태운 트럭을 전속력으로 몰기 시작한다. 이 소설은 비적 토벌의 용맹성을 전면에 내세우고 있지만, 그 초점은 역시 만주 개척민 보호에 있다. 당시 만주 개척민들의 고통 중에 가장 큰 것이 비적 습격에 의한 치안 불량이었는데, 요컨대 정인택은 만주국의 오랜 골칫거리였던 비적을 절멸한 일본의 치안 확보와 동시에 개척민의 안전한 정착이 가능해진 낙토를 그리고 있는 것이다. 이러한 노력은 정치 · 경제적으로 보다 안전하고 평화로운 지역 유치로 이어진다.

일본어로 창작된 '국민문학'이면서도 총독부로부터 문학적인 완성도를 인정받은 문제적인 작품 「청량리계외」(《국민문학》, 1941. 11)는 《매일신보》에 4회에 걸쳐 연재된 수필 「청량리계외」(《매일신보》, 1937. 6. 26~7. 2)를 바탕으로 재구성된 소설이다. 지식인인 주인공 부부가 청량리 일대로 이사를 오면서 이야기는 시작된다. 빈민가인 이곳에는 아이들의 유일한 초등교육기관인 인문학원이 있었는데, 이 아이들이 학원 옆에 있는 주인공 부부의 집을 마음껏 이용하는 데 대해 아내는 조금씩 귀찮아하기 시작한다. 그러던 중 아내가 이 마을의 애국반장을 맡아 주민들을 계몽하는 작업을 하게 되면서 주인공 부부는 이웃과 점차 친밀해진다. 이를 통해 변화하게 된 주인공 부부는 주민들의 정신적 지주가 되어 피폐해가는 인문학원을 회생시킬 계획을 세우고 돈을 모금하여 방공호를 건립하는 등 전시하 모범 가정의 모델이 된다.

그 밖에 정인택 스스로 만주 개척민 부락을 자주 시찰한바, 개척민의 생활을 소개하고 유토피아적 상상의 공간으로서 만주에 대한 이주를 독려하는 산문들로는, 「작가개척지행(전기前記)—만주행 전기」(《대동아》, 1942. 7), 「대지의 역사 1~3」(《매일신보》, 1942. 7. 27~29), 「개척민의 감정開拓民の感情—기행식의 개척지 보고紀行風な開拓地報告」(《춘추》, 1942. 8, 10), 「옥토의 표정」(《신시대》, 1942. 9), 「만주 개척지 기행滿洲開拓地紀行—대리구둔을 중심으로大梨溝屯を中心に」(《국민문학》, 1943. 3), 「대전하의 만주농촌—낙토에 충천하는 개척민의 의기」(《半島の光》, 1943. 4) 등이 있다. 여기서 정인택은 만주 개척민 사업을 '팔굉일우八紘一宇'의 정신으로 일관해야 하는 '성업聖業'으로 파악하면서 '민족협화'를 이루어 신흥농촌문화 건설의 책임을 독려하는 선각자로 자처하고 있다. 이렇듯 총력전의 산물이라고 할 수 있는 정인택의 '국책 소설'은 첫째, 총력전 체제하 총후 국민의 자세를 그린 것, 둘째, 지원병제 및 징병제 실시에 대한 찬양·선전을 표방한 이데올로기 작업, 셋째, 만주 개척민 부락 시찰을 통해 대동아공영의 이념으로서 '개척 농촌'을 그린 것으로 나누어볼 수 있다. 이리하여 서구 모더니즘 문화의 정수를 세례받고 동경의 풍물을 그리던 모던 보이 정인택은 식민지 조선의 많은 작가가 그랬듯 일제의 총

력전 체제하 '문필보국'으로 흡수되면서 마침내 '국민문학'의 한 획을 긋는 작가로 자리매김될 수 있었던 것이다.

3. 총력전 체제하의 정인택 문학의 좌표

총력전 체제하의 정인택 문학은 일본 제국이 강요했던 '국민문학'의 한 축을 대표한다. 그것은 '총후 윤리'로 대변되는 이데올로기적 작업을 수행함으로써 이루어지는 주체 없는 주체화로서의 행위의 결과라 할 수 있다. 이른바 총력전 체제하의 '국민문학'이란 조선 문인들에게는 문인 자격을 유지하는 일종의 시험대였던 만큼, 총력전 수행을 위한 이데올로기 작업은 그것을 '명백한 것'으로 만들기 위해 끊임없이 행동하고 사람들로 하여금 그것에 대한 의심의 여지를 완전히 제거케 할수록 성공적으로 완수한 것이 된다. 그러나 거기에는 결코 메울 수 없는 허무도 잔존했다. 어느 한군데 하소연할 데 없이 "될 대로 되라고 몽롱한 정신으로" 만취한 자신에게 "훌륭한 체관諦觀과 허무만이 몸에 붙"(「범가족」)어 갈팡질팡하기도 하고, 농부가 되겠다는 심사로 고향에 돌아와 '국어강습회'를 열어보아도 피로한 것은 마찬가지이다(「결전」). 도회에서 태어나 도회밖에 모르는 자신에게 관심도 없고 생소하기만 한 만주를 시찰케 하여 작품을 쓰게 한 총독부의 요구 이외에도 '무형의 압박'에 더 많은 책임감을 느꼈다는(「범가족」) 이유로 출발하기 전 열흘 동안 두문불출하고 개척민과 만주에 대해 벼락공부를 해야 했다는 변명이 필요했던 것은 이 때문이다. "내지어로 쓰라고 해도 실제 내지어로의 예술적 형상이 가능한 사람은 몇 사람밖에 없었다는 사실"(『심사랑 전집 4』, 하출서방신사, 27면)을 감안한다면, 정인택의 우수한 일본어 실력도 한몫했을 터이고, 이것이 곧 '국어문학총독상' 수상이라는 기념비적 성과로 이어질 수 있었을 것이다. 따라서 제국 일본의 시선과 자신을 철저하게 동일시한 정인택으로서는 "결론을 생각하지 말고, 먼저 행동할 것을 배우"(「범가족」)는 결단의 국면이 필요했고, 그것은 또한 총력전 체제하에 동원된 지식인으로서 '개척 문예'의 효과를 훌륭히 완수할 수 있도록 작동되었다. 즉, 여기에는 언어를 가진 인간 존재의 비극성 문제가 도사리고 있는 것이다. 일찍이 모던 보이를 자처했던 정인택은 총력전 체제에 직면하여 '국민문학'으로 전향한 대표적 문인이다. 그러나 오히려 이러한 언어를 지닌 인간 존재의 비극성 재현을 통해 과거를 강렬하게 환기함으로써 그것과 철저하게 이별할 수 있을 때, 그러한 역사의 반복 가능성과의 경쾌한 이별의 계기가 될 수도 있지 않을까.

| 작가 연보 |

1909년 9월 12일 서울 안국정安國町에서 계몽운동가(서북학회 회장)이자 언론가(《경성일보》와 《한자신문》의 주필, 《제국신문》 제2대 사장 및 초대 주필), 정치가였던 정운복鄭雲復과 조성녀趙姓女 사이에서 3남 2녀 중 차남으로 태어남.

1920년 부친 정운복 사망.

1922년 3월 22일 수하동 공립보통학교 졸업.

4월 22일 경성제일고등보통학교 입학.

1923년 모친 조성녀 사망.

1927년 3월 25일 경성제일고등보통학교(경기중고등학교의 전신) 졸업.

4월 경성제국대학 입학.

1930년 1월 단편소설 「준비準備」로 《중외일보》(1930. 1. 11~16 연재) 현상공모 2등 당선.

6월 25, 27, 28일 번역소설 「안더-슨 동화童話, 나그네 두 사람(上中下)」을 《매일신보》에 연재.

7월 동화 「시계時計」와 「불효자식」을 《매일신보》에 발표.

9~10월 동화 「눈보라」를 《매일신보》에 발표.

1931년 동경 유학.

8월 29일~9월 11일 「동경東京의 삽화揷畵」를 《매일신보》에 연재.

1934년 귀국.

귀국 후 1939년 4월까지 매일신보사 학예부 기자.

2월 34일~3월 3일 수필 「봄 · 동경東京의 감정感情」을 《매일신보》에 연재.

10월 단편소설 「조락凋落」을 《신동아》에 발표.

1935년 8월 29일 이상李箱이 경영하던 카페 〈쓰루鶴〉의 여급이었던 권영희(권순옥)과 결혼.

1936년 봄 아들 태혁泰革 출생.

6월 단편소설 「축우」를 《중앙》에 발표.

1937년 6월 26, 27, 30일, 7월 2일 일본어 수필 「청량리계외淸凉里界外」를 《매일신보》에 발표.

1939년 3월 6일 아들 태혁이 수암水癌으로 사망. 이에 대한 기록은 산문 「담담기淡々記」(《문장文章》, 1939. 5), 「공수방관기拱手傍觀記」(《박문》, 1939. 8)와 단편소설 「단장短章」(《문장》, 1941. 2)에 남아 있음.

12월 27일 장녀 태선 출생.

4월 단편소설 「준동蠢動」을 《문장》에 발표.

5월 매일신보사 학예부에서 문장사로 옮겨 이태준과 《문장》 편집에 참여.

5월 단편소설 「못다 핀 꽃」을 《여성》에 발표.

6월 장위정長位町에서 원남정苑南町 7번지로 이사.

6월 단편소설 「상극相剋」을 《농업조선》에 발표.

7월 단편소설 「미로迷路: 어느 연대年代의 기록記錄」과 「동요動搖」를 《문장》에 발표.

7월 단편소설 「동요動搖」를 《문장》에 발표.

8월 단편소설 「훈향薰香」을 《조광》에 발표.

10월 단편소설 「감정感情의 정리整理」를 《신세기》에 발표.

12월 단편소설 「계절季節」을 《농업조선》에 발표.

1940년 1월 단편소설 「범가족凡家族」을 《조광》에 발표.

3~4월 단편소설 「연련기戀戀記」를 《동아일보》에 20회 연재.

4월 단편소설 「가향모색家鄕暮色」을 《농업조선》에 발표.

4월 단편소설 「천사하강天使下降」을 《신세기》에 발표.

5월 콩트 「혼선混線」을 《여성》에 발표.

7월 단편소설 「업고業苦」를 《문장》 6 · 7월 합호에 발표.

8월 단편소설 「헛되인 우상」을 《여성》에 발표.

9월 단편소설 「우울증憂鬱症」을 《조광》에 발표.

10월부터 1945년 8월까지 매일신보사 기자.

12월 단편소설 「착한 사람들」을 《삼천리》에 발표.

1941년 1월 산문 「신체제하新體制下의 문학文學 활동活動 방침方針-국민문학國民文學에 영도領導」 발표.

1월 단편소설 「여수旅愁」를 《문장》에 발표.

2월 단편소설 「단장短章」을 《문장》에 발표.

3월 단편소설 「부상관扶桑館의 봄」을 《춘추》에 발표.

4월 중편소설 「구역지區域志—이십 년 전의 가느무꿈 풍경」을 《조광》에 발표.

7월 단편소설 「봉선화鳳仙花」를 《매일신보每日新報》에 7회 연재.

여름 낙랑고분군 발굴 현장을 시찰하기 위해 화가 K와 평양 기행. 관련 기록은 「낙랑고분군 · 기타樂浪古墳群 · 其他」(《삼천리》, 1941. 11)에 남아 있음.

7월 7일 문인협회의 용산 호국신사 어조영지御造營地 근로 봉사에 참가.

11월 일본어 소설 「청량리계외」를 《국민문학》에 발표. 이 소설은 1937년 6월 26일부터 7월 2일 4회에 걸쳐 《매일신보》에 연재한 수필을 기초로 창작되었으며, 이는 1941년 11월 소설로 재창작되어 《국민문학》에 재수록됨. 그 뒤 1943년 4월 『조선국민문학집朝鮮國民文學集』에 재수록되고, 1944년 12월 창작집 『청량리계외』에 또다시 수록됨. 이 창작집으로 제3회 '국어문학총독상' 수상.

겨울 원남정 7번지에서 창천정滄川町으로 이사.

1942년 1월 단편소설 「행복幸福」을 《춘추》에 발표.

1월 단편소설 「곡穀」을 《녹기》에 발표.

3월 산문 「엄숙嚴肅한 의무義務」를 《반도의 빛半島の光》에 발표.

4월 산문 「새로운 국민문학의 도—작가의 마음가짐 · 기타新しい國民文藝の道—作家の心構へ · その他」를 《국민문학》에 발표.

4월 일본어 단편소설 「산傘」을 《신시대》에 발표.

4월 일본어 단편소설 「색상자色箱子」를 《국민문학》에 발표.

5월 일본어 단편소설 「만년기晩年記」를 《동양지광》에 발표.

5월 수필 「신록잡기新綠雜記」를 《춘추》에 발표.

6월 1일부터 약 한 달간 장혁주, 유치진과 만주 개척민 부락을 시찰하고 돌아온 후, 그에 대한 보고서 성격의 글인 「개척민 부락장 현지 좌담회開拓民部落長 現地座談會—좌담회 전기座談會前記」(《조광》 1942. 10)를 발표.

6월 18일 일본어 산문 「합이빈에서哈爾濱で」를 《경성일보》에 발표.

6월 23일 일본어 산문 「천진에서天津で」를 《경성일보》에 발표.

6월 25일 일본어 산문 「목단강에서木壇江で」를 《경성일보》에 발표.

6월 30일 일본어 산문 「연길에서延吉で」를 《경성일보》에 발표.

6월 수필 「이웃사촌四寸」을 《조광》에 발표.

6월 1일 장혁주, 유치진과 함께 만주 개척민 부락을 시찰하고 돌아와 「개척민 부락장 현지 좌담회—좌담회 전기」(《조광》, 1942. 10)를 발표.

7월 일본어 산문 「여 · 신 · 초旅 · 信 · 抄」를 《국민문학》에 발표.

7월 산문 「만주행 전기滿洲行前記」를 《삼천리》에 발표.

7월 기행문 「작가개척지행作家開拓地行(전기前記)—만주행 전기滿洲行前記」를 《대동아》에 발표.

7월 27~29일 산문 「개척지웅소묘開拓地熊素描; 대지大地의 역사歷史」를 《매일신보》에 3회 연재.

8월 일본어 산문 「개척민의 감정開拓民の感情—기행식의 개척지 보고紀行風な開拓地報告 その一」를 《춘추》에 발표.

9월 5일 기독교청년회관에서 개최한 상임간사회에서 조선문인협회 간사로 임명됨.

9월 산문 「반도 개척민 부락 풍경半島開拓民部落風景: 옥토沃土의 표정表情」을 《신시대》에 발표.

10월 18일 차녀 태연 출생.

10월 조선문인협회 문학부 간사로 임명됨.

10월 일본어 산문 「개척민의 감정—기행식의 개척지 보고(완)開拓民の感情―紀行風な開拓地報告(完)」을 《춘추》에 발표.

11월 14일 국민총력조선연맹과 조선문인협회의 초빙으로 대동아문학자대회(11. 3~16)에 참석한 만주, 몽고, 중국 대표 21명을 안내함.

11월 단편소설 「검은 흙과 흰 얼굴」을 《조광》에 발표.

11월 단편소설 「농무濃霧」를 《국민문학國民文學》에 발표.

12월 일본어 산문 「한 알의 씨앗一粒の種」을 《신여성新女性》에 발표.

12월 26일~1943년 1월 만주국 간도성의 초빙으로 채만식, 이석훈, 이무영, 정비석과 함께 12월 26일 오후 3시 50분 경성역 발 모란강행 열차로 출발, 개척민 부락 견학. 이와 관련한 내용은 「간도성 시찰작가단 보고間島省視察作家團報告」(《녹기》, 1943. 2)의 좌담회와 「대전하大戰下의 만주농촌滿洲農村: 낙토樂土에 충천沖天하는 개척민開拓民의 의기意氣」(《반도의 빛》, 1943. 4)에 기록되어 있음.

1943년 1월 5일 귀국.

1월 7일 일본어 산문 「낙타산에서駱駝山で」를 《경성일보》에 발표.

1월 채만식, 이석훈, 이무영과 함께 '간도개척촌을 시찰한 작가들의 좌담회'에 참석하여 만주국 간도성 이민부락의 교육상황과 이민정책 및 결혼문제에 대해 토론. 이에 대한 내용은 「교육열 왕성敎育熱旺盛에 감복感服」(《매일신보》, 1943. 1. 10)에 실려 있음.

2월 6일 주요한, 이태준, 김억, 유치환 등과 국민총력조선연맹이 개최한 국어문학 총독상 간담회에 참석.

3월 일본어 수필 「서재 등등書齋など」을 《조광》에 발표.

3월 일본어 산문 「만주 개척지 기행滿洲開拓地紀行—대리구둔을 중심으로大梨溝屯を中心に」를 《국민문학》에 발표.

4월 「대전하의 만주농촌낙토에 충천하는 개척민의 의기」(《반도의 빛》, 1943. 4)

4월 29일 일본 작가 환영간담회(반도호텔)에 참석.

4월 22일~1945년 8월 조선문인보국회 간사 및 간사장 역임.

4월 29일 일본인 남방종군작가 환영교환회 참석.

5월 26일 내선작가교환회 참석.

6월 1일 조선문인보국회 소설 · 희곡부회 간사에 임명됨.

6월 4일 조선문인보국회 개최 전선시찰종합좌담회(체신회관)에 참석.

8월 4일 징병제 실시 감사 결의 선양을 위한 '낭독과 연극의 밤'에서 콩트 발표.

8월 5일 국민총력조선연맹 주최 미소기〔禊〕 연성을 위해 홍효민, 조우식, 야마다 에이스케山田榮助, 나카오中尾淸와 함께 외금강으로 파견되어 8월 6일부터 5일간 37명의 일행과 연성회에 참가하여 수련함. 이와 관련된 글은 「직령直靈의 개현開顯」(《매일신보》, 1943. 2. 28) 참조.

8월 18, 19일 산문 「직령의 개현: 미소기 연성회 참가기禊鍊成會 參加記」를 《매일신보》에 2회 연재.

9월 일본어 소설 「불초의 자식들不肖の子ら」을 《조광》에 발표.

9월 일본어 산문 「미소기 연성禊鍊成—미소기 연성행禊鍊成行」을 《신시대》에 발표.

10월 일본어 소설 「뒤돌아보지 않으리かへりみはせじ」를 《국민문학》에 발표.

10월 일본어 산문 「문화인의 연성文化人の錬成」을 《녹기》에 발표

10월 단편소설 「결전決戰」을 《반도의 빛》에 발표.

11월~1944년 1월 말일을 기한으로 한 조선문인보국회 주관의 '국어 창작 결전소설과 희곡' 현상모집의 심사위원을 맡음.

12월 단편소설 「해변海邊」을 《춘추》에 발표.

12월 단편소설 「청향구淸鄕區」(『방송소설명작선』, 조선출판사, 1943) 발표.

12월 단편소설 「나무의 일생一生」을 『방송소설명작선』(조선출판사, 1943)에 수록.

12월 단편소설 「푸른 언덕」을 《방송지우》에 발표.

1944년 2월 일본어 산문 「다케야마 대위의 일들武山大尉のことども」을 《조선》에 발표.

7월 일본어 소설 「각서覺書」를 《국민문학》에 발표.

8월 28일 신문 조선군 보도대 보도연습에 참가.

9월 15일 일본어 산문 「다케야마 대위의 일들武山大尉のことども」을 《국민총력國民總力》에 발표.

11월 17일 조선문인보국회에서 개최한 대동아 교섭 방송 원고에 정인택의 작품이 당선됨.

12월 소설집 『청량리계외淸凉里界外』(조선도서출판주식회사) 간행, 제3회 국어문학총독상 수상.

1945년 1월 일본어 산문 「결전의 신춘에 생각한다決戰の新春に思ふ: 다케야마 대위의 얼굴武山大尉の顔」을 《국민총력》에 발표.

3월 22일 동경흥생회東京興生會의 초대로 약 20일간 일본의 반도 출신 응징사를 위문한 뒤 귀국하여, 철저한 공습 대비로 적 격멸에 힘쓸 것을 당부한 「생사초월生死超越 인정人情의 꽃」을 《매일신보》(1945. 4. 22)에 발표함.

5월 11일 조선문인보국회 소설부회에서 생산 근로 각 부문에 중견작가 10명을 파견하여 전쟁 반도의 생생한 모습을 전작 소설로 집필케 한 후 동도 서적주식회사의 출판으로 결전문학총서 제1집을 간행키로 계획하였는데, 이때 유진오, 조용만, 김사량, 정비석, 정인택이 집필 작가로 선정됨.

5월 27일 조선문인보국회 개최 '낭독 문학의 밤'에서 정인택의 「빈해濱海의 노래」가 낭독됨.

5 · 6월 산문 「히틀러 전초傳抄」를 《조광》에 발표.

8월 1일 '조선문인보국회 쇼와 20년도 총회'에서 소설부 간사장으로 임명됨.

1946년 5월 「박 군과 그 안해」를 《중앙신문中央新聞》에 발표.

1947년 1월 《대한독립신문大韓獨立新聞》 편집국장.

3월 「황조가黃鳥歌」를 《백민白民》에 발표.

8월 《문화일보》 편집부장으로 취임.

1948년 9월 1일 삼녀 태온 출생.

10월 금룡도서金龍圖書에서 단편집 『연련기戀戀記』 출판.

1949년 동지사同志社에 근무하면서 동화집 『난쟁이 세 사람』 발간.

이해 과거 자신의 과오를 청산하고 대한민국에 충성을 다할 것을 맹세함(권영민, 『해방 직후의 민족문예운동 연구』, 서울대출판부, 1986).

12월 5일 새로 수립한 남한 정부가 문화인들의 단결과 선전을 위해 종합예술제를 개최하였는데, 여기서 정인택은 「북조선 문학예술총동맹에게 경고」(《서울신문》, 1949. 12. 5)라는 글을 발표하여 북한의 문화인들에게 민족정신과 양심을 환기하여 대한민국의 품으로 돌아오기를 촉구함.

1950년 보도연맹에서 근무(「문인주소록」, 《문예》, 1950. 2).

5월 《자유신문》(5. 5~6. 25)에 소설 「청포도青葡萄」를 43회에 걸쳐 연재 중 중단.

6·25 당시 박영희, 정지용, 김기림과 함께 서대문 형무소에 수감(「《백조》 동인과 종군 작가단」, 『김팔봉 전집 V』).

1953년 한국전쟁 중 부인과 세 딸을 데리고 인민군이 후퇴할 때 월북했다가 북에서 사망.

1955년 권영희와 박태원 재혼.

|작품 목록|

■ 소설

1930년 「준비準備」, 《중외일보》, 1월 11~16일.

번역소설 「안더-슨 동화童話, 나그네 두 사람(上中下)」, 《매일신보》, 6월 25, 27, 28일.

동화 「시계時計」, 《매일신보》, 7월. 9월.

동화 「불효자식」, 《매일신보》, 7월 13일.

동화 「눈보라」, 《매일신보》, 9월 11일~10월 5일.

1934년 「조락凋落」, 《신동아》 10월.

1935년 「단교이문斷橋異聞」, 《매일신보》, 2월 19~28일.

1936년 「촉루髑髏」, 《중앙》, 6월.

1939년 「준동蠢動」, 《문장》, 4월.

「상극相剋」, 《농업조선》, 6월.

「동요動搖」, 《문장》, 7월 임시증간호.

「미로迷路: 어느 연대年代의 기록記錄」, 《문장》, 7월.

「훈향墨香」, 《조광》, 8월.

「감정感情의 정리整理」, 《신세기》, 10월.

「계절季節」, 《농업조선》, 12월.

1940년 「범가족凡家族」, 《조광》, 1월.

「연련기戀々記」, 《동아일보》, 3월 7일~4월 3일, 20회 연재.

「가향모색家鄕暮色」, 《농업조선》, 4월.

「천사하강天使下降」, 《신세기》, 4월.

「콩트: 혼선混線」, 《여성》, 5월.

「업고業苦」, 《문장》 6 · 7월 합호, 7월.

「헛되인 우상」, 《여성》, 8월.

「우울증憂鬱症」, 《조광》, 9월.

「착한 사람들」, 《삼천리》, 12월.

1941년 「여수旅愁」, 《문장》, 1월.

「단장短章」, 《문장》, 2월.
「부상관扶桑館의 봄」, 《춘추》, 3월.
「구역지區域誌—이십년二十年 전前의 가느무꿀 풍경風景」, 《조광》, 4월.
「봉선화鳳仙花 1~7」, 《매일신보》, 7월 8(朝), 10, 13, 15, 17, 18, 19일.
(일본어) 「청량리계외淸凉里界隈」, 《국민문학》, 11월.
(일본어) 「아름다운 이야기美しい話」, 『청량리계외淸凉里界隈』, 조선도서출판주식회사.
(일본어) 「물가濱」, 『청량리계외淸凉里界隈』, 조선도서출판주식회사.

1942년 「행복幸福」, 《춘추》, 1월.
(일본어) 「껍질殼」, 《녹기》, 1월.
(일본어) 「우산傘」, 《신시대》, 4월.
(일본어) 「색상자色箱子」, 《국민문학》, 4월.
(일본어) 「만년기晩年記」, 《동양지광》, 5월.
「검은 흙과 흰 얼굴」, 《조광》, 11월.
(일본어) 「농무濃霧」, 《국민문학》, 11월.

1943년 (일본어) 「참새를 굽다雀を燒く」, 《문화조선》, 1월.
「고드름」, 《조광》, 3월.
「동창東窓」, 《조광》, 7월.
(일본어) 「뒤돌아보지 않으리かへりみはせじ」, 《국민문학》, 10월.
연재소설 「건설建設」(제1회), 《반도의 빛》, 10월.
연재소설 「건설建設」(제2회), 《반도의 빛》, 11월.
「해변海邊」, 《춘추》, 12월.
「청향구淸鄕區」, 『방송소설명작선放送小說名作選』, 조선출판사, 12월.
「나무의 일생一生」, 『방송소설명작선放送小說名作選』, 조선출판사, 12월.

1944년 (일본어) 「다케야마 대위武山大尉」, 《국민총력》, 1월.
연재소설 「건설建設」(제3회), 《반도의 빛》, 1월.
연재소설 「건설建設」(제4회), 《반도의 빛》, 2월.
연재소설 「건설建設」(제5회), 《반도의 빛》, 3월.
연재소설 「건설建設」(제6회), 《반도의 빛》, 4월.
연재소설 「건설建設」(제7회), 《반도의 빛》, 5월.

(일본어) 「개나리連翹」, 《문화조선》, 5월.
「푸른 언덕」, 《방송지우》, 5월.
「붕익鵬翼」, 《조광》, 6월.
(일본어) 전기소설轉記小說 『반도의 육취 다케야마 대위半島の陸鷲 武山大尉』, 매일신보사, 6월.
(일본어) 「각서覺書」, 《국민문학》, 7월.
(일본어) 전기소설 『다케다武田 대위大尉』, 매일신보사, 7월.
(일본어) 「갑종합격甲種合格」, 《문화조선》, 12월 25일.
창작집 『청량리계외淸凉里界外』, 조선도서출판사, 12월.
(일본어) 『애정愛情』, 반도작가단편집半島作家短篇集, 조선도서출판.

1945년 「소화小話: 상투」, 《반도의 빛》, 1월.
「다케다武田 대위大尉」, 《국민총력》, 1월 1, 15일 합병호.

1946년 「콩트: 박 군朴君과 그 안해」, 《중앙신문》, 5월 4일.

1947년 「황조가黃鳥歌」, 《백민》, 3월.
「향수鄕愁」, 《제삼특보》, 12월 3~29일.

1948년 「필맹畢孟」, 《새한민보》, 5~6월.
소설집 『연련기戀戀記』, 금룡도서.

1949년 그림동화집 『난쟁이 세 사람』, 동지사.

1950년 「청포도靑葡萄」, 《자유신문》, 5월 5일~6월 26일 연재 중단.

■ 산문

1930년 「눈보라」, 《매일신보》, 9월 11일.

1931년 「동경東京의 삽화揷畵」, 《매일신보》, 8월 30, 31일, 9월 1일.
「팔월八月 동경東京의 삽화揷畵」, 《매일신보》, 8월 29일.

1932년 「방랑자放浪者의 일기日記」, 《매일신보》, 7월 23일(夕).

1934년 「조선문단朝鮮文壇에 주는 글월: 동경東京에서 본 조선문단朝鮮文壇」, 《매일신보》, 1월 3일(夕).
「범죄실험관犯罪實驗管」, 《월간매신》, 5월 20일.
「동경東京의 겨울밤 풍경風景」, 《신동아》, 12월.

1935년 「감정感情의 빈곤貧困 신록新綠의 감상感想」, 《매일신보》, 5월 30(朝), 31일,

6월 1일.
「각지 학교 평의원各地學校評議員 칠월 일일七月一日의 선거 결과選擧結果」, 《매일신보》, 7월 4(朝), 6일.
「지성知性의 문제問題: 감상적 감상感傷的感想」, 《매일신보》, 8월 6(朝), 7, 8일.

1936년 「문단일제文壇一題—기형아적畸形兒的 사고思考에 관關하야」, 《중앙》, 7월.

1937년 (일본어) 「서재書齋」, 《매일신보》, 3월 4~5일.
「희噫 유정裕貞 김 군金君(上)」, 《매일신보》, 4월 3일(朝).
「희噫 유정裕貞 김 군金君(下)」, 《매일신보》, 4월 6일(朝).
「이런 것을 생각함」, 《조선문학》, 5월.
(일본어) 「청량리계외淸凉里界隈 1~4」, 《매일신보》, 6월 26, 27, 30일, 7월 2일.

1938년 「꿈」, 《박문博文》, 11월.

1939년 「담담기淡々記」, 《문장》, 5월.
「청색포스트」, 《박문》, 5월.
「원남정 부근苑南町附近」, 《조선일보》, 7월 2, 4일.
「축방逐放」, 《청색지》, 5월.
「군자유감君子有感」, 《여성》, 7월.
「탐조등探照燈」, 《조선문학》, 7월.
「애정愛情 기타其他」, 《조광》, 7월.
「사건事件 있는 해변풍경海邊風景—훈향薰香」, 《조광》, 8월.
「공수방관기拱手傍觀記」, 《박문》, 8월.
「수필隨筆: 초추정상初秋靜想—애정愛情 · 기타其他」, 《조광》, 9월.
「자아自我에의 향수鄕愁—한 개個의 속론俗論을 겸兼한」, 《동아일보》, 11월 25일부터 3회 연재.
「요절夭折한 그들의 면영面影—불쌍한 이상李箱」, 《조광》, 12월.
「'유미에' 론論」, 《박문》, 12월.

1940년 「신춘수필첩新春隨筆帖: Pola's Diary—'마즈르카' 환상幻想—」, 《태양》 창간호, 1월.
「후목朽木 기타其他」, 《매일신보》, 2월 8일.
「조춘수필早春隨筆: 춘일지지春日支持 1~3」, 《조선일보》, 2월 20~22일.
「그리운 꿈」, 《여성》, 2월.

「반사경反射鏡: 신이상新理想의 수립樹立－현실現實의 지도적指導的 임무任務」, 《매일신보》, 2월 16일.
「둔감철록鈍感鐵錄」, 《문장》, 3월.
「사실事實과 공상空想」, 《조선일보》, 4월 2일.
「창窓」, 《여성》, 4월.
「영화적 산보映畵的散步」, 《박문》, 4월.
「정신精神의 방탕放蕩」, 《조선일보》, 5월 15(夕).
「고전古典의 교양敎養」, 《조선일보》, 5월 17(夕).
「사치奢侈」, 《조선일보》, 5월 18(夕).
「작품애독연대기作品愛讀年代記」, 《삼천리》, 6월.
「D. W. 그리피드」, 《박문》, 6월.
「직녀성織女星에게 부치는 편지便紙－지극至極한 지상地上의 연정戀情」, 《여성》, 7월.
「소설가小說家의 아버지－아버지의 눈」, 《조광》, 7월.
「수필특집: 불길不吉한 비」, 《동아일보》, 7월 28일.
「바다에 부침: 동해東海의 기억記憶」, 《조선일보》, 8월 1(朝).
「고기잡이」, 《농입조선》, 9월.
「제복制服 입는 도시都市－화장化粧 없는 거리」, 《조광》, 10월.
「만추수필晩秋隨筆: 고독孤獨」, 《인문평론》, 11월.
「작중인물지作中人物誌－'나'와 그들」, 《조광》, 11월.
「작중인물지作中人物誌 2－나와 그들」(승전承前)」, 《조광》, 12월.
「정도正道」, 《박문》, 12월.

1941년 「신체제하新體制下의 문학활동방침文學活動方針－국민문학國民文學에 영도領導」, 《삼천리》, 1월.
「낙랑고분군樂浪古墳群 · 기타其他」, 《삼천리》, 11월.

1942년 「산山과 마을과」, 《국민문학》, 3월.
「전승戰勝의 수필隨筆－엄숙嚴肅한 의무義務」, 《반도의 빛》, 3월.
(일본어) 「서재 등등書齋など」, 《조광》, 3월.
(일본어) 「새로운 국민문학의 도新しい國民文藝の道－작가의 마음가짐作家の心構へ · 기타その他」, 《국민문학》, 4월.

「신록잡기新綠雜記」, 《춘추》, 5월.

「이웃사촌四寸」, 《조광》, 6월.

(일본어) 「합이빈에서哈爾濱で」, 《경성일보》, 6월 18일.

(일본어) 「천진에서天津で」, 《경성일보》, 6월 23일.

(일본어) 「목당강에서木壇江で」, 《경성일보》, 6월 25일.

(일본어) 「연길에서延吉で」, 《경성일보》, 6월 30일.

「작가개척지행作家開拓地行(전기前記) — 만주행전기滿洲行前記」, 《대동아》, 7월.

(일본어) 「여신초旅信抄」, 《국민문학》, 7월.

「대지大地의 역사歷史 1~3 — '개척지웅소묘開拓地熊素描' 중中에서」, 《매일신보》, 7월 27~29일.

(일본어) 「개척민의 감정開拓民の感情 — 기행식의 개척지 보고紀行風な開拓地報告 その一」, 《춘추》, 8월.

(일본어) 「개척민의 감정開拓民の感情 — 기행식의 개척지 보고紀行風な開拓地報告(完)」, 《춘추》, 10월.

「옥토沃土의 표정表情 — '반도개척민부락풍경半島開拓民部落風景' 중中의 하나」, 《신시대》, 9월.

「한 알의 씨앗一粒の種」, 《신여성》, 12월.

1943년 (일본어) 「낙타산에서駱駝山で」, 《경성일보》, 1월 7일.

(일본어) 「만주 개척지 기행滿洲開拓地紀行 — 대리구둔을 중심으로大梨溝屯を中心に」, 《국민문학》, 3월.

「대전하大戰下의 만주농촌滿洲農村 — 낙토樂土에 충천沖天하는 개척민開拓民의 의기意氣」, 《반도의 빛》, 4월.

「직령直靈의 개현開顯 1~2」 — '미소기 연성회禊鍊成會參加記', 《매일신보》, 8월. 18(朝), 19일.

(일본어) 「미소기 연성禊鍊成 — 미소기 연성행禊鍊成行」, 《신시대》, 9월.

(일본어) 「쓰지쇼세쓰辻小說集: 불초의 자식들不肖の子ら」, 《조광》, 9월.

(일본어) 「문화인의 연성文化人の鍊成」, 《녹기》, 10월.

1944년 (일본어) 「다케야마 대위의 일들武山大尉のことども」, 《조선》, 2월.

(일본어) 「다케야마 대위의 일들武山大尉のことども」, 《국민총력》, 9월.

1945년 (일본어) 「결전의 신춘에 생각한다決戰の新春に思ふ: 다케야마 대위의 얼굴

武山大尉の顔」, 《국민총력》, 1월.

「생사초월生死超越 인정人情의 꽃」, 《매일신보》, 4월 22일.

「히틀러 전초傳抄」, 《조광》, 5 · 6월 합병호.

1947년 「잡기雜記」, 《백제》, 2월.

1949년 「병아리」, 《신천지》, 5월.

「북조선문학예술총연맹北朝鮮文學藝術總聯盟에 경고警告」, 《서울신문》, 12월 5일.

■ 월평, 서평, 번역

1934년 「문예시평文藝時評」, 《조선일보》, 7월 28일~8월 3일.

1936년 「이석훈 씨 소설집李石薰氏小說集 '황혼黃昏의 노래'를 읽고」, 《매일신보》, 5월 23일(朝).

1939년 서평 「보리와 병정兵丁」, 《문장》, 7월.

신간평 「채만식 단편집蔡萬植短篇集」, 《문장》, 10월.

서평 「박영희 저朴英熙著 전선기행戰線紀行」, 《문장》, 11월.

신간평 「구전민요口傳民謠」, 《문장》, 12월

1940년 평론 「교양敎養의 덕德」, 《매일신보》, 3월 9일.

〔창작월평〕 (1) 「조선문학朝鮮文學 특집特輯의 성과成果: 《문예文藝》지誌 소거所擧에 대對하야」, 《매일신보》, 7월 3일(朝).

〔창작월평〕 (2) 「작품의도作品意圖의 불순성不純性: 수출 목표輸出目標에서 온 결함缺陷」, 《매일신보》, 7월 4일.

〔창작월평〕 (3) 「작중인물作中人物의 진실전眞實傳: 효석孝石, 혁주赫宙의 작품作品 등等」, 《매일신보》, 7월 5일.

「시월十月 창작평創作評 1~4」, 《매일신보》, 10월 26~30일.

1941년 신간평 「김남천 저金南天著 '사랑의 수족관水族館'」, 《인문평론》, 1월.

「'신인선新人選' 소감小感—삼월三月 《문장文章》 창작평創作評」, 《문장》, 4월.

이태준 저李泰俊著, 정인택 역鄭人澤譯, 『복덕방福德房』, 모던니폰사モダン日本社.

1942년 신간 소개 「데라다 에이 씨 저寺田瑛氏著 '이야기의 불연속선話の不連續線'」, 《국민문학》, 7월.

1943년 「희곡戱曲: 에밀레종エミレェの鐘」, 《국민문학》, 1월.

「'고요한 폭풍' 연맹상'静かな嵐'聯盟賞 작품과 그 작가作品とその作家」, 《경성일보》, 3월 27~28일.

■ 대담 및 좌담회

1940년 대담 · 좌담 「'기호畿湖' 출신出身 문사文士의 '향토문화鄕土文化'를 말하는 좌담회座談會—소년 시절少年時節의 로맨스, 향수鄕愁와 느끼는 정회情懷, 기호 작품嗜好作品의 특징特徵, 노후老後와 고향 산천故鄕山川」, 《삼천리》, 6월.

1942년 「개척농민시찰 좌담회開拓農民視察座談會—만주의 반도민 개척부락의 조감도滿洲の半島民開拓部落の鳥瞰圖」, 《신시대》, 9월.

「개척민 부락 장현지 좌담회開拓民部落長現地座談會(1942. 6. 25. 간도성 안도현 영경촌공소間島省 安圖縣 永慶村公所)—좌담회전기座談會前記」, 《조광》, 10월.

1943년 좌담회 「간도성시찰작가단보고間島省視察作家團報告」, 《녹기》, 2월.

■ 설문

1939년 「여백문답餘白問答」, 《조광》, 7월.

1940년 「장안長安 신사가정紳士家庭 명부名簿」, 《삼천리》, 3월.

1941년 「'작품作品 애독愛讀' 연대기年代記」, 《삼천리》, 12월.

1942년 (일본어) 「엽서문답葉書問答」, 《국민문학》, 1월.

1944년 「엽서문답葉書問答」, 《조광》, 3월.

「엽서문답葉書問答」, 《조광》, 8월.

| 연구 목록 |

강현구, 「정인택의 소설연구」, 고려대 《어문논집》 제28호, 1989.
권성우, 「1930년대 한국 모더니즘 소설 연구」, 서울대 석사논문, 1989.
김강진, 「정인택 소설연구」, 대구대 석사논문, 1993.
김신영, 「정인택 연구」, 상명대 석사논문, 2000.
김진석, 「정인택 소설 연구」, 한국언어문학교육학회 《한어문교육》 제4집, 1996.
김혜연, 「식민주의 전략과 친일문학 연구」, 중앙대 석사논문, 2006.
박경수, 「정인택의 일본어 소설 연구-'淸凉里界隈'와 '覺書'를 중심으로」, 전남대 일문과 석사논문, 2007.
朴京洙, 「鄭人澤の日本語小說硏究-'淸凉里界隈'と'覺書'を中心に-」, 《日本語文學》 Vol. 33, 2007.
박경수 · 김순전, 「식민지기 만주정책과 국책문학에서의 明暗의 表象」, 《일본어문학》 제35집, 2007.
박경수, 「격동기 작가 정인택의 사상변화와 방향전환」, 《일본어문학》 제40집, 2009.
서경석, 「만주국 기행문학 연구」, 한국어문학회, 《어문학》 제86집, 2004.
오병기, 「1930년대 심리소설과 자의식의 변모 양상」, 《대구어문론총》 제11집, 1993.
유성하, 「1930년대 한국심리소설 기법 연구」, 계명대 박사논문, 1987.
윤정아, 「일제 말기 소설의 대일 협력 양상 연구」, 홍익대 석사논문, 2008.
이강언, 「1930년대 심리소설의 전개」, 《대구어문논총》 제3집, 1985.
______, 「1930년대 모더니즘 소설 연구」, 영남대 박사논문, 1987.
______, 「한국 모더니즘 소설의 형성과 그 배경」, 《대구어문총론》 제8집, 1990.
이경훈, 「이상과 정인택 1」, 『작가연구』, 새미, 1997.
______, 「이상과 정인택 2」, 《현대문학의 연구》 제13집, 1999.
이상욱, 「1930년대 한국 심리소설에 나타난 자의식 과잉」, 경북대 박사논문, 1986.
이영아, 「정인택의 삶과 문학 재조명-이상 콤플렉스 극복 과정을 중심으로」, 《현대소설연구》 제35집, 2007.
이종화, 「정인택 심리소설 연구」, 『현대문학이론연구』, 1993.
______, 「1930년대 한국 심리소설 연구」, 전북대 박사논문, 1994.

이혜진, 「총력전 체제하의 정인택 문학의 좌표」, 고려대 한국학연구소《한국학연구》 제29집, 2008년 하반기.
이 호, 「한국 현대 심리소설의 반복 구조 연구-1930년대 심리소설을 중심으로」, 서강대 박사논문, 1999.
田村巣章(Tamura Hideaki), 『清涼里・〈前近代〉の超克」, 《일본어문학》 제40집, 2009.
조남현, 「정인택론-시대와 역사에의 의문부호」, 『북으로 간 작가선집』, 을유문화사, 1988.
조진기, 「내선일체의 실천과 내선결혼소설」, 《한민족어문학》 제50집, 2007.
최상윤, 「한국 자의식 소설 연구」, 세종대 박사논문, 1981.
최혜실, 「1930년대 한국 심리소설 연구」, 서울대 석사논문, 1986.
______, 「1930년대 한국 모더니즘 소설 연구」, 서울대 박사논문, 1991.

한국문학의 재발견-작고문인선집
정인택 작품집

지은이 | 정인택
편역자 | 이혜진
기　획 | 한국문화예술위원회
펴낸이 | 양숙진

초판 1쇄 펴낸날 | 2010년 1월 25일

펴낸곳 | ㈜현대문학
등록번호 | 제1-452호
주소 | 137-905 서울시 서초구 잠원동 41-10
전화 | 516-3770
팩스 | 516-5433
홈페이지 www.hdmh.co.kr

값 12,000원

ISBN 978-89-7275-534-0 04810
ISBN 978-89-7275-513-5 (세트)